放鷹文化と社寺縁起

―白鳥・鷹・鍛冶―

AKIRA　FUKUDA
福田　晃　著

三弥井書店

目次

序論　放鷹文化序説——もの言わぬホムツワケ再生譚——　1

はじめに——鳥と鍛治——　1

一　『日本書紀』の誉津別王《ほむつわけのみこ》伝　3

二　『古事記』の本牟津和気御子《ほむつわけのみこ》物語　6

おわりに——白鳥（鷹）と鍛治——　13

第一編　放鷹文化の精神風土

第一章　交野・為奈野の伝承風景　19

一　坂上田村麻呂の職掌　19

二　河内・交野の伝承風景　25

三　摂津・為奈野の（猪名野）の伝承風景　36

第二章　滋野の伝承風景　53

一　信州・滋野の原風景　53

二　信州・滋野氏の登場　57
三　信州・滋野氏の素姓・職掌　63
四　「鷹の家」祢津氏の誕生　76
五　滋野・鷹場の伝承風景　86
六　滋野・白鳥河原の伝承風景　94
七　伴野庄鷹野の踊躍念仏　101

第二編　社寺縁起と放鷹文化

第一章　「二荒山縁起」成立考　123
はじめに——放鷹文化の視点から——　123
一　「二荒山縁起」の諸本　125
二　「二荒山縁起」第一部の叙述　130
三　「有宇中将物語」の原風景　137
四　「二荒山縁起」第二部の叙述　145
五　「猿丸大夫物語」の生成　150
おわりに——宇都宮・二荒山神社の狩猟信仰——　157

第二章　「二荒山縁起」の「朝日の里」　169
一　有宇中将物語　169
二　奥州・朝日の里の行方　172
三　白鳥・大鷹の飛翔する白石盆地　179
四　白石川の白鳥伝説　185
五　「朝日長者」の文化圏　192
六　「朝日長者」の原郷・深谷台地　196

第三章　「富士山縁起」の生成〈その一〉――竹取説話の諸伝承――　207
はじめに――「富士山縁起」の諸本――　207
一　物語――『竹取物語』　212
二　注釈類――「鶯姫説話」　219
三　「富士浅間大菩薩事」――『神道集』『真名本・曽我物語』――　236
四　「富士山縁起」――在地縁起――　241
おわりに――各「竹取説話」の伝承構造――　258

第四章　「富士山縁起」の生成〈その二〉――「富士山縁起」の伝承風景――　267
一　富士山とかぐや姫信仰　267

二　山岳信仰と放鷹文化　298
三　愛鷹の牧と乗馬の里　311
四　鷹場としての富士の裾野　322

第五章　「雲州・金屋子神祭文」の生成――中世の鍛冶神話を歩く――　337
一　雲州非田（比田）の「金屋子神祭文」　337
二　安部氏の出自・職掌　342
三　朝日長者と鍛冶　345
四　東比田の朝日長者　349
五　東比田・長田家と鋳物師伝承　356
六　長田家・藤内氏の素姓　365
七　「金屋子神祭文」の時代　371

結び　放鷹文化の展開――「百合若大臣」の伝承風景――　381
一　放鷹の原義　381
二　「百合若大臣」の伝承叙述　383
三　「百合若大臣」の原風景――「八幡縁起」の伝承――　385

初出一覧　390
あとがき　393

序論　放鷹文化序説——もの言わぬホムツワケ再生譚——

はじめに——鳥と鍛冶——

『日本書紀』神武即位前紀によると、天皇は戊午《ぼご》の年三月十日に、難波から河を遡って河内国の草香邑《くさかのむら》・白肩津《しらかたのつ》に着き、同四月の九日、軍を整えて大和に入らんとするが、長髄彦《ながすねひこ》の軍《いくさ》の抵抗に会い、遥かに迂回して紀伊から熊野路を経て、苦難の果てに、吉野から大和に入り、同年十二月四日、再び長髄彦の軍と会いまみえる。しかしこのたびも長髄彦の勢は強く、容易にこれを破ることができない。が、奇跡が起こる。

　時に、忽然《たちまち》に天陰《そらくら》く氷雨《ひさめふ》る。乃ち金色《くがね》の霊《あや》しき鵄《とび》有りて、飛来り皇弓《みゆみ》の弭《はず》に止《とま》れり。其の鵄《とび》光り曄煜《かがや》き、形《かたち》流雷《いなびかり》の如し。是に由りて、長髄彦の軍卒《いくさびとども》、皆迷《まと》ひ眩《まぎ》えて復力戦《またきはめたたか》はず。

たまたま金色の鵄《とび》が、天皇の弓弭《ゆみはず》に止まり、その霊《あや》しき光り輝きに、長髄彦の軍勢は、皆目が眩んで戦う気力を失い、これが契機となって、天皇は長髄彦を討ち果したという。著名な逸話である。

さて、日本神話の比較研究における先駆者の一人である松本信広氏は、その著『日本の神話』(1)のなかで、この神武天皇の弓弭にとまって光明を放ったという「金鵄《きんし》」について、次のように説かれている。

　一体鷹・鷲の如き猛禽類は、戦闘的な部族の紋章として使用せられる傾向があり、戦場に於て瑞鳥としてその霊力が尊重せられた場合が多かったと考えられる。鵄もそういう部類に属する鳥であり、太陽の象徴であったばかりでなく、武力のシンボルでもあったと考えられる。所がその外に今一つ考うべき事がある。それは鵄の如き鳥類を金属の製造に関係する職業団体を伴う部族が特に崇敬してはいなかったかと云う疑いである。（中略）鋳造・鍛冶が鳥と関連することは我国の金屋子神が白鷺の上に乗って降った伝説からも類推出来るが、後世の鍛冶職には鵺を射た頼政の伝説がその由緒となっておる。同じようにインドシナのモイ族の間に於ける鍛冶師は夜鷹と連想されておる。レンガオ族は此鳥を鍛冶鳥と呼んでおる。その声が金しきを叩く槌音に似ておるからであろうと云う。大昔ある鍛冶師が此の鳥に化身したのであり、これが雷神の使う石斧の製作者であると云う。それで彼等は此鳥を鍛冶師の保護霊と思惟しており、之を夢みたものは鍛冶の名人になると信ぜられておる。スレ族にあっても同様で、これが曽って雷神ケナスの斧を鋳たのであると云う。（中略）東南アジアより太平洋沿岸地帯にかけての地域では或種の鳥が之と関連を持ち、我国の古代神話に於ける金色の霊鵄の如き伝承は、金属製作にたずさわる部族の間に好んで云い伝えられた物語であったのではないかと推断して大した誤りはないと信ずる。これによれば、神武天皇は、当地方に住した鍛冶集団の助力によって、仇敵・長髄彦を討つことができたということだろう。

さて、聖なる鳥と鍛冶師とのかかわりについては近年、文化人類学を専攻する田村克己氏が、「鍛冶屋と鉄の文化」(2)のなかで、東南アジア以外の伝承事例をあげておられる。たとえば、西アフリカにおけるバンバラ族の神話のなかでも鳥が鍛冶屋にあがめられており、それはすなわち、

死の出現以前、人間界にあらはれた混乱をなおそうと、八人の男たちがすすんでバランサアの木の犠牲となり、魂が小さな火の鳥（蜂食い鳥）に変形した。この鳥たちは、火に責任をもち、火をつけることはできないが、そ

> の存在によって火を維持し消す力をもっている。（中略）鳥とテリコ（空の精霊風の主）との戦いはどちらも相手に勝てなかった。鳥たちは、地上に再び降りてきて、（鉄の武器を与えてくれた）鍛冶屋たちに感謝し、仕事の進歩に必要な三つの秘密を教えた。

というのである。また北アジア・バイカル湖周辺におけるヤクート族の伝承にも、鳥と鍛冶屋とのかかわりが説かれる。すなわち、

> もし鍛冶屋が十分な鍛冶屋の祖先を持たないなら、もし槌の音や火の輝きが彼を守るに十分でないなら、曲ったくちばしと強い爪をもつ鳥がやって来て、彼の心臓を引裂く。

などと伝えるという。しかして田村氏は、これらの伝承について、

> 鳥が活躍する空の領域は、天と地の中間に位置し、その媒介項である。（中略）そして鍛冶屋はしばしば空にあるもの——雷雨や風に結び付く。後者のフイゴの風として必要なことから、風の神がフイゴ、ひいては鍛冶場を支配する。このことは、バンバラ族の空の精霊にあてはまる。さらに、雷神と鳥と鍛冶の結びつきをいうところである。

と叙される。天空の太陽・雷・風、これと火にもとづく鍛冶のわざ、それを仲介する天空を駈ける聖なる鳥、この関係を明らめることは、民族を越えた普遍的課題であるにちがいあるまい。

一　『日本書紀』の誉津《ほむつ》別王《わけのみこ》伝

『日本書紀』垂仁紀には、天皇《すめらみこと》と皇后《きさき》・狭穂姫《さほびめ》との間に誕生した誉津《ほむつ》別命《わけのみこと》の王伝が次のように掲げられている。

後に『古事記』の叙述と対応するため、段落ごとにモチーフ名をあげることとする。

Ⅰ　二十三年の秋九月の丙寅《へいいん》の朔《つきたち》にして丁卯《ていばう》に、群卿《まへつきみたち》に詔《みことのり》して曰《のたま》はく、「誉津別王《ほむつわけのみこ》は、是生《これうま》れて年既《すで》に三十、髯鬚《ひげ》八掬《やつか》にして、猶《なほ》し泣《なきいさ》つること児《わかご》の如し。常に言《ものい》はざるは何《なに》の由《ゆゑ》ぞ。因《よ》りて有司《いうし》にして議《はか》れ」とのたまふ。〈もの言わぬ皇子〉

Ⅱ　冬十月の乙丑《いつちう》の朔にして壬申《じんしん》に、天皇《すめらみこと》大殿《おほとの》の前に立ちたまひ、誉津別皇子《ほむつわけのみこ》侍《さもら》ひたまふ。時に鳴鵠《なきくくひ》有り、大虚《おほそら》を度《わた》る。皇子仰《あふ》ぎて鵠を観《みそこなは》して曰《のたま》はく、「是何物《これなに》ぞ」とのたまふ。〈鵠に片言する皇子〉

Ⅲ　天皇、則ち皇子の鵠を見て言《ものい》ふこと得《え》たまふを知《し》ろしめして喜びたまひ、左右《さいう》に詔《みことのり》して曰はく「誰《たれ》か能《よ》く是の鳥を捕《とら》へて献《たてまつ》らむ」とのたまふ。是に、鳥取造《ととりのみやつこ》が祖《おや》天湯河板挙《あめのゆかはたな》奏《まを》して言《まを》さく、「臣《やつこ》必ず捕へて献らむ」とまをす。則ち天皇、湯河板挙に勅《みことのり》して、板挙《たな》、此に柁儺《たな》と云《い》ふ。曰《のたま》はく、「汝《いまし》、是《こ》の鳥を献らば、必ず敦《あつ》く賞《しやう》せむ」とのたまふ。時に湯河板挙、遠く鵠の飛びし方を望《のぞ》みて、追《お》ひ尋《と》めて出雲《いづも》に詣《いた》りて捕獲《とら》へつ。或《ある》いは曰《いは》く、但馬《たじま》国に得つといふ。〈湯河板挙の鵠の捕縛〉

Ⅳ　十一月甲午《かふご》の朔にして乙未《いつぴ》に、湯河板挙、、鵠を献る。誉津別命《ほむつわけのみこと》、是の鵠を喜《もてあそ》び、遂に言語《ものい》ふこと得《え》たまふ。〈皇子の鵠によるもの言い〉

Ⅴ　是《これ》に由《よ》りて、敦《あつ》く湯河板挙を賞したまひ、則ち姓《かばね》を賜ひて鳥取造《ととりのみやつこ》を曰《い》ふ。因《よ》りて亦鳥取部《ととりべ》・鳥養部《とりかひべ》・誉津《ほむつ》部《べ》を定めたまふ。〈鳥取造・鳥取部などの始まり〉

もの言わぬ垂仁天皇の御子・誉津別王が、聖なる霊魂を憑《よ》らしめる白鳥（鵠）によって、自在なもの言いを果したという物語で、折口信夫氏によると、これは冬の鎮魂祭と重なるという。(3) しかもこの物語は、その白鳥を捕獲した湯河板挙の後裔なる鳥取部などの始祖伝承であれば、その白鳥などを捕獲し飼育する鳥取部は、いわゆる「鳥のタマフリ」をもって、天皇家に奉仕する氏族であったと推される。しかもその祖たる湯河板挙について同じく折口信夫氏は、聖なる水（湯河）をもってユアミする場所に設けられたタナ（棚）の義で、それを擬人化したものと説いている。[4] つまり常世からの聖水によって心身を若返らせる魂ふりのわざを営む者が湯河板挙であり、その行為は水辺に飼育する白鳥をもって果されたということになるであろう。

しかして谷川健一氏は、右の折口説を受けながら、その湯河板挙の旧地を『和名抄』のあげる和泉国日根郡鳥取《トトリ》に認め、『日本書紀』および『古事記』の次の記事に注目される。

三十九年の冬十月に、五十《い》瓊敷命《にしきのみこと》、茅沼《ちぬ》の菟砥川上宮《うとのかはかみのみや》に居《い》しまして、剣《つるぎ》一千口《ちふり》を作りたまふ。因《よ》りてその剣を名づけて川上部《かはかみのとも》と謂ふ。亦の名を裸伴《あかはだかのとも》と曰《い》ふ。石上神宮《いそのかみのかむみや》に収むるなり。（垂仁紀）

次に印色入日子命《いにしきのいりひこのみこと》は、血沼《ちぬの》池を作り、（中略）鳥取《ととり》の河上《の》宮に坐して、横刀《たち》壹仟口《ちふり》を作らしめ、是れを石上神《の》宮に納め奉り、即ち其の宮に坐して河上部を定めたまひき。（垂仁記）

そしてこれによると、湯川板挙の拠した鳥取の地は、五十瓊敷命（印色入日子命）が剣一千振りを作らしめた河上宮、河上部の存したところということになるとされる。[5] ちなみに垂仁紀には、右の記事に添えて、「一に云く、五十瓊皇子、茅淳菟砥《ちぬとと》河上に居る。而して鍛名河上と喚び大刀一千口を作る」とあり、この「鍛名」はタナと読んで、鍛造する桁《たな》川の謂いで、かの湯川板挙の名は、鳥取の「鍛名河上」に拠した鍛冶師を擬人化したものと説かれる。[6] それならば、鳥取の水辺において、白鳥によるタマフリのわざに従った鳥取部・鳥取造は、一方では聖なる太刀を鍛造するわざをも兼ね備えていたということになる。その折の職掌は川上部と称されたという。しかも石上神宮に収められた一千口の神宝《かむたから》は、五十瓊皇子の管理から、やがて「物部首《もののべのおびとら》は始祖《はじめのおや》」に託されたと伝える。谷川健一氏は、その物部氏こそが、日本各地の白鳥伝説とかかわることを説かれる。[7] 勿論、それは鉄文化の伝播を想定される伝承であった。

二　『古事記』の本牟津和気御子《ほむつわけのみこ》物語

ところで、右にあげた垂仁紀における誉津別王の白鳥（鵠）による魂ふり・再生の物語は出雲の国が深くかかわって説かれていた。すなわち湯河板挙が追い尋《と》めて鵠を捕らえたのは、一応、「出雲」とされている。ちなみに「新撰姓氏録」の「右京神別上」にある「鳥取連」の記事は、その湯河板挙が鵠を捕らえた地を「出雲国宇夜江」としている。しかも、次にあげる『古事記』垂仁記における本牟智和気御子の物語は、いちだんと出雲とのかかわりを強調する叙述となっている。ちなみにそれは、本牟智和気御子の一代記的構成をもっていることが注目される。その叙述は相当に長文にわたるので、『日本書紀』の本文を対応しながら、その要約をもって示すこととする。

（A）垂仁天皇の妃・沙本毘売命《さほびめのみこと》は、兄の沙本毘古王《さほびこのみこ》の反乱には、その兄に従って、稲城の中に入る。その妃はすでに天皇の子を宿しており、兄と籠る稲城の中で御子を生み落した。妃は稲城を攻める天皇の許に、その御子を差し出すと、天皇は元来、子の名は母が付けるものなので、それを決めよと仰せられた。そこで妃は、「今、火《ひ》の稲城《いなぎ》を焼く時に当りて、火中《ほなか》に生めるが故《ゆゑ》に、其の御名は本牟智和気御子《ほむちわけのみこ》と称ふべし」とお答えになる。さらに天皇の仰せにしたがって、妃は大湯坐《おほゆゑ》、若湯坐《わかゆゑ》を乳母と定めて養育させてくださいと申し上げた。やがて天皇は、その兄の沙本比古王を殺しなさると、沙本毘売命も、兄に殉じなさった。　〈御子の稲城・火中誕生〉

（Ⅰ）この御子は、「八拳鬚《やつかひげ》の心前《こころさき》に至るまで」物言わぬ方で、天皇は御子を連れて、二俣小舟を作り、それを倭《やまと》の市師池《いちしのいけ》・軽池《かるのいけ》に浮かべて「舟あそび」をなさったが、やはりもの言うことはなかった。　〈もの言わぬ御子〉

（Ⅱ）たまたま空高く鵠《くぐひ》が鳴いて飛ぶとき、御子ははじめて「阿芸登比《あぎとひ》」（片言）をなさった。〈鵠に片言する御子〉

（Ⅲ）そこで天皇は、山辺《やまべ》の大鶙《おほたか》に命じて、その鳥を捕まえさせなさった。大鶙は、その鵠を追って、木国《きのくに》から針《はり》間《ま》・稲羽《いなば》、さらに旦波《たには》・多遅麻《たぢま》に至り、近淡海《ちかつあふみ》・三野《みの》・尾張《おはり》・科野《しなの》・高志《こし》と追い、和那美《わなみ》の水門《みなと》に網を張って、ようやくそれを捕えて天皇に奉った。しかし御子は、もの言いはなさらなかった。

〈山辺の大鶙《おほたか》の鵠捕縛〉

（B）たまたま天皇が寝ておられると、御夢に、「わが宮を天皇の大殿のごとくに修造するならば、御子はほんとうの言葉を言うことができるようになる」とのお告げがあった。これを太占《ふとまに》によって占わせると、その祟りは出雲の大神の御心であることが分った。

〈出雲の大神の祟り〉

（C）そこで御子を出雲の大神の宮に赴かせて拝ませることとなり、その御供に曙立王《あけたつのみこ》・菟上王《うのかみのみこ》の兄弟を選び、御子に添えて出立させる。その折に占うと、奈良坂越で行っても、大坂越で行っても「跛《あしなへ》・盲《めしひ》に遇はむ、唯、木戸（紀伊）のみ、是掖月の吉き戸ぞ」とあったので、それに従って出かけて行かれ、お着きになった土地ごとに、御子の名代として品遅部《ほむぢべ》を定めなさったという。

〈御子の出雲行き、道筋の品遅部〉

（Ⅳ）御子はようやく出雲に到《たど》り着き、大神を拝《をらが》み申し上げての帰途、肥河《ひのかは》に黒木のままの橋を架け、その下に仮宮《かりみや》を作ってお籠りになった。そこで出雲国造《くにのみやつこ》の先祖、岐比佐都美《きひさつみ》が、青々とした木の葉の飾りを河下に立てて、大御食《おほみけ》を献るとき、御子は、「是《こ》の河下にして、青葉の山の如《ごと》きは、山と見えて山に非《あら》ず。若《も》し出雲《いづも》の石硐《いはくま》の曽《その》宮《みや》に坐《いま》す葦原色許男《あしはらしこをの》大神を以《も》ちいつく祝《ほふり》の大庭《おほには》か」とお尋ねになった。お供の王《みこ》たちは、これを聞いて大いに歓び、御子を檳榔《あぢまさ》の長穂宮《ながほのみや》にお遷《うつ》し申しあげ、右のことを天皇の許に早馬で知らせたという。

〈肥河の仮宮における御子のもの言い〉

（D）その折に、一夜、御子は肥長比売《ひながひめ》と枕を共になさったが、ひそかに比売《ひめ》を覗《のぞ》き見ると、それは蛇体であった。御子が驚き恐れて舟に乗って逃げ出すと、比売は海原を輝やかして、舟で追い駆けてきた。御子はますます恐れ

おののいて、舟を山の谷間に引き上げて、山を越えて、大和へ逃げ帰られたという。〈御子の婚姻・逃走〉

（E）お供の曙立王たちは、改めて御子が出雲の大神を祀り拝みなさることによって物言いをなさった旨を天皇に報告申し上げた。天皇は喜んで二人を出雲に引き帰らせ、大神の宮を新たに造らせなさった。

〈出雲大神の宮の造営〉

（V）これによって天皇は、御子のために、鳥取部、鳥甘部、品遅部・大湯坐・若湯坐を定めなさったという。

〈鳥取部・品遅部・大湯坐などの始まり〉

右のごとく『古事記』の叙述は、大枠は『日本書紀』のそれに準ずるもので、その（I）〜（V）は、『日本書紀』のI〜Vの叙述に対応する。

しかしIの〈もの言わぬ御子〉には、市師池・軽池における「舟のあそび」があげられており、はやく折口信夫氏以来、『日本書紀』雄略天皇十年の「水間君《みぬまのきみ》の献《たてまつ》れる養鳥人《とりかひら》等を以て、軽村《かるのむら》、磐余村《いはれのむら》の二所《ふたところ》に安置《おか》しめたまふ」の叙述をあげて、この「舟のあそび」の魂ふりは、水間氏の奉仕するものと説かれる。[8] その水間氏は、水沼の水神を祭祀する集団で、白鳥などの鳥取・鳥飼のわざに通じ、出雲の祭祀・信仰とも深くかかわったという。[9]

また、（Ⅲ）の〈山辺の大鶙の鵠捕縛〉は、『日本書紀』では、鳥取造の先祖・湯河板挙であった。勿論「山辺の大鶙」は大鷹の擬人化であり、鷹は聖なる魂の憑る白鳥を追う「魂乞い」の鳥である。しかしこれではその出自を鳥取造と言わなくなっており、鳥取部の伝承としては、いささかの後退がうかがえる。しかし、伝承が鳥取部らのものであったことはかわりがないであろう。ちなみに山辺の大鶙が鵠を追う国々は、いずれも白鳥の飛来地であり、鳥取部が配置された地であることをはやくに志田諄一氏が説かれている。[10] それならば、白鳥を追う鷹飼を擁した鳥取部は、水間氏に属するものとなろう。が、谷川氏は「天孫本紀」の「物部阿遅古連《あじこむらじ》、水間君等の祖」などの記事によって、水間氏もまた物部氏の流れを汲む氏族であることを注目されている。[11] それにもかかわらず、『古事記』においては、「舟あそび」の魂ふりのみならず、この白鳥を捕らえる「鳥のあそび」の魂ふりにおいても、本牟遅和気御子の完全なるもの言いは果されなかったと語るのである。それが山辺の大鶙を鳥取造の祖とは言わぬ叙述となったとも推されるが、その本牟遅和気御子の「魂ふり」の完成は、自らが出雲に赴くことに期されるのである。

それが（Ⅳ）の〈肥河の仮宮における御子のもの言い〉である。『日本書紀』のⅣの叙述に対応するものであるが、その内容は大いに違っている。およそ出雲国は、古くより白鳥の飛来地として知られており、白鵠による魂ふりの祭儀の営まれていたことは、『出雲国造神賀詞』の詞章によって察知されることであった。つまり『古事記』の叙述は、白鳥の国・出雲の地における本牟遅和気御子の魂ふりの達成を出雲の大神（葦原色許男大神）の加護によるものと改変しているのである。ところで、その肥河の仮宮における御子の大神祭祀について、尾幡喜一郎氏は、その籠りのなかからものを発する状態を神人の「神事動作」ととらえ、「音唖者が、一種の呪師として、神性の持ち主として神の座に斎き迎へられ」たものと論じられている。[12] また大久間喜一郎氏も、『日本書紀』天武天皇元年七月における高市《たけち》郡大領《こほりのみやつこ》高市県主《たけちのあがたぬし》許梅《こめ》が神憑りして託宣するにあたって、しばらく物言わぬ状態に入ったとする説話をあげて、「神が憑依して託宣をなすとき、神の尸童《よりまし》となる人は、暫くの間唖のようになると信じられていた」として、本牟智和気御子の大神祭祀のなかの物言いをとらえておられる。[13] いずれも傾聴すべき説ではあるが、この御子がはじめて言葉を発する状態は、託宣する神人や尸童《よりまし》とは少しく違っていると言わねばならない。むしろこれは、新しく神となる巫者が、はじめて神の声を発する〈口開き〉に準ずるものと言える。これは南島のノロやユタの成巫の過程で見出されるもので、[14] その神口は守護神の加護によって果されるものである。巫者はこれによって神拝みの第一歩を踏み出すのであり、これは奄美・沖縄のみならず東アジアのシャーマンのなかで、一般的に見られるものである。[15] したがってこの場合、出雲の大神は親神・守護霊として新たな神（子神）の誕生に立ち合っていることになる。すなわち、仮宮における御子のもの言いは、子神の誕生を意味し、親神・出雲の大神の承認を得て、巫者（子神）として活動を開始させることの意義を隠すものと言える。もう一つ注目されるのは、この物言わぬ本牟遅和気御子の伝承が、須佐男之命のそれと重なることである。これは多くの人々が指摘されることであるが、この出雲の大神を祀る仮宮を設けられた肥河《ひのかは》は須佐之男命が八岐大蛇を退治して草薙剣（本の名は天叢雲剣《あめのむらくものつるぎ》）を発見した聖なる流れであった。そしてこの須佐之男命の伝承が、肥河（現、斐伊川）に沿った鍛冶文化を背景とすることは、多くの人によって論じられている。つまり、後の仁多郡から飯石郡・大原郡に及ぶタタラ鍛冶がその跡とみる。それならば、出雲の大神を祀る仮宮の「黒き樔橋《すばし》」―それは今は確定できないが―を渡した「肥河」も、その鍛冶文化のなかにあったと推されよう。そして須佐之男命の跡を襲ったとされる出雲の大神も、また一方では鍛冶の大神としての資格をも維持していたとも言える。それならば、その子神ともいうべき本牟遅和気御子の伝承も、出雲の鍛冶師集団に支持されていたにちがいあるまい。

そして最後の（V）〈鳥取部・品遅部・大湯坐の始まり〉は、『日本書紀』のVの叙述に準じて鳥取部の伝承を維持するものであるが、後にあげる（A）（C）の叙述に応じて、本牟遅別御子の子代たる品遅部、御子を守り育てる大湯坐・若湯座の設置を強調したものとなっている。

そこで、『古事記』における叙述の特異を示す（A）～（G）を検してみる。

まず冒頭の（A）〈御子の稲城・火中誕生〉は勿論、『日本書紀』もあげる説話である。しかしそれは、垂仁天皇四年の紀伝の一つとして狭穂彦王《さほひこのみこ》の反乱を叙し、焼かれた稲城からの誉津別命の救出をあげるが、その御子の名の由来が火中の誕生にあった由を説くことはない。しかもその本牟遅別王の説話は、七年の当麻蹶速《たいまのくゑはや》と野見宿弥《のみのすくね》の力比べ、十五年の日葉酢媛命《ひばすてひめのみこと》の立后をあげた後に、天皇の二十三年における紀伝としてあげる。それに対して『古事記』における〈御子の稲城・火中誕生〉は、本牟智和気御子物語の発端として用意され、続けて御子の苦難・再生の物語が、一代記的に語られることになっている。

次の（B）〈出雲の大神の祟り〉は、（C）～（E）の叙述とともに、鳥取部の伝承を大きく出雲信仰圏に取り込んであげるものである。ただ御子の物言わぬことを大神の祟りとし、その叙述は、母・沙本毘売の行為に兄妹婚の罪を隠してのことと推される。兄の沙本毘古《さほびこ》と妹の沙本毘売《さほびめ》との関係に兄妹婚の原像がうかがえることははやくに指摘されているが、元来、聖なる兄妹婚は、神話の世界を越えた現実社会のなかでは、「国の罪」に含まれる。この神の祟りには、御子が母の犯した罪を背負っていることを暗示したものとも言えよう。

続く（C）〈御子の出雲行き・道筋の品遅部〉は品遅部《はむちべ》と鍛冶（水銀）との関係をうかがわせる叙述である。『古事記』の開化天皇の条に、曙立王《あけたちのみこ》は、「伊勢の品遅部君《ほむぢべのきみ》・伊勢の佐那造《さなのみやつこ》が祖《おや》ぞ」とある。はやく尾幡喜一郎氏は、この伊勢の佐那一帯は、古来、水銀を多く産出する所であり、その朱砂より精錬する水銀は、しばしば身体・言語障害の人を生むものであることに注目、曙立王・菟上王を祖と仰ぐ伊勢品遅部らは、「唖神としての本牟智和気の伝への一班を、保持管理してゐた」と解されている。[16] 谷川健一氏も、その伊勢の佐那に曙立王を祀る佐那神社を確認し、その両方に丹生があることを指摘される。[17] 丹生は朱砂（水銀）を産出するところであり、古来、伊勢は最も多くの水銀を産出した地として、世に知られてきた。それならば、曙立王を伴った本牟智和気御子が、「跛《あしなへ》・盲《めしい》」に会わぬ道を選んで出雲に赴かれたという叙述は、丹生鉱山の公害に苦しむ人々の伝承をひそませていると言える。西郷信綱氏は、その大和から出雲に到る御子の道沿いに『和名抄』の「品治」の地名を拾っておられるが、[18] それらはいずれも水銀鉱と関《かか》わる地と推される。そしてその品遅部の村には、しばしば不具を輩出する説話が伝えられている。谷川氏によると、物言わぬ皇子の説話は、伊勢の品遅部によって各地に運ばれたという。(19) ちなみに『出雲国風土記』に仁多郡・三沢の郷の条にも、大神大穴持命《おほなもちのみこと》の御子《みこ》、阿遅須枳高日子命《あぢすきたかひこのみこと》の物言わぬ説話があげられているが、これは品治部に属した仁多郡司《こほりのつかさ》主帳《ふみひと》の手によるものと説かれている。すなわち、この（C）の叙述は、水銀鍛冶とかかわった品遅都の伝承が導入されたものと推されるのである。

次の（E）〈御子の婚姻・逃走〉は、再生した本牟遅和気御子の結婚をあげるもので、その相手は、肥河を支配する肥長比売で、本体は蛇体であった。その異類との婚姻は当然破綻に及ぶ。これは三輪山神婚説話の男女の関係が逆になって語られる。その蛇体と化す肥長比売は、肥河の水神を象徴するものであり、本牟遅和気御子が肥河に誕生した新たな鍛冶神を擬すものとすれば、この御子と比売との婚姻は鍛冶信仰のなかでは必然性があったと言えるであろう。ちなみに、鍛冶精錬のわざは、水神（雷神）の加護によって果されるものである。

最後の（F）〈出雲大神の宮の造営〉は、（B）〈出雲の大神の祟り〉に応ずるもので、これによって御子の生命の復活は完全に達成されたこととなる。しかもこれを鍛冶文化の面から考えると、新たなる鍛冶神・本牟遅和気の誕生とともに、葦原色許男大神は、新たに出雲における鍛冶の大神として祭祀されたということになるであろう。

さて、以上の検討を通して『古事記』における本牟智和気御子の魂の再生物語をみると、出雲地方の鍛冶文化のなかで、品遅部の鍛冶伝承を導入しながら、新たなる鍛冶神誕生譚に再構成されていることが察せられる。つまりその本牟智和気御子の一代記は、まさに金属精錬の実態をなぞるように叙述されるものであり、そこにはあらたなる鍛冶神の誕生を語る神話が秘められていると言えるのであった。

おわりに――白鳥（鷹）と鍛冶――

治承四年（一一八〇）十二月、平重衡の兵火で、奈良時代以降の東大寺諸堂・坊舎は、法華堂や二月堂などを残してほとんど類焼し、その再興があやぶまれたが、俊乗房重源が翌養和元年（一一八一）八月宣旨をうけて造東大寺勧進となり、復興にあたった。後白河法皇・九条兼実をはじめとする貴賤の援助と、宋朝鋳物師の大工・陳和卿、日本鋳物師大工・草部是助らの協力を得て、大仏再建の事業は進み、文治元年（一一八五）八月には大仏開眼供養会がおこなわれた。『東大寺造立供養記』(20)は、その東大寺諸堂伽藍炎上後の、俊乗房重源による盧舎那大仏の修理、大仏殿再建と諸仏堂の造立の経緯を編年体に記載したものである。次にあげるのは、その前年で、まずその冒頭の後に、養和元年十月より大仏が鋳始められ、寿永二年（一一八三）五月二十八日に仏体は鋳終わる。その作業は壮絶をきわめ、そのさまが如実に叙されている。しかもその仏像鋳造のなかで、さまざまな奇異が出現した。その一例をあげる。

　又自二春日山一白鳥飛来。翔二多多羅上一。或飛二廻火炉之辺一。或上二下炎煙之中一。万人驚レ目。是為二結縁一化鳥飛来。或仮屋之上瑞雲聳。

すなわち燃えさかるタタラ場に、白鳥が結縁のために飛来したという。ちなみにこの俊乗房重源に従って、大仏の鋳造にかかわった草部（日下部）是助を惣官とする東大寺鋳物師は、網野善彦氏が説かれるごとく広階《ひろはし》姓鋳物師と融合し、蔵人所左方御作手とし、その活動を全国に広げていったのである(21)。

それはともあれ、燃え盛る大仏鋳造のタタラ場に、白鳥が飛来するとは、いかなる意義をもつのであろうか。そしてそれは、冒頭にあげた「鳥と鍛冶」とかかわる伝承と言える。しかし松本信広氏があげられた鳥は、鵄《とび》のような猛禽類に属するものであった。それを鷹として語るのが、「宇佐八幡縁起」である。「鷹と鍛冶」とのかかわりを語る伝承であるが、それが物語として展開するのが、「百合若大臣」である。一方、わが国においては、その鳥を聖なる白鳥とする例が少なくない。右の大仏鋳造の場に出現した奇異なる化鳥もそれであるが、かの「金屋子神祭文」においては、それは「白鷺」であった。しかもこれが複合して白鳥を追う鷹の物語に展開する。右の日本書紀・古事記に掲げる、もの言わぬホムツワケ再生譚がそれであり、中世の本地物語の一つ「二荒山縁起」における有宇中将物語もこれに類する。いずれも鍛冶文化とかかわる放鷹伝承である。

それはおおげさに言えば自然と文明とかかわる人類史上の課題である。およそ民族を越えて鍛冶文化は、輝やかしい、あるいは苛烈な世界を切り開いてきた。しかもそれは鳥類が羽ばたく自然のなかから発見されたものである。つまり鍛冶の力、鉄の力は、鳥類の生息する自然が生み出すものである。したがって、聖なる鳥に憑《よ》りつく聖なる人間の魂は、聖なる鉄に宿ることにもなる。そしてわたくしどもの多くの伝承文学は、その自然と文明とのはざまに誕生するのであった。

注

（1）昭和三十一年（一九五六）、至文堂。
（2）森浩一氏編『鉄―日本文化の探求』（昭和四十九年（一九七四）、社会思想社）。
（3）『折口信夫全集』第十七巻（芸能史篇Ｉ）（昭和三十一年（一九五六）、中央公論社）所収『鷹狩りと操り芝居』。
（4）『折口信夫全集』第二巻（古代研究・民俗学篇Ｉ）（昭和三十年（一九五五））、所収「水の女」。
（5）（6）（7）『白鳥伝説』（昭和六十年（一九八五）、集英社）第一部第三章の「鳥取氏の先祖アメノユカワタナの役割」。

（8）右掲注（4）に同じ。
（9）右掲注（5）に同じ。
（10）『古代氏族の性格と伝承』（昭和四十九年〔一九七四〕、雄山閣）第五章〈鳥取造〉。
（11）右掲注（5）同書、第一部第三章の「もう一つ、鍛冶氏族には鳥の伝承がまつわる」。
（12）『古代文学文学序説』（昭和四十三年〔一九六八〕、桜楓社）第一章「神と神を祭る者―耳を名とする神々と託宣と―」。
（13）『古代文学の伝統』（昭和五十三年〔一九七五〕、笠間書院）「司祭伝承考」。
（14）山下欣一氏『奄美のシャーマニズム』（昭和五十二年〔一九七七〕、弘文堂）第三章「奄美のユタの実態―その成巫過程ならびに呪術行為―」、拙著『神語りの誕生』（平成二十一年〔二〇〇九〕）第一編第二章「神語りの発生―巫現の成巫過程のなかから―」など。
（15）赤松智城・秋葉隆『朝鮮巫俗の研究』〔下巻〕（昭和十三年〔一九三八〕、大阪屋号書店）第三章「入巫過程」、崔吉城氏『韓国のシャーマニズム』（昭和五十九年〔一九八四〕、弘文堂）第一章第四節「入巫過程」、サランゴワ氏「内モンゴル・ホルチン地方の成巫過程―守護霊の憑依「口を開く」について―」（『説話・伝承学』第十九号、平成二十三年〔二〇一一〕年三月）など。
（16）右掲注（12）同書、第二章「古代文学と不具者―その俳優人を中心に―」〈誉津別命考〉。
（17）右掲注（5）同書、「鳥取氏の先祖アメノユカワタナの役割」。
（18）『古事記注釈』第三巻（昭和六十三年〔一九八八〕、平凡社）〈出雲大神のたたり〉。
（19）右掲注（5）同書、第一部第三章の「祖先を白鳥と考える物部氏の意識の流れ」。
（20）本書の記事は、ほぼ建仁三年〔一二〇三〕十一月三十日、大仏殿落慶以後に完成した諸仏供養がおこなわれたことが、ほぼ最後となる。したがって、それ以降まもなくの編集と推される。最末に亨徳元年〔一四五二〕十月の「東大寺戒壇院再興勧進案」を収録しているが、後年に付加書写されたものと言える。
（21）『日本中世の非農業民と天皇』（昭和五十九年〔一九八四〕、岩波書店）第三部第二節「東大寺鋳物師の成立」。

第一編　放鷹文化の精神風土

第一章　交野・為奈野の伝承風景

一　坂上田村麻呂の職掌

およそ古代の社会生活において、自らの住する共同体の外縁（山野）の鳥獣を捕獲する営みは、いたずらに生命維持の蛋白源を求めることに留まるものではなかった。それは山野の神がもたらすサチを得る聖なる営みであり、自らの生命の再生・増殖を期する鎮魂《タマフリ》の意義を有する「狩のあそび」であった。したがってその「あそび」は、しばしば人生の節目、季節の代り目に営まれるものであった。この「狩のあそび」の意義を早く説いたのが折口信夫氏であった。[1]

その説にしたがえば、その「狩のあそび」の意義を端的に示すのが、聖なる鷹を駆して営む「鳥あそび」ということになる。特に鎮魂の祭の頃おい、聖なる魂が憑《よ》る白鳥を追う放鷹のわざは、聖なる「魂乞ひ」の儀礼とも判じられよう。[2]『日本書紀』『古事記』のあげる誉津《ほむつ》別皇子《わけのみこ》説話が、それを示している。物言わぬ皇子の魂を求めて大鷹が白鳥（鵠《くぐひ》）をとらえるとき、皇子の生命は再生して、みごとに「もの言ふ」のであった。

さて、その放鷹のわざは、古代における文化の多くが、大陸からの渡来の民にもたらされたごとく、まずは百済系の渡来人によって招来されたものであった。『日本書紀』仁徳天皇四十一年三月の条、および四十三年九月の条には、次のように記されている。

四十一年の春三月に、紀角宿禰《きのつののすくね》を百済《くだら》に遣《つかは》して、始めて国郡《くにこほり》の壇場《さかひ》を分《わか》ちて、具《つぶさ》に郷土所出《くにつもの》を録《しる》さしむ。是の時に、百済王《くだらのこにきし》の族酒君《やからさけのきみ》、无礼《ゐやな》し。是に由《よ》りて、紀角宿禰、百済王を訶《ころ》ふ。百済王、懼《かしこま》りて鉄鎖《くろがねのくさり》を以ちて酒君を縛《ゆは》ひ、龍津彦《そつひこ》に附けて進上《たてまつ》る。爰に酒君来《まゐき》て、則ち石川錦織首《にしこりのおびと》許呂斯《ころし》が家に逃げ匿《かく》り、則ち欺《あざむ》きて曰く、「天皇《すめらみこと》、既に臣《かつかれ》が罪を赦《ゆる》したまへり。故《かれ》、汝《いまし》に寄《つ》きて活《わたら》はむ」といふ。久しくして、天皇遂に其の罪を赦したまふ。

四十三年の秋九月の庚子《かうし》の朔《つきたち》に、依網屯倉《よさみのみやけ》の阿弭古《あびこ》、異鳥《あやしきとり》を捕《とら》へて天皇に献《たてまつ》りて曰《まを》さく、「臣《やつこ》、毎《つね》に網《あみ》を張りて鳥を捕ふるに、未《いま》だ曽《かつ》て是の鳥の類《たぐひ》を得ず。故《かれ》、奇《あや》しびて献《たてまつ》る」とまをす。天皇、酒君を召し鳥を示《み》せて曰《のたま》はく、「是《これ》、何鳥《いかなるとり》ぞ」とのたまふ。酒君、対《こた》へて言《まを》さく、「此の鳥の類《たぐひ》、多《さは》に百済に在り。馴《なつ》け得《え》ば能《よ》く人に従ひ、亦捷《と》く飛びて諸鳥《もろもろのとり》を掠《かす》む。百済の俗《ひと》、倶知《くち》と曰《い》ふ」とまをす。是《これ》、今時《いま》の鷹なり。乃《すなは》ち酒君に授けて、養《か》ひ馴《なつ》けしめたまふ。幾時《いくばく》もあらずして馴《なつ》くること得たり。酒君、則ち韋《あしかは》の緡《あしを》を以ちて其の足に著《つ》け、小鈴を以ちて其尾《を》に著け、腕《ただむき》の上に居《す》ゑて、天皇に献《たてまつ》る。是の日に、百舌野《もずの》に幸《いでま》して遊猟《かり》したまふ。時に雌雉《めきぎし》、多《さわ》に起《た》つ。乃ち鷹を放《はな》ちて捕《と》らしむ。忽《たちまち》に数十《あまた》の雉《きぎし》を獲《え》つ。是の月に、甫《はじ》めて鷹甘部《たかかひべ》を定む。故《かれ》、時人《ときのひと》、其の鷹を養《か》ふ処《ところ》を号《なづ》けて鷹甘邑《たかかひのむら》と曰ふ。

その前者は、はじめてわが国に鷹飼のわざを伝えたという百済王族・酒君の渡来の経緯を語るものである。そして後者は、その酒君が天皇の命によって、鷹なる異鳥《あやしきとり》を馴致して、はじめて百舌野において鷹狩を営んだことをあげている。その酒君が鷹を養い育てた地は摂津の鷹甘邑（鷹合村）であり、酒君が鷹飼のわざを伝えたのは、天皇家の品部の一つ、鷹甘部であるという。その鷹甘部がやがて律令国家においては、兵部省の主鷹司《しゆようし》（放鷹司）の率いる鷹《よう》戸《こ》に引き継がれたことを示す記事とも言えよう。

右の伝えによると、天皇の生命（御魂）の保持をつとめとする放鷹のわざなる鷹飼は、まずは百済系の渡来人によってもたらされたことになる。そしてそのわざは、律令国家体制のなかで、さまざまな変動はありながら、そのおよそは、百済系の渡来人、およびその末裔の人々によって主導されるものであったが、それについては、秋吉正博氏が詳しく説くところである。[3] しかしまた、八世紀から九世紀にかけて、その政治的社会的変動のなかで、兵部省所管の主鷹司から、さらに蔵人所鷹所に及んで、百済系以外の氏族のなかにも、官制的鷹飼が少なからず見出されることも明らかにされている。[4] そしてそのなかに東漢系渡来氏族の坂上氏（桧前氏）のあったことを今は注目するのである。[5]

その坂上氏（桧前氏）は、元来、応神天皇の御世に、後漢の霊帝の曾孫、阿知使王《あちのおみ》がその子都加使臣《つかのおみ》とともに、党類十七県を率いて、朝鮮半島の帯方郡から渡来した一族に属する氏族であった。そしてその一族は倭漢直《やまとあやのあたい》と総称され、坂上苅田麻呂がその中心的立場にある頃には、十一の忌寸姓に分れていた。『続日本紀』延暦四年（七八五）六月十日の条によれば、坂上大忌寸苅田麻呂が一族を代表して、その「忌寸十一姓十六人」に、いちだん上の姓の「宿《すく》禰《ね》」を賜わることを奏上、それによってそれぞれに宿祢姓を与えられている。やがてその苅田麻呂の子に、坂上大宿祢田村麻呂が登場するのであるが、それに至る系譜（人名）を『坂上系図』[6]（次頁）によってあげてみる。

その人名群からは、この家筋が維持してきた職掌がうかがえるようである。「弓束直」「直弓」「雄弓」は弓矢のわざ、「駒子直」は馬飼のわざ、「犬飼」「鷹主」「鷹養」は犬飼・鷹飼のわざ、「鳥直」もそれに準ずる鳥飼のわざ、そして「大野」「浄野」「正野」「滋野」も狩野・鷹野に通じるものと推されよう。

問題は中心となる田村麻呂の職掌は何かということである。勿論、坂上氏は武勇をもって認められた家筋で、それは言うまでもない。たとえば苅田麻呂について『続日本紀』延暦五年（七八六）正月戊戌（七日）の条の薨伝には、「授刀少《たちはきのせう》

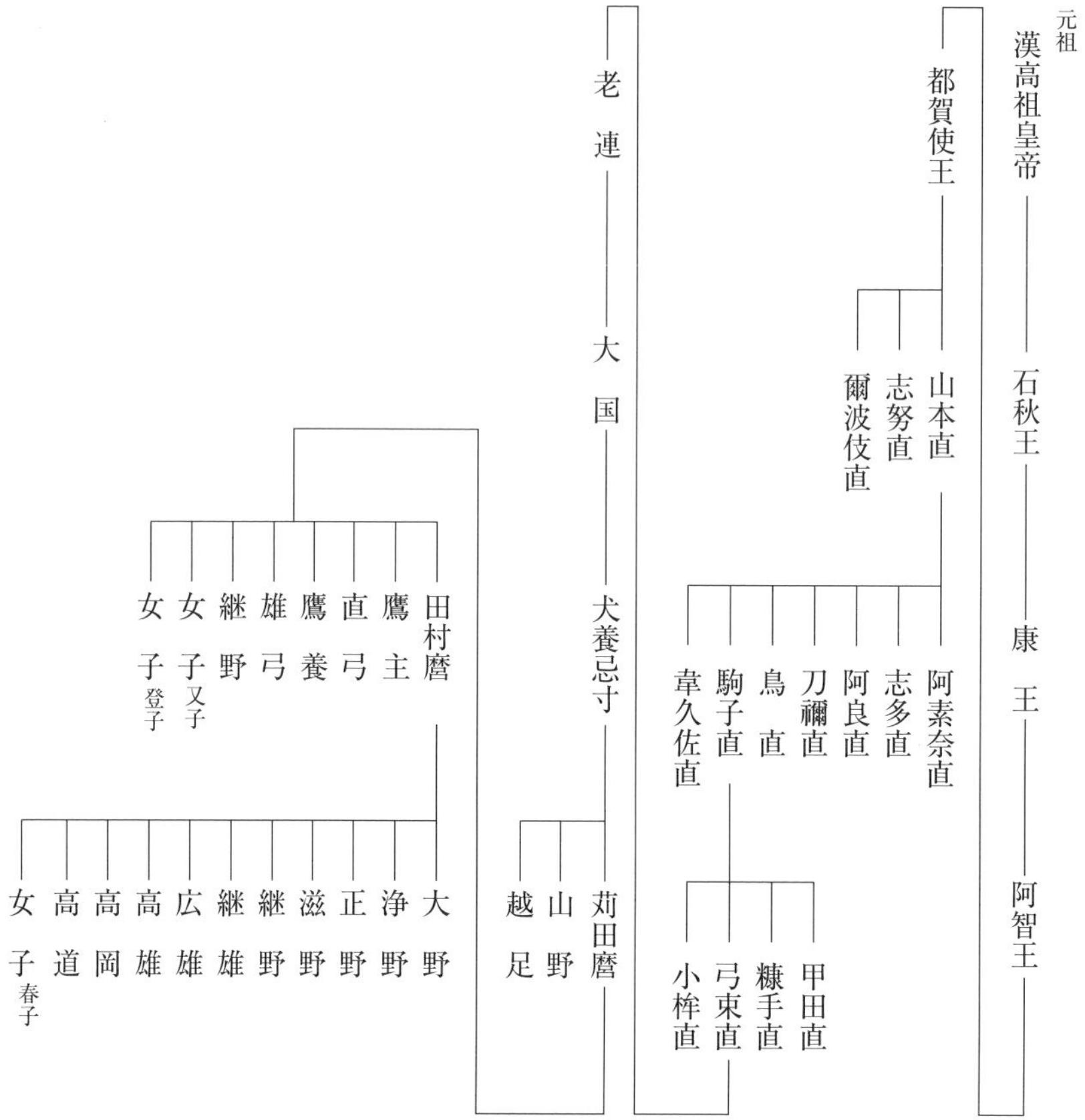

尉《ゐ》」以来の武勇の功績をあげ、「中衛少将」「陸奥鎮守将軍」「近衛員外《いんぐゑの》中将」などを経て、「右《う》衛《ゑ》士督《じのかみ》」に至ったことを述べ、「苅田麻呂は、家世《いへのよ》弓馬を事とし、馳《ち》射《しゃ》を善くす。宮掖《くうやく》に宿衛《とのゐまもり》して数朝に歴事す」とある。特に注目すべきは、天皇・国家に対する朝敵を討つのみならず、天皇の宮掖に宿衛し、その生命の安全を堅持したということである。そしてそれは、その子・田村麻呂に引き継がれており、その生涯のほとんどは天皇に近侍して、その生命の堅持に尽くしてきたと言えるのである。

　すなわちその田村麻呂は、『日本後紀』弘仁二年（八一一）五月丙辰（廿三日）の薨伝には、「田村麻呂。赤面黄髭。勇力過レ人。有二将師之量一。帝壮レ之。延暦廿三年拝二征夷大将軍一」とある。その結果、それまで難渋していた征夷が、一応、果たされるに至ったことはよく知られている。しかしかれの輝かしい略歴は、武力によるものだけではなかった。まずその任は、宝亀十年（七七九）の近衛将監に始まり、近衛少将・近衛中将を経て、大同二年（八〇七）には右近衛大将に至っている。その間に鎮守将軍をつとめ、二度にわたって征夷大将軍に任ぜられていたのである。つまり田村麻呂は天皇の宿掖に近侍する武官であり、あくまでも天皇の生命の安泰を維持する使命をもってそば近くに仕えたと言える。そしてその生涯の多くは、桓武天皇に近侍することで、それゆえに娘の春子を後宮に入れたと言える。『日本後紀』延暦二十四年（八〇五）の条によると、春正月辛未朔に桓武天皇は重態に陥られている。そして同月甲申（一四）には、鷹所の鷹が一斉に放たれている。すなわち、「放二却鷹犬一。侍臣莫レ不レ流レ涙」とある。『西宮記』[7]巻十二〈天皇崩御〉によれば、その「放御鷹事」は、崩御とともになされたごとくであるが[8]、古くは右の桓武天皇の事例のように、御魂が御身から離れようとする生前の「魂乞い」として営まれていたのである。そしてそれは葬送習俗の「魂よばい」に準ずるもので[9]、その御魂の再生・復活を期したものにちがいない。しかしその「魂乞い」の甲斐なく、同年三月辛巳（一七）に、遂に桓武天皇は崩御なさる。その「正寝」のそばに侍っていた者は、皇太子（後の平城天皇）のほか、「参議従三位近衛中将坂上大宿祢田村麻呂、春宮大夫従三位藤原朝臣葛野麻呂」などであった。また同年夏四月甲午朔の条によると、田村麻呂は藤原葛野麻呂らともども、桓武天皇の「誄《しのびごと》」の儀礼をとりおこなっている。

その田村麻呂は、桓武天皇が崩御された五年後の弘仁二年五月丙辰（二三）に亡くなっている。改めて『日本後紀』があげる薨伝を掲げてみる。

大納言正三位兼右近衛大将兵部卿坂上大宿祢田村麻呂薨。正四位上犬養之孫。従三位苅田麻呂之子也。其先阿智使主。後漢霊帝之曾孫也。漢祚遷レ魏。避二国帯方一。誉田天皇之代。率二部落一内附。家世尚レ武。調レ鷹相レ馬。子孫伝レ業。（中略）大同五年転二大納言一。兼二近衛大将一。頻将二辺兵一。毎レ出有レ功。寛容待レ士。能得二死力一。薨二粟田別業一。贈二従二位一。時年五十四。

ここで注目すべきは、傍点部分の「家世尚レ武。調レ鷹相レ馬」という記事である。苅田麻呂の薨伝には、「家世弓馬を事とし、馳射を善くす」であったが、これでは「尚レ武」にとどまらず、「調鷹」「相馬」をも家業として掲げていることである。[10]「調鷹」とは鷹を飼育することで、その放鷹は「魂乞い」に通ずるわざであった。また「相馬」は馬の善し悪しを占うわざで、馬飼の職掌に属するものである。しかしその馬飼のわざは、元来、神に準ずる聖者（天皇）のために用意されるものであれば、その職掌は鷹飼に準ずるもので、両者のそれはきわめて近接したものと言えるであろう。[11]そしてその馬飼・相馬のわざは、鷹飼のそれとともに、陰陽の神（星神）に従うものと推されるのであった。[12]したがってその田村麻呂の「尚武」も、「調鷹」「相馬」のわざとともども、星神にもとづく陰陽のわざに通じていた[13]ことが察せられるであろう。

さて右によると、坂上氏を代表する田村麻呂は、その三つの聖なるわざをよくすることで、天皇のそばに近侍する資格を有したものであり、それによって天皇の生命（御魂）の安泰を堅守する使命を果したということになるであろう。本稿は、その田村麻呂の武・鷹・馬に通じる職掌を踏まえて、それぞれの放鷹の伝承風景を検討し、日本人の精神文化の一端を明らめたいと念じるものである。

二　河内・交野の伝承風景

およそわれわれの生活空間である里（町）は、遥かに祖霊の赴くハレなる山を望んでいる。そしてその聖なる山に至る傾斜地は、人々にサチをもたらす「狩あそび」のハレの「野」であると同時に、死者を埋葬するケガレの「野」でもある。つまり俗なる生活空間に続く「野」は、生命の再生が期待される鎮魂《タマフリ》の聖地であると同時に、荒ぶる霊魂の鎮魂《タマシヅメ》が要求されるケガレの地でもあった。

これを桓武天皇が都をはじめられた京都盆地でみると、元来は俗なる生活空間であった里の中央に、天皇の住居なる内裏が設けられ、それを文武百官の屋形が囲み、その周縁を一般庶民の家々が軒を並べることとなった。そしてその外縁に望まれる山々は、元来、祖霊の赴く聖地であり、その東山・北山・西山の「野」は鳥獣の駆ける狩場・鷹場であって、平安京となっても、一部、それは継承されている。が、そこは荒ぶる霊魂の活動するケガレの「野」でもあり、平安京に至れば寺院が用意され、後には悪霊鎮圧の鎮花《はなしづめ》が営まれることにもなった(14)。

その京都盆地の南方は広い野原の空間が続き、東の賀茂川はやがて西の桂川に注ぎ込み、その淀川は八幡山を望んで、宇治川・木津川を迎え入れる。当然、そこは一大氾濫地帯となって、雷神・悪神の活動を許す異界と観じられた。後に平安京の裏鬼門とて石清水に八幡大菩薩が勧請された要因は、そこにある(15)。そしてその八幡山を越えると、「交野が原」が望まれる。元来、当地は平安朝に対する「野」とは言えないが、京に都が定着するに至れば、遠い「野」としての意義を有することになったと思われる。

その交野原は、東に生駒山からゆるやかに北に伸びる交野丘陵を擁し、やがてその丘陵が連なる男山連峰を北に仰

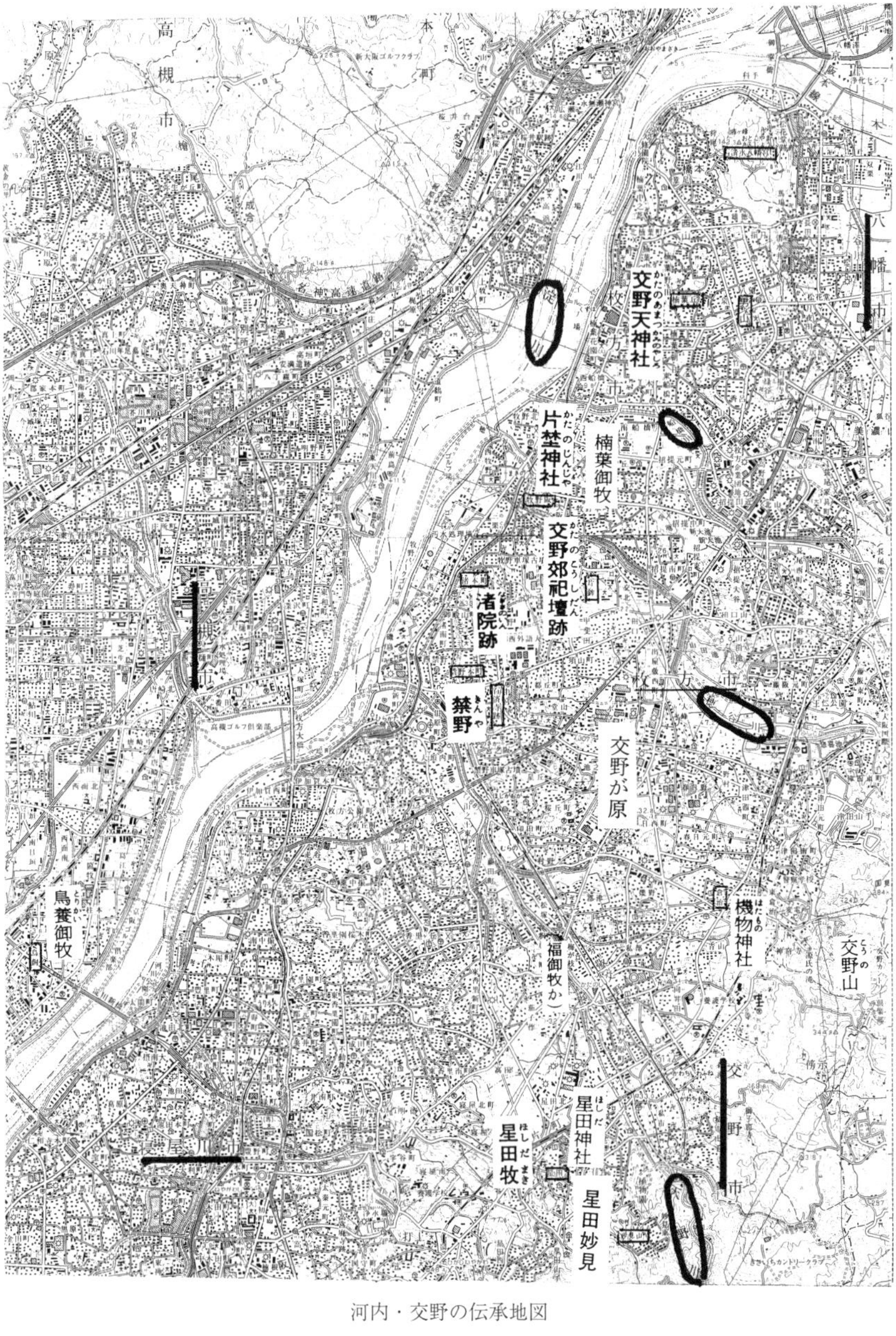
高槻市
枚方市
八幡市
交野市
交野天神社《かたのあまつかみのやしろ》
片埜神社《かたのじんじゃ》
楠葉御牧
交野郊祀壇跡《かたのこうしだん》
渚院跡
禁野《きんや》
交野が原
鳥養御牧《とりかい》
機物神社《はたもの》
交野山《こうの》
福御牧か）
星田牧《ほしだまき》
星田神社《ほしだ》
星田妙見

河内・交野の伝承地図

いでいる。そしてその交野丘陵・台地から船橋川・穂谷川・天野川がそれぞれに西流して淀の大河に流れ込む。この起伏する広い丘陵から三つの水流に沿う低湿地に及ぶ空間には、放鷹をよくする鳥獣が多く生息していたのである。しかもこの自然の風景のなかに、天野川（天の川）[16]・機織神社[17]・星田神社[18]（星田寺）・妙見山[19]など、星神信仰の跡が見え、楠葉牧[20]・星田の牧[21]など、御牧が点在していたのである。

さて平安京を開いた桓武天皇の交野行幸はおよそ十五回に及んでいる。それを『寝屋川市史』[22]第九巻収載の〈交野行幸〉一覧によって掲げてみる。

延暦二・一〇	交野行幸、鷹を放ちて遊猟す（十四日）	続日本紀
	交野郡の今年の租を免じ、国郡司及び行宮付近の高年ならびに諸司の陪従する者に物を賜う。百済寺に近江・播磨の正税各五〇〇〇束を施す。行在所に供奉する百済王等に叙位（十六日）	続日本紀
	車駕、交野より帰る（十八日）	続日本紀
延暦六・一〇	交野行幸、鷹を放ちて遊猟す。大納言藤原継縄（室は百済王明信）の別業を行宮となす（十七日）	続日本紀
	藤原継縄、百済王等を率いて奏楽。百済王等に叙位。還宮（二十日）	続日本紀
延暦一〇・一〇	交野行幸、鷹を放ちて遊猟。右大臣藤原継縄の別業を行宮とす（十日）	続日本紀
	継縄、百済王等を率いて百済楽を奏す。百済王等に叙位（十二日）	続日本紀
	車駕、還宮（十三日）	続日本紀
延暦一〇	車駕、交野に幸す。この時、畿内国司の献物を禁止（しかし全く遵守されず、国郡官司は私財ではなく、貢献に言寄せて百姓に負担をかけているので不穏な状態が続いているとして、弘仁五・三・四再禁止。但し私的に供進することは認める）	類聚国史
延暦一一・九	（栗前野〔二十一日〕、登勒野〔二十五日〕でそれぞれ遊猟の後）交野に遊猟す（二十八日）	類聚国史
延暦一二・一一	交野に遊猟す。右大臣藤原継縄、摺衣を献上。五位以上及び命婦・采女らに摺衣を賜う（十日）	類聚国史

延暦一三・九	交野に遊猟す（二十二日）	類聚国史
延暦一三・一〇	交野に遊猟す。百済王等に物を賜る（十三日）	類聚国史
延暦一四・三	交野に遊猟す（二十七日）	類聚国史
延暦一四・一〇	交野に行幸。右大臣藤原継縄の別業を行宮とす（十六日）	日本紀略
	車駕、還宮（二十二日）	日本紀略
延暦一六・一〇	（明日、車駕、交野に行幸予定だったが、啄木鳥が前殿に入ったため、中止（八日））	日本紀略
延暦一八・二	交野行幸（八日）	日本後紀
延暦一八・一〇	交野に遊猟（九日）	日本紀略
延暦一九・一〇	交野行幸（十七日）	日本紀略
	車駕還宮（二十五日）	日本紀略
延暦二一・一〇	交野行幸（九日）	日本紀略
	車駕、交野より帰る（十五日）	日本紀略

およそ交野は、桓武天皇を支えた百済王《くだらのこにきし》一族の本拠地であり、百済王明信を妻とする寵臣・藤原継縄《つぎただ》の別業の存する地であった。しかして天皇は、百済王家の接待の許に、継縄の別業を行在所として、しばしば放鷹の儀を営まれていた。その最初は、即位されてまもない延暦二年（七八三）冬十月のことであった。それは奈良の都からの「野行幸」である。『続日本紀』には次のように記されている。

〇戊午《一四日》、交野に行幸《みゆき》し、鷹を放ちて遊獦《みかり》したまふ。〇庚申《一六日》、詔《みことのり》して、当郡《そのこほり》の今年《ことし》の田租《でんそ》を免《ゆる》したまふ。国郡《こくぐん》司《じ》と行宮《かりみや》の側近《そくきん》の高年《かうねん》と、并《あは》せて諸司《しょし》の陪従《ばいじゅ》せる者《ひと》に、物賜《ものたま》ふこと各差《しな》有り。また百済王《くだらのこにきし》らの行在所《いでましところ》に供奉《つかへまつ》る

> 者《ひと》一両人に階《しな》を進《すす》め爵《しやく》を加《くは》ふ。（中略）百済王明信《みやうしん》に正四位下。正六位上百済王貞善《ちやうぜん》に従五位下。○壬戌《十八日》、車駕《ぎよが》、交野より至《いた》りたまふ。

その「野行幸」の具体的な様子は明らかではないが、これは交野の百済王の行在所に拠して営まれたもので、それは三日間、最後にこの行幸の世話方をつとめたそれぞれに、その功をねぎらい、禄を与え官爵を進めておられる。次の野行幸は、四年後、長岡京に遷都されてまもない延暦六年（七八七）十月のことである。

> ○丙申《十七日》、天皇《すめらみこと》、交野に行幸《みゆき》し、鷹を放《はな》ちて遊獦《みかり》したまふ。大納言従二位藤原朝臣継縄《つぐただ》の別業《べちがふ》を行宮《かりみや》としたまふ。
> ○己亥《二十日》、主人《あるじ》、百済王《くだらのこにきし》らを率ゐて種々《くさぐさ》の楽《がく》を奏《たてまつ》る。従五位上百済王玄鏡《ぐゑんきやう》・藤原朝臣乙叡《おとえ》に並《ならび》に正五位下を授《さづ》く。（中略）従五位下藤原朝臣家野《やかの》に従五位上。无位百済王明本《みやうほん》に従五位下。是《こ》の日《ひ》、宮《みや》に還《かへ》りたまふ。

このたびは、藤原継縄の別業を仮宮として営まれたものであるが、その接待はやはり百済王一族がつとめている。それは同じく三日間に及ぶもので、最後の日は楽を奏しての直会で、やはり行幸の接待役に、労をねぎらっての位階の加増がおこなわれている。

その「野行幸」およびそれにともなう放鷹の「狩のあそび」については、平安京の時代に入ってのことであるが、『新儀式』[23]第四の「野行幸事」の記述で、その一端を知ることができる。今、それを要約して示せば、およそ次のようである。

〔Ⅰ〕野行幸の準備

天皇の仰せにしたがい、上卿の参議が準備を整える。まず吉日を勘申して日程を決し、「尋常鶉飼鷹飼」、および「知二猟道一親王公卿井非参議四位五位」に供奉すべきことを伝え、自らは「装束使弁少将史等」を率いて幸すべき狩野に赴き、御在所・諸司幄の位置を点定する。

前十日、左右衛門府に仰せを伝え、「猟長尉志各一人」を差進せしめることを決する。その長等は、「各府別卒廿二人」を用意する。前四日、諸司・諸衛に行幸に供奉すべきことを伝える。

〔Ⅱ〕野行幸

当日、未明に天皇は南殿にお出ましになると、左右大将並びに親王公卿は庭前に列立する。鶏・鷹に供奉すべき王卿は、狩衣・深履を着し笏を把って参ずる。選ばれた鶏飼四人鷹飼四人は狩装束を着し、それぞれ四人の犬飼を率いて控える。左右の近衛の武官も、狩装束を整え陣を整える。少納言が鈴奏すると、天皇は御輿に召して出御なさる。中務丞・内舎人が従い、外衛の馬寮の官人がそれに添う。それに続く近衛の武官に扈従して、群官一行が進む。ただし鷹飼は相分れて近衛の陣の前にあり、鶏飼も相分れて御輿前・右大将の前に添う。犬飼もそれぞれに従う。

〔Ⅲ〕放鷹の「狩のあそび」

一行が狩野に到着すると、左右の近衛の陣は、御輿のそばに控える。「親王公卿及殿上侍臣」は、御輿の後に控える。また左右の馬寮官人も威儀の御馬に随って控える。そこで近衛の武官が御輿の帳を開くと、鷹飼等はそれぞれ御輿の前に走り寄って立つ。ここでいよいよ「狩の遊び」となる。鷹飼および親王・公卿は猟騎に乗って狩場に入る。左右衛門の「猟長尉志列卒等」も続いて野中に入る。

〔Ⅳ〕御在所の三献の儀

天皇は、勝地を撰んで用意された御在所に入られる。そこに親王・公卿をお召しになる。この間に鶏飼が進んで鶏を架上に繋ぎ、鷹飼も鷹を架上に繋ぎ、それぞれ饗屋に退く。犬飼もそれに従う。親王公卿の鶏・鷹は鷹助が屏風下に繋ぐ。御厨子所においては天皇の朝膳が用意される。また侍従の厨においては王卿の御膳が用意される。そこで「御酒三献」の儀がとりおこなわれる。（おそらくそれは狩の神との共飲・共食の儀に当るものであろう）

〔Ⅴ〕直会・禄の下賜

天皇は御直御衣に着替えなさって、野中に入って猟をご覧になり、あるいは丘に上って四方をご覧になったりする。近衛少将は御劔璽を執って伺候する。やがて御在所の帳に還御なさると、御厨子においては御酒を整え、狩野より献じられた獲物・雉等などが調理されて御膳が用意される。これを王卿以下の人々にも給わる。また大炊寮においては裹飯を調え、大膳所においては肴物を儲けて、駕輿丁・列卒にまで供せられる。

やがて、「狩あそび」がすべて終わると、弦歌が奏せられる。また、鷂飼・鷹飼などを公卿の座の後に召して、杯酌を給わる。あるいは縫殿寮が用意した禄が、親王已下、扈従大夫、鷂飼・鷹飼、また接待をつとめた国司などに与えられる。

〔Ⅵ〕還　幸

晩景に及んで、天皇は御輿に召して、還宮の途に着かれる。その間、楽が奏せられる。

桓武天皇の交野行幸が、これと全く同じとは言えないが、大方はこれに準じたものと推される。問題は、このような仰《ぎょう》々しい野行幸が、いかなる意義をもっておこなわれたのかということである。右の「野行幸事」の記述は、冒頭に「若有二野行幸一。冬節行之」とある。たしかに右にあげた延暦二年、および同四年の野行幸も、いずれも冬十月のことであった。またそれ以降の交野行幸もおよそは十月、あるいは十一月・十二月が選ばれている。その冬十月、あるいは十一月・十二月は、魂の鳥なる白鳥の渡来する季節である。そして放鷹は、元来魂の鳥・白鳥を追う「魂乞ひ」のわざであった。が、交野にあっては白鳥は渡来せず、これに替わるのが水鳥（鴨など）・山鳥（雉）[24]であった。そして放鷹の冬の季節が、生命の再生を期す鎮魂《タマフリ》の祭と重なることに注目したのが折口信夫氏であった[25]。それならば、桓武天皇の交野行幸は、天皇としての御魂の再生を期した鎮魂の狩祭であったと言えよう。

さて、桓武朝は、骨肉相食む政争のなかで誕生したことはよく知られている。それは長岡京に遷都されても続き、平安京の時代にも及んでいる。そして桓武天皇は、その政争の犠牲となった人々の怨霊に、生涯苦しめられたことも、しばしば説かれるところである。(26) その桓武天皇は、長岡に遷都された次の年、つまり延暦四年（七八五）には、この交野において天神の祭祀を営んでいる。『続日本紀』は、それを次のように記している。

壬寅《十日》、天神《あまつかみ》を交野《かたの》の柏原《かしはら》に祀る。宿禱《しゆくたう》を賽《つく》ひてなり。

それは簡略な記述である。そして二年後の延暦六年、右にあげた交野行幸の次の月、同じく交野において天神の祭祀を営まれているが、『続日本紀』は、それを詳しく次のように記している。

十一月《庚戌朔》甲寅《五日》、天神《てんじん》を交野に祀る。その祭文に曰《のたま》はく、「維《こ》れ延暦六年歳《ほし》丁卯《ひのとう》に次《やど》る十一月庚戌の朔甲寅、嗣《し》天子臣《てんししん》、謹《つつし》みて従二位行《ぎやう》大納言兼民部卿造東大寺司《ざうとうだいじし》長官《ちやうくわん》藤原朝臣継縄《つぐただ》を遣《つか》はして、敢《あ》へて昭《あきらか》に昊天上帝《かうてんしやうてい》に告《まう》さしむ。臣《しん》、恭《うやうや》しく睠命《くゑんめい》を膺《う》けて鴻基《こうき》を嗣《つ》ぎ守《まも》る。幸《さきはひ》に、穹蒼《きうさう》祚《さきはひ》を降し、覆燾《ふたう》徴《しるし》を騰《あ》ぐるに頼《よ》りて、四海晏然《あんぜん》として万姓《ばんせい》康楽。方《まさ》に今、大明《たひめい》南に至りて、長晷《ちやうくゐ》初めて昇《のぼ》る。敬《あやま》ひて燔祀《はんし》の義《ぎ》を采《と》り、祗《つつし》みて報徳《ほうとく》の典《のり》を脩《をさ》む。謹しみて玉帛《ぎよくはく》・犠斉《ぎせい》・粢盛《しせい》の庶品《しなじな》を以ちて茲《こ》の禋燎《いんれう》に備《そな》へ、祗《つつし》みて潔誠《けつせい》を薦《すす》む。高紹《たかつがす》天皇の配《はい》神作主《しんさくしゆ》、尚《こひねが》はくは饗《う》けたまへ」とのたまふ。

それは、当地に別業を有する寵臣・藤原継縄を代理として遣はしての天神祭祀で、これが中国皇帝の冬至における昊天上帝祭祀（郊祀）に準ずるものであり、その祭文の詞章もそれを模することは、はやく諸氏の説くところであり、(27) 昊天上帝が天の北辰・妙見にほかならないことも明らかにされている。(28) つまり桓武天皇の交野の天神祭祀は、鷹飼・馬飼の人々が祀ることをよくした「星神」に対するものであったということになる。しかもこの祭文は、その昊天上帝に対するものであるが、最後に「高紹天皇の配神作主、尚はくは饗けたまへ」とあるのが注目される。それは父の高紹天皇（光仁天皇）の御魂を神と祀ることを宣言するもので、主神の昊天上帝に付随して、この祭りごとを受け給えと祈願するものであった。そして『続日本紀』は続けてもう一つの祭文を掲げているが、それはむしろ配神の「高紹天皇」に対するものであった。

また曰《のたま》はく、「維《こ》れ延暦六年歳丁卯に次《やど》る十一月庚戌の朔甲寅、孝子《かうし》皇帝臣諱《いみな》、謹みて従二位行大納言兼民部卿造東大寺司長官藤原朝臣継縄を遣して、敢へて昭《あき》らかに高紹《たかつがす》天皇に告さしむ。臣、庸虚《ようきよ》を以《もち》て恭《うやうや》しく天《てん》序《じよ》を承《う》け、上玄《しやうぐゑん》祉《さきはひ》を錫《たま》ひ、率土《そつと》心を宅《たく》す。方《まさ》に今、履《り》長《ちやう》伊《こ》れ始めて、粛《つつし》みて郊煙《かういん》に事《つか》へ、用《もち》て幡祀《はんし》を昊天上帝に致《いた》す。高紹天皇、慶《けい》は長発《ちやはつ》に流れ、徳は思文《しぶん》に冠《くわん》とあり、対越《たいえつ》明らかに升《のぼ》りて、永《なが》く言《ここ》に命《めい》に配《はい》す。謹みて幣《へい》・犠斎・粢盛の庶品《しなじな》を制《せい》して、式《もち》て明薦《めいせん》を陳ぶ。侑神作主《うしんさくしゅ》、尚《こひねが》はくは饗《う》けたまへ」とのたまふ。

先の祭文が「敢へて昭に昊天上帝に告さしむ」とするのに対し、これは「敢へて昭に高紹天皇に告さしむ」とある。そして「高紹天皇、慶は長発に流れ、徳は思文に冠あり、…」と先帝の治政の徳を讃え、「侑神作主、尚はくは饗りたまへ」と結ぶ。おそらくこの祭祀は、天神のそれにことよせて、先帝の御魂の安らぎを祈念することが、第一の目的であったにちがいない。ちなみに父の光仁天皇は、政界の混乱のなかで、高齢の身でありながら、はからずも皇位に就かれ、皇位継承をめぐって、皇后・井上内親王、皇太子・他戸親王を廃し、その怨霊に苦しめられるまま生涯を終えられた方であった。また、桓武天皇も、先帝とよく似た状況のなかで、四十五歳をもって即位し、政争を鎮めるべく長岡に遷都するも、種継の暗殺事件が起き、弟の皇太子・早良親王を廃し、その怨みを買う立場に立たれていた。延暦四年の九月のことである。先の交野天神祭祀はその二ヵ月後のことであり、後のそれはその二年後のことであった。そのように怨念さかまく政治状況と交野の天神祭祀とのかかわりは、特に高取正男氏が縷々と説かれているので[29]それに委せたい。ただそのような精神風土のなかで、先帝の鎮魂《タマシヅメ》を目途とした祭祀が交野において営まれていたことを注目する。そしてそれは、先帝の鎮魂のみならず、その政争のなかで生じた怨霊たちのそれを隠すもののようである。思えば、その交野は桓武天皇の御魂の再生を期して営まれる放鷹の聖地であったが、それはまた先帝・光仁天皇の御魂の鎮まりを期する祭場であると同時に、これに服《まつろ》わぬ怨霊たちの鎮魂をも期待されたケガレの「野」であったと推されよう。

この桓武天皇の昊天上帝祭祀跡の一つに擬されるのが、牧野阪の片埜神社である。当社は『延喜式』神名帳に載る古社で、中世には牧一宮と称されている。その社家は、代々、片野物部氏の後裔がつとめてこられた(30)。ちなみに片野物部氏とははやく交野郡に住した片野連に属するもので、その系図によれば、神饒速日命を祖とし、片野連氏手古連に始まり、二代の衣手は壬申に功を立てたと伝え、代々、主鷹正・主鷹令史・主鷹允をつとめる家筋であった(31)。その神社の境内に、今に蝦夷の首領・大墓公《だいぼのきみ》阿弖利為《あてりい》と磐具公母礼を鎮める塚を擁している。延暦二十一年（八〇二）、坂上田村麻呂は、三度目の蝦夷討罰に奥州に赴き、胆沢の築城を果し、降服を申し出た阿弖利為・母礼を率いて帰洛したが、田村麻呂の「此の度は願に任せて返し入れ其賊類を招かん」との意見が入れられず、二人は「河内の国杜山《もりやま》」において処刑された(32)。その杜山に比定されるのが、当社の北の森であった。交野が服《まつろ》わぬ者の処刑の「野」であり、怨霊の逆まくケガレの地であることを象徴する事例と言える。

ところで、右にあげた桓武天皇の二度にわたる交野の天神祭祀は、それから七十年の空白の後に、文徳天皇が斉衡三年（八五六）に復活されている。すなわち、『文徳天皇実録』によると、十一月二十二日、安倍安仁・輔世王らを弘仁天皇の山陵に派遣して、あらかじめ交野の昊天祭祀を告げ申さしめ、二十三日に大納言良相が帝より「郊天祝板」を授かり、祠官一同、柏原野に赴き、あらかじめ習礼を営んでいる。二日おいた二十五日、「有レ事二円丘一。夜漏上水一剋。大納言藤原朝臣良相等帰来献レ胙」とある。ところでこの文徳天皇の交野の郊祀復活はなにを意味するものであったかが問題である。高取正男氏は、それは桓武天皇の場合に準ずるもので、皇太子の選定と深くかかわることといておられる。(33) そしてその皇嗣選定にまつわる逸話は諸書に見えるところである。(34) 天皇の意志は、一宮の惟喬親王にあったが、執柄の藤原良房によって退けられ、二宮の惟仁親王に決する。それゆえに失意のまま惟喬親王は、小野に隠栖されたという。

この惟喬親王の別院が、当交野の渚の地にあったことは、よく知られている。『伊勢物語』八二段である。

むかし、惟喬の親王《みこ》と申す親王おはしけり。（中略）いま狩する交野の渚の家、その院の桜ことにおもしろし。その木のもとにおりゐて枝を折りてかざしにさして、上中下《かみなかしも》みなよみけり。うまの頭なりける人よめる。

世の中にたえて桜のなかりせば春の心はのどけからましとなむよみたりける。又人の歌、

散ればこそいとゞ桜はめでたけれうき世になにか久しかるべき

とて、その木のもとに立ちかへるに、日ぐれになりぬ。

およそ鷹狩の季節は冬を本とし、秋はそれに準ずる。前者を大鷹狩、後者を小鷹狩と称している。春の鷹狩は桜の花見にことよせた桜狩であった。その桜の花は、元来、山のものであるが、平安京に及ぶと野にも盛んに植樹されるようになった。(35) それは「咲く」ことを賞でるものであるが、(36) この業平の歌は「散る」ことに心を寄せているのが問題となる。「又人の歌」もいうように桜はめだたいものであるが、業平は親王の心情に添って、春の心の「愁い」を詠んでいる。それはなぜか。桜が早く散ると人々は不安になる。不吉を感じる。凶作・飢饉が予感される。あるいはそれは服《まつろ》わぬ御霊の発動を感じさせる。後の花の下の鎮花祭は、そのような精神風土のなかから生じたものである。(37) が、業平の歌には、すでにそれが感じられる。この渚の院の桜狩は、親王の失意時代のものとは判じられない。それにもかかわらず、業平のそれはその悲運を予想させている。しかしその歌は業平の個人的感情ではあるまい。おそら

く冬の放鷹とも違った意義が春のそれにはあったのだ。つまり再生を期す冬の鷹狩に対して、春のそれは、鎮魂《タマシヅメ》を志す意義を有していたということである。それが「憂い」の感情を生ぜしめるのであろう。

以上、放鷹の地として世に知られた交野の精神風土をうかがってみた。それは天皇および王卿・貴族のみの狩猟が認められた「禁野」であったが、古くはその人々の御魂の再生を期する聖なる「野」であった。しかし他方、それはこの世ならぬ人々に対する鎮魂《タマシヅメ》を要請するケガレの「野」でもあったということである。

三　摂津・為奈野（猪名野）の伝承風景

さて古代における放鷹の「狩のあそび」は天皇の御魂の再生を期して営まれる祭りであった。しかもそれは、殺生を戒める仏教の導入のなかで、天皇のみに許されたものとして国家事業の大事として営まれるものであった。それが天皇の「野行幸」であった(38)。

しかしその人間にサチをもたらす「狩のあそび」、その魂の再生を期す放鷹の「あそび」を天皇ご一人に限定することは不可能である。それは人間の生命維持のための本然から生まれた祭りである。朝廷はしばしば養鷹・放鷹の禁止令を発しながら、「親王及び観察使已上並びに六衛府次官已上」には、これを営む特権を与えることとなる。大同三年（八〇八）九月二十三日の太政官府によってそれは知られる(39)。先にあげた『西宮記』によると、野行幸には鶻飼鷹飼のほかに放鷹のわざに通じた親王・公卿・非参議・四位五位の者の参加が要請されている。この人々が、禁野の出入りを認められるばかりでなく、独自に自らのために放鷹の「狩の遊び」を営むことは当然と言わねばなるまい(40)。

しかもその「遊び」は、天皇守護の中心的役割をつとめていた坂上氏らの武官系武士に代って登場した、いわゆる

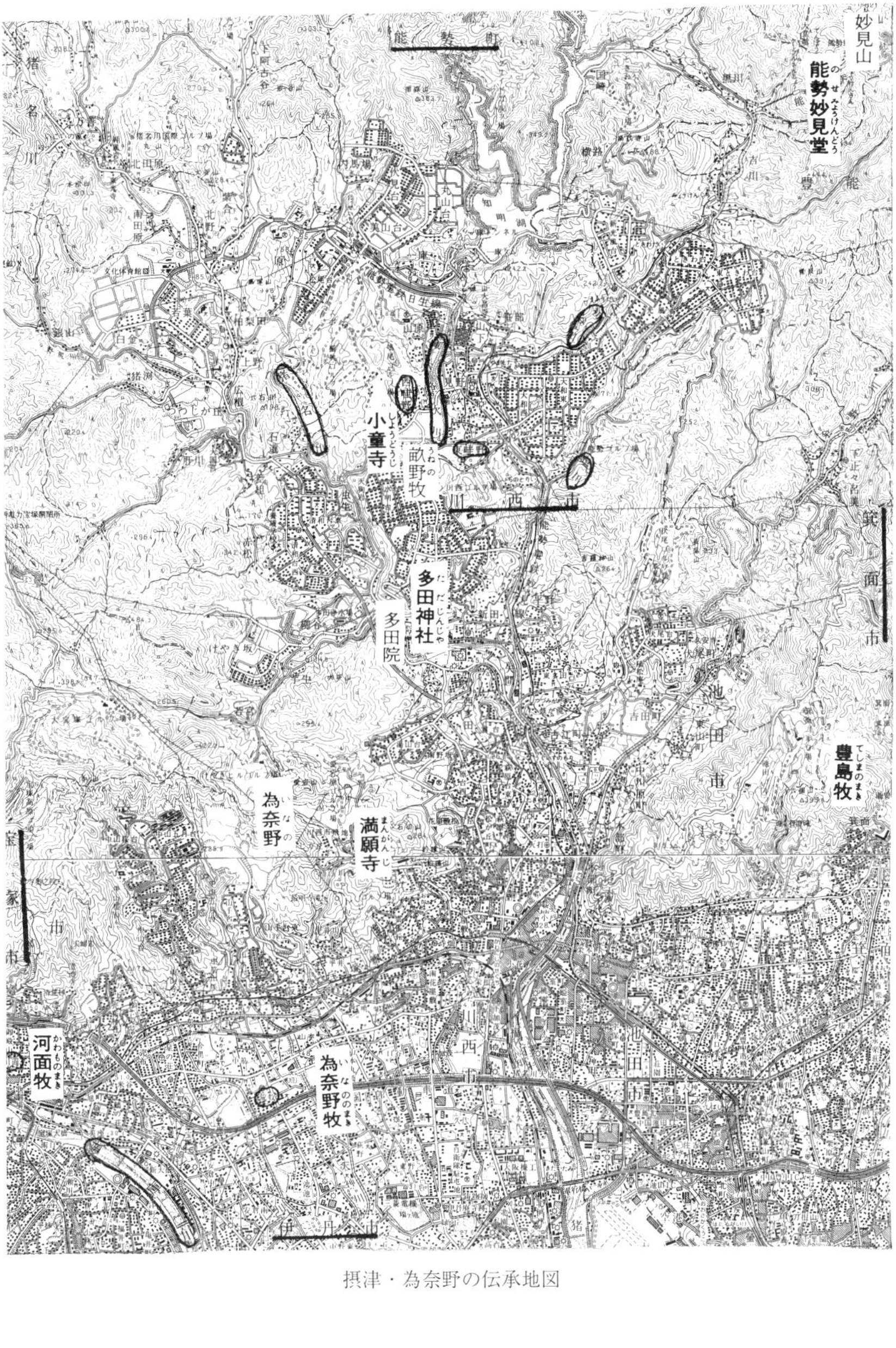
妙見山
能勢妙見堂《のせみょうけんどう》
能勢町
小童寺《しょうどうじ》
畝野牧《うねのまき》
川西市
多田神社《ただじんじゃ》
多田院
箕面市
池田市
豊島牧《てしまのまき》
為奈野《いなの》
満願寺《まんがんじ》
河面牧《かわものまき》
為奈野牧《いなののまき》
伊丹市

摂津・為奈野の伝承地図

「軍事貴族」と称される人々[41]にまで及んでいたのである。その軍事貴族の代表としてあげられるのが、清和源氏の始祖とも仰がれる多田満仲である。[42]その満仲は、自らの本拠を摂津の多田に置きながら京にも邸宅を構えて、京の政界に関与していたのである。そしてその多田は、摂津国川辺郡・為奈野の一角にあったと推される。

その為奈野は、猪名野・居名野とも書かれ、北は遥かに能勢の山々を望み、東に箕面の山々、西に竜王山・古宝山・大峰山・長尾山をみる。その能勢の山から猪名川が流れ出し、初谷川・庫大路次川、次いで塩川を合流して南下し、ついには神崎川に入る。その猪名川の中流と西流する武庫川とに限られた地域が為奈野であった。[43]すなわちそれは、現在の川西市・宝塚市・伊丹市に及んだ広大な野であった。遥か東北には妙見山[44]を望み、東に近都牧と知られた豊島《てしま》牧を擁し、[45]庫大路川の東端に畝野《うねの》牧があり、[46]南の伊丹台地には、豊島牧と並んで右馬寮に属した為奈野牧、[47]そして武庫川左岸には摂関家の私牧かと推される河面牧をみる。[48]そしてその中央にあった為奈野は、平安時代には上流貴族の遊猟の地として世に知られていたのである。たとえば『三代実録』貞観元年（八五九）四月二十日の条には、「詔賜㆓左大臣従一位源朝臣信河辺郡為奈野㆒。為㆓遊猟之地㆒」とあり、同十五年（八七三）八月一日の条には、「勅賜㆓摂津国河辺郡為奈野於二品行中務卿兼上野太守諱（光孝天皇）親王㆒。以為㆓遊狩之地㆒。勿㆑禁㆓百姓樵蘇㆒焉」とある。また同書仁和元年（八八五）正月十三日の条には、「勅。以㆓摂津国為奈野㆒為㆓太政大臣（基経）狩鳥野㆒。樵蘇放牧。依㆑旧勿㆑制」ともある。さらに『貞信公記』（藤原忠平の日記）の天暦二年（九四八）七月三日の条には、「河面牧内山下取巣鷹一聯」などとある。主に清和朝から宇多朝に及んで、当為奈野が王卿・貴族の狩猟の地に選ばれており、放鷹の「狩のあそび」を営む野とも観じられていたと言える。

満仲がこの為奈野の一角にあったと推される多田に所領を得て、当地を本拠と定めたのはいつ頃であったかは明らかではない。[49]その満仲が誕生したのは、『尊卑分脈』によると、延喜十二年（九一二）である。彼の摂津守に任じられた最初は不明であるが、永観元（九八三）年三月に還任している。『摂州河辺郡多田院縁起』によると、安和元年（九六八）の年、住吉社参詣の途上、霊夢によって明神の放つ矢に従い多田に到着、当地の大蛇を退治するに及んで多田を領することになったとする。これは一編の伝説に過ぎないが、その頃に多田を領するに至った可能性はあると思う。後にあげるごとく、『帝王編年記』が満仲の多田の創建を天禄元年（九七〇）、五十八歳の折とするのは疑問であるが、この頃に一応多田を本拠と定めたとすればうなづける。

その満仲の多田院創設の由来を語るのが、『今昔物語集』巻一九の第四話、「摂津守源満仲出家語」である。それは「国々ノ司トシテ勢徳並ビ無」く、「終ニハ摂津守ニテナム有ケル」満仲が、「漸ク老ニ臨テ」「多田ト云フ所ニ家ヲ造テ、籠リ居タリ」という。その満仲は、「既ニ六十ニ余《あまり》ヌ。残《のこり》ノ命幾《いくばく》ニ非《あら》ズ」という状態のなかで、日々、鳥獣・魚類を捕る殺生のわざにいそしんでいる。それを見た満仲の子どもの一人で、叡山僧となっていた源賢法眼が、その罪の怖ろしさに嘆き悲しんで、源信僧都・院源座主の協力を得て、まんまと満仲を出家させたと言い、それが多田院のはじまりとなったと語るものである。藤原実資の『小右記』の逸文によると、満仲の出家は永延元年（九八七）八月十六日[50]であれば、まさしく六十余りの時である。[51]満仲の死は長徳三年（九九七）で七十五歳と推されるから、[52]その十余年前のことということになる。そしてその多田における日々の暮らしは、源賢法眼の目を通して次のように紹介されている。

亦、河共ニ簗《やな》ヲ令打《うたしめ》テ、多《おほく》ノ魚ヲ捕リ、亦、多ノ鷲《わし》ヲ飼テ、生類《しやうるい》ヲ令食《くはし》メ、亦、常ニ海ニ網ヲ令曳《ひかしめ》、数《あまた》ノ郎等ヲ山ニ遣《やり》、鹿ヲ令狩《からしむ》ル事隙無シ。此レハ我ガ居所ニシテ為《す》ル所ノ殺生也。其ノ外ニ、遠ク知ル所々ニ宛《あて》テ令《ころ》殺《さしむ》ル所ノ物ノ員《かず》、計《かぞ》ヘ可尽《つくすべ》キニ非ズ。亦、我ガ心ニ違《たが》フ者有レバ、虫ナドヲ殺ス様ニ殺シツ。少シ宜シト思フ罪ニハ足手ヲ切ル。

「常ニ海ニ網ヲ令曳《ひかしむ》」は、多田の地ではふさわしくないが、それは「山ニ遣《やり》、鹿ヲ令狩《からしむ》ル」との対句的修辞によって叙されたもので、「殺生放逸ノ者」の誇張的表現と見るべきである。しかしそれは、京の王卿・貴族の立場に立っての叙述であり、軍事貴族として世に躍り出た〈勇士〉〈武士〉としては、寧ろ常態であったというべきである。しかも源賢法眼が父の罪業を最も強く感じたのは、

見レバ、鷹《たか》四五十ヲ繋《つなぎ》テ夏飼《なつかひ》セサスルニ、殺生量《はか》リ無シ。鷹ノ夏飼ト云フハ、生命ヲ断ツ第一ノ事也。

ということであった。しかもこれは、後の『宝物集』[53]や『古事談』[54]に収載された満仲出家譚にも、特に取り立てて叙述されている。しかしそれは仏教を唱導する僧侶、あるいはそれを支持する者の見方であって、狩猟や放鷹を聖なるわざと考える立場からすると大いなる誤解と言わなければなるまい。およそ鷹の夏飼とは、鷹狩に用いる鷹を夏期の間、鳥屋《とや》に入れて育成することである。羽毛の落ち始めるころ（四月下旬から五月上旬）に吉日を選んで醇酒《じゅんしゅ》を祭り、小屋の中へ放ち、鷹の痩肥を調えて、新しい第一羽が一寸ばかりになったころ（七月〜十月）に鳥屋出となる。[55]それは放鷹をよくする者の必須のわざであった。

ところで、多田における満仲の鷹飼・放鷹は、その晩年に及んでからと言えるであろうか。おそらくそれは、満仲が当地に本拠を構えて以来のことと推されるであろう。それのみならず、満仲の多田への侵出は、あるいは、当地が放鷹の「狩のあそび」をよくする聖地であったこととかかわるものとも考えられる。ちなみに『花鳥余情』の引用する「村上天皇御記」には、

康保二年七月廿一日仰蔵人頭延光朝臣云、以左馬助満仲、右近府生多公高、右近番長播磨貞理等、並為御鷹飼

とある。ここに満仲と並んであげられた近衛官人なる公高・貞理の蔵人所・御鷹飼の職は家業として先代を引き継ぐものである。[56]それならば満仲のそれも、鷹飼のわざをよくした経基公のそれに準じたものと推されよう。[57]その「左馬

助」は、宮中の馬を管理する馬寮の次官で、およそ五位以上が任じられるものである。しかもその馬寮の官人たちが、「野行幸」において重要な役割をつとめていたことは、先の『新儀式』のそれであげたことである。そして多田を擁した為奈野には、数々の牧があったことも先にふれた。その多田庄にも畦野の牧があって、満仲が馬飼のわざにも通じていたことをしのばせている。しかもその馬飼のわざが鷹飼のそれに近接することは、坂上田村麻呂の職掌を通して説いている。また、鷹飼は馬術にも通じていることが要求されていた。[58]満仲が蔵人所の「御鷹飼」に任じられる資質は、十分に用意されていたと言える。そしてそれは、多田における鷹飼・放鷹のわざと深くかかわるものであったにちがいない。それならば、満仲の多田における放鷹の「狩のあそび」は、御鷹飼に任じられた康保二年（九六五）以前にまで遡ることになるであろう。

さて、中世における満仲は、武門の家を興した源氏の統領として、あるいはまつろわぬ悪鬼を鎮圧した英雄として伝承されており、[59]それは弟の満政にも及び、[60]その嫡男・頼光に至っている。[61]あるいはそれは、坂上田村麻呂の伝承にも通じるものである。しかし近年の歴史家が明らかにした満仲は、裏切りを繰り返しながら政界に躍り出て、軍事貴族として成りあがったという人物像である。その実像については、諸氏の研究に委せるが、その満仲の過酷な生涯で、多田における鷹飼・放鷹は、いかなる意義を有したのかが問題である。それを明らめる史料は存在しないが、これまで見てきた放鷹の精神史からみると、それは満仲の魂の再生を期する意義を有していたものと推されるであろう。つまりその為奈野の一角にあった多田の鷹野は、しばしば過酷な生涯から満仲を立ち直らせたハレなる「野」であったというのである。しかもその放鷹の「狩のあそび」の地が、魂しづめを要求するケガレの「野」であることは、すでに論じてきた。そしてそれは、殺生を否定する仏教を唱導する者の立場からすれば、まさに殺生の営まれるケガレの「野」そのものであった。その鎮魂《タマシヅメ》の唱導に屈したのが満仲であった。当時、叡山の唱導が、さかんに当地方に及んでいた。その先達が、『今昔物語集』があげる源賢法眼であるかどうかは、かならずしも確認できない(62)。当地方に、その源賢がたよりとしたという横川の源信僧都の流れを汲む唱導僧たちが、さかんに入り込んでいたとは言えよう。いうまでもなく源信（恵心）僧都は、天台浄土の教えを開いた学僧で、殺生のわざなどの罪業が、往生の妨げになることを強く説いた高僧である(63)。

さて、『今昔物語集』における満仲出家譚は多田の新発意の行為を次のように叙している。

其ノ後、新発上テ云ク、「極《きはめ》タル功徳ノ限《かぎり》ヲモ令造《つくらし》メ給《たまひ》ツルカナ。己ハ量《はかり》モ無ク生類ヲ殺シタル人也。其ノ罪ヲモ滅《めつ》セムガ為ニ、今ハ堂ヲ造テ、自《みづから》ノ罪ヲモ滅《ほろぼ》シ、彼等ヲモ救ヒ侍《はべ》ラム」トテ、忽ニ堂造リ始メケリ。（中略）其後、其ノ堂ヲ造畢《つくりは》テ供養シテケリ。所謂ル多々ノ寺ハ其ヨリ始メテ造リタル堂共也。

すなわち満仲は、院源らの説経に応じて多くの生類を殺した罪業を懺悔し、自らの滅罪と生類の救済を志して堂宇を建立したという(64)。これが多田院の始まりになったというのである。しかるに『帝王編年記』巻一七の「円融」の項には、

天禄三年（中略）同年。源満仲建二立多田院一摂津国川辺郡。中尊丈六釈迦像。満仲営作。文殊願主摂津守頼光。頼政行徳先祖也。普賢願主大和守頼親。法華経太郎頼安光祖也。四天願主河内守頼信。頼朝卿已来代々将軍先祖也。供養導師天台座主慈恵大僧正。

とある。その多田院の建立の始まりを天禄三年（九七二）とするのは、元木泰雄氏が指摘されるごとく(65)、明らかに誤伝である。それは満仲の出家が契機となったと語る『今昔物語集』に従うべきである。しかしその多田院の完成は、満仲のみによって成されたものではなく、その子どもたち頼光・頼親・頼信らの力に負うものとするのは、真に近い叙述と言えよう。そしてその完成の開眼供養が、源信僧都ではなく、天台座主慈恵大僧正とするのは、叡山がわの主張として理解できる。慈恵大僧正（良源）は、荒廃する叡山を再生した高僧として天台中興の祖と仰がれた第十八代

座主であった。(66)ちなみに多田庄内にある蓬莱山清澄寺は、元は天台宗に属し、平清盛を慈恵僧正の再誕と証する尊恵の「冥土蘇生記」を伝えている。(67)

右によれば、多田庄一円は、天台の教団の力が早くに及んだところで、満仲もそれに従ったものと推される。しかもこの満仲出家譚はさらなる脚色をほどこして、叡山教団の説経の材に使われている。(68)すなわちそれは、満仲の一子・源賢法眼が、父の満仲を教化して出家させるという大筋を堅持しているが、源賢の前身・美女丸の悪行、それを殺そうとする満仲に一子・幸寿丸を身替りとする家臣・仲光の忠誠、美女丸の再生ともいうべき円覚とそれを知らぬ満仲の父子邂逅など、いちだんと感動的な趣向が用意される。そしてその説経台本（説草）は、中世芸能の幸若舞曲「満仲」にとり込まれ、(69)広く世に知られることになったが、その美女丸の伝承の跡は、今に旧多田庄内の多田神社（多田院）(70)をはじめ、小童寺、(71)満願寺(72)などに留めている。

さて本稿は、坂上田村麻呂の職掌が、星神の加護にもとづく「尚武」「調鷹」「相馬」のわざに属することを説き、桓武天皇以来、しばしば「野行幸」のあった河内の「交野」が、官牧を含む聖なる鷹場であり、星神信仰に支えられた聖地であったことを明らめた。またそれは、軍事貴族の代表ともいうべき多田の満仲の摂津「為奈野」においても確認することであった。しかもその放鷹のわざは、白鳥をとらえる「魂まぎ」に発し、古くは尊い御魂の再生を期して営まれたものであり、一方、あらぶる者の鎮魂を意図するものでもあった。その点において放鷹の地は、ハレなる「野」であると同時にケガレなる「野」でもあった。次にあげた信州の「滋野」もそれに準ずるものであり、そこより誕生した海野・祢津・望月氏も星の神にしたがう武・鷹・馬をよくする集団であったと言える。そしてそのわざは、巫祝・鎮魂にも通じるもので、その職掌がその周縁の盲僧・巫女の営みに継承されて現代に及んだというべきものである。

注

（1）折口信夫氏「即位御前記」、（『折口信夫全集』第二〇巻、昭和三十一年〔一九五六〕、所収）など。

（2）折口信夫氏「鷹狩りと操り芝居」（『折口信夫全集』第十七巻、昭和三十一年〔一九五六〕、所収）など。

（3）『日本古代養鷹の研究』（思文閣出版、平成十六年〔二〇〇四〕）第一章第一節　鷹戸の百済的伝統〔百済的伝統の実態〕。

（4）右掲注（3）同書第一章第二節　鷹飼の二元的構成〔諸衛府の鷹所と鷹飼〕。

（5）右掲注（4）によると、諸衛府の鷹所のなかに、「桧前」を称する人々が見出されている。

（6）『続群書類従』第七輯下、所収。

（7）『故実叢書』所収。

（8）醍醐天皇は、延長八年九月二十二日に崩御された（『扶桑略記』第二十四など）が、『西宮記』第十一（裏書）には、「延長八年十月三日、朱雀院、令蔵人橘実利、従右近捋邊、放御鷹四聯、大二聯 鶴二聯。六日、令実利、於船岡邊、放先日所放之遺御鷹二聯、鷹鶴各一。」とある。すなわち、この時には、天皇の御鷹は、崩御後の十日以降に放たれており、天皇の「魂乞い」の意義は、既に後退していたと推される。

（9）民間の葬送習俗においては、死者の枕元、あるいは屋上などでおこなわれる。絶縁儀礼に先立っておこなわれるものである。なお、奄美や沖縄においては、マブリワアシと称して、病者の枕辺で民間の巫女によって、身体から離れようとするマブリ（魂）を呼び寄せる習俗がある。

（10）この業が子孫に伝えられるものであったことは、その弟鷹主の子・貞守の『三代実録』貞観十八年九月九日の薨伝によっても知られる。すなわちそれは「前丹波守従五位上坂上宿祢貞守卒。貞守者。右京人。従四位下勲七等鷹主之子也。好㆓武事㆒。便㆓弓馬㆒。無㆓進趣之志㆒。以㆓簡静㆒自守。承和元年為㆓右馬助㆒。五年為㆓左馬助㆒。（中略）貞観八年拝㆓丹波権守㆒。十年転㆑真。貞守善相㆓鷹馬㆒。凡其所㆑説。駑駿之骨。及所生之地。一無㆓相違㆒。卒時年七十二」とある。まさに田村麻呂に準じて武に秀でるとともに、鷹馬を相ずるわざはみごとであったという。

（11）馬飼のわざは、主に百済系渡来人で王仁を始祖とする西文《かはちあや》氏の招来したものとされる。秋吉正博氏は、右掲書『日本古代養鷹の研究』第三章第一節・蔵人所鷹飼の成立〔桓武朝の鷹戸廃止〕のなかで、馬文化と深くかかわった西文氏に属する田辺史（上毛野公）が、ある時期まで鷹戸支配にかかわっていたことを説いている。実際、放鷹は騎馬を駆して営むもので、それには当然、馬飼がかかわっていたと推される。放鷹を通して、両者は緊密な関係にあったと言える。右掲書第三章第一節〔鷹飼の蔵人所専属〕のなかでは、『侍中群要』第十における蔵人所鷹飼の補任手続きの「御鷹飼事」を引用して、鷹飼任用で検非違使と共に、左右馬寮が鷹飼に官馬を提供する仰せを承っていたことをあげている。

（12）およそ馬飼・鷹飼のわざは、有史以前、中央アジアの遊牧民によって発明されたものと推される。これらの遊牧民は、北極星・北斗七星に対する強い信仰をもって生活を営んできた。その流れを受けたわが国の馬飼・鷹飼の人々も、その信仰を継承してきたと思われる。およそその馬飼の北辰信仰は、各地の馬の牧に見出される。東国の千葉氏・相馬氏がその一例である（佐野賢治氏『虚空蔵菩薩信仰の研究』吉川弘文館、平成八年〔一九九六〕、第Ⅱ部第三章「星と虚空蔵信仰」参照）。また、鷹飼の星神信仰についてふれた論攷は未見であるが、本稿は順次、それにふれてゆく。

（13）『日本書紀』天武天皇即位前記には、大海人皇子《おほしあまのみこ》が「天文・遁甲」のわざをよくされたと記している。この陰陽思想にもとづく兵法は、おそらく渡来の人々によってもたらされたものであろう。田村麻呂の兵法がいかなるものであったかは明らかではないが、おそらくそれは星神信仰にもとづくものと推される。星神・妙見信仰にもとづく兵法は、源平合戦の折にも用いられていたことが『平家物語』における木曽義仲の七手に分つ戦さぶりにうかがえている。「頼朝の七騎落ち」については、二本松康宏氏の「転生の構想―七騎落ちの系譜から」（『曽我物語の基層と風土』三弥井書店、平成二十一年〔二〇〇九〕）が詳しい。また、戦国時代の「天星の兵法」（石岡久夫氏『日本兵法史（上）―兵法学の源流と展開』〔雄山閣、昭和四十七年（一九七二）、所収〕）序論・第四章第二節「天星思想の成立と伝流」参照）なども、その展開と言える。

（14）拙稿「民俗学からみた洛西」（『伝承のふるさとを歩く』平成九年〔一九九七〕、おうふう）参照。

（15）『京都府の地名』〈日本歴史地名大系〉二十六、昭和五十六年〔一九八一〕、平凡社）「八幡市」「石清水八幡宮」など参照。

（16）「天之川」「天の川」とも記され、七夕の「天の河」に擬して、文人たちの関心を引いている。後にあげる『伊勢物語』八〇条に、「「交野を狩りて、天の河のほとりに至るを題にて、歌よみてさか月はさせ」とのたまうければ、かのむまの頭よみ奉りける。『狩り暮らしたなばたつめに宿からむ天の河原に我は来にけり』」とある。これが『古今集』の巻九に、在原業平の歌としてあげられており、歌枕ともなっている。狩野における星神信仰とかかわるものと推される。

(17) 交野山の西北麓・倉治に祀られる。早く倉治には機織りを専らとする渡来人が来住したところで、その祖神を祀ったのが機織神社であるという(『交野市史』〔交野町略史〕昭和五十六年〔一九八一〕、交野市、第五章第四節、古墳から見た交野地方の二系統文化)。それが遊猟のため交野を訪れる朝廷人たちによって、七夕伝説にことよせて棚機姫を祀るものと擬されるに至った(同上、第七章第二節、平安前期)。今日、祭神は天棚機比売大神・拷機千々比売大神とする。また、牽牛・織女の七夕説話を伝えている(『交野市史』〔民俗編〕昭和五十六年〔一九八一〕、交野市、第四章第二節・倉治地区)

(18) 星田字向井に鎮座、隣接して神宮寺の星田寺を擁している。弘仁年間、弘法大師が私市の獅子窟寺の岩屋で修法されたとき、七曜の星が星田の三ヶ所に分れて降った(小松神社所蔵「妙見山影向石略縁起」)、それに由来すると伝える(和久田薫・礼埜耕三両氏著『星田歴史風土記』平成三年〔一九九一〕、交野市文化財事業団)。

(19) 右掲注(18)の七曜星降臨伝承によるもので、その一所が高岡山東の星の森で、これが妙見山となった。妙見山龍降院と称され、星降社とも呼ばれた。明治三十九年〔一九〇六〕、星田神社の境外社として小松神社となった(右掲同書)。

(20) 淀川沿いの楠葉一帯に置かれた中世摂関領の牧。鳥飼牧・垂水牧などとともに近都牧六ヶ所の一つである。平安初期に交野郡の「河畔之地」には公私の牧野があり、それが楠葉の牧の前身となったとみられる(『大阪府の地名』〈日本歴史地名大系〉二八、昭和六十一年〔一九八六〕、平凡社、「楠葉牧」)。

(21) 古くは明らかでないが、平安末期、奈良興福寺別院円成院となった星田庄に属している。それは星田村およびその周辺に及んだものである。その円成院は美福門院得子が両親の菩提のために、その祈祷所とするところである。この星田の牧は、久安年間、近隣にあった福御牧と争論があり、応保二年の頃には、楠葉御牧とも紛争があった(右掲注(17)『交野市史』〔交野町略史〕第七章第三節、平安後期)(右掲注(20)『大阪府の地名』「星田庄」)。

(22) 寝屋川市史編纂委員会・寝屋川市、平成十七年〔二〇〇五〕。なお桓武天皇の鷹狩については、松本正春氏の「桓武天皇の鷹狩について」(『寝屋川市・市史紀要』第五号、市史編纂委員室、一九九三年)が詳しい。

(23) 『群書類従』第六輯、所収。

(24) この交野において得られた雉子の味が、平安貴族のなかでもてはやされていたことは『宇津保物語』の〈蔵開・上〉や

『大鏡』巻六の記述などで知られる。

(25) 右掲注（2）「鷹狩りと操り芝居」。

(26)(27) 村井康彦氏『古京年代史』（昭和四十八年〔一九七三〕、角川書店）十六「平安挽歌―長岡京へ―」〈桓武登場〉〈交野天壇〉、高取正男氏『神道の成立』（昭和五十四年〔一九七九〕、平凡社）三「神道の自覚過程」〈昊天上帝の祭り〉、笹山晴生氏『平安の朝廷―その光と影―』（平成五年〔一九九三〕、吉川弘文館）一「桓武天皇の東北支配」〈うずまく政争〉、川尻秋生氏『平安京遷都』（平成二十三年〔二〇一一〕、岩波書店）第一章「桓武天皇とその時代」など。

(28) たとえば中西用康氏は、「北山の北辰親祭―平安初期、桓武天皇創始の妙見祭祀」（『妙見信仰の史的考察』平泉明事務所、平成二十年〔二〇〇八〕）において、鄭玄の註解を引いて、昊天上帝が「大帝星」であり「北辰」であるとされる。これは、中西氏に限ったことではない。

(29) 右掲注（26）『神道の成立』三「神道の自覚過程」〈昊天上帝の祭り〉〈郊祀と謁廟〉〈皇太子の参宮〉〈神祀の護る所〉

(30) 谷川健一氏は、『四天王寺の鷹』（平成十八年〔二〇〇六〕、河出書房新社）第Ⅳ章第二十二節「守屋の敗死後の四天王寺〈敗者のゆくえ〉において、当社の社家について、物部氏の末裔・養父氏の家譜をあげておられる。寛永十二年に養父甚左衛門邦通の書いたもので、それには「河内の交野郡養父《やぶ》郷坂村一之宮天王社は、人王三十三代用命天皇御宇、勧請あり焉。勅して物部守屋大連の子守邦を以つて、社務職と為す」とあるという。なおこの祭祀跡としては、楠葉丘の交野天津神社、片鉾の杉ヶ森神社なども擬されている。

(31) 右掲注（11）秋吉正博氏『日本古代養鷹の研究』第一章第一節「鷹戸の百済的伝統」〈官制的養鷹の展開〉。

(32) 『日本紀略』延暦二十一年八月十三日の条。

(33) 右掲注（29）に同じ。

(34) 『平家物語』巻八「名虎」のそれがよく知られる。それは『江談抄』巻二、『大鏡裏書』『愚管抄』巻三などに見える。

(35) 『万葉集』などに出てくるサクラは、大里に近い低山・丘陵地帯の二次林によく出現するもので、人里にもっとも普通にみられるのはヤマザクラであったと言える（木下武司氏『万葉植物文化誌』平成二十二年〔二〇一〇〕、八坂書房、「さくら」の項）。

(36)　その桜がみごとに咲くことに稔りの豊かさ・生命の充実を予感したもので、それが「花見」の民俗となって今日に及んでいる（桜井満氏『花の民俗学』雄山閣、昭和四十九年〔一九七四〕、「花見の伝統」）。

(37)　その桜は枝垂れ桜で、京の周縁の「野」の寺院にはこれが植樹され、その花のはやく散るのを恐れて、念仏の花鎮め祭が営まれるようになった。その代表的なものが、紫野の今宮神社における鎮花祭（やすらい祭）である。（『定本柳田国男集』第二二巻、昭和三十七年〔一九六二〕、筑摩書房、「しだれ桜の問題」「信濃桜の話」、岡見正雄氏「時衆と連歌師」日本古典文学大系・月報三十五、昭和三十六年〔一九六一〕三月、同氏「日本文学の民俗学的方法」解釈と鑑賞、昭和三十六年〔一九六一〕四月、拙稿「神道集『群馬八ヶ権現事の成立』」（『神道集説話の成立』昭和五十九年〔一九八四〕、三弥井書店、など）。

(38)　鷹が余人に許されない天皇の行為へと変化したことを論じたものとしては、榎村寛之氏「野行幸の成立」（『ヒストリア』一四一号、一九九三年）がある。また養鷹が朝廷の蔵人所に統合される過程については、注(11)の秋吉正博氏『日本古代養鷹の研究』第三章「養鷹の統合と天皇」第一節・第二節・第三節が詳しく説くところである。

(39)　『類聚三代格』巻十九〈禁制事〉の「太政官符」〈応禁㆔断飼㆓鷹鶻㆒事〉

(40)　弓野正武氏「平安時代の鷹狩について」（『民衆史研究』十六号、昭和五十五年〔一九八〇〕五月）など参照。

(41)　高橋昌明氏『武士の成立・武士像の創出』（平成十一年〔一九九九〕、東京大学出版会）第四章「武官系武士から軍事貴族へ」参照。

(42)　『尊卑分脈』によれば、清和天皇の第六皇子・貞純親王の子息・経基王（六孫王）の嫡男とある。「延喜十二年四月十日誕生」「昇殿　鎮守府将軍　武略長　歌人拾遺集作者」「摂津、越前、伊予（中略）兵庫允　左馬允」「依住摂津国多田郡号多田建立多田院」「寛和二八十五出家法名満慶七十五歳〔長得三年卒八十五歳〕」とあり、「当代源家武門正嫡　子孫分脈相続繁多」とあつて、その子息に「頼信」「頼光」「頼親」「頼平」「頼範」をあげる。

(43)　『兵庫県の地名I』（日本歴史地名大系二九I、平成十一年〔一九九九〕、平凡社）「為奈野」の項、参照。

(44)　能勢町・豊能町と川西市の境界にある。山頂に妙見堂がある。俗に「能勢妙見」と称され、本尊は妙見大菩薩、豊能町地黄の日蓮宗真如寺に属する。寺伝によれば、その前身は勝宝年中、行基開基の為楽山大空寺と伝える。昔、野間村の降野という山中に光り物があり、それを巫女の口を通して北辰妙見と名告られたので、村人は相談して、現在の妙見山へ移してお祀りしたともいう（『大阪府の地名』「能勢妙見堂」参照）。

（45）『延喜式』の右馬寮にその名があり、楠葉牧・垂水牧などとともに近都牧の一つにもあげられている（『大阪府の地名』「豊島牧」参照）。

（46）『日本後紀』大同三年（八〇八）七月四日の条に、「河辺郡畝野牧」とある。旧東畦野村、西畦野村の地域がこれに当り、多田庄に属していた（『兵庫県の地名』「畝野庄」「東畝野村」「西畝野村」の項、参照）。

（47）猪名川と武庫川に挟まれた伊丹台地にあり、旧荒牧村がその中心かと推される。『延喜式』の右馬寮にその名があり、豊島牧などとともに、近都牧の一つにもあげられる（『兵庫県の地名』「為奈野牧」の項、参照）。

（48）武庫川左岸一帯にあった平安時代の牧。この地域は為奈野牧の西部とも重なる（『兵庫県の地名』）「河面牧」の項、参照）。

（49）元木泰雄氏『源満仲・頼光―殺生放逸・朝家の守護―』（平成十六年〔二〇〇四〕、ミネルヴァ書房）を参照。

（50）永延元年（九八七）八月十六日の条に、「前摂津守満仲朝臣於二多田宅一出家云々、同出家之者十六人、尼卅余人云々、満仲殺生放逸者也、而発二菩提心一所二出家一也」とある。

（51）『尊卑分脈』は、その出家を寛和二年（九八六）で、七十五歳とするが、それは六十五歳ころの誤りとすべきであろう。

（52）『尊卑分脈』は、満仲の誕生を延喜十二年とし、長徳三年八十五歳としているが、その生年は父のそれを遡るという矛盾がある。したがって享年は、七十五歳ころであったと言えよう。（右掲注（49）元木泰雄氏『源満仲・頼光』参照）

（53）『宝物集』巻七には、「源満仲《みつなか》（中略）俄に道心をおこして出家遁世する事侍りけり。夏飼《なつがひ》の鷹三百まではなちて、おほくの網どもやきすて侍りにける」とある。

（54）『古事談』第四〈勇士〉には「前摂津守満仲（中略）、忽ちに発心し、俄かに出家を遂ぐる所なり、と云々。夏飼の鷹三百放ち棄て、多くの網など焼き棄つ、云々」とある。

（55）『新修鷹経』（嵯峨天皇、弘仁九年）の「夏養レ鷹法」、『鷹経弁疑論』（持明院基春、文亀三年）の「夏養ノ鷹ノ出入ノ比」など、参照。

（56）右掲注（40）の弓野正武氏「平安時代の鷹狩について」によると、右近府生多公高は兄の右近将監公用、また、右近番長播磨貞理は父の右馬属播磨陣平の任を引き継ぐものであった。

(57) 経基王は、『尊卑分脈』に、「天徳五年六月十五日始而賜源朝臣姓、天徳五年十一月十日卒〈四十一歳〉」とあり、「鎮守府将軍又筑前信濃美濃(中略)武蔵守下野介正四位上」「内蔵頭太宰大武左衛門権佐(中略)〔兵部少甫左馬頭〕」とあり、「天性達弓馬長武略」とある。

(58) 右掲注(22)松本正春氏「桓武天皇の鷹狩について」参照。

(59) たとえば、『平家剣巻』は、源家の宝剣の伝授の過程を説く物語であるが、その冒頭は、源氏の始祖たる満仲が、八幡の加護のもとに「髪切」「膝丸」の二つの宝剣を作り出したと言い、「二ノ剣ヲ取持テ天下ヲ守護シケルニ、ナヒカサル草木モ無リケル」と語っている。やがてその一つの「髪切」は、嫡子の頼光に渡り、これを託された渡辺綱が、鬼の手を切って「鬼切」と名をかえたとする。ところが、『太平記』巻三二の「直冬上洛ノ事付鬼丸鬼切事」には、同じく頼光の家臣・渡辺の綱が鬼の腕を切った後に、再び「此ノ太刀多田ノ満仲ガ手ニ渡テ、信濃ノ国戸隠山ニテ又鬼ヲ切タル事アリ」と叙されている。

(60) 『尊卑分脈』によれば、満政は満仲の同腹の弟で、満仲に準じて「鎮守府将軍従四位」とあり、「陸奥伊予武蔵等守」、また、「左衛門大尉　兵庫允　左馬助」をつとめたとある。『神道集』巻四「諏訪大明神五月会事」には、信濃の鬼王を退治して、その宿願によって諏訪の五月会は始められたと説く。

(61) 『尊卑分脈』には、頼光は満仲の嫡男としてあげられ、「武略長通神権化人也〔猛貴名将〕」と称されている。その武勇譚は『今昔物語集』『十訓抄』『古今著聞集』『古事談』に掲げられているが、もっとも人口に膾炙したのは大江山の酒顛童子を退治した物語である。御伽草子として、伊吹山系・大江山系と分別され、多くの伝本・絵巻を残している。

(62) 庵逧巖氏は「舞曲『満仲』の形成」(『山梨大学教育学部研究報告』第二十五号、昭和五十年〔一九七五〕)(『幸若舞・歌舞伎・村芝居』、平成十二年〔二〇〇〇〕、勉誠社、所収)において、その略歴を検証し、「源賢法眼の現実のあり様は、当時の貴顕に奉仕した護持僧であり」「説話にいうが如き高徳の僧とは思えず、恵心僧都との交わりも疑わしい」と記しておられる。

(63) 『往生要集』大文第一「厭離穢土、第一「地獄」。

(64)『元亨釈書』第四「慧解　三」の〈釈院源〉の項には、「源善二唱演一。聞者感泣。源満仲。累葉武略。勇侠蓋《カフ》レ世《ラシム》。聴二源之唱導一。即座祝《キル》レ髪。拝為二戒師一。従官数十人同時剃落」とある。

(65)右掲注(49)『源満仲・頼光』

(66)延喜十二年(九一二)誕生、康保三年(八六六)座主に就く。永観三年(九八五)正月三日歿。元三大師と称される。門下に源信・覚超・覚運・尋運らがいる(『日本高僧伝要文抄』〈慈恵大僧正伝〉、『後拾遺往生伝』巻中、参照)。

(67)承安二年(一一七二)、住僧尊恵が冥途へ赴いた体験を書いたもの。『平家物語』巻六の「慈心房」の原拠となったと推される。当清澄寺蔵、その本文は『宝塚市史』第四巻資料編Ⅰ、平成九年(一九九七年)に翻刻紹介されている。

(68)鎌倉期談義僧台本「多田満仲」(京都大学蔵)がそれで、はやく岡見正雄氏が「説教と説話―多田満仲鹿野苑物語・有信卿女事―」(『仏教芸術』五四号、昭和三十九年(一九六四))のなかで紹介されている。

(69)両者の異同については、注(62)の庵逧巌氏「舞曲『満仲』の形成」が詳しく論じられている。

(70)はやくは多田院鷹尾山法華三昧堂と称された。中世に再建されたときには、中央に金堂、左右に常行堂・法華堂があり、南と北に南大門・学問所、後方東に経蔵、西に塔・鐘楼などがあり、境内の北東隅に拝殿つきの満仲の御廟があったという(『兵庫県の地名』「多田神社」の項、参照)。

(71)旧西畦野村にあり、忠孝山と号し、源賢を開山とする。浄土宗で本尊は阿弥陀如来。本堂裏の墓地に、美女丸・幸寿丸・仲光の菩提を弔う三つの宝篋印塔がある(『兵庫県の地名』「小童寺」の項、参照)。

(72)満願寺町にあり、神秀山と号し、高野山真言宗に属する。本尊は千手観音。元は天台宗で、美女丸が出家して円覚と名乗って、一時、当寺に居住したという。かつては金堂・常行堂・釈迦堂・宝蔵・鐘楼などのほか、十二院を擁したと伝えるが、幕末期には円覚院以外はすべて退転、その円覚院を改めて満願寺と称して今に至ったとする。(『兵庫県の地名』「満願寺」の項、参照)

第二章　滋野の伝承風景

一　信州・滋野の原風景

平安時代以降、放鷹の「狩のあそび」をよくした王卿貴族のなかからは、やがてこれを家業とする家が登場した。それが持明院家であり、西園寺家である。[1] 一方、軍事貴族のなかからも、鷹飼を職とするものが現われた。その一つが満仲の弟・満政の孫に当る源斉頼で、[2] それは出羽を基盤として世に広まったと推される。この軍事貴族の末裔から起こった斉頼流に対して、これと深くかかわった鷹飼の家が、信州を基盤として流行した祢津流である。[3] そしてその流の祢津氏は、後に述べるごとく、清和源氏の一流を擬する東信の滋野氏に属するもので、海野・望月とあわせて「滋野三家」の一派とされた家筋である。それならば、その祢津流の鷹野は、まずはその「滋野」に求められるであろう。

およその滋野の「シゲノ」は、山野における「草木の茂った野」に対する称で、普通名詞に近い地名である。たとえば「万葉集」第六の「山部宿祢赤人の作る歌」の一首に、

やすみしし　わが大君は　み吉野の　蜻蛉《あきつ》の小野の　野の上には　跡見《とみ》すゑ置きて　み山には　射目《いめ》立て渡し
朝狩に　鹿猪《しし》履《ふ》み起こし　夕狩に　鳥踏《ふ》み立て　馬並《な》めて御狩そ立たす　春の茂野に

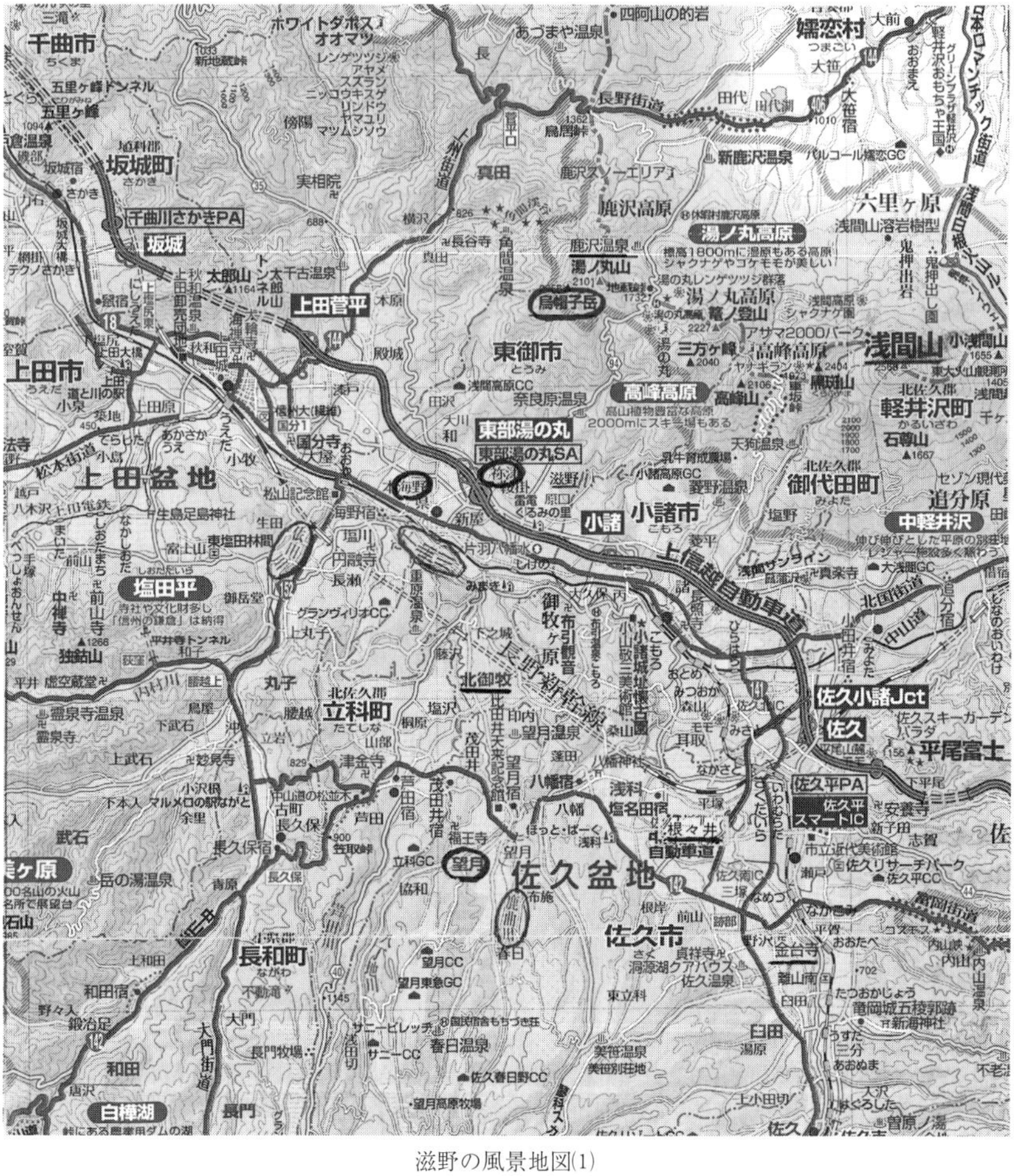
千曲市
坂城町
上田市
上田盆地
塩田平
東御市
東部湯の丸
東部湯の丸SA
湯ノ丸高原
高峰高原
浅間山
嬬恋村
鹿沢高原
六里ヶ原
軽井沢町
御代田町
中軽井沢
追分原
小諸市
小諸
上信越自動車道
長野新幹線
佐久小諸Jct
佐久
佐久平PA
佐久平スマートIC
佐久盆地
佐久市
立科町
長和町
白樺湖
上田菅平
千曲川さかきPA
坂城
北御牧
御牧ヶ原
望月
海野
根々井
烏帽子岳
平尾富士
長野街道
中山道
北国街道
松本街道
大門街道
日本ロマンチック街道

滋野の風景地図(1)

などとある。吉野の御狩する「茂野」がそれである。このシゲノを出自とする氏族が、茂野氏・繁野氏・重野氏・滋野氏である。東信の「滋野氏」もこれに準ずるもので、その「滋野」は、当然、海野・祢津・望月の中心、あるいはその周縁に求められるであろう。しかし、東信における「滋野」の地名は古い文献には見出せず、近世古地図の小字名にそれが見えるに留まっている。(4)そこで、先の河内の「交野」、摂津の「猪名野」を参考として、その鷹場としての「滋野」の風景を当地方の霊峰・烏帽子岳（二〇六六米）南麓に尋ねてみることとする。

およそ海野・祢津・望月の滋野三家の領する地域は、千曲川を挟んで、烏帽子岳の南麓に広がる丘陵地帯と言えよう。すなわちその千曲川へは、烏帽子岳連峯から深沢川・大石沢川・桜沢川・所沢川・求女沢川・三分川・西川・成沢川などが流れ込む。また南からは遥か蓼科山麓から鹿曲川、また塩川・美ヶ原から依田川が注ぎ込む。つまりこの千曲川は、先にあげた交野の淀川、猪名野の猪名川に準ずる意義を有していたのである。そしてこれに流れ込む沢川地帯こそ放鷹の恰好の地で、滋野と称された鷹野であったと推される。(5)ちなみに烏帽子岳の中腹は、猪・鹿の活動する狩猟地帯であった。(6)そしてその西南麓には『延喜式』にも記された「新治牧」、また千曲川を挟んで同じく『延喜式』に載る著名な「望月牧」があり、(7)その東南麓の田沢・東上田などにも牧の跡がうかがえ、(8)千曲川対岸の塩川にもそれが見える。(9)そしてその牧のある丘陵には鷹を飼育する「とや原」が見出せるが、(10)それは後に詳しく述べる。さらにその滋野の中心と推される千曲川流域には、古くより鷹の追い求める白鳥の群が飛来しており、(11)かつて当地が放鷹の聖地であったことをしのばせている。(12)

さてこの滋野を拠点としたと推される海野・祢津・望月の三家は、それぞれに当地における古代の牧の経営にかかわって誕生した氏族であると説かれてきた。(13)それならば、その馬飼のわざから弓馬をよくする氏族の成長したことは理解されるであろう。しかしあえて言えば、当地の山野は狩猟をよくする始好の地であった。(14)つまりその弓馬のわざ

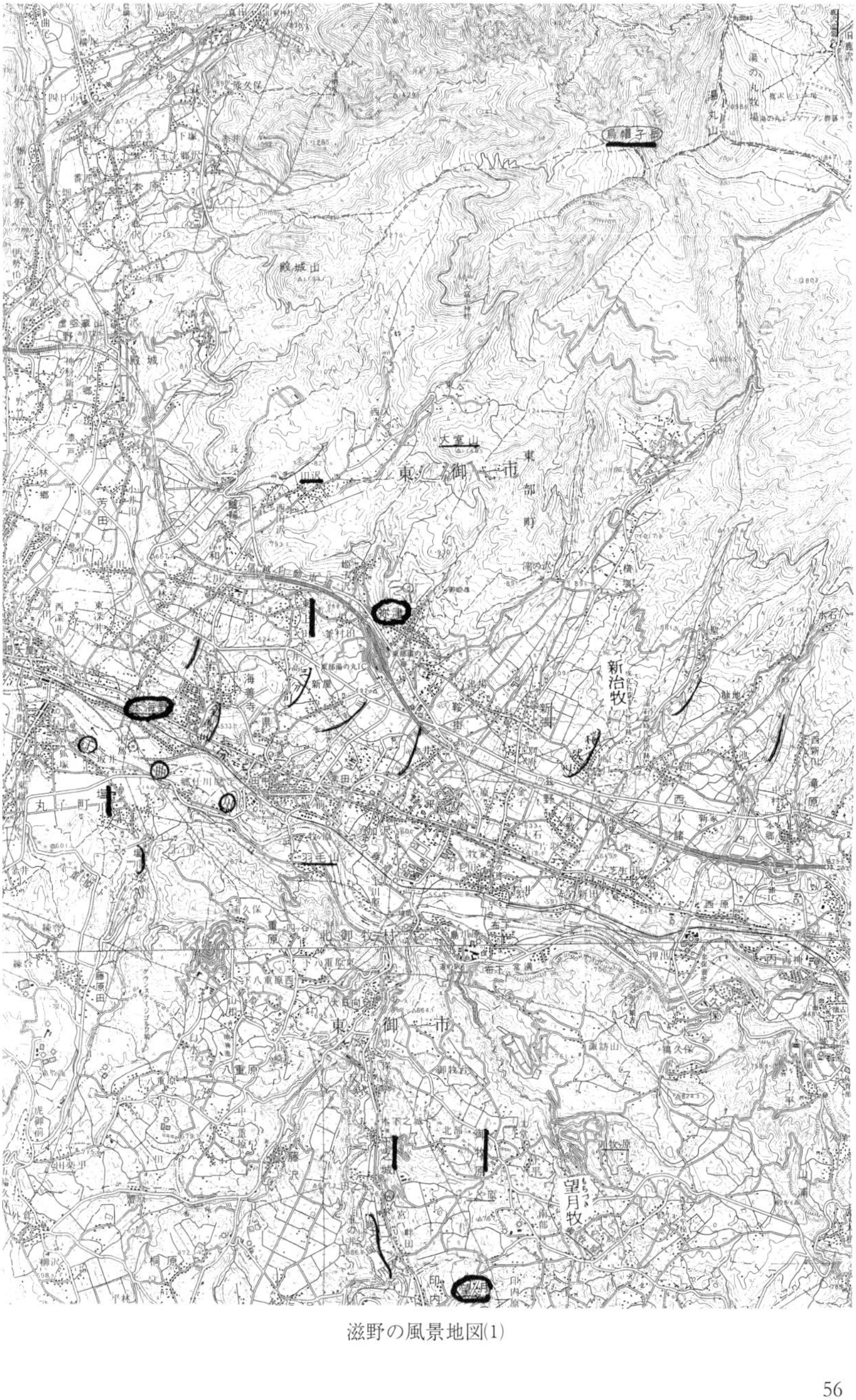

滋野の風景地図(1)

は、馬飼とともに、狩猟のそれによって養われたというべきものである。そしてその馬飼のわざに準じて、鷹飼のそれが育成されていったものと推される。それならば、滋野三家の職掌は、先にあげた坂上田村麻呂のそれに準じて、「尚武」「調鷹」「相馬」に通じていたものと言えるであろう。そしてその職掌に通じる氏族はかならずや星の神を奉ずるものであることは先にあげた。海野・祢津・望月の三家もそれに属する氏族であったことは後にあげることである。

二　信州・滋野氏の登場

さて滋野という地名が、古い文献には見出せないことから、当地方に勢力のあった海野・祢津・望月の諸氏は、姻戚関係を結んで、中央の滋野姓をもって総称したとする主張が見出される。しかもそれは、京洛の滋野朝臣家の信州進出説にもとづくものである(15)。それが一種の中央名門史観にしたがったものであることは

海野・白鳥河原から烏帽子岳を望む

後に論ずる。そのシゲノが各地に見出せる地名であることは先に説いた。しかも僅かながらも、当地方の古地図のなかにその地名は見出されている(16)。しかしその滋野を拠りどころとして誕生したと推される東信の滋野氏が文献などに見出せるのは平安末期以後である。ちなみに桜井松夫氏は、「滋野氏の歴史と展開」(17)において、信濃の地における文化財のなかで、滋野氏が見出せるものは建仁三年（一二〇三）以降であることを明らかにされている。しかし滋野氏そのものの名は、言うまでもなく、源平の争乱をとりあげた『平家物語』にすでに見出されている。それは文芸作品であり、その編集は後鳥羽院時代以降のものであるが(18)、そのおよそは平安末期の当地方における史実を反映するものであったとは言える。以下はその視点に立って各諸本における叙述を検討してみる。

およそ、その『平家物語』における「滋野氏」の初出は、木曽義仲の挙兵の記事である。すなわち語り本系諸本では、中原兼遠のもとで成長した義仲が、平家打倒の同志を募る「廻文」にうかがえる。

①覚一本

兼遠、「まづめぐらし文《ぶみ》候べし」とて、信濃国にはねの井の小野太、海野の行親をかたらうに、そむく事なし。是をはじめて、信濃一国の兵もの共、なびかぬ草木もなかりけり。上野国に故帯刀先生義賢がよしみにて、田子の郡の兵共、皆したがひつきにけり。

②米沢本

兼遠、「先づ廻文候ふべし」とて、信濃国には、根井小弥太、滋野行親を語らふに背く事なし。是を始めて、信濃一国の兵共、皆随ひ附きにけり。上野国には故帯刀先生義賢がよしみによつて、多胡郡の者共、皆随ひつきにけり。

③屋代本

木曽イト、、意武《ロ》フテ、祢井《ネノ》太郎小野大・滋野《シゲノ》行近ヲ始トシテ、国中ノ兵ヲ語《カタラ》フニ一人モ背《ソム》クハ無リケリ。上野国ニハ奈和《ナワ》太郎広純《スミ》ヲ先トシテ、多胡《タコ》郡《コヲリ》ノ者共、父義賢ノ好《ヨシミ》ニヨテ皆随付。

④百二十句本

木曽、心いとどたけくなつて、根の井大弥太滋野の幸親をはじめとして、国中の兵をかたらふに、一人もそむくはなかりけり。上野の国には、故帯刀先生義賢のよしみによって、那波の広澄をはじめとして、多胡の郡の者ども、みなしたがひつく。

⑤中院本

いと丶心をこりして、つはものをもよをしけれは、まつしなの丶国《くに》にはねのゐの大やた、しけの丶ゆきちかをさきとして、国中のものとも、みなきそにとうしんす、かうつけの国《くに》にも、なはの太郎ひろすみをさきとして、たこのこほりのもの共《とも》、こたちはきのせんしやうよしかたか、よしみについて、皆したがひつきにけり。

そもそも語り本諸本は、巻十二の外に灌頂巻を用意する系統と、あえてそれを外に出さず平家の断絶をもって終わる系統とに分別される。右にあげた①覚一本は前者の「灌頂巻型」に属するもので、②米沢本などの一方系諸本はこれに準ずる。③屋代本は後者の「平家断絶型」で、④百二十句本以下の八坂系諸本はこれに準ずる。右においても両者はやや異同する。すなわち義仲が廻文をもって最初に挙兵を誘った人物について、灌頂巻型の覚一本は、「ねの井小弥太」と「海野の行親」との二人をあげている。ただしこの本文は古本とされる龍大本によるもので、(19)高野本はこれに準ずるが、西教寺本・竜門文庫本は「海野」を「滋野」としており、(20)覚一本の原本も、元来、「ねの井の小野太滋野の行親」であったとも推される。(21)ちなみに一方系の米沢本はそれに準じる本文をみせている。一方、断絶型の屋代本は「祢井太郎小野太滋野行近」とやや混乱が見えるが、百二十句本は「根の井大弥太滋野の幸親」とあり、八坂系の中院本もこれに準じている。屋代本の「祢井太郎」は、『吾妻鏡』養和元年九月四日の条の「先陣根井太郎至二越前国水津一」の記事に引かれてのことと推される。(22) 百二十句本以下の「大野太」は、『保元物語』上巻「官軍勢太《ぞう》ヘノ事」中巻「白河殿攻メ落ス事」に、義朝の輩下として見える「下根ノ井太野太」「根井ノ大野太」に準じたものであろう。しかもこの混乱は、後に引用する「信州滋野三家系図」にもうかがえる。すなわちそれには、「国親左衛尉」の子に「行親根井大弥太」とあげるが、その「大」の右に「小歎」を注している。

右のように灌頂巻型諸本と断絶型諸本とに小さな異同はあるが、義仲が最初に誘ってこれに応じた東信の豪族は、根々井行親であったとする叙述において、ほぼ一致するとみてよいであろう。ここではその根々井行親について滋野姓をあげることに注目する。語り本の『平家物語』は、この人物を滋野氏の中心的人物として叙したものと推される。

さてそこで、『平家物語』としては語り本系諸本よりも古態を含むと推されている読み本系の諸本をあげる。ただ読み本系諸本の叙述は、語り本とやや違えて、義仲の挙兵を察知した清盛が、兼遠を都に召喚し、謀反を起こさせぬ起請文を書かせる経緯を述べ、その兼遠の苦肉の策として、義仲を東信方面の豪族に託したとする。

⑥延慶本

兼雅（遠）起請文ヲバ書ナガラ（中略）木曽ガ世取ムズル謀ヲノミゾ、明テモ晩テモ思ケル。其後ハ世ノ聞ヘヲ怖テ、当国ノ大名、根井小弥太滋野幸親ト云者ニ義仲ヲ授ク。幸親是ヲ請取テ、モテナシカシズキケルホドニ、国中ニ奉テ、「木曽御曹司」トゾ云ケル。父多胡先生義賢ガ奴（好）デ、上野国勇士足利ガ一族以下、皆木曽ニ従付ニケル。

⑦長門本

かねとを起請文はかきなから、（中略）きそか世をとらんするはかりことをのみそ、あけてもくれてもおもひける。其後は世のきこえをおそれて、当国の大名、根井小（矢）太滋野幸親といふものに、よしなかを授。幸親、是を請取て、もてなしかしつきける程に、国中挙て、きそ御曹司とそいひける。父、多胡先生義賢が好にて、上野国勇士、足利が一族以下、みなきそに従付にけり。

⑧源平盛衰記

兼遠国ニ下テ思ケルハ、起請文ハ書ツヽ（中略）イカヾセント案ジケルガ、責モ義仲ヲ世ニ立ント思フ心ノ深カリケレバ、本望ヲモ遂、起請ニモ背カヌ様ニ、当国ノ住人ニ根井滋野行親ト云者ヲ招寄テ、（中略）トラセケル志コソ恐シケレ。行親、木曽ヲ請取テ、異計ヲ当国隣国に回シ、軍兵ヲ木曽ノ山下ニ集ケリ。懸ケレバ故帯刀先生義賢ノ好ニテ、上野国ノ勇士、足利ノ一族以下、皆木曽ニ相従、平家ヲ亡サントヒシメキケリ。

およそ延慶本は、現存本の諸本のなかで最古態を含むものとして、近年に重視されるに至ったテキストである。それが「根井小矢太滋野幸親」と叙することは注目される。つまりここには、『吾妻鏡』の影響もみられない。次の長門本は、ほぼ延慶本に準じ、いささかの要約がうかがえるものであるが、ここではほとんど延慶本と同文である。ただし幸親について「小太」と記して「矢」を脱している。[23] 最後に盛衰記は、延慶本・長門本に準じながら、それなりの増補を加え、相当に違った叙述をみせる。それは右の本文にもうかがえるが、問題の個所については、「根井滋野行親」として「小弥太」を欠いた表現となっている。以上のごとく読み本系諸本は、いずれも木曽の挙兵に際し最初に参画した人物としては、「根井行親」の一人をあげている。しかもその人物の表記は、「根井小弥太滋野幸親」とする延慶本が古態と推されるのである。それならば、語り本系諸本もこれに準ずるもので、「滋野」をあげず、「根井」「海野」の二人とする覚一本の一部は、やはり書写上の混乱にもとづくものと推される。

ところで、『平家物語』が、「廻文」（木曽挙兵）から「木曽最期」に及ぶ〈義仲物語〉において、東信地方の中心人物としてあげるのは、根井小弥太行親とその子、楯六郎親忠である。それは今井四郎兼平と樋口次郎兼光とともに、木曽四天王「今井・樋口・根井・楯」と称されている。特に読み本系諸本において顕著で、「木曽最後」の粟津原合戦の前段、加茂の河原合戦において、義仲を守って、行親、親忠が次々と討死する叙述は、きわめて感動的である。義仲に従った東信の代表的武将として描く叙述は、語り本を越えるものである。(24)

しかしその根井小弥太行親は、東信の滋野氏としては、その主流に属するとは言えない。その出自の地の「根井」(根々井)は、想定される「滋野」からは遠く、その東南の佐久平にあり、望月氏の支流であったと推される。(25)その傍流の根井氏を滋野姓によって叙述することが注目される。そしてその叙述は、延慶本の「根井小弥太滋野幸親」を古態とすべきことはすでに説いている。出自の地名「根井」(根々井)、仮名の「小弥太」、同族名の「滋野」、そして実名の「行親」(幸親)による叙述は、『平家物語』においては、武将の名乗りの条などに、しばしば見られるのである。

しかもその名乗りは、いささか改まったもの言いで、当代の武士社会において認められていた表現であるにちがいない。延慶本の編者は、行親を最初に登場させるに当って、勇国の武士社会の知識に準じ、その名乗りと同じ記述をとっていると言える。

さて東信の滋野氏の誕生を十世紀初頭、延喜年間に求める従来の説が、首肯すべからざることは次章において論究するのであるが、右の『平家物語』諸本、特に延慶本の叙述が源平争乱期における武士社会の実態にそったものと判ずることは許されよう。つまり「滋野氏」の称は、少なくとも平安末期には成立していたということである。そしてそれは、烏帽子ヶ岳の南麓に広がった「滋野」の地名にもとづくものにちがいない。その「滋野」が京洛の名門・滋野朝臣家の進出説を導入する要因となったのである。

三　信州・滋野氏の素姓・職掌

さて江戸時代には、盛んに諸氏の系図が制作されている。が、擬作（偽作）と称すべきものが少なくない。そしてそれは中世にも遡ると言える。しかし、それは全くの作りごとではなく、古くからの伝承を含んでいることも多い。そしてその伝承からその氏族の出自・素姓をうかがうことも可能である。それが系図学の面白さである。

滋野氏にかかわる系図で、はやくより重んじられてきたものは『群書類従』所収の「滋野氏系図」「信州滋野氏三家系図」である。室町末期（戦国時代）、および江戸初期が成立の下限となるが、[26]書き継ぎも考えられるので、およそは室町期の制作と言える。が、その冒頭は、平安時代の名門・滋野朝臣家の系譜を含んで、源氏系図を擬したものと言える。まず「滋野氏系図」の冒頭（前頁）をあげる。

およそ滋野朝臣家の系譜を含むのは、清和天皇の曽孫とする「善渕王」、およびその子「滋氏」で、その善渕王が正三位信濃守に任じられて、延喜五年（九〇五）に始めて滋野姓を賜わったとしており、信州・滋野氏の初代ということになる。そしてその子・滋氏が信濃判官に任じられて第二代ということになる。続けて「信州滋野氏三家系図」の冒頭をあげる。

清和天皇――貞保親王
- 目宮王 兼宮トモ甲 母惟康親王女 ―― 善渕王 正三位信濃守 延喜五年始賜滋野姓（以下、略）
- 滋氏 信濃判官 ―― 為広 三寅大夫贈中納言 ―― 為通 右衛門守 ―― 則広 武蔵守 ―― 重道 平三大夫
- 広道 海野 ―― 幸親 ―― 幸広 野平四郎 海野。木曽侍大将。西海合戦入水。 ―― 幸氏 左衛門尉小太郎弓上手 ――（以下、略）
- 広重 望月 ―― 国重 蔵人頭 ―― 国親 左衛門尉 ―― 重忠 ―― 重義 太郎 保元軍功 ―― 重隆 三郎左近衛大夫将監 弓上手。頼朝忠臣 ――（以下、略）
- 道直 祢津 ―― 貞直 神平 鷹上手 ―― 宗直 美濃守 ―― 敦宗 左衛門尉 ――（中略）―― 元直 宮内少輔

滋野氏系図

次にあげる「信州滋野三家系図」は、やや内容は詳しく、「善渕王」についてもその母が大納言源昇卿女と注し、「滋氏王」についても母が太政大臣基経女とする。

清和天皇 仁王五六代帝也。水尾天皇。文徳天王第四王子。在位十八年。
- 陽成院 仁王五十七代。在位八年。
- 貞保親王 式部卿 母　二条后。号南院宮。貞観十年誕生。延喜二年四月十三日薨。
- 貞固親王
- 貞元親王 号雲林院。母治部卿仲野親王女。
- 貞平親王

信州滋野氏三家系図

貞純親王　源氏先祖。
貞辰親王　四品　母　女御藤原珠子。
貞数親王　母　在原行平女。延喜十一年薨。三十二。
選子内親王　仁明第五元康親王妻。摂州難波居住。

国忠
国珍
目宮王　菊宮トモ云　母　瑳城第四惟康親王
善渕王　従三位　延喜五年始賜滋野朝臣姓。母大納言源昇卿女。（以下、略）
滋氏王　従五位下院判官代信濃守　母太政大臣基経女。
　為広　従五位上　号三寅大夫。贈三位。
　　為通　従四位下左衛門督
則広　従五位下武蔵守
　重道　野平三大夫
　　広道　海野小太郎　（以下、略）
道直　祢津小二郎
　貞直　神平　鷹名誉アリ。自院賜宝珠并御釵
　　宗直　祢津小二郎美濃守　（以下、略）
広重　望月三郎
　国重　五位蔵人
　　国親　左衛門尉　（以下、略）

ところで、これらの滋野系図が拠りどころとするものは、これまで諸家があげたごとく、平安時代の前期に名をなした儒家（漢学者）の滋野貞主（延暦五年〔七八六〕～仁寿二年〔八五二〕）およびこれにつらなる系譜である。ちなみにその貞主の名は、天長四年（八二七）に勅選詩文集『経国集』[27]二十巻の編集にかかわり、その序を書いた人物として、

日本漢文学史のなかで、はやくに記憶されるところであった。しかもその生涯は、『文徳実録』仁寿二年二月の薨伝において、およそを知ることができる。それは、

　乙巳。参議正四位下行宮内卿兼相摸守滋野朝臣貞主卒。

で始め、以下、生涯の略歴をあげる。すなわちその曽祖父・楢原東人は、大学頭兼博士、正五位下の官位を持した人で、九経に該通した名儒と言われた。天平勝宝元年（七四九）駿河守のとき、同国から黄金が産出、これを帝に献上すると、大いに喜んでその功をほめ「勤哉《いそしきかな》」と称され、それによって伊蘇志《いそし》臣の姓を賜わったという。その父・家《いえ》訳《おさ》は、尾張守、従五位下に任ぜられ、延暦年中（七八二〜八〇六）に滋野宿祢の姓を賜わったという。本人の貞主は、身長六尺二寸の威丈夫で、「雅有㆓度量㆒。涯岸甚高」と、人物はきわめて寛大で、崇高な志の持ち主であったとする。大同二年（八〇七）文章生となり、弘仁二年（八一一）少内記、以後大内記・因幡介・図書頭・東宮学士などを歴任、天長八年（八三一）に勅により『秘府略』一千巻を編む。さらに相模守・兵部大輔・大和守・大蔵卿・讃岐守を経て、承和九年（八四二）に式部大輔、その秋には参議に任ぜられる。同十一年の春、都を離れ慈恩寺と称する伽藍に住し、官を辞せんとするが許されない。嘉承二年（八四九）に尾張守、同三年夏に正四位下が授けられ相模守に任ぜられる。仁寿二年春に毒蒼に犯され、多くの人々に惜しまれつつ、慈恩寺西書院において没した。時に六十八歳であった。「貞主天性慈仁。語恐㆑傷㆑人。推㆓進士輩㆒。随㆑器汲引」とあり、そのすぐれた人柄は、多くの後輩をも育成した。そして天皇の信任も厚く、長女・縄子、少女・奥子はともに仁明天皇の後宮に入り、縄子は本康親王、時子・柔子内親王を生み、奥子は惟彦親王、濃子・勝子内親王を儲けている。そして「一家繁昌。乃祖慈仁之所㆑及也」と結ぶ。

　その「滋野朝臣」の姓は、貞主が弘仁十四年（八二三）に、宿祢姓を改めて賜わったもの[28]で滋野朝臣家としては、その始祖とすべきものである。そして信州の滋野系図が始めて滋野姓を賜わったとする善渕王の祖父を「貞保親王」

とするのは、これに拠ったものにちがいない。ちなみに真田系の滋野系図には、その始祖を「貞秀親王」とするものも見出せる。(29)なお貞主の実弟・貞雄もまた滋野朝臣を称している。その略歴は『三代実録』貞観元年（八五九）十二月廿二日の条の薨伝にうかがえる。それによれば、貞雄は家訳の三男で、その経歴も兄の貞主に準じており、天安二年（八五八）に摂津守、貞観元年に従四位上に進み、女の岑子を文徳天皇の後宮に入れ、二皇子・二皇女を生ましめている。その人柄も貞主に似てきわめて温厚であったという。またこの貞主・貞雄の後に滋野朝臣姓を称する者に、善陰・善根・恒陰がある。黒坂周平氏は「東信濃の栄光の族・滋野氏考」(30)において、その善蔭・善根は兄弟で貞主の子であることを検証されている。「善渕王」の名に近似することが思われる。(31)恒蔭については、『小県郡史』(32)が貞主の孫としてあげており、黒坂氏もこれに賛じておられる。恒蔭は貞観十年（八六八）に信濃介に任じられており、(33)善根は同十二年（八七〇）に信濃守となっていることが注目されている。(34)その東信への土着とみるのである。しかしそれは、在地の中央名門史観にしたがうものである。

さて信州の滋野系図に戻って、その善渕王の左注に記された叙述に注目しよう。これは全く中央の滋野朝臣家には見えぬ独自な伝承である。まず「信州滋野氏三家系図」をあげる。

(1)　滋野氏幡者月輪七九曜之紋也。此幡者。善渕王醍醐天皇御時賜之。此幡濫觴者。昔垂仁天皇御字。大鹿島尊。日本姫皇女。蒙天照大神之神勅。定伊勢国五十鈴川上御鎮座。天下告之。其時御幡二流自天降。一流者日天図形也。一流者月天七九曜也。内宮外宮御尊形。依厥御詫宣。此二幡奉遷内裏。三種神器同神殿奉納之云々。

(2)　而善渕王此御幡賜之者、平真王将門退洛中。楯籠宇治之時。善渕王為大将。賜御幡馳向。遂合戦得勝利。但下将門於関東。其時初賜滋野姓、被任従三位。

(3)　其子孫海野。望月。祢津。是滋野三家号。望月紋月輪七九曜。海野六連銭。洲濱也。

およそ「滋野氏系図」の叙述もこれに準ずるが、(1)の冒頭に「滋野正幡者望月伝之」を含み、(3)に「出陣之次第。海野自戦時者海野幡中。左望月。右祢津。望月自戦時者。望月幡中。左海野。右祢津。祢津自戦時者。祢津幡中。左海野。右望月」を加える。三氏が連合して戦うときには、かならずこの「月輪七九曜」の正幡を中央に掲げたという。

この叙述でまず注目されるのは、(1)において滋野氏の正幡は、月輪七九曜であって、天照大神が伊勢にご鎮座の折に天下った二流れの一つで、醍醐天皇が悪賊退治のため、善渕王に賜わったものとすること、さらに(3)においては、その月輪七九曜の正幡を賜わった善渕王より起こった滋野三家は、それぞれに紋所は違えても、望月が伝えるものを正幡とすべきことを主張することである。そしてその意義は、滋野氏三家があくまでも星の神を奉ずる氏族であるとすることにある。しかもその星の神は馬飼・鷹飼の信仰するものであり、放鷹の狩場にはかならずそれが祭祀されていたことは先にあげている。それならば滋野三家は、星の神（陰陽の神）を奉じて、「馬飼」（相馬）「鷹飼」（調鷹）をよくするものであると同時に、陰陽のわざによって悪賊を追罰する武力（尚武）を保持していたということになろう。[35]そしてその武力は、後の滋野流（真田流）の兵法、[36]望月流のそれにつながるものと推される。[37]

次に注目するのは、(2)において善渕王が「月輪七九曜」の正幡を賜わって、悪賊・将門を鎮圧した地を「宇治」とすることである。[38]その宇治は京への入口で、南の大和からの木幡峠、東の山科からの宿《シク》河原（四宮河原）がこれに当る。大きな境の地であれば、中世には地蔵菩薩が祀られた。が、早くは星の神を祀ることが要請されていた。[39]陰陽の神の力によって、境に押し寄せる悪霊の鎮圧を期したのである。したがって当地には盲僧を含んでト占・祈祷をよくする陰陽師系の人々の盛んな活動がみられたのである。[40]それならば、境の地なる宇治において、月輪七九曜の正幡のもと、悪賊の将門を鎮圧したとする善渕王の英雄譚は、その子孫の滋野三家が、これら境の地を中心に活動する陰陽師系の民間宗教者と深いかかわりのあったことを示す叙述ということになろう。そしてそれは、善渕王の先祖と掲げ

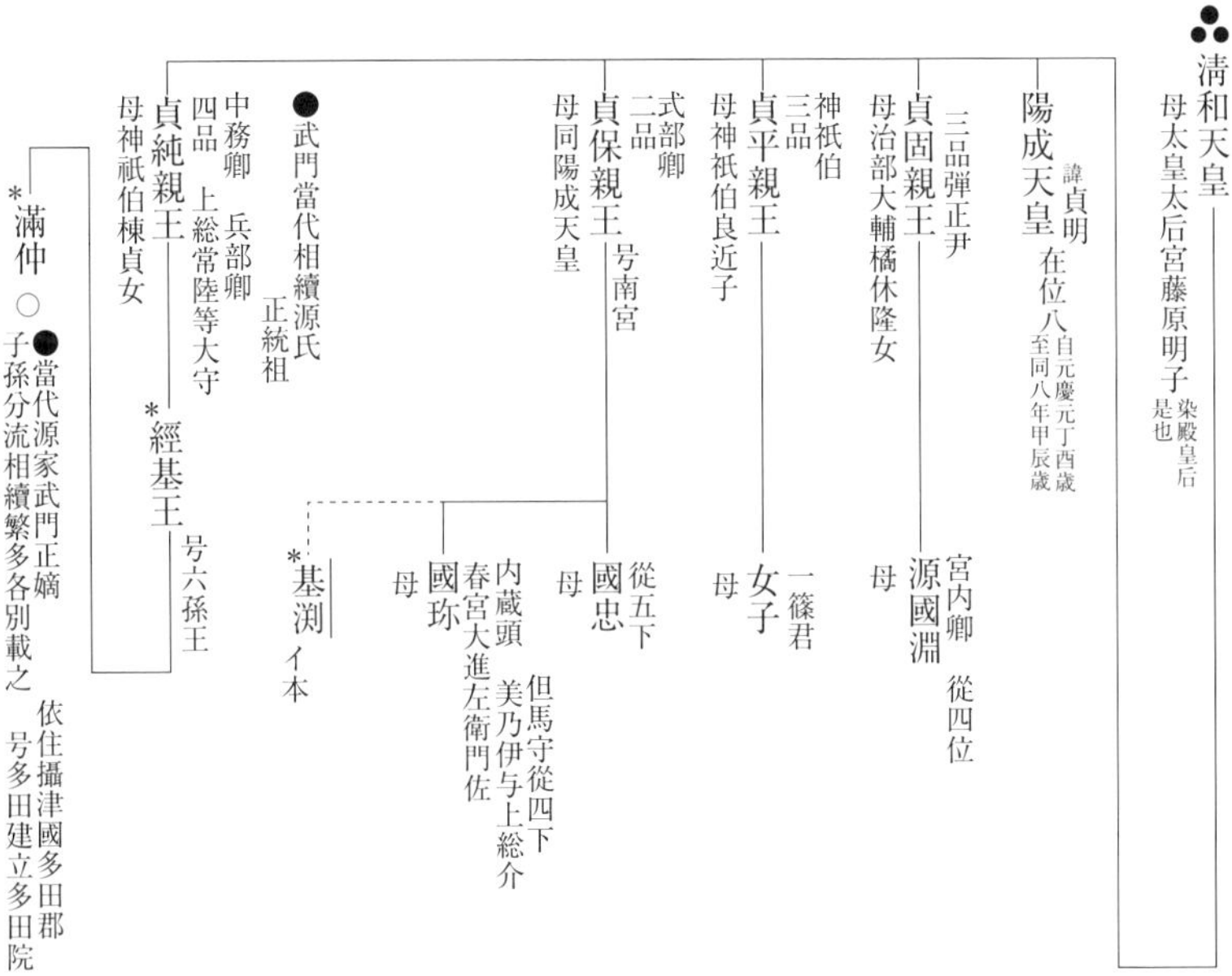

『尊卑分脈』〈清和源氏〉

る貞保親王の叙述に響き合ってゆくのである。

そこで滋野系図に戻って、冒頭の「清和天皇―貞保親王―目宮王」の系譜を検してみよう。信州・滋野氏の始祖「善渕王」の先祖に貞保親王をいただく系図は、滋野朝臣家の「貞主」に導かれてのものであることはすでにふれた。しかし滋野系図は、それによって清和源氏に準じて、さらなる名門の系譜を作りあげようとしたのである。あるいはそれは、清和源氏の盛んなる時代に応じた制作とも言えよう。ちなみに『尊卑分脈』の掲げる「清和源氏」の系図をあげてみよう。

しかしこの系図には、貞保親王の御子としての「目宮王」の名は見出せない。したがってこれは信州がわの独自の伝承に拠ったものと言わねばならない。あえて『尊卑分脈』によれば、「国忠」「国珍」はあり得ないことであれば、異本にのみ見出される「基渕」があてられるであろう。後にあげる近江・甲賀の望月康氏が伝える「望野滋野景図」(41)は、「基渕王目宮ト称」と叙している。

さてその目宮王の父とされる貞保親王（貞観十二年（八

七〇〕～延長二年〔九二四〕）は、清和天皇の皇子で、母は藤原高子（基経妹）、陽成天皇の同母兄である。幼少より俊秀の誉れが高く、特に管弦の道に秀でておられた[42]。たとえば、「琵琶血脈[43]」「和琴血脈[44]」「奏箏相承血脈[45]」のいずれにもその名を連ね、また横笛にも長じ、貞保親王の作られた譜を南竹譜と称した[46]。あるいは古来琵琶名物として玄象など八種または十種あげられてきたが[47]、その一の井手は親王の愛された御琵琶であったという[48]。「吉野吉水院楽書[49]」の管弦者の筆頭にその名を記された親王は、まさに「管弦の長者」であり[50]、「全ク肩をナラブル者ナシ」であった[51]。ちなみにその略歴を『大日本史』は次のようにまとめている。

貞保親王、元慶六年与㆓陽成帝㆒同冠、叙㆓三品㆒、尋為㆓上野大守㆒、任㆓中務卿㆒三代実録、後進㆓二品㆒、転㆓式部卿㆒、延長二年六月薨日本一代要略、記、年五十五日本紀略称㆓南宮㆒皇胤紹運録、帝王編年記、又称㆓桂親王㆒帝王編年記、尤長㆓音律㆒著南竹譜体源鈔、世称㆓管弦仙㆒、

その貞保親王について、信州の「滋野氏系図」は全く注することはないが、「信州滋野氏三家系図」は、右に「式部卿」、左に「母二条后。号南院宮。貞観十年誕生。延喜二年四月十三日薨」と注す。「貞観十年」は「十二年」、「延喜二年」は「天長二年」の誤写である。「系図纂要[52]」の掲げる「滋野朝臣姓・真田」系図は、

貞保親王
母皇太后藤高子　長良女
貞観十二年九ノ十三生　同十五年四ノ女一立親王　元慶六年正二
叙三品　四ノ廿八　上野大守　式部卿　二品
延長二年六ノ十九薨　五十五　号南宮又桂宮　葬信の国小縣郡祢津郷
戌亥山上今宮ノ峯山ト云　崇日四宮権現

とあり、親王を祢津の「峯山」に葬り、「四宮権現」と称したという。地元の伝承を加えている。

ところで、その貞保親王の御子としてあげられる「目宮王」は、御目を患って、盲《めしい》となられた御君と観じられる。管弦仙と称せられた貞保親王であれば、管弦をよくする盲人であられたとも推しているのである。この君について「滋野氏系図」は「兼宮トモ申ス」「母惟康親王女」と注し、「三家系図」も「菊宮トモ云」「母瑳珴第四惟康親王女」と注するのみである。また『系図纂要』は、貞保親王の御子に「菊宮」をあげ、右に「母恒康親王」、左に「又号目宮」と注して、盲目となる経緯について記することはない。しかるに海野の白鳥神社所蔵の「滋野白鳥社伝神祕口決秘書巻[53]」に収められた滋野系図には、

菊宮　幼名目宮。燕青芝入二御目一、信州ニ御下向、香沢湯御入浴有、
　御母恒康親王

と注されている。ちなみにこの「秘書巻」は明暦三年（一六五七）八月、神主白鳥七兵衛豊及の書写するものである。しかも燕の糞が目に入って眼病を患い、信濃に下向して香沢湯に入浴なさったとする伝えは、先にあげた近江の旧甲賀郡柑子の望月康家所蔵「望月滋野景図」には、

基淵王
　目宮ト称。御母瑳珴天皇第四ノ御子惟康親王ノ御女、
　御眼病ニ依テ信濃鹿沢ノ湯ニ入興成給フ

とある。およそこの系図は、信州望月氏の一流で、寛永年間（一六二四〜一六二九年）、会津藩主保科正之に仕えることになった兵学者・望月新兵衛安勝の筆になるものである。

なお同柑子の望月惣左衛門家所蔵「滋野三家望月正統系図之記[54]」（江戸中期頃書写）には、その信濃下向をあげることはないが、次のような記述が注目される。

目宮

滋野親王ト申奉ル也。仁寿元年三月、桜花称愛之詩歌御遊之會アリ。

滋野親王深ク桜花ヲ賞翫シタマヒ、故ニ御亡霊ヲ桜大明神奉崇也。亦兼宮申ス。御母嵯峨天皇第四皇子惟康親王女也。

「第四皇子」にこだわる叙述は後に述べる。この目宮が、桜花を称愛し、後にその亡霊を桜大明神と祀り申し上げたというもの言いは、桜の下で亡霊慰撫の祭祀を専らとした座頭（琵琶法師）の活動をしのばせる。つまりこれは、座頭たちの目宮祭祀を伝えるものと言える(55)。

さてこの目宮の信州・鹿沢への下向の伝承は、やがて貞保親王ご自身のものと変貌して伝えられている。すなわち享保十六年（一七三一）竹内軌定著『真武内伝』の「滋野姓氏権輿」は、次のように叙している。

（貞保親王）一日於鳳闕管弦有りし時、此皇子琵琶を弾き玉ふ。某妙音にや感じけん、燕入殿中舞遊びて御遊の興と成る。親王仰ぎ視玉ふ時、御目の中へ彼鳥落糞、依之御目を悩ませ玉ひて、普く名医を召、術を尽くせども無験。爰に信濃国浅間山温泉加沢と云所今曰山ノ湯。奇妙なるを聞召及び、則下向あり。同国深井某が宅に御座し御入湯有りしに、御目の痛忽癒ゆ。然れども御目盲《シイ》ければ都に還御し玉はず。同小県郡望月郷海野里に御座し、深井が娘を召て召仕す。得幸御子誕生有り。

その深井の娘との間に儲けられた御子が滋野・海野氏の祖となったという(56)。その深井氏が長く小県郡一帯の座頭（琵琶法師）グループとかかわっていたことは別に論じているので(57)、ここでは触れない。勿論、貞保親王が盲人になられたことも、東信・加沢の湯で治療なさったとすることも史実とは到底認め得ない。しかし『真武内伝』は続けて、

親王薨後の後、建社白鳥明神と祝ひ奉り、滋野天皇を謚し奉る。是海野白鳥庄に御座し、故也。又号開善寺殿。

とある。その開善寺は白鳥社の別当寺の謂いである(58)。しかも貞保親王は、祢津氏もまたこれを祀るところであった。たとえば先にあげた「滋野白鳥社伝神祕口決秘書巻」には、

祢津家　貞保親王ノ御霊ヲ祢津大権現ト　奉レ祠、祢津家ノ御氏神ト奉レ崇

とある。また「千曲真砂(59)」の巻七には

清和天皇第四ノ王子、貞保親王（中略）延喜二年壬戌四月十三日薨。当地乾方ノ奉レ葬二山上一、号二宮峯《タケ》之山陵一。後ニ崇二祭四宮大権現一。

とある。貞保親王を清和天皇の第四皇子とし四宮大権現を祀ったとする伝承は、中世において平家物語を語る盲目の琵琶法師が結成した当道座のそれにしたがうものである。ちなみにその『当道要集(60)』によると、彼等の祖神は、仁明天皇第四の皇子・人康親王で、御眼を目しいて後に、山科国宇治郡山科郷四宮村に遁世、糸竹の道につとめられて生涯を終え、天夜の尊と号して四宮の社に祀られたという。それならば、祢津氏周縁には、後にあげる巫女グループのみならず、座頭たちの活動も存したということになろう。

さらにまた佐久郡の望月氏の一流が祀る旧北御牧村下ノ城鎮座の両羽神社は、古くは望月大宮と称し、元は背後の御牧原の山上にあり、現社地はその御旅所であったという(61)。しかもその旧社地の時代から貞保親王あるい善渕王を祭神とし、その神像を船代王のそれとともに蔵していた(62)。ちなみに『信濃奇勝録(63)』巻三には、

そのかみ、下之条も望月氏の采地にして、両羽の神祠の別宮・原の宮に八葉明神と祭る所なり。慶長中野火のために神祀炎焼に及びしとき、両躯の神像をば本祠の社壇に安置して、跡には形ばかりの石祠を残す。又、本祠の後背老松の下に苔むしたる古石半ば土中に埋れたる古石あり。近年掘出してみるに、祠の如く石燈台の如くにして、その状はなはだ古雅なり。（中略）台石の三面に彫りつけあり。元、祖神前とありて正慶の年号あれば、

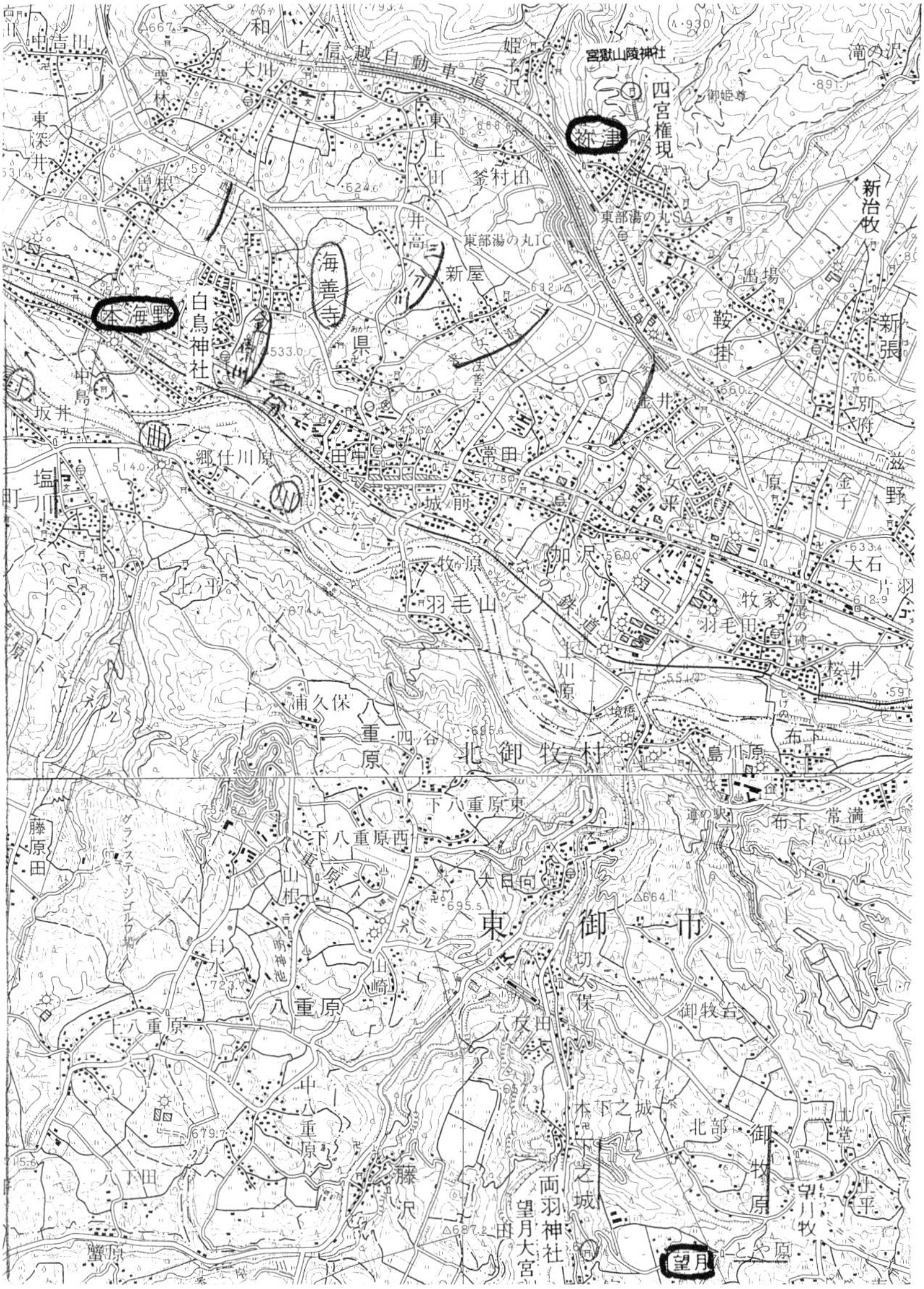
和
上信越自動車道
宮獄山陵神社
滝の沢
四宮権現
祢津
東上田
釜村田
東部湯の丸SA
東部湯の丸IC
新治牧
井高
新屋
出場
鞍掛
新張
海善寺
本海野
白鳥神社
県
中吉田
大川
栗林
東深井
曽根
中島
坂井
郷仕川原
田中
常田
金井
別府
滋野
塩川
町
城前
平
原
金子
加沢
大石
牧家
牧原
羽毛山
羽毛田
桜井
浦久保
八重原
四谷
北御牧村
島川原
布下
下八重原東
下八重原西
道の駅
常満
藤原田
グランステージゴルフ場
山根
大日向
東御市
白水
両神池
山崎
切久保
八重原
御牧台
上八重原
八反田
中八重原
木下之城
北部
御牧原
下之城
両羽神社
望月大宮
藤沢
八丁田
望月
とや原
望月牧
平

滋野氏三家の在地地図

この像もその以前の物なるべし。

とある。すなわちこの両羽神社は、慶長以前は、現社地の後背の御牧原・八葉山に原宮として祀られていたという。続けて『奇勝録』は、旧社地の老松の下にあった古石の台座に、「正慶」の年号があるので、貞保・船代の両神像もそれ以前から存したものであろうと推している。その古石（石翁）は今も社前にあり、南北朝の時代、正慶癸酉（一三三三）三月廿八日、滋野一族、海野・祢津・望月・矢沢が、先祖の神前に戦勝を祈念した由を刻する[64]ものである。ただし、この望月大宮がいつから両羽を称したのかは明らかではない。しかし右の海野の白鳥明神、祢津の四宮権現に準ずれば、それらは座頭たちの祀る諸羽大明神によったものと推される。かの当道座の人々が、祖神を祀る四宮は、山科郷の諸羽山の麓にあって、両羽大明神とも称されている。それは『雍州府志』巻三には、「古ハ諸羽ヲ作二両羽一ニ、然則天ノ児屋根ノ命并ニ太玉ノ命ニシテ而、為二左右扶翼之神一者也」とある。ところが、旧北御牧村下ノ城の両羽神社も一方で祭神を天児屋根命・太玉命とする。[65]当道座の伝承が、当社の社名・祭神名に及んだものと推される。それならば、当社の周縁には、市子（梓神子）のみならず[66]座頭の活動もあったとされるであろう。

ところで、戦国時代に入って、滋野三家は武田勢の侵攻によって次々とその軍門に降るのであった。かの真田氏の本家筋である海野氏も、天文十年（一五四一）五月十四日、信玄によって滅ぼされる。が、信玄は名門・海野氏の消えるのを惜しんで、二男で盲人の竜宝にそれを再興させたのである。したがって、右にあげて来た滋野三家・海野氏の盲人・座頭とのかかわりをしのばせる伝承は、それ以降に作られたものとも推されよう。しかしそれは逆で、信玄は、滋野・海野氏が、盲人・座頭を深くかかわる氏族であることを知っていて、そのように処置に及んだとすべきである。ちなみにその海野竜宝は、天正十年（一五八二）勝頼父子が自刃した後、甲府の入明寺で自害している。

問題は、滋野三家がなぜ盲人・座頭とのかかわりを主張してきたのかということである。が、それは滋野氏の出自と深くかかわるものと推される。すなわち、海野・祢津・望月の三家は、烏帽子ヶ岳の山麓「滋野」より起こり、長く星の神を奉じて、狩猟を宗とし、「尚武」「調鷹」「相馬」のわざに従ってきたのである。そしてこの人々は、平安時代の政治状況のなかで、地方武士として世に躍り出たのであるが、他方では星の神を奉ずる職掌を専らとする人々を派生させたようである。それが陰陽師系の信仰グループで、卜占・祈祷をよくする人々（盲僧・巫女・聖《ヒジリ》、山伏）であった。しかしその分化は、徐々に進んだもので、その両者の関係は根強く続いたことと推される。それが、これまでにあげた滋野三家の系図の注記や伝承に示されていると言えよう。

その分化が明確となったのは、政治状況によるもので、戦国の乱世のなかで、滋野三家のそれぞれが、あるいは亡ぼされ、在地を追われるに至ったことで生じたものと思われる。そしてそれは、それぞれの主家に支持されてきた信仰グループに及んで、この人々は民間にあって自立の道を歩まざるを得なくなった。それは主に海野氏に支持されていた盲人・座頭の間に起こっているか(67)、もっとも端的に示されるのは祢津氏とかかわった巫女（ののいち）グループであったと言える(68)。その人々は、祢津に留まって、江戸時代半ばには、江戸・浅草三社の田村八太夫家の支配下に入り、習合神道派の神事舞太夫・梓巫女として、昭和の初年までその活動を続けてきたのである(69)。

四 「鷹の家」祢津氏の誕生

さて、軍事貴族を擬した地方武士、公家に対する地下における「鷹の家」とも言うべき祢津氏の誕生は、先の「滋野氏系図」によると善渕王の六代の孫、「信州滋野三家系図」によると四代の孫、「道直」とする。「祢津」または「祢津小二郎」と注する。海野が「太郎」、祢津が「二郎」、望月が「三郎」をもって、滋野三家は成立したというのである。その道直の嫡男が「貞直」で、「鷹の名誉アリ」「鷹の上手」とある。鷹の家の始祖である。が、「神平」については後にあげる。

この祢津氏が、滋野一族とともに世に姿をみせるのは、「武者《ムサ》の世」(70)の始まりとなった保元の乱の折である。たとえばそれは『保元物語』のなかで、源氏の統領・義朝の輩下に見出される。まずそれは上巻の「官軍勢汰《ぞろ》ヘノ事」に、

義朝ニ相随手勢ノ者共ハ、……信乃国ニハ舞田近藤武者、桑原ノ安藤二、安藤三、木曽中太、弥中太、下根ノ井太野太、根津ノ新平、熊坂ノ四郎、志津摩《シヅマ》ノ太郎、同小次郎ヲ始トシテ、郎等、乗替シラズシテ、宗トノモノ共、二百五十余騎ニテ馳向フ。（半井本）

とある。その二百五十騎のなかに「根津ノ新平」がいたという。「新平」とあれば、貞直のことと推される。ちなみに「下根ノ井太野太」は、後の義仲挙兵に登場する「根の井小弥太（行親）」の父に当ると推されるが(71)、その行親の幼名（わらび名）については、平家諸本に表記上の混乱があることは、先にあげている。次いで中巻の「白河殿攻メ落ス事」には、鎮西八郎為朝の放つ矢に、

信乃国住人蒔田ノ近藤武者、桑原ノ安藤次、安藤三、各々手負テ引退ク。木曽中太、弥中太モ大事ノ手負テノキニケリ。根津ノ新平、根井ノ大野太モ手負ニケリ。……下野守ノ手武者共ノ、面ニ立テ軍スル者五十一人被レ打ニケリ。（半井本）

とある。貞直は「根井」ともども、為朝の矢で傷ついたという。これは半井本であるが、金刀比羅本では、貞直の手負いのさまを「祢津新平かけ出たり。三町礫の紀平次大夫くまんとにや、あひ近による所を、根津新平さゝへてひやうど射。引合を篦《の》ぶかに射られて落にけり」とある。相当の深手であったと語っている。

続く平治の乱にも、義朝方で参戦したかどうかは分からない。『平治物語』にはその名は見出せない。木曽義仲の

挙兵においてはいかがであろうか。滋野一門として参戦したことは勿論であるが、少なくとも語り本諸本にはその名は見出せない。読み本系にあっても、それは、木曽義仲がはじめて兵を動かしたとする巻六「横田河合戦」に見えるのみである。

①延慶本・第三本「城四郎与木曽合戦事」

猿程ニ、城四郎長茂、当国廿四郡、出羽マデ催テ、敵ニ勢ノ重《かさなる》ヲ聞セムト、雑人マジリニ駆《かり》集テ。六万余騎トゾ注タル。……態坂ヲ打越テ、信濃国千隈河横田河原ニ陣ヲ取。木曽是ヲ聞テ兵ヲ召ケルニ、信乃上野両国ヨリ馳参ト云ドモ、其勢二千余騎ニ過ザリケリ。当国白鳥河原ニ陣ヲ取。……上野ニハ、木角六郎、佐井七郎、瀬下四郎、桃井ノ五郎、信濃ニハ、根津二郎、同三郎、海野矢平四郎、小室太郎、同次郎、同三郎、志賀七郎、同八郎、桜井太郎、同次郎、野沢太郎、臼田太郎、平沢次郎、千野太郎、諏訪二郎、手塚別当、手塚太郎等ゾ諍《あらそひ》ケル。

長門本は、ほぼ延慶本と同文であるが、「根津二郎、同三郎」を「根津二郎」一人とする。祢津神平貞直をさすとも言えようが、次にあげる『源平盛衰記』の記述によれば、その嫡男をさすことになろう。

②『盛衰記』巻二十七

越後国住人ニ城太郎資職ト云者アリ。後ニハ資永ト改名ス。……資永御下文ノ旨ニ任テ、越後・出羽両国ノ兵ヲ招《まねく》ト披露シケレバ、信濃国住人ナレ共、源氏ヲ背ク輩ハ越後へ越テ資永ニ付《つく》。其勢六万余騎也。……信濃国へ打越テ、筑摩河ノ耳《はた》、横田河原ニ陣ヲトル。……木曽ハ落合五郎兼行、塩田八郎高光、望月大郎、同次郎、八島四郎行忠、今井四郎兼平、樋口次郎兼光、楯六郎親忠、高梨・根井・大室・小室ヲ先トシテ、信濃・上野両国ノ勢催集メ、二千余騎ヲ相具シテ、白鳥川原ニ陣ヲ取ル。……源氏方ヨリ進ム輩、上野国ニハ那和太郎、物井五郎、小角六郎、西七郎、信濃国ニハ根井小弥太、其子楯六郎親忠、八島四郎行忠、落合五郎兼行、根津泰平ガ子息根津次郎貞行、同三郎信貞、海野弥平四郎行弘、小室太郎、望月次郎、同三郎、志賀七郎、同八郎、桜井大郎、同次郎、石突次郎、平原次郎景能、諏方上宮ニハ諏訪次郎、千野大郎、下宮ニハ手塚別当、同太郎、……筑摩河ヲサト渡シテ、西ノ川原ニ北へ向テゾ懸タリケル。

右のように、『盛衰記』は、いちだんと詳しく、まず白鳥河原の軍勢揃いをあげ、延慶本に準ずる横田河原への先駆けに及んでいる。しかも根津氏については、延慶本より詳しく「根津泰平が子息根津次郎貞行、同三郎信貞」と叙している、「根津泰平（神平）」は後にあげるごとく諏訪明神の子として誕生したと伝える「貞直」の謂いとなるので、その子息の「根津次郎貞行」は、その嫡男となる。それは「滋野氏系図」には、「宗直美濃守」、「信州滋野氏三家系図」には「宗直祢津小二郎美濃守」とある人物で、後に頼朝に仕えたことは『吾妻鏡』で知ることができる。また「同三郎信貞」は「三家系図」に宗直の弟「貞信浦野三郎」とある人物をさすと言える。

右のように読み本系『平家物語』によれば、木曽義仲の挙兵に参加した祢津氏は、貞直自身ではなくて、その子息たちであったということになる。しかもその子息たちの「根津」もその名をあげるのは、この「横田河原合戦」の条のみで、その後の北陸合戦にも、また上洛後の木曽勢の叙述にも、それは見出されていない。したがって、その祢津氏の具体的動向をうかがうことはできないが、右にあげたごとく、源平の争乱後には、貞直の嫡男「宗直」、嫡孫「宗道」は、ともども頼朝に仕えていたのである。すなわち、『吾妻鏡』建久元年（一一九〇）十一月七日の条には、頼朝がはじめて上洛、その先陣・畠山次郎重忠に従う随兵の廿三番に「祢津次郎」、廿四番に「祢津小次郎」の名があげられている。この祢津次郎は先にあげた貞直の嫡男・美濃守宗直、祢津小次郎は「滋野氏系図」に宗道の嫡男「宗道小二郎」、「三家系図」に同じく「宗道小二郎左衛門尉」とある人物にちがいない。また同書の建久四年（一一九三）五

清和天皇―貞純親王―経基公

経基公
- *満仲　母橘繁古女
- 満政　鎮守府将軍　従四位　陸奥伊与武蔵等守　治部少輔　使　左衛門大尉　兵庫允　左馬助　兵部丞　号八島　又号村岡大夫　母同満仲
  - 忠重　刑部権大輔　駿河遠江守　陸奥守従四位下　使　左衛門尉　母 ……（美濃源氏）
  - 忠隆　満政次男　忠重舎弟　蔵人　駿河守　叙留　正五下　使　左衛門尉　母
    - 齊頼　出羽出雲守　左兵尉　従五下　使左衛門尉　母景齊女　康平元四廿五源頼義朝臣為鎮守府将軍下向之時相具足之刻任出羽守為鷹飼也
    - *忠清　母
    - 重隆　母上野介平惟叙女
    - 隆仲　母
    - 重明　母
    - *義經　安藝守　母
  - 忠國　出羽介　母

（『尊卑分脈』〈清和源氏〉）

月七日の条、すなわち富士野藍沢の夏狩に赴く頼朝の御供のなかに「祢津二郎」の名がうかがえる。これも先にあげた貞直の嫡男・宗直のことであろう。さらにまた同書・建久六年三月十日、頼朝が東大寺供養の出席のため南都東南院に著御、その供奉の行列の先陣は畠山二郎（重忠）、和田左衛門尉（義盛）、それに続く御随兵のなかに「祢津次郎（宗直）同小次郎（宗道）」の名が見出される。

右によると、滋野の祢津氏も、平安末期には、武人としての性格をあらわにしてきたことは明らかであるが、二代の貞直に至って「鷹の家」としての職掌をも兼ねることになったと言える。しかしその「鷹の上手」は、貞直の折に顕著になったもので、滋野氏の出自・職掌からみれば、元来は滋野三家に及ぶものであったにちがいない。それが貞直に至って、大きな節目を迎えたものと思われる。そんな貞直に放鷹のわざを伝授するものがあってのことであろう。それを察すれば、源斉頼があげられる。その斉頼は後冷泉天皇の頃、

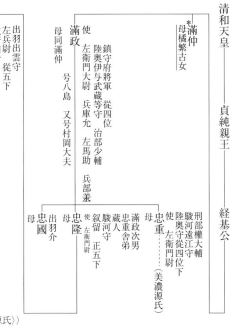

鷹飼の名匠とうたわれた人物で、後の鷹書によると「こちく」という子女を介して、百済よりの鷹飼から、その口伝秘事のすべてを取得、それを世に伝えた人物とする。[72]その斉頼の聟になって、その斉頼流を学んだのが祢津神平（貞直）とも伝える。それはすでに二本松泰子氏の指摘するところで、[73]『西園家鷹口伝』[74]『龍山公百首』[75]『政頼流鷹方事』[76]『書言字考節用集』[77]などに見える。その源斉頼について『尊卑分脈』〈清和源氏〉は、右頁のように叙している。

その祖父・満政は、満仲の同腹の弟で、それに準じて鎮守府将軍をつとめ、陸奥・伊与・武蔵などの受領に任じられ、武略にも長じていたと推される。したがって満仲ごとくに悪鬼を退治した英雄としての伝承もあり、[78]後にあげるごとく、諏訪の狩猟祭祀とかかわって説かれることが注目される。[79]鷹飼・放鷹のわざに通じていたかどうかは明らかではないが、兄の満仲の職掌によれば、それは父・経基公より受け継ぐものとも言える。ちなみに猪名野の多田には、満政の事蹟も伝えられている。[80]その嫡男・忠重は美濃源氏の祖とも言うべきものであり、次男・忠隆が斉頼の父である。右によると斉頼は、「左衛門尉」「左兵尉」とあり、出羽・出雲の国司に任じられたという。その注によると、康平元年（一〇五八）四月廿五日、源頼義が鎮守府将軍として下向する時に、出羽守に任じられて、鷹飼として軍陣に属していたという。[81]

しかし鷹飼の名匠としての実像を知らせるものは多くはない。が、鎌倉初期の説話集『古事談』巻四〈勇士〉に、鷹飼の名匠の片鱗をうかがわせる逸話が収められている。「源斉頼盲ひてなほ鷹をよく知る事、鷹飼応報の事」の条である。それは、

出羽守源斉頼六孫王曽孫、陸奥守蒲正孫、駿河忠隆男は、若冠の昔より哀暮の昔の時に至るまで、鷹を飼ふを以て業と為せり。夏冬を分かたず、家の中にも二十許り之を飼ふ。家人の許、所領の田舎などにも、又た巨多に置きたりけり。

と始め、七旬に及んで両眼を損じながら、ある人が信濃の鷹を偽って西国の鷹と称してその素姓を問うと、手探りでもって「西国の鷹はかやうの毛ざし、骨並、はなし、是は信濃の腹白」とみごとに言い当てたと伝える。それも「最後には鳥の毛遍身に生ひて死にけり」と結んでいる。

祢津の「貞直」が、この斉頼の婿となったとする伝承が史実かどうか疑わしい。しかしその伝承は、鷹をよくする人々に広く信じられてきた(82)。つまり祢津神平貞直は、斉頼流を継ぐ者と判じられてきたのである。ちなみに『系図纂要』所収の「滋野氏系図」（滋野朝臣姓・真田）には、「道直」の左注に「祢津神平」「妻出羽前司源斉頼女」とある。その妻が、道直にとってはただならぬ女性であったことは次に述べる。

そこでその道直の略歴を諏訪円忠編の『諏訪大明神画詞』に尋ねてみよう。言うまでもなく円忠は、諏訪氏の支流・小坂氏を嗣ぎ、北条氏とともに滅んだ諏訪氏のなかで、一人、足利尊氏に従い、その重臣となって諏訪氏を再興した人物であり、また祢津の放鷹のわざをも継承する者であった(83)。その『画詞』縁起・第五には次のように記されている。

> 祢津神平貞直、本姓ハ滋野ナリシヲ、㈠母胎ヨリ神ノ告アリテ、神氏ニ約テ大祝貞光《サタミツ》カ猶子トシテ、字ヲ神平トソ言ケル。㈡諏訪ノ郡内一円ノ領主トシテ、保元・平治ノ戦場ニモ向ニケリ。㈢武勇ノ業ノミニアラズ、東国無双ノ鷹匠ナリ。只今打オロシタル荒鷹・ハトヲモ多年使《ツカヒ》入タルカ如クニソ用ヒケル。サレハ此ノ道ノ名誉モ今ニクチセストソ聞エケル。

その㈠は出生の異常さをあげる。それは神の子誕生の始祖神話に類する伝承である(84)。胎内にある折に、母に神の告げがあったとは、その子は諏訪明神の宿すところということである。それならば、貞直の母は、諏訪の神の嫁であり、その巫女にほかならぬこととなる。それは一方で、放鷹のわざが神に通じるものであり、神に仕える巫女（あるいは

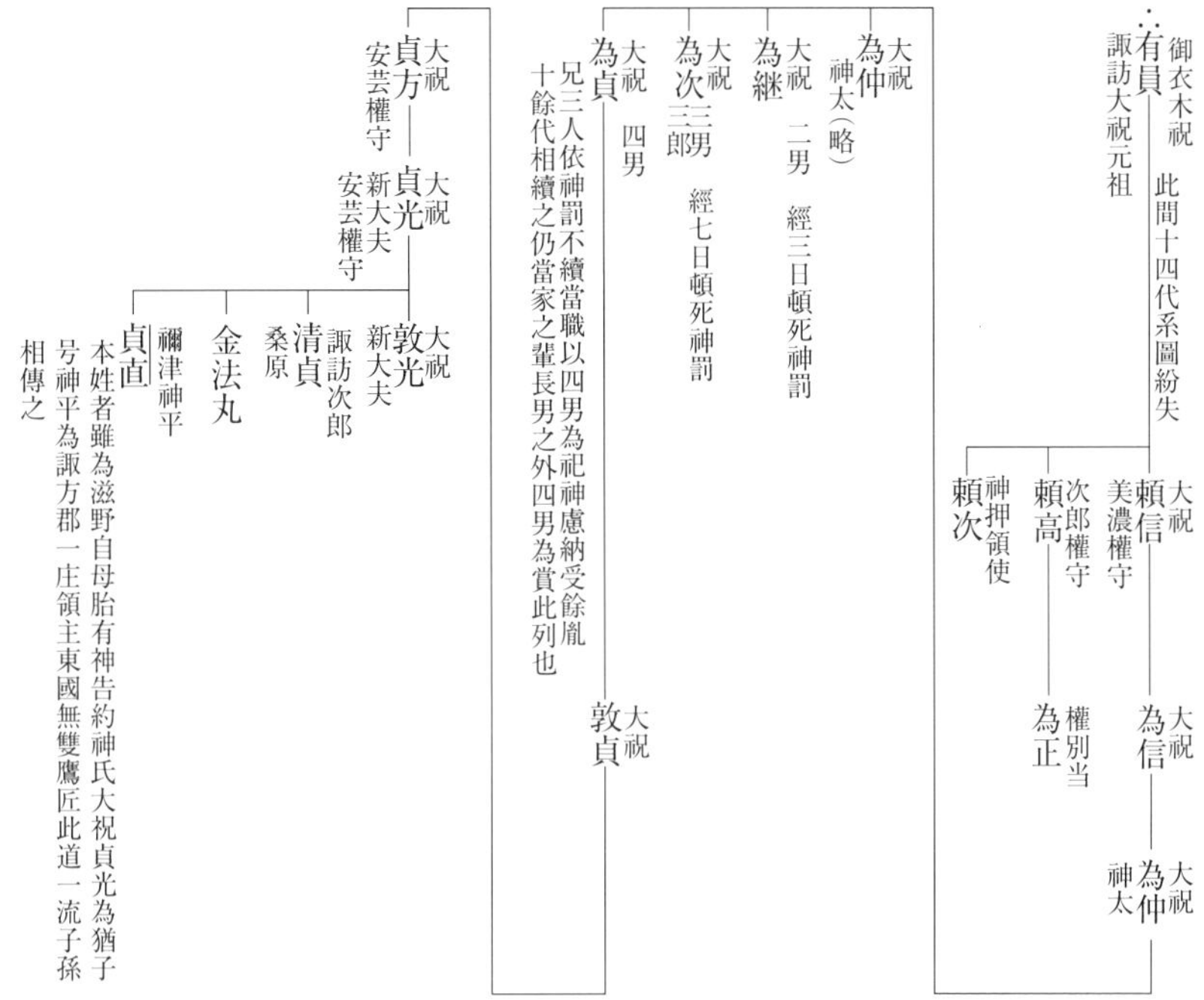

前田家本「神氏系図」

市子）などと深くかかわることを示していることにもなる。神の子なれば、その子は神平と称されたというが、神を祀る第一の資格は神の子孫、その血脈に求められる[85]。貞直は神平と称され、放鷹のわざをもって、諏訪の祭祀にかかわることになったと語っているものと言える。それならば諏訪の神事、特に狩猟祭祀は、祢津貞直の登場によって、大きく改まったと言えるであろう。すなわち年四度の狩祭[86]、特に五月会、秋山祭における鷹の贄は、貞直以来のことであることを伝えているのではないか。ちなみにその祭祀の由来譚には、その片鱗がうかがえる[87]。ところで、その貞直が大祝貞光の猶子となったとする伝えは前田家本「神氏系図[88]」もあげるところである。

その(二)は貞直の武人としての威業を述べているので、その諏訪郡内の所領は、後に貞直の子の一人「盛貞」が継承した大塩牧の謂いで、南大塩・中村・北大塩・塩沢・芹ヶ沢・湯川・柏原を擁する広大な庄園である。(89) しかも小県や佐久に最も近く、祢津に通じる地域とも言える。貞直が保元・平治の乱に参じたことについてはすでにふれた。後者の平治の乱に果して参じたかどうかは不明とすべきであった。

その㈢は、鷹匠としての威業を伝えるもので、「只今打オロシタル荒鷹・ハト」を十分な飼育の用意もせず、すぐに狩に使うほどの上手であったという。その若い「荒鷹」はともあれ、「ハト（鳩）」をも狩に使ったとすることが注目される。(90) なお後のことであるが、『吾妻鏡』の元久三年（一二〇九）三月十二日の条に、滋野の一族でもある桜井五郎(91)が、将軍実朝の面前で、鵙《もず》（百舌）を使って鷹と同じように獲物（黄雀）をつかまえた話が収められている。なおこの折に、同席していた北条義時がこれを「斉頼専二此術一云々」と発言していることも注目される。貞直の鳩を使っての狩りのわざも、斉頼のそれに比されるものであったと言える。

さて『諏訪大明神画詞』は、右に続けて貞直に関する逸話を掲げている。それは貞直の鷹の名誉を語るというよりは、先にあげた斉頼の女とも擬される、その妻の功名を伝えるものである。

或時、内神事ニ聊触穢アリケル故ニヤ、多ノ鷹ノ中ニ、秘蔵シタル小鷹ヲソラシテ行方ヲシラズナリヌ。両三年ノ間、夫婦トモニ旅行ノ事アリテ、浅間嵩《タケ》ノ麓ヲ過ケルニ、高天ニ雲ヲシノグ飛鳥アリ。髣髴《ハウフシ》トシテ何ニ鳥ノ姿トモ見ヘス。貞直能々見ルニ、鷹ナラント思フ程ニ、妻女乗輿ノ中ヨリノゾミテ、是ハ一トセソレニシ小鷹トヲホユル也。ヲイテ見ヨトテ、ヌクメ飼《カイ》ニ用意シタリケル鳥ノ別足ニ、鷹ノ装束一具副《ソヘ》テ輿ヨリヲシ出シタリ。貞直此ヲ取テ野原ヘ打出伝、喚《ヨビ》カケツ、拳《コブシ》ヲ上タリケレハ、鷹ハ肩ヲツクリテ落カヽリヌ、軈テサシ留《トメ》テ見レハ、疑ナキ其ノ鷹也。火中ノ蓮ヨリモ不思議ニ、華表ノ鶴ヨリモ珍シク覚テ、本トニモ越テ祕蔵シテケリ。此妻室ハ、婦人ノ身ナガラ、丈夫ノ芸ニモ達シタリケル。中ニ鷹ニヲイテハ妙ヲ得タリケルトカヤ。

たまたま、諏訪の神事においてケガレを犯すことがあってか、貞直の秘蔵の小鷹が行方をくらましたという。それで貞直は、しばし神事を免ぜられ、諏訪を離れて、旅をすることが三年に及んだとする。鷹匠が旅をするとは各地の鷹場を巡る[92]ことであったにちがいない。しかしその鷹場めぐりは、諏訪を遠く離れることではなく、旧里の滋野・祢津の周縁に留まったと言える。それは逸らした秘蔵の小鷹が、浅間嵩の麓であったとすることで知られる。そこで貞直の妻女の登場となるが、およそその鷹場めぐりの旅に、妻女がいっしょであったとするのが注目される。それは貞直の妻女が特別のように叙されるが、実は鷹匠には、常に「妹の力」が期待されていたのである。それは斉頼の鷹の秘法が、「こちく」という子女を通して伝授されたという伝承にも隠されている。夫の貞直よりも早く秘蔵の小鷹を認めた妻女は、ただちに「ヌクメ飼」の小鳥の別足に、鷹の装束を貞直の許に差し出したという。「ヌクメ飼ニ用意シタリケル鳥」とは、寒夜に鷹の足を暖めるために飼育した小鳥の謂いで、ここでは鷹を拳に呼び寄せる口餌《くちえ》に、その「別足」を用意したのである。この妻女の機転のわざが、みごとに貞直秘蔵の小鷹をさし留める要因となったとする。まさにそれは、「婦人ノ身ナカラ」「妙ヲ得タリケル」ものであったが、斉頼の子女であったとすれば、当然のことと言えるのである。

　ところでこの逸話は、貞直がかならずしも諏訪に定住していたのではないことをも語っていると言える。つまりその本拠は、やはり滋野の祢津にあって、しばしば旧里に戻っていたということである。そしてその本拠の祢津領は、「信州滋野氏三家系図」に従えば先にあげた嫡男「宗直」、嫡孫「宗道」が継承、戦国時代に武田氏に滅ぼされるまで、その末孫が「鷹の家」を引き継ぐに至っている[93]。一方、諏訪の大塩の牧は、貞直の一子「盛貞大塩四郎」およびその曽孫が継承したと推されるが、南北朝時代には、その神平流の「鷹のわざ」ともども小坂円忠およびその末孫が引き継ぐところとなった[94]のである。

さて右において、諏訪の狩猟祭祀は、祢津氏の参入によって大きく改まったと説いたが、それを具体的に論ずることは、別稿を用意することとする。一方、諏訪の大祝とつながり、その狩猟祭祀とかかわった「鷹の家」としての祢津氏の放鷹のわざも、大きく変貌を迫られることになったと推される。元来、その放鷹のわざは、高貴な人間の魂まぎを目途とするものであった。しかし諏訪の狩猟祭祀における放鷹は、明神の神前に供える贄を求めるものであった。およそ諏訪の狩祭は、山の神・狩の神なる明神の再生を期して営まれるものであったろう。その神前に供えられる贄はその神霊を再生させる供儀であった。そして諏訪においては、その鎮魂《タマフリ》の神事は、大祝そのものの再生をうながすことでもあり、それはまたそれに従う氏人にまで及ぶものと考えられていた。白鳥を追う魂まぎの放鷹は、神霊の再生を求める神事に変貌したと言うのである。

五　滋野・鷹場の伝承風景

先にあげたように信州の「滋野」は、烏帽子岳の南麓で千曲川を挟んだ、およそ海野・祢津・望月の三家の領する地域であり、海野の白鳥社、祢津の四宮権現、望月の両羽神社を擁する地帯であったと言える。そしてその周縁には、御牧など、多くの牧が点在していた。しかもその「滋野」は、その牧と接して、多くの鷹場を擁していたと推される。それゆえに、この「滋野」から「鷹の家」の祢津氏が誕生したのである。やがて祢津氏は、その放鷹のわざをもって、諏訪氏に属し、諏訪の狩猟祭祀に深くかかわっていったのであるが、その祢津の在地にも、かすかながらその跡を留めているのであった。それは『東部町誌』〔歴史編・Ⅰ〕(95)の指摘するところであるが、「東部町字境図」（明治初年）には、祢津西町の北方の小山に「御射山」の地名をみる。旧七月下旬に営まれた御射山祭（秋山祭）の祭場の跡と推さ

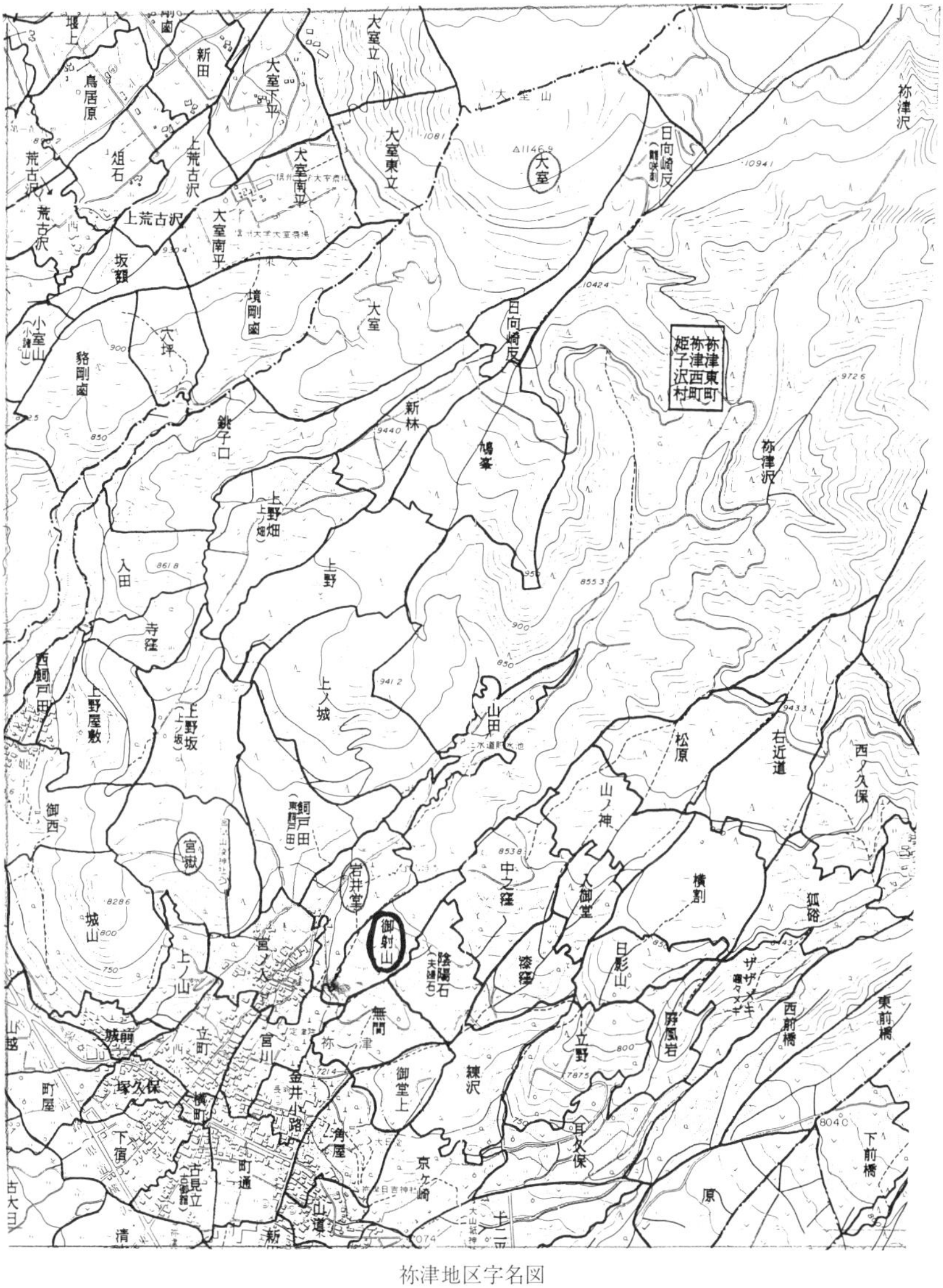
堰上
新田
鳥居原
大室立
大室下平
大室山
祢津沢
荒古沢
俎石
上荒古沢
大室南平
大室東立
大室
日向崎反
坂額
小室山
六坪
祢津東町
祢津西町
姫子沢村
新林
銚子口
鳩峯
上野畑
入田
上野
寺窪
西飼戸田
上野屋敷
上野坂
上ノ城
山田
松原
右近道
西ノ久保
山ノ神
御西
宮嶽
飼戸田
岩井堂
中之窪
入御堂
横割
城山
御射山
陰陽石
上ノ山
宮ノ入
漆窪
日影山
屏風岩
ザザメキ
西前橋
東前橋
山越
城前
立町
宮川
無間
立野
町屋
塚久保
横町
金井小路
御堂上
練沢
耳久保
下宿
角屋
古見立
町通
京ケ崎
原
下前橋
山道

祢津地区字名図

れる。

およそ諏訪（上社）の秋山祭は、旧七月二十六日から三十日にわたって、諏訪の東方・八ヶ岳山麓にある御射山において、大祝を中心として営まれる「狩のあそび」であり、それは鷹狩であり、鹿狩であった。詳しくは『諏訪大明神画詞(96)』その他(97)に委せるが、そこで狩り取られた鳥獣は、御射山の山宮に贄として捧げられ、大祝以下の饗膳に供せられたのである。その秋山祭は、四度の狩祭のなかでもっとも華麗で壮大に営まれるので、全国各地の諏訪末社にあっては、この御射山祭に準じて、旧七月二十七日を年一度の大祭とする所が多い。おそらく祢津の場合も同じで、今は祢津健事神社となっている元諏訪社の大祭として、東北の御射山を山宮に配し、北方の大室山の山腹を鷹場・狩場とする「狩のあそび」が営まれたものと推される。その御射山の北西の岩井堂の地名も、この「狩のあそび」とかかわるかと注目されているが、地形からみると、山口に用意された饗膳の祝堂と判じられる(98)。またかっては祢津氏の先祖を祀る四宮権現、また氏神の諏訪社の祭祀にかかわっていた巫女（ののいち）もまた、この御射山祭に加わっていたことも想定される。ちなみにその諏訪社の東隣の定津院（通幻派曹洞宗）は宝徳元年（一四四九）祢津氏の統領・上総介信貞の創立するところで、祢津氏代々の墓所を今に伝えている(99)。またその隣の長命寺（新義智山派真言宗）は、元は宇古大日にあり、祢津氏の庇護のもと、中世以来、談義所として盛行し

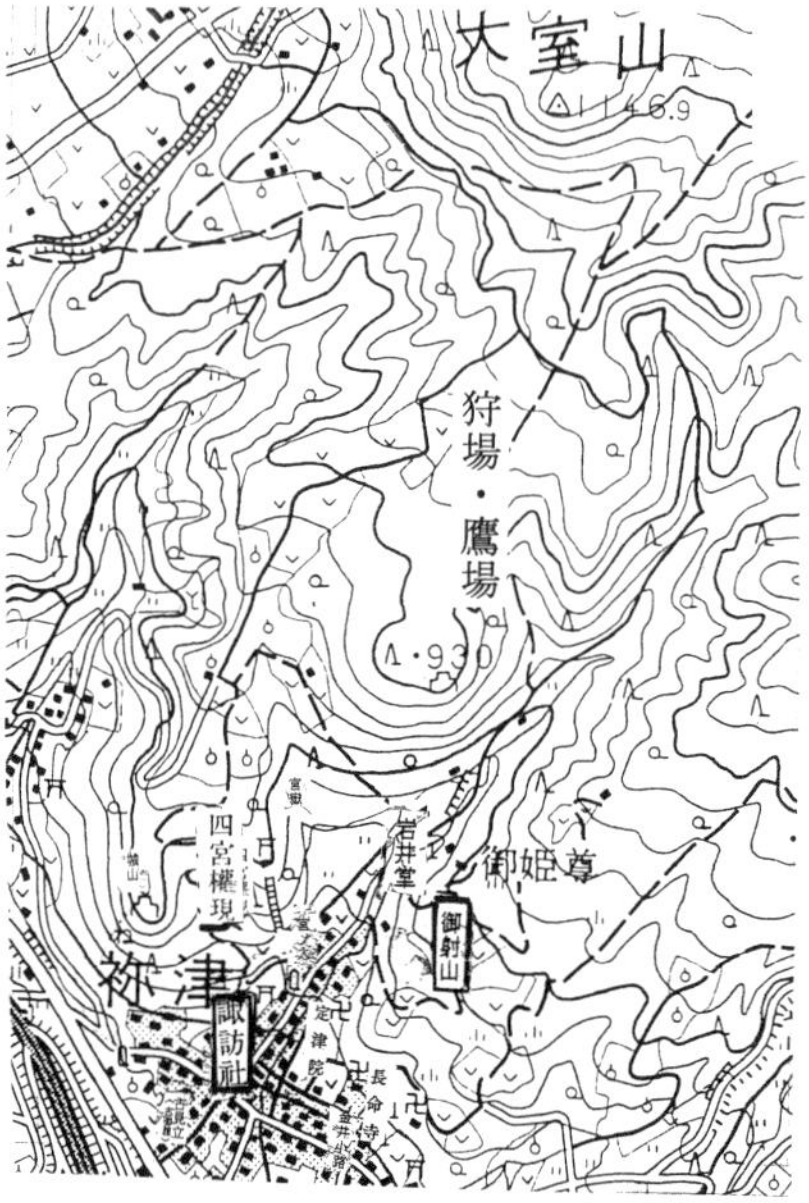

祢津・御射山祭の想定図

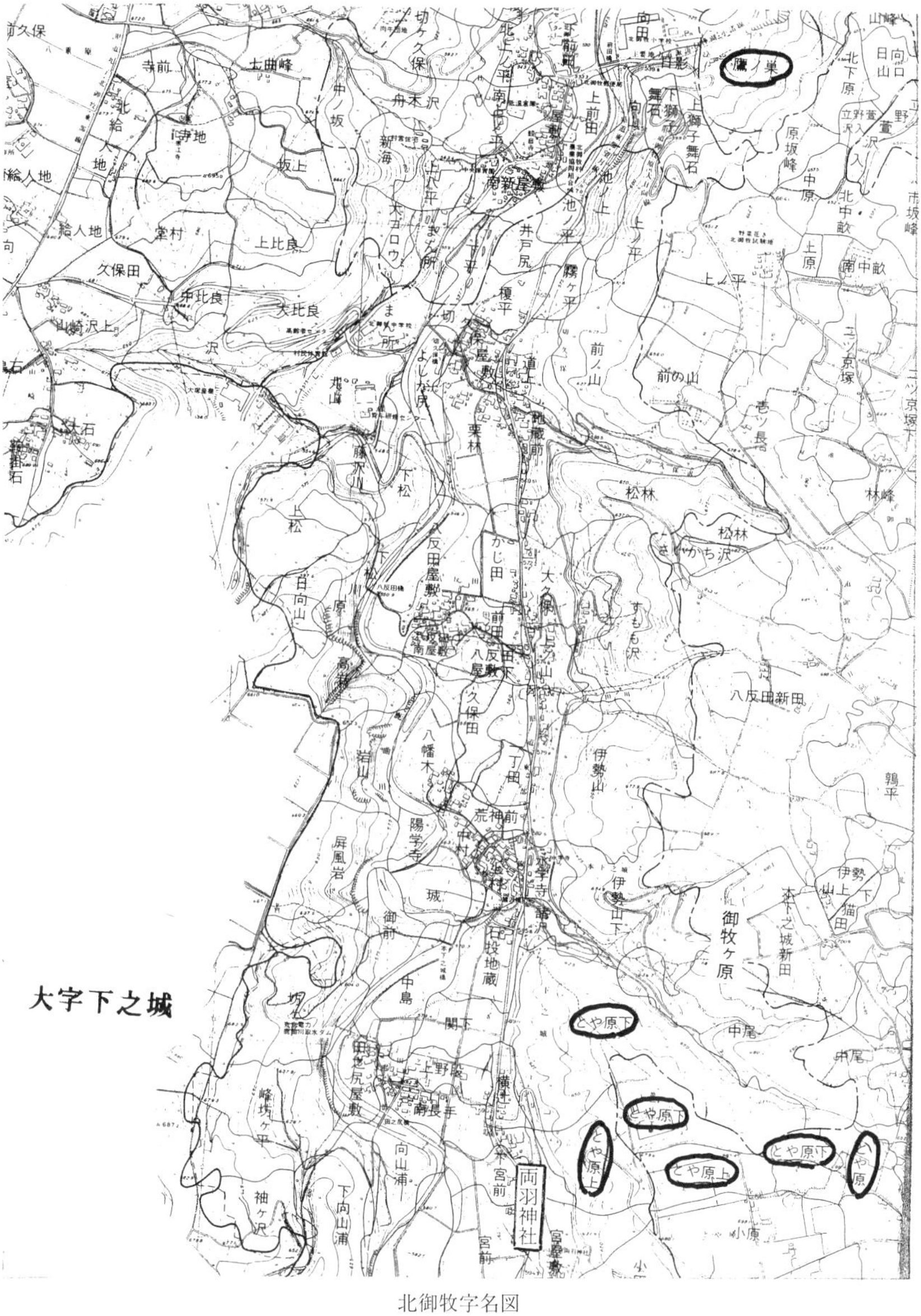
大字下之城
鷹ノ巣
とや原下
とや原下
とや原上
とや原上
とや原下
へや原
両羽神社
御牧ヶ原
八反田新田
伊勢山
松林
前の山
前ノ山
上ノ平
寺前
土曲峰
北給人地
給人地
久保田
中比良
上比良
大比良
山崎沢上
大石
上松
下松
日向山
高津
岩山
屏風岩
御前
中島
関下
上野原
南長手
向山浦
下向山浦
袖ヶ沢
峰坊ヶ平
八幡木
陽学寺
荒神前
城
石投地蔵
丁田
久保田
八反屋敷
南屋敷
八反田屋敷
かじ田
すもも沢
さいかち沢
栗林
地蔵前
道上
保屋敷
井戸尻
榎平
池ノ上
池ノ平
上前田
獅子舞石
鶉平
林峰
壱ツ長
中尾
伊勢山下
本下之城新田
宮前

北御牧字名図

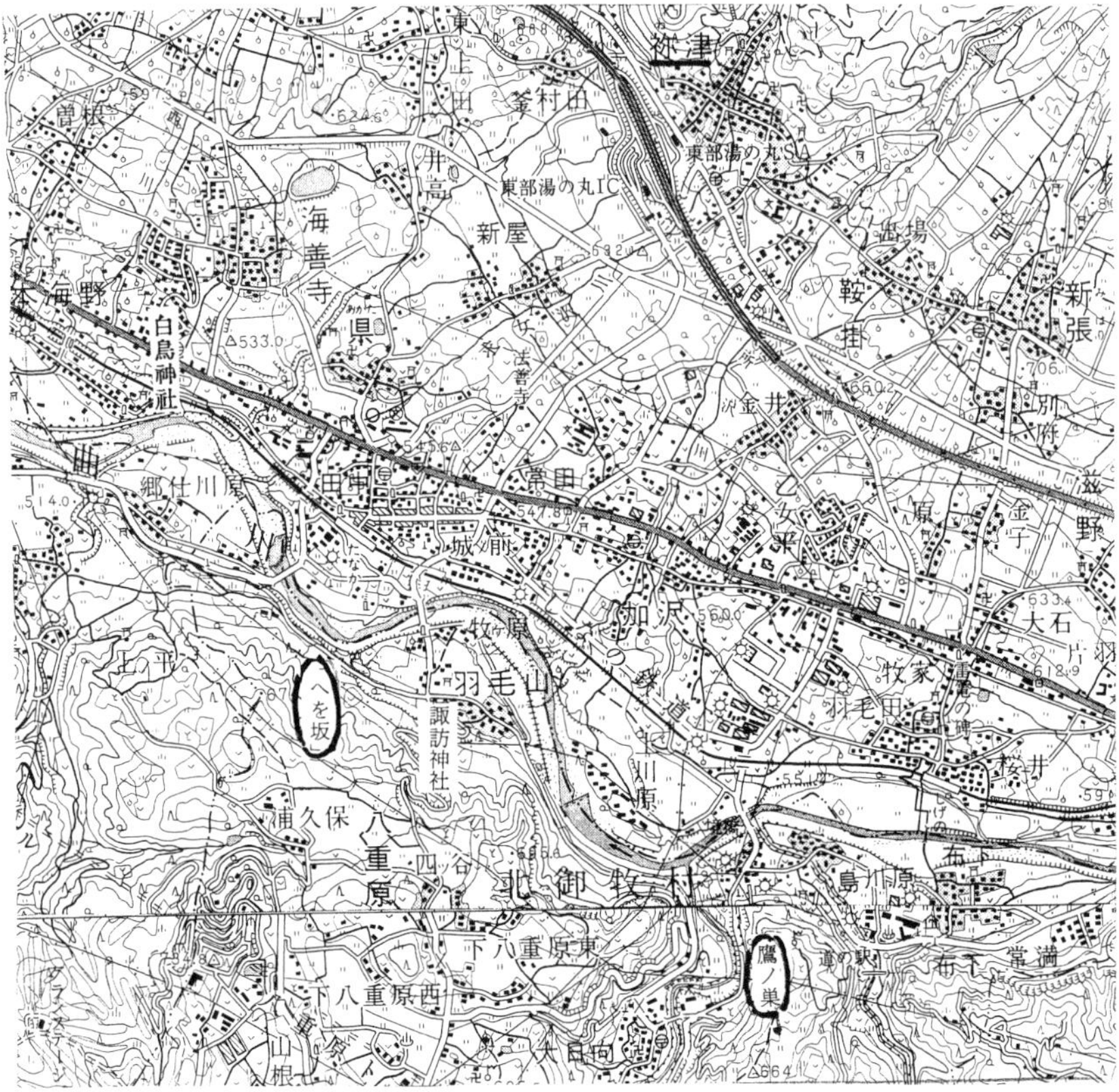

「へを坂」伝承地図

ていたことが、最近明らかにされている。[100]

ところで、先の『東部町誌』によると、当祢津氏領内には、「鷹ね畠」「鷹ほまち」「とりのおいた」など、鷹とかかわる地名が散見するのであるが、[101]同じく「滋野」に属した千曲川の南岸地方にも鷹飼とかかわる地名が少なからず見出されるのである。それは『北御牧村誌』が指摘することであるが、かの望月大宮と称された両羽神社の旧地・御牧原の大地には、「とや原」の地名が点在しているのであった。[102]

その「とや原」は、鷹を育成するための鳥屋を据えたことから起こった地名にちがいない。およそ鷹飼は、その雛鳥が羽毛の落ち始めた頃に鳥

へを石（『北御牧村談』民俗編、転載）

「へを坂」（羽毛山より）

屋に入れ、鷹の痩肥を調えて、新しい第一羽が一寸ばかりになった頃に鳥屋から出すもので、それは旧暦の四月下旬から十月ごろまで、およそ六ヶ月に及ぶものであった[103]。右の地図によると、望月の牧（御牧原）の南西の野に、「とや原」「とや原上」「とや原下」など、六ヶ所に及んで見出される。それは鳥屋が長きにわたって据えられてきたので、地名となって残ったものと推される。勿論、それが祢津氏とかかわるものかどうかは分らない。むしろ両羽神社ともつながる望月氏とかかわる鷹飼の管理するものであったと言えよう[104]。なおこの旧北御牧村には、鷹の雛を捕獲したと推される「鷹ノ巣」の地名が見えている。その「とや原」の北方で、島川原から大口向に抜ける道の東に見えてる。土地の人々は、「崩途、俗称鷹の巣」と記した標識を立て、祢津神平の遺跡と称している[105]。

さらにその「鷹ノ巣」の西方、千曲川南岸沿い、つまり旧御牧村の羽毛山のそばには、祢津神平が放鷹をおこなった跡と伝える「へを坂」という地名がある。その「へを」とは鷹の足に付ける紐のことである。その「へを坂」の由来を土地の人は、次のように伝えている[106]。

昔、祢津神平という殿様がいて、その人は日本一の鷹匠の名人でした。その祢津神平が鷹狩りの訓練をしていたとき、用事ができて一番可愛がっていた鷹を残していかなければならなくなりました。そこで「へを」で鷹を石につないで、その場を去ってしまいました。鷹は祢津神平の後を追いかけようと飛び立ちましたが、「へを」で足をつながれているので飛んで行くことができません。一緒に行きたいと石を掻き、後にはツメの跡が残りました。この石を「へを石」といい、今でも鷹のツメ跡が残っています。そして、「へを石」のそばの道を「へを坂」と呼ぶようになったということです。

（『川西地方の民話と伝説』竹重茂談）

これは「へを坂」よりも「へを石」に重点をおいた伝承である。おそらくその「ツメの跡」が強い印象を与えたものであろう。

昔、望月氏の一族に、祢津の郷士で弓術の名人の祢津甚平という侍がいて、このあたりに来て鷹狩りをしたそうだ。そのとき、一羽の大きな雉子が飛び立ったからすぐ鷹を放ったところが、その近くにある猿岩というところで鷹は雉子を見失ってしまった。鷹は残念がって大石の上に止まり足掻《か》きをした。その跡が今でも細く刻まれて無数にある。そこで鷹は自分の無能を恥じて、足に結び付けてあつた緒を切り落としてどこかへ飛び去った。その折、足の緒をこの坂に落としたので、以後この坂を「へを坂」と呼び、字名《あざな》になったのだ。

（『佐久口碑伝説集』竹重高一談）

これは前半に「へを石」の由来を語り、続けて「へを坂」のそれを伝えている。先の伝承とは違って、実際の鷹狩の折に雉子を見失ったとして、いちだんと鷹狩の実態をしのばせる語りと言える。このように祢津神平の伝承が当地に根づいた要因が問われることになるが、当然、その地が旧羽毛山村の氏神・諏訪神社の神域であることが注目される。およそこの周辺の村々は、諏訪社を祀るところは少なくない。旧島原村にも、旧布下村にも、諏訪社が祀られている。[107] しかしそのなかで、当羽毛山の諏訪神社の創建がもっとも古く江戸時代を遡る。[108] しかしその祭儀が古くはどのようにおこなわれたかは知る由はない。が、それは祢津の諏訪神社のごとくにやはり御射山祭に準じておこなわれていたことは想像がつく。「滋野」の一角でもある羽毛山近くで、鷹狩をおこない、その獲物の雉を社前に供えて、その祭りは営まれていたということである。それが「へを石」「へを坂」の伝承を生んだとみることができよう。

さてその羽毛山における諏訪祭を想定させるものとして、『斉藤朝倉両家鷹書』[109]の「すわのにえかけの事」がある。この鷹書は永正三年（一五〇六）以前の編集と推されるものである。[110] その詞書には、「七月廿六日七日にはとりわきて如此に取かけて、すわを《（コ）》まつりをすべき事かんやう也」とあり、「諏訪のにえかけといふは、きじにはかぎらず、うさぎもかくべし。たぬきも同前なり」ともある。が、「きじ」が最良の贄であったことは言うまでもない。その中央に「南無諏訪大明神」、その両脇に「南無せいらい」「南無祢津実兵（神平）」を配祀していることも注目される。

海野の白鳥河原（東信ジャーナルによる）

六　滋野・白鳥河原の伝承風景

わたくしは、日本における「放鷹」の原流を『日本書紀』『古事記』に収める誉津別皇子の魂覚《ま》ぎ説話に求めてきた。それは大鷹によって白鳥（鵠《くぐひ》）を追って、誉津別皇子の魂を招く鎮魂《タマフリ》の営みを意味するものであった。ただ大筋において『日本書紀』と『古事記』の記述は一致するものであるが、前者は天皇の命によって、鳥取造《ととりのみやつこ》の先祖・天湯河《あまのゆかわ》板挙《たな》が出雲に到って鵠をとらえて帰り、それによって皇子がものを言うことができたとするに対して、後者は同じく「山辺大鶙」が出雲において鵠をとらえて帰るが、それだけでは皇子のもの言いは十分ではなく、皇子自ら鵠の住した出雲まで赴き、その出雲の大神の教えにしたがい、肥の河の中洲にお籠りになって、はじめて自在なもの言いができるようになったと叙されている。すなわち『古事記』によると、誉津別皇子が、自ら白鳥の里なる出雲国に赴くとき、その魂を獲得できたというのである。が、それは皇子自身が大鷹を駆って、白鳥の里に赴いたとする伝承を隠しているもののようでもある。皇子自ら鷹狩の聖地なる出雲の国において鵠をとらえるとき、その鎮魂《タマフリ》は果されたというのである。そして『古事記』は出雲の国こそ白鳥の集う鎮魂の聖地なることを強調したものとみられるのである。

さて古代から中世に転じ、別稿「『二荒山縁起』成立考」において、日光権現の本地物語『二荒山縁起』の有宇中将物語をみてきた。[111] これは日光権現の前身なる有宇中将が鷹狩りの聖地を求めて、日光山から奥州道によって阿武隈川を北上、ついに異界なる朝日の里の美女・朝日姫と契った後、日光権現に示現したという物語である。そしてその朝日の里は、奥州道によって阿津賀志山（厚樫山）を越えた白鳥の里なる苅田郷と推されたのである。その地は、今も冬に至れば、白鳥が群となして飛来する聖地であった。

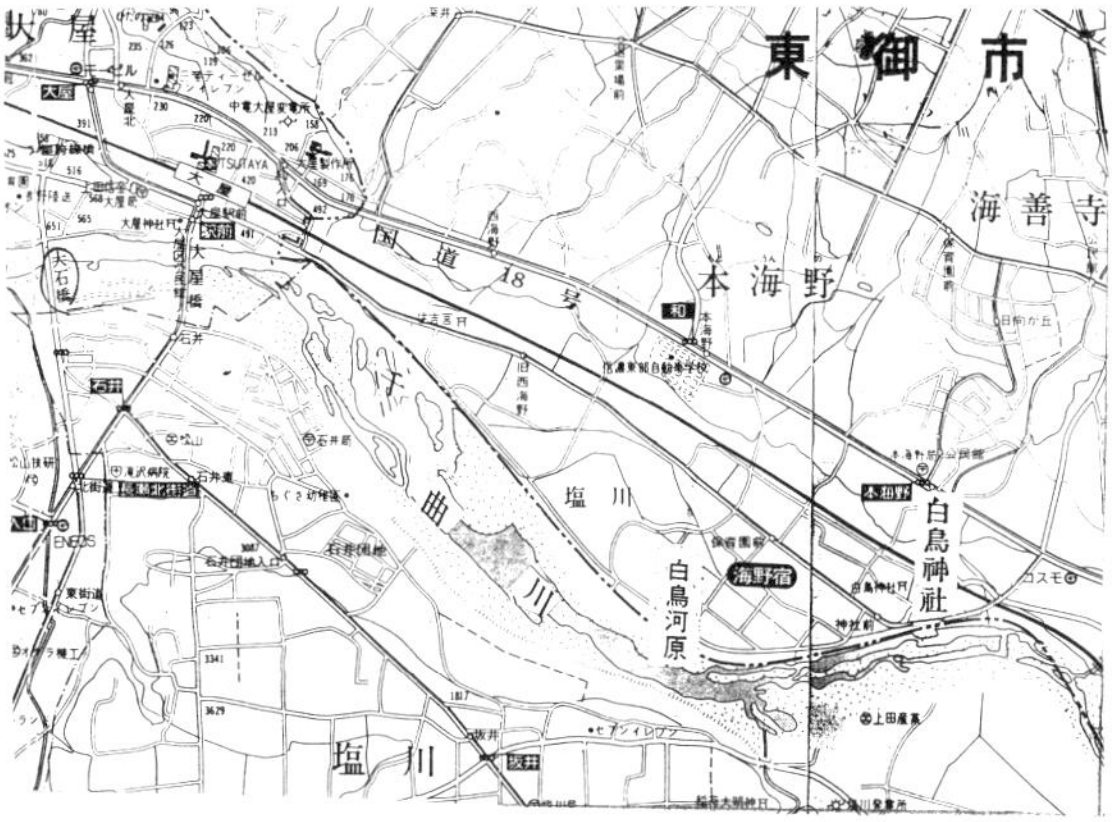

白鳥河原周辺地図

その白石川の北岸の宮地区に鎮座する苅田嶺神社は、『延喜式』に記された古社で白鳥大明神を祭神とする。またその東の大高山神社も、『延喜式』に記される古社で、白鳥を追う大鷹を祭神として大鷹宮とも称されている。しかも当地方は旧大鷹沢村、旧鷹巣村などを擁しており、古くは大鷹の飼育が盛んであったことをしのばせている。また白鳥を祭神とする神社は、苅田嶺にとどまらず苅田郡・柴田郡の白川およびその支流にもうかがえる。当地が古代において白鳥を狩る鷹狩の聖地であったことは疑えまい。[112]『二荒山縁起』において鷹狩りの上手なる有宇の中将は、白鳥を求めて当地に及んで、白鳥の化身ともいうべき朝日姫を娶ったというのである。

千曲川・白鳥河原に白鳥が飛来（2011年3月12日、東信ジャーナル）

千曲川・大石橋下流付近の白鳥（2011年1月13日、東信ジャーナル）

それによって有字中将は、神明となるべき魂を獲得して、やがて日光山権現と示現したと解することができる。

さてここで信州の「滋野」に戻って考察を進めるのであるが、すでに述べたように、この滋野は鷹狩の跡を各所に留めており、それゆえにその一角の祢津には鷹の上手の一族を輩出したと言える。それならば、古代において、当地方に大鷹を駆して白鳥を追う狩の聖地が見出されるにちがいあるまい。が、果してその滋野の中心とも目される千曲川の中流に、白鳥河原が見出されるのである。おそらく冬の旧十月ともなれば、白鳥の渡来を待って白鳥を追う鷹狩の「あそび」が営まれていたことが想像される。それゆえに、その北西の海野の一角に、白鳥を祀る神社が用意されることになったと言えよう。

およその白鳥河原における「鷹のあそび」が、いつの頃までおこなわれていたかは知ることはできない。しかしその白鳥河原の「鷹のあそび」は、古代なれば鎮魂《タマフリ》の意義を有して営まれたと推される。むしろ当地方の放鷹が、祢津氏の手に及んだ頃には、その「あそび」は後退していったかとも思われる。ちなみに祢津氏がしたがった諏訪の狩猟祭祀において、その贄に白鳥をみることはない(113)。それはその祭祀が、白鳥が姿を見せる時期に営まれていた形跡は見出されていない。しかも当地への白鳥の飛来は、古代より続き、現代にも及んでいる。古代における鎮魂《タマフリ》の「あそび」は、当地においては鎮魂《タマシヅメ》のそれに変容したことが推される。そこで現代に伝わる当地方の白鳥伝説の梗概をあげてみる。

㈠　白鳥川原の童女《おむな》

1．昔、海野の里に、一人の娘が母と二人で仲良く暮らしていた。村の人々は、娘のことを「童女」と呼んでかわいがっていた。　〈海野の里の「童女」〉

2．童女が十五歳になったとき、母が急に倒れて寝込んでしまった。童女は毎日、国分の薬師如来に参り、母の病気の回復を願ったが、母の容体はますます悪くなった。　〈母の罹病〉

3．冬が来て、雪が降る日、童女が薬師如来のお参りから帰ると、母は「お前をいつまでも見守ってやる」との言葉を残して息を引き取った。　〈母の急死〉

4．童女が悲しみの中で暮らしていたある晩、夢に薬師如来が現われ、「母と会いたいなら、明日の朝、一番鶏が鳴いたら、千曲川の川原に行ってみよ」と言われた。　〈薬師如来のお告げ〉

5. 早朝、一番鶏の鳴くのを待って、童女は千曲川の川原に向かった。朝日が東から上ってくると、キラキラ光る羽を持った白鳥が、童女の前に舞い降りて体をすり寄せてきた。童女はその白鳥を家に連れ帰り、いっしょに暮らすようになった。

〈白鳥の飛来〉

6. このことが村の人たちの噂になり、それがお殿様の耳にも届くこととなった。お殿様は、わざわざ海野の童女の里を訪れて、その白鳥を所望され、ことわる童女にかまわず、お城に白鳥を連れ帰られた。

〈殿様の白鳥奪取〉

7. その白鳥は、お城に入って、十日も経《た》たぬ間に姿を消す。たまたまお殿様が、狩に出かけた日、獲物を深追いして道を失ってしまう。夜になって、真っ暗な山中で、困り果てていると、あのキラキラと光る白鳥が現われ、お殿様をお城まで導いてくれる。

〈白鳥の失踪・殿様救助〉

8. お殿様は、白鳥を連れて童女の家にやってきて、これまでのことをわび、白鳥を童女に帰された。

〈白鳥の帰郷〉

9. それ以来、白鳥が飼われている海野の里は、「白鳥川原」というようになった。

〈白鳥川原の始まり〉

（本海野の歴史刊行委員会『本海野の歴史』[114]）

伝説としては、白鳥川原という地名の由来を説くものである。それと可愛い娘を残した母が、白鳥と化して娘を幸せな暮らしに導いたと語るもので、〈白鳥の失踪・殿様救助〉とのモチーフによって、白鳥の霊力を示してみせる。が、その語りに隠された民俗的観念は、悲しくも母の死霊は白鳥と化して、哀れな娘に会いに来るというものである。そしてその再会が果されるのが、海野の白鳥川原と説くことにある。なお主人公の「童女《おむな》」は、海野の古名ともされるもので、この語りは民話と言いながら、編者の知識によった跡がうかがえる。[115]

㈡　白鳥河原の孝女

1．嵯峨天皇の御代に、千曲川の辺に一人の童女がいた。生まれながらの孝行者で母によく仕えていた。
〈孝行者の童女〉

2．母はまもなく亡くなり、童女が悲しみのなかでくらしていたある晩、母が夢枕にたって、「明日の朝、お前と千曲川の辺りで会おう」と言う。
〈母の夢の告げ〉

3．夜の明けるのを待ちかねて、千曲川の辺りに行ってみると、大きな白い鳥が一羽いて、童女の許に近づいてくる。童女は、その白鳥を家に連れて帰り、いっしょに暮らすようになった。
〈母の化身・白鳥との暮らし〉

4．そのことが噂となり、信濃介坂本朝臣佐太気麿の耳に聞こえた。佐太気麿は、白鳥とともに童女を連れて都に上り、天皇にこれをお見せした。天皇は「孝行の徳によって瑞祥があらわれた」とおほめになり、多くの田地を与えて帰された。
〈童女の上洛・田地の下賜〉

5．これよりその辺りを「童女の郷」と称し、白鳥を得たところを「白鳥河原」というようになった。
〈童女の郷・白鳥河原の始まり〉

（上田市立博物館『郷土の民俗・民話』[116]）

これは、先の例話を孝行話に仕立てたものである。あえて嵯峨天皇の御代とし、上洛に当っては佐太気麿なる人物を用意して、その伝承の史実化を試みてもいる。また海野の地の古名とされる「童女の郷」の由来を説く姿勢をいちだんとあらわにしている。しかしこの民話の狙いは、白鳥河原の地名由来を説くことであり、孝行の娘を残して死んだ哀れな母親が、白鳥と化して飛来した不思議を語ることである。そしてこの語りは、先の例話とはちがって、母自ら千曲川での再会を告げており、その白鳥が母の死霊の憑るところであることを鮮明に示すのである。

このように、右の白鳥河原の由来を説く白鳥伝説は、もはや放鷹の鎮魂《タマフリ》を語るものではなく、その白鳥の里は、いたましい死霊の鎮魂《タマシヅメ》の聖地であることを説くものとなっている。そしてこのような変化は、先にあげた奥州の白鳥の里においても生じていたのである。たとえば、先にあげた白石川の苅田嶺神社は、やがて中央の古典にしたがって祭神を日本武尊に改めるのであるが、それと響き合って、あらたな白鳥伝説を用意する。[117]すなわち『奥羽観蹟聞老志』[118]巻四や『苅田郡志』[119]の〈福岡村〉には、武尊の東征の折、金ヶ瀬村の万納長者の娘が、はからずも武尊の子を宿したが、その武尊の大和からの使者を待ちかねて子どもともども、河に身を投げて白鳥と化したので、その母子の霊を祀る白鳥社を建立、苅田嶺の父宮に対して、これを西の宮と称するという伝説を収めている。[120]また両書には、その来訪を用明天皇とし、白鳥を祀ったのが大高山神社とする異伝も収められている。[121]

さて右において海野の白鳥河原が悲しい思いのままに亡くなった死者の化した白鳥を祀る鎮魂《タマシヅメ》の聖地であったことを確認したのであるが、その白鳥を祭神とする海野の白鳥神社も、これに準じて、神明祭祀の由来が伝承されたものと推される。すなわち当社もまた、一方で大和の日本武尊を祭神とする伝承も存するが、[122]むしろそれを押しのけて、古来より滋野・海野氏の始祖・貞保親王の祭祀を主張してきたのである。その経緯については、先に『真武内伝』によってあげた。はからずも眼病を患い、遠く信濃に赴き、加沢の湯にご入湯、深井の娘に 子を宿しながら、都に帰ることはなく、海野の地で崩じられたという。が、それは史実と判ずべきではなく、あくまでも伝承の問題である。その伝承によれば、貞保親王の生涯は貴種流離譚にそうとは言え、痛ましいものであった。それは日本武尊が望郷の念を抱いたままにみまかられたとする伝承[123]に準ずるものである。また『真武内伝』は、親王の薨後、白鳥明神と祝い奉ったとするが、それは親王の痛ましい死霊が白鳥と化し、それを神霊としてお祀り申し上げたということであろう。そしてその伝承は、白鳥河原・白鳥神社の神域が、非業な生涯を送り、いたましくも白鳥と化した人々の鎮魂《タマシヅメ》の聖地と観じられてきたことから生じたものと推される。その鎮魂の祭祀にかかわった人々が、陰陽師系の人々（盲僧[124]・巫女[125]・聖[126]・山伏[127]）などであったこともすでに論じてきた。それも貞保親王の事蹟に投影されてきたのである。また白鳥神社の本地は別当寺の開善寺[128]であり、貞保親王は開善寺殿とも称されたとも伝えるので、その鎮魂の祭祀は、その本地仏を仰ぐ開善寺が管理していたとも推されるであろう。

七　伴野庄鷹野の踊躍念仏

およそ放鷹の「狩のあそびは」は、古くは鷹を駆して聖なる魂の再生を期する鎮魂《タマフリ》の営みと観じられていた。しかるに放鷹の聖なる「野」は、この世ならぬ人々に対する鎮魂《タマシヅメ》を要請するケガレの地とも考えられてきた。つまり放鷹の「狩のあそびは」は、そのように複合した精神風土のなかで営まれるものであった。本稿は、河内・交野、摂津・猪名野の放鷹文化の精神風土を踏まえ、著名な鷹の上手・祢津氏を輩出した「滋野」のそれを滋野三家の成り立ちを通して紹介するものであった。そこで本稿の最後に、その滋野の南西につらなる伴野において営まれた、鷹を据えての念仏踊りをあげて終わりとする。おそらくその伴野も、鷹狩の営まれた聖地でもあったと推されよう。ちなみに建武二年（一三三五）の注進状「伴野庄郷々村々御年貢存知分事」には、「鷹野郷　八百余貫」の記事が見える。[129]

さて時宗（時衆）の開祖・一遍上人は、弘安二年（一二七九）春には上洛して因幡堂に宿し、八月に京を発って善光寺を志し、その冬に信濃佐久郡伴野の地において、歳末別寺の念仏をおこなったという。それについては聖戒の『一遍聖絵』[130]が記すところがあるが、この個所には脱文があって理解しにくいところがあり、むしろ宗俊の『一遍上人縁起絵』[131]によるべきものと思われる。第二巻・第一段の絵図には、次のような詞書がうかがえる。

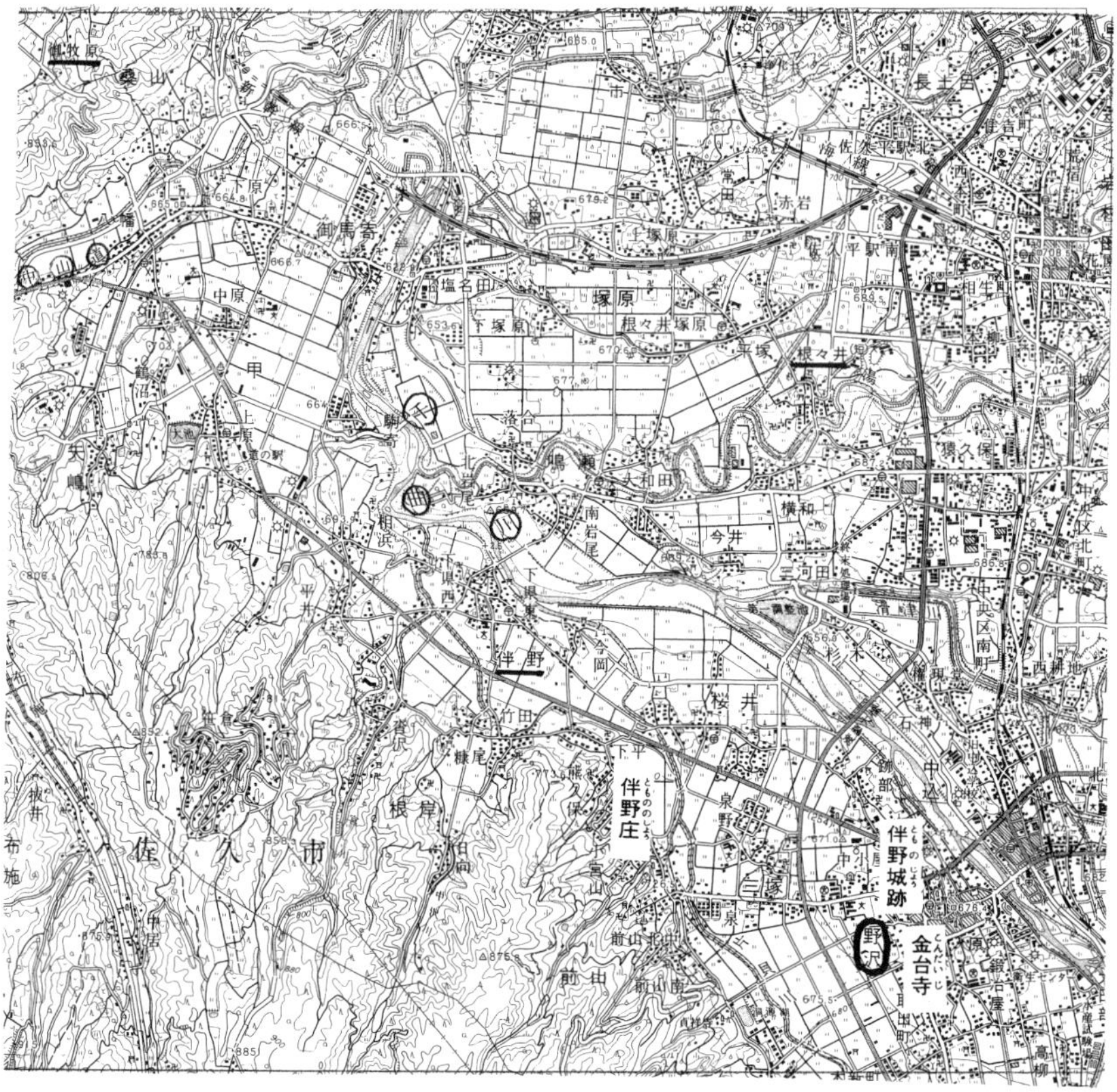

旧伴野庄周域地図

　同二年、信濃国佐久郡伴野と
いふ所にて、歳末の別時に紫雲
始て立侍けり。さてその所に念
仏往生をねがふ人ありて、聖を
留奉ける比、そゝろに心すみて、
念仏の信心もおこり、踊躍歓喜
の涙いとしろくおちければ、同
行ともに声をとゝのへて念仏し、
提をたゝいておとり給けるを、
みるもの随喜し、聞人渇仰して、
金鼓をみかき鋳させて、聖に奉
ける。然は行者の信心を踊躍の
皃に示し、報仏の聴許を金磬の
ひゝきにあらはして、長き眠の
衆生をおとろかし、群迷の結縁
をすゝむ。

　ところは、佐久郡伴野庄―現在、
野沢にこれが縁となって建立された

紫雲山来迎院金台寺がある―、その「市庭」[132]において「念仏往生をねがふ人」は、時の領主伴野太郎時信と推される[133]。その踊躍念仏は、このあとに「抑おどり念仏ハ、空也上人、或は市屋、或は四条辻にて始行給けり」とあれば、それは空也流の融通念仏系のものであったと言える[134]。そこで、古縁起を忠実に模写したと推される山形光明寺本によって、その絵図を次に掲げる[135]。

「遊行上人縁起絵」（光明寺蔵）新修日本絵巻物全集 23
『遊行上人縁起絵』昭和五十四年、角川書店 P38 ～ 39 から転載

上段が領主・伴野氏の屋形、左に市庭の一角に座す時信の姿がある。下段が市庭における踊躍念仏、その輪の中央に一遍上人が見えている。今、注目するのは、その屋形の前方市庭につながる一角に、二羽の大鷹が据えられていることである。およそ踊躍念仏は、死霊を慰撫鎮送するために営むものであった。[136] したがって、これらの大鷹をもって、先ずは多くの死霊を市庭に招くものであった。そして、踊躍念仏によって、死霊は往生を約束されるのであった。つまり伴野における踊躍念仏は、鷹野における鎮魂《タマシヅメ》を擬するものであったと言えよう。

なお当野沢の金台寺にも、『縁起絵』の巻二のみが蔵されている。[137] 鎌倉末期の模写だと推されるが、[138] これには招魂の大鷹は一羽に留まっているが、犬が添えられている。また領主・時信は、屋形の内にあって、踊躍念仏をうかがっている。

注

(1)『放鷹』(宮内省式部職編、昭和六年〔一九三一〕、吉川弘文館)「本邦放鷹史」第一編・十三「近古時代に於ける鷹の家〈その一〉」、十四「同〈その二〉」など。

(2) 右掲書『放鷹』の「本邦放鷹史」第一編・十六「鷹の流派〈その一〉参照。『尊卑分脈』〈清和源氏〉には、満政の嫡子・忠隆の次男に「斉頼」をあげ、右に「出羽出雲守、左兵衛、従五下、左衛門尉」「康平元四廿五源頼義朝臣為鎮守府将軍下向時相具之刻、任出羽守為鷹飼也」と記している。また『古事談』第四〈勇士〉には、「源斉頼盲ひてなほ鷹をよく知る事、鷹飼応報の事」が掲げられている。

(3) 右掲書『放鷹』の「本邦放鷹史」十七「鷹の流派〈その二〉」参照。二本松泰子氏の近著『中世鷹書の文化伝承』(平成二十三年〔二〇一一〕、三弥井書店)第二編「東国の鷹書」が詳しい。

(4)『東部町誌』〈歴史編・I〉(東部町誌刊行会、平成十一年〔一九九九〕)〈付録〉の「東部町字境図」(明治初年)には、海善寺村の小字「滋野鎮」が載せられており、今に滋野神社が祀られている。なお、明治九年〔一八七六〕に江戸時代における小県郡内の芝生田・赤岩・大石・中屋敷・片羽・桜井・井子・糠地・別府・原口の十ヶ村が合併して「滋野村」と称した。が、昭和三十三年東部町へ合併、翌年に芝生田・糠地・井子の三区は分離して小緒市へ編入された。右の「東部町字境図」には、別府村諏訪の森の北に「滋野」の地名を留め、今に滋野神社が祀られている。

（5）およそ祢津氏領と海野氏領を分って流れるのが、三分川で、千曲川に注ぎ込む地が三分である。このミワケは屯倉《みやけ》の跡とすべきとするが、「昔、三兄弟が海野・祢津・望月の三つの地に分れて行った」ので、三分の地名となったとする伝承もある（『東部町誌』〈民俗編〉、平成三年〔一九九一〕東部町誌刊行会）第十章「口頭伝承」〈伝説〉の項）これによると、滋野三家の原郷は「三分」周縁ということになる。『加沢記』（室町末、加沢平次左衛門著）巻之一「滋野姓海野氏御系図附真田御家伝之事」によると、海野氏の祖・海野幸恒に三子あり、ある時その子らを伴って武石の山中に狩猟するとき、千曲川辺にて三子にそれぞれ海野・祢津・望月の地を分譲することを約したという。「三分」の地名伝説と通じる伝承と言える。

（6）たとえば、宝永三年（一七〇六）の「東田沢村差出帳」には「当村山岸故、猪・鹿あれ申故、打中所持之鉄炮斗ニ而者不足ニ御座候故奉願、御地頭様御鉄炮御借被下、猪・鹿おどし申候」などとある。

（7）「延喜式」第四十八「左馬寮」〈御牧〉の「信濃国」のなかに「新治牧」「望月牧」が見えている。また『吾妻鏡』文治二年三月十二日の条における「左馬寮領」の二十八牧のなかにも「新張牧」「望月牧」があげられている。

（8）大室山・萩倉山の麓で、牧地の跡を残している（『東部町誌』〈歴史編〉上巻、平成二年〔一九九〇〕、町誌刊行会、第二章第八節〈小県の牧〉）。海野氏の私牧であったと推される。

（9）『吾妻鏡』文治二年三月十二日の条に掲げる「左馬寮領」二十八牧のなかに「塩川牧」が見えている。

（10）「望月の牧」の台地に、その地名が見えている。

（11）古くより本海野には白鳥神社があり、千曲川岸に白鳥河原がある。そして、近年にも、この千曲川沿いには、白鳥の飛来が認められている。

（12）拙稿「『二荒山縁起』成立考」本書第二編第一章所収参照。

（13）『北佐久郡志』第二巻〈歴史編〉（北佐久郡志編纂会、昭和三十一年〔一九五六〕）第一章。『長野県の地名』（日本歴史地名大系、昭和五十四年（一九七九）、平凡社）「北佐久郡」「東部町」の項、前掲注（8）『東部町誌』第二章第八節〈小県の牧〉など。

(14) 右掲注（5）『加沢記』所収「滋野姓海野氏御系図附真田御家伝之事」、同注（6）「東田沢村差出帳」の記事、参照。

(15) これは、新井白石の「藩翰譜」をはじめ、『小県郡史』（大正十一年（一九二二）、長野県小県郡役所）など、これによるものが多いが、近年のものとしては、黒板周平氏の「東信濃の栄光の族・滋野氏考」（『千曲―郷土の研究―』第四八号、昭和六十一年〔一九八六〕、東信史学会）があり、桜井松夫氏の「滋野氏の歴史と展開」（『文化財信濃』第30巻第3号、二〇〇三年）も、これを踏習されている。

(16) 「東部町字境図」（明治初年）には、小県郡祢津村大字新張に「滋野」の小字名が見える。『小県郡史』余編（小県郡役所、一九二三年）第四章「社寺」には、この「字滋野」に滋野神社ありとし、もとは諏訪社と称したが、明治十三年（一八八〇）に改称したと言い、「創立年月詳ならず」としながら、「口碑に大同年中牧監滋野良成創建す」とある。『長野村誌』東信篇（長野県編纂、大正十一年（一九二二））の「新張村（祢津村）」には、「旧記に天正十年鞍掛庄新張村とありて、滋野郷と称す」とある。また同じく「東部町字境図」には、小県郡和村大字海善寺に、「滋野鎮」の小字名が見える。同じく『小県郡史』余編第四章「社寺」には、これを「字滋野」として、滋野神社をあげ、もとは八幡社と称したが、明治十三年に改称したと言い、「創立詳ならず、旧海善寺村の産土神たり」とする。なお、現在の地図に記される東部町東南の「滋野」は、旧滋野村のことで、明治九年（一八七六）に芝生田・赤岩・大石・中屋敷・片羽・桜井・井子・糖地・別府・原口の十ヶ村が合併して生まれたものである（『長野県町村誌』東信編）。

(17) 右掲注（15）同論文。

(18) 『平家物語』の成立についての記事でもっとも古いものは『徒然草』である。それによると、『平家物語』は、後鳥羽院の時代、つまり、建久九年（一一九八）～承久三年（一二二一）のこととなる。しかし、富倉徳次郎氏は、それは三巻本から六巻本に成長したテキストであると推されており、東山文庫蔵「兵範記」の仁安三年九月末の裏書に、「六巻は世間流布十二巻に加云々。六巻は処々流布の物也。十二半第倍有念秘蔵之物」とあることから、十二巻本の成立は、裏書の仁治元年（一二四〇）以前であると説かれている（『平家物語研究』昭和三十九年（一九六四）、角川書店）。これを受けて、現存本につながる『平家物語』は、後堀河朝（一二二一〜一二三二）四条朝（〜一二四二）の社会状況を反映して成立したとするのが、日下力氏の『平家物語の誕生』（平成十三年〔二〇〇一〕、岩波書店）である。

(19) 日本古典文学大系『平家物語（上）』（高木市之助氏、ほか校注、昭和三十四年〔一九五九〕、岩波書店）。

(20) 右掲書『平家物語（上）』巻六「廻文」の頭注・校異による。

(21) 武久堅氏『平家物語・木曽義仲の光芒』（平成二十四年〔二〇一二〕、世界思想社）第六章・三「覚明の出自と平家諸本の問題点」参照。

(22) 養和元年（一一八一）九月四日の条に、「木曽冠者為二平家追討上洛一。廻二北陸道一。而先陣根井太郎至二越前国水津一。与二通盛朝臣従軍一。已始二合戦一云々」とある。なお寿永三年（一一八四）正月廿六日の条には、「検非違使等於二七条河原一。請二取伊予守義仲并忠直。兼平行親等首一。懸二獄門前樹一。亦囚人兼光同相二具之一被レ渡訖」とある。

(23) 本文は国会図書館本（麻原美子・名波弘彰両氏編『長門本・平家物語の総合研究』第一巻校注篇上、平成十年〔一九九八〕、勉誠社）によるのであるが、これは明らかに誤写で「小矢太」とすべきものである。ちなみに黒川本などは「小弥太」としている。

(24) 延慶本は、ようやく宿所を出た義仲を六条河原において迎えた根井・楯の父子三百余騎は、義仲を守って畠山・河越の軍勢のなかをわって通り、まず楯六郎親忠が打死、梶原・渋谷の軍勢の囲みを駆け行って、根井行親が討死したと語る。『盛衰記』も、およそ同じように叙述をみせるが、遁六郎親忠の討死を二度にわたって語るという混乱がある。

(25) 後に引用する『群書類従』所収の「信州滋野三家系図」は、望月の始祖・広重の曽孫に、「重忠治部大夫」をあげ、その弟に「行親根井大（小）弥太」、その子に「親忠楯六郎」を収めている。

(26) 「滋野氏系図」の最後は、祢津氏の「元直宮内少輔」である。この元直は、天文十年（一五四一）武田に降服、その翌年には女を信玄の側室として嫁している。「信州滋野氏三家系図」は、祢津氏の最後をこの「元直」の嫡男である「信直美濃守。法名栄安」で結んでいる。この信直は、武田氏滅亡後、徳川家康に仕え「松鶴軒」と称して、家康に放鷹のわざを伝えた人物である。このあたりについては、寺島隆史氏の「近世大名になった祢津氏」（『千曲』第46号、一九八五年）に詳しい。

(27) 良岑安世《よしみねのやすよ》が淳和天皇の勅を奉じ、数名で撰集、五月十四日の日付をもって貞主が序を書いている。

(28) 『三代実録』貞観元年十二月廿二日の貞主薨伝には、「父従五位上家訳。延暦十七年改㆓伊蘇志臣㆒。賜㆓滋野宿祢㆒」とあり、「弘仁十四年改㆓宿弥㆒賜㆓朝臣㆒」と続ける。この弘仁十四年の朝臣姓は、貞主が賜わったものと判じられる。

(29) 『寛永諸家譜』所収「滋野姓・真田」には、「信州海野白取之大明神奉祀滋野姓祖、上人相伝貞秀親王奉諡号滋野天皇、自古為真田氏神于今頼之、或曰貞秀親王之後滋野姓者乎」とあり。

人王五十六代
清和天皇——貞秀親王——（略）
号滋野天皇

とある。その貞主親王の嫡男に「幸恒海野小太郎」とするところが、先の滋野系図と大きく異なる。しかもこの「真田系図」は、『群書類従』所収の「信州滋野氏三家系図」に添えた〈張紙〉の記事と一致する。

(30) 右掲注（15）『千曲』第48号、昭和六十一年〔一九八六〕。

(31) 『続日本後紀』仁明天皇の嘉承二年（八四九）八月五日の条に、清原真人の姓を賜わった人物の一人として「善渕王」の名が見える。

(32) 小県郡役所、大正十一年〔一九二二〕。第六編第二章第一節「滋野氏系」。

(33) 『三代実録』清和天皇の貞観十年正月十六日の条に、「従五位下行大外記滋野朝臣為㆓信濃介㆒」とある。

(34) 『三代実録』清和天皇の貞観十二年正月廿五日の条に、「従五位上行大蔵少輔滋野朝臣善根為㆑守」とある。

(35) 石岡久夫氏『日本兵法史』上巻—兵法学の漂流と展開—（昭和四十七年〔一九七二〕、雄山閣）第一章序説〈陰陽思想と兵法〉参照。

(36) その兵法は、おそらく「天文遁甲」に通じるものと推される。ちなみに、滋野氏一族が支えた木曽義仲の兵法は、『平家物語』においては、兵を七つに分つ北斗七星によるものであった。

(37) 右掲注（36）『日本兵法史』第四章第三節〈太子流神軍伝の成立〉。これによると、望月流は、信州の望月に発し、会津藩に伝えられたものである。それは「望月相模守定朝」「優婆塞清入道（安光）」「望月新兵安勝」とつながったとする。

(38)『奥相茶話記』（中津朝睡編、寛文七年〔一六六七〕）によると、将門の家臣にして宇治木幡の産なる木幡右近大夫は、天慶の乱の折、将門の一子将国を背負うて逃れ、その将国が相馬の家を伝えたとし、その相馬家の系図は、長くこの木幡家（後に米々沢と改姓）が収蔵してきたという。善渕王の将門鎮圧譚は、これと響き合う伝承である（拙稿「世継の伝統―『大鏡』とかかわって―」、『中世語り物文芸―その系譜と展開―』所収、昭和五六年〔一九八一〕、三弥井書店）。

(39) 柳田国男氏「毛坊主考」（『柳田国男集』第九巻、昭和三十七年〔一九六二〕、筑摩書房）など。

(40) 掘一郎氏「我が国民間信仰史の研究㈡宗教史編」（東京創元社、昭和二十八年〔一九五三〕）第九編第二章「夙（宿）と宿神」、第三章「陰陽師と唱門師」参照。拙稿「信州滋野氏と巫祝唱導㊤」（『日本民俗学会報』30号、昭和三十八年〔一九六三〕）（拙著『神道集説話の成立』昭和五十九年〔一九八四〕、三弥井書店、収載）。

(41) 拙稿「甲賀三郎の後胤㊤」（『国学院雑誌』第63巻第6号、昭和三十七年〔一九六二〕）（右掲、『神道集説話の成立』収載）

(42) 福島和夫氏『日本音楽史叢』（二〇〇七年、和泉書院）所収「新撰横笛譜序文並びに貞保親王　私考」参照。貞保親王についての略歴・業績を詳しく論述されている。

(43)『群書類従』第十九〔管弦部〕所収、鎌倉中期。

(44)『続群書類従』第十九上〔管弦部〕所収、綾小路敦有〔一三三三〜一四〇〇〕作。

(45) 右掲注（43）同書、所収。室町時代後奈良天皇（在位一五二六〜一五五七）の朝の人々に及ぶ。

(46) 右掲注（43）同書、所収。「懐竹抄」（大神惟季伝とあるが、その弟子基政〔一〇七九〜一一三七〕の伝もあり、基政よりもやや後人の作）。

(47) 右掲注（43）同書、所収。「教訓抄」（狛近真〔一一七七〜一二四二〕作）ほか。

(48) 右掲注（43）同書、所収。「順徳院御琵琶合」（内題に「承久二年三月二日」とあり、順徳天皇の承久年間〔一二一〇〜一二二一〕に成ったもの）。

(49) 右掲注（44）同書、所収。南北朝期以前の成立。

(50) 右掲注（43）「懐竹抄」。

(51)「続教訓抄」（文永七年〔一二七〇〕頃）（日本古典全集所収）。

(52)内閣文庫蔵昭和四十九年〔一九七四〕、名著出版)。

(53)右掲注(40)拙稿「信州滋野氏と巫祝唱導(上)」。

(54)(55)拙稿「盲人の一系譜―甲賀望月氏系図をめぐって―」(『伝承文学研究』創刊号、昭和三十六年〔一九六一〕)。

(56)その御子は、「海野小太郎幸恒」であるとする。これは、「滋野氏系図」や「信州滋野三家系図」とは、大いに違っている。しかし、それは、真田系の滋野系図と言える「寛永諸家譜」所載「滋野姓真田」に近い。それは

清和天皇―貞保親王―貞秀親王(号滋野天皇)―幸恒(海野小太郎)―┬幸明(海野小太郎)―幸真(海野小太郎信濃守)―幸威(小太郎信濃守)―(略)
├直家(祢津小太郎)
└重俊(望月三郎)

とある。真田氏の本流・海野氏を滋野三家の中心に据えた書き替えと言える。『小県郡史』第六編第二章第一節「滋野氏系」は、これを滋野朝臣家の系譜につないで、次のように想定している。

貞主―○―恒蔭(信濃介)―恒成(因幡介)―幸俊(左馬檳介 望月牧監)―幸経(信濃介 海野荘下司)―┬幸明(海野氏)
├直家(祢津小次郎)
└重俊(望月三郎)

(57)右掲注(40)拙稿「信州滋野氏と巫祝唱導(上)」。

(58)元は海野郷旧海善寺村にあった。ちなみに永禄五年〔一五六二〕十一月武田信玄が開善寺大坊にあてた書状、同じく翌六

年七月二十八日に開善寺別当御房にあてた書状が残っている。天正十一年（一五八三）、真田昌幸が上田城を築城するにあたって鬼門除として、海野郷より開善寺を房山村新田に移し海禅寺と改めたという。また寺伝によると、天和八年（一六二二）、一説には寛永元年（一六二四）、真田信之は白鳥神社を海野から松代に移すに当って開善寺も移し、同社の別当寺としたという。（以上、日本歴史地名大系『長野県の地名』昭和五十四年（一九七九）、平凡社、上田市〈海禅寺〉の項）。

(59) 鶴巣南軒編著、宝暦三年（一七五三）。

(60) 寛永十一年（一六三四）編（『史籍集覧』第27冊）。それ以前の伝承を史実化して記述したもの。ただし、現存本については、江戸末期とすべき説もある（加藤康昭氏『日本盲人社会史研究』昭和四十九年（一九七四）、未来社、第一編・第三章〈補論「当道要集」成立期について〉）。

(61) 大宮寅雄氏蔵「神社取調書」（明治二十八年六月提出）。

(62) 先の白鳥神社所蔵の「神祕口決秘書巻」には、この望月宮は「目宮王善渕王御霊」を祀り、「望月家御氏神」と崇め奉るとある。また『長野県町村誌』（東信篇）（長野県編纂、昭和十一年（一九三六）の「下之城村」の項には、「往昔に大宮社と称す。望月氏の祭る所にして、其祖善渕船代の像とて二基あり」と記す。

(63) 井手道貞著、天保五年（一八三四）。

(64) 『北御牧村誌』（村誌刊行会、平成五年（一九九三）、歴史編Ⅰ・第三章第三節・南北朝時代〈両羽神社の石翁と銘〉。

(65) 右掲注（64）『北御牧村誌』第三章第四節・室町時代〈両羽神社と経筒〉。

(66) 右掲注（62）『長野県町村誌』（東信篇）の「下之城村」の項には、「又巫女ありて山の大市、下の大市と称し、神楽男ありて舞ひ、道山と天正文書に見ゆ。今世に神事舞太夫、市子等の称あるは、これらの裔なり」とある。右掲注（41）拙稿「信州滋野氏の巫祝唱導(下)」（『日本民俗学会報』31号、昭和三十八年（一九六三）参照。

(67) 右掲注（40）拙稿「信州滋野氏と巫祝唱導(上)」、拙稿「太夫坊覚明と盲人の系譜」（『軍記物語と語り物』創刊号、昭和三十九年（一九六四））参照。

(68) 戦国期を境にして、在地土豪層の神社に付属した神子《みこ》（市古・梓神子）たちが、その神社の祭祀から離れざるを得なかった過程を甲斐国の例によって明らめたのが、西出かほる氏の「神子」（高埜利彦氏編『民間に生きる宗教者』（吉川弘文館、二〇〇〇）である。祢津氏の祭祀とかかわった在地の神子《みこ》「ののいち」も、これに準じたものであろう。

(69) この祢津の神子「ののいち」については、はやく柳田国男氏が信濃巫として「信州随筆」（『定本柳田国男集』巻二二、筑摩書房、昭和三十七年〔一九六二〕）にとりあげ、中山太郎氏が『日本巫女史』（大岡山書店、昭和五年〔一九三〇〕）の第四章第三節「我国随一の巫女村の起伏」において、具体的に報している。その後、祢津在住の長岡克衛氏が「ののいち巫女の研究」（『信濃』第10巻第12号、昭和三十三年〔一九五八〕）において、近世後期から明治に入るまでの動態を明らかにされた。それを受けて右掲注（41）拙稿「信州滋野氏の巫祝唱導(上)・(下)」（『日本民俗学会報』第30号・第31号（昭和三八年・昭和三十九年〔一九六四〕）がある。しかるに近年、中野洋平氏がこの方面の研究を精力的に進めており、「信濃における神事舞太夫と梓子―信濃巫女の実像―」（『日本文化の人類学／異文化の民俗学』法蔵館、平成二十年〔二〇〇八〕）、「信濃における神事舞太夫・梓神子集団の歴史的研究」（『芸能史研究』179号、平成二十一年〔二〇〇九〕）などがそれである。祢津の「ののいち」に留まるものではなく、近世後期（十九世紀）の信州に展開した神事舞太夫・梓神子集団について、具体的に論究するもので注目される。なお、かかる課題にはやく論究されたのが、右掲注（40）の掘一郎氏『我が国民間信仰史の研究(二)』宗教史編・第十二編第二章「民間巫女の職能と御霊神」であった。

(70) 『愚管抄』第四に「保元元年七月二日、鳥羽院ウセサセ給テ後、日本国ノ乱逆ト云フコトハヲコリテ後、ムサノ世ニナリニケルナリ」とある。

(71) 一般には、「小弥太」の父は、「大弥太」と言える。武久堅氏もこれに従っておられる（右掲注（21）『平家物語・木曽義仲の光芒』第二章第一節「横田河原までの足跡」）。それを「信州滋野三家系図」にあてると、望月氏の始祖「広重」の嫡孫「国重」ということになる。しかし、その嫡男として「重忠治部大夫」があげられており、行親の兄の「重忠」を「大弥太」と称したことも考えられよう。

(72) 『小倉問答』（定家仮託の書、『続群書類従』第十九輯中、所収）『鷹秘抄』（嘉暦三年〔一三二八〕書写、同所収）、『塵荊抄』（文明十四年〔一四八二〕、古典文庫450）『放鷹記』（文亀三年〔一五〇三〕、宮内庁書陵部蔵）ほか、多くの鷹書に見える。右掲注（3）二本松泰子氏『中世鷹書の文化伝承』（平成二十三年〔二〇一一〕、三弥井書店）第二編第二章「諏訪流の鷹術伝承（一）」第三章「同二」参照。

（73）右掲注（3）『中世鷹書の文化伝承』第一編第一章「西園寺家の鷹術伝承」第二章「政頼流の鷹術伝承」および第二編・第三章「諏訪流の鷹術伝承㈡」――「せいらいの展開と享受」――など。ただし、二本松氏は、元来信濃の祢津一族は「せいらい」を始祖とする伝承にしたがっており、円忠の流れを汲む在京諏訪氏は「祢津神平」を始祖とする伝承によっているのであり、このように両者を併合する叙述は後の公家の鷹書類に見出されるものと判じている。

（74）応長二年〔一三一二〕、西園寺文庫蔵。

（75）天正十七年（一五八九）、『続群書類従』第一九輯中、所収）。

（76）『政頼鷹書』（元和元年〔一六一五〕跋文の異本。西園寺文庫蔵。

（77）『改訂新版　書言字考節用集研究並びに索引』二〇〇六年、勉誠社。

（78）『神道集』第四・十八「諏訪大明神五月会事」は、光孝天皇の御代に、満清将軍が諏訪明神の援助のもとに、信濃国の鬼王「官那羅」を退治したことを語っている。なお、『太平記』巻三十二「直冬上洛ノ事付鬼丸鬼切ノ事」には源頼光秘蔵の「鬼切」をもって、渡辺の綱および頼光が、妖者《バケモノ》・牛鬼を切り落した説話が収められており、流布本系の慶長八年古活字本は、「其後此太刀多田ノ満仲ガ手ニ渡テ、信濃ノ国戸蔵山《トカクシヤマ》ニテ又鬼ヲ切タル事アリ」とある。が、古本系の神田本・神宮徴古館本は、この「満仲」を「満成」と記している。

（79）『神道集』の「諏訪大明神五月会事」は、満清将軍の立願によって、五月会の狩祭が始められたと説いている。それは同第四「信濃国鎮守諏方大明神秋山祭事」が、田村将軍の立願によって、秋山祭の狩祭が始められたと説くことと対応している。なおこの「五月会事」には、この折に諏訪郡を寄進、狩祭の十六人の「大頭」が定められた説いている。これに対して『諏訪大明神画詞』が、「諏訪縁起・中」に、『神道集』の「秋山祭事」に準じた田村麻呂の高丸退治譚をあげ、田村麻呂を助けた諏訪明神に対して、宣旨をもって諏訪郡の田畠・山野が寄進され、それより一年中七十余日神事、および「頭役・狩猟各四ヶ度」「百余箇度ノ饗膳」がおこなわれるに至ったと説き、いちいち「五月会」「秋山祭」にふれることはない。

（80）為奈野の一角にある、「満願寺」は満仲が多田にあるとき帰依した寺院と伝え、多田院の別院ともいうべきものであった。が、「満願寺略年表」（当寺作成）には、天延年間（九七三〜九七六）、満仲の末弟・満生が官を辞して当寺に隠栖、出家して満生法師と号したとある。

(81)『陸奥話記』天喜五年(一〇五七)十二月の条にもそれは見える。なお軍陣に鷹を据えることは、延慶本『平家物語』巻第二・中の「貞任ガ歌読シ事」に、「源頼義朝臣、安部ノ貞任・宗任ニ責シ時、(中略)冬ノ朝ニ、鎮守府ヲ立テ、秋田城ヘ移給。雪ハ深クフリ敷、(中略)射向ノ袖、矢並ツクロフ小手ノ上マデモ、皆白妙ニ見エワタル。白符ノ鷹ヲ据ヘタレバ、飛羽、風ニ吹ムスバル、雪……」とあり、頼義の手に白斑の鷹が据えられていたとする。また戦国時代に、軍陣の庭前に鷹を据えていたことは、『鷹陽軍鏡師』『鷹犬巻』の記すところである。(山名隆弘著、『戦国大名と鷹狩の研究』平成十八年〔二〇〇六〕、纂集堂、所収、第二章「織田信長と鷹狩」)。

(82)たとえば、秋山祭において鷹の贄を諏訪の神前に供えるのであるが、中央の明神に対して、左に「せいらい」右に「祢津神平」を配して祀っている(『斉藤朝倉両家鷹書』永正三年〔一五〇六〕、『続群書類従』第十九輯中)。

(83)伊藤富雄氏「諏訪円忠の研究」(『著作集』第一巻、昭和五十三年〔一九七八〕、永井出版企画)。

(84)およそ創世神話は、㈠国土の起源、㈡人類の起源、㈢文化の起源に分類されるが、その㈡には、神の子の異常な誕生を説く始祖神話が含まれている、(『日本神話必携』昭和五十七年〔一九八二〕、学燈社、拙稿「口承伝説と神話」参照)。

(85)伊勢大神宮の祭主は、基本的には天照大御神のご子孫の天皇がつとめられる。春日大社は、天児屋根命のご子孫、藤原摂関家とかかわる者、北野天満宮は菅原道真のご子孫が当る。後にあげる「神氏系図」によると、諏訪大社においても同じく諏訪明神その者でもある御衣木祝「有員」のご子孫が、上社の大祝をつとめている。

(86)その一は、五月の御狩押立(いわゆる五月会、五月二日〜四日)、その二は六月の御作田押立(六月二十七日・二十八日)、その三は七月の御射山御狩(いわゆる秋山祭、七月二十六日〜三十日)、その四は、九月の秋尾祭(九月二十七日〜二十九日)である。

(87)右掲注(79)にあげるごとく『神道集』の「五月会事」は、この狩祭および大頭の役が満清将軍によって始められたと説く。満清(満政)が放鷹のわざに通じており、その孫に祢津流にその秘術をも伝えたとされる斉頼が存したことで注目される。また同じく「秋山祭事」は、その狩祭が田村将軍によって始められたと説くもので、田村麻呂の家筋が、放鷹のわざに通じていたことはすでに説いた。が、特にこの「秋山祭事」においては、田村将軍が諏訪にもたらした悪鬼・高丸の娘と明神の間に誕生した王子が諏訪の初代神主となったと説くことが注目される。田村麻呂の家筋と諏訪明神とのかかわりの深さが問われるであろう。
(88)『諏訪史』第二巻前編（信野教育会諏訪部会編、昭和六年〔一九三一〕）による。
(89)右掲注（84）伊藤富雄氏「諏訪円忠の研究」。
(90)秀吉が「大鷹野」から洛中に入るとき、百五十余人の「御鷹匠衆」は、大鷹を中心に大小の鷹という鷹をすべて据え、また「白鳩・野鳩・山鳩・百舌鳥」までも拳に据えていたという（右掲注（81）山名隆弘氏『戦国大名と鷹狩の研究』二〇〇六年、纂集堂、第一章「太閤秀吉の鷹狩」）。
(91)右掲注（4）『東部町誌』歴史編・上第三章第一節〈新張牧と祢津氏の伸展〉において、この桜井五郎は、千曲河沿いの旧桜井村（大字滋野字桜井）の出自で、祢津氏の支流・浦野氏に属する者とする。
(92)『二荒山縁起』は、鷹狩りをよくする有字中将が、馬に乗って鷹を据え、犬を伴って、はるばると日光山に赴き、さらに奥州路に出て、阿武隈川に沿って、白鳥の里に赴く物語で、これは白鳥を追って鷹場をめぐる日光の鷹飼集団の営みを反映したものと推される（右掲注（12）拙稿『二荒山縁起』成立考—放鷹文化とかかわって—）。『梅津政景日記』によると、出羽国に移封された佐竹義宣は、毎年、正月四日を初鷹野として鷹狩を始めたが、たとえば寛永六年（一六二九）は、正月四日から十九日まで蛇川の鷹狩さらに能代・男鹿の鷹場まで、およそ一か月間に及んで泊りがけの鷹狩をおこなっており、同年八月九月十月のほとんど三か月に及んで、鷹狩を営んでいる（右掲注（81）山名隆弘氏『戦国大名と鷹狩の研究』第七節「佐竹義宣と鷹」参照）。また『能北日記』（『続能登路の旅』昭和四十五年〔一九七〇〕、石川県図書館協会）によると前田藩の家老・今枝民部直方は、義子主水を連れて、享保十三年（一七二八）頃の七月二十五日に金沢を出立、各地の鷹場において放鷹を愉しみ、能登をめぐって八月二十日に帰着している。鷹場めぐりの放鷹の旅と言えよう。
(93)寺島隆史氏「近世大名になった祢津氏—中世末から近世初頭にかけての祢津氏の動向—」（『千曲』第46号、昭和六十年〔一九八五〕）参照。
(94)右掲注（83）伊藤富雄氏「諏訪円忠の研究」。
(95)右掲涯（4）第三章第一節〈祢津に残る鷹の関係地名〉。

（96）「祭第五秋山」「祭第六秋下」。

（97）右掲注（88）『諏訪史』第二巻前編、第五章第二節〈御射山御狩神事〉『諏訪市史』上巻（諏訪市史編纂委員会、平成七年〔一九九五〕）古代編、第七章第六節「上社の年中神事・行事」など。右掲注（41）拙著『神道集説話の成立』第二編第七章第五節「『諏訪縁起』成立と諏訪神事」参照。

（98）右掲注（4）『東部町誌』歴史編上、第三章第一節〈祢津に残る鷹の関係地名〉の項には、「祭事饗膳の場としての祝堂」ではないかとある。

（99）右掲注（31）『小県郡史』全編、第四章「社寺」〈定律院〉参照。

（100）桜井松夫氏「信濃国の天台談義所とその徴証をもつ寺々」（私家版、平成二十二年〔二〇一〇〕）。

（101）右掲注（4）『東部町誌』第三章第一節〈祢津に残る鷹の関係地名〉の項。

（102）右掲注（64）『北御牧村誌』第三章第八節〈とや原と鷹の巣〉の項。

（103）『新修鷹経』（嵯峨天皇、弘仁九年〔八一八〕）「群書類従」第一九輯、「鷹経弁疑論」（持明院基春、文亀三年〔一五〇三〕）『続群書類従』第一九輯・中、など。

（104）右掲注（64）『北御牧村誌』第三章第八節〈とや原と鷹ノ巣〉には、「領主望月氏の鷹であった」とある。

（105）右掲注（4）『東部町誌』第三章第一節〈祢津に残る鷹の関係地名〉に触れている。

（106）いずれも『北御牧村誌』民俗編（村誌刊行会、平成十二年〔二〇〇〇〕）第十一章第一節「伝説」による。

（107）（108）右掲注（64）『北御牧村誌』第四章第八節「寺社と信仰」〈神社〉参照。

（109）『続群書類従』第十九輯中、所収。

（110）中沢克明氏「鷹書の世界—鷹狩と諏訪信仰—」（五味文彦氏編『中世の芸能』平成十二年〔二〇〇〇〕、吉川弘文館）、右掲注（3）二本松泰子氏『中世鷹書の文化伝承』結章〈朝倉氏関連の鷹書〉参照。

（111）右掲注（12）「『二荒山縁起』成立考—放鷹文化とかかわって—」。

（112）中世に至っても、当地が白鳥を追う鷹場であったことは、伊達藩の文書によって確認される（右掲注（81）山名隆弘著『戦国大名と鷹狩の研究』第五章「伊達政宗の鷹と鷹狩」）。

(113)『諏方上社物忌令』（嘉禎四年（一二三八）『神道大系』諏訪編、所収）には、「当社御贄ニカ、ラヌ物共、熊・猿・ニク《（氈鹿）》・ユハナ《（岩魚）》・山鳥也。（中略）此外ノテウロク《（鳥鹿）》・スイキョ《（水魚）》ハ何モカカルヘシ」とあり、特に白鳥にふれることはない。古来から饗膳に供えるものは、鹿・鳥・猪・兎などで、特に鹿が、その中心であった（右掲注（98）『諏訪市史』上巻、編纂委員会、平成七年（一九九五））第七章「諏訪神社の古態」参照。おそらく白鳥を供することはなかったと推される。

(114) 平成七年（一九九五）、長野県小県郡東部町本海野区。

(115)『日本霊異記』下巻・第二十三「寺の物を用ゐ、復大般若を写さむとし、願を建てて、現に善悪の報を得る縁」に、「信濃の国小県郡 嬢《（をむな）》の里」が見える。また「和名抄」の信濃国小県郡に「童女乎無奈（ヲムナ）」とあり、「小県郡海野郷」に比定される。吉田東伍氏『大日本地名辞書』「北国・東国」（明治三十五年（一九〇二）、富山房）の「小県郡童女《ヲムナ》郷」に「後世、乎無奈を訛りて海野《ウムノ》、宇野《ウノ》と云へり」とある。

(116) 昭和五十八年（一九八三）、上田市立博物館郷土誌シリーズ・18。

(117) 当地方の白鳥伝説については、掘一郎氏の「奥羽地方の日本武尊―附、白鳥伝説考―」（『我が国民間信仰史の研究㈠伝承説話編』（昭和三十年（一九五五）、創六社）、第七篇第四章第三節）がある。

(118) 佐久間洞巌（義和）著、亨保四年（一七一九）、仙台叢書、所収）。

(119) 莿田郡教育会、昭和四十七年（一九七二）（名著出版、再版）。

(120) その入水した川を児捨川として今に残っている。

(121) 用命天皇とするのは、幸若舞曲・説経浄瑠璃「烏帽子折」の影響を思わせる。娘が長袋を投じたところを「長袋」、娘の立った橋を「姿見橋」白鳥となって消えたところを「鳥越」と称して今に伝えている。

(122) たとえば、『小県郡史』余篇第四章「社寺」の〈白鳥神社〉の項には「祭神は日本武尊、合祀貞元親王、善渕王永久二年二靈合祀合殿海野広道久寿年中合祀」などと記す。なお、この「貞元親王」は、滋野姓真田氏の伝承のなかで、貞保親王の異伝としてあげられるものである（『真武内伝』竹内軌定編、享保十六年（一七三一）巻一「滋野姓権輿」の項）。

(123)『日本書紀』巻第七〈景行紀〉によると、東征を終えた日本武尊は、尾張から胆吹山に至って、山の神の怒りにふれて、力を失い、大和に赴く途次、伊勢の能褒野において崩じられた後、白鳥と化して飛び立たれとする。『古事記』中巻

〈景行記〉も、これに準ずるが、伊吹より苦しいなか当芸能《たぎの》・杖衝坂《つえつきさか》・尾津の前・三重を越え、能煩野《のぼの》に至るとき力尽き「倭は国のまほろば、云々」の望郷の歌を詠じた後に崩御、やがて白鳥と化して飛び立たれたとする。その最後の苦難をいちだんと強調し、無念の最期と叙することが印象深い。

(124) 海野氏の重臣であり、後に真田氏に仕えた深井氏が、後々まで、当地方の座頭の庇護に当っていた。（右掲注（40）拙稿「信州滋野氏の巫祝唱導㊤」参照）。

(125) 右掲注（69）にあげた中野洋平氏の論攷によると、神事舞太夫家十四軒が、当本海野の興善寺（善宗）を檀那寺としていたことが知られる（「文政十一年（一八二八）祢津西町五人組御改帳」による）。

(126) 享保六年（一七二一）の『遊行派末寺帳』の「信濃十二郡」に「常照寺海野」、また宝暦年中（一七五一～一七六四）の『時宗十二派本末惣寺院連名簿』の「信州」の部に「海野常照寺」とある。水戸彰考館蔵『二十四祖御修行記』によると、遊行二十五代仏天は、永正十七年（一五二〇）に、当海野常照寺において登位している（金井清光氏『時衆教団の地方展開』昭和五十八年（一九八三）、東京美術、「信濃における時衆の展開」）。当海野にあった常照寺は、時宗の念仏聖の拠った信州の有力寺院であったと言える。

(127) 甲賀三郎の末裔を任ずる甲賀の望月氏が修験山伏と深くつながっていたことは、右掲注（41）拙稿「甲賀三郎の後胤（上）」が説いており、それが信州の望月氏に及んでいることは、福田晃編「追跡・戦国甲賀忍者軍団」（NHK『歴史への招待』30号、昭和五十九年（一九八四）があげている。近年、それが望月氏は勿論、祢津氏、特に海野氏に見出されることを二本松康宏氏の「諏訪縁起と諏訪の本地―甲賀三郎の子どもたちの風景―」（『中世の寺社縁起と参詣』平成二十五年（二〇一三）、竹林舎）が説いている。

(128) 右掲注（58）参照。上田市の海禅寺は、真言宗智山派、本尊は大日如来である。

(129) 右掲注（13）『長野県の地名』の「伴野庄」の項。なおこれには、嘉暦四年（一三二九）の守屋文書に、伴野庄内の郷村に「大沢・鷹野郷駿河守跡」のあることを掲げている。

(130) 一遍寂後十年目正安元年（一二九九）八月二十三日の忌日に遍述され、絵は法眼円伊によって描かれている（日本絵巻物全集『一遍上人縁起絵』昭和五十四年（一九七九）、角川書店、所収、宮次男氏「遊行上人縁起絵の成立と諸本をめぐって」）。

(131)　原本は伝存せず、すべて模本である。京都金蓮寺の奥書には、徳治二年（一三〇七）四月上旬に書き終わった由がある。ただしこれも室町時代の模本である（右掲注(130)、宮次男氏「遊行上人縁起絵の成立と諸本をめぐって」）。

(132)『一遍聖絵』はこの個所を「其年信濃国佐久郡伴野の市庭の在家にして歳末の別時のとき、紫雲はじめてたち侍りけり」とある。ところが同書は、これに続けて、「しかるをいま時いたり機熟しけるにや。同国小田切の里或武士の屋形にて聖をどりはじめ給ひけるに、道俗おほくあつまりて結縁あまねかりければ、次第に相続して一期の行儀と成れり」とある。これによれば、一遍の踊躍念仏は、伴野においてはおこなわれず、その南にある「小田切の里」においておこなわれたということになる。しかし、五来重氏は、「一遍と高野・熊野および踊念仏」（右掲注(130)『一遍上人縁起絵』所収）において、本書には脱文があれば『縁起絵』の叙述にしたがうべきと説かれており、今井雅晴氏も「踊り念仏の開始」（『時宗成立史の研究』昭和五十六年（一九八一）、吉川弘文館、第二章第三節）において、これに賛じておられる。

(133)　右掲注（13）『長野県の地名』の「金台寺」の項。

(134)(135)　右掲注(130)五来重氏「一遍と高野・熊野および踊念仏」。

(136)(137)　右掲注(130)『一遍上人縁起絵』所収。

(138)　右掲注（13）『長野県の地名』の「金台寺」の項による。なお、右掲注(130)の宮次男氏「遊行上人縁起絵の成立と諸本をめぐって」においては、光明寺本などのA本系に対し、B本系に類するとし、B本の原本こそ、古縁起に先行する根本的原本ではなかったかとした上で、本書がB本のなかで最も古い一本であろうとされている。

第二編　社寺縁起と放鷹文化

第一章　「二荒山縁起」成立考

はじめに――放鷹文化の視点から――

およそ『日本書紀』巻六の垂仁紀・二十三年の条には、次のような記事が掲げられている。

二十三年の秋九月の丙寅《へいいん》の朔《ついたち》にして丁卯《ていほう》に、群卿《まへつぎみたち》に詔《みことのり》して曰《のたま》はく、「誉津別王《ほむつわけのみこ》は、是生《これうま》れて年既《としすで》三十、鬚髯《ひげ》八掬《やつか》にして、猶《なほ》し泣《なきいさ》つること児《あかご》の如し。常に言《ものい》はざるは何の由《ゆえ》ぞ。因りて有司《いうし》にして議《はか》れ」とのたまふ。冬十月の乙丑《いっちう》の朔にして壬申《じんしん》に、天皇《すめらみこと》大殿《おおとの》の前に立ちたまひ、誉津別皇子《みこ》侍《さぶら》ひたまふ。時に鳴鵠《なきくぐひ》有り、大虚《おほそら》を度《わた》る。皇子仰《あふ》ぎて鵠を観《みそこなは》して曰《のたま》はく、「是何物《なに》ぞ」とのたまふ。天皇、則ち鵠を見て言《ものい》ふこと得たまふを知ろしめて喜びたまひ、左右《さいう》に詔《みことのり》して曰く、「誰《たれ》か能く是《こ》の鳥を捕《とら》へて献《たてまつ》らむ」とのたまふ。是《ここ》に、鳥取造《ととりのみやつこ》が祖《おや》天《あめの》湯河《ゆかは》板挙《たな》奏《まを》して言《まを》さく、「臣《やつこ》必ず捕へて献らむ」とまをす。則ち天皇、湯河板挙に勅《みことのり》して（板挙、此《ここ》には拕儺《たな》と云ふ。）曰《のたまは》く、「汝《いまし》、是《こ》の鳥《とり》を献らば、必ず敦《あつく》賞せむ」とのたまふ。時に湯河板挙、遠く鵠の飛び方《かた》を望みて、追ひ尋《と》めて出雲に詣《いた》りて捕獲《とら》へつ。或ひは曰《いは》く、但馬国《たじまのくに》に得つといふ。十一月の甲午《かふご》の朔にして乙未《いつひ》に、湯河板挙、鵠を献る。誉津別命《みこと》、是の鵠を弄《もてあそ》び、遂に言語《ものい》ふこと得たまふ。是に由りて、敦《あつ》く湯河板挙を賞したまひ、則ち姓《かばね》を賜ひて、鳥取造と曰ふ。因りて亦鳥取部・鳥養部《とりかひべ》・誉津部《ほむつべ》を定めたまふ。

すなわち、垂仁天皇の二十三年秋に、誉津別《ほむつわけ》の皇子《みこ》が、三十になっても、ものを云わないことを案じて、そのはかりごとを群卿《まへつぎみ》に命じられたが、冬十月の壬申《じんしん》の日（八日）に、たまたま天皇が皇子を侍らせて、大殿の前に立ちなさる時、大空を鵠《くぐひ》（白鳥）が鳴いて大空を飛び、それを見た皇子が「あれは何か」と短くもの言いをなさった。そこで天皇は大いに喜んで、その鵠を捕らえて献上することを側の者に命じられると、鳥取造《ととりのみやつこ》の先祖に当る天湯河《あめのゆかは》板挙《たな》が、それに答え、その鵠を追い求めて遠く出雲国（別に但馬国とも）において捕《と》らえることができた。それを十一月の乙未《いつひ》の日（二日）に献ると、皇子ははじめて自在にものいうことができるようになられた。天皇はこれを賞して、湯河板挙に鳥取造の姓を与えられ、このときに鳥取部・鳥養部・誉津部を定めなさったというのである。

さてこの物語は、『古事記』中巻・垂仁記にも、ほぼ同内容で見えている。ただその舞台は、倭の市師池《いちしの》・軽池《かるの》における舟遊びとしており、その鵠を追う人物を「山の邊の大鶙《おほたか》」とする。またその鵠を尋ねる経過は、木国から針間国・稲羽国・旦波国・多遅麻国に及び、さらに近淡海国・三野国・尾張国・科野国から高志国に到ったとしており、そこでようやく「その鳥を持ち上《のぼ》りて献《たてまつ》りき」とある。しかし皇子は、その鳥をご覧になっても、自在にはもの言うことはおできにならず、天皇の夢のお告げによって、皇子自身出雲の国に赴き、出雲の大神を拝んで、肥の河の中州にお籠りなさるとき、「是の河下に、青葉の山の如きは、山と見えて山に非ず。……」ともの言いをなさったと語る。言うまでもなく、先の鵠を追う「山の邊の大鶙」は大鷹の擬人的表現である。しかもその大鷹が各地の鵠を追い求めながら、ついには皇子自らが出雲に至って、はじめて自在にもの言いができるようになられたと叙している。つまりそれはいちだんと出雲を強調するものとなっているのである。

右のように両者の叙述は、いささかの異同をみせるものであるが、それによれば、およそこの物語は、もの言わぬ誉津別《ほむつわけ》の皇子《みこ》が、大鷹によって白鳥なる鵠を捕らえ、それがもたらされるとき、自在なもの言いが果されたというものと判じられる。そしてそれは、古代における放鷹の意義を示すもので、コトバに託された高貴な魂が、鷹を介在として白鳥によってもたらされたという古代的観念をうかがわせていると言えるであろう。ちなみに折口信夫氏は、はやく「鷹狩りと繰り芝居」(1) のなかで、この物語をとりあげ、鵠で代表される白鳥は、魂をもたらす鳥であり、それを捕らえる鷹は、「たまごひの鳥」「たま覓《ま》ぎの鳥」であり、「たましひの一時の保有者である」と説く。そして「小鳥狩の行はれた冬の時期はほゞ鎮魂祭と同じ頃ほひである」として、その放鷹は、鎮魂（たまふり＝魂の再生・増殖）の意義を有していたと論じている。

さて本稿は、下野の日光・宇都宮の狩猟信仰とかかわる「二荒山縁起」（一般には「日光山縁起」）をとりあげ、その成立について考察するものである。が、この縁起については、はやく柳田国男氏の『神を助けた話』(2) にはじまり、多くの諸氏によって論究されているのであるが、これを当地方の放鷹文化の視点で論じたものはほとんど見ることがない。しかし、当縁起がそれとかかわって生成されたことは疑えないであろう。特に前半の〈神明示現の由来〉を説く「有宇中将物語」には、それが顕著にうかがえる。そしてそれによると、縁起全体の成立も、これまでの論文とは、いささか違った見解が生ずるにちがいあるまい。本稿は、わが国における放鷹文化のなかで、「二荒山縁起」を読み取り、その縁起の成立を再検討することを試みるものである。

一　「二荒山縁起」の諸本

そもそも「二荒山縁起」（「日光山縁起」「日光二荒山神社縁起」）に対する関心は、右にあげた柳田国男氏の『神を助けた話』に始まると言える。それは、日光山を中心とした東国の狩猟民・マタギの伝承とかかわってとりあげることであったが、そのテキストとしては、『新編会津風土記』巻之十が収蔵する「日光山縁起」（実川本）と『羅山先生文集』巻三十七の掲げる「二荒山神伝」の二種があげられている。そして、この柳田氏の論を受けた小島瓔礼氏の「日光山縁起と狩猟信仰」(3)、大島建彦氏の「『日光山縁起』の構造」(4)、あるいは千葉徳爾氏の「神を助ける話」(5)などは、それぞれに柳田説を深化するものであったが、そこで取りあげられるテキストは、およそ右の二種に留まっていたのである。

　ところが、この「二荒山縁起」の諸本の踏査を飛躍的に進められたのが、宇都宮在住の細矢藤策氏であった。それは昭和四十年代に入ってからのもので、そのテキストのうち、真名本「日光権現因位縁起」（日光二荒山神社蔵）、仮名本・絵巻「日光山縁起」（日光二荒山神社蔵）、および仮名本「下野国二荒山縁起」（内閣文庫蔵）のそれぞれを『野州国文学』第十五号に紹介・翻刻された(6)。そしてその縁起諸本を総称して「二荒山神社縁起」と題し、次のように系統分けを試みておられる。

二荒山神社縁起
- 真名本
  - A系
    - 日光二荒山神社本「日光山権現因位縁起」
    - 野口日枝神社Ａ本「日光山権現因位縁起」
    - 野口日枝神社Ｂ本「日光山権現因位縁起」
  - B系
    - 林羅山文集本「二荒山神伝」
- 仮名本
  - A系
    - 日光二荒山神社本「日光山縁起」（上巻）
    - 大洲宇都宮神社本「日光山並当社縁起」
    - 実川本「日光山縁起」
  - B系
    - 内閣文庫本「下野国二荒山縁起」
    - 那須拾遺記本「日光山由来の事」

（なお「二荒山神社縁起」の呼称は、日光山に関する各種の縁起・日記・私記等を包括した「日光山縁起」と区別してのことである）。

右のごとくそれは、真名本・日光二荒山神社本を原本とするA系統と、その原本を異にするかと推されるものをB系統に分別される。また仮名本は、いずれも絵を含む同一系と推されるA系統と、これとはそれぞれに趣向を加えたB系統に分別されている。そのテキストのそれぞれの特徴については、細矢氏の論考に委ねるが、真名本A系の日光二荒山神社本の奥書には、「天文元壬辰年書写、今至慶応二寅年己而、三百三拾五年と相成」とあり、その原本の書写年代は天文元年（一五三二）で、それを慶応二年（一八六六）に製本したものと推されて、まずは注目される。また仮名本A系〔絵巻〕の日光二荒山神社本は、上巻だけではあるが、古態をうかがわせる絵巻で、同系統の大洲宇都宮神社本と近似するものである。そしてその大洲本の奥書には、「文明九年正月一日　右馬頭正綱（花押）」とあり、本書が宇都宮氏十六代の正綱が文明九年（一四七七）に奉納したものであること示している。またその絵は稚拙ではあるが、同系統の実川本は、奥書に先行の当社の縁起絵巻が紛失してしまったので、至徳元年（一三八四）に「金剛仏子貞禅」が新たに作成、それを「于時慶長十九年歳甲匂暮五日　右筆頭大夫長宗」が書写したことを記している。そして細矢氏はこの仏子貞禅が至徳年代に実在していたことが確認できるとして、この奥書が云うことごとく至徳年間に当縁起絵巻が実在した可能性を指摘されている。

右の真名本A本と仮名本A系〔絵巻〕との先後関係は、容易には判断できない。ただ後にあげるごとく、前者の叙述は簡潔で、後者はやや饒舌で説明的である。それからみれば、前者が古態かと推されるが、奥書に従えば成立年代は逆になる。すなわち、真名本A系の原本書写は天文元年であるが、仮名本A系〔絵巻〕の制作は、文明九年のみならず、至徳年間を遡るのである。しかしその両者の先後はともあれ、この「二荒山縁起」の成立は、室町時代前期を遡ることになる。それのみならず細矢氏は、嘉元四年（一三〇六）の『拾菓集』の「宇都宮叢祠霊端」のなかに、当縁起と通じる詞章が見出せるとして、その成立は鎌倉後期まで遡って考えられるとされている。それならば、後にあげる『神道集』の時代ともかかわることになるにちがいない。

さて当「二荒山縁起」の諸本については、近年、久野俊彦氏によって踏査が進められ、それを「縁起絵巻の成立――『日光山縁起』」(7)に報告されている。右の細谷氏の調査をいちだんと補強したものである。次にその諸本の系統・分類案をあげる。

【第一種A】

①「日光山権現因位縁起」日光二荒山神社蔵、真名本、享禄五年(一五三二)桜林房寛栄写

②「日光山権現因位縁記」日光市野口日枝神社蔵A本、真名本、天文二十一年(一五五二)寛栄写、①の転写本

③「日光山権現因位縁記」日光市野口日枝神社蔵B本、真名本、②の転写本

【第一種B】

④「日光山宇都宮因位縁起」神宮文庫蔵、仮名本、天文二十三年(一五五四)藤本房聖格写

⑤「日光山宇都宮因位御縁起」赤木文庫蔵、仮名本、④の影写本

⑥「補陀落山祖秘録」栃木県立宇都宮高等学校蔵、栃木県立文書館寄託、仮名本、今市(現・日光市)如来寺内林順介写

⑦「日光山縁起」日光東照宮蔵『晃山叢書』巻九所収、仮名本

⑧「日光山縁起」日光市個人蔵、仮名本、文政九年(一八二六)柴田敷哉写

⑨「日光山のこと」『宇都宮記』仮名略本、天保十四年(一八四三)上野宣喬編

【第一種C】

⑩「二荒山神伝」『羅山先生文集』巻三十七・伝上、真名本、元和三年（一六一七）撰
⑪「下野国日光山開闢之事」『前々太平記』巻三、仮名本、享保三年（一七一八）刊、⑩の訓読文
⑫「伊予国喜多郡五十崎宇都宮社記」愛媛県喜多郡五十崎町古田宇都宮神社蔵、真名本、安永三年（一七七四）川田資哲撰

【第二種】
⑬「日光山縁起」日光二荒山神社蔵、仮名本絵巻存上巻
⑭「日光山並当社縁起」愛媛県大洲市宇都宮神社蔵、仮名本絵巻、文明九年（一四七七）宇都宮正綱
⑮「日光山縁起」新潟県東蒲原郡実川村旧伝、五泉市個人蔵、仮名本絵巻、至徳元年（一三八四）貞禅、無紀年橘公敏、慶長十九年（一六一四）金子長宗

【第三種】
⑯「下野国二荒山縁起」内閣文庫蔵、仮名本
⑰「犬飼物語」東北大学狩野文庫蔵、近世初期写
⑱「日光山由来の事」『那須拾遺記』巻九、仮名本、享保十八年（一七三三）木曾武元編
⑲「勝善縁起」『奥相志』字多郷、仮名本、文久二年（一八六二）
⑳謡曲「日光山」

右のごとく、細矢氏のあげる真名本を第一種本とし、およそそのA系本を第一種Aと、それを訓読して仮名本と仕立てた神宮文庫蔵本以下を改めて第一種Bとして掲げる。また細矢氏のあげる真名本B系本は、林羅山が第一種Aの「日光山権現因位縁起」、第二種の「日光山縁起絵巻」を披見して成った「二荒山神伝」、およびその影響化のもとの

諸本を第一種Cと位置づける。次いで細矢氏のあげる仮名本A系〔絵巻〕は、ほぼそのまま第二種本とあげ、これを物語化したB系本文は、記述の増減も大きく、日光・宇都宮の在地性を後退させたものとして、新たに第三種と位置づけている。およその分類は内容に即するもので、その諸本も二十本に及び、その解説も的確である。特にそれは、第二種本の「日光山縁起絵巻」についての考察が注目される。

以上、細矢氏および久野氏の諸本踏査の成果によると、真名本においては、A系（第一種A）の日光二荒山神社本「日光山権現因位縁起」がまずは原本に近いものと判じられる。勿論それは、原本そのままと言えないものの、真名によって、縁起の正当性を主張したものと言える。ただし、両氏とも指摘されるように現存本は巻末に『神道集』巻十「諏訪縁起」による増補が見えている。が、それについては後述する。これに準ずるのが仮名本A系〔絵巻〕（第二種本）で、真名本とは違って、視覚に訴える絵巻仕立てとすることで、縁起としての唱導性を深化させたものである。それを冒頭の序には、「しばらく士女の信心をすゝめんため」とことわっているのである。このように両者にはそれぞれの特質が見出されるのであるが、その筋立てには大きな異同はうかがえない。したがって本稿は、やや簡潔な叙述をみせる真名本A（第一種本）を元とし、いささか詳細な本文をもつ仮名本A〔絵巻〕（第二種本）をもって補いつつ、当縁起の叙述を検討するものである。

二 「二荒山縁起」第一部の叙述

さて、神仏習合・本地垂跡の思想にもとづいて成立した中世の神道縁起・本地物語は、しばしば「神明示現の由来」（第一部）と「神明祭祀の由来」（第二部）によって構成されている。その第一部は、神明の本地、つまりその苦難の前生の後に神明と示現した経緯を語り、その神明の本地仏を説くものである。そして第二部は、神明を祭祀するに至った経過を語り、その祭祀・司祭の起源を説くものである。しかもこの第一部・第二部は、連結して叙述される場合もあるが、かならずしも連結せず、それぞれの縁起として叙述される場合もある。たとえば、この神道縁起・本地物語の多くを収載する安居院作『神道集』にその例をみると、巻二の「熊野権現事」は連結して叙されている。つまり前半は熊野権現示現の由来を語る「五衰殿物語」をあげ、後半に権現祭祀の由来を説く「熊野千代包物語」をあげる。これに対して、以下で「二荒山縁起」と対照して掲げる「諏訪縁起」においては、巻を別にして掲げている。つまりその諏訪明神示現の由来を語る「諏訪縁起」（甲賀三郎物語）は巻十にあげ、その諏訪明神狩祭の由来を説く「秋山祭事」（田村将軍物語）および「五月会事」（満清将軍物語）を巻四に、それぞれ分別して掲げている。ところで、本稿のあげる「二荒山縁起」は、前半に日光権現の示現を語る「有宇中将物語」を語り、これにつづけて権現祭祀の由来を説く「猿丸大夫物語」をあげるのである。

さてここでは、まずその第一部の日光権現示現の由来を語る「有宇中将物語」の叙述内容を紹介するが、それを同じく狩猟信仰を背景として成立した「諏訪縁起」を対照して掲げ、その物語構造の近似することを確認することとする。なお「諏訪縁起」には、主人公の名を「兼家」とする系統とそれを「諏方《よりかた》」とする系統とに分別される。その筋立ては大きく異同するものではないが、別稿で詳述したごとく、内容的には兼家系統が古く、はやく下社系の諏訪社に流布し、諏方系統は文献上は古いが兼家系の後出と推され、主に上社系の諏訪社に支持されたものと推される[8]。なお当「二荒山縁起」の梗概は、真名本A系（第一種A）の日光二荒山神社本により、その括弧内に仮名本A系〈絵巻〉の日光二荒山神社本により、大洲宇都宮神社本[9]・実川本を参照して掲げている。また第一部・終末の〈神明の本地〉は、本来、第二部に収載するものであるが、「諏訪」との対照のため、ここにあげている。

縁起の種類	「二荒山縁起」第一部	絵巻「諏訪の本地」（兼家系）	神道集「諏訪縁起」（諏方系）
発端（主人公の旅立ち）	(1)花洛の有宇の中将は、（明け暮れ鷹狩を好んでいるが、秋の初鳥狩の野遊びに出仕を忘れ）、御門のご勘気を蒙る。〈異常な鷹遊び〉 (2)中将は、青鹿毛と称する馬に乗り、雲の上という鷹、悪駄丸（阿久多丸）という犬を伴い、内裏をしのび出る。〈遍歴の出立〉	(1)近江国の甲賀権守兼貞には、太郎兼正、次郎兼光、三郎兼家の三人の息子がおり、特に三郎は強弓の名手である。〈強弓の名手〉 (2)三兄弟が集って、魔王の在所を論じ合い、その魔王の住む山を求めて、甲賀を出立する。〈魔王探しの出立〉	(1)近江国の地頭、甲賀権守諏胤には、太郎諏致・次郎諏任・三郎諏方の三人の息子がおり、三郎は兄二人に秀れるゆえに、総領に選ばれる。〈末子の総領〉 (2)三郎は兄二人を誘って、伊吹山で七日の巻狩を催すが、そのなかで北の方・春日姫が魔物に奪われる。三郎一行は、その跡を追って伊吹山を出立する。〈魔物探しの出立〉
展開・I〈異郷訪問〉	(1)中将は、四日（七日）目に、東山道の下野国布陀羅山（二荒山）に着き、菅の繁茂する山菅橋を渡って、一夜を過す。夜明けとともに出立し、（標茅ケ原・那須のしの原）白川の関（さらに安積の沼）を経て三日ほどして、朝日の里にたどり着く。〈奥州・朝日の里入り〉 (2)その里の朝日長者には、十四歳になる美しい姫君があり、中将はそれに心を動かし懸想の文を贈る。その文のみごとさを見て、朝日長	(1)三郎一行は、各地の山々を巡り、魔王を尋ね、三年を経て、信濃の黒姫山の麓で、老翁の教えを受け、若狭の高懸山に赴く。〈若狭の高懸山入り〉 (2)その山奥を分け入り、曝首・白骨の散らばる荒野に出て、魔王と遭遇。三郎は、その強弓で、これを討ち、その魔王の岩屋に入ると深い穴を見	(1)三郎一行は、魔物を求めて、各地の山々を巡るが、それは見出せない。春日姫の乳人・宮内の判官の教えを受けて、信濃の蓼科山に赴く。〈信濃の蓼科山入り〉 (2)その嶽の丑寅の隅にある楠の大木の許に、深い人穴を見出す。「大篗」に乗って穴底に降りた三郎は、そこに北の方・春日姫を発見、こ

	展開・Ⅱ 〈帰郷遍歴〉
者は雲の上人と察し、中将を婿に招き入れる。 〈朝日姫との婚姻〉	(1)六年後、中将の母上、大将の政所が中将を恋い慕ったまま亡くなる。中将は、その母を夢に見て、馬の青鹿毛、鷹の雲の上、犬の悪駄丸を連れて、帰郷を志す。朝日姫は、縹の帯の端を結んで、中将と互いに持ち合い、別れることあれば解けると契り、旅行く一日目に会う大川の妻去川の水を飲んではならないと教える。 〈朝日姫の教示〉 (2)中将は、朝日の里を出た一日目に大川に出る。一旦は、飲むことを
出す。「すかり」に乗って、穴底に降りた三郎は、魔王に奪われた姫君を発見、これを地上に引きあげる。 〈地底の姫君救助〉 (3)兄二人の裏切りで、三郎は地上に戻ることができない。姫君のいた御所を訪ね、深い人穴を見付けて、その穴に飛び込むと、三年三月の間落ち続けた後に、鹿狩を宗とする国に出る。三郎はその国の主・鹿狩の翁の歓待を受ける。 〈地底の鹿狩国訪問〉	(1)三郎は、鹿狩りに日々を送るが、三十三年目に帰郷を志す。鹿狩の翁は、鎌二つを与えて、大鹿をならせと命じ、その大鹿を四百八十六枚の焼皮にし、それを荷ない俵で担ぎ、七日に焼皮を一枚食べて歩いて行けと教える。 〈鹿狩翁の教示〉 (2)三郎が、四百八十六枚の焼皮を食べ終わって、大きな穴の口を登ると、
れを地上に引き上げる。 〈地底の春日姫救助〉 (3)兄の次郎の裏切りで、三郎は地上に戻ることができない。やむなく三郎は、細道を行き、次々と人穴をくぐり、七十二の国々を過ぎて、鹿狩を宗とする維縵国に入る。そこで三郎は、その国の主・好美の翁の歓待を受け、その乙姫・維縵姫と契りを込める。 〈地底の鹿狩国訪問・婚姻〉	(1)三郎は、鹿狩りに日々を送るが、十三年六月の折、春日姫のことを思い出し、帰郷を志す。好美の翁は、本取俵を取り出し、千頭の鹿の生肝で作った一千枚の鹿餅を渡し、一日一枚ずつ食べて歩いて行けと教える。 〈鹿狩翁の教示〉 (2)三郎が、一千枚の鹿餅を食べ終わって、大岩を登ると、浅間の嶽の

ためらうが、辛抱ができず、引返して馬の鞭の先で飲むと、忽ちに気を失う。五日ほど、その川の辺りに臥しているが、心を取り直し、再び馬に乗って五日かかって布陀羅山の麓に着く。

〈妻去川の罹病〉

(3)中将は馬の青鹿毛に母への文、鷹の雲の上には朝日姫への文を託す。朝日姫は、中将の結んだ標の帯の結びが解けたのを見て、朝日の里を出た七日目に妻去河なる阿武隈川の辺りに着く。そこへ雲の上が飛んで来て中将の文を落す。〈朝日姫は中将殿への返しの文を雲の上に託す〉また青鹿毛が都へ登り、大将殿の許に文を届けると、母はすでに亡くなっておられ、舎弟の中納言が文を見て、青鹿毛に乗って千陀羅山へ赴くと、中将は亡くなっておられる。そこへ鷹が文をもたらす。見ると朝日姫の返しの文である。中納言が白河の関に赴くと、足を血に染めた朝日姫を見る。再び中納言は、朝日姫を伴い、五日かかって布陀羅山に戻ると、朝日姫は中将の死体を見て、

浅間嶽の麓のなぎの松原に出る。

〈地上帰還〉

(3)三郎は、佐久路・木曽路を経て、六月十六日の夜半に、甲賀の館に着くと、嫡子・小太郎が、母から三郎の消息を聞いて、父のための廻向をいとなんでいる。三郎は広縁に上がって夜明けを待つと、早朝に三郎の後見役・行家が、三郎の姿を見て、おそろしい大蛇よと騒ぎ、人々もこれは人蛇よとて、三郎を広縁から追い立てる。

〈蛇体変身〉

麓に出る。

〈地上帰還〉

(3)三郎は、維縵国からの財を蓼科山に収め、近江の国に赴き、甲賀の釈迦堂に入って夜を明かす。翌朝お堂の講に集った人々が、三郎の姿を見て、大なる蛇よと恐れ、手に手に杖をもって三郎を追い立てる。

〈蛇体変身〉

展開・Ⅲ（転生復活）

悲しみの余りみまかってしまう。〈中将夫妻の死〉

(1)中将は死んで閻魔王宮に赴くと、母と朝日姫とに会う。この二人の死は、非業ゆえに裟婆に戻されることとなる。中将は定業ではあるが、浄頗梨の鏡によると、彼の先生は千陁羅山の麓・野口に住む猟師で、父母妻子を養うために鹿狩に出るとき、帰らぬ子を探して鹿皮を着た母を射殺してしまい、それゆえに山の神と化して貧者を救おうとの誓願を有して自害した者とする。それゆえに閻魔王は、裟婆に戻ってその誓願を果せと命じて、中将を蘇生させる。母子・夫妻の三人ながら生き返ったので、その山を二来山《フタラサン》と謂い、二荒山と名づけた。（後には日光山と申す）〈三人の蘇生〉

(2)有宇中将は、上洛してこれまでの経緯を御門に奏聞すると、大将に任ぜられ、東八ケ国より陸奥までを給わる。大将は奥州に下り、当地を朝日長者に譲り、坂東八ケ国を知行する。まもなく御子・馬王

(1)三郎は蛇体と化した自らを嘆き、六月十七日に、小太郎が父の三十三年の孝養のために建てた観音堂に入り、凡夫の姿に返し給えと祈念して、縁の下にもぐる。その夜、観音堂において観音講があり、老師と新発意との問答のなかで、根の国から帰った者が、その着物を脱がないと蛇と見えることを知る。翌朝、三郎は、その着物を脱ぎ捨てると、それは三筋の蛇となって消え失せる。六十余りの老僧が裸かの三郎に、白い帷子を着せ申し上げる。後見の行家が三郎を見付け、北の方・小太郎に知らせ、父子・夫妻の再会となる。〈人間復活〉

(2)人間に復した三郎は、自らを裏切った兄の太郎・次郎の館を攻めると、二人は差しちがえて果てる。また岩屋の地底で救い出した姫君を訪ねると、実はわれは三輪の山許にある姫御前で、夫妻とならんとおぼし召さ

(1)三郎は、縁の下に隠れていると、講も終わり、十人あまりの僧たちが集まり、昔物語りを始める。そのなかで、右座一番の老僧が、三郎の維縵国に赴いた経緯を語り、昨日・今日に甲賀に戻るはずと言う。左座の老僧が、さては日のなかに蛇よと恐れられたのがそれかと言うと、口立の僧が維縵国からの衣を着ているからで、石葺植えた池水を浴びて着物を脱げば、蛇体は脱せると語る。これを聞き、三郎はその通りに着物を脱ぎ、裸かになると、先の上座の老僧が小袖・直垂を用意して、三郎に着せ申し上げる。〈人間復活〉

(2)三郎は、先の口立の僧に伴われ、春日姫がひそんでおられた三笠山を訪れると、その宝殿より姫は現われ、再会を悦び会う。〈夫妻再会〉

	結末（神明示現）
が誕生、青鹿毛の生まれ替りである。七歳で上洛、十五歳で少将となり、やがて中納言に昇進する。〈中将父子の出世〉	(1)大将は千陀羅山に帰り、やがてその山で空しくなる。その遺体を埋めた所を本宮（後に新宮大権現）と申す。また朝日姫の死に給う所を滝尾（女躰権現）と申す。嫡子の中納言は奥州の朝日の里において、一子を儲ける。猿に似ているので猿丸と称される。参内して郡司を給わり奥州に住む。中納言は両親の二荒山に入り、太郎大明神と祝われ新宮（後に本宮大権現）と申す。〈神明示現〉 (2)雲の上という鷹は、本地虚空菩薩、今の星の宮、悪駄丸という犬は、本地地蔵菩薩、高尾の神である。青鹿毛という馬は、本地馬頭観音、太郎大明神である。有宇中将は、本地千手観音で男体権現、朝日姫は、本地阿弥陀如来で女躰中宮権現、滝尾がこれである。〈神明の本地仏〉
ば、三輪の杉立てる門を訪ねよという。三郎は、甲賀の郡三千八百町を小太郎に譲り、三輪に赴く。〈報復・再会〉	(1)三郎は三輪の姫宮をともない、根の国からの穴を出た浅間嶽のなぎの松原に赴き、そこで三人の王子を儲ける。しかし当地は大道に近過ぎるとて王子三人に聖地を求めさせ、その案内で一旦、佐久の郡下の郷に入るが、さらに諏訪に赴き、三郎は上社の御射山の神、姫宮は下社の御射山の神と祝われる。〈神明示現〉 (2)上の御射山の本地は普賢菩薩、下の御射山の本地は千手観音である。〈神明の本地仏〉
	(1)春日姫は、甲賀は心憂き所と嘆くので、三郎は他国へ移ろうと、ともども天の早船に乗り、震旦国の南の平城国へ赴き、早那起梨の天子に会って神道の法を受ける。それより二人は、再び天の早車に乗り、蓼科嶽に着き、岡屋の里に赴き、三郎は上宮の諏訪大明神、春日姫は下宮の諏訪大明神と祝われる。〈神明示現〉 (2)維縵姫は浅間大明神、舎兄の太郎は宇都宮の示現太郎大明神、次郎は若狭の田中明神、父の甲賀権守は赤山大明神、母は日光権現と現われ、その本地は阿弥陀・薬師・普賢・千手・地蔵などである。三郎諏方を祀る上宮の本地は普賢菩薩、春日姫を祀る下宮の本地は千手観音である。〈神明の本地仏〉

すなわち「二荒山縁起」は、鷹狩をよくする主人公・有宇中将の遍歴苦難を語る物語で、その舞台は、日光山から奥州の阿武隈川に沿って朝日の里に及ぶものである。一方、「諏訪の本地」「諏訪縁起」は、鹿狩の上手なる主人公・甲賀三郎の遍歴苦難を語る物語で、その舞台は、近江の甲賀から東国の信州浅間ケ嶽・諏訪に及ぶものである。しかも前者は、馬や鷹の文使いや契りの帯などの趣向が用意され、仏教的輪廻観が強調されている。が、後者は、魔王探しや地底めぐり、蛇体変身など、原話にそって、いささか荒唐的叙述を見せている(10)。しかし両者とも狩猟をよくする主人公が、神に示現されたとするものであり、いずれも異郷・異界の地において、その女神と化す姫君を見いだすという叙述は一致する。しかも、その趣向はそれぞれに異なるものの、両者が対応できるほどに、その構造は近似しているのである(11)。そしてそれは、両者の叙述が、それぞれの狩祭に応ずるがゆえと察せられる。勿論、今では日光山の狩祭がいかなるものであったかは明らかではない。しかし、「諏訪縁起」が、かつての狩祭の祭儀に応ずるものであったことは別稿で説いている(12)。そしてその祭儀の実践は、その聖なる狩場に新しい狩猟神を誕生せしめるものであり、そこではかならず山中における女神との邂逅と婚儀が営まれるものであった(13)。

三　「有宇中将物語」の原風景

右のように、「二荒山縁起」の第一部「有宇中将物語」は、かつて狩祭の祭儀に応ずる物語構造をもつものと推される。それならば、当然、その物語には狩猟の営みが隠されているにちがいない。ここでは、まずこの物語における主要モチーフのなかにそれを考察する。

大洲宇都宮神社蔵「日光山並当社縁起」

①　有宇中将の素姓

主人公の有宇中将は、鷹狩りをよくするあまり勅勘を蒙る。その出立は、青鹿毛と称する馬に乗り、雲の上という鷹を据え、悪駄丸という犬を伴っている。それは鷹狩に赴く鷹飼の姿である。[14]向かうところは東国で、東国の鷹場をめざすことを隠すものにちがいない。およそ鷹飼は、平安時代には近衛府に属し、特にその飼育は天皇の私的家政機関の蔵人所に移っている。[15]その蔵人所の頭の一人は、近衛の中将がつとめる。つまり有宇中将とは、鷹飼を統括した人物を擬している。ちなみにその父は、近衛大将であったともしており、後には自ら大将に任じられたとも叙するのである。

②　有宇中将の道行

まず主人公の向かう所は、日光山である。そしてその霊山の入口なる山菅橋（神橋）で一夜を過ごし、やがて奥州に向かうが、白河からおよそ阿武隈川を沿って北上する。おそらくそれは、日光山を拠点とする鷹飼集団の鷹場めぐりを隠すものである。[16]そしてその鷹場めぐりは、

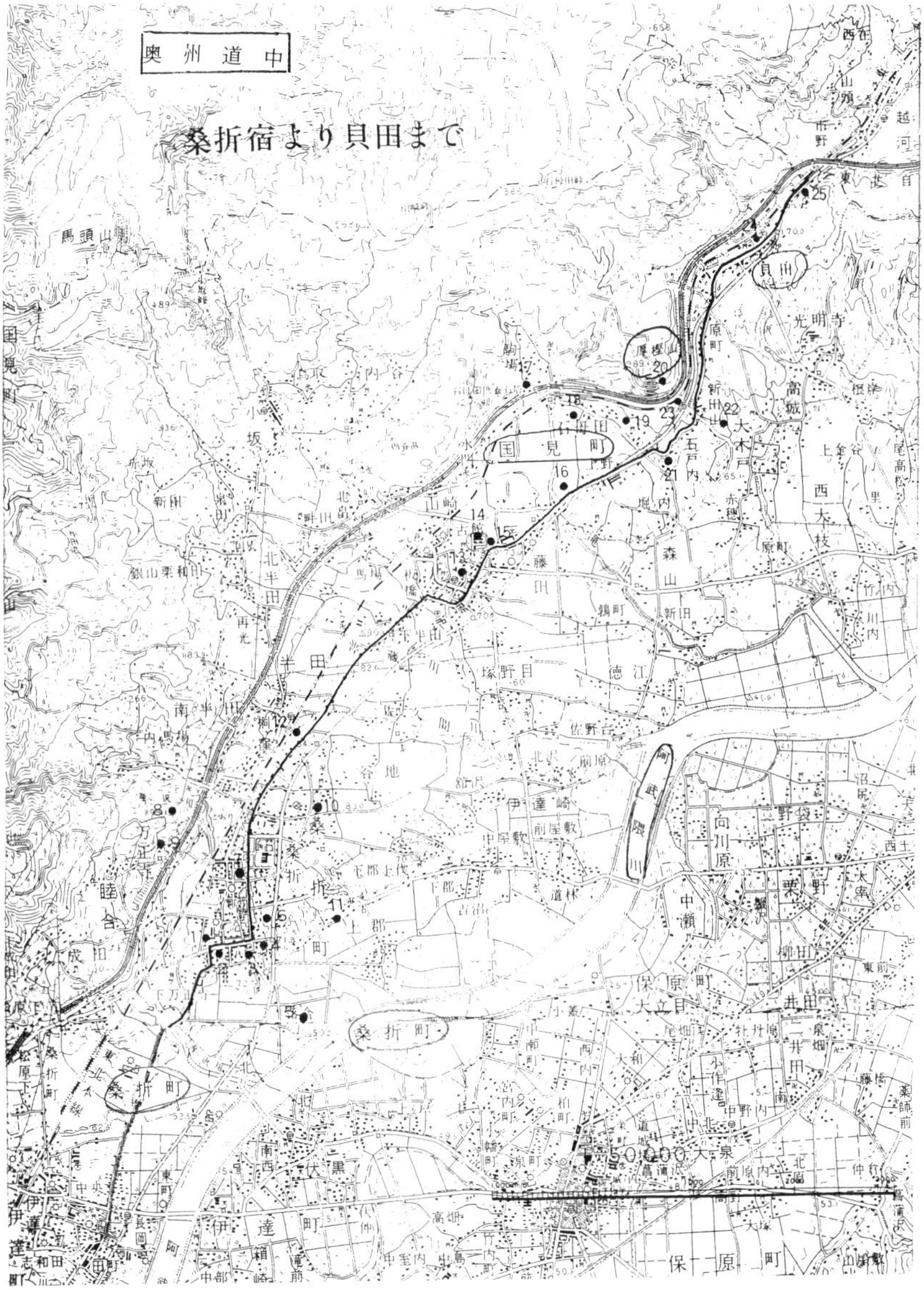

「歴史の道」調査報告書「奥州道中」(福島県教育委員会)より

国見峠から阿津賀志山を望む

泰衡側が築いた防塁跡

次に説くごとく白鳥を追っての道行と推される。

③　異郷の地・朝日の里

有宇の中将が、はからずも美しい姫君を見いだす朝日の里は、日光から三日ほどでたどり着いたと叙す。ただし真名本は、その経由地として白河の関をあげるのみであるが、仮名本は那須の篠原・白河の関・安積の沼をあげている。阿武隈川に沿う奥州道によってのことと推されるが、中将の帰路をみると阿武隈川（妻去川）との出会には、朝日の里から一日の行程と叙される。ところが、中将を追う朝日姫は、その地には七日目に到達したとする。[17] 馬を駆した中将と徒歩による姫君とは大分の差があると認めて叙している。

右の道行について柳田国男氏は、先の『神を助けた話』において、阿武隈川が東へ蛇行した後に、これと別れて奥州道を北上して辿る福島と宮城の県境なる阿津賀志山（厚樫山）を注目する。ここは頼朝の奥州征伐の折、泰衡側が防塁を築いて、激しく抵抗した激戦地である。柳田氏は当山が第二部の「猿丸大夫物語」のなかで、朝日姫の女躰権現が白鹿と化して、猿丸を当山まで誘い出したという叙述をあげ、当山南麓を支配した佐藤氏が、かつて宇都宮氏以前に当社の社家を勤めた紀清の党・小山氏に属した家筋に連なることを注目される。およそ「猿丸大夫物語」は、小山氏の先祖・田原藤太の百疋退治に準じたものと判じての推論である。つまり、「有字中将物語」の朝日の里は、阿津賀志山の南麓・信夫の庄が擬されると説かれるのである。

およそこの柳田氏の推測は、第二部の「猿丸大夫物語」を通してのことである。しかし、当「二荒山縁起」の第一部と第二部は、元来その成立を異にするもので、現存の縁起はこれを綴い合わせて成ったものと推されるので、柳田氏の説は、そのまま受け取ることはできない。わたくしは、その朝日の里は、奥州道が阿武隈川を離れ、その阿津賀志山を越えた白石川の苅田の里を擬したものと考える。そしてそこには日光山の鷹狩集団が白鳥を追うて最後に辿り着いた聖地であったと推するのである。そこを朝日の里と叙するのは、日光の太陽信仰にしたがったものにちがいないというのである。[18]

さて奥州道によって国見峠を辿り阿津賀志山（厚樫山）を越えると、そこが篤借郷である。その越河《こすごう》・平・斉川を行くと苅田郷の白石宿に出る。その北方を東西に流れる白石川は古来、白鳥の飛来地として知られた清流である。そしてその北岸の宮地区に鎮座する苅田嶺神社は『延喜式』に「苅田郡一座大苅田嶺神社名神大」と記されており、白鳥大明神を祭神とする古社である。[19]また当社の東の金ケ瀬地区には、同じく『延喜式』に「柴田郡一座大大高山神社」と記される大鷹宮が鎮座する。[20]これは白鳥を追う大鷹を祭神とするものである。この二社について谷川健一氏は、近著『四天王寺の鷹』[21]の「白鳥と鷹」の項において、先の誉津別の皇子の説話にふれて白鳥を祀る神社と大鷹を祀るそれとがセットをなしていたと説かれる。ちなみに苅田郡は養老五年（七二一）に柴田郡から分って設置されたものであった。[22]しかも当地方は旧大鷹沢村・旧鷹巣村などを擁しており、[23]古くは大鷹の飼育が盛んであったことをしのばせて

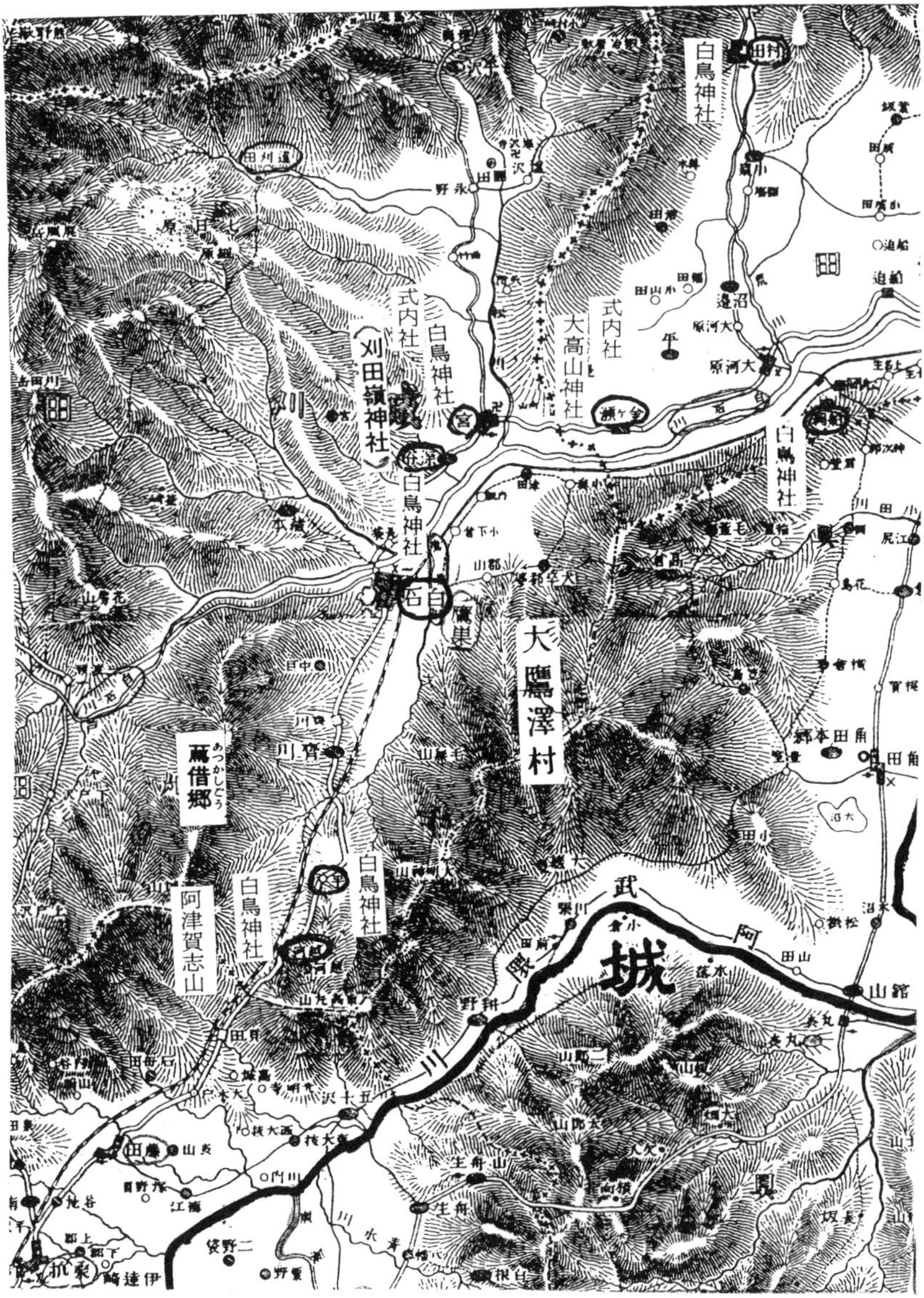

白鳥の飛来する苅田の里

いる。また当地方において白鳥を祭神とする神社は、苅田嶺にとどまらず柴田郡村田、(24)同郡船岡、(25)苅田郡の深谷(26)・平(27)・越河(28)などにも見出せる。そしてこれらの神社とかかわって、さまざまに白鳥伝説をとどめている。(29)しかして白石川およびその支流には現在も白鳥の飛来が続いているのである。ちなみに、その白川およびその支流となる荒川・斎川は、古くより白鳥の食する真菰の繁茂する清流であった。

ところで、わたくしは、有宇中将が訪ねた朝日の里は、右にあげた白鳥の里なる苅田郷を擬すものであり、そこには日光山の鷹飼集団の最後に辿り着いた鷹場なる聖地と推するのであるが、それはあくまでも「二荒山縁起」を通しての想像に過ぎない。しかもその日光山の鷹飼集団の実態はかならずしも明らかではない。が、日光山を本拠とした狩猟集団、つまり、「山立由来記」による日光派のマタギ集団が東国・奥州に活動していたことはよく知られている。そしてこれと拮抗した諏訪流の狩猟集団のなかに有力な鷹飼集団の含まれていたことは明らかである。(30)また後に日光派の狩猟集団が拠りどころとしたと推される宇都宮・二荒山《ふたあらやま》神社に鷹飼集団の属していたことも、今日ではよく知られることとなった。(31)したがって、かつて日光山を本拠とする鷹飼集団が存したことは、いたずらな空想とは言えぬ。その鷹飼集団を支えたものとして、日光には多くの大鷹を飼育した名所が存している、たとえば宮内省の『放鷹』収載の「本邦放鷹史」第一編三十四「鷹の産地及巣山の制」〈鷹出所名録〉には、

日光

板荷　入瀬山　今里　井戸沢　今市　板橋　草薢根《トコロネ》　取上塒　木賊山《奥州》　川俣　川戸　粕尾　上ノ沢　上栗山

柏尾　高手　瀧山　都賀山　中居　長畑　山久保　間遠　松本　小峯原　小穴　小白川　こふが原　足尾　蘭《あらゝき》

湯舟沢　湯西川　三谷　神子山　南中山《常州》　水洞《飛騨》　溝口《鹿島》　湊《下総》

とある。また林羅山の『二荒山神伝』にも、「下野国河内郡二荒山、一名日光山。（中略）山中有㆓栖㆑鷹巣㆒」と記し

白石川の白鳥飛来地（宮前）

ている。日光の山中には、多くの鷹巣があり、多数の名鷹を育成する鷹所が存したことは明らかである。当山に鷹飼集団の存したことは十分に予想できることである。

ところで、その日光山の鷹飼集団に支持されて成立したのが、ここにあげた「有宇中将物語」と推される。そしてそれは、当「二荒山縁起」に先行して存在し、その原拠の一つとなったものと思われる。たとえば、仮名本A系〔絵巻〕（第二種）の冒頭の序には、

天地地祇ひかりを秋津洲にやはらけ、宗廟社稷あとを瑞穂国にたれつゝ、八百万神あまねく四海八埏のかためとなり、三千余座いつれも五畿七道のまほりとなり給て、鎮護国家の崇神として、済生利物の善巧のましますといへとも、東山道下野国日光山満願大菩薩の利生ことに余社にすくれ玉へり。其本地を訪へは、妙観察智の所変施無畏者の応跡なり。等寛妙覚の位を辞て、男躰女躰のかたちをあらはし給へり。実報寂光の日のひかり三嶽の巓にほからかなりといへとも、利生方便の風の音は一山の麓にしつかなり。（中略）十如実相の窓の前には、春の

花一色一香の風に匂ひ、三密瑜伽の壇の上には、秋の月五智五瓶の水にうかぶ。山を二荒と号す。陰陽の理をあらはし、社を三所にわかつ、三才をかたとれり。しかるに流を汲て源を尋ぬるならひなれは、此神応現の玄風をしはかるに、翰墨ののせたるもなく、伝記のしるせるもなし。社壇の為躰いく千万の歳月をつくれりともみへす。松柏風老て枌楡霜ふりぬ。わつかに邑老村叟の口実として有宇中将の御後身なりといふ一巻の縁起あり。因之我朝大中将のをこりを尋ぬるに……

（「絵巻・日光山縁起」）

とある。ここで注目すべきは、当「二荒山縁起」に先行して「邑老村叟の口実として有宇中将の御後身なりといふ一巻の縁起」が存したということである。つまり当縁起絵巻を制作した編者の手許には、この原縁起が存したというのである。そしてそれは、現「二荒山縁起」の第一部「有宇中将物語」の原拠となったことが想起される。が、その「邑老村叟の口実」によった原縁起は、日光山の鷹飼集団の支持によって成立したものと、今は推するのである。

四　「二荒山縁起」第二部の叙述

さて、「二荒山縁起」は、第一部の「神明示現の由来」（有宇中将物語）に続けて、第二部の「神明祭祀の由来」（猿丸大夫物語）が叙されている。ここでは、その叙述内容を同じく諏訪の「秋山祭事」と「五月会事」と対照して掲げる。およそ諏訪神社の狩祭は四度に及んで営まれるものであったが[32]、中世においては、旧五月五日を中心とする「五月会」と、旧七月二十七日を中心とする「秋山祭」とに代表されるに至ったのである。『神道集』はその五月の狩祭の由来（満清将軍物語）及び九月の狩祭の由来（田村将軍物語）を巻四に収載しているので、ここではそれぞれを「二荒山縁起」の「猿丸大夫物語」に対応して掲げてみる。

	「二荒山神社縁起」第二部	神道集「諏訪秋山祭事」	神道集「諏訪五月会事」
発端 〈合戦・争乱のはじまり〉	(1)猿丸は、奥州に下って小野に住んだので、小野の猿丸大夫と称された。弓矢を取っては名人とうたわれる。〈弓矢の名人〉 (2)ある時、日光山の女躰権現と赤城大明神とが、湖をめぐって争論をなさる。権現は鹿嶋大明神と相談して、孫に当る小野猿丸が弓矢の名人であるから、合戦の加勢を頼むこととなる。〈日光・赤城の諍論〉	(1)桓武天王の御時、稲瀬五郎田村丸と称される将軍があった。ならびなき強弓の精兵で、大力の賢人とうたわれる。〈強弓・大力の賢人〉 (2)時に奥州に悪事の高丸という逆賊がいて、しばしば本朝の人々をおびやかすので、帝はその逆賊追罰を田村丸に命じられる。〈悪事高丸の反乱〉	(1)光孝天王の御時、在中将業平と称される歌道の名人がいた。文武二道にも通じ、特に笛の上手とうたわれる。〈笛の上手〉 (2)時に信濃国に官那羅という鬼王がおり、都に登っては人々を犯すが、この鬼王は青葉の笛という名笛をもっている。業平は、この鬼王を誘い出し、うまく騙してその名笛を取りあげる。〈「鬼の笛」奪取〉 (3)それを知った鬼王は、怒り狂い、京中をおびやかす。帝はやすからず思い、時の将軍・源満清に鬼王退治を命じられる。〈鬼王の反乱〉
展開・I 〈加勢の依頼〉	(1)権現は、背中に三つの星のある金色の鹿に変じ、奥州の阿津加志山に現われなさる。猿丸はこれを聞き、阿津加志山に入ると、この鹿は猿丸を次第次第に誘って、千陀羅山（日光山）の麓へおびき入れる。〈権現の示現〉 (2)権現は、美しい女房に変じて、自	(1)田村丸は、まず清水の観音に詣で、七日の夜半、示現を蒙って、三尺五寸の堅貧の剱を賜わる。〈観音の示現〉 (2)三月十七日に都を出て、観音の示現	(1)満清は、七月十日に都を出る。その勢二万七千騎に及んだが、それを皆帰される。侍どもを哀れんでのことであった。〈将軍の慈悲〉 (2)ただ十二疋の馬を用意して、宿々

	展開・Ⅱ〈合戦・争乱の勝利〉
らを山の主と名告り、孫なる汝をここまで引き連れたと言い、わが敵を討つならば、その勲功に、この鹿多き山の猟師となって住むことを許すと約される。戦さは、明日の午の剋、敵は赤城大明神の蜈蚣、わが姿は大蛇、場所は此の山の西の腰の沼（西《サイ》ノ湖）、その柏木藤木に矢倉をあげて待てと命じられる。〈加勢の依頼〉	(1)猿丸が沼のそばの木の上に、矢倉をあげて待つと、午の剋に西の方から小蜈蚣が次々と現われ、これを迎える多くの小蛇とさんざんに食い合う。やがて角の生えた大蜈蚣が現われ、これも角の生えた大蛇と激しく食い合う。猿丸は、この大蜈蚣こそ大将軍と思い、弓を引いて矢を放つと、その左眼を深く射通す。〈大蜈蚣退治〉 (2)大蛇も勝ちに乗って激しく攻め立
にまかせて山道にかかり、伊那の郡に付くと、三十ばかりで梶の葉の水干、萌黄縅の鎧で、葦毛の馬に乗った殿原に会う。また同じく藍摺の水干、黒糸縅の鎧で、黒馬に乗った殿原と会う。二人ともども、高丸の破り難きを説き加勢を申し出る。〈二人の加勢〉	(1)数日を経て、田村丸一行は、高丸の籠る城郭に着く。まず副将の波多丸・憑丸が攻め立てるが、これに応じた高丸は、波多丸を生け取りにする。田村丸は、からめ取られた波多丸の小手の縄を射切って救出する。やがて高丸は城郭にこもってしまうので、田村丸は目前で金の鞠遊び、流鏑馬の遊びを演じてみせると、高丸の美女の娘がこれを見て、かれを見給えと父に勧める。高丸が石の扉を少し開けて覗くとき、梶葉の殿が矢を放って、その左眼を射抜く。〈高丸退治〉 (2)高丸も城の面に出て、激しく戦う。
を過ぎ、美濃と尾張の境の洲の俣河を渡ったところで、三十ばかりで楠の葉の水干に黒津羽の矢を負い、栗毛なる馬に乗った殿原に会う。また山道にかかって伏屋という所で、また三十四、五で、梶の葉の水干に、白羽の矢を負い、鹿毛なる馬に乗った殿原と会う。二人ともども、信濃は案内に通じた者とて加勢を申し出る。〈二人の加勢〉	(1)満清一行が信濃に着くと、鬼王は戸隠から浅間嶽に移って城郭を構えている。まず行合いの殿原二人が、城内に入り、迎え出た鬼王の眷属を打ち果たす。やがて鬼王自らも現われる。たけの高さは二丈九足八面の鬼である。満清将軍も激しく戦う。鬼王は二人の殿原を左右の手に提げて、城内に入るが、逆に二人は鬼王を搦め取って城より出てくる。〈鬼王退治〉 (2)二人の殿原は、将軍の心をためさ

	展開・Ⅲ〈神明の告示・託宣〉
てるが、猿丸はそれを押さえて、一人で大蜈蚣を追い、上野の峠まで至ると、沼が血で真赤に染まっている。今にこれを赤沼と申す。その山の草木も血に染まっており、赤木の山と名づけられる。〈猿丸の勝利〉	(1)猿丸の前に、女躰権現が現われ、このたびの勲功に、この山を譲るゆえに、麓に住むべし、また嫡子太郎大明神の申口となるべしと、仰せられる。猿丸は悦んで歌を詠い舞をまう。今にそこを歌の浜と名づけられる。〈権現の告示〉 (2)その後猿丸が、山の麓に下るとき、御嶽より紫雲たなびいて外倶示良（徳次良）に降りる。猿丸がこれを見ると、金色の鶴の左羽の上に馬頭権現、右の羽上に勢至菩薩が乗り、その鶴は女躰権現とて、猿丸に対して、われは二荒山の女躰なり、馬頭は自らの嫡子太郎大明神、勢至は汝の本地、汝は小野守（恩の森）の神となつて慈尊の出世を待つべし（麓の衆生を導くべし）と託宣して、かきけすように
これを田村丸は堅食の劔で打ち、その首を切り落す。二人の殿原も城内に入って、高丸子息八人を打ち果す。〈田村丸の勝利〉	(1)田村丸が伊那郡の大宿に着くと、梶葉の水干の殿原が、われは当国の鎮守・諏訪大明神なりと名乗って消えなさる。また藍摺の水干の殿原も、住吉大明神と名乗って姿を消しなさる。〈諏訪・住吉の告示〉 (2)田村丸は、諏訪の郡に入る前、大明神に、千手・普賢を本地となさる身で、殺生を好みなさるのはなぜかと問うと、殺生は畜類を目前に近づけて仏道に入らしめるためと仰せらる。〈神明の託宣〉
んとして、一旦、とらわれたと言い、鬼王を将軍に引渡す。〈満清将軍の勝利〉	(1)満政将軍一行が上洛して粟田口に着くと、二人の殿原が別れを告げられる。先に行合った殿原は熱田大明神、後に行合った殿原は諏訪大明神と名乗って姿を消しなさる。〈熱田・諏訪の告示〉 (2)将軍は都に入り、三条河原で鬼王の首を切る。鬼王瞋りをなして、見物の人々を悩ますが、諏訪・熱田の神力にて、これもおさまる。〈諏訪・熱田の神力〉

	消えなさる。　〈権現の託宣〉		
結末〈祭祀の始まり〉	(1)猿丸は外倶知良より太郎大明神を宇都宮へ遷して祭り申し上げる。（小寺山の上に若補陀落大明神と祭り申し上げるが、社壇の南に大道あり、往来の人が多いので北の山へ遷し奉る）（後に猿丸も小野の森に神と祝われる）〈宇都宮祭祀の始まり〉 (2)（春渡冬渡の祭礼はじめ、三月五月の会式、重陽の宴、秋山祭などのほか、狩祭の名残をもとどめている。〈宇都宮二荒山の祭礼〉	(1)田村丸は、諏訪に入って、明神に田畑を寄進する。また明神が好みなさる深山の狩を始め、悪事の高丸を亡ぼした廿七日を秋山の祭日と定められる。〈秋山祭の始まり〉 (2)諏訪大明神は、十六歳となる高丸の娘を生捕りにされたが、その娘との間に一人の王子を儲ける。この王子が諏訪の神主の初代となる。〈諏訪神主の始まり〉	(1)満清将軍は、大納言に任ぜられ、信濃国を始め、十五個国を賜わる。それによって諏訪大明神に諏訪の郡を寄進し、十六人の大頭を定められる。〈諏訪大頭役の始まり〉 (2)また五月会も、この満清の立願によって始められる。〈五月会の始まり〉

すなわち、「二荒山縁起」は弓矢の上手の主人公・猿丸大夫の赤城明神の化身・大蜈蚣退治を叙するものであり、「諏訪秋山祭事」は強弓の精兵・田村将軍の奥州・悪事高丸退治、「諏訪五月会事」は時の将軍・源満清の信濃の鬼王・官那羅退治を叙するものである。しかも「二荒山縁起」の大蜈蚣退治は、猿丸大夫の祖母に当る日光山の女躰権現の要請によるものであり、その勝利の結果、女躰権現の嫡男・太郎大明神の申口の任を命じられたという趣向によっている。一方、「諏訪秋山祭事」の悪事の高丸退治は、帝の勅命によるもので、清水観音の示現、諏訪・住吉両神の加勢によって果されたとしている。また「諏訪五月会事」は発端に「鬼の笛」の趣向を用意し、その鬼王・官那羅

退治は、同じく帝の勅命によるもので、諏訪・熱田両神の加勢によって果たされたとする。そして最後に「二荒山縁起」は、太郎明神の申口に任ぜられた猿丸が宇都宮に移り住み、その祭祀を始めたと説き、その祭礼の数々は、今日に引き継がれていると結んでいる。一方、「諏訪秋山祭事」は、田村将軍の田畑寄進によって、諏訪の秋山祭が始められたと言い、諏訪の神主もこの折に誕生したとする。また「諏訪五月会事」は、満清将軍の諏訪郡寄進により、諏訪の大頭役がもうけられ、五月会もこれによって始められたと結んでいる。

右のように、「二荒山縁起」と「諏訪秋山祭事」「諏訪五月会事」は、それぞれの趣向によるものの、その叙述の構造が近似することは否定できないであろう。そしてこの「諏訪秋山祭事」「諏訪五月会事」と対応する「二荒山縁起」第二部は、元来、宇都宮・二荒山神社の司祭者・神主の始祖が猿丸大夫であることを説き、その祭儀も猿丸大夫によって始められたことを説くものと判じられる。

五　「猿丸大夫物語」の生成

右のように、「二荒山縁起」の第二部「猿丸大夫物語」は、宇都宮・二荒山神社の司祭者およびその祭儀が、赤城大明神の化身・大蜈蚣退治を果たした小野の猿丸大夫によって始められたことを説くものであるが、そのような現存縁起の叙述には、いささかの飛躍があるかと推される。つまりその「猿丸大夫物語」にも原拠があり、やがてそれが現存の縁起に改変されたのではないかということである。

およそ「二荒山縁起」の第一部「有宇中将物語」に先行して、原拠となったと推される「邑老村叟の口実」に基づいた原縁起の存したことは先にふれたが、この第二部「猿丸大夫物語」にも、現存の縁起に先行する原縁起の存した

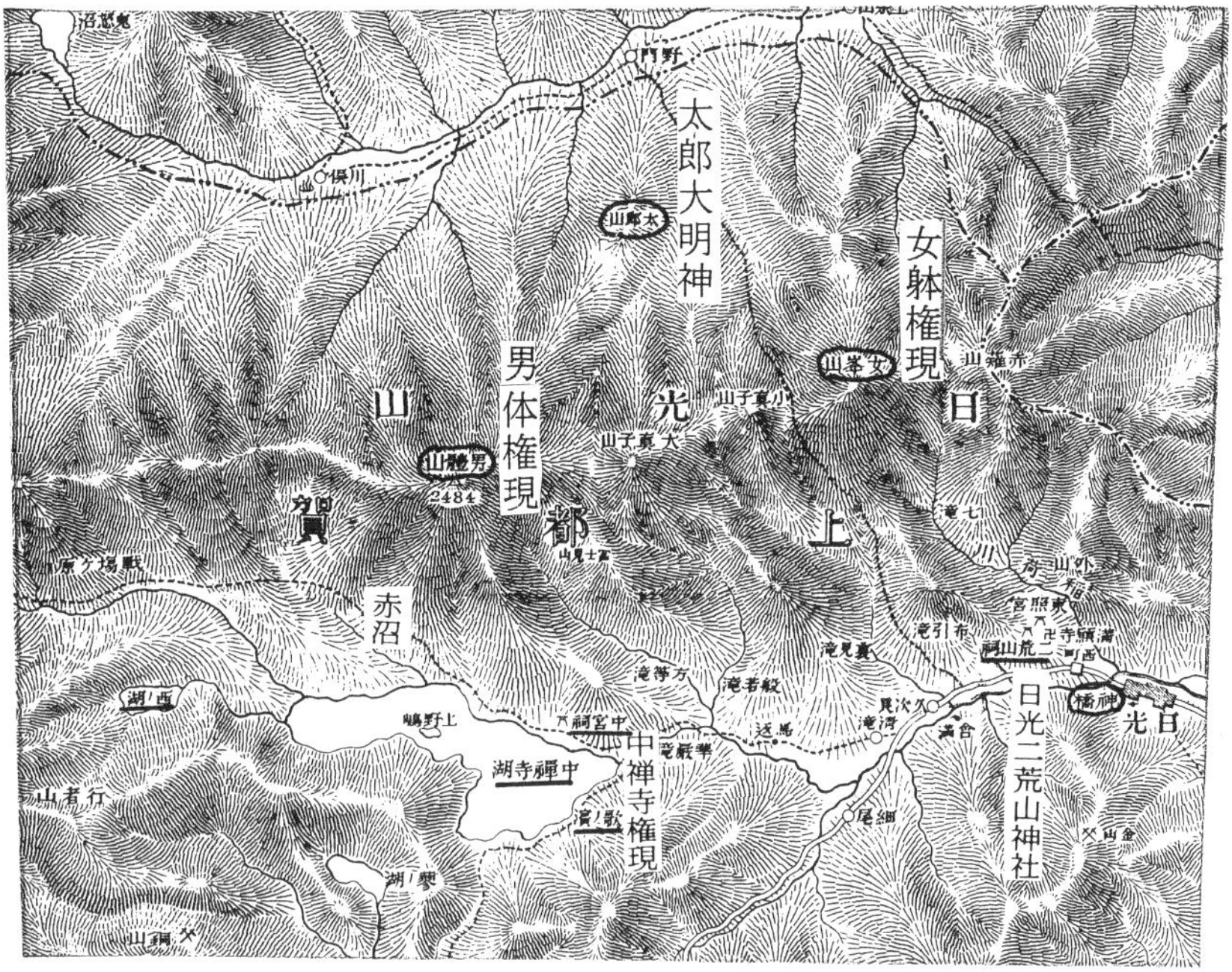

日光三所権現周辺地図

ことも想定されるのである。たとえば、はやく小島瓔礼氏が指摘された(33)ごとく、『神道集』巻五・第廿三「日光権現事」の冒頭には

抑、日光権現ハ、下野国ノ鎮守ナリ、往昔ニ赤城ノ大明神ト沼ヲ諍ヒツト、佐羅麿ノ語リ給ヒシ事ハ、遙ニ遠キ昔ナリ、

と叙されている。同じく巻一・第二「宇佐八幡事」の末尾には、「所謂熊野證誠権現・宇都宮ノ大明神ハ、熊野千代包、唵佐良麿、此ヲ因縁トシ顕玉フ。其二人ハ共ニ鹿ヲ射ルヲ由来トシ玉ヘリ」とも記されている。この「唵佐羅麿」が、鹿狩の上手なる「小野の猿丸大夫」の謂いであり、『神道集』の編者には、その猿丸大夫が日光山の大沼ほとりで、赤城大明神の大蜈蚣を退治した物語が知られていたことになる。しかし、『神道集』の時代にはすでにその「猿丸大夫物語」は、「遙ニ遠キ昔」のこととなっていたという。おそらくそれは、その猿丸大夫を始祖と仰ぐ狩猟集団

が、すでに宇都宮大明神の信仰圏から遠ざかっていたことをことわったものと推される。が、それについては、後に説くこととする。

それはともかく、『神道集』によれば宇都宮大明神とかかわる「猿丸大夫物語」が、元来、独立した形で伝承されていたことを推測させるのである。そして第一部の「有宇中将物語」と第二部の「猿丸大夫物語」を縫合する鍵は、猿丸大夫を日光権現の神裔に仕立てたことである。神明の子孫が司祭者としてもっともふさわしいことは、「諏訪秋山祭事」にもみえることである。「二荒山縁起」は、その猿丸大夫の出自を次のように説いていた。第一部の結末〈神明示現〉の項である。

其御嫡子中納言（馬王）ハ陸奥ニ下リ、祖父ノ朝日ノ長者ノ許ニ暫ク住ミ給ヒシ程ニ、風ノ便リニ召サレシ女房、懐妊シテ御息ヲ産ミ給ヒシ美悪《ミメ》シキ事、世ニ勝レテ御坐ス。三才之年、父ノ中納言ノ御見参ニ入リ給ヒシ時、美悪《ミメ》シキヲ御覧シテ、咹《アレ》ワルノ者ノ面ヤ、猿ニ似タリ、汝カ名ヲ猿丸ト附ケ給ケル。（中略）猿丸ハ奥州ニ降《クタ》リ、小野ニ住セ給ヒシ故ニ、小野猿丸大夫と号ス。（真名本A・日光二荒山神社本）

中納言（中将の嫡子・馬頭）、又都より御下りあて、朝日長者殿へいらせ給ひけるとき、一夜めされたりし女房の、その腹に男子一人おはしき。三歳のとき父の見参に入り給ひぬ。中納言殿御覧ずるに、あまりかたち見にくゝおはしければ、都へも上《のぼ》せ給はで、奥州小野といふ所に住み給けり。（仮名本A（絵巻）実川本）

すなわち両系統本ともに、その出自は祖母の故郷なる奥州の朝日の里、その住する処は同じく奥州・小野の里という。ところで、右の叙述は、第一部の結末の項にあげられるものであり、また第二部の発端にも当るものである。つまりそれは、現存の「二荒山縁起」が、第一部の「有宇中将物語」と第二部の「猿丸大夫物語」の結合部として用意された叙述であったと言える。そしてここで注目すべきは、猿丸大夫の生まれた朝日の里として「有宇中将物語」に近づけながら、その住する所は、あくまでも小野の里としていることである。はからずもそこに第一部と第二部の縫合の跡を留めているのである。猿丸大夫の出自は、小野の里とするのが原拠の伝承と推される。しかもその小野の里を「奥州」とするのも朝日の里に近づけた趣向であったかも知れない[34]。むしろ猿丸大夫の住所は、日光山の山麓とするのが、自然な叙述と言える。

次にその第一部の主人公の一人である朝日姫（女躰権現）と第二部の主人公・猿丸大夫の邂逅の叙述を見る。が、その出会いの場とする「阿津加志山」が、その縫合のために用意された趣向であることは、前半であげている。

其後二来山ノ巓ノ半程ニ、竪四十余里、深サ十四里ノ湖有リ。是《コレ》女躰権現ト赤城大明神ト諍論シ給フ。（中略）鹿島大明神ノ宣フ、女躰権現ノ孫、奥州ニ小野ノ猿丸ト弓箭ヲ取テ達者也、是ヲ呼ヒ寄セ憑ミ給ハバ、合戦ニ勝タセ給フベシト宣ヘリ。佐ランニハ金色ナル鹿ノ星三ツ有リケルニ変ジテ、阿津加志山ニ喰ミ入リ給フ。是ノ如キ鹿、此山ニ有ル由ヲ猿丸聞キ、阿津加志山ニ入ケリ。既ニ此ノ鹿ニ相ヌルニ、此ノ鹿次第ニ去リ行ク間、猿丸続テ追行ク程ニ、布陀羅山ノ麓迄追ウ処ニ、鹿則チ失セニケリ。猿丸ハ去リト思ヒ、コレヲ尋ネ求ムル処ニ、形チ端美麗ナル女房、薄絹ヲ引キ荷《カ》ツキ出テ来テ宣ウ様ハ、何カニ聞ケ、汝、吾ハ此山ノ主也、又汝ハ自カ孫也、汝ヲ是レ迄引キ連レル事ハ、別ノ子細ニ非ス、自カ敵を討ンカ為ニ、汝ヲ憑ントテ是レ迄引キ連ル、也、汝吾敵ヲ討ナラバ、此勲功ニハ此山ヲ取ラスヘシ、一縁ニ鹿多キ山ナレハ、猟師ト成リテ住ムヘシ……

（真名本A・日光二荒山神社本）

この女躰権現の依頼に応えて、猿丸大夫はみごとに赤城大明神の化身・大蜈蚣を討ち果す。そして物語は、次のように叙している。

又女躰権現、猿丸ニ宣ハク、汝ハ吾カ孫也、今度ノ勲功ニ此山ヲ譲リ与ル也、此麓ニ住ムヘシ、亦吾《ワカ》嫡子太郎

ノ大明神ト顕ハル、ニ、申口ニナルヘシ、

（右、同書）

それならば猿丸大夫は、女躰権現のことばに従い、この日光山を領してその麓に住み、この山において自在に鹿を追う猟師となると同時に、この山の太郎大明神を祀る申口（神主）をつとめたことになるであろう。しかも仮名本〔絵巻〕も、右の叙述はやや簡略であるが、大きく異なることはない。つまりここに、現存の「二荒山縁起」に先行した「猿丸大夫物語」の一端をうかがうのである。ちなみに柳田国男氏は、はやく「神を助けた話」のなかで、日光山には猿丸大夫の子孫と称する小野源大夫家のあったことを注目されている。すなわち、その源大夫家は、もともと本宮権現の神主で、中禅寺三所権現の社職を兼ねた家筋であった[35]。それならば、縁起の原拠となった「猿丸大夫物語」の成立にかかわったとも推される[36]。

さて現存の「二荒山縁起」は、右の叙述に次いで、次のように続けている。先ず真名本の叙述をあげる。

其後猿丸麓ニ降リ、御嶽ヨリ紫雲汰《タナヒ》キケリ。外倶示良ニテ猿丸此レヲ見テ彼ヲ視ルニ、金色ノ鶴ナリ。左ノ羽ノ上ニハ馬頭観音乗リ給ヘリ。右ノ羽ノ上ニハ勢至菩薩乗テ並ヒ降リ給フ処ヲ見ルニ、此鶴ハ先ノ女躰権現ト現シ給ヒテ猿丸ニ告テ宣ク、自ラハ二荒山ノ女躰也、馬頭ハ自カ嫡子太郎ノ大明神也、勢至ハ汝カ本地、小野守ト謂ウ、神ト現レ慈尊ノ出世ヲ待ツヘシト、掻キ消ス如クニ失給ヘリ。然後小野猿丸ハ宇都宮ニ庵ヲ結ヒ、在所ニ外倶示良ヨリ大明神ヲ移シ奉テ崇敬シムル処也。

（真名本A・日光二荒山神社本）

これは猿丸大夫による太郎大明神の宇都宮祭祀をいう条で、原拠の「猿丸大夫物語」に宇都宮からの「二荒山縁起」の編者が再び添加したものと推される。この猿丸大夫が再び女躰権現の託宣を蒙ったとする前日光の外倶示良（徳次郎）は、古くは日光山の猟師の居住した地と伝え[37]、そこに祭祀される智賀津神社は宇都宮の二荒山神社との因縁は深く、かつては十二月十四日に、宇都宮の神輿渡御が行われた聖地であった[38]。

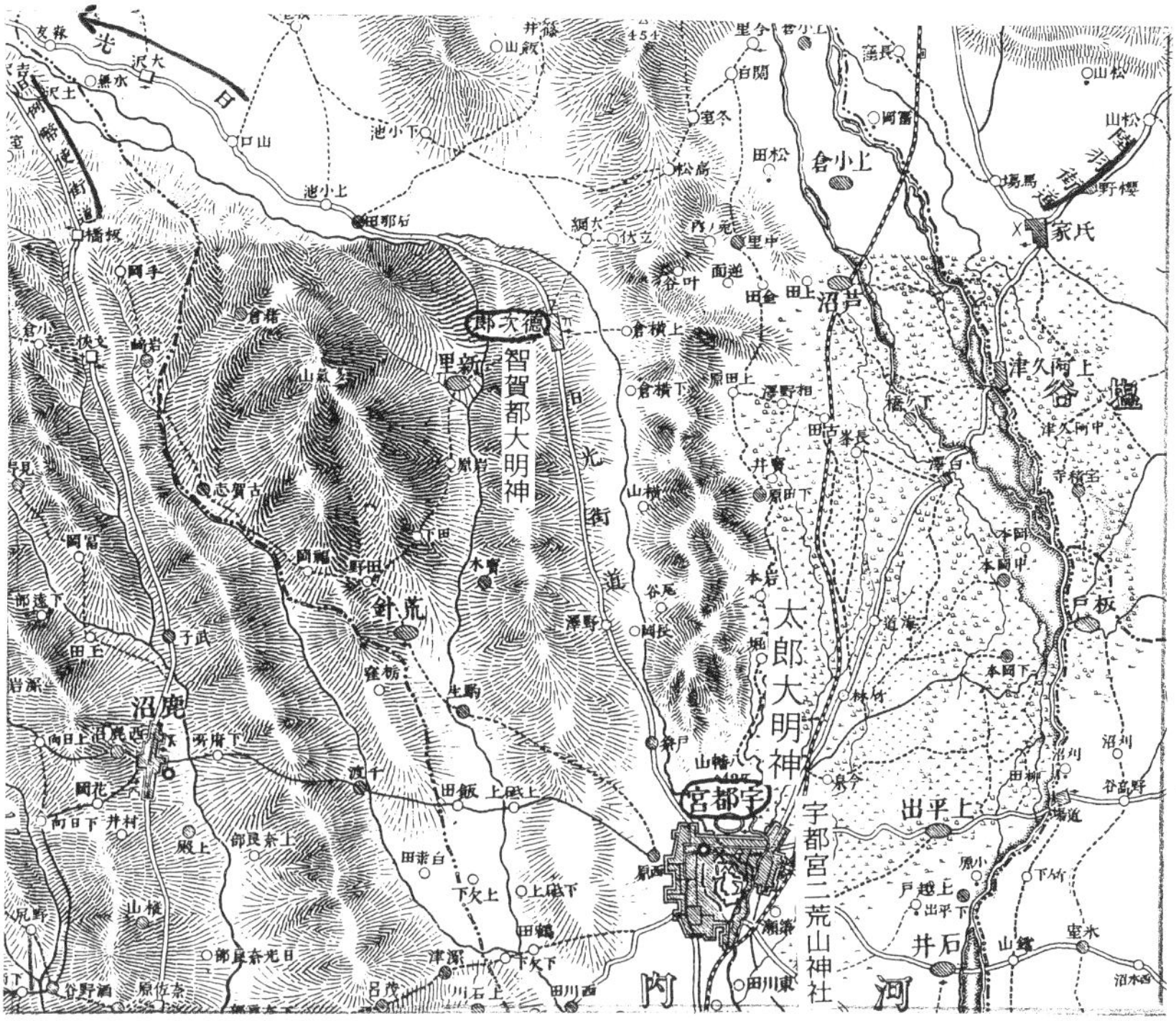

智賀都神社―宇都宮二荒山神社周辺地図

ところが、仮名本〔絵巻〕は、右の女躰権現の再度の託宣による猿丸大夫の宇都宮祭祀の条を次のように叙している。

　猿丸見給へは、三のたけより紫雲たちくだり、湖水のうへに五色の浪たちて、異香風に薫ぜり。あやしき雲のうちより、一の鶴飛くだれり。左の羽のうへには馬頭観音あらはれ給い、右の羽の上には大勢至菩薩みえ給ふ。彼鶴即ち女人に変じて猿丸に告げ給ひき。馬頭観音は太郎大明神也、勢至菩薩は汝が本地なり、汝は恩の森の神となりて、彼麓の衆生を導くへしとて、うせ給ひき。

（仮名本A・実川本）

すなわちその女躰権現の示現の地は、前日光の徳次郎とは謂わず、日光三山の麓の湖上とする。しかも太郎大明神の徳次郎からの遷座も猿丸大夫の宇都宮祭祀にふれることはな

智賀津神社鳥居
（細矢藤策氏撮影）

智賀津神社社殿
（細矢藤策氏撮影）

い。その女躰権現の託宣は、ひたすら猿丸大夫自身の神明示現を述べるに留まっている。つまりこの叙述には、猿丸大夫を宇都宮祭祀の始祖と仰ぐ姿勢に後退がうかがえる。そして仮名本〔絵巻〕は、以下、真名本に準じて有宇中将・朝日御前、およびこれにしたがった鷹・犬・馬の本地仏をあげて、一旦、物語を終える。が、巻頭の序に応ずるごとく、次の結びを用意する。

其後、一男太郎大明神、同国河内郡小寺山の上にうつりまし〳〵て、若補陀落大明神と号し奉る。社壇の南に大道あり、かしこを過る輩、下馬の礼をいたさず、もし秋毫《しゅうごう》の誤《あやまち》あれば、神明怒をなし刑罰しるしあり。仍《よっ》て瑞《みづ》籬《がき》を北の山にうつし奉る。（中略）しかれば代々の聖主、家々の将軍、崇敬したまはざるはなし。

凡彼社壇は四神相応なり。（中略）地景はなはだすぐれ、祭礼又あらたなり。所謂春渡冬渡の祭礼は、公家の勅願よりおこり、三月五月の会式は、武将の祈念よりはじまれり。重陽宴の菊水は、黄汗《こうお》の水のいさぎよきにうかび、秋山のかざりの紅葉は、頻繁《ひんぱん》の鄭《そなえもの》のこまやかなるをかたどる。（中略）御狩司の鎌倉の燎火の影は、ほのかに占部かたやきのふるきことのはをのこせり。

それは、絵巻が描く宇都宮・二荒山《ふたあらやま》神社の社壇の絵に応ずるもので、その社殿の移転から始め、その社壇において年ごとにおこなわれる華やかな祭式を紹介して結ぶのである。

宇都宮二荒山神社社殿

宇都宮二荒山神社鳥居

以上のように、「二荒山縁起」第二部「猿丸大夫物語」は、第一部「有宇中将物語」と縫合するに当って、原拠の物語とは違った趣向を用意するものであった。しかも、その原拠は、日光山の山麓にあった狩猟集団に属する伝承であったが、(39)これが宇都宮がわに帰依するに及んで、あらたなる趣向が用意された。それが現存の縁起の叙述であったが、それも真名本と仮名本〔絵巻〕の間には、いささかの異同が見出されている。あるいはそれは、宇都宮・二荒山神社の属する社家の間で、猿丸大夫を始祖と仰ぐグループの後退が生じていたのかも知れない。その時期は、仮名本〔絵巻〕の大洲宇都宮本の文明九年（一四七七）頃、さらには実川本に先行した原本（貞禅）の至徳元年（一三八四）頃に遡るものと推される。

おわりに——宇都宮・二荒山神社の狩猟信仰——

およそ「二荒山縁起」は、日光の鷹飼集団によって支持された「有宇中将物語」と同じく日光の狩猟集団のなかで伝承されていた「猿丸大夫物語」を縫合して成ったものと言える。そしてその縫合、つまり編集は、宇都宮・二荒山神社がわによって成されたものと推される。それは、日光の鷹飼集団・狩猟集団が宇都宮に吸収されて成ったということである。しかもその「二荒山縁起」の成立時期は、細矢藤策氏の説に従えば、宇都宮朝綱が宇都宮・二荒山神社の社務職のみならず日光山の俗別当を兼ねるに至った以降ということになろう(40)。

ところで、この日光山と宇都宮との関係を建保七年（一二一九）の成立と推される『続古事談』巻四には、次のように記されている。

下野国二荒山《ふたらさん》の頂に湖水あり。広さ千町ばかり。きよくすめる事たぐひなし。林よもにめぐるといへども、木葉一《ひとつ》水にうかまず。魚もなし。若《もし》、人、魚を放《はな》てば、すなはち浪にうたれていづ。二荒の権現、山の頂に住給《すみたまふ》。ふもとの四方に田あり。其数をしらず。国司、検田をいれず。千町の田代あり。宇都宮は権現の別宮也。狩人、鹿の頭を供祭物にすとぞ。

すなわち、山の頂に「二荒権現」、ふもとに「宇都宮」、その宇都宮は二荒権現の別宮であり、狩人たちが社頭に「鹿の頭を供祭物」にするという。そしてその社頭に鹿の頭を贄に供えることは諏訪に準ずることである。たとえば、その社頭に生類を供える習俗について、弘安六年（一二八三）の成立と推される『沙石集』第一「生類ヲ神明ニ供スル不審ノ事」には、安芸・厳島の神明が、「我ニ供スル因縁ニヨリテ、仏道ニ入ル方便トナス」と示現なさったことによって、忽ちに不審が晴れたとして、

信州ノ諏訪、下州《しもつけ》ノ宇都宮、狩ヲ宗トシテ鹿鳥ヲ手向《たむくる》モ此由ニヤ。大権《だいごん》の方便ハ、凡夫知ベカラズ。

と述べている。ここでは鷹狩・鹿狩を旨とする諏訪・宇都宮両社の狩猟信仰をあわせてとりあげているのである。

さて、中世における諏訪の狩猟信仰やそれにもとづく狩祭については、よほど明らかにされているが、宇都宮のそれはあまり詳しく知られてはいない。ただ弘安六年（一二八三）の「宇都宮弘安式条」などには、当社の神事として

二季御祭冬春、三月会、一切経会、五月会、六月臨時祭、九月会などがあげられており、その九月会には大頭役が用意されていることを記している。そしてその九月会には、九日に「頭の狩」がおこなわれていたことが、正元元年（一二五九）為氏撰の『新葉和歌集』に収載される清原高経の和歌で知られる。(41) また明空撰の『宴曲集』、嘉元四年（一三〇六）の『拾菓集』所収「宇都宮叢祠霊瑞《うつのみやそうしのれいずい》」の末尾に、当社の祭礼・神事を次のように挙げている。

抑《そもそも》此《この》霊神《れいじん》は　朝家擁護《ちやうかようご》の霜《しも》を積《つみ》　旧《ふり》にし天応《てんおう》のいにしへより　終《つひ》に朱雀《しゆしやく》の聖暦《せいれき》に　神威《しんゐ》の鋒《はこさき》を幣帛《へいはく》に揚《あげ》逆臣楯《ぎやくしんたて》を引《ひき》しかば　果《はたし》て勅約《ちよくやく》かたじけなく　極《きはま》れる位《くらゐ》に備《そのは》り　二季《き》の祭礼《さいれい》も新《あらた》なり　そよや九月《ながつき》の重陽《ちようやう》の　宴《えん》にかざす菊《きく》の花も　えならぬ祭《まつり》なれや　紅葉《もみぢ》の麻《あさ》の夕《ゆふ》ばへ　秋山《あきやま》かざりの手向《たむけ》に　憑《たのみ》をかくる神事《かんわざ》　さても神敵《しんてき》をしへたげし　猟夫《れふふ》が忠節《ちうせつ》の恩《おん》を　憐《あはれみ》て　恩愛《（おんあい）》の契《ちぎり》も睦《むつま》しく　孝行《かうかう》の儀《ぎ》も重《おも》かりき　さればにや今《いま》も織《おん》の森《もり》の　梢《こずゑ》にしげき恵《めぐみ》は　法界体性《ほふかいたいしやう》の　円満無碍《ゑんまんむげ》の功徳《くどく》ならむ　冴《さえ》かへる霜夜《しもよ》の月も白妙《しろたへ》の　袖《そで》の追風《おひかぜ》ふけぬるか　神《かみ》さびまさる音旧《おとふり》て　鈴倉《すずくら》に其《その》しるしをなす野《の》の男鹿《をしか》の贄《にへ》も　故有《ゆゑあん》なる物《もの》をな

それはおよそ「二荒山縁起」仮名本Ａ〔絵巻〕の「結び」、つまりその社頭で営まれる華やかな祭式をあげる叙述に準ずるものである。そしてその「秋山かざりの手向」は「猟夫が忠節の恩」をしのばせるとして、「織の森」に祀られる猿丸大夫の事蹟をあげることが注目されるが、今はその「手向」が「なす野の男鹿の贄」と叙することを重視する。そこには、那須野における大頭役・小頭役による狩祭のいとなみがうかがえるからである。(42)

右によれば、中世における宇都宮・二荒山神社が、諏訪に準じた狩猟信仰のメッカとして、世人の崇敬を集めていたことは、およそ察知できるのである。しかもその狩猟信仰が下野国のみならず、奥州・東国の狩猟民に支持されていたことは、柳田国男氏の『神を助けた話』をはじめ、その後の諸氏の指摘するところであった。(43) しかしこの日光を含めた宇都宮の狩猟信仰は、『神道集』成立の時代に大きな区切りを迎えたようである。それははやく小島瓔礼氏が指摘されたことであったが、[44]『神道集』には、宇都宮の狩猟信仰が諏訪に併合されたかを推させる叙述がみられるのである。すなわち『神道集』巻四「日光権現事」に「猿丸大夫物語」を認める叙述のあることは先にふれたが、同じく巻四・第二十四「宇都宮大明神」には、

此明神ハ、諏方ノ大明神ニハ御舎兄ナリ。此明神ニハ男体・女体御在ス。先俗体トハ、本地ハ馬頭観音ナリ。

とある。その「諏方ノ大明神ニハ御舎兄」は、同巻十・五〇「諏訪縁起」(甲賀三郎物語)においては、「甲賀ノ権守諏胤《ヨリタネ》」の男子三人の「第一ハ甲賀ノ太郎諏致《ヨリムネ》」と称されており、第三ノ「甲賀三郎諏方《ヨリカタ》」とともに魔王探しに信濃の蓼科山に赴いた人物の謂いであった。そして「諏訪縁起」は、結末の〈神明示現〉をあげる条では、主人公・諏方の父母兄弟を次のように叙している。

甲賀ノ殿神ト顕シカハ、御舎兄達御集シテ、兵主ノ大明神ノ御計トシテ、御兄弟ノ中ヲ和平ヤサセ給ツヽ、皆衆生擁護ノ神道ト顕レ給フ。中ニモ甲賀ノ次郎ハ先非ノ罪科ヲ悔悲テ、御怠状有ケレバ、北陸道ノ守護神ト成給テ、若狭ノ国田中ノ明神トテ立給ヘリ。甲賀太郎本ヨリ下野国宇津ノ宮ニ御在ケレバ、示現太郎ノ大明神ト顕給ヌ。御父ノ甲賀ノ権守ハ赤山ノ大明神ト顕給フ。御母ハ日光ノ権現ト顕レ給フ。

ここでは、諏訪大明神と顕れた甲賀殿の御舎兄「甲賀太郎」が宇都宮の「示現太郎ノ大明神」、その御母が「日光ノ権現」に示現されたとすることを注目する。それは「宇都宮」「日光」が「諏方ノ大明神」の信仰圏に含まれていることを意味することとなる。しかもその物語が、狩猟の上手、甲賀三郎を主人公とするものであり、狩猟神・諏訪大明神の誕生を説くものであれば、この叙述は「日光」「宇都宮」の狩猟信仰が、諏訪のそれに属していたことを語っているものと言えよう。

さてこの諏訪の狩猟信仰が宇都宮に及んでいたことは、「二荒山縁起」にもうかがえるのであった。それは真名本A・日光山神社蔵本に見えるもので、その巻頭・巻末には、次のような叙述がある。

〔巻頭〕本甲賀権守諏胤ト申ハ、今有宇ノ中将ト申也。中将御門ノ直勘ヲ蒙リ給テ……

〔巻末〕夫レ新宮権現は、本ハ甲賀ノ権守諏胤ト申也。御子息三人御坐ス。太郎ハ諏致、下野国宇都宮ノ大明神ト成給フ。本地馬頭。次郎諏任若狭国ニ田中ノ大明神ト成給フ。本地地蔵。諏方信国諏訪ノ大明神、本地普賢菩薩云云。

言うまでもなくこの叙述は、先の『神道集』の「諏訪縁起」によったものである。それならば、「二荒山縁起」真名本A本成立の上限は『神道集』の南北朝期以降となる。[45]が、それはともあれ、きわめて興味深いのは、「二荒山縁起」第一部の主人公・有宇中将について、本《もと》は「甲賀権守諏胤」と申すとして、「諏訪ノ大明神」と示現した甲賀三郎諏方の御父であったと叙することである。すなわちそれは、あえて諏訪に対して、日光・宇都宮の優位を主張していることである。しかし、このように「諏訪縁起」を引用するごとく、その狩猟信仰が諏訪の影響化にあったことを暗に語っていることにもなる。言うことは、「二荒山縁起」が編集された時代には、すでに宇都宮には諏訪の狩猟信仰が侵蝕しつつあったということである。勿論それは、宇都宮の狩猟信仰に独自性が失われてしまったということではない。たとえば後の『下野国誌』[46]などによると、宇都宮・二荒山神社の社頭には、江戸時代に至っても、鳥（鴨・雉）・宍（猪・鹿）の贄が供えられていたことが知られているのである。

注

（1）昭和七年（一九三二）七月刊「国文学者一夕話」（『折口信夫全集』第十七巻、昭和三十一年〔一九五六〕）。
（2）大正九年（一九二〇）二月、玄文社刊（『定本柳田国男集』第十二巻、昭和三十八年〔一九六三〕）。
（3）『日本民俗学会報』第二十五号、昭和三十七年（一九六二）（小島瓔礼氏『中世唱導文学の研究』昭和六十二年〔一九八七〕、泰流社）。
（4）東洋大学国語国文学会編『文学論藻』第三十三号、昭和四十一年（一九六六）。なお本稿では、この二種のテキストのほか、内閣文庫蔵『下野国二荒山縁起（仮名本B系・第三種）』にもふれておられる。
（5）『狩猟伝承研究』昭和四十四年（一九六九）、風間書院。
（6）國學院大学栃木短期大学国文学会編、昭和五十年（一九七五）。
（7）『絵解きと縁起のフォークロア』平成二十一年（二〇〇九）、森話社。
（8）「諏訪縁起の成立と展開」（拙著『神道集説話の成立』昭和五十九年〔一九八四〕、三弥井書店）。
（9）『愛媛県大洲宇都宮神社・日光山縁起』（三宅千代二氏編、昭和五十六年〔一九八一〕愛媛出版協会）による。
（10）「甲賀三郎の物語」が、アールネ・トムプソン著の『昔話の型』（A. Aarne, S.Thompson"The types of the folktala" 1961. Helsinki）三〇一「奪われた三人の王女」に属することは、拙稿「諏訪縁起・甲賀三郎譚の源流——その話型をめぐって——」（右掲注（8）同書、『神道集説話の成立』第二編第一章）で詳述している。ちなみに兼家系は三〇一A型、諏訪系は三〇一B型に判じられる。
（11）大島建彦氏は、右掲注（4）の論文で両者の物語の近似を説いておられる。
（12）右掲注（8）拙稿「諏訪縁起の成立と展開」。
（13）右掲注（8）拙稿「諏訪縁起の成立と展開」および「神話と祭儀——みあれ祭をめぐって——」（拙著『神語りの誕生』平成二十一年〔二〇〇九〕、三弥井書店）参照。
（14）『放鷹』（宮内省式部職編、昭和六年〔一九三一〕、吉川弘文館）「本邦放鷹史」第一編・六「上代に於ける放鷹法」など。
（15）『国史大辞典』（昭和六十三年〔一九八八〕、吉川弘文館）「鷹狩」の項など。

(16) 白河は阿武隈川の上流で、その分水嶺に当る（日本歴史地名大系『福島県の地名』〈平成五年〔一九九三〕〉、平凡社、「阿武隈川」の項）。奥州道は、およそ阿武隈川に沿って北上するが、その途次白鳥の飛来する水辺の鷹場としばしば出合っていたと推される。たとえば信夫山麓の阿武隈川の水辺に、今も白鳥の飛来が見られるのである。

(17) 当地を確定することはできないが、奥州道を南下して、厚樫山から国見峠を下って、もっとも阿武隈川に近づく所は桑折《こおり》宿（伊達郡桑折町）周縁である（福島県文化財調査報告書第121集『「歴史の道」調査報告書〈奥州道中――白坂境明神～貝田――〉』昭和五十八年〔一九八三〕、福島県教育委員会）。

(18) これについては、すでに柳田国男氏が『神を助けた話』（右掲注（2））にあげている。

(19) 蔵王町宮字馬場に鎮座、祭神は白鳥大明神とも日本武尊とも称し、白鳥を祭祀する白鳥神社として崇敬されてきた（日本歴史地名大系『宮城県の地名』昭和六十二年〔一九八七〕、平凡社）「刈田嶺神社」の項。延喜式にある苅田嶺神社は、古くは不レ忘山《ワスレズヤマ》（現苅田岳）にあり、その前山たる青麻山《あおそやま》が里山であったともいい、それが後に現地に遷されたとも説かれている（『奥羽観蹟聞老志』巻四など）。

(20) 柴田郡大河原町金ケ瀬字神山に鎮座。祭神は日本武尊・橘豊日尊とも言い、大高白鳥明神とも称される。元は当地の東北方字台ノ山にあったが、大正四年に現地に遷された（『宮城県の地名』「大高神社」の項）。

(21) 平成十八年〔二〇〇六〕、河出書房。

(22) 『続日本紀』養老五年〔七二一〕十月十四日の条。

(23) いずれも白石市の東南部にある。明治二十二年の町村制施行時は、鷹巣村は、大鷹沢村に含まれていた。また当地には鷹巣古墳群を含み鷹巣四十八塚を擁しており、古代以来の集落が存したことをしのばせている（『宮城県の地名』の「鷹巣村」「鷹巣古墳群」の項など）。

(24) 村田町村田字七小路鎮座、祭神は日本武尊（『宮城県の地名』の「村田町」〈白鳥神社〉の項）、里人は白鳥を畏怖して、これを食することを忌む（『奥羽観蹟聞老志』巻四など）。

(25) 柴田郡船岡町船岡字内小路鎮座、祭神は日本武尊・櫛御気奴命。大鷹社を合祀する（『宮城県の地名』の「舟岡要害跡」の項。『柴田郡誌』（大正十四年〔一九二五〕、柴田郡教育会編、昭和四十七年〔一九七二〕、名著出版、再版）第三章・船岡村「神社仏閣」〈白鳥神社〉の項。

また『奥羽観蹟聞老志』巻四の柴田郡には、次のような伝承をあげている。

大高宮《オオタカノ》　或作二大鷹一

（前略）

縁起説ニ曰芝田郡平村大高宮ハ廼人王三十三代欽明天皇第四皇子橘豊日《トヨヒノ》尊乃用命天皇也夙令奉レシ勅遠ニ遊於東方諸国一ニ而点二検ス庸貢賦歛之事一ヲ以出二於皇都一ヲ久ク在二于東藩一ニ而寓二居ス于斯山中一ニ其際深二シ慈愛一ヲ厚二シ恩沢一ヲ施二ス仁心ヲ于民一於レ是人懐キ民化而親附愛護シ仰二慕皇子一ヲ猶三幼児之於二カ父母一ニ皇子有レリ妃号二ス玉倚姫一歳余而孕ス焉皇子曰今於二ル懐胎一ニ無乃《ムシロ》其有レ所レ感与曰妾前宵夢ル白鳥東方來入二ル于懐抱一然後有レ身《ハラメルコト》皇子曰兪リ我在二東藩一來タ祷二白鳥カ神一ニ久シ矣想ニ夫レ神之所レ化乎后妃産レス児ヲ容貌端正有二異相一皇子相喜シ寵異尤深シ後皇子依レテ命ニ将レニ還二ト于京師一ニ臨レテ別慇懃寄レ言ヲ曰吾将レ迎二ト小君ヲ于皇州一ニ夫人諾ス焉相待已ニ三歳遂ニ絶二ツ其音耗一ヲ夫人日夜相思不レ息焉瞻恋日久遠望断レ腸ヲ終ニ発レ疾将レニ死ト乳母看二疾之革一ヲ不レ耐二悲痛之情一ニ抱二テ幼児一ヲ而臨二ミ河畔一ニ垂レ涕説レ児ニ曰母后眷二恋メ父君一ヲ今将レニ殞レト命ヲ焉君若シ神明之所レ化則須レク令下身代二母后ノ死一ニ而遂中ケ雙親再会之志上ヲ矣言訖投二ス之ヲ水中一ニ時ニ幼児化二白鳥一飛揚シ去ル妃亦タ未レ幾而薨ス乳母不レ堪二悶絶之至一ニ輾轉而死ス郷人葬二ル之ヲ近村ノ山丘一ニ植レ樹ヲ而去ル爾後前之白鳥集《キテ》二于樹上一ニ日夜悲鳴ノ不レ去郷党怪レム之以レテ状ヲ聞二ス諸ヲ皇都一ニ皇子聞レテ訃ヲ哀痛惨怛不レ可レ抑フ焉悲嘆之余使下侍臣遣中ヲ天旗剣龍蹄戎具樂器等ヲ于此地上ニ官使至二於墓陵一ニ而述二フ天意一ヲ言未レ終有二白鳥一一作二白鷹一揚二リ於陵上一翻二然乎空中一ニ官使帰奏二ス于皇子一仍命メ建二白鷹社一ヲ重テ使三侍臣遣二ヲ玉机宝鏡筆硯楽器袍袴等一ヲ号メ曰二大鷹宮一後皇子継二キ宝祚一ヲ為二ル天子一ト崩御之後奉レシ諡ヲ謂二之ヲ用明天皇一ト

(26)　白石市深谷に鎮座、祭神は日本武尊（『苅田郡誌』〔昭和三年〈一九二八〉、苅田郡教育会編、昭和四十七年〈一九七二〉、名著出版、再版〕第十四章「福岡村」〈白鳥神社〉の項）。

(27)　白石市越河平字明神前に鎮座（『宮城県の地名』の「平村」の項）。

(28)　白石市越河五賀字見当に鎮座（『宮城県の地名』の「五賀村」の項）。

(29)　たとえば「奥羽観蹟聞老志」巻四〈名蹟類〉の「苅田郡」には、次のような白鳥伝説をあげている。

投児川《コステカハ》

去二宮ノ駅一ヲ六七町有二リ小川一是乃往昔乳母投二用明帝ノ皇子一ヲ之地即化二白鳥一ト之河流也郷人謂二フ之ヲ投児川《コステカハ》一ト事ハ詳二柴田大
高ノ下一ニ

投囊邑《ナケフクロムラ》

郷人曰二フ之ヲ長袋村一ト投囊長袋訓相近シ也故ニ誤二リ呼フ之ヲ一此ノ村落也緑竹猗々産二名竹一ヲ地是亦用明帝ノ后妃徒歩疲労之余
投二ス所レ裹ム之餱糧一ヲ乃謂二之ヲ投囊一ト見二大高ノ下一ニ

また同じ白鳥伝説を『苅田郡誌』第十三章「福岡村」の項では、次のようにあげている。

兒捨川の傳説及長袋・白鳥社

其一、日本武尊東征の砌、金ケ瀬村小豆坂の土族万納長者の家に暫く御逗留あり。尊の帰京後長者の姫一子を挙ぐ。其の子を見るにつけても都の空なつかしく、只都よりの使の來らん日を待ちこがれたるが、遂に其の日の來るべくも非ず、「われ死なば二羽の白鳥と化して必ず大和の空に飛び行くべし」と遺言して流れに身を投じて死せり。果せるかな二羽の白鳥水面より飛び起ち宮の西山に留り、後南の空に姿を消したり。村人姫の薄命を悲しみ、流れを兒捨河と名づけ、且つ白鳥を祭神として尊及母子の霊を祀り白鳥社を建立せり。其の大刈田山に祀りしを父宮と稱し、王子をば西山に祀り之を子の宮又は西の宮と称せり。

其二、用明帝、小豆坂の土豪万納長者の家に密かに御降りあり、暫く御滞在あらせられしが、御歸京の際長者の姫を伴ひ給ひたり、姫越河にて玉の如き子を産む。依つてこの地にて惜しき別を告げ、帝は京に、姫は子を背負い肩に袋をかけ小豆坂にと急ぎたるが、姫は既に小豆坂も近ければ、袋の用も無ければとて之を川に投じたり。之よりこの地を投囊と云ひしを何時の頃よりか長袋と変ずるに至れりと。軈て長袋中野崎に於て姫は最後の添乳をなし、其の子を流れに投じ、「汝心あらば白鳥と化して飛び立つべし」と。既にして白鳥飛び立ち何れともなく姿を消したり。之より、姫の立たれし橋を姿見橋と稱し、白鳥の姿の消えし方を鳥越（深谷の鳥越屋敷）と稱し、帝の滞留したまひし地に宮を立て、白鳥を祀り之を大高山神社と稱すと。

(30) 諏訪明神を奉ずる鷹飼は、祢津神平貞直を始祖と仰ぎ、諏訪流とも祢津流とも称されている。それについては、はやく『放鷹』の「本邦放鷹史」第一編十七「鷹の流派〈その二〉」があげており、十八「蒙求臂鷹往来所載の伝書」、十九「祢津流の伝書」、二十「諏訪流の伝書」を載せている。近年の研究では、二本松泰子氏の「諏訪流の鷹術伝承――みさご腹の鷹説話をめぐって――」（『論究日本文学』第八九号、平成二十年（二〇〇八））「政頼流の鷹術伝承――立命館大学西園寺文庫蔵『政頼流鷹方事』をめぐって――」（『伝承文学研究』第五八号、平成二十一年（二〇〇九））がある。なお諏訪流の鷹書『放鷹記』（文亀三年（一五〇三）、秋山近江守泰忠）には、「諏訪明神、甲賀三郎にて鷹を仕給ふ」などという記事があって注目される。「諏訪の本地」「諏訪縁起」に通じる記事である。

（31）右掲書『放鷹』所収「本邦放鷹史」第一編、二十一「鷹の流派〈その三〉」には、「宇都宮流」があげられている。二本松泰子氏の「宇都宮流鷹書の実相――立命館大学図書館西園寺文庫蔵『宇都宮社頭納鷹文抜書秘伝』をめぐって――」（『立命館文学』第六〇七号、平成二十年（二〇〇八））は、その宇都宮流は宇都宮家に仕える平野氏が伝授するものであったことを明らめている。

（32）『諏訪大明神画詞』の〈縁起〉の項に「（田村将軍）帰郷後天聴ニ達シ。宣旨ヲ下サレテ諏訪郡ノ田畠・山野各千町、毎年作稲八万四千束、彼神事要脚ニアテオカル。其ヨリ以来一年中七十余日神事付頭役・狩猟各四ヶ度并ニ百余箇度の饗膳今ニ退転ナシ。是則彼将軍奏達ノ故也」とある。またその「狩猟四箇度」については、同書の〈祭〉の項に、「五月御狩押立」（五月会祭）、「六月・御作田の狩押立」（秋尾沢祭）、「七月・御射山御狩」（御射山祭）、「九月・秋尾の祭御狩」（秋尾祭）があげられている。

（33）「日光山縁起と狩猟信仰」（右掲注（3））。

（34）柳田国男氏は、先の『神を助けた話』（右掲注（2））で、猿丸大夫の事蹟を伝える会津小野嶽麓の「小野」、越後東蒲原郡実川村の「小野」、山形・東田川の狩川村の「小野」をあげている。しかし、細矢藤策氏は、「二荒山の神々北帰行――狩猟伝説伝播の一形態――」（『栃木史心会会報』第十九号、昭和六十二年（一九八七））において、猿丸大夫の事蹟を伝える越後・岩代（会津）・磐城の「小野の里」を踏査し、その伝承が「二荒山縁起」の叙述に近似することを注目されている。つまりその「小野の里」の猿丸大夫伝説は、「二荒山縁起」の影響の許になったのではないかというのである。注目すべき説である。

（35）『日光山志』（天保四年（一八三三）植田孟縉撰）巻之一に「当山（二荒山）の社士小野氏の中禅寺の社職を兼務して、毎年二荒《にくわう》の巌崛に到り、春秋二季風しづめの秘伝空海和尚より相承し、小野氏の家秘として修せし事、彼《かの》の旧記に載たり。されど天和年中故有て其家断絶せしとぞ」とある。

(36) 細矢藤策氏は、右掲注（34）の論考で、『日光旧記』の元和三年（一六一七）の条に社家六人の中に「小野源大夫源義久」が登場しており、その天和二年（一六八二）の条に、その孫の「小野源大夫源義嘉」が、その不行跡をもって当山から追放された由が記されたことをあげ、「この一族が縁起物語の製作に参与していたとも考えられなくはない」と述べておられる。

(37) 『日光狩詞記』（日光・二荒山神社文化部編、昭和三十五年（一九六〇））には、「久次良には古い時代に、二荒山神社に関係した猟師が居住したと言伝えられているが、古い時代から二荒山神社で中麿家も居住し」ていたとある。またこの中麿は、男体山中に「ナカマロ渡し」「ナカマロ落し」とも称する有名な猟場とかかわる名称かとも推している。

(38) 細矢藤策氏「二荒山神社の日神（太陽）信仰――その縁起を基点として――」（『歴史と文化』第四号、平成七年（一九九五））参照。

(39) 日本歴史地理大系『栃木県の地名』（昭和六十三年（一九八八）、平凡社）の「日光二荒山《ふたらさん》神社」の項に、「日光山縁起の背景ともなる日光狩猟民の信仰で、男体山と赤城山の神戦物語も日光狩猟民の伝説と考えられる。現在でも二荒山神社の例祭（弥生祭）には、必ずその年に男体山中より捕獲した雄鹿の生皮が神前に供えられることも、その基盤には神体山の採取物を二荒山に献じた狩猟民の信仰の存在がうかがえるとある。

(40) 「日光・宇都宮の神々の変遷――二荒山神社縁起成立の背景――」（『野州国文学』第三十・三十一合併号、昭和五十八年（一九八三））。

(41) それは、「父清原高経、宇都宮九日会の頭のかりし侍けるほとに、いとまなきよしを人のもとへ申つかはすとて」の詞書によって、「しるらめや野辺の鶉をふみたてゝ小萩原にかりくらすとは」とある。

(42) 『宇都宮奇瑞記』（文明十六年（一四八四）撰）には、「那須庄内五箇郷、肥前々司知行、被ㇾ充二置生贄狩所一。其外以二森田・向田両郷一、定二置日御供持所一云々」とある。

(43) 小島瓔礼氏「日光山縁起と狩猟信仰」（右掲注（3））、大島建彦氏「日光山縁起の構造」（右掲注（4））、千葉徳爾氏「神を助ける話」（右掲注（5））など。

(44) 右掲注（3）「日光山縁起と狩猟信仰」。

(45) その内部徴証から現存本は、南北朝期の文和三年（一三五四）、延文三年（一三五八）頃の成立と推される（近藤喜博氏『神道集』（東洋文庫本）（昭和三十三年、角川書店）〈神道集について〉など）。

(46) 下野の河野守弘撰、嘉永三年刊。これの「祭礼」の項には、「祭式ハ正月元日、真鴨三番ヒ、小鴨廿一羽、雉子廿一羽（中略）供ず」「七月下の子午の日より、九月の上の子午まで、魚鳥其外の供物をさゝげ、祝部等格番に物忌して祀る。是を大頭といふ。また八月下の子午の日より、十月十五日まで、同じく物忌して供物をさゝげ、紅白の神御衣《カムミツ》を奉る。是を小頭といふ」とある。

第二章　「二荒山縁起」の「朝日の里」

一　有宇中将物語

およそ「二荒山縁起」（至徳元年〔一三八四〕以前成立）は、下野・日光三所権現の垂迹縁起なる第一部とその日光権現の祭祀由来なる第二部とから成っている。その第一部が鷹飼の上手・有宇中将物語であり、第二部が狩猟の名手・猿丸大夫の物語である。それは元来、別々な形で成立したものと推されるが、それを一続きの物語として編集したのが当縁起であり、その継ぎはぎの不自然については、前章「『二荒山縁起』成立考」[1]においてすでに指摘したことである。

しかも当縁起についての考察は、柳田国男氏の『神を助けた話』[2]をはじめ、ほとんど第二部の猿丸大夫の物語に関するものであったので、わたくしは、前稿において、両者にわたって、その成立を考察したのである。本稿は、それを補うもので、特に第一部の有宇中将物語をとりあげ、その原風景「朝日の里」に、鷹に導かれた鍛冶文化の可能性を明らめようとするものである。

そこで、前稿を繰り返すことになるが、その第一部の垂迹縁起の梗概をあげることから始める。それは第一種の真名本（日光山二荒山神社蔵写本）[3]により、適宜、第二種の仮名本（日光二荒山神社蔵絵巻）[4]で補い、それを括弧内に示すこととする。

〔発端〕主人公の旅立

(1) 花洛の有宇の中将は、(明け暮れ鷹狩を好んでいて、秋の初鳥狩の野遊びに出仕を忘れ)、御門のご勘気を蒙る。〔異常な鷹遊び〕

(2) 中将は、青鹿毛と称する馬に乗り、雲の上という鷹、悪駄丸(阿久多丸)という犬を伴い、内裏をしのび出る。〔遍歴の出立〕

〔展開・Ⅰ〕異郷訪問

(1) 中将は、四日(七日)目に、東山道の下野国布陀羅山(二荒山)に着き、菅の繁茂する山菅橋を渡って、一夜を過す。夜明けとともに出立し、(標茅ヶ原・那須のしの原・白河の関・安積の沼を経て)三日ほどして、奥州の朝日の里に着く。〔奥州入り〕

(2) その里の朝日長者には、十四歳になる美しい姫君があり、中将はそれに心を動かし、懸想の文を贈る。その文のみごとさを見て、長者は雲の上人と察し、中将を婿に招き入れる。〔中将の婿入り〕

〔展開・Ⅱ〕帰郷遍歴

(1) 六年後、中将は都の母上を夢にみて、馬・鷹・犬を連れて帰郷を志す。朝日姫は、縹の帯の端を結んで、中将と互いに持ち合い、別れることあれば解けると契り、旅行く一日目に会う大川の妻去川《つまさか》の水を飲んではならぬと教える。〔朝日姫の教示〕

(2) 中将は朝日の里を出た一日目に大川に出る。一旦は飲むことをためらうが、辛抱ができず、引き返して馬の鞭の先で飲むと、忽ちに気を失う。五日ほど川の辺りに伏しているが、心を取り直し、再び馬に乗り五日かかって

布陀羅山の麓に着く。〔妻去川の罹病〕

(3)　中将は、馬には母への文、鷹には朝日姫への文を託す。朝日姫は、中将の結んだ縹の帯の結びが解けたので、里を出て七日目に妻去川なる阿武隈川の辺りに着く。そこへ鷹が飛んで来て中将の文を落す。（姫は返しの文を鷹に託す。）〔朝日姫の跡追い〕

(4)　中将の馬が都へ登り、文を大将殿の許に届けると、母上はすでに亡くなっており、舎弟の中納言がその馬に乗って布陀羅山に赴くと、中将は亡くなっておられる。朝日姫は妻去川から五日かかって布陀羅山に赴き、中将の死体を見て、悲しみのあまり自らもみまかってしまう。〔中将夫妻の横死〕

〔結末〕主人公たちの神明示現

(1)　一旦死んだ中将夫妻は、閻魔王のはからいで蘇生する。中将はこれまでの経緯を御門に奏聞すると、大将に任ぜられ、東八カ国より陸奥までを所領として給わる。まもなく夫妻の間に御子が誕生、馬王と名づけられ、やがて中納言に任ぜられる。〔一門の栄花〕

(2)　最後に、有宇の大将は布陀羅山に帰り、そこでむなしくなり、本宮（後に新宮大権現）に祝われたまう。本地は千手観音である。朝日姫も隠れなさって滝尾（女躰権現）と現われたまう。本地は阿弥陀如来である。また、中納言も両親の二荒山に入り、太郎大明神と祝われ、新宮（後に本宮大権現）と申し上げた。馬頭観音が本地である。〔三所権現示現〕

右のように「二荒山縁起」の第一部は、鷹狩の上手なる有宇中将の流離遍歴の物語で、その苦難の果てに、二荒山の神明に示現したとする垂迹本地譚である。平安時代、公的な鷹飼の職は、朝廷の蔵人所の管理下にあった(5)。その蔵人所の頭の一人が、近衛の中将である。したがって、頭の中将なる「有宇」という人物が、青鹿毛と称する馬に乗り、雲の上という鷹を据え、悪駄丸という犬を伴って、東国から奥州へ向かう道行は、あるいは白鳥を追う鷹飼たちの鷹場めぐりを隠すものとも言えるであろう。しかもその有宇中将の奥州入りの最初を二荒山の山菅橋に求め、最後の神明垂迹の地を二荒山とする叙述は、この物語の原拠が、元来、日光山の鷹飼集団に支持されて成立したと推される。それが前稿の論旨というべきであった。

二　奥州・朝日の里の行方

さて、前稿において概略は説いたことではあるが、有宇中将の鷹場めぐりにおいて、見出された美しい姫君の「朝日の里」を本文に沿って、やや丁寧に検しておくこととしよう。

まずそれは、二荒山から奥州への道行、展開・Ⅰの(1)の〔奥州入り〕にうかがえる。それを第一種本・真名本（日光二荒山神社蔵）は次のように叙している。

彼（山菅橋）河岸ヲ行過キスシテ、木下ニ馬ヲ立ヌ、鷹ハ飛上リテ梢ニ居ル、中将馬ヨリ下給テ、苔莚ヲ片敷、一夜留リ給フ、

夜モ漸ク明レハ、馬ニ向テ宣ルハ、是ニ留ルヘキヤ、猶ヲ行末ニ住ムヘキ所有ヤト仰ケレハ、馬聴テ立向ケル、佐テハ行ヘキ所有リヤト乗給フ、又何方モ無ク馬ニ任テ行給程ニ、三日ト云フ午剋計ニ、里中ニ出テ見亘給ヘハ、方四丁余リニ築地ヲ突キ、棟門平門有リ、（中略）此国ヲハ陸奥、此里ヲハ朝日ノ里ト申所也、彼主ヲハ朝日長者殿と申也、……

「二荒山縁起」の編者は、有宇中将の東国・奥州への道行は、古い東山道によったものとして叙述しているようで

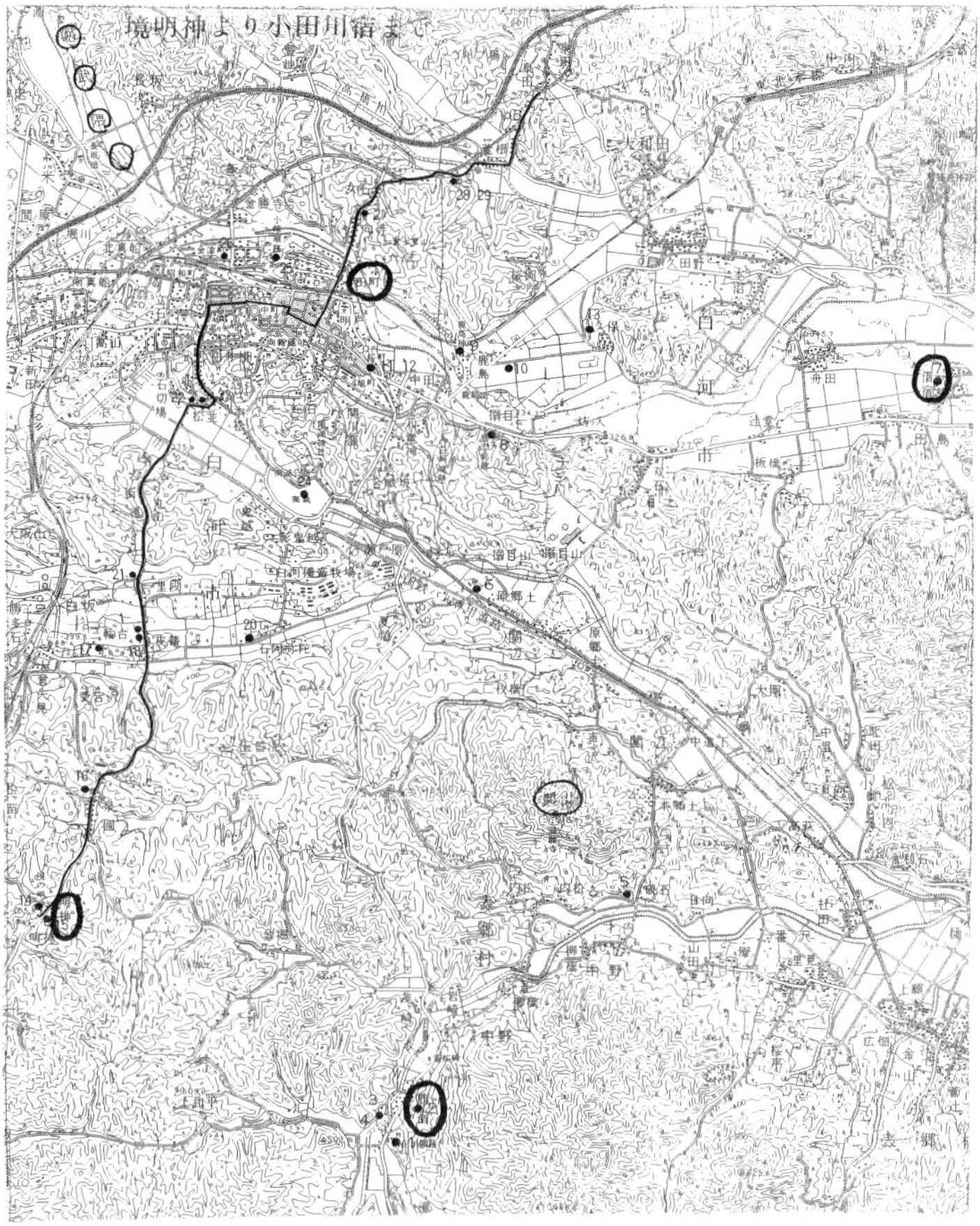

福島県教育委員会『奥州道中』より転載

沿道名称一覧

（福島県教育委員会編『奥州道中』）

1　白河関跡（平安時代初）　2　供養塔（鎌倉時代）　3　地蔵（正徳四年（一七一四））　4　関道標（延享三年（一七四六））　5　硯石磨崖三十三観音（江戸中期）　6　道標・開海道（文久元年（一八六一））　7　借宿廃寺跡（奈良時代）　8　感忠銘磨崖碑（文化十年（一八一三））　9　鹿島神社（平安時代）　10　転寝の森（平安時代）　11　宗祇戻し（室町時代）　12　道標・白河城羅郭岐路碑（文政五年（一八二二））　13　供養碑（鎌倉時代）　14　境明神社（不明）　15　藩界石柱（寛政頃）　16　観音寺（応永年間）　17　金売吉次の墓（鎌倉時代）　18　八幡神社（不明）　19　地蔵（享保十八年（一七三三））　20　阿弥陀石（鎌倉時代頃）　21　供養碑（寛政五年（一七九三））　22　戊辰戦争戦死者墓（明治初年）　23　権兵衛稲荷神社（江戸中期）　24　南湖公園（享和二年（一八〇二））　25　小峰城跡（寛永九年（一六三二））　26　立教館跡（寛政三年（一七九一））　27　地蔵（正徳五年（一七一五））　28　大清水（江戸時代）　29　道標（嘉永四年（一八五一））

ある。その東山道は、下野に入ると「足利・三鴨《みかも》・田部《たべ》・衣川《きぬがわ》（二荒山）・新田《にいた》・磐上《いわかみ》・黒川《くろかわ》」の七駅を経て、奥州の初駅「雄野」に至る。その「雄野」は、『和名抄』には「小野郷」とあり、『延喜式』兵部省諸国伝馬の条には「雄野駅」とあり、およそこれに当るものと推される。吉田東伍氏の『大日本地名辞書』(6)は、これを白河郡小野郷とし、「旗宿より中野・番下・社川の辺の地形は、まさに小野といふにあたれり」としている。が、前頁にあげた「歴史の道・調査報告書」の『奥州道中』(7)は、その遺跡からみて「旗宿」（関村）が最有力であるとする。かの白河関跡も当地に想定されており、後には関街道とも称されている。また当地周辺には、さまざまな伝説をとどめている。「転寝《うたたね》の森」「庄司戻しの松」「金売吉次の墓」や「宗祇戻し」などがよく知られている。(8)

さて右の「二荒山縁起」における有宇中将が奥州に入って、最初に遭遇した「朝日の里」は、まずはこの小野郷が当るようにも思われる。また小野の猿丸大夫の出自は、奥州・朝日の里ともあれば、当地がふさわしいと推されるであろう――しかしこれは第二部の叙述によるもので、それを前段の一部の叙述の説明に従うことの矛盾は別稿でも説いている――。また日光の山菅橋から朝日の里への道行が、三日とすることも、一応、妥当と考えられる。しかし、この「旗指」なる小野郷を「朝日の里」と認めると、その後の叙述と齟齬が生じてしまう。以下でそれはあげているが、まず阿武隈川の流れが、小野郷の北方に位置するのが、その後の叙述と矛盾する。およそ阿武隈川は、福島県と栃木県の県境、那須山地の三本槍岳の山麓に発し、県境にほぼ並行して東流、やがて白河市街を過ぎて、中島村川原田附近から北に転じて流れる。したがって東山道は、旗指から関山を越え借宿の北で阿武隈川を渡ることになる。――なお、白河明神から『奥州道中』によれば、白河宿田町で川を渡る――(9)。しかし、「二荒山縁起」の叙述は、「朝日の里」のはるか南に、妻去川なる阿武隈川の流れを見出しているのである。

そこで仮名本（日光二荒山神社蔵絵巻）の中将の「奥州入り」の叙述をあげてみる。

これ〔山菅〕を橋としてわたり給ひ、一夜をと丶まらせ給、あけ丶れは又馬にまかせていてさせ給ふ、

（絵）

かくてもとのことく山すけのはしをうちわたり、しめちか原のあさ露に、たひのたもとをぬらしつつ、那須のしのはらはる〳〵とけふしら川の関こえて、あさかのぬまの花かつみ、かつみぬかたに旅たちて、三日と申に、さもいみしけなる人の家井ある所に、つかせ給、〔中略〕あさひの長者殿とて、みちのくに其かくれましまさすと申しけり、

およそ東山道は、陸奥に入ると「雄野《をの》・松田《まつだ》・磐瀬《いわせ》・葦屋《あしや》・安達・湯日《ゆひ》・岑越《みねこし》・伊達・篤借」と続く。仮名本は、二荒山・山菅橋から東山道に沿いながらも、その宿駅名にはこだわらず、歌枕を尋ねて「標茅ヶ原」「那須の篠原」「白河の関」「安積の沼」を経由したとする。その「朝日の里」を少なくとも安積よりも北方に位置づける点では、真名本と違って、その後の叙述と齟齬は見られない。しかしその二荒山から朝日の里までの道程《みちのり》を真名本に準じて「三日」としており、これもまた真名本とは違った現実離れの矛盾を冒した叙述となっていると言える。

次に今度は、有宇中将の「朝日の里」からの帰りの道行、つまり〔展開・Ⅱ〕帰郷遍歴の場面を検してみる。(1)〔朝日姫の教示〕(2)〔妻去川の罹病〕の叙述である。まずは真名本をあげる。

(1)　中将宣ケル、吾レハ二親御坐ト雖モ、御門ヨリ勅勘ヲ蒙リ、故ニ都ヲ忍ヒ出テ、此国マテ降リ候、只今夢ニ母上ノ見へ給テ、汝故ニ此世ニハ無キ身ニ成ヌト宣ナリ、上洛シテ母ノ行末ヲ聞カント、暇ヲ乞セ給ヘハ、朝日ノ君宣ケルハ、佐ニハ何カ程共、人ヲ引キ具シ給ウヘキト仰ケレハ、中将都ヨリ降シ時モ青鹿毛ト云馬、雲上ト云鷹、悪駄丸ト云犬、是計ヲ具足シテ下リ候キ、此等未タ絶ヘス候、余人無益也、只一人出給ケル、朝日ノ君ハ思ノ余ニ、縹ノ帯ノ端ヲ結ヒ中将ニ奉給、中将モ又縹ノ帯ノ端ヲ結ヒ取違ヒテ宣ケルハ、君モ吾モ身失歎有ラン時

ハ、此ノ帯ノ結目解ケント契リ置テソ出給フ、朝日ノ君ハ中将ヲ呼ヒ返シ宣ケルハ、此国ニハ不思議之事侍ヘリ、是ヨリ一日路ノ内ニ大河有リ、名ヲハ妻去河と云リ、彼河水ヲ呑ム者ハ、立皈リ思人ニ合ワスト云ナリ、相構テ此水ヲ呑ムヘカラスト仰シヲ、中将承リ候トテ出給ヘリ、

(2) 現ニ一日路ヲ行テ見給ヘハ、誠ニ大河有リ、彼ノ河水ヲ見ルヨリ、呑思ウ心侍リシニ、実ヤ此河水ト思テ打渡給ウニ、此水ヲ呑マスンハ命モ生イヘカラスト覚エシカハ、力モ及ハス、馬ヲ引返シ鞭ノ鋒ニテ結ヒ揚テ呑給テ、忽ニ身ニ心労ヲ受ケ、心モ心ト覚エス、馬ヨリ下ツ、彼ノ野辺ニ五日カ程臥給、少シ取リ直シ起テ見給ヘハ、馬ハ側ニ立ツ、犬モ鷹モ有リ、馬ニ向テ仰セラル、ハ、跡へ返ルヘシトモ覚エス、又上洛スヘキトモ覚エス、吾カ骸ヲ落スヘキ所へ具足シテ行ケヤト宣ケレハ、馬モ涙ヲ流シ立チ向ウ、佐リトテ中将馬ニ乗リ給テ、閑ニ歩セ給シ程ニ、五ヶ日ト申セハ布陀羅山ノ麓ニ一夜留リ給シ所ニ行ニケル、

これによると、朝日の姫が呑むと命を失うと忠告した妻去川は、朝日の里からおよそ一日で辿る所にあるとする。それにもかかわらず中将はその水を呑み、病に倒れる。しかし伴の馬・鷹・犬に力を得て、五日かかって二荒山の山菅橋の許に着いたという。さてこの場面を仮名本で見るに、文体の違いはあるが、その叙述に大きな違いは見出されない。朝日の里から「妻去河」までの道のりも、「一日ゆきて大河あり」とする。ただし、その川の辺りで五日ほど臥したとする叙述は真名本と一致するが、そこから日光山への道中は、「さて馬に向て仰せけるは、我命なからふへしともおほえす、いつちへも心しつかならむ所へとく〳〵具足せよと仰けれは、たちよりのせ奉て、はしめ一夜と、まらせ給たりし東山道の山中へいれまいらせぬ」と、簡略な叙述ですませている。

次に、右に続く(3)〔朝日姫の跡追い〕をあげてみる。ここでは、真名本・仮名本を対照してあげてみる。

真名本

又雲ノ上ト云ウ鷹ヲ召テ、汝ハ同シ生類トハ雖モ、余リニ心倍ル物也、朝日ノ君ノ御所へ此文ヲ進スヘシト、文ヲ鷹ニソ取ラセ給ケル、一首此ク、

契来之妻去河能水故仁露能命土成ル楚悲記

鷹ハ此文ヲ加テ、東路ノ方ニ向テ飛ヒ去リヌ、中将ノ御許ニハ犬計リソ留リケル、

朝日ノ君ハ、中将ノ結ヒ給ヘル縹ノ帯ノ結ヒ目ノ解クヲ見テ、歎セ給テ人目ヲ忍テ、中将ノ跡ヲ行セ給シ程ニ、七日ト謂ウ、彼ノ妻去河ノ彼汰《(はた)》ニ付セ給ウ、樵夫《キコリ》ノ有シ雇イ、此河ヲ越セ給ケリ、佐ル程ニ、天ニ鈴ノ音の聞シヲ御覧スレハ、鷹ハ飛ヒ来テ、朝日ノ君ノ歎セ給ウ所ヘ、結ヘル文ヲ加テ進ル、取リ上ケ御覧スレハ、中将ノ御文也、御返事申、膚ヨリ筆墨ヲ取出テツ、書給ヘリ、

結ヒ置キシ縹能帯越知辺尓天君賀跡於楚尋天和行ク

若シ未タ中将死給ハヌ者ナラハ、此文ヲ持テ進スヘシト仰有シカハ、鷹文ヲ給テ飛上テ去ヌ、

仮名本

又朝日の君へも御文こま〳〵とあそはしてかくなむ

ちきりきしつまさか川の水ゆへに露のいのちとなりにけるかな

とあそはして、鷹にむかひての給ひけるは、馬はみやこへゆきぬ、汝このふみ朝日の君にたてまつれとてたはせ給、

さる程《ほと》に、朝日の君のはなたの帯とけたりける程に、あやしみて夜にまきれてあくかれいて給つゝ、七日と申に、妻離川につき給ひぬ、いつくともなく鷹とひきたりて御文をおとす、中将殿の御文なりけれは、やかて御かへしあり、

むすひをきしはなたの帯をしるへにてわかれし君を尋てそゆく

われよりさきにとくして奉れと仰けれは、鷹いそきとひかへりけり、

（絵）

右のように、「雲の上」という鷹が介在する中将と朝日の君との相聞歌の叙述である。真名本がやや饒舌で、絵を有する仮名本は、それゆえに簡素な叙述となっている。その舞台は、悔やしい妻去河（つまさか川）である。そしてその地への道のりは、馬に乗った中将の場合は、朝日の里から南へ僅か「一日」であったが、徒歩《かち》による朝日の君の場合は「七日」を要している。その位置は、〔奥州入り〕では矛盾を含んで叙されていたが、少なくとも仮名本によ

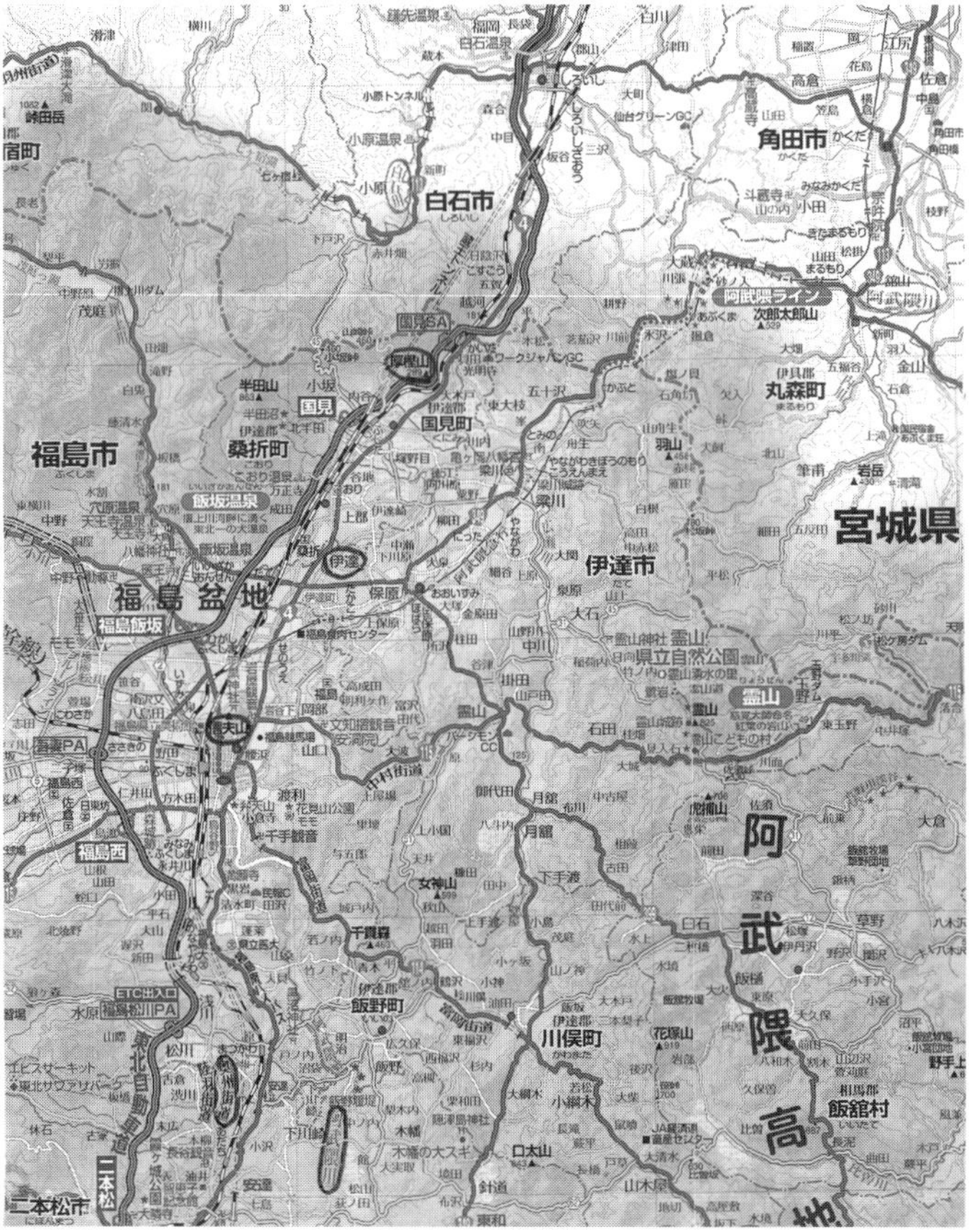

〈奥州街道〉信夫・伊達・厚樫山周辺地図

ると、安積の沼の北方に、妻去河なる阿武隈川があることとなる。先に検したように、その阿武隈川は、陸奥への入口、境明神を祀る白河の関の北方で、流れをかえて北に遡上してゆく。これに沿って東山道も北上するが、やがて厚樫山を目前にする辺りで、阿武隈川は東へ蛇行してゆく。その東山道と阿武隈川が分岐するところが、およそ当縁起が叙する妻去川と想定される。それを東山道の古道にしたがえば、「岑越」（信夫山の別名、越の浜にもとづく）を越えた「伊達」（伊達郡衙の桑折地区）附近があたるであろう。そして朝日の里は、さらに北上した天険の地「篤借」（厚樫）を越えた向こうに想定されているように推される。言うまでもなく、その「篤借」は、奥州の入口「白河の関」に対する岩背《いわしろ》国の北限である。その厚樫山の向こうは、いわゆる異郷の「えみし」の地である。『二荒山縁起』の編者は、およその地に朝日の君の住む「朝日の里」を想定していたにちがいあるまい。

三　白鳥・大鷹の飛翔する白石盆地

さて、右のように、鷹狩の上手・有宇中将が、〔展開・I〕「異郷訪問」の〔奥州入り〕において紛れ込んだ「朝日

曲竹・鍛冶沢より青麻山を望む

白石川の白鳥飛来地

の里」は、岩背国《いわしろ》の北限・厚樫山の向こうに想定されるのである。

そこで、それにしたがって厚樫山の峠道を越えると、視界が開けて白石の盆地が飛び込んでくる。東山道の「柴田」に至る途次である。その中央を白石川が東流して太平洋の直前で阿武隈川に合する。この白石川に北から松川、南から斉川が流れ込む。その盆地の西北には蔵王の霊峰が望まれ、その前山なる青麻山をみる。しかもこれらの清流には、遥かなる昔より白鳥の飛来があり、それを追う大鷹が集まっていたと推される。すなわちそれは、当地が白鳥を追う鷹飼たちが、はやくから活動した鷹狩の聖地であったということである。「二荒山縁起」の有宇中将は、その象徴的存在とも言える。そしてその中将が、いち早く心を寄せた朝日の君の「朝日の里」は、この白鳥の里、大鷹の里を擬するものと推される。

ところで、その白鳥の里の中心は、今も白鳥の飛来する、白石川に松川が注ぎ込む合流地、蔵王町の「宮」に鎮座する苅田嶺神社に求められる。白鳥大明神を祭神とするが、今日では日本武尊を宛てている。はやく『新抄格勅符抄』の引く大同元年牒（八〇六）に「刈田神　二戸」とあり、『続日本後記』承和十一年（八四四）八月十七日の条に「奉レ授陸奥国無位勲九等刈田嶺神（中略）並従五位下、縁レ有二霊験一」と記されており、同書嘉祥元年（八四八）五月十三日の条には、「刈田嶺名神五位下」とある。また『三代実録』貞観十一年（八六九）二月八日の条には「従四位下」の授けられた由が記されている。しかも『延喜式』神名帳には、

苅田《カムタノ》郡一坐大　苅田嶺《カムタミネ》神社名神大

とあり、式内社に封じられている。この苅田嶺神社は、はやくは現在の社殿の西北にそびえる青麻山（釈迦岳とも称す。海抜七九九メートル）に祀られていた。その後にその南麓の西山（字内山）に若宮が創建され、やがて山頂の苅田嶺神社の神霊を若宮にお移し申して祭祀が営まれてきた。それを永正年間（一五〇四〜一五二一）に西山から現在の宮地区

苅田嶺神社の白鳥古碑群

宮地区の苅田嶺神社

に移され、今日に至っている(10)。

この宮地区の苅田嶺神社（白鳥神社）を中心に、その白石川および支流に沿って幾つかの白鳥神社が鎮座する。勿論それは、当地域の白鳥の飛来とかかわるものである。当社を含めて、それをあげてみる。

白石市（越河村）五智・中郷良の白鳥神社。白石川の支流・斉川の水源地に祀られる。越河地区刈田郡の南端、東山道の「篤借」と接する。日本武尊が東征の折、湖沼だった越河を舟に乗ってこられて、当地で身を暖められた。それゆえ当地に身暖《みあたり》明神を祀り、湖沼に白鳥の大群が飛んできて尊を迎えたので、白鳥神社を奉祠したという(11)。

白石市（斉川村）平・明神山の白鳥神社。右の身暖明神の斉川対岸に祀られる。日本武尊が舟に乗って当地に上陸したので舟ヶ崎明神とも称されている(12)。

白石市（深谷村）宮林の白鳥神社。元は本山神社とも称されたが、後にあげる白鳥伝説（児捨川・長袋の由来）とかかわるとして、日本武尊を祭神として祀る(13)。

蔵王町宮・馬場の苅田嶺神社（現在は、白石川の支流に松川の注ぎ込む東岸に祀られている。）祭神は日本武尊、白鳥大明神を祀るとされる(14)。

大河原町金ヶ崎・大高山神社。金ヶ瀬の西端、刈田郡境に近く、東流する白石川左岸の丘陵先端にある。大鷹宮とも称される。近年は白鳥を祀るとして日本武尊を祭神とする。元は当地の北、一・五キロメートルほどの旧平村台山に鎮座、元禄三年（一六九〇）に社前の尾鷹の地に移転、さらに大正三年（一九一四）当地に遷宮して今日に至る。(15)由緒については後述。

村田町・七小路の白鳥神社。村田町は大河原町に東隣するが、東流する白石川の支流、荒川左岸の相山丘陵の小高い丘の南面に祀る。祭神は日本武尊。(16)

柴田町船岡・内小路の白鳥神社。東流する白石川が阿武隈川に合流する直前、その南岸に祀られる。祭神は日本武尊である。(17)

いずれも古くから白鳥の飛来する地であれば、それが信仰の対象になったものと推される。

一方、当地における鷹の生息とその信仰をみてみよう。まず地図を広げて目につくのは、白石盆地の東南にある「大鷹澤村」である。しかしこの村名は、明治二十二年の町村制の実施の際に、大町村・三澤村・鷹巣村の三ヶ村をもって結成されたものである。その鷹巣村は、白石川・斉川の東側にのぞまれる丘陵地帯にある。その地域内は古墳時代の多くの円墳や前方後円墳が見出されており、その丘陵南側山麓は早くに集落が開かれたと推されている。(18)そして、その「鷹巣」の地名は、言うまでもなく鷹の棲息を示すものであり、あるいは鷹狩に用いる鷹の育成が期待されていた土地でもあったと言えるであろう。勿論その鷹の子をいかに育成し、いかなる鷹狩に用いたかなどは明らかではない。ただ、その地名は、古くより当地が鷹飼の人々の活動する鷹場であったことを想定させるのである。そしてその「鷹巣」からほど遠からざる地に、大鷹を祭神とする大高山神社（大鷹宮）が鎮座することが注目される。

そこで当地「鷹巣」の北方に東流する北岸の金ヶ瀬に鎮座する大高山神社を改めてあげてみる。すなわちその大高山神社は、先にふれたごとく、かつては当社の東北方の小丘陵、旧平村の「台ノ山」に存した[19]。昭和五十五年の宮城県文化財調査報告書「台《だい》ノ山《やま》遺跡[20]」によると、縄文・弥生・古墳の各時代に、その遺跡が重複して存し、一部平安時代の住居跡も見出される。したがって当大高山神社は、そのような遺跡の上に祀られてきた。当社ははやく『続日本後記』承和九年（八四二）の条に「大高山」と見え、従五位にあずかっている。また、『三代実録』貞観十一年（八六九）三月十二日の条には、「従五位上」にあずかった由が見える。しかも『延喜式』神名帳には、

柴田《シハタ》郡一座大　大高《オホタカ》山神社名神大

と記されている。大鷹山神社とも称されているが、それは式内社時代にまで遡るかは明らかではない。しかし鎌倉時代には確かに「大鷹宮」と称されている[21]。その台の山の近くには、「馬取沼」や「御誓沼」があり、後に移住した社前の地は「尾鷹」と

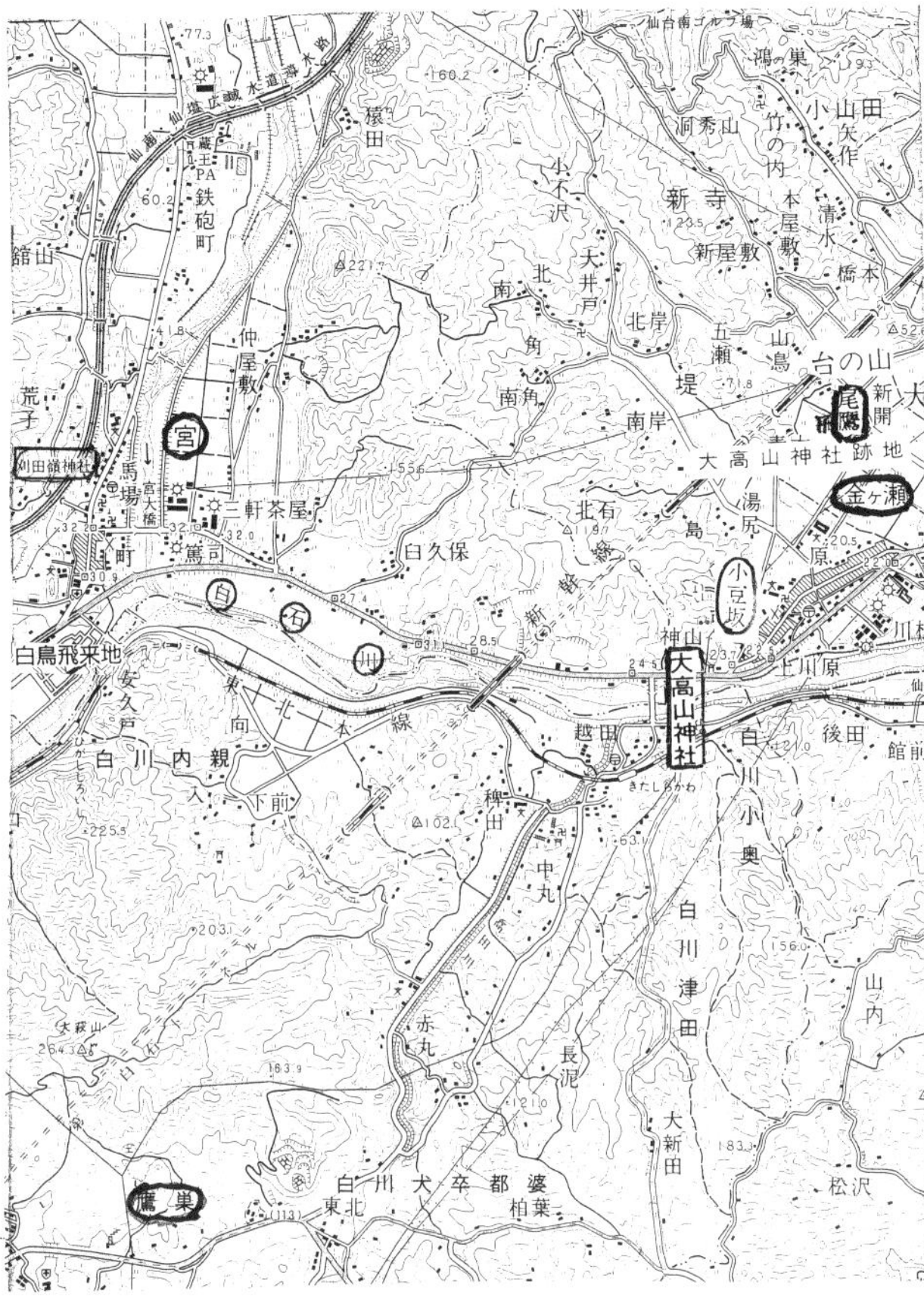

白石川流域地図

大高山神社旧社地跡（旧平村尾鷹）

現大高山神社神殿（金ヶ瀬町神山）

も称されている。[22]白鳥を追う「大鷹」を祀った聖地であったと推される。ちなみにその神主は、代々、大鷹氏を名告っている。[23]古く「大鷹」を祀る神社であったにちがいない。しかし、隣接する苅田嶺神社との関係も深く、その白鳥伝説の流伝のなかで、今日は日本武尊を祭神とする。これは谷川健一氏が「鷹と白鳥」として説かれるごとく、[24]元来、白鳥を祀る苅田嶺神社とセットをなして、大鷹を祀ってきたものと言える。そして、それは、当地方が白鳥を追う鷹飼の集う鷹場であったことに応ずるものであったにちがいない。

　しかし、この大高山神社・苅田嶺神社を祀る白石川流域が鷹場として世に知られるのは、そう古くはない。今あげている「二荒山縁起」にしたがうならば、鎌倉時代まで遡るはずであるが、その具体的資料は、戦国時代にまで下る。それは山名隆弘氏が「伊達政宗の鷹と鷹狩」[25]にあげられるが、それによると政宗は国元における鷹場としては「白石より仙台への道通」にあったという。またその「道通」でも、白鳥は白石では鉄砲で打たず鷹で合わせよと命じている。それは寛永二年（一六二五）五月吉日付の書状によるものであるが、それに先立つ慶長十三年（一六〇八）付の書状によると、白鳥は念を入れてとらえること、近ごろ苅田・柴田の白鳥が少なくなっているから、「鳥の法度」を出して策を講じよと命じている。また、政宗の重臣・片倉小十郎景綱に始まる白石藩も、当地域を鷹場としてしばしば鷹狩を試みていたようである。たとえば、『片倉代々記』[26]によると、五代藩主・村休は、享保二年（一七一七）三月廿日、白石川の支流・斉川において鷭《バン》の鷹狩を催している。また六代藩主・村信（宮床伊達家当主）は、享保九年（一七二四）四月廿一日、白石を通る時に宮駅に休息、「白石河原より鶉御鷹野」を営ませている。僅かな記録で、その実態は詳しくは知り得ないが、白鳥を追う鷹狩は催されてはいなかったようである。それは、政宗がやがて当地域の白鳥を禁鳥とする施政をとったからである。それによって、大高山神社は、柴田郡の総鎮守であり、その氏子は白鳥を食さない習俗にしたがったのである。同郡村田町の白鳥神社、同柴田町の白鳥神社の氏子もこの戒めにしたがっている。現在、当大高山神社は、苅田嶺神社に準じて白鳥を祀り日本武尊を祭神と決している。つまりこれによって当社は鷹を祀る意義を忘却することになったものと推される。

四　白石川の白鳥伝説

そもそも白鳥は、わが国においては、高貴な御魂の憑りつくものと観じられてきた。それゆえに、鎮魂《タマフリ》の祭の頃おい、その御魂が憑く白鳥を追う放鷹のわざは、聖なる「魂まぎ」にほかならなかった。それを端的に叙したのが記・紀におけるもの言はぬ挙津別皇子の「魂まぎ説話」であった。それは大鷹によって白鳥（鵠《くぐい》）を追い、その生命が再生したことを語るものであった。しかもその「魂まぎ」の「鷹のあそび」は、古代社会においては、上御一人《ごいちにん》（天皇）に限定され、これに準じた上流貴族にのみ許されることであった（が、やがてそれは、平安時代の軍事貴族にも導入されるに至り、戦国武将の鷹狩にも及んだのである）。本稿の「二荒山縁起」における有宇中将の「奥州入り」もそれを語っているのである。勅勘を得て、鷹を据えてのそれは、そこに自らの魂の再生を求めての旅であった。その再生の地こそこの白石川周縁の鷹野・鷹場であったと推される。

ところで、その白鳥の里なる鷹場は、御魂の再生が期されるハレなる空間と観じられるが、殺生を戒める立場からすれば、ケガレのそれでもあった。つまりそこは鎮魂《タマシヅメ》が求められる霊地でもあった。その鷹場の複合する事例をわたくしは、河内の交野（桓武天皇）、摂津の為奈野（多田満仲）、信州の滋野（祢津貞直）などで検してきた(27)。しかもそれらの聖地には、そのケガレから発する痛ましい魂の白鳥伝説の多くがみられたのである。今検している奥州の鷹場、白石川の周縁にも、その伝承が少なからず見出されるのであった。その幾つかをあげてみる。

①児捨川の由来

およそ享保四年（一七一九）刊の『奥羽観蹟聞老志(28)』巻四〈名蹟類〉の項には、次のような伝承があげられている。今は書き下し文にしてあげる。

児捨川《コステカハ》

　宮ノ駅ヲ去ルコト六七町、小川有リ、是乃チ往昔乳母用明帝ノ皇子ヲ投グルノ地、即チ白鳥ト化セルノ河流ナリ、郷人之ヲ児捨川ト謂フ事ハ、柴田大高ノ下ニ詳シ、

これによって、同書の巻四の柴田郡「大高《おおたか》ノ宮或作㆓大鷹㆒」の項をみると、「縁起曰」として、次のような伝承を掲げている。以下、要約をあげる。

　およそ欽明天皇第四皇子橘豊日ノ尊（すなわち用明天皇）が王位に着かれる以前、租税の徴収状況を調べるため、都を出て東国に赴く途次、当国の山中の家に寓居された。たまたまその家に玉倚妃と称する娘がいて皇子と契りを結ぶ。妃が皇子に語っていうには、一夜、白鳥がやってきて懐ろに入る夢を見ると子を孕んだという。やがて玉のような児を生み、皇子もこれを深くいとおしみなさった。しかし勅命により皇子は帰京することになり、必

ず児を迎えに再び訪ねることを言い残して去ってゆかれた。しかし三年経過しても皇子からの便りはなく、妃は皇子を待ち焦がれて、遂に病に伏してしまった。その姫の看病をしていた乳母が、その幼児を抱いて近くの河畔に立ち、涙ながらに、「母君は父宮を恋い慕って、今にも命を殞そうとされている。あなたは神明の化した身であるから、母君の死に代って御両親の再会の志を遂げなさってください」と言って幼児を水中に投げ入れた。すると幼児は白鳥と化して飛び去った。妃はそれから間もなく亡くなり、乳母も悶絶して死んでいった。里人はこれを村の近くの山丘に葬り、そこに樹を植えて祀った。その後、その樹上に白鳥がやって来て、日夜激しく鳴くようになった。里人は京の皇子の許にこの旨を知らせると、深く悲しまれて侍臣を遣わして、天旗・雄剣・龍蹄・戎具・楽器などを届けられた。侍臣がこれを持参して妃の陵墓を訪ね、皇子の天意を述べると、その言葉が言い終わらないうちに白鳥（あるいは白鷹）が陵墓の上に飛びあがり、空中をさして去って行った。侍臣がこのことを皇子に奏すると、当地に白鷹社を建立することを命じられた。侍臣は重ねて玉机・宝鏡・筆硯・楽器・袍袴をもって当地に遣わされた。これを号して大鷹宮と曰うことになったという。

この用明天皇の東下りを語る伝承は、豊後の「炭焼長者」にもとづく「真野長者物語」（幸若舞曲・説経節『烏帽子折』）に準じた「大高山（大鷹宮）縁起」(29)である。そしてその物語が奥浄瑠璃などを通して奥州各地に伝承されたことは、はやくに説かれている(30)。ちなみに、『奥羽観蹟聞老志』は、右の「大高宮縁起」に続けて、同所の金瀬の市人・総兵衛の伝襲する「玉箇一管」の由来をあげる(31)。すなわち「世称ス、用明帝少時、豊後国眞野《マノ》長一女玉世姫ヲ得ント欲ス、仍テ姓名ヲ変シ山路ト号シ彼家ノ牧奴ト為ル、常好テ笛ヲ弄ス、我州人以テ東奥刈田大高ノ故事ト為ス」と叙している。言うまでもなく、これもまた真野長者物語に準じた当地の玉笛伝説である。これをあげた編者は、「用明本紀両ラヒテ所見ナシ」と、その見解を示している。

右のごとく、その「大高山縁起」は、用明天皇の皇子が、川に捨てられて白鳥と化し、母の妃の葬られる陵墓に舞い降りたとする哀話を語り、その妃の鎮まる陵墓が大鷹宮となったと伝える。元来、大高山神社は、白鳥を求める大鷹を祀る霊所であったと推されるので、この叙述は、伝承の大きな屈折である。ちなみに「安永の風土記」[32]書き出しには、当社は「大高宮白鳥大明神社」と記されている。

さて、右の縁起とはやや違った児捨川伝説が、先の『刈田郡志』第十三章の「史蹟・名勝・伝説・古碑」の項に収められている。ちなみにそれは、宮地区の苅田嶺神社の縁起ともいうべきものである[33]。

日本武尊東征の砌、金ヶ瀬村小豆坂の士族万納長者の家に暫く御逗留あり。尊の帰京後、長者の姫一子を挙ぐ。其の子を見るにつけても都の空なつかしく、只都よりの便の来らん日を待ちこがれたるが、遂に其の来るべくも非ず、「われ死なば二羽の白鳥と化して必ず大和の空に飛びゆくべし」と遺言して流れに投じて死せり。果せるかな、二羽の白鳥が水面より飛び立ち、宮の西山に留り、後南の空に姿を消したり。村人姫の薄命を悲しみ、流れを児捨川と名づけ、且つ白鳥を祭神として尊及び母子の霊を祀り白鳥社を建立せり。其の大苅田山に祀りしを父宮と称し、王子をば西山に祀り、之を子の宮、又は西の宮と称せり。

これでは、当地に来訪された方は、日本武尊ご自身としている。それは祭神を日本武尊とする宮地区の苅田嶺神社の縁起として語られているからである。したがってこれには、「大鷹」のモチーフはもはやうかがえない。妃の出自の万納長者はやはり「真野長者」の影響と言える。その長者の家は、「小豆坂」と限定するが、それが、現大高山神社附近の自然の景にもとずくことは後にあげる。しかもこれでは姫の名は言わず、簡潔な叙述となっているが、二人ともどもの入水は、いちだんと痛ましい。しかも「児捨川」の「児捨」のモチーフの意義はいささか後退していると言わねばならぬ。白鳥を祭神として、尊、母、子を祀ったとする白鳥神社は、現在の宮地における苅田嶺神社の信仰を反映したものと言える。父宮の祀ったとする大苅田山は、青麻山（釈迦岳）の謂いで、かつて本宮の意義を有していた。王子を祀るとする西山は、青麻山の南麓、宮地区の西方（字内方）にあり、青麻山の本宮に対する里宮の意義を有していたのである。祭祀地の移転にもとづく叙述でいささか矛盾がある。ちなみに宮地区の苅田嶺神社は、白鳥と化した用明天皇の后妃を祀る所とする伝承も存する。[34] 右の叙述には、現在の苅田嶺神社の信仰に沿った改作の跡がうかがえるのである。

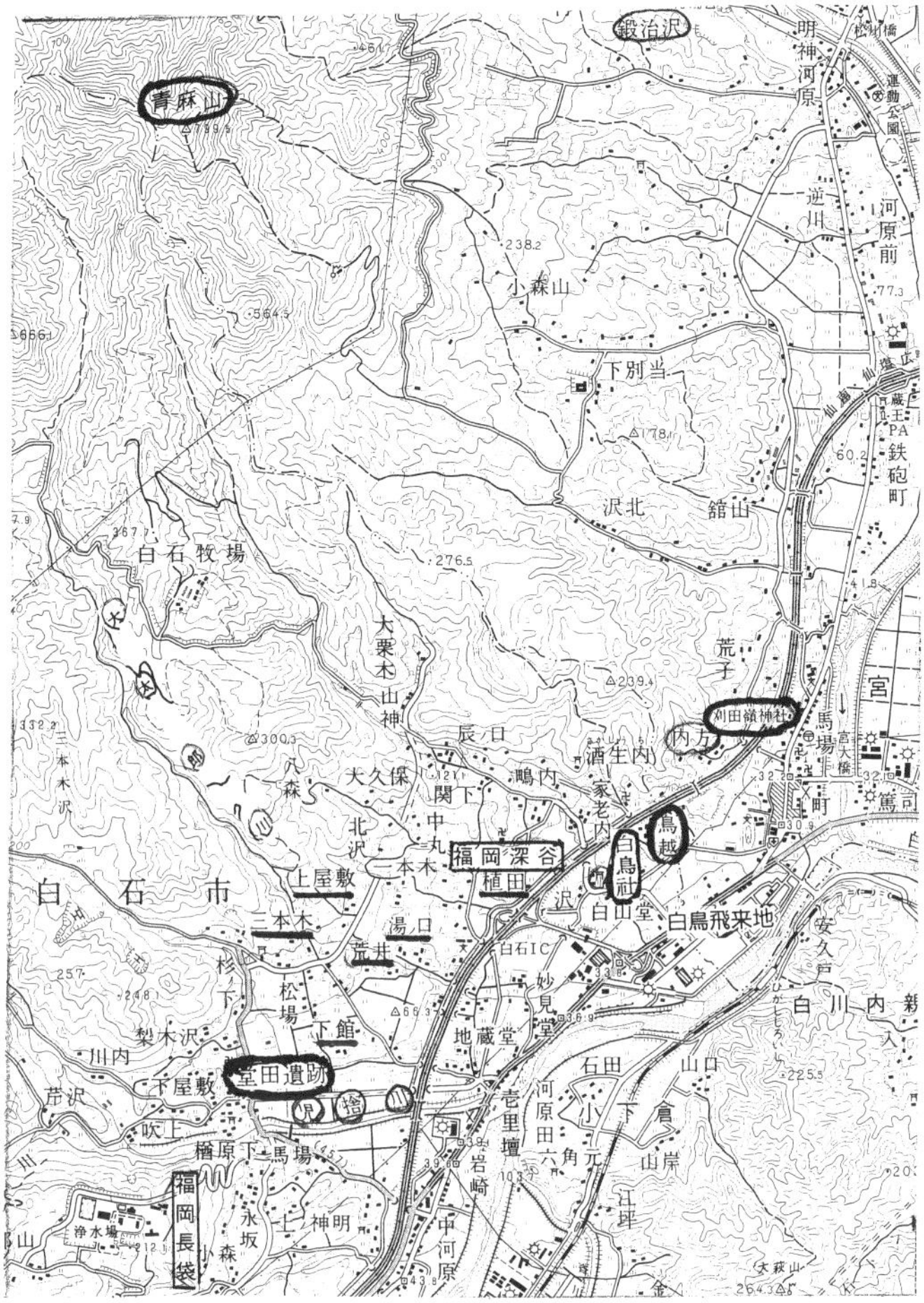

白鳥伝説地図

なお、これに準じた「児捨川由来」は、苅田嶺神社の神主による「山家氏神職之記」（江戸中期書写）にも収められている。が、これは、苅田嶺神社の元若宮の縁起として叙されている。[35]

②長袋村の由来

先にあげた『奥羽観蹟聞老志』には、同じ巻四〈名蹟類〉の項に、次のような伝承が収められている。

投囊邑《ナケフクロムラ》

郷人之ヲ長袋村ト曰フ。投囊長袋相近シ也。故ニ之ヲ誤リ呼フ也、此村落也縁竹ヲ産ス地、是亦用明帝ノ后妃、徒歩疲労之余、裹ム所之餱糧ヲ投ス、乃之ヲ投囊ト云、

右にあげる字長袋は、旧福岡村にあり、児捨川の南方、白石川の西方にある集落である。ちなみに児捨川は、長袋村の東北において白石川に流れ込む。また字深谷は、同じく旧福岡村に属し、児捨川の北方、白石川の西方にある集落である。この用明天皇の后妃にかかわる長袋伝説については、先の『刈田郡志』第十三章〈史蹟・名勝・伝説・古碑〉の項には、次のような伝承が収められている。

用明帝、小豆坂の土豪万納長者の家に密かに御降りあり暫く御滞在あらせられしが、御帰京の際、長者の姫君を伴ひ給ひたり、姫越河にて玉の如き子を産む。依ってこの地にて惜しき別を告げ、帝は京に、姫は子を背負い肩に袋をかけ、小豆坂へと急ぎたるが、姫は既に小豆坂も近ければ、袋の用も無ければとて、之を川に投じたり。之よりこの地を投囊と云ひしを、何時の頃よりか長袋と変ずるに至れると。

軈て長袋中野村に於て姫は最後の添乳をなし、其の子を流れに投じ、「汝心あらば白鳥と化して飛び立つべし」と。既にして白鳥飛び立ち何れともなく姿を消したり。之より姫の立たれし橋を姿見橋と称し、白鳥の姿の消えし方を鳥越（深谷の鳥越屋敷）と称し、帝の滞留したまひし地に宮を立てゝ、白鳥を祀り之を大高山神社と称する。

つまりこれは、①「児捨川の由来」の異伝ともいうべきものである。帝を用明天皇とするのは、大高山縁起にした

がうものであり、その留まる家を小豆坂の万納長者とするのは先の『刈田郡志』の刈田嶺縁起に準ずるものである。それらの伝承と大いに違うのは、天皇は姫君を伴って帰京され、その途次、越河において姫君は御子を産み、そこで帝と別れを告げたとする。しかも姫は御子を背負い袋を掛けて戻る途次、小豆坂に近づいたとて、その袋を投げたゆえに、その地を投げ袋と言い、長袋となったとする。以下は先の「児捨川由来」に準ずるものであるが、その御子の白鳥を祀ったのが大高山神社であるとするのは、その祭神を大鷹から白鳥と変ずるもので、先の大高山神社縁起の伝承を一歩進めて、現在の祭神説に近づくものとなっている。またその叙述には旧越河村や旧深谷村に祀られる白鳥神社への配慮もみられるのである。(36)

さて、奥州の白鳥信仰にもとづく日本武尊の伝説については、はやく堀一郎氏が「奥羽地方の日本武尊―附、白鳥伝説考―」(37)で詳しくあげておられる。それは、わが民族に根づく「遊幸信仰」の一環として説かれるものである。まず、「日本武尊の史実と伝承」を説き、東国地方における日本武尊伝説をあげ、奥羽地方の伝承事例を磐城・岩代・陸前・陸中・陸奥・羽後・羽前の各地のそれを示される。そのほかに当然、当地の金ヶ瀬村の大高山神社（大鷹宮）の伝承もあげておられる。そして最後に、

白鳥・白鷺・白鵠の伝説は単に近畿の白鳥三陵、東北諸地方の信仰のみには止らぬ。（中略）上来述べ来った天神遊幸信仰の一つの具体化せられた実例に外ならないのである。

と結ばれる。勿論、その事例のなかには、金ヶ瀬の市人総兵衛の伝襲する「玉笛一管」にもふれておられるが、それについては義父の柳田国男氏の「炭焼小五郎の事」(38)に委せておられる。

深谷の白鳥神社

深谷の鳥越集落

五　「朝日長者」の文化圏

右のごとく、わたくしは、「二荒山縁起」の編者は、有宇中将の鷹場めぐりにおいて、中将が迷い込んだ「朝日の里」を厚樫山を越えた異郷の地の白石盆地を想定していたと論じてきた。それならば、その朝日長者の住んでいたとする「朝日の里」は、当地に見出せるものであろうか。ちなみに朝日長者の伝承は、多くが鍛冶・炭焼の旧地にもとづくもので、しばしば「朝日さし夕日かがやく木の本に、云々」の歌を伴っている。それはまた、鍛冶の火とかかわる太陽（朝日）信仰をうかがしめるもので、白鳥伝説を伴うことも少なくないのである。

その太陽信仰にもとづく朝日の里は、それほど珍しいことではない。ちなみに当蔵王の山麓にそれを尋ねると、蔵王町の北部の旧平沢山の諏訪館に朝日山が見出せる。[39]そこは浄土真宗・成就山の墓地ともなっており、[40]「朝日山のきつねっこ」の昔話の舞台ともなっている。[41]しかし、朝日長者の伝説はうかがえない。その南方の旧円田村の伊原沢下の東には朝日山がある。[42]円田中学校の東の嶺であるが、やはり朝日長者の跡も鍛冶・炭焼の跡も見出せない。また鍛冶のわざにおいて繁栄したと伝える朝日長者であれば、その跡を尋ねてみる。まず蔵王町曲竹に青麻山を望む鍛冶沢がある。が、ここは縄文晩期の遺跡を留めており、その土偶などが世に知られている。[43]しかしその名の鍛冶の遺物は見出されていない。また蔵王町の西北端、旧小村崎村の鍛冶屋敷[44]を訪ねてみると、たしかに江戸時代までは鍛冶をわざとする人々が住んでいたことは確認できるが、その子孫に当る人々は、今は全くその鍛冶を伝えていない。勿論、朝日長者の伝説はうかがうことはできない。また白石市旧福岡村・蔵本に鍋石一番・鍛冶屋敷がある。[45]白石川の北岸に近い集落である。鍋石一番は佐藤姓、鍛冶屋敷は日下姓の方々が住しておられる。古老に尋ねると、時折、田圃のなかから鍛冶の遺跡が見出されると言われる。やはり朝日長者の伝説を聞くことがないが、ここは後にあげる深谷台地の製鉄遺跡群に隣接する地域で、その連なりとしては、留意される。

さてわたくしの踏査では、蔵王山麓の蔵王町・白石市のなかには、朝日長者の伝説はうかがうことができなかった。そこで再び大高山神社（大鷹宮）の大河原崎町金ヶ瀬に戻る。およそその金ヶ瀬は、白石川が刈田の郡境（蔵王町宮地区）からは早瀬となって小豆色の地肌を洗って流れたので、金気のある瀬、すなわち「金ヶ瀬」と称したようである。[46]ほんとうに鉄分が含まれているかどうかは確かではない。が、旧奥州街道沿いの坂道を赤い岩盤の色から小豆坂、または赤坂と呼んだのである。[47]

現在の大高山神社はその坂道の南側の岩盤上に鎮座している。しかも、先にあげたごとく、『苅田郡志』は、「児捨川の由来」においては、日本武尊の滞留の宿を「金ヶ瀬村小豆坂の士族万納長者の家」と叙している。勿論それは、「真野長者物語」に準じたものではは、用明帝のそれを「小豆坂の土豪万納長者の家」、また、「長袋の由来」においては、用明帝のそれを「小豆坂の土豪万納長者の家」と叙している。勿論それは、「真野長者物語」に準じたものであるが、当地方において赤ヶ瀬の小豆坂は、長者伝説の聖地として語り継がれてきたことが注目される。あるいはそれは、金気のある「赤ヶ瀬」が炭焼長者を吸引することになったとも言えよう。ちなみに柳田国男氏は「炭焼小五郎の事」において、豊後の「真野長者物語」が炭焼長者伝説の源流をなしたことを説かれたのである。[48]

さて、その金ヶ瀬・小豆坂（赤坂）にかかわる朝日長者の伝説が語り継がれていたのである。すなわち『大河原町

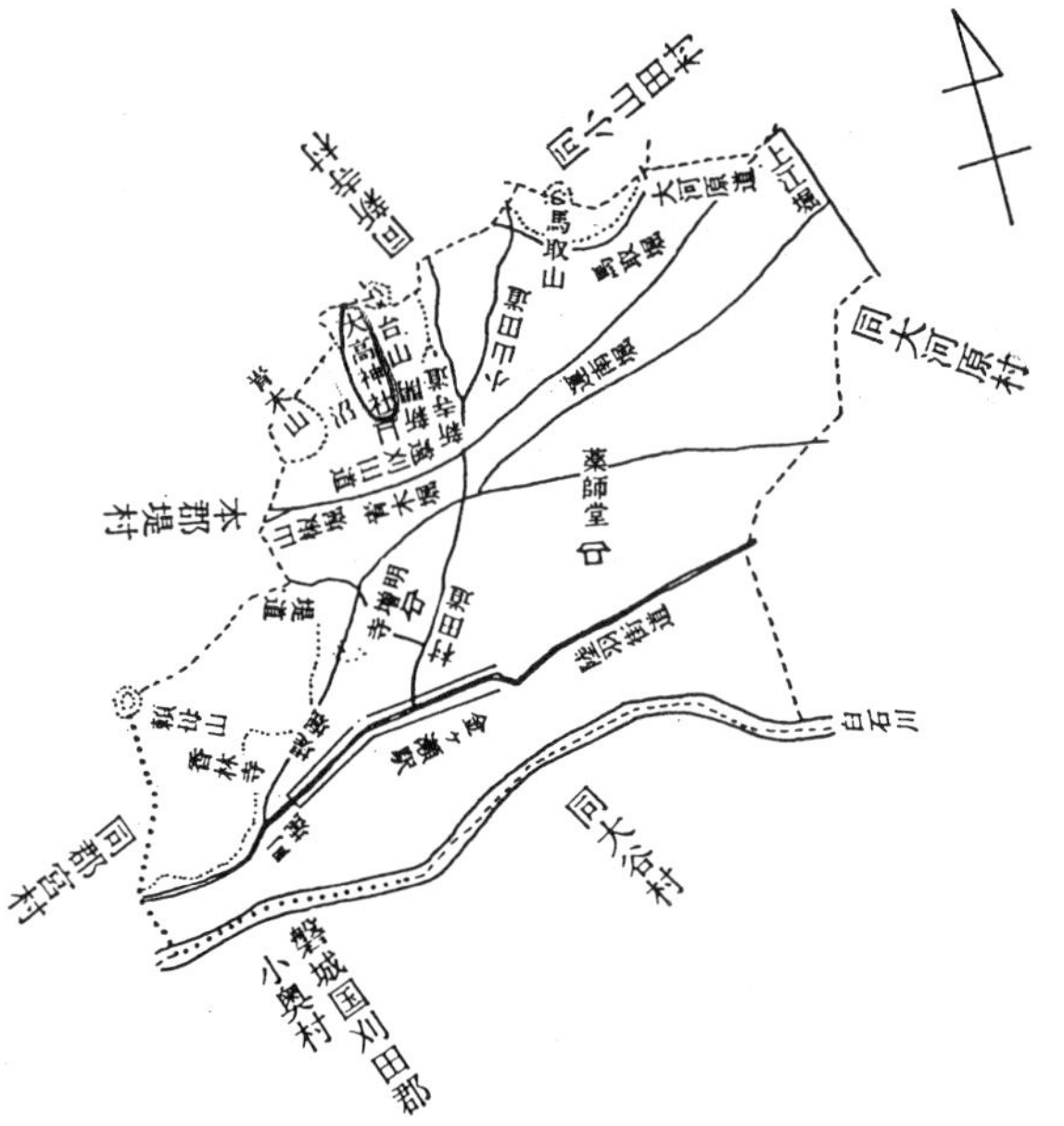

陸前国柴田郡平村図
（『大河原町史』「通知編」より）

史』〔通史続編〕の補遺編の[49](2)伝説の項に、「赤坂長者」と題する伝承である。それをあげてみる。

赤坂山（一名、小豆山、金ヶ瀬の大高山神社をふくめて裏一帯の山）の土が何故赤いか。昔、ここにこの地方きっての長者が住んでいて、大きな蔵には小豆《あずき》が一杯入っていた。この長者が急に亡びた時、蔵の小豆がそのまま腐って土となったため、この山一帯の山土が小豆色に染まって赤くなったのだという。この長者が亡びた時、黄金や漆《うるし》などの宝物を赤坂山の裏手の奥深く埋めたと言い伝えられた。土地の人たちは昔から、その宝物のありかを、

朝日さし夕日かがやくそのところ
四つ葉うつぎのその下に
うるし万杯　黄金億々

という歌に託して言い伝えて来たが、まだそれを見つけた人はない。

しかし今から百年か百五十年前に、大山家《おおやんべ》の農家が馬を引いて朝草刈りにこの山に出かけたところ、一寸したすきに馬に逃げられてしまった。農夫は一生懸命馬を探したが見付けることができずすごすごと帰ってきた。ほ

赤ヶ瀬の岩盤に立つ現大高山神社

旧奥州街道の赤坂（小豆坂）

どなくして、逃げた馬がとことこと帰ってきて、馬小屋に入ったのを見ると、馬の後足がべっとりと濡れている。不思議に思ってよくみると、朱漆がついていたのである。その話がみんなに伝わり、赤坂長者の話は本当だったと言うことになったのである。馬が山の中を駆け回るうちに朱漆の入った瓶《かめ》を踏み抜いたのであろうということであったが、それがどこであったかは依然として分らずじまいであった。

　その後半は、伝承を確認する実話であるが、前半は、小豆山の由来を説く朝日長者の伝説であることはまちがいない。その伝説について柳田国男氏は、はやく「伝説の系統及び分類」などにおいて、そのほとんどが「長者栄華の華やかな空想」であると判じられていた[50]。しかし谷川健一氏[51]や真弓常忠氏[52]はしばしばそこに「鉄文化の古層」の跡のあることを説いておられた。またわたくしも、別稿において、出雲の「金屋子神祭文」のあげる朝日長者は、出雲・比田の山中で、いっとき、その鍛冶のわざによって富み栄えた家筋とかかわることを説いたのである[53]。が、この金ヶ瀬の「赤坂長者」の伝承は、いかが判じられるであろうか。あえて結論を先取りして言えば、これは柳田氏の説かれた虚構の伝承と判じられる。その伝承の根拠となる鉄山・鍛冶の跡はかならずしも見出されてはいない[54]。ただそこには酸化鉄の産出を確信させる自然の風景がある。つまりその伝説を吸引したのは、その鉄分を感じさせる金ヶ瀬であり、小豆坂の岩盤であったのではないか。しかもそれは白鳥の飛翔する聖地をかかえていたこととかかわるであろう。

それならば、鷹の里であり白鳥の里もある大高山神社、あるいは苅田嶺神社周縁に、有宇中将が迷い込んだ朝日の里は見いだせないのであろうか。鉄山・鍛冶のわざによって、一旦はかく繁栄を欲しいままにした朝日長者は、単なる空想でしかないのであろうか。しかしわたくしは、大高山神社・苅田嶺神社からみるとやや白石川の下流、児捨川の白鳥伝説の舞台となった地に、かつて壮大な製鉄・鍛冶のわざが営まれていたことを知ることとなったのである。すなわちそれは、白石川の西岸、児捨川の北方に位置する福岡深谷の台地に見出されるのであった。

六 「朝日長者」の原郷・深谷台地

さて『白石市史』〔特別史（下）のI〕所収「白石地方の伝承」の(7)福岡地区には、「深谷白鳥社」の項に続けて「大太郎川」をあげている。
深谷を流れる、この大太郎川の流域には、金滓《かねかす》の出る畑が多く、ときどきホドといわれる炉の跡が発見されており、平安時代のころ、刀鍛冶や武器をつくる人が住んでいたといわれてきた。（中略）この川をはさんで西岸に御所内と、東岸に兵庫屋敷がある。昔、日本武尊が征夷東征のみぎり、御所内におられ、蔵王町宮の内方屋敷の姫がお側に仕え、やがて皇子を河原で産み奉ったともいわれており、兵庫屋敷は尊の武器を納めていた倉があったところだ、と伝えている。
それは、宮の苅田嶺縁起としての「児捨川由来」とつないだ伝承とある。また続いて、
大太郎のいわれは、昔、大太郎という男が、この付近の紅花を京都に出荷して金に替え、金箱を馬につけて街

深谷台地を流れる大太郎川

（右に同じ）

道筋で一服してから、この川を通ったとき、何者とも知れぬ賊に襲われてここで殺されてしまった、という故事によるものだと伝えている。

と叙している。これは昔話化して伝えられているが、巨人ダイダラボッチ伝説の変容した伝承で、鉄人伝説の一連とみることができるのである。[55]

ところで、その大太郎川下流地帯の深谷台地は、有数な縄文時代の遺跡地帯であり、一部弥生時代の埋葬遺跡も知られている。それに複合する形で、多数の集落から製鉄遺跡が発見されたのである。その報告書[56]によると、その発掘調査は、昭和三十一年以来、地元の佐藤庄吉氏を中心に進められたのであるが、それは三十数軒に及ぶ平安時代の竪穴住居跡から検出され、現在、十六の製鉄遺跡が知られ、そのうち十四遺跡が青麻山を望む深谷台地を流れる大太郎川流域（一部、源氏川・三本木沢）に集中して分布する。しかもその製鉄の原料の砂鉄は、およそその大太郎川によって供給されていたと考えられている。[57]

およそそれを調査報告―数字は遺跡番号―によると、佐藤庄吉氏が下館（211）・上高野（214）・上高野金神、道内原（215）・高野（216）・荒井遺跡（218）において多様な製鉄遺構を検出、このほか青木（210）・三本木前（213）・間内山（219）・上屋敷

深谷台地東南隅にある堂田遺跡

青麻山を望む深谷台地・製鉄遺跡の集落

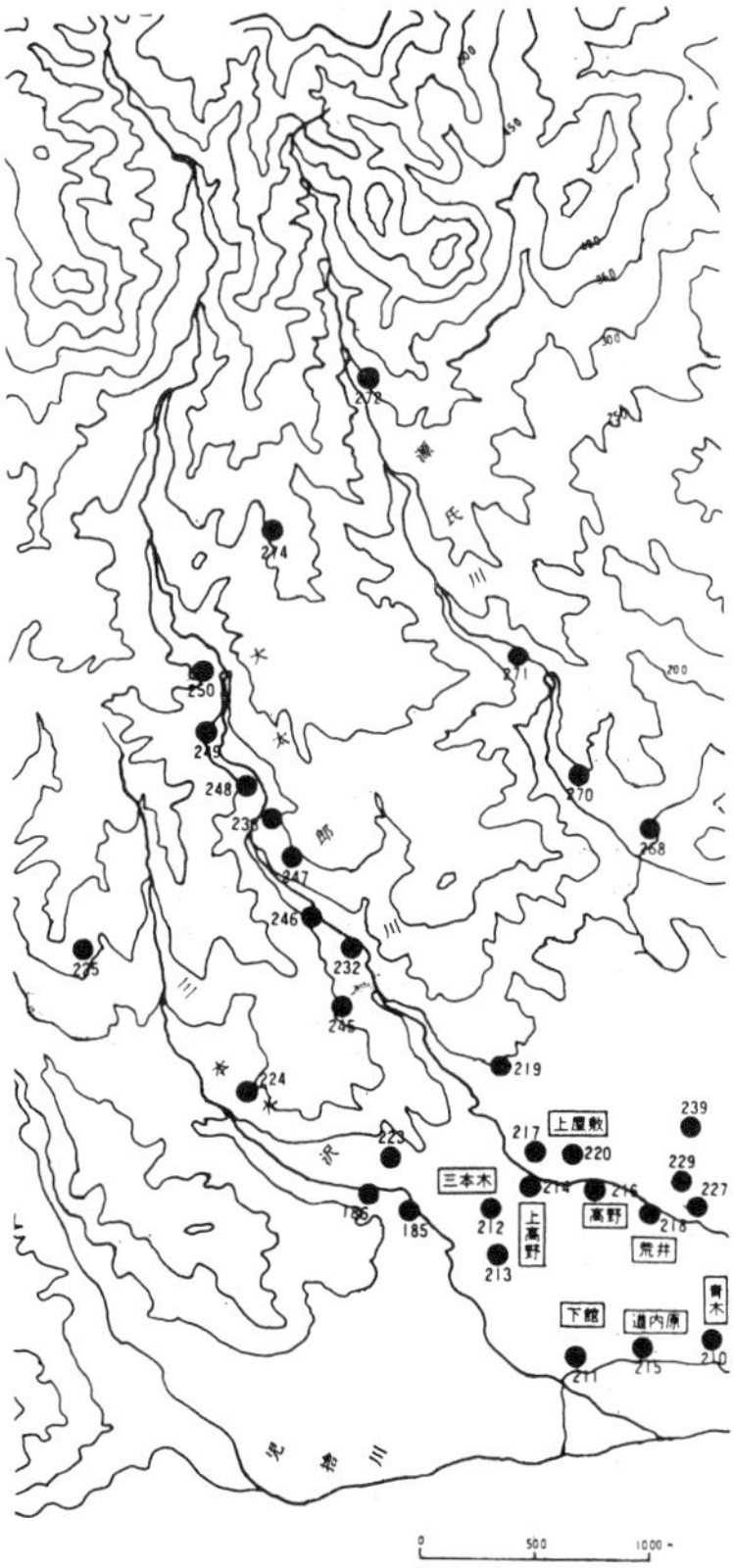

大太郎川流域の遺跡『白石市史』別巻（考古学編）より転載

(220)・御所内(226)・湯ノ口(229)・高野原(239)・四ツ森遺跡(245)の二十地点に、鉄滓の散布地を明らかにされている。また岡山大学の和島誠一教授が昭和四十二年に佐藤氏によって示された製鉄遺構を確認、自ら道内原(215)・荒井遺跡の発掘調査をおこなっている。

また佐藤氏は、その製鉄遺跡の形態・構造を、柴炉、条溝柴炉・石垣柴焼炉・天然送風炉・炭火炉・瓢箪形炉の五つに分類、素朴な土穴から耐火粘土製炉に発展したと想定されたという。また当深谷台地の製鉄の開始は、早く縄文末期とみられ、それが平安時代に至って急激に進展したものと考えられるとし、それは古墳時代以後の生活の進歩があり、多賀城を中心とした律令政治体制の整備の推進のなかで、需要の増大があったものと推される。(58)

さてこの製鉄遺跡群は、遥か北方に聖なる青麻山を望み、その前山の丘陵の麓なる百米ほどの台地に存している。その青麻山を水源とする大太郎川は、その台地を通って、白石川に流れ込む。また当深谷台地の南には、白鳥伝説で紹介した児捨川が東流して、同じく白石川に注ぎ込んでいる。その台地の西南隅には平安時代初期の「堂田遺跡」がある[59]。平安時代の布目《ぬのめ》瓦や土師器が出土している。東西十四メートル、南北十一メートルの堂殿風の建物が青麻山を背に、南面に建っていた。自然石を礎石に入母屋か寄棟造りの草葺き屋根の一棟であったと推される。土地の人々は、昔から「神霊あらたかの地、災厄のまとう地」として容易に近づかなかった所である。ちなみに『白石市史』[60]は、〈堂田《どうでん》〉の項において、「古い寺堂跡は青麻山にやどる大刈田山神霊の拝殿であったのかも知れぬ」と推している。深谷台地に製鉄・鍛冶を営む人々の崇拝するものであったと言える。またこの人々が、鍛冶神として金《かね》神を祀っていることが知られている。それは台地の畑地に、しばしば発見されたもので、木祠・石祠をもって祀り、祭神は三面の像で、地元の人々は、「三宝荒神さん」と呼んできたという[61]。その精神文化の一端をうかがうものと言える。

それにもかかわらず、右の発掘調査の報告から、平安時代において当地に製鉄・鍛冶を営む人々の具体的な生活の全般をうかがうことはむずかしい。はたしていかなる共同体を組織し、いかなる社会体制で、それは営まれていたのか、はたまた、その製鉄・鍛冶にしたがった人々は、いかなる暮らしを営んでいたのであろうか。およそ国産の砂鉄による鍛冶が始められるのは七世紀から八世紀にかけてのことである[62]。東国における鍛冶については、『常陸国風土記』には、慶雲元年（七〇四）、国司が鍛冶を率いて、安是の湖の若松の砂鉄から剣を作ったとの記載がある[63]。しかし、東国における初期の製鉄遺跡の多くは、九世紀以降のものである[64]。しかるに律令国家体制がようやく蝦夷の地に及ばんとする時代、その入口ともいうべき当地方に、相当大きな規模で製鉄・鍛冶のわざが営まれていたことは、驚きとすべきであろう。おそらくその製鉄・鍛冶のわざは、当初はきわめて粗朴で、まずは農耕に供せられるものであったろう。それが需要の拡大のなかで、その技術も徐々に進展したと考えられる。そして当地方には、いっとき大いなる繁栄をもたらしたにちがいない。しかし、右の調査報告によれば、その遺跡の最下限は平安中期ごろで、平安末期にはほとんど見出されなくなっている。それならば、当地方の製鉄・鍛冶は、新しい鍛冶文化の登場のなかで、その平安末期には衰退の道を辿ったものと推されるであろう。

そこで「二荒山縁起」の「朝日の里」に戻る。およそ朝日長者伝説は、その衰退の後に発生する。鍛冶による繁栄を「古へ」に想定するのが朝日長者伝説である。朝日長者伝説が、当地に見出されてはいないが、「二荒山縁起」の「朝日の里」を当深谷台地の製鉄・鍛冶の里を想定するならば、それは平安時代以降の伝承ということになるであろう。そして深谷台地は、南方に白鳥伝説の児捨川によっており、東北にはその伝説とかかわる「鳥越」の地を有し、白鳥神社も擁している。すなわち深谷台地は、製鉄・鍛冶の里であると同時に、白鳥の里でもあったと言える。ちなみに白鳥伝説には、朝日長者を含むものが、日本の各地に少なからず見出されている。(65) 勿論、その白鳥の地は、白鳥を追う鷹の上手の集う聖地であった。製鉄・鍛冶を営む深谷の台地も、鷹場であったとも推される。

それならば、「二荒山縁起」の編者は、当地を「朝日の里」として鷹狩の上手・在宇中将の物語を作成したと想定できるであろう。そして当地の朝日長者の娘は、中将の跡を追って、ともども日光の神と示現したということになる。その日光山は、多くの鷹飼を輩出する聖地であると同時に、古くは鍛冶文化のメッカでもあった。(66) 単なる奇縁というべきものではあるまい。

注

（1） 本書第二編第一章。

（2） 大正九年〔一九二〇〕玄文社刊（『定本柳田国男集』第十三巻、昭和三十八年〔一九六三〕、筑摩書房）。

（3）（4）　細矢藤策氏「（翻刻）二荒山神社縁起」（『野州国文学』第十五号、昭和五十年〔一九七五〕三月、国学院栃木短期大学国文学会）。
（5）　宮内省式部職『放鷹』（昭和六年〔一九三一〕、吉川弘文館）、秋吉正博氏『日本古代養鷹の研究』（平成十六年〔二〇〇四〕、思文閣出版）など。
（6）　明治三十三年〔一九〇〇〕、冨山房、第七冊。
（7）（8）　福島県教育委員会『「歴史の道」調査報告書』（福島県文化財調査報告書・第121集）。
（9）　「奥州道中」は、江戸時代に江戸日本橋から宇都宮経由で白河までの街道であるが、後にはさらに白河（白坂明神）から仙台・盛岡経由で三厩までの街道を称した。
（10）　苅田郡教育会『苅田郡誌』（昭和三年〔一九二八〕第十三章〈大苅田山薬師嶺、白鳥社〉）。また、白石市史編さん委員会『白石市史・3の⑵、特別史（下）の1』（昭和五十九年〔一九八四〕白石市）「蔵王周辺の伝承」。
（11）（12）　右掲注（10）同書「白石市内の伝承」〈越河地区〉。
（13）　右掲注（10）同書「白石市内の伝承」〈福岡地区〉。
（14）　右掲注（10）『苅田郡誌』第十四章〈県社、刈田嶺神社〉。
（15）　柴田郡教育会『柴田郡誌』（大正十四年〔一九二五〕、昭和四十七年〔一九七二〕、名著出版）中編町村誌・第二章「金ヶ瀬村」。
（16）　右掲注（14）同書、中編町村誌・第一章「村岡町」。
（17）　右掲注（14）同書、中編町村誌・第三章「船岡村」。
（18）　右掲注（10）同書『白石市史・3の⑵』「白石地方の地名と大字」〈鷹巣〉、『宮城県の地名』（昭和六十二年〔一九八七〕、平凡社）、「白石市」〈鷹巣古墳群〉など。
（19）　『大河原町史』（〔通史編〕昭和五十七年〔一九八二〕、大河原町）第三章第一二節〈金ヶ瀬・平村〉。
（20）　宮城県文化財調査報告・第62集「東北新幹線関係遺跡調査報告書」Ⅱ（宮城県教育委員会・日本国有鉄道仙台新幹線工事局、昭和五十五年〔一九八〇〕）。

(21) 大高神社蔵『鰐口』(重要文化財指定)の銘刻文に「奉納大鷹宮御宝前鰐口一口」「正応六年癸巳三月五日勧進法橋玄応」とある。正応六年(一二九三)のことで、「大鷹宮」と称されていることが知られる。

(22) 右掲注(19)に同じ。

(23) 大河原町教育委員会・大河原町文化財友の会「大山神社を語る」(平成十一年五月十五日)資料「大高山神社の別当寺・大高山大林寺」の項、参照。

(24) 『白鳥伝説』(昭和六十年〔一九八五〕、集英社)第二部第三章「奥州安倍氏の血脈〈鷹と白鳥―大高山神社とは何か〉」。

(25) 『戦国大名と鷹狩の研究』(平成十八年〔二〇〇六〕、纂修堂所収)。

(26) 『白石市史』4、史料編(上)(昭和四十六年〔一九七一〕、白石市)。初代景綱から九代景貞まで、約二百八十年にわたる日録。

(27) 「放鷹文化の精神風土―交野・為奈野をめぐって―」(本書、第一編第一章)、「放鷹文化の精神風土(承前)―信州滋野をめぐって―」(本書、第一編第二章)。

(28) 洞巌佐久間義和著。

(29) なお大高山神社には、元禄十年(一六九七)別当大林寺の沙門寛深が上洛して、当時の名僧・公卿が分書して作成した「縁起書」(上下二巻)、また正徳六年(一七一六)に京都神道管領長上下部朝臣作成の「縁起書」が蔵されている。いずれも記・紀の日本武尊の白鳥説話にそって、原縁起を書き改めたものである。後者は『大河原町史』〈諸史編〉(大河原町、昭和五十九年〔一九八四〕第八章第一節〈大高山神社〉の項に収められている。また村田の白鳥神社にも、「大高山縁起」に準ずるものが蔵されている。これは当社の別当・定能寺の僧寛深が、元禄十年(一六九七)に上京して選定したもので、先の『奥羽観蹟聞老志』も言うごとく、平村の大高山神社の縁起を村田の神祠を主として書き改めたものである。これは『蔵王町史』〈通史編〉(蔵王町、平成六年〔一九九四〕)の「白鳥伝説のなぞ」に一部収載されている。

(30) 柳田国男氏「炭焼小五郎の事」(『定本柳田国男集』第六巻、昭和三十八年〔一九六三〕、筑摩書房)、同氏『伝説』昭和十五年〔一九四〇〕、岩波新書(『定本柳田国男集』第五巻、昭和三十七年〔一九六二〕、筑摩書房)、拙稿「『真名野長者物語』以前」(福田晃ほか編『鉄文化を拓く 炭焼長者』平成二十三年〔二〇一一〕、三弥井書店)。

(31) 『奥羽観蹟聞老志』は、この「玉笛」を、惣兵衛の先祖が、喬木の空洞より発見したものと叙す。しかるに、右掲注(15)『柴田郡志』所収「金ヶ瀬村」の〈伝説口碑〉によると、この玉笛は、「金ヶ瀬の駅平間何某」という良農の家に伝わってきたもので、それは元は「柴田郡平村百姓御山守屋敷惣兵衛」の十一代前の先祖が、田地開発の折、掘り出したものと伝えている。

(32) 「柴田郡平村風土記御用書出」(『宮城県史』23〈資料編〉所収)。

(33) なお、『奥羽観蹟聞老志』巻之四「名蹟類」(一)の苅田神社〈苅田嶺神社〉の項には、「吉川氏所レ記宮社ノ縁起曰、所レ祭白鳥ノ明神ハ乃日本武尊也」とある。ここにあげる「児捨川由来」を叙す苅田嶺神社縁起は、これによったものと推される。しかし、本書は、続けて「神道家ノ説ニ曰フ、刈田宮ハ用明天皇ノ后妃ヲ祭ル所ナリト」と叙している。ところが、右掲注(10)『白石市史・3の(2)』の「蔵王周辺の伝承」には、〈白鳥明神氏子の伝説〉として、用明天皇の妃が子を抱いたまま入水(児捨川)、二羽の白鳥と化して宮の西山にしばし留まり、やがて南の空に姿を消したので、村人は白鳥を祭神として尊と母子の霊を祀る白鳥社(苅田嶺神社)を建立したと伝える。しかも、この伝承が「用明天皇から日本武尊に変ったのは、吉川惟足に縁起を書いてもらったからだ」と説く。ちなみに当社には、享保元年(一七一六)に龍宝寺住職・実政泰吉筆の「陸奥苅田郡総社白鳥明神縁起記」(『蔵王町史』〈資料編Ⅱ〉平成元年(一九八九)所収)があるが、これもまた来遊の王子は、日本武尊として叙している。

(34) 右掲注(33)参照。

(35) 右掲注(29)『蔵王町史』〈資料編Ⅱ〉所収。冒頭、「白鳥宮は往古苅田嶺神社とて薬師が峯に鎮座し給ふ。是日本武ノ尊也。西ノ宮は若宮と申て、日本武尊乃御子を祀り給ふ」とある。薬師が峯とは青麻山の後の呼称である。しかして「荒子屋敷之事」として「児捨川由来」をあげ、日本武尊の妃・玉な《(依)》に姫は、「今の柴田郡平村大高宮之神是なり。御乳人をば芦立村にて御乳ノ明神と申て社有り」とする。

(36) 福島・宮城両県境の国道四号線沿いに、「下紐《したひも》の石」が存する。これは、長袋伝説において、用明天皇の妃が皇子を生んだとする跡と伝えるものである。また、同伝説において、皇子が白鳥と化して消えたとする鳥越は深谷にあり、近くには白鳥神社が祀られている。

(37)『我が国民間信仰史の研究』(一)〈序編・伝承説話編〉(昭和三十年〔一九五五〕、創元社)。
(38) 右掲注(30)に同じ。
(39)『蔵王町史』〈民俗生活編〉(平成八年〔一九九六〕蔵王町)第二編「地名」〈平沢区〉。
(40)『蔵王町史』〈通史編〉(平成六年〔一九九四〕、蔵王町)第四編第二章第五節〈平沢村〉。
(41) 平沢青年会編「平沢のむかしむかし」、右掲注(39)『蔵王町史』〈民俗生活編〉第一編第九章〈昔話〉再録。
(42) 蔵王町平沢地区在住の郷土史家・鹿島茂氏の教示による。
(43)『蔵王町史』〈資料編I〉(昭和六十二年〔一九八七〕、蔵王町)第一編〈鍛冶沢遺跡〉。
(44) 右掲注(32)『蔵王町史』〈民俗生活編〉第二編「地名」〈小柴崎東区〉に属している。
(45) 右掲注(10)『白石市史・3の(2)』所収「地名の研究」(8)福岡村〈蔵本〉に「鍋石一番」「鍋石二番」「鍛冶屋敷」があげられている。
(46)(47) 右掲注(19)『大河原町史』〈通史編〉第三章第十二節〈金ヶ瀬・平村〉。
(48) 右掲注(30)に同じ。
(49)『大河原町史』〈通史続編〉(平成十年〔一九九八〕「補遺編」〈伝説〉)。なお、「安永風土記」(「風土記御用書出」)の「平村」の項に、「一坂壱ツ　一小豆坂　長サ三丁　刈田郡宮町江之往還道」とある。
(50)『定本柳田国男集』第五巻(昭和三十七年〔一九六二〕、筑摩書房)。柳田国男氏監修『民俗学辞典』(昭和二十六年〔一九五一〕、東京堂)。
(51) 谷川健一氏「鉱産と関わる朝日長者伝説の明白な実例」(『青銅の神の足跡』、昭和五十四年〔一九七九〕、集英社)。
(52)『日本古代祭祀と鉄』(昭和五十六年〔一九八一〕、学生社)、『古代の鉄と神々』(平成九年〔一九九七〕、学生社)。
(53)「金屋子神祭文」の伝承風景」(「本書・第二編第五章)。
(54) それにもかかわらず、大高山神社には、鉄の遺品・遺物を少なからず存している。右掲注⑮『柴田郡誌』第二章「金ヶ瀬村」〈神社仏閣〉の「郷社大高山神社」の項には、「鼎」(鉄製、伝弘法大師使用)、「古釜」(鉄製丸型、直径一尺五寸、作者不明)、「鉄塔」(和泉三郎忠衡の寄進、元禄十五年〔一七〇二〕、旧社地を巨る東南富田の地より発掘)、「南蛮鉄鳥居」

〈年代不詳、古来より伝わる〉が見える。またかつての鎮座地の「台の山遺跡」からは、鉄製品〈鉄鏃、刀子型製品、棒状製品、鉄滓付着のフイゴ〉などが発掘されている。

(55) 柳田国男氏「ダイダラ坊の足跡」（『一目小僧その他』昭和九年〔一九三四〕小山書店）（『定本柳田国男集』第五巻、昭和三十七年〔一九六二〕、筑摩書房）。

(56)(57)『白石市史』別巻〈考古資料編〉（昭和五十一年〔一九七六〕、白石市）Ⅱ・4「奈良・平安時代の白石市周辺」〈深谷台地〉。

(58)『白石市史』〈通史編〉（昭和四十五年〔一九七〇〕、白石市）第二章第三節「平安時代」〈製鉄集団の発生〉、右掲注(34)『蔵王町史』〈通史編〉第二編第二章「古代」〈刈田郡の生産遺跡〉など。

(59) 白石市教育委員会編「白石市文化財報告書」第9号「堂田遺跡—白石市福岡八宮—」（昭和四十六年〔一九七一〕）。

(60) 右掲注(10)同書、「小字地名」(8)福岡村（八宮）。

(61) 右掲注(56)同書、「白石市周辺の考古学研究史」〈深谷鍛冶遺跡の発掘〉の項。

(62) 窪田蔵人氏『鉄の生活史—鉄が語る日本歴史—』（昭和四十一年〔一九六六〕、角川書店）「王朝の確立と製鉄の普及」。ただし近年、それは、六世紀にまで遡るものとされている（たたら研究会編『日本古代の鉄生産』（平成三年〔一九九一〕六興出版、参照）。

(63)「香島郡」〈高松の浜〉の項に、「慶雲元年、国の司、婇女《うねめ》朝日、鍛《かぬち》、佐備《さび》の大麻呂等を率《ゐ》て、若松の浜の鉄《まがね》を採りて、剱を造りき」とある。浜砂鉄による鍛冶が叙されている。

(64) たとえば、東京工業大学製鉄史研究会編『古代日本の鉄と社会』（昭和五十七年〔一九八二〕、平凡社）は、古代の製鉄遺跡として、茨城県結城郡八千代町の「尾崎前山遺跡」の発掘調査を報告されているが、これはおよそ九世紀中期から後期と推定されている。

(65) 特にそれは、北九州方面に見出されている。山中耕作・宮地武彦両氏編『日本伝説大系』第十三巻〈北九州編〉（昭和六十二年〔一九八七〕、みずうみ書房）の「朝日長者」の項、参照。

(66) 細矢藤策氏「勝道上人の伝（三）—勝道の裏面的性格—」（『鹿沼史林』第十号、昭和四十六年〔一九七一〕）（『古代英雄

文化と鍛冶族』平成元年〔一九八九〕、桜楓社、所収)。同氏「大蛇と百足の神戦譚―二荒山神社縁起『俵藤太物語』の鍛冶信仰」(『国学院雑誌』第一〇四巻第九号〔平成十一年(一九九九)〕。また「二荒山縁起」の第二部にあげられる日光神(大蛇)と赤城神(百足)の神戦については、若尾五雄氏の「百足と金工」(『日本民俗学』八五号、昭和四十八年〔一九七三〕)、「赤城山の百足と金工」(『鬼伝説の信仰―金工史の視点から―』昭和五十二年〔一九七七〕、大和書房)、田中久夫氏「百足と蛇」(『金銀島日本』昭和六十三年〔一九八八〕、弘文堂)などがある。

第三章　「富士山縁起」の生成〈その一〉

――竹取説話の諸伝承――

はじめに――「富士山縁起」の諸本――

およそ「富士山縁起」は、富士山の信仰の由来を説くもので、これを奉ずる人によって書かれた聖なる書物である。その「富士山縁起」については、近年、新しい資料の発見もあって、その解明が大いに進展してきた。それは、特に西岡芳文氏の諸論考(1)によるものであれば、今は同氏の「中世の富士山――「富士縁起」の古層をさぐる――」に収められた諸本の分類を掲げてみる。

A　富士縁起成立以前の古典

1　富士山記（都良香）……『本朝文粋』所収

B　山麓諸社縁起系

1　浅間大菩薩縁起（滝本往生寺所伝、称名寺本）

2　富士山大縁起（今泉東泉院所伝）……史料編纂所影写本

3　富士大縁起（大宮社家公文富士氏所伝）……『浅間文書纂』

4　富士山縁記（村山池西坊所伝）……『山岳宗教史研究叢書』一七

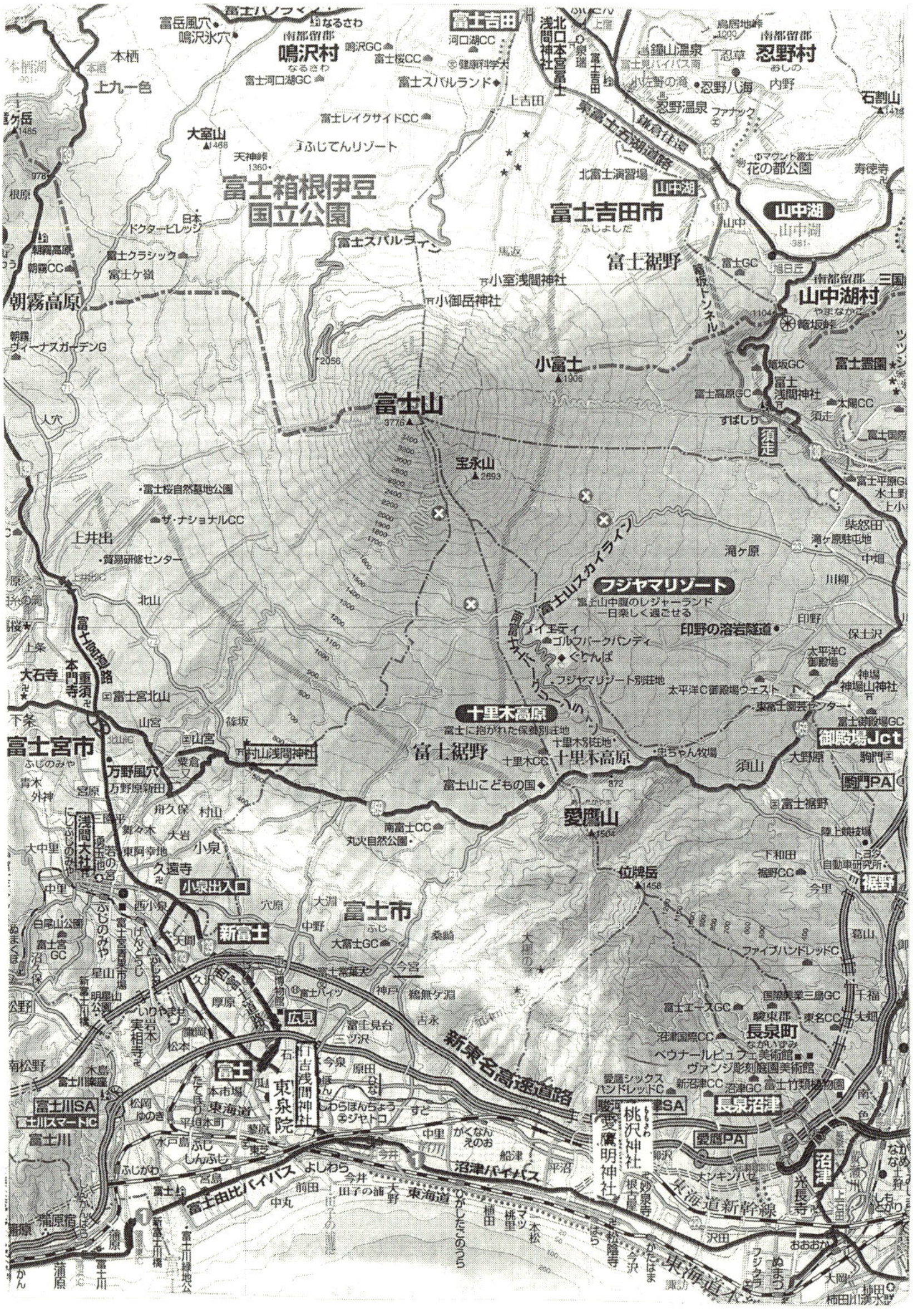
富士吉田
鳴沢村
忍野村
富士箱根伊豆
国立公園
富士吉田市
山中湖
山中湖村
朝霧高原
富士山
3776
宝永山
2693
小富士
1906
フジヤマリゾート
十里木高原
富士裾野
富士宮市
愛鷹山
1504
位牌岳
1458
富士市
新富士
富士
長泉町
御殿場Jct
裾野
沼津
新東名高速道路
沼津バイパス
富士由比バイパス
東海道新幹線
東海道
山宮浅間神社
浅間大社
吉田浅間神社
東泉院
桃沢神社
愛鷹明神社
北口本宮富士浅間神社
小室浅間神社
小御岳神社
須走
富士山スカイライン
富士川

「富士山縁起」関連地図

5　富士山縁起（池西坊行存撰、正徳三年刊本）……『むろまち』第四集
6　富士山縁起状（林家伝来内閣文庫本）……『神道大系』神社編一六
7　三国第一富士山頂上大日如来略縁記（村山三坊開坂本）……『略縁起集成』

C　抄出本および佚文
1　富士縁起……『詞林采葉抄』抄出本
2　富士縁起……全海書写残欠本（金沢文庫）
3　富士縁起……林羅山『本朝神社考』抄出本（駿府浅間社所伝？）
4　『三国伝記』第十二巻所収「富士山事」
5　『渓嵐拾葉集』第六所引「富士岳以真言秘事万如何」

D　本地物系
1　富士山の本地……『室町時代物語集』二
2　浅間御本地御由来記……『室町時代物語集』二・『室町時代物語大成』一一
3　源蔵人物語……『室町時代物語集』二
4　異本源蔵人物語……『室町時代物語集』二
5　富士浅間大菩薩事……『神道集』四六

E　絵図類（南麓関係のみ）
1　富士山参詣曼荼羅（浅間大社所蔵、狩野元信筆）……同社には別本も所蔵
2　富士山禅定図（金沢文庫所蔵、村山米津将監版。類版数種あり）

3　富士山禅定図（富士市立博物館蔵、肉筆色彩）
4　富士山表口正面図（駿州大宮神田橋糀屋安兵衛版）……『目で見る富士宮の歴史』
5　富士山表口真面之図（太田駒吉画・彫）……『目で見る富士宮の歴史』
6　三国第一富士山禅定図（版本）……『静岡県史』通史編四（近世二）七三五頁
7　駿河国富士山絵図（富士市立博物館所蔵）
8　富嶽絶頂俯望図（駿州嶽廟祝人和邇部信胤世彦版）

これは、富士山の信仰について説く縁起類を網羅的にあげられたものである。そしてこれらの富士山縁起の叙述の基礎には、A・富士山縁起成立以前の古典としてあげられた都良香（八三四～八七九）の「富士山記」があることは、西岡氏の説かれるところでもある。したがってここでは、まずそれをあげておくこととする。

富士山記　　都良香

富士山者。在二駿河國一。峰如二削成一。直聳属レ天。其高不レ可レ測。歴二覧史籍所一レ記。未レ有下高二於此山一者上也。其聳峯鬱起。見二在天際一。臨二瞰海中一。観二其靈基所一二盤連一。亘二數千里間一。行旅之人。經二歴數日一。乃過二其下一。去レ之顧望。猶在二山下一。蓋神仙之所二遊萃一也。承和年中。從二山峯一落來珠玉。玉有二小孔一。蓋是仙簾之貫珠也。又貞觀十七年。十一月五日。吏民仍レ舊致レ祭。日加レ午天甚美晴。仰二觀山峰一。有二白衣美女二人一。雙二舞山巓上一。去レ巓尺餘。土人共見。古老傳云。山名二富士一。取二郡名一也。山有レ神。名二淺間大神一。此山高極二雲表一。不レ知二幾丈一。頂上有二平地一。廣一許里。其頂中央。窪下體如二炊甑一。甑底有二神池一。池中有二大石一。石體驚奇。宛如二蹲虎一。亦其甑中。常有レ氣蒸出。其色純青。窺二其甑底一。如二湯沸騰一。其在レ遠望者。常見二煙火一。亦其頂上匝レ池生レ竹。青紺柔愞。宿雪春夏不レ消。山腰以下生二小松一。腹以上無二復生木一。白沙成レ山。其攀登者止二腹下一。不レ得レ達レ上。以二

富士山・愛鷹連山を望む
（富士市市役所屋上より）

白沙流下一也。相傳。昔有二役居士一。得レ登二其頂一。後攀登者。皆點二額於腹下一。有二大泉一出レ自二腹下一。遂成二大河一。其流寒暑水旱無レ有二盈縮一。山東脚下有二小山一。土俗謂二之新山一。本平地也。延暦廿一年三月。雲霧晦冥。十日而後成レ山。蓋神造也。（本朝文粋巻第十二）

それは冒頭に、天に聳え立つ富士の峯の威容をあげ、その広がりの大きさを言い、「蓋《けだ》し神仙の遊萃《ゆうすい》する所ならむ」と説く。そして承和年中（八二四～八四八）には、その山の峯より仙簾《せんれん》の玉の降り注いだことをあげる。次いで貞観十七年（八七五）に、官民の古いしきたりに従い神祭りがおこなわれたが、その折に山の頂上に白衣の美女が二人現れて並び舞ったとのこと、これは土地の古老の伝えるものと述べる。またその山名を富士と名づけるのは郡の名にもとづくものであり、山に祀られる神は、浅間大神《あさまのおおかみ》と称したと言い、その山の高さは、雲の上を突き抜けて、幾千丈とも言うことができないとする。しかもその頂上には、広さ一里ばかりの平地があり、その中央は窪んで炊甑《すいそう》のようであり、その底にはあやしい池があって湯がわきあがっている。またその峯を遠くから望むと、常に煙火が見える。しかも、その頂上の池の回りには竹が生えており、春夏を通して雪が消えることがない。そして山の麓に至ると小松が生えているが、その中腹には全く木は生えておらず、白砂が続いており、容易に登ることができないという。伝えによると、昔、役の行者がはじめて頂上に登ることができたとのことである。またその山腹に大きな泉があり、大河をなして山麓に流れて、寒暑を通して絶えることがない。その富士の山脚に、小山があるが、土地の人は新山《にいやま》と称している。それは延暦二十一年（八〇二）、雲霧が暗く立ち込めることが十日に及んで続き、平地が山と化して生まれたという。そして最後は「蓋し神の造れるならむ」と結ぶ。簡にして要を得たる平明な散文で、伝聞の口がたりをしるしとどめようとする配慮もうかがえる。名文とすべきであろう(2)。

さて、この分類のAに続いてあげられるBからEにおよぶ「富士山縁起」の諸本は、いささか多様であるが、そのなかに、平安末期以降の本地垂迹思想に応じたかぐや姫信仰にもとづく縁起群がある。右の分類において傍線を附した諸本がそれである。本稿は、このかぐや姫信仰を拠り所とする「富士山縁起」をいささか系統別にとりあげ、この縁起群が富士山麓における放鷹文化と深くかかわって成立したことを考察するものである。

一　物語――『竹取物語』

これははやく『源氏物語』絵合巻に、「物語の出て来はじめの祖《おや》」とあって、わが国における作り物語の嚆矢をなす文学作品である。その原拠は昔話「天人女房」にあると言えるが、それをミカドを含めた貴公子の求婚譚に仕立てあげた平安時代の昔物語である。したがってかぐや姫を富士山の神明と仰ぐ「富士山縁起」とは大きく違うものである。それにもかかわらず後の「富士山縁起」が、この『竹取物語』によって成っていることは明らかである。それ故に、この作品はよく知られているのではあるが、論述の都合上、Ⅰ〈かぐや姫の誕生〉、Ⅱ〈帝の求婚〉、Ⅲ〈姫の昇天〉、Ⅳ〈富士の煙の由来〉の叙述をあげておく。(3)

Ⅰ〈かぐや姫の誕生〉

いまは昔《むかし》、竹取《とり》の翁《おきな》といふもの有（り）けり。野山にまじりて竹《たけ》を取《と》りつゝ、よろづの事に使《つか》ひけり。名をば、さかきの造《みやつこ》となむいひける。その竹の中に、もと光《ひか》る竹なむ一筋《ひとすぢ》ありける。あやしがりて寄《よ》りて見るに、筒《つゝ》の中光《ひか》りたり。それを見《み》れば、三寸《すん》ばかりなる人、いとうつくしうてゐたり。翁《おきな》いふやう、「我あさごと夕《ゆふ》ごとに見《み》る竹《たけ》の中におはするにて、知《し》りぬ。子となり給（ふ）べき人なめり」とて、手にうち入《い》れて家《いへ》（へ）持《も》ちて來《き》ぬ。妻《め》の女にあづけて養《やしな》はす。うつくしき事かぎりなし。いとお《（を）》さなければ籠《こ》に入《い》れて養《やしな》ふ。

竹取《とり》の翁《おきな》、竹を取《と》るに、この子を見《み》つけて後《（のち）》に竹とるに、節《ふし》を隔《へだ》てゝよごとに金《こがね》ある竹を見つくる事かさなりぬ。かくて翁《おきな》やう〳〵豊《ゆたか》になり行（く）。

時は「今は昔」で、昔物語としては近い昔のこととして、リアリティを含ませる。養父の「竹取の翁」は昔物語にふさわしく固有性をもたないが、「さかきの造」と現実性をもって語っている。その舞台は、昔語りに準じて固有の地名をあげないが、物語の展開からは都からそう遠くはない山里ということになる。生まれた子は、光る竹の筒に見出された「三寸ばかり」の「うつくしう」なる者であったとする。

Ⅱ〈帝の求婚〉

さて、かぐや姫、かたちの世に似《に》ずめでたきことを、御門きこしめして、内侍なかとみのふさこにのたまふ、「多《おほ》くの人の身をいたづらになしてあはざなるかぐや姫は、いかばかりの女ぞと、まかりて見てまい《(ゐ)》れ」との給ふ。ふさこ、うけたまはりてま（か）れり。竹取《とり》の家にかしこまりて請《しやう》じ入《い》れて、会《あ》へり。女に内侍《(ないし)》のたまふ、「仰《おほせ》ごとに、かぐや姫《ひめ》のかたち優《いう》におはす也《(なり)》、よく見てまい《(ゐ)》るべき由《よし》のたまはせつるになむ、まい《(ゐ)》りつる」と言《い》へば、「さらば、（かく）申（し）侍らん」と言《い》ひて入（り）ぬ。

かぐや姫に、「はや、かの御使《つかひ》に對面《たいめん》し給へ」と言《い》へば、かぐや姫、「よきかたちにもあらず。いかで見《み》ゆべき」と言《い》へば、「うたてもの給ふかな。御門の御使《つかひ》をば、いかでおろかにせむ」と言《い》へば、かぐや姫答《こた》ふるやう、「御門《かど》の召《め》してのたまはん事、かしこしとも思はず」と言《い》ひて、さらに見《み》ゆべくもあらず。む《(う)》める子のやうにあれど、いと心恥《は》づかしげに、を《(お)》ろそかなるやうに言《い》ひければ、心《こゝろ》のまゝにもえ責《せ》めず。（女）内侍のもとに歸《かへ》り出（で）て、「くちお《(を)》しく、このお《(を)》さなきものは、こはくはべるものにて、対面《たいめん》すまじき」と申（す）。

かぐや姫の世にも稀なる美しさを聞かれた帝は、内侍を姫の許に遣わされる。が、嫗の勧めにもかかわらず、姫はこの御使に対面しようとしない。これが右の本文である。

この報告を聞かれた帝は、翁を召し寄せ、叙爵《こうぶり》を賜わる由をもって、姫の宮仕えを迫られる。家に戻った翁は、帝の仰せを姫に伝えると、姫は翁に叙爵の授かるようにして、自らは死ぬと答える。これを聞かれた帝は、自らかぐや姫の許を訪ねられることになる。

御門仰（せ）給（ふ）、「みやつこまろが家は、山もと近《ちか》（か）なり。御かりみゆきし給はんやうにて、見《み》てんや」とのたまはす。宮つこまろ（が）申（す）やう、「いとよき事也《(なり)》。なにか心もなくて侍らんに、ふとみゆきして御覧《（らん）》ぜむに、御覧ぜられなむ」と奏《（そう）》すれば、御門にはかに日を定《さだ》めて、御狩《かり》に出（で）給ふ《（う）》て、かぐや姫の家に入（り）給ふ《（う）》て見給（ふ）に、光《ひかり》みちて清《きよ》らにてゐたる人あり。これならんと思《おぼ》して近《ちか》く寄《よ》らせ給（ふ）に、逃《に》げて入《い》る袖をとらへ給へば、面《おもて》をふたぎて候《（さぶら）》へど、は《はじ》じめて御覧《らん》じつれば、類《たぐひ》なくめでたくおぼえさせ給（ひ）て、「許《ゆる》さじとす」とて、い《（ゐ）》ておはしまさんとする、かぐや姫答《こた》えへて奏す、「を《（お）》のが身は、此《（この）》國に む《（う）》まれて侍らばこそ使《つか》ひ給はめ、いとい《（ゐ）》ておはしましがたくや侍らん」と奏《そう》す。御門、「などかさあらん猶い《（ゐ）》ておはしまさん」とて、御輿《こし》を寄《よ》せ給（ふ）に、このかぐや姫、きと影《かげ》になりぬ。はかなく、くちお《（を）》しと思《おぼ》して、げにたゞ人にはあらざりけりと（おぼして）、「さらば御ともにはい《（ゐ）》て行《い》かじ。もとの御かたちとなり給ひね。それを見《み》てだに歸（り）なむ」と仰《おほ》せらるれば、かぐや姫もとのかたちに成（り）ぬ。御門、なほめでたく思《おぼ》（しめ）さる、事せき止《と》めがたし。かく見《み》せつる宮つこまろを喜《よろこ》び給（ふ）。さて仕《つか》うまつる百官の人々、あるじいかめしう仕《つか》うまつる。

御門、かぐや姫を止《とゞ》めて歸《かへ》り給はんことを、あかずくちお《（を）》しく覺しけれど、玉《（魂）》しゐを止《とゞ》めたる心地《こゝち》してなむ歸《かへ》らせ給（ひ）ける。

（中略）

かぐや姫のみ御心《こゝろ》にかゝりて、たゞ獨《ひと》り住《す》みし給（ふ）。よしなく御方々《かたぐ》にもわたり給はず。かぐや姫の御もとにぞ、御文を書《か》きて通《かよ》はせ給（ふ）。御返《かへ》りさすがに憎《にく》からず聞《きこ》え交《かは》し給（ひ）て、おもしろく、木草につけても御歌をよみてつかはす。

帝は御狩にことよせて、姫の家にお入りになると、そこに光輝く美しい人を見る。袖をとらえて連れ出そうとすると、姫は強く拒む。帝が強《し》いて連れ出そうとされると、姫の姿は影となって消える。やむなく帝は、もとの姿に戻りなさいと仰せられると、姫はもとの形となる。帝は、姫に魂を留めたまま帰りなさるというのである。つまり帝の求婚は、かぐや姫の拒絶によって失敗に及ぶのである。ただしその後の帝と姫とのかかわりが注目される。それは二人の関係が完全に切れていないことである。帝の思いは、御文として姫のもとに届けられ、それを姫も受け入れている。しかも、次の叙述によると、それが三年に及んだとするのである。おそらくこれは、原拠の「天人女房」の主題〈幸福な婚姻〉を隠しているものであろう。

なおこの求婚のための帝の御幸が御狩にことよせてのこととする叙述も注目される。つまり『竹取物語』の作者は、竹取の翁の住居《すまい》を狩場に遠からぬ地に設定していることによる。そしてこれは、後に引く「富士山縁起」の叙述に響き合うことを予想させるのである。

Ⅲ〈姫の昇天〉

八月十五日ばかりの月に出《い》で居《（ゐ）》て、かぐや姫いといたく泣《な》き給（ふ）。人目《め》もいまはつゝみ給はず泣《な》き給（ふ）。これを見て、親《おや》どもゝ「なに事ぞ」と問《と》ひさは《（わ）》く。かぐや姫泣《な》く〳〵言ふ、「これ〳〵も申さむと思ひしかども、かならず心惑《まど（ひ）》いし給はん物ぞと思ひて、いまゝで過《すご》し侍りつるなり。さのみやはとて、うち出《い》で侍りぬるぞ。を《（お）》のが身はこの国の人にもあらず。月の都《みやこ》の人なり。それを昔の契《ちぎり》ありけるによりなん、この世界《せかい》にはまうで來《きた》りける。いまは帰《かへ》るべきになりにければ、この月の十五日に、かのもとの国より、迎《むか》（へ）に人々まうで来《こ》むず。（中略）」、「さし籠《こ》めて、守《まも》り戦《たゝか》ふべきしたくみをしたりとも、あの国の人を、え戦《たゝか》はぬ也《（なり）》。弓矢《ゆみや》して射《い》られじ。かくさし籠《こ》めてありとも、この国《くに》の人來《こ》ば、みな開《あ》きなむとす。あひ戦《たゝか》はんとするとも、かの国の人來《き》なば、猛《たけ》き心つかふ人も、よもあらじ」

（中略）

かゝる程に、宵《よひ》（うち）過ぎて、子《ね》の時ばかりに、家のあたり晝《ひる》の明さにも過《す》ぎて光《ひか》りわたり、望《もち》月の明《あか》さを十あはせたるばかりにて、ある人の毛《け》の穴《あな》さへ見《み》ゆるほどなり。大空《ぞら》より（人）、雲《（くも）》に乗《の》りて下《お》り來《き》て、土《つち》より五尺ばかり上《あが》（りた）る程に、立《た》ち列《つら》ねたり。これを見《み》て、内外《うちと》なる人の心ども、物におそはる、やうにて、あひ戦《たゝか》はん心もなかりけり。からうじて思《おも》い起《おこ》して弓矢をとり立《た》てんとすれども、手に力《ちから》もなくなりて、萎《な》えかゝりたり。中に心さかしき者《もの》、念《ねん》じて射《い》んとすれども、外《ほか》ざまへ行《い》きければ、あれも戦《たゝか》はで、心地《ち》たゞ痴《し》れに痴《し》れて、まもり合《あ》へり。

いよいよ姫の昇天のときを迎える。姫は、心惑いて泣き伏す翁には、名残りの文を書きとどるのであった。

天人の中に持《も》たせる箱あり。天《あま》の羽《は》衣入《い》れり。又あるは不《ふ》死《し》の薬《くすり》入《い》れり。ひとりの天人言《い》ふ、「壺《つぼ》なる御薬《くすり》たてまつれ。穢《きたな》き所の物《（もの）》きこしめしたれば、御心地《こゝち》悪《あ》しからむ物ぞ」とてもて寄《よ》りたれば、わづか嘗《な》め給ひて、すこし形見《かたみ》とて、脱《ぬ》ぎをく《（お）》衣《きぬ》に包《つゝ》まんとすれば、ある天人包《つゝ》ませず。御衣《みぞ》をとり出（で）て着《き》せんとす。その時に、かぐや姫「しばし待《ま》て」と言《い》ふ。「衣《きぬ》着《き》せつる人は、心異《こと》になるなりといふ。物一《ひと》こと言《い》ひをく《（お）》べき事ありけり」と言《い》ひて、文書《か》く。天人、おそしと心もとながり給ひ、かぐや姫「もの知《し》らぬことなの給（ひ）そ」とて、いみじく静《しづ》かに、公《おほやけ》に御文《ふみ》たてまつり給（ふ）。あは《（わ）》てぬさま也《（なり）》。

（中略）

今はとて天の羽《は》衣きるおり《（を）》ぞ君をあはれと思《おも》ひいでける

とて、壺《つぼ》の薬《（くすり）》そへて、頭中將《（とうのちうじやう）》呼《よ》びよせてたてまつらす。中將《（ちうぢやう）》に天人とりて伝《つた》ふ。中將とりつれば、ふと天《あま》の羽《は》衣《（ごろも）》うち着《き》せたてまつりつれば、翁をいとお《（ほ）》しく、かなしと思《おぼ》しつる事も失《う》せぬ。此衣《きぬ》着《き》つる人は、物思《おも》ひなく成（り）にければ、車《くるま》に乗《の》りて、百人ばかり天人具《ぐ》して昇《のぼ》りぬ。

かぐや姫は、天人の持ち来た不死の薬を少し嘗《な》め、天の羽衣を着る前に、帝あての文（和歌）を書く。そして頭中将を呼んで、文に壺の薬を添えて渡すやいなや、羽衣を着て忽ちに昇天したという。

Ⅳ〈富士の煙りの由来〉

その後《のち》、翁・女、血《ち》の涙《なみだ》を流して惑へどかひなし。あの書（き）を《お》きし文を讀《よ》み聞《き》かせけれど、「なにせむに命《いのち》を《を》おしからむ。たが爲《ため》にか。何事も用《よう》もなし」とて、藥《くすり》も食はず、やがて起《お》きもあがらで、病《や》み臥《ふ》せり。中將、人々引《ひ》き具《ぐ》して歸りまい《ゐ》りて、かぐや姫を、え戰《たゝか》ひ止《と》めず成（り）ぬる事、こまぐ〵と奏《そう》す。藥《くすり》の壺《つぼ》に御文そへ、まい《ゐ》らす。ひろげて御覧じて、いといたくあはれがらせ給（ひ）て、物もきこしめさず。御遊《あそ》びなどもなかりけり。大臣上達《かんたちべ》を召《め》して、「いづれの山か天に近《ちか》き」と問はせ給ふに、ある人奏《そう》す、「駿河《するが》の國にあるなる山なん、この都《みやこ》も近《ちか》く、天も近《ちか》く侍る」と奏《そうす》す。これを聞《き》かせ給ひて、

逢《あふ》ことも涙《なみだ》にうかぶ我身《わがみ》には死《し》なぬくすりも何にかはせむ

かの奉《たてまつ》る不死《ふし》の薬に、又、壺具《つぼぐ》して、御使《つかひ》に賜《たま》はす。勅使《ちょくし》には、つきのいはさかといふ人を召《め》して、駿河《するが》の國にあなる山の頂《いたゞき》にもてつくべきよし仰（せ）給（ふ）。嶺《みね》にてすべきやう教《をし》へさせ給（ふ）。御文《ふみ》、不死《ふし》の薬（の）壺《つぼ》ならべて、火をつけて燃《も》やすべきよし仰《おほ》せ給（ふ）。そのよしうけたまはりて、つはものどもあまた具《ぐ》して山へ登《のぼ》りけるよりなん、その山をふじの山とは名づけゝる。その煙《けぶり》いまだ雲のなかへたち上《のぼ》るとぞ言ひ傳《つた》へたる。

かぐや姫の残した文と不死の薬の壺をご覧になった帝は、絶望のあまり、それに御文を添えて富士の頂にて燃やす

ことを命じられる。大臣・上達部は多くの兵どもを具して、山に登ってこれに火をつける。以来、この山を富士（不死）と名づけ、その煙は今にたち上ることになったという。この「ふじの煙」が、次に引く注釈類の引用する「鴬姫説話」の話題とすることになるのである。

二　注釈類――「鴬姫説話」

甲・古今注

『竹取物語』の異伝ともいうべきものが、中世の古今集注釈書が引用する「鴬姫説話」である。それは、元来「日本記注」と称して引かれるもので、『日本書記』の講釈・伝授のなかで伝えたものと推される。[4] この中世における「古今注」の類は、はやく片桐洋一氏らによって紹介され、国文学界に大いなる刺戟をもたらされたものである。本稿もまたその研究成果にもとづいて考察を進めるものである。

ところで、その片桐洋一氏が「古今注」のなかでもっとも代表的な本文としてあげられるのが、「古今和歌集序聞書三流抄」[5]である。それは冒頭に、「古今ニ三ノ流アリ。一に定家、二は家隆、三に行家」とあるゆえの称である。弘安九年〔一二八六〕の奥書があり、定家の孫・為家の子である為顕の著と推されている。今、本書に収める「鴬姫説話」をあげてみる。

富士ノ煙ニヨソヘテ人ヲ恋ト云事、大方、恋ハ身ヲ焦ス故ニタトヘテ云。然レドモ、今、富士ノ煙トハ、殊ニ恋ヨリ立ニ依テ爰ニアグル也。日本紀云、天武天皇ノ御時、駿河国ニ作竹翁ト云者アリ。竹ヲソダテテ売人也。有時、竹ノ中ニ行テ見レバ、鴬ノカイコアマタ有。其中ニ金色ノ子アリ。不思議ニ思テ、取テ帰テ家ニ置。行キテ七日ヲヘテ家ニカヘルニ、家光リテ見ユ。行テ見レバ美女アリ。彼女光ヲ放ツ。「何人ゾ」ト問ニ、答云、「吾ハ鶯ノカイコ也」ト云。翁、吾娘トス。赫奕姫ト名ク。駿河国司金樹宰相、此由ヲ帝ニ奏ス。帝、彼女ヲ召テ、御覧ズルニ、実ニ厳《ウツクシ》キ顔也。ヤガテ思ヒ玉テ愛シ玉フ事、后ノ如シ。三年ヲ経テ、彼女、王ニ申サク「吾ハ天女ナリ。君昔契有テ、今下界ニ下ル。今ハ縁既ニ尽タリトテ、鏡ヲ形見ニ奉テ失ヌ。王、此鏡ヲ抱テ寝玉フ。胸ニコガルル思ヒ、火ト成テ鏡ニ付テ、ワキカヘリ〳〵スベテ消エズ。公卿僉議シテ、土ノ箱ヲ造テ其中ニ入テ、本ノ所ナレバトテ、駿河国ニ送リ置ク。猶、燃エヤマザリケレバ、人恐レテ富士ノ頂キニ置ヌ。煙不絶。是ニ依テフジノ煙ヲ恋ニヨム也。

つまりこれは、古今集・仮名序の「ふじのけぶりによそへて人をこひ」の詞章を注するもので、富士の煙が「恋ヨリ立」つるによってあげられるものと説く。そしてそのいわれとして「鶯姫説話」をあげるのである。その「日本紀云」として引用される説話の構成を片桐氏は次のように示されている。[6]『竹取物語』を対応してあげてみる。

「鶯姫説話」	（『竹取物語』）	〈モチーフ〉
(一) 天武天皇の御時	（今は昔）	〈時代〉
(二) 駿河国の作竹翁あり	（都近くに竹取翁あり）	〈舞台〉
(三) 竹やぶの鶯の卵より赫夜姫生まる	（光る竹の筒より三寸ばかりの赫夜姫生まる）	〈誕生〉
(四) 国司金樹宰相が介して入内す	（内侍・翁が介するが、入内拒否）	〈婚姻〉
(五) 昇天にあたって鏡をかたみとして残す	（昇天にあたって文と不死の薬をかたみとして残す）	〈形見〉
(六) 物の思ひが鏡に移って燃えるゆえに山頂に置く。煙なお絶えず	（絶望のあまり文に不死の薬を添えて山頂にて焼く。煙また絶えず）	〈富士の煙〉

右によれば、『竹取物語』と「鴬姫説話」との異同は明らかである。しかも帝とかぐや姫とが〈幸福な婚姻〉を達成したという「鴬姫説話」は、『竹取物語』よりも原拠の「天人女房」の主題に応じた叙述と言える。それが駿河国の在地の伝承に拠ったかどうかは明らかではない。が、その可能性はある。在地の姫と京の帝との婚姻は、夢の物語である。「鴬姫説話」が、その夢を語る在地の「昔語り」によったとも判じられる。

さて、「古今注」の事例をもう一つあげておこう。それは、伝頓阿作の『古今和歌集序注』(7)で、片桐氏によれば、二条派流の地下歌人の著と推されるという。

一、ふじの煙によそへて人を恋、

ひとしれぬおもひをつねにするがなるふじの山こそ我身なりけり

きみと云へば見まれみずまれふじの根のめづらしげなくもゆる我恋

ふじのけぶりは、むかし、欽明天皇御時、駿河国浅間の郡に、竹取翁とてありけり。物をつくりてうる也。ある時、竹林に入りてみれば、金色の鴬のさまにあり。翁、これをあやしみて、家にもてかへり、おきたりければ、七日といふに、ならびなき女になる。翁よろこび、是をむすめになして、かぐや姫と名づけたり。御門、此よしをきこしめしおよばれて、おきなに御所望ありければ、則、姫を奉る。みめ・かたちのうつくしき、心・言葉もおよばれず。御おぼえやんごとなく、御寵愛ありけるに、此ひめ、三年すぎて申しけるは、「我は上界の天女なるが、前世の契をむすび奉りし事あるによりて此世に生をうけたり。今は、はや、縁つきぬ」とて、形見に鏡を残してうせぬ。御門名残をおしみ給て、此鏡をむねの上におきてなげき悲しみ給ひしに、なげき《おもひ》の火、鏡にもえつきて、さらに消えざりしかば、公卿僉議して、此鏡をもとのごとく（天上にかへすべしとて）駿河国ふじの山へおくり給ふ。その鏡より煙たちてのぼりしかば、ふじのけぶりをば恋によせて今までもよむ也。「又、云、かの翁にかぐやひめ不老不死の薬をあたえてうせければ、おきな是をみて、「ひめなからん後、我が命いきても、なにかせん」とて、此草をふじの山へのぼりて焼きすてけると云事も、煙のたちによせり。

右のように「三流抄」とやや異同が見られる。㈠〈時代〉を「欽明天皇御時」、㈡〈舞台〉は「駿河国浅間郡」、㈢〈誕生〉は「金色の鶯」より「かぐや姫」となる。勿論、その名は『竹取物語』を受けるものである。㈣〈婚姻〉は使者の名はなく、「翁に所望あり」とて、それも「御おぼえやんごとなく、御寵愛あり」と、いちだんと婚姻の幸せを誇張して語る。しかし大筋において「三流抄」と一致にしている。ただしこれは、「又、云」として、『竹取物語』に準じた富士の煙の由来を添えている。

ところで、「古今注」は、鎌倉時代から南北朝期・室町期に及んで、さまざまな形で世に流布したのであるが、以下はその代表的な諸本に収められた「鶯姫説話」の異同をまとめてあげてみる。

書名	作者	㈠時代	㈡舞台（養父）	㈢誕生	㈣婚姻（使者）	㈤形見	㈥富士の煙
①古今和歌集聞書三流抄	藤原為顕（カ）弘安九年奥書	天武天皇	駿河（作竹翁）	竹中・鶯ノカイコ	入内（国司・金樹宰相）	鏡	恋の煙
②古今和歌集頓阿序注	伝頓阿作 二条派流の地下歌人	欽明天皇	駿河・浅間郡（竹取翁）	竹林・金色の鶯	御寵愛	鏡	恋の煙
③古今為家抄(8)	「弘長三年」「正安三年」奥書。ただし、二条家末流の人の作	雄略天皇・欽明天皇	駿河・浅間郡（竹取の翁）	竹中・金色の鶯のかいこ	思し召す（乙見丸）	鏡	恋の煙

④大江広貞注⑨	為相仮託の冷泉家末流の作、永仁五年以後	むかし	（竹取翁）	竹中・鴬の貝子	婚姻拒否（ナシ）	文	文の煙
⑤毘沙門堂本注⑩	諸注大成的な作、鎌倉末期（カ）	欽明天皇	駿河・アサマ郡（作竹翁）	竹中・金色鴬ノカヒコ	恩寵（乙見丸）	鏡	恋の煙
⑥古今和歌集三条抄⑪	六条家末流に属する人、鎌倉末〜室町初期	天武天皇	駿河・富士郡（作竹翁）	竹中・鴬ノ金色ノ卵	寵愛（国司・金樹宰相）	鏡	恋の煙
⑦古今序注⑫	了誉（聖冏）作、応永十三年奥書	雄略天皇欽明天皇	富士ノ麓（管竹《ツツダケ》翁）	竹中・鴬ノ巣郭公の卵	姫の上洛（翁は国司）	鏡（翁による）	恋の煙

大筋において一致するものと云えるが、④「大江広貞注」と⑦「古今序注」とに、大きな異同がみられる。その前者は、㈣〈婚姻〉が翁を通じて拒否されており、㈤〈形見〉㈥〈富士の煙〉も、『竹取物語』に準じて叙されている。後者は、㈡〈舞台〉〈養父〉を「管竹《ツツダケ》翁」と叙して、後にあげる唱導縁起（垂跡縁起）の『神道集』（『真名本曽我物語』）と通じており、㈢の〈誕生〉も「鴬ノ巣」の中の「郭公ノ卵」などと叙しており、四〈婚姻〉も帝に伴われて姫が上洛するのみならず、翁が鏡を抱いて富士の内院に飛び込むなど、後にあげる「富士山縁起」に通じており、相当に複層した叙述によっている。

乙・「旅日記」（『海道記』）

鎌倉時代の初頭、貞応年間（一二二二〜一二二四）、源光行作か[13]と擬される『海道記』は、富士の麓を通りかかる時、その富士の姿を次のように叙している。

富士ノ山ヲ見レバ、都ニテ空《そら》ニキ、シ、ルシニ、半天《はんてん》ニカ、リテ郡山《くんさん》ニ越《こえ》タリ。峰ハ鳥路《てうろ》タリ、麓《ふもと》ハ鹿蹊《ろくけい》タリ。人跡《じんせき》歩ミ絶《たえ》テ独《ひと》リソビケアガル。雪ハ頭巾《ときん》ニ似タリ、頂《いただき》ニ覆《おほひ》テ白シ、雲ハ腹帯《はらおび》ノ如シ、腰ニ囲《めぐり》テ長シ。高キ事ハ天ニ階立《はしたて》タリ、登ル者ハ還《かへり》テ下《くだ》ル。長事《ながき》ハ麓ニ日ヲ経《へ》タリ、過《すぐ》ルモノハ山ヲ負《おひ》テ行《ゆく》ク。温泉《をんせん》頂《いただき》ニ沸《わか》シテ、細煙《さいえん》幽《かすか》ニ立チ、冷池《れいち》腹ニタ、ヘテ、洪流《こうりう》川ヲナス。誠ニ此《この》峰ハ峰ノ上ナキ霊山《れいさん》也。霊山ト云《いへ》バ、定《さだめ》テ垂《すい》跡《しやく》ノ権現《ごんげん》ハ尺迦《しやか》ノ本地《ほんぢ》タランカ。彼仙女《せんによ》ガ変態《へんたい》ハ、柳ノ腰ヲ昔語《むかしがたり》ニキ、、天神《てんじん》ノ築山《つきやま》ハ、松ノ姿ヲ今ノナガメニミル。山ノ頂ニ泉アテ湯《ゆ》ノ如ク沸《わく》ト云フ。昔ハ此《この》峰ニ仙女常ニ遊《あそび》ケリ。東ノ麓《ふもと》ニ新山《にひやま》ト云《いふ》山アリ。延暦《えんりやく》年中、天神クダリテ是ヲツクト云《いへ》リ。都《すべ》テ此峰ハ、天漢《てんかん》ノ中ニ冲《ヒイリ》テ、人衆《にんしゆ》ノ外ニ見ユ。眼《まなこ》ヲイタヾキテ立《たち》テ、神《たましひ》悦《くゐやう》ヽ《くゐやう》トホレタリ。

幾年《いくとせ》ノ雪ツモリテカ富士ノ山イタヾキ白キタカネナルラム
トヒキツル富士ノ煙《けぶり》ハ空ニキエテ雲ニ余波《なごり》ノ面影《おもかげ》ゾタツ

右のように、その本文は、独自な表現もみられるが、先にあげた都良香の「富士山記」にしたがったものである。しかもこれに続けて、「古今注」に準じた「鶯姫説話」をあげている。

昔採竹翁《たけとりのおきな》ト云者アリケリ。女《むすめ》ヲ𡡉奕姫《かぐやひめ》ト云。翁ガ宅《いへ》ノ竹林ニ、鶯《うぐひす》ノ卵《かひこ》、女形《ぢよけい》ニカヘリテ巣ノ中ニアリ。翁養《やしなひ》テ子トセリ。長《ひととなり》テ好《カホヨキ》事比《たぐひ》ナシ。光アリテ傍《かたはら》ヲ照《てら》ス。嬋娟《せんけん》タル両鬢《りやうびん》ハ秋ノ蟬《せみ》ノ翼《はね》、宛転《ゑんでん》タル双蛾《さうが》ハ遠山《ゑんさん》ノ色、一タビ咲《ゑ》メバ百《もも》モ媚《こび》ナル。見聞《けんもん》ノ人ハ皆腸《はらわた》ヲ断《た》ツ。此姫ハ先生《せんじやう》ニ人トシテ翁ニ養ハレタリケルガ、天上《てんじやう》ニ生《うまれ》テ後、宿世《すくせ》ノ恩《おん》ヲ報ゼムトテ、暫《しばら》ク此《この》翁ガ竹ニ化生《くゑしやう》セル也。憐《あはれむ》ベシ父子ノ契《ちぎり》ノ他生《たしやう》ニモ変ゼザル事ヲ。是ヨリシテ青竹ノヨノ中ニ黄金《わうごん》出来《しゆつらい》シテ、貧翁《ひんをう》忽《たちまち》ニ富人《ふじん》ト成《なり》ニケリ。其間ノ英華《えいくわ》ノ家、好色《かうそく》ノ道、月卿《ぐわつけい》光ヲ争《あらそ》ヒ、雲客《うんかく》色ヲ重《かさね》テ、艶言《えんげん》ヲツクシ、懇懐《こんくわい》ヲ抽《ぬきい》ヅ。常ニ爀奕姫《かぐやひめ》ガ室屋《しつおく》ニ来会《らいくわい》シテ、絃《けん》ヲ調《しら》ベ歌ヲ詠《えい》ジテ遊《あそび》アヒタリケリ。サレドモ翁姫《おきなひめ》難詞《なんし》ヲ結《むすび》テ、ヨリ解《とく》ル心ナシ。時ノ帝此由《みかどこのよし》ヲ聞食《きこしめし》テ召ケレドモ参ラザリケレバ、帝御狩《みかり》ノ遊ノ由ニテ、鴬姫《うぐひすひめ》ガ竹亭《ちくてい》ニ幸《みゆき》シ給テ、鴛《をし》ノ契《ちぎり》ヲ結ビ松ノ齢《よはひ》ヲヒキ給フ。翁姫《おきなひめ》思《おもふ》トコロ有《あり》テ後日《ごじつ》ヲ契《ちぎり》申《まうし》ケレバ、帝空《むなし》ク帰リ給《たまひ》ヌ。諸《かたへ》ノ天此《これ》ヲ知《しり》テ、玉ノ枕金《こがね》ノ釵《かむざし》、イマダ手ナレザルサキニ、飛車《ひしゃ》ヲ下《くだ》シテ迎ヘテ天ニ上《のぼり》ヌ。関城《くわんせい》ノカタメモ雲路《うんろ》ニ益《やく》ナク、猛士《まうし》ガ力モ飛行《ひかう》ニハ由ナシ。時ニ秋ノ半《なかば》、月ノ光蔭《くも》リナキ比《ころほひ》、夜半《やはん》ノ気色《けしき》風ノ音信《おとづれ》、物ヲ思ハヌ人モ物ヲ思《おもふ》ベシ。君ノ思《おもひ》臣ノ懐《おもひ》、涙同《おなじ》ク袖ヲウルホス。彼《かの》雲ヲ繋《つなぐ》ニ繋《つなが》レズ、雲ノ色惨《さむさむ》ヽトシテ暮《ゆふべ》ノ思《おもひ》フカシ。風ヲ追《おふ》トモ追《おは》レズ、風ノ越エ札《さつさつ》ヽトシテ夜ノ恨長シ。華氏《くわし》ハ奈木《なほく》ノ孫枝《そんし》也、薬ノ君子《くんし》トシテ万人ノ病ヲ愈《いや》ス。鴬姫《うぐいすひめ》ハ竹林ノ子葉《しえふ》ナリ、毒《どく》ノ化女《くゑぢょ》トシテ一人《いつじん》ノ心ヲ悩《なやま》ス。方士《はうじ》ガ大真院《たいしんゐん》ヲ尋《たづね》シ、貴妃《くゐひ》ノ私語《ささめごと》再ビ唐帝《たうてい》ノ思《おもひ》ニ還《かへ》ル。使臣ガ富士ノ峰ニ昇ル、仙女《せんによ》ノ別書《わかれのふみ》永ク和君《わがきみ》ノ情《こころ》ヲ燋《こが》セリ。

翁姫《おきなひめ》天ニ上《あがり》ケル時、帝《みかど》ノ御契《ちぎり》有繋《さすが》ニ覚《おぼえ》テ、不死薬《ふしの》ニ歌ヲ書《かき》テ具シテ留メヲ《お》キタリ。其歌ニ曰、

　今ハトテ天《あま》ノ羽衣《はごろも》キル時ゾ君ヲアハレト思《おもひ》イデヌル

帝是ヲ御覧ジテ、忘形見《わすれがたみ》ハ見《みる》モ恨メシトテ、怨恋《ゑんれん》ニ堪《たへ》ズ青鳥《せいてう》ヲ飛《とば》シテ、雁札《がんさつ》ヲ書《かき》ソヘテ薬ヲ返シ給ヘリ。其返歌《へんか》ニ云、

　逢《あふ》事ノ涙ニウカブ我身ニハシナヌ薬モナニ、カハセン

使節知計《ちけい》ヲ廻《めぐら》シテ、天ニ近キ所ハ此《この》山ニ如《しか》ジトテ、富士ノ山ニ昇《のぼり》テ焼上《やきあげ》ケレバ、薬モ書《ふみ》モ煙ニムスボ、レテ空ニアガリケリ。是ヨリ此嶺ニ恋煙《こひのけぶり》ヲ立タリ。仍此《よりてこの》山ヲバ不死峰《ふじのみね》ト云ヘリ。然而《しかれども》郡《こほり》ノ名ニ付テ富士《ふじ》ト書《かく》ニヤ。彼モ仙女《せんによ》也此《これ》モ又仙女也、共ニ恋シキ袖ニ玉散ル。彼ハ死シテ去ル此《これ》ハ生テ去ル、同《おなじ》ク別《わかれ》テ夜ノ衣《ころも》ヲカ

ヘス。都《すべ》テ昔モ今モ、好《かほよき》女ハ国ヲ傾《かたぶ》ケ人ヲ悩《なやま》ス。ツ、シミテ色ニ耽《ふけ》ルベカラズ。

天津姫《あまつひめ》コヒシ思《おもひ》ノ煙トテ立《たつ》ヤハカナキ大空ノ雲

右によれば、その冒頭の〈かぐや姫の誕生〉は、「古今注」に準じた「鶯姫説話」である。しかしそれ以降は、鶯姫と称しながら、『竹取物語』の要約を和漢の古典を踏まえた美文体で綴るものである。(14) しかも「富士の煙」については、再び「古今注」の「是ヨリ此嶺ニ恋煙《こひのけぶり》ヲ立タリ」によっており、「仍此山をば不死峰と云へり」を『竹取物語』に戻る。そして続く「然而郡ノ名ニ付テ富士ト書ニヤ」は、「富士山記」の叙述に添う。以下、「天津姫、云々」の和歌に至るまで、「傾城」にこと寄せた編者の感懐である。したがって、編者は先行の古典・文献を引用して旅日記を記し留めているに過ぎない。それならば、その「鶯姫説話」も編者が目にふれた先行の「古今注」によっているということになろう。そしてそれは、今日残された「古今注」としては、もっとも古い文献資料と言えるのであろう。その点では、きわめて注目すべき記事ということにはなる。

丙・「聖徳太子伝」

およそ聖徳太子信仰の高まりのなかで、さまざまな「太子伝」が作り出されていった。そのなかで、中世太子伝ともいうべき『正法輪蔵』が誕生する。それは『聖徳太子伝暦』の流れを汲む絵解唱導の台本ともいうべきもので、その伝本は主に浄土真宗・高田派に属する寺院より見出されたものである。(15) およそ文保本『聖徳太子伝記』と密接な関係をもつもので、(16) 文保元年（一三一七）の成立を判ぜられる。(17) しかもその別伝が、それから時を隔てずして誕生しているのである。(18) そしてその『正法輪蔵』と別伝との関係は、はやく阿部泰郎氏が、「中世聖徳太子伝『正法輪蔵』の構造——秘事口伝説をめぐって——」で説かれている。(19) ここではその別伝に、「日本記云」として、かの「鶯姫説話」が収められていることに注目する。

さてその別伝は、満性寺本（鎌倉末期・専空書写本を忠実に書写した永禄二年〔一五五九〕寂玄書写本）[20]『聖法輪蔵』附載、東大寺図書館蔵『正法輪蔵』（別伝の室町末期浄実写本）[21]、慶應義塾図書館蔵『聖徳太子伝正法輪』（別伝のみ、江戸前記書写）[22]などが紹介されているが、本編では満性寺本（寂玄書写本）をもって論を進める。すなわちその「鴬姫物語」は、「正法輪蔵九并仙女」の項にあげられている。

その「正法輪蔵・九」は、「是ハ太子九蔵ノ御時」とて、鬼神がさまざまな禁忌を歌い、天下の御大事の物怪と大騒ぎになるとき、太子がそれは熒惑星にもとづくことを勘え奏された由を叙する条である。そして別伝は、同じく「是太子九歳御時」とて、

抑、春三月之比、自二リ東方一白銀ノ鶴《ツル》金鶴《ツル》一番ヒ飛来テ、太子ノ住セ給ケル豊日ノ王宮ノ南庭ニ、七日七夜舞遊ヒ侍リケルハ、太子最愛之御シケリ

とはじめる。そして太子と兄の麻呂王子の二人はやがてこの化鳥に乗って虚空に飛んで、駿河国の富士の禅定に赴きなさる。すると仙女が忽然と現れ、自らは月宮に住していたが、たまたま日本に天降り、太子の祖父、欽明天皇と夫妻の契りを結び、機縁尽きたゆえ本の月の宮に還りたる者という。しかも太子の母はわが息女にして、太子はわが孫と伝える。しかも欽明天皇との痴愛の妄執によって、現在は、この富士禅定の底にある地獄に堕ちて苦しみを受けており、月ごとの十八日、廿四日に観音・地蔵が来臨してその苦しみを代わってくださっている。ついては太子は大権の聖者におわせば、早く得脱方便を廻し、このわたくしの地獄の苦患を助け給へと云う。これを聞いて太子は涙を流して救剤を約し、名残を惜しみつつ、太子と兄の王子は、本の鶴に乗って王宮に戻る。やがて太子は、仙女の地獄の苦患を助けるために、観音・地蔵を造立し、河内国の太子寺に安置なさったと叙す。かぐや姫の堕地獄を説くことが

注目される。が、この後、一ページの余白を置き、

一、仙女事、日本記云

として、例の「鴬姫説話」をあげるのである。

〈Ⅰ〉抑、彼仙女ト申スハ、化生ノ人ニテ御シキ。昔シ欽明天王ノ御時、駿河国ニ竹作ノ翁ト申ス者侍リケリ。殖テ竹ヲ愛二鸎《スルウクヰスヲ》一翁也。是ヲ竹作ノリ翁亦籠造翁トモ申伝ヘ侍リキ、竹ヲ最愛シテ、家ヲ竹ノ中ニ作テ侍リケリ、而ニ軒《ノキ》近キ竹ノ枝ニ鴬ノ卵子《カイ》ヲ三ッ生メリ、其中ニ金色ノ卵子一ッ有リ、不思議ニ思テ是ヲ取リ、アタ、メテ七日ヲ過キテ見侍リケレハ、厳シキ姫君ナリ、翁ナ奇《ヨテ》申サク、抑、君ハ如何《イカナル》人ニテ御哉、化女答テ云ク、我ハ鴬ノ卵子ヨリ生シ侍リ、空ニ無二父母一モ、唯以二テ老人一ヲ為《ナサム》二親一ト、先世之有二テ宿縁一今家ヘ来レリ、ト示サレケレハ、時ニ翁ナノメナラス悦テ、奉二リ養育一ケレハ、無二ク程一成人《セイシン》シ給ヘリ、貌形《ヘウケイ》厳クシテ花ノ体月ノ貌《カヲハセ》、実ニ人間ニ無二ク比一ヒ、花ノ鬘《カツラ》鮮《アサヤカニ》銀カムサシ妙ニシテ、雪ノ膚潔《イサキヨシ》、金ノ環《タマキ》耀キテ桜洛細軟《ヤウラクサイナン》之自然ノ天衣ニ身ヲ荘《カサリ》、光ヲ被二レ放十方一ニケレハ、其名ヲハ赫姫《カクヤヒメ》申ケル（赫姫の誕生）

〈Ⅱ〉即化人ニテ侍リケレハ、無レ程ト成人シテ、十二三歳ニ被レ成一ケレハ、国司比由ヲ帝王奉二奏問一、時ノ帝ハ人王三十代欽明天皇ノ御事也、天王迎ヘ取リ御シテ、一ノ后ニ祝ヒ給ヒ侍リキ、寵愛無クシテ極リ、送二リ三歳ノ春秋一ヲ給ケレハ、有二御懐任一、厳シキ妃宮ヲ奉二リ儲一ケ給ヒキ、（帝と婚姻）

〈Ⅲ〉其後赫妃人界ノ機縁尽キテ、帝ニ奉リ別一給ケル時、天王ニ申給様、我レハ自二リ元一人間界ニテ不侍《ス》一テ。上界ノ天衆得通之仙女也、君ニ奉レ結二ヒ夫妻之契一リ、鴛鴦《エンアウ》之衾《フスマノ》下ニ成二シ比目《ヒホク》之語《カタライヲ》一、鸞鳳《ランホウ》之鏡《カヽミ》ニ奉二ル並ヘ形一ヲ御事モ、宿生之機縁ノ不二ル尽一間ノ情《ナサケ》也、今ハ下界ノ縁尽テ、天上ニ可二還住一ス、君下界ニ留テ、朝暮歎給ハム事ノミコソ悲ケレ、自《ミ》人間ノ思出後ノ世マテ形見ニハ、一人ノ妃宮ヲ奉二ル残シ留一、其外亦永キ世ノ御形見ニハ、一面ノ鏡并ニ銀カムサシ、金扇等ヲ留置キ侍リ、常ニ是ヲ可二シ有叡覧一トテ、立別レ給ケル時一首ヲ詠シ給ヘリ

今ハトテ天《アマ》ノ羽衣キルトキソ　君カ事ヲハオモヒヲキヌル

即帝ト御返歌云、

あふことのかたくなりぬる身トナラハフシノクスリモナニ、カハセム　（別離・形見）

〈Ⅳ〉天王御歎ノ御余リニ、此鏡ヲ御ムネニアテツ、、打伏《ウチフ》シ給フニ、切ナル御思忽ニ火ト成テ、鏡ニ付ワキ返リ〳〵シテ惣《スヘテ》不消、公卿僉議有テ、土ノ箱ヲ造リテ其ノ中ニ鏡ヲ入テ、彼ノ竹作ノ翁ヲ召シテ、勅シ給ハク、抑、彼ノ赫妃ハ上界ノ天衆ニテ、今已ニ下界人間ニ機縁尽テ、本ノ天上ヘ返リ給ヌ、而ニ永キ世ノ忘レ形見ニ残シ留メ給ヘル御具足共ヲ、明暮見ルニ付ケテモ、胸ヲヤキ昔ノ面影不ス忘、故ニ付汝ニ天上ヘ奉ト送返思食ス者也ト、勅シ給ケレハ、翁答テ申様、実ニ哀ナル御事共ナル哉、空シキ御形見ハ、中々ニ叡覧ノ毎度、古ヘノ御面影難シテ忘不ス尽キ、依テ御歎之切ナルニ、天上ヘ奉返シ給フ御事、哀レニ難キ忍侍リ、但天上ハ隔タリ万里之空ヲ不《サル》備ヘ飛《ヒ》行自在之徳ヲ人ノ至ル処ニ不侍ラ、争テカ輙ク可奉送之、而ニ我朝ノ中ニハ、駿河ノ国富士ノ禅定ハ、半天ノ雲之上ニ高ク峙《ソヒ》ヘテ、天上近キ山ナレハトテ、赫姫モ昔ハ常ニ天降リ給キ、彼ノ御具足共ヲ給テ、彼ノ富士之高根マテ、泣々ク向テ天ニ侍リケルナリ、（中略）サテモ彼ノ赫妃ノ御形見等ヲ、於富士之峯ニ、焼キ上ケ給ケル、煙ハ二ニ分レテ、一結ヒハ天上ヘ立登リ、今一結ヒハヨコヲレテ、差シテ城ヲナヒキ候、然レハ世間ノ歌ニモ、思ヒ有トヨ富士ノネニ一結ヒソ立ツ煙ト、申テ恋ノ煙リニ寄セケルハ、自リ是事起リケル事共也　（富士煙の由来）

およそそれは、「古今注」の「鶯姫説話」によりながら、『竹取物語』の叙述を含み、かつ「太子伝」固有の伝承をも添えている。まず㈠〈時代〉は「欽明天皇御時」で、「古今注」の②「頓阿序注」⑤「毘沙門堂注」と一致する。ただしこれでは、欽明天皇が太子の祖父であることに意義を見出していると言える。㈡〈舞台〉（養父）は「駿河国」で、後の㈥〈富士煙の由来〉によると、赫姫は富士の麓に天下ったとしており、およそ「古今注」にしたがっていると言える。その養父は「竹作翁」として『竹取物語』「古今注」に準じていると言えるが、あえて言えば①「三流抄」⑤「毘沙本堂本註」⑥「三条抄」に近い。「愛ニスル鬻一翁」「籠造リ翁」とは「古今注」には見えず、独自の詞章である。㈢〈誕生〉は、「鴬ノ卵子《カイ》ッ三ツ」「其中ニ金色卵子一ツ」よりとしており、およそ「古今注」に準ずるが、あえて言えば、②「頓阿序注」③「古今為家抄」⑤「毘沙門堂本注」の「金色の鴬」に近いと言える。㈣〈婚姻〉は時の帝に迎えられご寵愛を受けるという叙述は、およそ「古今注」に準ずるものであり、その帝を「欽明天皇」とすることは、先の〈時代〉の項であげたごとく②「頓阿序注」⑤「毘沙門堂本注」に近いのであるが、「妃宮ヲ奉リ儲ケ給ヒキ」の叙述は独自なものである。それは〈時代〉の項にもふれたごとく、前段の赫姫堕地獄譚に応ずるもので、その「妃宮」を太子の母とすることに従うものである。なおそれでは、帝と赫姫とを仲介する使者については、「国司」とのみあげて、固有の人物をあげることはない。次の〈別離・形見〉は、『海道記』よろしく、『竹取物語』に準じて、姫からの帝への文（歌）、その返しの帝の文（和歌）をあげる。しかしその形見としては「不死の薬」はあげず、「古今注」に準じて「一面ノ鏡」をあげ、それに「銀ノカムサシ、金ノ扇等」を添えている。しかし独自な叙述としては「一人ノ姫君」を留めることで、勿論これも前段の赫姫堕地獄譚に応じたものである。最後の㈥〈富士煙の由来〉は、形見を富士山頂に届ける役として、竹作翁につとめさせている。それは『竹取物語』ともいささか違えている。しかも不死の薬による「富士の煙」はいわず、その煙の「一結ヒ」の世間の歌という独自のモチーフをあげて、最後は「古今注」に準じた「恋の煙」の由来で結んでいる。

なおこの別伝は、「聖徳太子廿七ノ御歳、召シテ彼ノ甲斐ノ黒駒ニ、富士之峯ニ御行有ケル時、煙リノ中ニ妙ナル御声ヘ有テ、一首ノ歌ヲ詠シ給ヘリ、山ハ不死ケムリハ恋ノケムリニテ　シ□スハイカニアヤシカラマシ」の叙述を添える。ちなみに『聖徳太子伝暦』[23]の二十七歳の項に、「夏四月。太子命ニ左右一曰。求ニ善馬一。并府ニ諸国一令レ貢。甲斐国貢ニ一鳥駒四脚白者一。数百疋中。太子指二此馬一曰。是神馬也、余皆被レ還。命二舎人調使麿一加之飼養育。」とあり、秋九月、試みに調使麻呂を伴ってこの黒馬に乗られると、東の浮雲に飛び入り、三日の後にお帰りになられたという。しかして「語二左右一曰。吾騎二此馬一躡レ雲凌レ霧。直至二附神岳上一。転至二信濃一。飛如二雷震一。経二三越一竟。」とある。この「附神岳」とは富士山を指すものと思われる。

ところで、この『正法輪蔵』別伝の「鶯姫説話」が、後の太子伝注釈書『太鏡底容鈔』巻第三に収載されていることは、はやく牧野和夫氏が指摘されている。(24) 本書は南北朝初期、釈聖云の選述するもので、その巻三に、〈太子十七歳〉「赫姫等事」としてあげられる。(25)

古今注云、日本記云、天武天皇ノ御時駿河国ニ作竹翁ト云物アリ、竹ヲソタテ、ウル人也、或時竹中ニ行テ見ルニ鸎ノ卵アマタ有リ、其中ニ金色ノ子アリ、不思議ニ思テ取テ返テ家ニヲク、……

とあり、その叙述は、牧野氏の説かれるごとく、およそ「古今注」①「三流抄」に準ずるものである。なおこれは、寛永六年版『聖徳太子伝』にも収載されており、(26) 広く世に流布されていったことが知られる。

丁・『三国伝記』『臥雲日件録』など

およそ室町中期（応永十四年〔一四〇七〕～文安三年〔一四四六〕）の玄棟編『三国伝記』巻十二の第三十「富士山事」には、かの「鶯姫説話」が収められている。(27)

和云、駿河国富士山者、月氏震旦日域ノ間無双ノ名山也。源出テ二阿字ノ大空一ヨリ示シ二三観一八ノ旨一ヲ、峯ハ冥ジテ二円頓ノ実相一ヲ顕セリ二三蜜同体ノ理一ヲ。八葉白蓮ノ霊岳、五智金剛ノ正体也。

所以者何《ユヘイカントナレバ》、人王第六ノ孝安天皇ノ御時、富士郡作レ竹翁ト云フ者アリ。竹林ニ鶯ス栖ヲ造、卵子《カイコ》産ミ生ケル中ニ、晴《セイ》眄タル美質《ビシツ》、窈窕《ヨウテウ》タル淑姿《シュクシ》、誠ニ厳敷姫《イツクシキヒメ》御前アリ。自ラ称ス二赫屋《カクヤ》姫一ト。則チ奏聞ヲ経ニ、帝王迎テ后トス。然ニ、七年ヲ過、后皇帝ニ向テ曰玉ヒケルハ、「妾《ショウ》ハ上界ノ天女也。前世ノ依テレ有ルニ二宿縁一君皇ト契テ結ヘリト云へ共、縁已ニ尽ヌ。今ハ御暇ヲ可レ賜《タマハル》。復来ル事モ片《カタ》恋ノ堅クハ歎キ玉マジ。是ヲ像《カタミ》トシ玉へ」トテ、御ン鏡ヲ残シ置レテ、身ニハ思ノ天津空、雲路ヲ分テゾ入玉フ。

御門ハ其ヨリ独リ居ノ、病《ヤモ》メ鵲《カラス》夜半ニ驚シテレ人ヲ鳴キ、狂鶏《ウカレドリ》ノ三更ニ唱フルレ暁ヲ声へ、副寝《ソヒネ》ナラヌモ懶《モノウクテ》、何マデゾ、壁《カベ》ニ背《ソムケル》燈ノ、消《キヘ》ヌ命ノ打シホレ、干《ホス》隙モ無キ御ン涙ダ、袖ノ湊《ミナト》ノツナギ舟、遣《ヤル》方モナキ恋心、御ン像見《カタミ》ヲソへ玉へ共、ウキ面影、真澄鏡《マスカガミ》、セン方無ク思食、何《イカガ》シテ天ニ昇ント思ヒ、富士ヲ尋ネ、此峯ニ到リ給ヒタレドモ、恋敷人モ中空ノ、尽ヌ歎ノ弥増《いやまし》テ、怨ミ千種《ちぐさ》ノ思草、葉末《スヘ》ノ露ノ御命モ、已ニ消ントシ給ヒケリ。責テ念ヒノ天ノ原、ソナタト計《バカリ》フリサケテ、身ヲシル雨ハシグレ共御ン胸ノ炎ヲ形見ノ鏡ニ燃《モエ》付テ、俄ニ沸上ル。其時、又此山一由旬高クナレリ。御胸ノ八分ノ肉団聚チ、八葉白蓮ノ太山王ト顕レタリ。真言金剛峯簪岑《ランキン》トシテ、阿字素光ノ雪麗巧タリ。是則示シ二衆生ノ心中ノ六大即チ是レ法界躰性一ナリト、即チ以テ二凡天ノ六大ヲ一直ニ成ヌ二諸仏ノ六大一像《かたち》也。是ヲ為ス二即身成仏ノ理証一ト也。所謂阿字ト者一切ノ真言ノ心也。山復不レハレ動是真言也。所謂一切ノ真言トハ阿字門也。王復無碍ナレバ是阿字也。毘盧舎那唯以テ二此ノ一字ヲ一為玉ヘリ二真言一ト。即是自成清浄ノ心王、四種曼荼ノ尊身也。

右のごとく、その「鶯姫説話」は、「孝安天皇ノ御時」とはあるが、およそ「古今注」に準ずるものである。ただし最終段の「富士の煙」の由来を「恋の煙」と説く「古今注」にはよらず、御門は赫屋姫の形見の鏡を抱いて富士の山頂に登るとき、「御ン胸ノ炎ヲ形見ノ鏡ニ燃《モエ》付テ、俄ニ沸上ル」とて、「八葉白蓮ノ太山王」と示現したと説く。これは後にあげる「富士山縁起」において、帝が赫夜姫を追って登山し、姫ともども、浅間の神明を示現したとする叙述に準ずるものと言える。ただしこの『三国伝記』は、それを富士浅間の神明とは言わず、「八葉白蓮ノ太山王」なる仏身に示現したと主張する。しかして結びに、その「真言金剛ノ峯」なる富士の本体は、阿字真言と一体なる毘盧舎那（大日如来）であり、「王復無碍ナレバ是阿字也」とて、王（御門）は大日如来と化したと説く。それは、「富士山縁起」の本地垂跡の思想にしたがわず、独自の仏法教化の論法によるものである。ちなみに、この「富士山の事」は、続けて聖徳太子の四雪の駒に乗っての富士禅定への登山をあげ、大日如来との問答をあげる。富士の本地を大日如来と観ずる思想は、平安末期に遡る。それは後にあげるところである。

一方、室町時代の五山学僧、瑞渓周鳳著の『臥雲日件録抜尤』の文安四年（一四四七）二月十二日の条に、この「鶯姫説話」が収められている。それは、和歌をよくする座頭・城呂が、周鳳の「歌人例有二富士之烟一之語、来由如何」の問に応えたものである。

昔天智天皇ノ代、富士山下市、常有二老人一来売、（中略）翁曰、女初於二鶯巣中一得二一小卵一、々化為二此女一。扶養日久、我毎々売レ竹、以為二家資一、故世名レ我為二竹採翁一云々、此事聞二于朝廷一、勅求二此女一、遂納為二帝妃一、名曰二加久耶妃一、々一日白レ帝曰、妾以レ有二夙縁一、来侍二左右一、今当レ帰二天上一、因出二不死薬一、天葉衣、及粧鏡、奉レ之曰、若見思レ妾、則可レ見二此鏡一、々中必有二妾容一、言景不見、後帝披二天葉衣一飛去、到二富士山頂一、於レ此焼二不死薬与鏡一、其烟徹レ天。

それは、「天智天皇ノ代」とするが、およそは「古今注」によっている。しかし〈形見〉は「粧鏡」のみならず「不死薬」「天葉衣」とあげており、『竹取物語』にも拠っている。しかし、加久耶姫の昇天の後、「帝披二天葉衣一飛去、到二富士山頂一」とあり、帝自ら富士に登山したという伝えは、「富士山縁起」に準じており、『三国伝記』の叙述に近い。なお城呂は、最後に「凡歌人所レ用、本二於此一」と語っている。つまりこの「鶯姫説話」は、主に歌人の間に伝えられていたということになる。

戊・謡曲「富士山」

これについては、はやく伊藤正義氏が、「謡曲富士山考―世阿弥と古今注―」において、(28)その本説が「古今注」の「鶯姫説話」であることを説かれている。すなわちそれは、現存する《富士山》詞章の最も古いものが宝山寺延徳三年(一四九一)九月三日禅鳳筆の能本で、世阿弥作《富士山》の後半の改作されたものとされ、現行曲として金春・金剛の二流が引き継ぐものとして、両者を対象しつつ、その詞章を検討されたのである。今はこれにしたがいつつ、「古今注」との詞章における異同をあげてみる。おそよその詞章は、伊藤氏の指摘通り、前掲においては金春・金剛二流の間に、大きな異同は見えない。したがってとりあえず金春流のそれをあげる。(29)ワキは昭明王の臣下、ワキツレ二人は従者、シテは海人の女である。まず日本に不死の薬を求めてやってきた唐土の方士の一行、ワキ、ワキツレが富士の麓に到着する。そこでワキが、たまたまそこに見出したシテの海人の女に、不死の薬の遺跡を尋ねると、海人の女がそれを語って聞かせるのである。

昔《むかし》鶯のかひこ化《くわ》して少女となりしを、時の帝《みかど》皇女に召されしに、時至りけるが天に上《あが》り給ひし時、形見の鏡に不死薬を添へて置き給ひしを、後日《ごにち》に富士の嶽《だけ》にして、其薬を焼きしより、富士の煙は立ちしなり。

それは、大筋を『竹取物語』によりながら、形見に鏡を添えており、「古今注」の「鶯姫説話」による語りと言える。しかして時知らぬ富士の賛美の問答があって、クリ・サシ・クセによって富士の成り立ちが説かれ、再びシテの語りで富士の煙の由来が語られる。

帝其後かぐや姫の、教に従ひて、富士の高嶺の上にして、不死の薬を焼給へば、煙は万天《ばんてん》に立ちのぼって雲霞、逆風に薫じつゝ、日月星宿《にちぐわつせうしゆく》もさながら、あらぬ光をなすとかや。……

およそこの帝自ら不死の薬を持って登山したという叙述は、「古今注」そのままによるものではない。先の『三国伝記』と同じく、これは「富士山縁起」に準ずるものと言える。しかもこの語りに続けて、ワキの「さて浅間《せんげん》大菩薩とは、取り分き何《いづ》れの神やらん」の問に

「あう浅間大菩薩とは、さのみは何といふ女の姿、〈地〉恥かしやいつかさて、〳〵、其神体と顕して、誰にか見えけん神の名を、さのみに現《あらは》さば浅間の、あさまにやなりなん、……」

と、浅間大菩薩の前生がかぐや姫であることを自ら明かすのである。これはいみじくも後にあげる「富士山縁起」によった語りと言える。

さて後場においては、伊藤氏が指摘されたごとくに金春・金剛二流の間に相当の異同がみられるが、とりあえず金春流の詞章をあげる。シテは日の御子、ツレはかぐや姫。まず地謡いに「かゝりければ富士の御嶽《みたけ》の雲晴れて、金色の光天地にみちて、明方《あけかた》の空は明々たり」とあれば、シテの日の御子が登場して、

抑これは。富士山に住んで悪魔をは払ひ国土を守る。日の御子とは我が事なり。……

とあり、地謡いが「神託新たに聞えしかば、〳〵、虚空に音楽聞こえつつ、姿なるかぐや姫の、薬を勅使に与へ給ふ、ありかたや」によってツレのかぐや姫が登場し、天女の舞となる。これに対し金剛流は、(30) 同じく地謡にて、「かゝりければ富士のみたけの雲はれて、まのあたりなるかぐや姫の神体来現したまへり」とあれば、ツレのかぐや姫が登場し、

実《げ》に有難《ありがた》や神の代《よ》の、〳〵、つきぬ御影《みかげ》をあらはして、不老不死《ふらふし》の仙薬《せんやく》を、漢朝の勅使にあたへたまふ、……

とある。しかして後シテの日の御子が登場し、「抑《そもく》是は、富士山にすんで代《よ》をまもる、日の御子とは我事たり。和

光同塵現《あらは》れて、〳〵結縁《けちえん》の衆生、擁護《おうご》の恵《めぐみ》、実有難《げにありがたや》や頼《たの》もしや、……」と、舞働の楽で舞う。

この両者の異同について、伊藤氏は、「主として演出面と関わっており、基本構想という意味では、両型ともに大差はない」とされる。が、この日の御子をシテとする禅鳳本以後のかたちは、改作による新たな設定と考えてよいとされ、その原型は「前シテ（海人）の語る富士の縁起とかぐや姫の物語」に応じて、「後シテはそのまま浅間大菩薩（かぐや姫）の表現ではなかったのであろうか」と推されている。ちなみ現行曲は、

勅使は二神《にじん》に御暇《おんいとま》申し、漢朝さして帰りければ、かぐや姫は、紫雲に乗じて富士の高嶺に上らせ給ひ、内院に入らせおはしませば、なほ照りそふや。日の御子の、姿は雲居によぢ上り、姿は雲居によぢのぼって虚空にあがらせ給ひけり。

と結ぶ。これは金春流であるが、金剛流もほぼ同文である。つまり後場において、富士の山神はかぐや姫と日の御子とに分化されているが、これは禅鳳改作にもとづくものと推されるというのである。その改作は、都良香の「富士山記」の「仰二観山峯一、有二白衣美女二人一。雙二舞山巓上一」によったと推されるが、それは後述の「富士山縁起」の叙述とも響き合うものと言える。

三　「富士浅間大菩薩事」——『神道集』『真名本・曽我物語』——

甲・安居院作『神道集』〈富士浅間大菩薩事〉

およそわが国における神仏習合思想、つまり神と仏を一体とする仏教思想は奈良時代に遡る。やがてこれが平安時代に至って、本地垂迹思想に展開する。仏が〈本地〉で神はその〈垂迹〉とする思想である。これは仏が光を和げ、

俗なる神と交わるという和光同塵のそれによって説明される。この本地垂迹思想に、仏・菩薩の前生を語る天竺・インドの本生譚（ジャータカ）が影響を与えて本地物語が成立したのである。つまり本生譚は、仏・菩薩の前生を語る物語であるが、これに影響されて、わが国には神明の前生譚である本地垂跡の物語が誕生したのである。それは〈本地〉の仏が神と〈垂迹〉する以前に、人間としての前生があり、その前生の物語が、神明の本地物語として語られるようになる。そしてそれは、わが民族の神々の始原を語る古代神話に対して、中世に新たに誕生した中世神話とも称されることとなったのである。(31)

この本地物語にもとづく縁起が、各地の主要な寺社において、次々と誕生した。各寺社の垂迹縁起である。そしてそれを集成して成ったのが『神道集』である。安居院作とあるので、これは平安末期に説経の名人とうたわれた天台の澄意・聖覚の流れを受けた者の唱導の台本として製作されたものと推される。その原拠の縁起は鎌倉時代に成立したものも少なくないが、成立は南北朝時代と判ぜられる。(32) その巻六に「富士浅間大菩薩事」が収められている。かのかぐや姫の光輝きを富士の煙の炎の根源と見立てて、その生涯を富士浅間大菩薩の前生として製作された縁起によるものと言える。それは、以下のように叙述されている。(33)

抑駿河ノ国ノ鎮守、富士浅間大菩薩ト者、日本ノ人王廿二代ノ帝、雄略天王ノ御時、駿河ノ国富士郡ニ、老翁ノ夫婦有ケルカ、一人ノ子モ無リケル程ニ、明テモ暮テモ、後生救護ノ御魂子哉ト歎ケルニ、後ロノ苑ノ竹ノ中ニ、五ツ六ツ計ナル女子一人化来セリ、容貌端厳ニシテ、気朝ノ気差類ヒ無リケリ、故ニ近隣ヲモ照シケル、翁ヲハ管竹ノ翁ト云、嫗《ヲウナ》ヲハ加竹《チク》嫗ト云ル、此ノ姫君ヲ得テ大ニ喜テ、名ヲハ赫《カク》野姫ト遵テ過キ行程ニ、彼ノ赫野姫ノ形テ珍敷ク目出リケレハ、時ノ国司寵愛シテ、夫婦浅カラス、如レ此ノ年月ヲ送ル程ニ、翁夫婦共ニ墓無成リヌ、其後赫野姫国司ニ語テ云ク、我レハ是富士山ノ仙女也、此ノ翁夫妻ト二人ニ、過去ノ宿執有ルニ依テ、此ク養育センカ為ニ、下ツテ姫トハ成レリ、既ニ其ノ果報モ尽キ、君ト我トノ縁モ尽ヌ、今ハ仙宮ヘ返ラント云時、国司此レヲ聞キ、悲ミ慕ウ事限リ無シ、其後女ノ云、我ハ富士山頂ニ有ルヘシ、恋シカラン時ハ来テ見玉ワヘシ、亦時々ハ此ノ箱ヲ見玉ヘシトテ、反魂箱ヲ与ヘテ、昇消ス様ニ失ニケリ、

男ハ空キ床ニ留マリ居テ悲ミケルカ、女ノ恋シク思フ時ハ、此箱ノ蓋ヲ開テ見ルニ、其体カタ煙ノ内ニ髣カナリ、男弥ヨ悲ミテ、魂ヲ消ス事度々重ケレハ、思ヒニ堪ヘスシテ、富士山ノ頂ヘ上リツヽ、四方ヲ見レハ、大ナル池アリ、々ノ中ニ嶋アリ、宮殿楼閣ニ似タル石多シ、其ノ池ノ中ヨリ煙立ケリ、其ノ煙中ヨリ、彼ノ女房髣ニ見ヘケレハ、悲余リニ、此箱懐内引入テ、身ヲ投テ失ニケリ、

其時ノ両方ノ煙ノ、今ノ代マテモ絶スシテ立トソ承ル、不死ノ煙ト云ケルヌ、山郡ノ名ニ付テ富士ノ煙トハ云フ也。

其ノ赫野姫国司、神トハ顕レテ富士浅間大菩薩トハ申ケル、男体・女体御ス、委クハ日本記ニ見ヘタリ、日本記ノ意ヲ以テ、富士ノ縁起ニモ尽シタルナリ、（中略）其ノ後年ヲ経シカハ、衆生利益ノ為ニトテ、富士浅間山頂ヨリ里ニ下ラセ給ヒツ、麓ニ立玉ヘリ、而レハ恋地ノ道ニ迷フ人ハ、大菩薩ニ申ハ必叶也。

それは、「委クハ日本記……富士ノ縁起ニモ尽シタルナリ」とあれば、「日本紀」つまり、「古今注」によった「縁起」に詳しいということであれば、この叙述は、それによったこととなる。が、後にあげるごとく、浅間大菩薩の前生を語る縁起であることは一致するが、相当の異同が見られる。すなわち、〈時代〉は「雄略天皇、御時」とあり、「古今注」の①「古今為家抄」⑦「古今序注」に近く、〈舞台〉は、「駿河国富士郡」としてほぼ一致する。その養父母を「管竹ノ翁」「加竹媼」とするのは特異であるが、⑦「古今序注」が翁を「管竹翁」と叙しているのに近い。〈誕生〉は赫野姫を「竹ノ中ニ、五ツ六ツ計ナル女子」とするのが特異であるが、鴬をあげない叙述は、『竹取物語』にしたがっていることになる。〈婚姻〉は帝とは言わず「国司」としており、在地にそった伝説的叙述と言える。赫夜姫の昇天を翁夫妻の死を契機とする叙述もユニークであるが、〈形見〉は「古今注」の鏡にはよらず「反魂箱」とする叙

述は、むしろ「竹取物語」に近いというべきであろうか。ちなみに『竹取物語』によった『海道記』は「不死薬」とするが、それに先行して、長恨歌にそって「方士《ほうし》ガ大真院《たいしんゐん》ヲ尋シ、貴妃《くゐひ》ノ私語《ささめごと》再ヒ唐帝《たうてい》ノ思ニ還《かへ》ル」とある。「反魂香」は、この長恨歌より導入されたモチーフであるにちがいない。国司自らが「反魂箱」を抱いて富士の山頂に至ったとするは、その「富士縁起」に準ずるものであるが、「此ノ箱ヲ懐ノ内ヘ引キ入テ、身ヲ投テ失ニケリ」の叙述はやや違っている。〈富士煙〉は「恋の煙」とは言わず「不死煙」にもとづくとして『竹取物語』にそって、その複合をみせる。結びの赫野姫・国司夫妻の浅間大菩薩示現の説明は、「富士山縁起」によるものと言えるが、「男体・女躰御ス」は、『神道集』の特異な叙述である。また最後の「山頂ヨリ里ニ降ラセ給ヒツ、麓ニ立玉ヘリ」は、その在地性を示すもので、その祭祀地が問われることになるであろう。

乙・真名本『曽我物語』巻七

本書は右の『神道集』と深くかかわって成立したものであり、それは近似の文化圏に属した作品と推される。その先後を判ずることは容易ではないが、随処に『神道集』と通じる唱導的詞章が見られる。(34) しかし本書の成立も、およそ南北朝期かと推される。その本書の巻七の曽我兄弟が富士野に赴く道行のなかで、目前の富士の山に望んで兄の十郎が枝折山（富士の異名）の姥捨て伝説を語ると、これを受けて、五郎が「咹の富士の巓の煙を申シ二恋路の煙ト一候」とて、その由緒を披瀝するのである。(35)

昔富士郡に老人の有けるか二夫婦一、无クシテ二一人の孝子モ一歎ける二老イ行ク末を一程に、後苑の竹の中に打二見たる七八許と一女子一人出来れり、老人は乍二一人一立て見レ之、汝は自二何の里一来れる少キ者ゾ、有ルカ二父母は一、有二兄弟ハ一、姉妹親類は有ルカトレ何クニ尋問ケレハ、彼ノ少キ者の打泣て、我には无シ二父母モ一、無シ二親類モ一、只忽然として自二富士山一下たるなり、先世の時為に二各々の一残二セシ宿縁一を故に、其余報未レす尽、无二キ一人の孝子一歎レ下事を間、為二に其報恩一の来れり、各々恐レル、我に勿レとソ事語ける、其時二人の老人達此少キ者を賞遵《イツキカシツク》程ニ、其形不レ斜、芙蓉ノ眸《マナシリ》気高《タカ》クテ、宿徳本の形、衆人愛敬の躰は天下に無レキ雙程の美人なり、彼の少キ者を賞《イツ》キ申二ける赫屋姫一トソ、家へ主シノ翁をは號二て管竹の翁一と、其嫗《ウハ》ヲハ申二賀歩嫗《カサウウハ》一と、三人の者共は夜モ昼モ合レせテ額《ヒタイ》ヲ営レ養ナイテ過行程、此赫夜姫成人シテ申二シける十五歳一と秋の比、駿河の国の々司為二見国一の被レたりける下折節、聞二て比赫屋姫の事一を、翁夫婦共に呼寄て、自今以後は可レシとて奉レ憑二父母一、被レ成二此の国の官史一、依レて之娘ノ赫夜姫与二と国司一有二て夫婦の契一、国務政道を任二てけり管竹の翁か心一、

其後中有二五年一、赫屋姫合二て国司一語けるは、今は暇申て自は返二らむ富士の山の仙宮一へ、我は是自レ本仙女ナリ、彼の管竹の翁夫婦に有二ルか過去の宿縁一故、為レ報二むが其恩一を且ク自二仙宮一来れり、又為二にも御辺一の残二セシ先世の夫婦の情《なさけ》一ヲ故に、今亦来て成二なり夫婦一と、翁夫婦も自か宿縁尽て、早ヤ空シク死シテ別ヌ、童与レと君余業の契も今は過ヌレハ返二なり本の仙宮一へ、自《をのつ》カラ恋シク被二シ思食一時は、取二此筥一を、常に開て可レとて見下、其夜の暁方には失二けり昇消《ケス》様一、

夜明ケレハ国司は空キ床に只独留居て、泣悲むこと无レ限モ、如二ク彼の仙女の約束一の開二て件の筥の蓋一を見ケレハ、移る形は来ル事は遅クシテ返ル形ハ早ケレハ、中々迷レす肝成レれり怨、是て月日空ク過行ケトモ、不三晴二遣テ悲歎の闇ミ路一、其時彼の国司泣々独留居て、起て思モ口惜ク、臥シテ悲モ難レ堪へ、彼の返魂香の筥をは校《ハサ》レミツ、腋に、至二富士の禅定一に、見二亘セハ四方一を、山ノ頂に有二大なる池一、其池の中に有二を太多の嶋一、々の中に似二タル宮殿楼閣一に有二厳石共太多一、自レ中件の赫屋姫は顕レ出たり、其形非二人間の類一には、玉冠、錦の袂、不レ異二天人の影向一に、見レて之を彼の国司は不レシテ堪レ悲に、終に彼の返魂の筥を乍レ懐二腋の下一に、其池に投レて身を失にけり、其筥の内なる返魂香の煙をは申二伝て富士の煙一とは候（中略）

昔の赫屋姫も国司も富士浅間の大菩薩の応迹示現の初なり、今の世マテモ男体女体の社にて御在すは則是なり、

これは、「古今注」による「恋路の煙」としての〈富士の煙〉を語ると言いながら、『神道集』の〈反魂香〉の〈富

士の煙〉の由来を説く叙述によっている。その詞章は、ほぼ同文に近く饒舌な傍線部分をはずすと、およそ『神道集』のそれになる。ただし国司が翁夫婦を召し寄せて、「此の国の官吏」に任じ、「国務政道を任二てけり管竹の翁カ心一」との叙述は、『神道集』には見えない。次の「富士山縁起」が問題となろう。最後の赫屋姫・国司の富士浅間大菩薩の応述示現の叙述は、『神道集』とほぼ一致しており、「男体・女体」を説くことも同じである。が、これもその祭祀の地を明らかにすることはない。

四　「富士山縁起」——在地縁起——

甲・称名寺所蔵「富士縁起（断簡）」

本書は、鎌倉時代から南北朝時代の製作であり、鎌倉の極楽寺住僧・全海の書写本が金沢文庫に収められているのである(36)。しかもそこには簡潔ながら、浅間大明神の前生をかぐや姫とする「富士山縁起」が収められている。今、西岡芳文氏のよみ下し文によって、それをあげる(37)。

（前文）

□於是、女養母に語りて云く、親子の契浅からず、養育之恩誠に重し、然りと〔雖〕も、我久しく此の処に住すべからず、今般若山に登るべしと、養母答へて云く、□□如何せん、女云く、常来へ必ず相見るべしと、即ち山に登りて巖嶇に入り畢ぬ、

□問、帝王乗馬里に幸し玉ふ、翁由緒《ユさ》を奏す、帝悲泣して翁に伴て般若山に幸し玉ふ、登ることを第五の層に及びて、休息良久《やゝ》して玉冠を脱て此処に留む、〔頂〕上に登りて、巖嶇に臨む、女出向て、嘲咲《アサワラヒ》て曰く、願くば

帝王此に住み玉へと、帝即〔崛〕に入り畢ぬ、件の崛は釈迦の嶽の東南の角に在り、王冠は石と成て今に在り、
□所に石を積て陵と名く、

延暦廿四年、巫女に託して曰く、内には深妙の極位を秘す、大日覚王之身是なり、外には和光之塵形を現す、我を浅間大明神と号す、浅智之衆生に間《マシハ》りて、難化の輩を導く義なり、之に依て、平城〔天皇〕の御宇、大銅元年に金社を立て、勧請し奉り、乗馬の里を改て□斉京と□矣、伽藍を建立して大日如来を安置し奉ると云々、□翁は是愛鷹《アハシタカ》の明神なり、嬢は又犬飼明神なり、二神《モハラヒトシ》新山に住す、因位の所変に依て、以て其の名を為す、而を嬢をは勧請し奉て新山宮と名く。□勧請し奉る、其の名を改めす、新山は列擲五年の暮春之比、天□自り来るにより、故に新山と名く。

右のごとく、それは愛鷹・犬飼夫妻の竹中よりの耀く少女（かぐや姫）の誕生部分を欠くものであるが、少女の富士登山、帝の入崛、浅間明神示現、その金社の創祀、本地大日如来を祀る伽藍建立と続けて、浅間大菩薩の垂迹縁起を形作っている。しかもこれを支えた老夫妻が、愛鷹・犬飼に祀られたと説く。その新山とは、「列擲五年」の誕生とあるので、富士の御嶽が涌出した三年後、御嶽の辰巳の麓に誕生した「葦高嶺」のこととなる。(38) ところで、この叙述はさらに続いている。

水精の嶽は末代聖人往生寺を建立し玉し、□依る□光明有て、地中自り出て、遙に照す奇特の恩を生て、其依夜夢想有り、青衣の天女手に宝珠を持て、白雲に乗し、来て聖人に告げて曰く、□是れ浅間大明神なり、所現の瑞相は船若山の精《セイ》、大日如来の三〔昧〕耶形比の処に御坐す故なり云々、夢覚て點《シルシ》をさして明朝に之を掘る、水精有り、形般若山の如くして、少しも異こと無し、随喜を生じて感涙を垂る、敢て往生寺の大日如来の御身中に納め奉る者なり、瀧本は悪王子の嶽の麓、東南の角に在り、岩屋の上自り水流落て盈縮有こと無し、末代上人

　此の所を行し時両目開の索引の不動現し玉ふ、故に、（欠）

ここであげられる「末代聖人」は『本朝世紀』久安五年（一一四九）四月十六日の条に、富士上人と号され、山頂に大日寺を建立したと伝える人物で、山麓の村山興法寺の開祖である。その末代上人が村山の北方に往生寺を建立するとき、夢想に浅間大明神が天女の姿で現じ、手にする水精の宝珠は般若山（富士山）の精にして大日如来の三昧耶形なりと告げたという。夢覚めて之を掘ると般若山その形なる水精を発見。これを大日如来の御身に納めたとする。次いでその往生寺の東南にあって、末代が水の行を営んだ「滝本」をあげ、その本尊が不動であることを説く。つまりこの富士開山の縁起は、発心門なる興法寺に対し、等覚門なる「滝本往生寺」の由来を語るものと言える。勿論、以下が欠けたままであれば、かならずしも明らかではないが、当「富士縁起」は、滝本往生寺とかかわる者の手になるかと推される。

ところで、この「富士縁起（断簡）」と対応するかと推される縁起が、近年見出されているのである。それは称名寺旧蔵『浅間大菩薩縁起』（残巻）で、冒頭一紙分が称名寺に伝わって金沢文庫に収蔵され、末尾約三紙分が尊経閣文庫所蔵『古文状』の模写本に収録されていたものである。それは同じく西岡芳文氏が紹介され、その内容を知り得たものである[39]。それによると、冒頭に、「月氏国」の一つの島が日本に移動し、富士山として湧出した由来を記し、ついて役の行者の伝説を述べる。（ここで称名寺旧蔵本は後欠、前欠で「古文状」の模写となる）。次いで富士山の地形についての説明があり、列擲五年の「新山」湧出をあげる。（中欠があり、西岡氏はこの部分に、全海筆の「富士縁起」が含まれていたかと推される[40]）。最後が末代上人（有鑑）に至る登頂の経緯を記すのである。西岡氏のよみ下し文で示す。

　富士の峯に攀らんとするの念を発し、山宮に参籠し、一百ヶ日の間、大仏頂三落叉を満じておわんぬ。明日、峯に登る思を企つるのところに、示現あり、嶮山に赴《おもむ》くの陽なり。仍て石室に宿して、五ケ日夜を経る。ここに僧あり、頼然と名づく。同時に発心して、峯に登らんと欲ふ。

天承二年閏四月十九日を以って、峯に登る。眼を廻して崔嵬を眺望し、耳を留めて安く鳴く声を聴く。次第に見廻して、金時上人より始め日代上人に至るまで、先に登る上人等の交名宝物等これを見る。随喜の涙、独り袖の上を禁じ、懺悔の心、独り肝中に萌《キサ》す。なかんずく日代上人の竹筒の金泥の経、同じく石窟の中に納め奉る金二両、閼伽具一具、剱一柄を拝見し奉る。松燭を立てて下る。郡郷の高下貴賤、峯の燭を見て、火を合わせて、落涙せずと云ふことなし。

有鑑下り、山宮に至り、三ケ日の間を経《フ》。宮司より始め、神官らに至るまで、古老人ら、有鑑讃歎の示現蒙らさる者なし。

それはまるで末代上人が初登山の経緯を自ら語るように叙されている。まず山宮での百ケ日参籠、さらに石室に五日の滞在。そしてそこで同行の頼然と出会う。登山は長承二年（一一三三）四月十九日、その頂上では、「金時上人より始め日代上人に至る」先人たちの交名宝物を見て、大いなる感動を抱く。その遺物は石窟の中に収められていたという。かくして末代は山を下り再び山宮に留まって三ケ日、宮司・神官ら、古老人まで末代を讃歎したという。

続けて縁起は、末代の翌年四月十九日の登山における奇跡を語る。すなわち峯に登るときに、夢幻に童子の姿を見、頂上においても再び同じ童子を見る。峯を下って五十里を過ぎて往生寺があり、そこに宿ると三人の童子が夢に現われ、富士の山の出現の次第を語ったという。（このあと金時上人に続く、天元六年（九八三）六月廿八日、続く日代上人の天喜五年（一〇五七）六月十八日の登山の次第、さらに末法自身の略歴を綴る）最後は次のように叙すのである。

吾れはこれ、三宮なり。今一人曰く、吾は悪王子なり。今一人曰く、吾れは剱《ツルギ》御子《ミコ》なり。此童子ら異口同音に唱えて曰く、「汝をば、末代上人と名づけん」となり、先生の行業に依って、此の名を着く。夢覚ての後に、次第に三反これを唱う。ここに、結ぶところの庵室に世間の具等を置く。滝本と名づく。籠ること数日して、路を掃きて麓宮にいたると云々。

長承元年〈丑子〉四月十九日、上人末代、峯に登り、日代上人仏経奉納の巌窟において、閼伽の器・鈴・独鈷・一尺剱一柄・金一両を置き奉る。同年六月十九日、また剱一柄・金一両を納め奉る。同年六月云々。同二年四月五日、峯に登りて、如法経一部十巻を埋め奉る。また面八寸の鏡に地主不動明王三尊像を鋳顕し奉ると、彼の窟に安じ奉る。銘に曰く、「走湯山の住む僧末代上人、生年二十九、浅間大菩薩の示現を蒙りて、当峯に攀ること四ヶ度」と、

「富士参詣曼荼羅図」室町時代　狩野元信印（静岡・富士山本宮浅間大社により作成）

本奥に云く、

建長三年〈辛亥〉六月十四日、富士滝本往生寺に於て書写し了ぬ。

それは、その往生寺において三人の童子から「末代上人」の名を賜った由を伝え、改めて長承元年（一一三二）、四月十九日、同年六月十九日、同年六月云々（不明カ）、同二年四月五日の四ケ度に及んだ登山の次第を語り、その銘を残したと伝える。しかもこの縁起の書写は、末代上人の登山の拠り所とした「富士滝本往生寺」であり、それは建長三年（一二五三）とする。先の「富士縁起（断簡）」が、同じく滝本往生寺とかかわって成立したと推されたのであるが、これはそれに対応するものであり、その「富士縁起」の成立も、鎌倉中期まで遡ることを想定させるのである。

乙・『詞林采葉抄』

「富士山縁起」を叙する最初の書物としてはやくからあげられたのが、僧由阿が応安二年（一三六九）に著した『詞林采葉抄』である。それはまず次のように叙されている。

富士縁起ニ云、此山者月氏七島之第三也、而ニ天竺列擲三年ニ我朝ニ飛来ル故ニ云新山、本ハ号般若山其形似合蓮華頂上八葉也、中央ニ有大窪ノ底湛ヘ満テリ、池水色如青藍、味甘酸シ治諸ノ病患、池ノ傍ニ有小穴形如初月、或時ニ出黒煙或時立白雲金色、承和三年ノ春垂珠簾雨玉ヲ四方ニ、貞観五年ノ秋白衣ノ天女双ヒ立舞フ、

その冒頭は、この山が天竺の列擲三年に飛来した新山であるとし、右の『浅間大菩薩縁起』に近い叙述を見せる。(40)以下、富士の地形、承和の噴火、貞観の祭祀（天女の立舞）の叙述は、およそ都良香の「富士山記」に準ずるものと言える。次いで「古老伝テ云」として、照り耀く乙少女（かぐや姫）の物語を掲げるのである。

此ノ山ノ麓乗馬ノ里ニ、有老翁愛鷹嫗犬飼、後作箕為業、竹節ノ之間ニ少女容皃端厳トシテ光明照耀ヤクニ、

爰桓武天皇ノ御宇延暦之頃、諸国下宣旨被撰美女、坂上田村丸為二東国ノ勅使一、富士ノ裾宿老翁ノ宅、終夜不絶火光、問ッ子細是レ養女ノ光明也、
田村丸即上洛シテ奏事ノ由ヲ、於少女登般若山ニ、入巌崛畢ヌ、
帝幸老翁ノ宅ニ翁奏ス由緒、帝悲シミテ脱帝イ、王冠留此処ニ登頂上、臨金崛少女出向テ微咲《あさはら》ふて曰ク、願ハ帝留玉ヘ此、
帝即入掘訖ヌ、王冠成石有于今、
彼ノ翁ハ者愛鷹明神也、嫗者犬飼明神也云々

右のように、それは先の「富士縁起（断簡）」の欠く、かぐや姫誕生の冒頭を有しており、以下はほぼそれに準じて、いささか簡潔に叙するものである。したがって両者を相補って、その梗概を示せば、おそよ次のようになる。

Ⅰ　富士の山の乗馬の里に、愛鷹・犬飼という老夫婦があり、箕作りを業としている。その夫婦が竹の節に、美しく光輝く少女を発見する。　〔かぐや姫の誕生〕

Ⅱ　たまたま桓武天皇の美女撰びに勅使として田村丸が当地に下向、火光の絶えざる少女を発見する。
〔勅使のかぐや姫発見〕（〔姫の婚姻拒否〕）

Ⅲ　田村丸が上洛して、その少女のことを申し上げるが、まもなく少女は般若山（富士山）に登り巌崛に入ってしまう。　〔かぐや姫の登山・入崛〕

Ⅳ　天皇は自ら当地に行幸、悲しみのあまり姫を追って登山、山頂近くで王冠を脱がれる（これが石となって今に残る）。天皇が巌崛に臨むと、姫が現れ微笑《ほほえ》んで天皇を誘う。それにしたがって天皇も入崛される。
〔帝と姫の邂逅、二人の入崛〕

Ⅴ　帝と姫は浅間大明神に示現、本地は大日如来である。また老翁夫妻は、愛鷹明神・犬飼明神と示現される。

右のごとく、この縁起は富士浅間大菩薩の前生を語る垂迹物語である。そこでその物語の主な特徴をあげてみる。まず〈時代〉は、「桓武天皇ノ御宇」として、奈良時代のこととする先の伝承群より時代を引きさげ、史実に近づけて叙していると言える。その〈舞台〉は、富士山の麓の「乗馬ノ里」として在地性を主張する。またその養父母は「愛鷹」「犬飼」とする。「箕作り」の翁とも言うが、「愛鷹」「犬飼」は、鷹飼を職とする者と限定する叙述である。その〈誕生〉は「竹節之間ニ少女」とするは、『竹取物語』あるいは『神道集』などに通じるものである。ただし「容貌端光照輝ヤク」はそれであるが、勅使の田村丸が訪ねるとき、「老翁ノ宅終夜不絶火光」とあって、それは「養女ノ光明」とあるとする。きわめて特徴的な叙述である。これは、光り輝く少女（かぐや姫）が、富士の火の神に通じることを暗示した叙述にちがいない。しかもそのかぐや姫の分身ともいうべき「火の御子」が謡曲「富士山」に登場することは既にあげている。また〈婚姻〉については、天皇の美女選びに田村丸が下向したと叙するのみで、これに直接ふれることはない。が、あるいはそれは後にあげる「縁起」によると、「一旦の拒否」を隠すものとも言える。続く〈別離〉は昇天ではなく、富士への登山であることは、『神道集』の叙述に通じるものであるが、それは在地の富士禅定の経緯を隠すものと判じられる。その別離に際しての〈姫の形見〉は全く触れることがない。つまりこの「縁起」は、「富士の煙」の由来を説くことに関心はないと言える。あえて主張するのは〈帝と姫の邂逅・二人の入崛〉である。これは『神道集』にもうかがえたことであるが、それは男（国司）と姫との再会として語るものであり、富士の煙の中に女房の面影を見ての投身として「不死の煙」の由来とつなげるものであった。しかしこの「富士縁起」は、帝の入崛の奇跡を叙して、富士浅間大菩薩示現の真実性を主張する。しかもその〈明神示現〉は、姫と帝にとどまらず、愛鷹の翁・犬飼の嫗にまで及んで説かれる。それは「乗馬の里」とともに、その在地性にこだわった叙述とみることができる。

丙・村山浅間神社旧蔵「富士山縁起」

本書は、末代上人を開祖とする富士山興法寺に属した村山浅間神社宝物館に所蔵されていた巻子の写本である。早く遠藤秀男氏が筆写されたもので、室町時代の古書によっていると推定されている。[41] およそ村山の富士山興法寺は、大日堂を管理する池西坊、浅間社をあずかる辻之坊、大棟梁権現を祀る大鏡坊の三坊によって維持されていたが、本書の最末には、「往昔縁起文字依不見分写之畢。大峰大先達浄蓮院兼帯富士山別当、池西坊諄栄」とあり、その大日堂管理の池西坊の「諄栄」による書写であることが分かる。ただしその諄栄がいかなる人物であったかは知られていない。なお本書のほかに、村山浅間神社旧蔵の「富士山縁起[42]」が見出されている。ほぼ右の諄栄本と同文で、奥に「文化九壬申十二月十七日、見辻之坊所持之縁起写之、雖為自往昔所伝之縁起、其誤実杜撰不可勝計、必考古実可正之者也。頼猷」とある。これは浅間社を預かった辻之坊の所伝の縁起であり、最末の「富士山禅定功徳」の叙述が、諄栄本といささか異同する。本稿ではとりあえず遠藤氏の紹介された諄栄本の書き下し文によって、その叙述をみることとする。[43]

その冒頭は、「抑駿河《スルガ》国富士山ハ、仁王六代孝安天皇ノ治世、九十二庚申ノ年暮春ニ至、七日七夜天曇、昼夜ヲ弁ズ、大地震動寸時モ止無ク、人驚怪《アヤシ》ム時俄ニ青天ト成リ、巍然タル高山面前ニ出現ス。……年経テ麓ニハ草木生茂《ヲイシケリ》、畜獣ノ栖ト成ヌ」と叙する。次いで浅間大菩薩の縁起を掲げる。段落を付して引用してみる。

Ⅰ　爰ニ乗馬里ニ老人夫婦有リ、翁ハ竹ヲ好ミ鷹ヲ愛ス。婦ハ常ニ犬ヲ飼、箕ヲ作ルヲ業トス。人作竹翁ト去。世ハ安楽ニ渡ルトモ人ノ孝子無ク、老行末ヲ歎ク。或時後苑ノ竹中ニ赤子ノ声有リ、夫婦驚キ立見レバ当歳ノ女子也。A不思議ナカラ類無ク悦ヒ養育スル事限無ク、漸《ヤウヤ》ク成長ニ随ヒ容顔美麗三拾二相揃タル美女トナリ、異香常ニ薫、身ニ光明ヲ放ツ。仍テ赫夜《カグヤ》姫ト名ク。　〔かぐや姫の誕生〕

Ⅱ　既二十六歳ニ至ル。其比《コロ》、帝王諸国ニ勅使ヲ遣シ、美女ヲ撰ミ后ノ備トス。東国勅使此事ヲ聞、翁ノ家ニ宿シ姫ヲ見、天下無双之美女也、帝王美女ヲ撰ム為諸国ニ勅使ス、汝チ其人ニ当タル、后ニ備ル可シ。姫ノ曰ク、我土ニ有事久シカラズ、殻聚山ノ巌窟ニ入リ、世ニ参ルベカラズ。　〔勅使のかぐや姫発見〕〔姫の婚姻拒否〕

Ⅲ　勅使上洛ス。姫父母ニ曰、天下王土ニ非ル無ク、論言争黙只憂世ヲ捨テ巌窟ニ入ラントノ給フ。父母歎悲ミ、命ノ限リハ叶フベカラズ〔ト〕答フ。姫重テ、常ニ来テ見奉ルベシトノ給フ。B此事近里ニ聞エ、諸人離悲ヲ惜シミ、麓ノ川辺迄送リ奉リ、声ヲ挙ゲ落涙ス。今ニ憂キ涙ト書テ憂涙《ウルイ》川ト云。翁一首ヲ詠ム。世ヲ憂ト逃《ノガ》レ出ニシ桑ノ門何床シニ立帰ルラン。姫、身捨ント思イ出ニシ我ナレバ世ノ憂コトヲカヘリミル也ト御返歌有リ。深山ニ踏入レ給《タモ》フ。元ヨリ化身ノ御事ナレバ、易《タヤス》ク頂上ニ参リ、今ノ釈迦カ岳ノ南ミ角ノ巌《イハヤ》ニ入リ給フ。誠ニ常ニハ人恐ト雖モ、姫ノ名残ヲ悲シミ、恐思無シ。此時ヨリ御山踏始メ也。　〔かぐや姫の登山・入崛〕

Ⅳ　帝王此ノ山詳ニ聞シ召シ、恋慕ハセ給ヒ、亦勅使ヲ以テ王冠ヲ送リ給ヒ、乗馬里一斎京ト宣旨有リ。勅使翁ノ家ニ至リ姫ヲ問フニ、有《アリ》ノ侭ニ申ス。則チ翁ヲ伴ヒ殻聚山エ登ル。半復ニ至ル所ニ、赫夜姫出向ハセ、御冠ヲ請ケ、后妃ノ御形ニテ頂上ニ入リ給フ。其場今ニ、冠石トテ印之有リ。　〔帝と姫の邂逅〕

Ⅴ　扨其後、赫夜姫託シテ曰ク、内ニハ深妙之極位ヲ秘シ、大日覚王ノ身是也。外ニハ和光塵形ヲ現シ、浅間大菩薩ヲ顕ワス。浅智衆生ト間《マジハ》リ、難化輩ヲ救剤スル為ニ有リト。亦翁夫婦ハ新山ニ入リ給フ。因位ニ依テ愛〔スル〕所ヲ以テ神名ト為《ナ》ス。翁ハ愛鷹大明神ト勧請奉リ、嫗ハ犬飼大明神ト勧請ス。後ニ今宮ト号ス。之ニ依リテ新《イマ》山ヲ改メ愛鷹山ト号ス。（東愛鷹山・西今宮）（御山出現ノノ後ニ顕タル故イマ新山ト云、亦愛鷹山ト云）〔明神示現〕

以下、役小角の事跡をあげて、富士禅定の定めを説き、聖徳太子の登山をあげ、大日如来の窟中よりの出現を語る。さらに富士の内院・外院の世界を紹介し、山中の旧跡の由来を説く。次いで末代上人の入山・往生寺（御室）建立もあげ、浅間大菩薩の示現を示す。最後に「富士山禅定ノ功徳」をあげ浅間大宮より興法寺村山より発心門・等覚門を経て妙覚門に至る禅定への行者道を説いて終わる。

ところで、先の浅間大菩薩の垂迹縁起にもどる。その大筋は、およそ先の称名寺所蔵「富士縁起（断簡）」、『詞林采葉抄』所載の先行の「富士縁起」に準じている。あるいはそれは前者にいちだんと近いとも言える。しかしその傍線部分で示した叙述は、『竹取物語』に準じた修辞表現かと推される。また傍線部分を付した叙述は、本書特有のものである。それは特にⅢの〔かぐや姫の登山・入崛〕の場面にうかがえる。その憂涙川の由来は、富士禅定の行者にとっては神聖なる潤井川をとりあげるものである。その別離における翁や媼との問答歌は、『竹取物語』に準じた叙述とも推される。また〔かぐや姫の登山・入崛〕の「此時ヨリ御山踏始メ也」とは、村山修験の富士禅定をかぐや姫に始まるとして説くもので、本書制作の眼目をうかがわせるものである。しかし、先行の「縁起」の叙述を改変する部分も見える。たとえば、Ⅱ〔勅使のかぐや姫発見〕において、桓武天皇の御名をはずし、勅使の田村丸のそれもはずしている。それは史実性を退けて、その叙述の真実性を保証することにもなっている。また、その方法はⅣ〔帝と姫の邂逅〕にも示されており、帝自身の入崛を叙することがない。したがってそれはⅤ〔明神示現〕にも及んで、浅間大明神示現は、帝と姫の両人ではなく、かぐや姫一人にとどまっているのである。またⅡ〔勅使のかぐや姫発見〕において、勅使の田村丸が見たかぐや姫の光明を「終夜不絶火光」とする先行の「縁起」の叙述は踏習していない。それにかえて本書は、後半の末代上人の事跡を叙するなかで、「亦神女二人出現シ双ビ立テ舞ヒ遊ビシの地、炎烟ノ如ク失セ給フ。火ノ御子ト号シ、本地ハ如意輪観世音菩薩也」と叙すのである。これは先にあげた謡曲「富士山」とかかわる叙述と言える。

丁・六所家旧蔵「富士山大縁起」（公文富士氏「富士大縁起」）

かつては富士山興法寺に属した富士下方郷の東泉院は、当地方の浅間五社別当をつとめた真言寺院である。その東泉院を営んでこられたのが六所家である。そしてその六所家には幾通りかの「富士山縁起」が蔵されていたが、ここではその元禄十年（一六九七）東泉院法印円成の書写になる「富士山大縁起」（外題）をとりあげる。[44] その冒頭は次のごとくである。

窃ニ聞ク、混沌既ニ分チ、両儀俶啓ス、国常ノ立尊ト情性初テ動ク、雖レモ然ト気ニ有二リ陰陽一、現レ無二コトヲ陰陽ノ之気調一天神七代ノ末ヘ伊弉册ノ二神始テ交懐シテ、生二一女三男一、地神五代ノ末、至下テ鵜羽不中葺合尊上ニ、経二八十三万六千余歳一、従二神武天皇一仁風甚タ扇テ民庶比レ屋、然而ルニ、当二人王第六代孝安天皇之治世四十四年壬申之年一、天曇リ大地震動スルコト、七月七夜也、従二上一人一、至二下方民一驚懼ス、天下ノ之夭怪、国土之毀癈、飆颯《クワウカイ》頻起ク、雰霏暫不止、詫二巫覡一ニ、卜二占スル吉凶一ヲ、霊神可レ顕瑞相也云々、而晰啓天昭、忽然シテ山現ス、諸人生二奇異ノ之思一ヲ、奏二孝安天皇一ニ、帝王以二勅使一令レ見レ之、霧雲帯レ腰如二シ扇ヲ伏一不レ見二麓地一、故ニ名二浮見出山一、従レ爾以レ降如二ナレハ米穀ヲ積聚一スルカ、名二穀聚山一、其ノ後降二五ノ大磐石一成二山高一ヲ、因テ名二般若山一、……

しかしてその浅間大明神の垂迹縁起は、次のように叙されるのである。同じく段落をもってあげてみる。

I　抑延暦ノ比、東階(マヽ)道駿河国ニ乗馬ノ里、有二夫婦老人一ノ、翁作二箕ノ業一ヲ、仍テ人是ヲ云二作竹翁一、又常ニ愛レス鷹ヲ、嫗ハ常ニ飼レ犬、夫婦相共ニ憂レ無二一子一、或時従二竹中一一寸六分計ノ得二化女一、A′夫婦成二不思議思一、錦褁ミ養育シ愛ルコト、無レ限、随テ漸ク成長スルニ、容顔美麗、言音和雅、柔和忍辱、弁舌分明、一笑百媚、膚如二阿雪一ノ、紅瞬赤脣、至二

手足一ニ、天下無双美人也、異香常ニ薫、従レ身放ニ光明一、夜中只如ニ白日一、仍テ名ニ赫夜姫一ト、夫婦之寵愛無レ限、

〔かぐや姫の誕生〕

Ⅱ　漸ク至ニ十六歳一、其比桓武天皇遣ニ諸国ニ勅使一ヲ、選ニ玉ヒ美女一欲レ備レ后、東国田村丸下向ノ時、乗馬ノ里寄ニ宿ス作竹翁一ニ、終夜有ニ火光一、勅使問レ翁ニ、何ンソ故ニ終夜火光不レ絶ヘ、翁謹テ白ス、非ニ火光一、翁一子養女ノ光明ナリト答、丸成ニ奇異ノ之思一ヲ、請テ相見、対面スルニ容顔無比ノ美女也、丸ヤ言ク、我君為レ撰ニ美女一、有ニ諸国勅使一、汝チ当ニ其人一、聊可レシト備レ后、則上洛シテ奏ニ此ノ由一、赫夜姫語ニ父母一言ク、ア夫レ一生ハ仮リノ宿リ、只幻ノ内如レ見レ夢、雷光ノ似レ宿レ露、勅使再来ラハ、無レ不ニスト云フ天下王土一ニ、綸言争ヤ黙ンヤ乎、名聞ハ者生々ノ鎖也、只タ捨テ憂世一ニ、可レ入ニ般若山ノ岩屋一ニ思フ、如何ントシト言フ、

〔勅使のかぐや姫発見〕〔姫の婚姻拒否〕

Ⅲ　夫婦ノ云、君寸時不レレトモ奉レ見、猶心憂、況ヤ彼ノ山者、人倫不レ通怖山也、奉レ捨ニ置彼山一、夫婦ノ之心雖レ堪、夫婦有ニ命限一不レトレ可レ叶答フ、姫重テ言ク縦ヒ入レトモ巌、常ニ来テ可レ奉レ見、既ニ点日時ノ、為レ登ニ般若山一ニ、B′此事風ニ聞遠近隣邑一ニ、奉レ惜無レ限、漸望ニ日時一ニ、上下万民群集、如ニ盛市一ノ、寔尋常人、云レ別有ニ名残一、況ヤ天下無双之美女、翠黛紅顔粧嘲ニ春花一、柔軟端厳容猜ニ秋月一、美玉徒ニ沈ニ深渕一、黄色空ク擲ニ昿野一、誰不レ惜レ之乎、徐至ニ深々タル山河辺一、諸人挙レ聲落涙ス、于レ今書憂涙云ニ憂涙河一、イ未レ通ニ人倫一山中ニ分入給、諸人姫君惜ニ名残一、忘ニ山怖一、今中宮是也、従レ其上女人不登也、然シテ姫立帰対ニ諸人一言ク、是迄ハ者不残志可ニ皈給一言、翁詠ニ一首ヲ世ヲ憂シト思ヒ出ニシ世捨テ人ト何ニ床シトヤ立帰ルラン、赫夜姫返歌、世ヲ憂シト思ヒ出ニシ心ヨリ厭ハヌ人ヲ立チ返リテ見ルト、有ニ御返歌一、深山蹈入給、姫者自レ元化身ノ御事、至ニ山嶺一ニ、今釈迦嶽南ノ角有ニ大岩一入ニ其中一、従其以来、人登ニ此山一、ウ抑此事無レ隠、般若山御神体、為ニ衆生利益一、現ニ女体一、怖山中ヲ踏始メ、令レ運ニ人ノ歩一ヲ、生ニ二仏ノ之中間一ニ、浅智ノ之衆生ヲ助給浅間大菩薩ト申也、

〔かぐや姫の登山・入崛〕

Ⅳ　其ノ後桓武天王聞二美女容貌一ヲ、駿州ニ成二行幸一、為レ覔二見ントシ玉フ彼ノ芳躅一ヲ、老翁奉レ伴二登般若一ニ、帝王至テ二半復一休息玉ヒ、脱レキ冠置玉フ、于レ今成レ石、云二フ冠リ石一シト、王至二山頂一、赫夜姫帝ニ奉レ見、天王歓喜契諾、相共入レ巖、諸臣皆悉流二随喜涙一ニ下向ス、　〔帝と姫の邂逅・二人の入崛〕

Ⅴ　（前略）作竹翁ハ顕二愛鷹権現一、嫗ハ現二犬飼明神一、赫夜姫ハ浅間大菩薩是也、　〔明神示現〕

これに続けて、延暦二十四年に大菩薩が巫女に憑依して本地が大日如来になることの告示、平城天皇の大同元年における社頭大宮建立、貞観十七年における白衣ノ巫女二人の山頂舞遊(45)、承和年中における二人の舞遊の火炎に対する火御子勧請(46)、そして近代における末代上人の不動明王示現にもとづく往生寺建立に及ぶのである。

さて、右にあげたかぐや姫の垂迹縁起にもどってみる。それはおよそ村山浅間神社旧蔵本（村山本）に準ずる叙述である。それは同じく『竹取物語』に準じた修辞表現が見えるし、いちだんと美辞麗句を重ねた叙述がうかがえる。たとえば、Ⅰ〔かぐや姫の誕生〕における村山本の「[A]不思議ナカラ類無ク悦ヒ養育スル事限無ク、〜相揃タル美女トナリ」に対する「[A′]夫婦成二不思議ノ思一、綿褁ミ養育シ愛ルコト、無レ限〜紅瞬赤脣、至二手足一ニ、天下無双美人也」の叙述がそれである。また村山本特有の叙述をいちだんと誇張した表現に及びところも見える。Ⅲ〔かぐや姫の入崛〕における村山本の「[B]此事近里ニ聞エ、〜声ヲ挙ゲ落涙ス。今ニ憂キ涙ト書テ憂涙川ト云」に対する「[B′]此事風二聞遠近隣邑一ニ、奉レ情無レ限、漸望二日時一ニ、上下万民群集、〜徐至二深々タル山河辺一、諸人挙レ聾落涙ス、于レ今書憂涙云二憂涙河一」がそれである。また村山本特有の叙述をほぼそのまま継承する部分もある。Ⅱの〔勅使のかぐや姫発見〕の「漸ク至二十六歳一」、Ⅲの〔かぐや姫の登山・入崛〕の「翁一首〜赫夜姫返歌」、「今釈迦嶽南ノ角」「従其以来、人登二此山一」、Ⅳの〔帝と姫の邂逅〕の「老翁奉レ伴」などの叙述がほぼ村山本を継承。一方、本書のみの独自の叙述もみられる。Ⅱの〔姫の婚姻拒否〕の、「[ア]夫レ一生ハ仮ノ宿リ、只幻ノ内如レ見レ夢一」、Ⅲの〔かぐや姫の登山・入崛〕の「[イ]未レ通二人倫一山中二分入給、～是迄ハ者不残志可二皈給一言」、同じく「抑《ウ》此事無レ隠、～浅間大菩薩ト申也」などがそれである。

他方、村山本が先行の「縁起」を継承しなかった叙述部分を本書がとりあげている箇所もある。Ⅰ〔かぐや姫誕生〕の「延暦比」、Ⅱ〔勅使のかぐや姫発見〕の「桓武天王」「田村丸」など、史実性を主張した叙述が見える。またⅡ〔勅使のかぐや姫発見〕においては、「終夜火光不絶～養女ノ光明ナリ」がとりあげられている。特に注目すべきは、村山本が帝の入崛を否定していたのであったが、本書はⅣ〔二人の入崛〕において「天皇歓喜契諾相共入レ巖」の叙しているのである。しかしそのような先行の「縁起」と村山本・本書との関係は、逆の場合もある。先行の「縁起」にそって村山本が叙しているにもかかわらず、本書にはそれが欠けている個所もある。村山本におけるⅣ〔帝と姫の邂逅〕にある「恋慕ハセ給ヒ、亦勅使ヲ以テ王冠ヲ送リ給ヒ、乗馬里一斎京ト宣旨アリ」の叙述がそれである。これは先の称名寺本の〔神明示現〕に先述する伽藍建立の記事に「平城〔天皇〕の御宇、大銅元年に金社を立て、勧請し奉り、乗馬の里を改めて□斎京と□実」と見えている。本書にはこの記事は含まれていないのである。ただし称名寺本は、この直前に「延暦廿四年、巫女に託して曰く、内には深妙の極位を秘す、大日覚王之身是なり、外には和光之塵形を現す、我を浅間大明神也、……」と叙している。本書はかぐや姫の垂迹縁起をあげた後に、

又延暦廿四年浅間大菩薩託二巫女一云玉フ、我内秘二不生源一、極二大日ノ覚位一、外二現和利物一、垂跡浅間、…

とあり、また「平城天王ノ之御宇大同元年丙戌ノ年、鏤二金銀一、建立社頭、奉レ勧二請浅間一」と叙している。たしかに、「乗馬里一斎京と宣旨あり」は欠くものの、本書の叙述もまた称名寺本にきわめて近いと言えるであろう。ただ注目されるのは、本書のⅤ〔明神示現〕における浅間大菩薩のそれは、赫夜姫に留まって天皇に及ぶことがない。村山本に近づいたものと判じられる。

以上、在地縁起の「富士山縁起」諸本の関係はどう考えるべきであろうか。およそこれら諸本の検討のなかで、も

っとも重視されているのは富士禅定の開祖・末代上人の事跡であった。それならば本書の原本は、末代上人が開かれた富士山興法寺で成立したものと推して、ほぼ間違いはあるまい。その原本（第一次）に近いものが、興法寺に属していた往生寺書写の甲・称名寺本であったろう。その原縁起に近いものによって成ったのが、乙・『詞林采葉抄』収載の「富士縁起」と推される。丙・村山本、丁・六所家本の「富士山縁起」は、これらの先行の「縁起」の系譜に属してはいるが、その間に、先行の「縁起」を大きく成長させた第二次の原本が想定されるであろう。そしてここでとりあげるべきものが、公文富士氏の「富士山大縁起」である。(47)この書物は六所家旧蔵本と全く同文で書かれたものである。六所家旧蔵本の送り仮名をはずすと、漢文体の同書本文となる。その先後を判ずることは、今はできない。そしてその六所家旧蔵本、公文富士氏本の原拠本を求めると、興法寺より起った村山修験があげられる。今、これを「村山浅間」と称しておく。ここにおいて村山本と六所家旧蔵本・公文富士氏本の原拠となった二次的原本「富士山縁起」が制作されていたのではないか。この二系統の前後を判ずることもできないが、叙述の内容からは後者が古いと判じられよう。しかし、きわめて饒舌な美文体を装って叙される後者は、後出本とも見なされるであろう。

なお本書・六所家旧蔵本と近い本文をもつものに富士吉田市の田辺四郎氏蔵「富士山縁起」がある。(48)同上吉田地区で御師・大国屋を営んでこられた同家に伝わるもので、江戸時代の写本である。本文はおよそ六所家旧蔵本に準ずるが、赫夜姫が登山する般若山には恐ろしい鬼神が住するなどとする異文が含まれる。特に注目するのは、鷹飼・犬飼夫婦が住む地を「駿河ノ国ニ大綱ノ里」とし、「後チ乗馬《ノリメ》ノ里ニ移ニス居住一」と叙すことである。この系統の諸本を戊本として分別する。これは林羅山の『本朝神社考』の「富士山」の項に準ずるものである。(49)しかもこの浅間大菩薩の垂迹縁起は、最後を御師の由来で結んでいることが注目される。すなわち桓武天皇が赫夜姫を追って登山するに当り、田村丸に命じて、麓にある「神祇職之者」たちが集められ、「汝シ等山ノ之可レシ為レル師」との宣旨を賜り、天皇ともども般若山に登ったと語るのである。

またこの浅間大菩薩の垂迹縁起を含むものとしては、延宝八年（一六八〇）の版本『富士山の本地』[50]、正徳三年（一七一三）の版本「富士山縁起」[51]がある。その前者は、鷹飼・犬飼夫妻の住む地を「大つなのさとのり馬とふところ」、後者は「おほつなの里」とする。特にその後者は、村山浅間社旧蔵に準じて、興法寺大日堂を管理してきた「池西坊」に属した「行存」なる人物の撰とある。

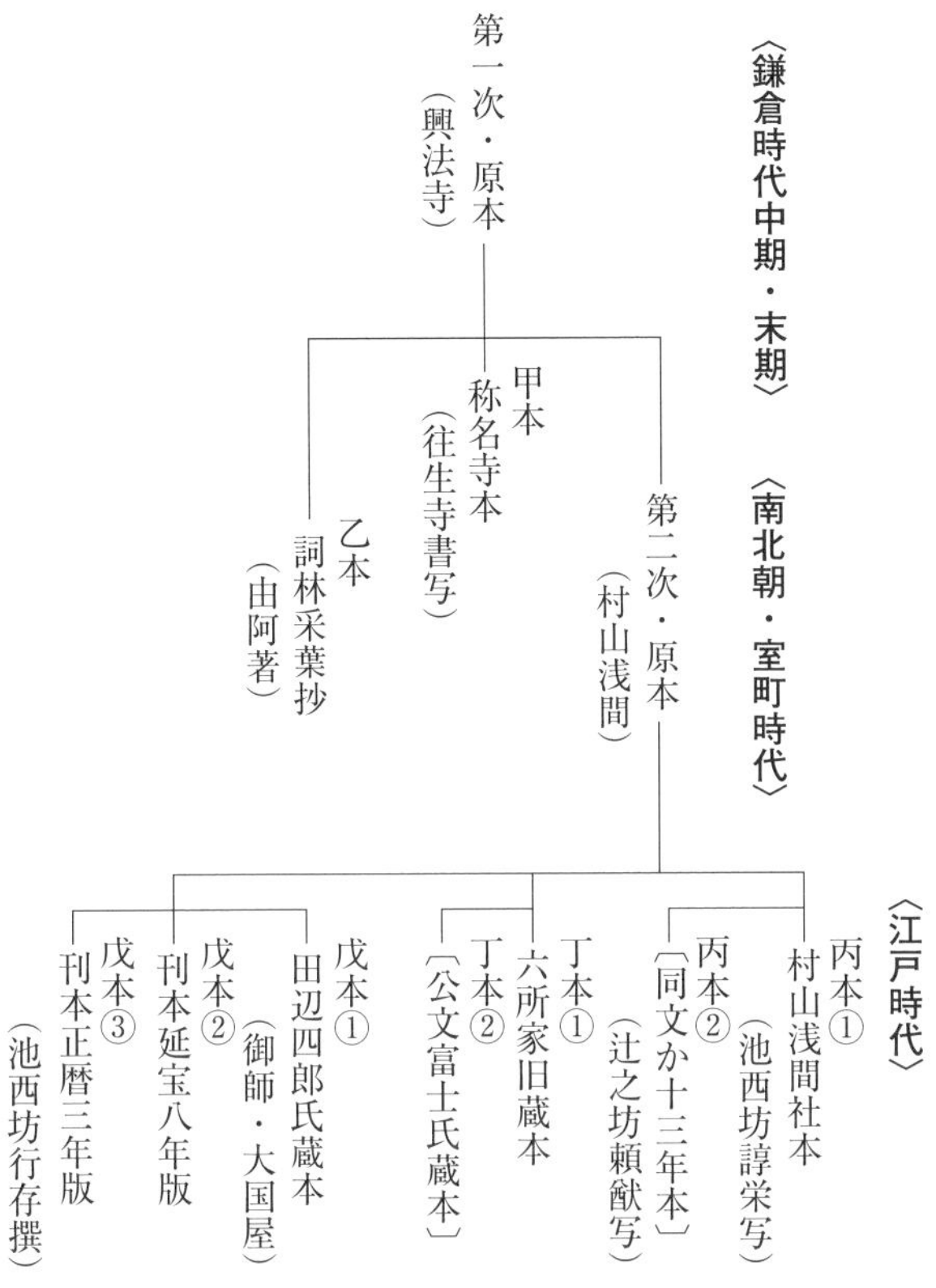

以上をもとにして、「富士山縁起」諸本の伝承系譜を推測して上に掲げている。およそ第一次・原本は、いまだそれぞれの縁起が簡潔な形で記述されている段階のもので、編者の制作意識は、それほど大きなものとは思われない。しかし、第二次原本は、編者が富士信仰の全貌を示す「大縁起」を志して制作されたもので、そのなかにかぐや姫の浅間大菩薩示現を叙する「垂迹縁起」をその中核に据えられているのであった。しかしその諸本は、それぞの寺社の信仰勢力のなかで、それに応

じた改作が試みられて成っているのである。

おわりに――各「竹取説話」の伝承構造――

先にあげた各「竹取説話」を総括して検してみる。およそ㈠『竹取物語』は平安時代の作り物語である。㈡「鴬姫説話」は鎌倉時代の和歌の注釈などによるものである。㈢「富士浅間大菩薩事」は、南北朝時代の唱導僧の説経台本に属するものであり、㈣「富士山縁起」は鎌倉時代から江戸時代に及んだ在地縁起として伝承されたものである。つまりそれぞれは、相当に違った世界で伝承されたものである。それにもかかわらず、それは竹取説話と一括され、きわめて近似した話型を維持し、そのなかでささやかな異同をみせるのである。それを対照して示すと次のようになる。

話型＼モチーフ	〈養父母〉	〈誕生〉	〈婚姻〉	〈別離〉	〈由来〉
㈠竹取物語 〈天女誕生・昇天型〉	竹取の翁	竹中に赤子	拒否（帝） 〈文の交換〉	離別（文・薬） 昇天	富士の煙
㈡鴬姫説話 〈天人女房・別離型〉	竹取の翁 （作竹翁・管竹翁）	竹中に鴬卵	幸福な婚姻 （帝）	離別（鏡） 昇天	富士の恋の煙
㈢富士浅間大菩薩事 〈天人女房・再会型〉	管竹翁 加竹媼	竹中に少女 （五、六歳）	幸福な婚姻 （国司）	入山（箱） 再会	富士の煙 富士明神
㈣富士山縁起 〈天女誕生・邂逅型〉	愛鷹の翁 犬飼の媼	竹中の赤子	一旦の拒否 （帝）	入山 邂逅	富士、愛鷹・犬 飼明神

これによれば、その原型は昔話「天人女房」となり、それぞれのサブ・タイプはおよそ〈昇天型〉〈別離型〉〈再会型〉〈邂逅型〉となる[52]。この「天人女房」の主題は、一旦ではあるが、男との幸運なる天人との〈婚姻〉にある。その異同によってサブ・タイプが生ずる。その揺れを見せているのが『竹取物語』であることは既に論じた。〈由来〉はそれぞれの伝承の関心によって異同する。その点で揺れを見せているのが「富士浅間大菩薩事」である。次いで各説話における伝承の動態の異同を対照してあげる。

典拠＼動態	舞台	時代	伝承態	ジャンル	伝承心意
（一）竹取物語〈作り物語〉	都近く	今は昔	ムカシ語り	昔物語	虚構
（二）鶯姫説話〈和歌注釈類〉	駿河国富士野（浅間郡）	天武天皇（欽明天皇）（雄略天皇）	イニシヘ語り	フルコト（古事）	半ば真実
（三）富士浅間大菩薩事〈説経台本〉	駿河国富士郡	雄略天皇	ヨミ語り	縁起（中世神話）	聖なる真実
（四）富士山縁起〈在地縁起〉	駿河国乗馬の里（大綱の里）	桓武天皇	ヨミ語り	縁起（王権神話）	聖なる真実

それぞれの典拠は、その伝承世界の異同を示す。それは自ずから〈伝承態〉の異同につながる。それも〈ジャンル〉〈伝承心意〉にも及ぶものである。同じ縁起でも「富士浅間大菩薩事」は中世神話（国司・かぐや姫の明神示現）と言えるものであったが、「富士山縁起」は王権神話（帝・かぐや姫の明神示現）と称すべきものとなっている。が、それも諸本間に揺れがあったのである。そのそれぞれの具体的伝承の動態についてはすでに示してきたことである。し

たがってここでは、本稿が究明しようとする在地の「富士山縁起」についていささかの説明を添えておわる。およそ「富士山縁起」は、富士の「山の神」を女体と観ずる原始思想に支えられている。しかもそれは絶えず火炎を噴出する女神でもあった。編者は、その火の神の姿態を輝く「かぐや姫」に見出し、その山頂回帰を王権神話の装いのなかで、山麓の垂迹縁起に仕立てあげたのである。しかもそれは、かぐや姫出生の地を富士山と愛鷹山の谷あいの「乗馬の里」に決し、その育成を当地の鷹飼夫妻とする在地性によって縁起の真実性を強調するものであった。そしてそれは、「富士山縁起」が当地方の「乗馬の里」の伝承と深くかかわって成立したことをも推測させるものである。

注

（1）西岡芳文氏「尊経閣文庫所蔵『古文状』について（上）—新見正路周辺の称名寺流出資料の紹介」（『金沢文庫研究』三〇五、平成十二年（二〇〇〇）、神奈川県立金沢文庫）。西岡芳文氏「尊経閣文庫所蔵『古文状』について（下）—新見正路周辺の称名寺流出資料の紹介」（『金沢文庫研究』三〇六、平成十三年（二〇〇一）、神奈川県立金沢文庫）。西岡芳文氏「中世の富士山—『富士縁起』の古層をさぐる—」（『日本中世史の再発見』所収、峰岸純夫編、平成十五年（二〇〇三）、吉川弘文館）。西岡芳文氏「新出『浅間大菩薩縁起』にみる初期富士修験の様相」（『史学』七三—一、慶應義塾大学、平成十六年（二〇〇四））。

（2）川口久雄氏『平安朝日本漢文学史の研究』（上）（昭和三十四年（一九五九）、明治書院）上篇・第七章「貞観期漢文学の作家と作品」参照。

（3）この『竹取物語』の基層構造を四つのモチーフに分別することが、現存のテキストの文体からも、およそ認定できることは、阪倉篤義氏の岩波・日本古典文学大系・第九巻（昭和三十二年〔一九五七〕の『竹取物語』の「解説」によって知られる。それは「なむ」「ぞ」と「ける」との叙述様式を検することで、その非訓読文的文章が、訓読文的文章（貴公子の求婚譚）を包むという形をとって構成されているという。（これは先に『国語国文』昭和三十一年一月号に「『竹取物語』の構成と文章」と題して発表されたものによるもので、後に『文章と表現』昭和五十年・角川書店に収められている）。

（4）それをうかがわせるものの一つが、鎌倉中期成立の卜部兼文・兼方の『釈日本紀』や『日本書記神代巻』である。また『中世日本紀』に関する研究は、伊藤正義氏「中世日本記の輪郭」（『文学』一九七二年十月号）（『文学』一九七三年十月号）以来、多くの蓄積があるが、今はそれを省略する。

（5）片桐洋一氏『中世古今集注釈書解題』（二）（昭和四十八年〔一九七三〕、赤尾照文堂所収、同書「Ⅰ、「古今和歌集序聞書三流抄について」参照。

（6）片桐洋一氏『中世古今集注釈書解題』（一）（昭和四十六年〔一九七一〕、赤尾照文堂「Ⅲ、「大江広貞注」とその周辺―「神宮文庫本古歌抄」のこと」。

（7）右掲注（5）同書所収、同書「Ⅲ、「頓阿序注」その他」参照。

（8）右掲注（6）同書「Ⅲ、「大江広貞注」とその周辺」引用（大阪府立図書本）同書Ⅰ、「神宮文庫本為家抄」をめぐって」「Ⅱ、いわゆる「古今為家抄について」」参照。

（9）右掲注（6）同書「Ⅲ、「大江広貞注」とその周辺」引用、同参照。

（10）右掲注（6）同書「Ⅲ、「三流抄」の影響を受けた序注」引用、同参照。

（11）徳江元正氏『古今和歌集三条抄』〔室町文学纂集　第二輯〕（三弥井書店、平成二年〔一九九〇〕）、片桐洋一氏『中世古今集注釈書解題』（五）（昭和六十一年〔一九八六〕、赤尾照文堂「Ⅰ、「毘沙門堂古今集注」に類する注釈書」参照。

（12）徳江元正氏「翻刻『古今序註』其一・其二」（『日本文学論究』第四五冊・第四七冊、右掲注（7）同書、「Ⅲ、「頓阿序注」その他」参照。

（13）古来、鴨長明作とも擬されたが、長明は建保四年の歿で当らない。しばしば関東と往来した源光行を当てる説が有力であるが、これを「初旅」によるという作者とは合致しない。岩波・新日本古典文学大系・51巻の『海道記』（平成二年〔一九九〇〕）の校注者（大曽根章介・久保田淳両氏）は、「藤原（中御門）宗行の死を痛悼している」ことに注目し、作者は宗行（前名行光）の兄弟で、『平家物語』の作者にも擬される「下野守従五位下行長」がふさわしいのではないかとしている。

(14) 文中には、『本朝文粋』『和漢朗詠集』『和名抄』、あるいは『長恨歌』『長恨歌伝』『文選』などの章句が、さかんに見出されている。

(15) その伝本は、浄土真宗高田専修寺派に属した専修寺専空自筆とされる鎌倉末期のものが、はやく『日本庶民文化史料集成』第二巻「田楽・猿楽」（川口久雄・坂口弘之両氏校訂、三一書房、昭和四十九年〔一九七四〕）に紹介されているが、それは富山県氷見市光久寺蔵・十九帖に、同県八尾町聞名寺・一帖を収めている。また同じく専空書写を忠実に書写した永禄二年寂玄筆写本を合わせて、『真宗史料集成』第四巻（平松令蔵氏編、同朋舎メディアプラン、昭和五十七年〔一九八二〕）「専修寺・諸派」に紹介されているが、前者は福井県越廼村法雲寺蔵・七帖、後者は岡崎市満性寺蔵・三十帖〔別巻八帖〕によるものである。

(16) 本書と酷似する太子伝が、真宗以外の寺院にもおこなわれていたことで、これらの伝本を阿部隆一氏は、「室町以前成立聖徳太子伝類諸誌」（『聖徳太子論集』昭和四十六年〔一九七一〕、平楽寺書店）（『阿部隆一遺稿集』第三巻、昭和六十年〔一九八五〕、汲古書院）に、仮称としてあげておられる。

(17) その第一巻の太子誕生を金光三年（私年号）と記す個所において、「今文保元年マテ過方巳ニ七百廿八年也」にあり、およそ文保元年〔一三一七〕に成立していたことが知られる。

(18) 満性寺本別巻「六角堂最初建立事」の末尾近くの本文中に、「延暦十三年甲戌歳ヨリ、至ニテ文保元年丁巳歳ニ、過キニシ方五百二十五年也」とあり、東大寺図書館蔵『正法輪蔵』（別巻）の巻一「日本神代記末尾」には、「文保三年二月廿八日於四天王寺地旂院書写法印権大僧都源通七十二歳」などとある。

(19) 「中世聖徳太子伝『正法輪蔵』の構造」（『絵解き―資料を研究』平成元年〔一九八九〕、三弥井書店）所収。

(20) 右掲注（15）『真宗史料集成』第四巻「専修寺・諸派」所収。

(21) 阿部泰郎氏「『正法輪蔵』東大寺図書館蔵―聖徳太子伝絵解き台本についての一考察」（『芸能史研究』82号、昭和五十八年（一九八三）九月）に翻刻・紹介。

(22) 牧野和夫氏「孔子の頭の凹み具合と五（六）調子等を素材にした二、三の問題」（『東横国文学』15号、昭和五十八年（一九八三））（後に『中世の説話と学問』、平成三年（一九九一）、和泉書院、所収）に翻刻・紹介。

(23) 『聖徳太子御伝叢書』昭和十七年（一九四二）、金尾文渕堂所収。

(24) 右掲注(22)同論攷。

(25) 大東急記念文庫・善本叢刊・中古中世篇『聖徳太子伝』（平成二十年（二〇〇八）、汲古書院）。

(26) 杉本好伸氏ほか「〈資料翻刻〉『聖徳太子伝』（寛文六年版）―第四巻～第六巻―（安田女子大学『国語国文論集』第二十六号、平成八年（一九九六）、牧野和夫氏『聖徳太子伝記』〈伝承文学資料集成〉第一輯（平成十一年（一九九九）、三弥井書店）。

(27) 本文は、池上洵一氏校注『三国伝記』（下）（昭和五十七年（一九八二）、三弥井書店）によっている。

(28) 『国文学　言語と文芸』六四号（昭和四十四年（一九六九）五月）初出、〈伊藤正義・中世文華論集〉第二巻『謡と能の世界（上）』（平成二十四年（二〇一二）、和泉書院）。

(29) 本文は『謡曲二百五十番集』（昭和五十三年（一九七八）、赤尾照文堂）による。

(30) 本文は、元禄二年（一六八九）の四百番本『謡曲全集』（明治四十四年（一九一一）、国民文庫刊行会）による。

(31) 拙稿「中世文学と古代文学―「中世神話論」をめぐって―」（古代文学講座・第一巻『古代文学とは何か』平成五年（一九九三）、勉誠社）（拙著『神話の中世』平成九年（一九九七）、三弥井書店「中世神話論」と題して再掲）、山本ひろ子氏『中世神話』（平成十年（一九九八）、岩波新書）など。

(32) 巻五「御神楽事」に「今ノ文和二年戊戌」、巻二「熊野権現事」に「今延文三年戊戌」、巻七「日光権現事」に「今ノ延文三年戊戌」とあり、およそ文和三年（一三五四）～延文三年（一三五八）前後の成立と判ぜられる。

(33) 岡見正雄・高橋喜一両氏校注「神道大系」（昭和六十三年（一九八八））による。

(34) 拙稿「真名本曽我物語の唱導的方法」（『唱導文学研究』第二集・第三集、平成十一年（一九九九）、三弥井書店、同十三年（二〇〇一））（拙著『曽我物語の成立』平成十四年（二〇〇二）、三弥井書店所収）

(35) 角川源義氏『妙本寺本曽我物語』〈貴重古典籍叢刊・2〉（昭和四十四年〈一九六九〉、角川書店）による。
(36) 『金沢文庫の中世神道資料』（平成八年〈一九九六〉、神奈川県立金沢文庫）21「富士縁起（断簡）」。
(37) 右掲注（1）「新出『浅間大菩薩縁起』にみる初期富士修験の様相」。
(38) 次にあげる『浅間大菩薩縁起』に「別に副へる新山」として、「御嶽《ミタケ》の湧現の後、三ケ年を経て、以後、列擲五年〈庚申〉夏のころ、御嶽出現の時の如し、十日を経て山と成る。山の葦高根なり。未だ成り定まらざる前《サキ》は平」とある。
(39) 右掲注（1）「尊経閣文庫所蔵『古文状について（上）（下）』」、同「新出『浅間大菩薩縁起』にみる初期富士修験の様相」など。
(40) 『浅間大菩薩縁起』には、直接、富士山湧現にはふれず、「新山」が三か年役の列擲五年に生まれたとある。そして「新山」は「葦高根」としている。
(41) (43) 〈山岳宗教史研究叢書〉17『修験道史料集（一）東日本篇』（五来重氏篇、昭和五十八年〈一九八三〉、名著出版、遠藤秀男氏翻刻・解説）。
(42) 『村山浅間神社調査報告書』（平成十七年〈二〇〇五〉、富士宮市教育委員会）所収。
(44) 『富士縁起の世界―赫夜姫・愛鷹・犬飼―』（平成二十二年〈二〇一〇〉、富士市立博物館）所収。
(45) その本文は「又貞観十七年乙未五月見二富士山一、白衣ノ神女二人、舞二遊山頂一、入レ夜虚空放二光明一、…」とある。都良香の「富士山記」の叙述である。
(46) その本文は、「又承和年中ノ比、二人双立舞遊、後ニ有二円光一、如二火炎ノ一、即奉二勧請一号二火御子一ト」とある。都良香の「富士山記」の叙述によりながら、独自に「火御子」伝承を添える。それは村山本における末代上人の事蹟を序する条にもうかがえている。また林羅山の『本朝神社考』の「富士山」の項にも見えている。これが延宝八年版「富士山の本地」における富士登山の道筋に「火の御子」があって「仁王、五十六代清和天皇の御宇、でうくわん五年、みづのとひつじの秋。富士の山頂に、しろきころもの天人。あまくだり。みねをさること一尺ばかりにして。ふたり、しばらく、まひあそび。光り天にみちて。円光《ゑんくはう》火炎《ひもゆる》のごとく。見えたまふ、それより此所を。火の御子とは、申たてまつる」と叙している、伊藤正義氏が「謡曲富士山考―世阿弥と古今注―」（右掲注（26）同論考）に引用されている。

(47)『浅間文書纂』(浅間神社社務所編、昭和六年〔一九三一〕名著出版・復刻版、昭和四十八年〔一九七三〕)「第四・公文富士氏記録」所収。

(48)右掲注(44)『富士山縁起の世界―赫夜姫・愛鷹・犬飼―』所収。

(49)その本文は、「古老伝云。昔大綱里有老翁老嬢、共居。翁愛鷹、嬢犬飼。後住乗馬里」とある。なお六所家旧蔵『富士山大縁起抜書』にも、「縁起云」として、「伝云、新山愛鷹ノ麓ニ大綱《オヽツナ》里トニ有ニ老翁一与嬢《ハヽ》ト共住ス、翁ハ常愛レ鷹ヲ、嬢《ハヽ》ハ常飼レ犬ヲ、後ニ住ニ乗《ノリ》馬ノ里ニ一」とある。

(50)横山重・太田武夫両氏編『室町時代物語集』(第二)(昭和十三年〔一九三八〕、大岡山書店)、横山重・松本隆信両氏編『室町時代物語大成』(第十二)(角川書店、昭和五十八年〔一九八三〕)所収。その本文は「爰にするがの国、富士のすそ野。大つなのさと、のり馬といふところに、……おきなはつねに、鷹をあいし、姥はつねに、いぬをかい、……」と始める。

(51)石川透氏編『むろまち』第四集(平成十二年〔二〇〇〇〕、室町の会)所収。その本文は「人王四十九代光仁てんわうの御時、駿州おほつなの里に、翁と婆夫婦あり。翁はつねに鷹を愛し、婆は犬をやしなひける。……」とある。

(52)関敬吾氏は『昔話の歴史』(昭和四十一年〔一九六六〕、至文堂)のなかで天人女房譚を㈠「始祖誕生型」、㈡「氏神型」、㈢「離別型」、㈣「再会型」、㈤「幸福な婚姻型」、㈥「養母型」、㈦「難題型」に分別されている。筆者は「天人女房譚の類型―昔語り〈伝播と地域性〉―」(拙著『神語り―昔語りの伝承世界』平成九年〔一九九七〕、第一書房所収)において、㈠「天女昇天型」、㈡「再会型」、㈢「難題型」、㈣「七星型」に大別している。

第四章　「富士山縁起」の生成〈その二〉

——「富士山縁起」の伝承風景——

一　富士山とかぐや姫信仰

前章であげたように、在地の「富士山縁起」のなかには、富士浅間大菩薩の前生をかぐや姫によって説く垂迹縁起がある。あるいは、それぞれの縁起のなかに、しばしばそれが含まれているものがあると言うべきかもしれない。しかしてこの垂迹縁起の成立は、その山麓の浅間神社に、いわゆるかぐや姫信仰を根づかせることとなった。ここではその主な浅間信仰の拠点ともいうべき山麓の社寺をあげて、その跡をたどってみることとする。

(一)　浅間本宮の風景

およそ富士の祭祀は、平安初期に始まったと言える。それは、先にあげた都良香の「富士山記」によると、承和年中（八三四〜八四八）に激しい噴火がおこり、貞観十七年（八七五）にはじめて「吏民」によって祭祀が営まれ、その山神を「浅間大神」と名づけられたと叙している。しかし、『文徳実録』仁寿三年（八五三）にはこれに先立って「駿河国浅間神」が「名神」に列せられたことが記されている。また『三代実録』貞観六年（八六四）六月廿五日の条には、

駿河国言。富士郡正三位浅間大神大山火。其勢甚熾。焼㆑山方一二許里。光炎高廿許丈。大有㆑声如雷。地震三度。歴㆓十余日㆒。火猶不㆑滅。焦㆑岩崩㆑嶺。沙石如㆑雨。煙雲鬱蒸。人不㆑得㆑近。大山西北。有㆓本栖水海㆒。所㆑焼岩石。

流埋二海中一。遠州卅許余。広三四許。高二三許丈。火焔属二甲斐国堺一。

とある。大噴火が起こり、溶岩流は本栖湖を埋め、その火焔は甲斐国堺にまで及んだという。しかして同年秋七月十七日の条には、甲斐国からも、その噴火及び被害の状況が報告された由が記されている。それのみか同年八月五日の条には、

下二知甲斐国司一云。駿河国富士山火。彼国言上。決レ之蓍亀云。浅間名神祢宜祝等不レ勤二斎敬一之所レ致也。仍応二鎮謝一之状告二知国一訖。宜二亦奉幣解謝一焉。

とある。つまり甲斐国からの訴えは、この噴火・災害は、駿河国の浅間神社の祢宜や祝らが、その祭祀を怠っていることによって起ったものと言う。これによって中央の政府は鎮謝の使者を送り奉幣の祈祷をおこなわせたというのである。この折の駿河国の浅間名神を祀る祢宜祝等は、浅間本宮の神官たちということになる。その本宮における浅間祭祀は貞観以前に遡ることは確かであるが、その起源は明らかではない。『富士本宮浅間社記』(1)には、「五十一代平城帝大同元年坂上田村麻呂奉勅征東夷、寄誠此大神。既定東国、至帰陣之後、始終営之、以為荘大神社」とある。勿論、それを信ずることはできないが、この伝承は、在地の「富士山縁起」に影響を与えていることは既にみてきたところである。延喜五年（九二七）編の『延喜式』神祇〈神名〉には「駿河国廿二座（大一座 小廿一座）」のうち、

富士《フシノ》郡三座（大一座 小二座）
倭文神社　浅間《アサマ》（センケン）神社（名神大）　富知《フチノ》神社

とある。この「浅間神社（名神大）」が、それまでの経緯はあるにしても、浅間大宮をさしていることは間違いあるまい。

さて平安時代、神仏習合の時代を迎えて、当社の神宮寺がどのようであったかは明らかではない。やがて本地垂迹思想の時代を迎え、その浅間明神は浅間大菩薩と称され、その本地仏は大日如来と観じられるようになった。およそ

浅間本宮

それは、平安末期の末代上人以前に遡るものであるが、当山における神仏習合の思想は、末代上人の富士登頂の事績によって大いに深まったものと言える。その末代上人のそれについては、次の「興法寺・村山浅間」の項で詳しくあげることとするが、先にあげた公文富士氏蔵「富士大縁起」（六所家旧蔵「富士山大縁起」と同文）に当社建立についての記事のあることを注目したい。それは浅間大菩薩の垂迹縁起に続くもので、延暦二十四年の巫女を介しての大菩薩の託宣をあげた後に、

平城天王御宇大同元年丙戌年、鏤金銀、建立社頭、奉請浅間。今大宮是也。従巌崛水涌出無増減。神道習ッ胎外始生、是云凡夫河。（中略）故下向、凡夫河洗水、心外覔神洗心也。

とある。「今大宮」とは、浅間本宮のことであり、その本宮の創始、および湧玉池の由来を説いている。この後に「近代」のこととして末代上人の事蹟をあげる。勿論、大同年間の浅間大宮の創祀を史実と認めるものでないが、「巌崛水湧出」の聖地に、末代上人の事績と響き合って、

湧玉池

やがて大日如来を本尊とする本地堂（大日堂）が建立されたことが考慮されるべきであろう。

　さて、中世における浅間本宮の祭祀は、大宮司・公文・案主の神官と別当・供僧（七坊）の社僧を中心として営まれるものであった。[2] しかしその実態はかならずしも明らかではないが、室町時代には、いずれも和邇部を遠祖とする富士氏一族が掌握していたようである。[3] そのうちの富士別当職は一時中断しており、[4] 永享十二年（一四四〇）には宝幢院成吽僧都が管掌しており、[5] その後にさまざまな経由はありながら江戸時代まで、[6] 高野山真言古義宝性院末の宝幢院が勤めている。[7] 宝幢院は、富士山玉湧寺とも称し、玉湧池の近くにあって、本宮の祭儀ともに、本地堂の仏事に奉仕していたのである。[8] つまり浅間本宮は、祭神は浅間大菩薩と仰ぎ、本地を大日如来とする神仏習合のなかで神職・社僧ともどもその祭祀を営んできたのである。したがって、先にあげた安居院流の『神道集』が、「其赫野姫ト国司トハ神トハ顕レテ富士浅間大菩薩トハ申ケル、男体・女体御ス、（中略）富士浅間山頂ヨリ

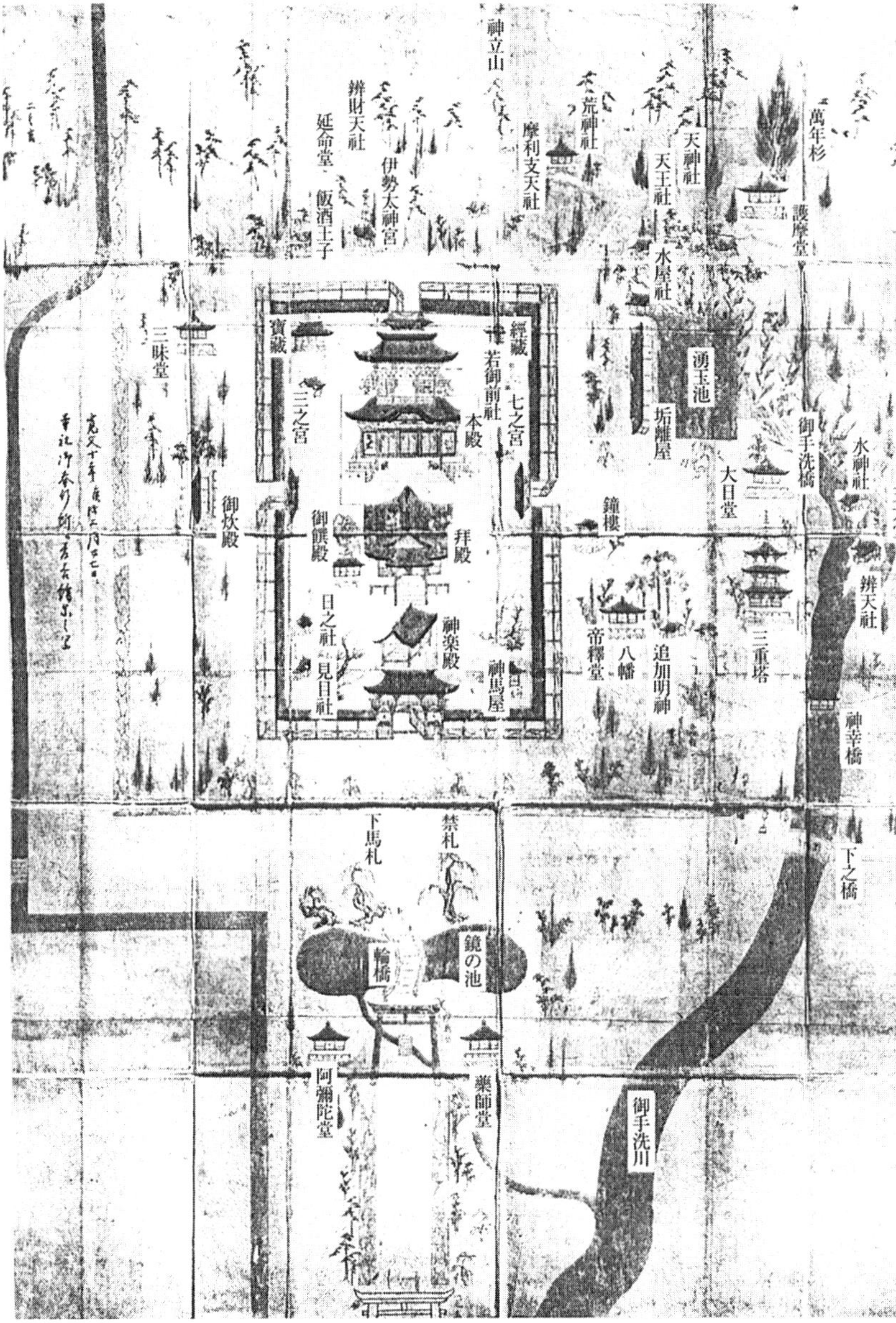

寛文 10 年本宮境内図（『浅間神社の歴史』所蔵）により作成

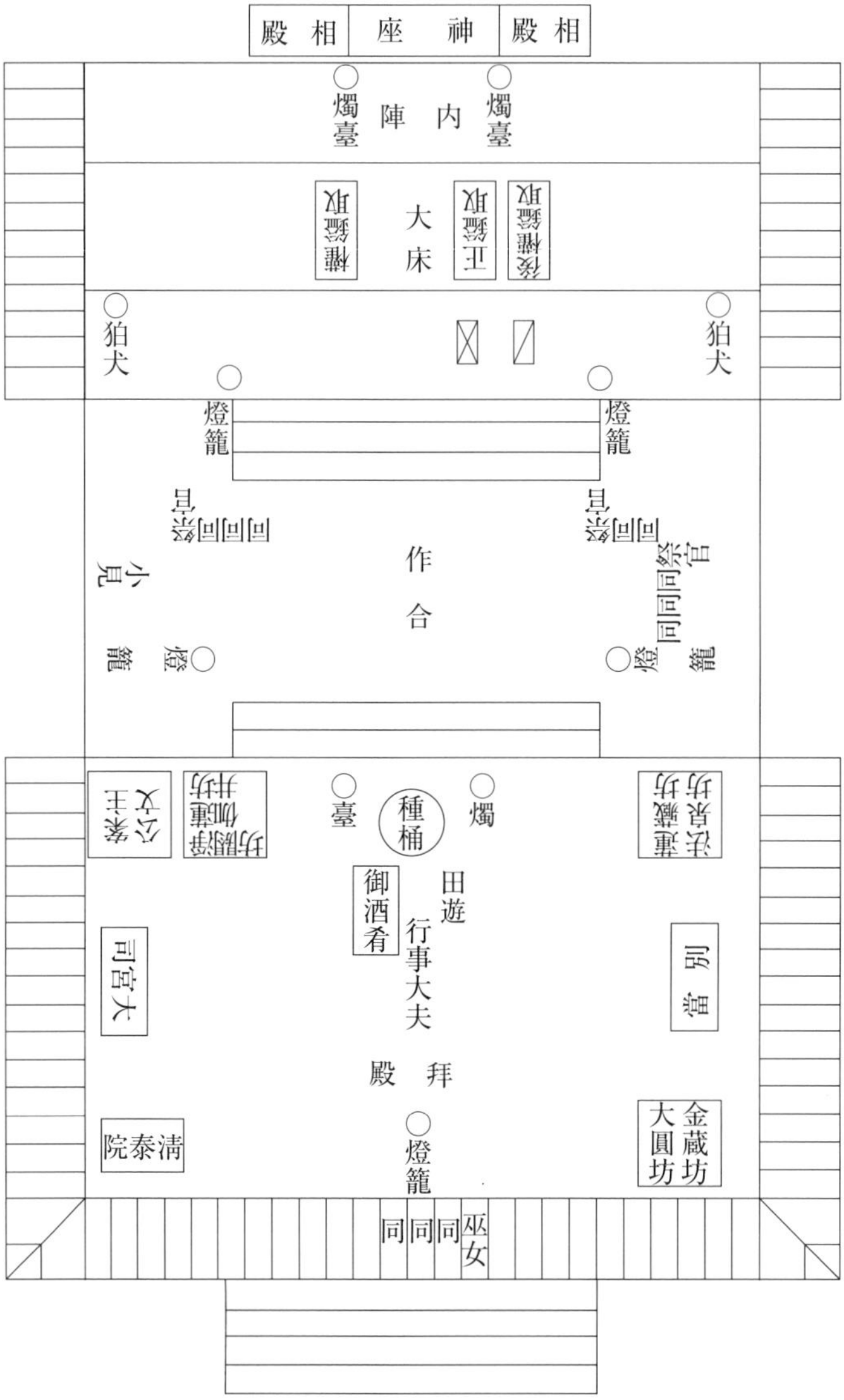

田遊神事敷設図（『浅間文書纂』所収、第一・本宮記録より）

里ニ下ラセ給ヒツ、麓ニ立玉ヘリ」とある「里」は、当浅間大宮をさし、そこにはかぐや姫夫妻を前生とする浅間大菩薩が祭祀されていたということになる。しかしながら今日、この浅間本宮の周縁に、かぐや姫信仰の跡を見出すことはない。ただしその垂迹縁起をふくむ「富士山大縁起」が神職の公文富士氏に蔵されていたことは注意される。あるいはその原本は、大日堂の宝幢院にあったことも予想される。それならば、大日堂の周辺に、かぐや姫の跡が見出せないのは何か。あるいはそれは、浅間本宮の祭神を「木花開耶姫」と祀る新しい動向があってのことと推される。

富士浅間社の祭神を木花開耶姫とする初見は、慶長十九年（一六一四）の『集雲和尚遺藁』(9)である。また元和二年（一六一六）に、林羅山の筆になる「丙辰紀行」には、

さては富士の大神を、木花開耶姫と定め申さば、日本記の心にも、かなひ申べき。竹取物語とやらむにいへるかぐや姫は、後の世の事にてや侍らん

と書かれている。『日本書紀』（『古事記』）などがあげる火中出産の木花開耶姫こそ火の山の富士の女神にふさわしいと判じられたのである。が、その思想は、火の神・かぐや姫の信仰から導き出されたものとも推されよう。先にあげた寛政年間（一七八九～一八〇一）に、富士大宮司の和邇部民済が記した「富士本宮浅間社記」(10)には

駿河国富士本宮浅間者。所祭木華開耶姫命也。瓊々杵命之神后、大山祇神之女也。大宮郷同国三十二社、此神社最首魁也。（中略）大宮社地、古往以福地明神之社地、遷浅間神社。福地明神者、延喜式神名帳所載富地神社大山祇也。当此時乎、以浅間社為三神合殿。

左　太元尊神

中者　木華開耶姫命

右　大山祇神

社上有階、社下有池。姫神以水徳神故也。（以下略）

とある。神仏習合の祭祀体制は、復古思想のうねりのなかで、大きく後退しつつあったことをうかがしめるのである。

(二) 興法寺・村山浅間の風景

およそ江戸時代の初期における富士禅定（富士登山）は、まず浅間本宮に詣り、神前の玉湧池で垢離をとり興法寺村山に至る。ここを発心門として、等覚門（往生寺）を経て、妙覚門（山頂）に及んだのである。[11]

この村山興法寺を起こしたのが、平安末期に富士山頂に登山し、その本地を大日如来と決した末代上人である。その上人の事蹟の一端を示すものに、藤原通憲（信西）の編になる『本朝世紀』がある。

久安五年四月十六日、丁卯、近日於一院有如法大般若経一部書写事。卿士、大夫、男女、素緇多営々。此事、是則駿河国有一上人。号富士上人、其名称末代。攀登富士。已及数百度、山頂構仏閣、号之大日寺。（中略）頃年以来、勧進関東之民庶、令写一切経論。其行儀如法清浄也。模叡山慈覚大師写経之儀、其中所残之清浄料紙六百余巻、上人随身入洛、忽令献法皇。々々為結縁、課諸人令写大般若経給。莫太之善根、諸天定歓喜。……

五月二日（中略）今日、法皇於仏頂堂令写如法経給。富士上人調進料紙。……十三日（中略）富士上人末代、賜如法経退出。是可埋駿河国富士山料也、

すなわち、久安五年（一一四九）四月十六日の条に、近日、一院（鳥羽院）が如法大般若経一部の書写法会を営みなさることとなり、これに対して洛中の公卿をはじめ一般庶民に至るまで、この法会に参ずることになったという。およそこの写経は、駿河国の末代上人と称する者の始めることであった。この上人は富士上人とも呼ばれ、富士に登山することは数百度に及び、山頂には大日寺を建立していたという。また上人は、数年来、関東の民庶の間に、一切経

明治13年村山浅間神社再版「富士山表口真面之図」

村山浅間神社

書写を勧進していたが、その書写は、慈覚大師の如法経会を摸倣するものであった。このたび上人は、如法経書写の残りの清浄なる料紙六百余巻（大般若経六百巻に応ずる）持参して上洛、これを鳥羽法皇に献じたのである。法皇はこれに結縁して、諸人にも大般若経の書写を命じられたという。五月二日、法皇は仏頂寺に於て、上人の持参した料紙をもって、大般若経書写の如法経会を営みなさった。十三日に至って、如法経会で書写された大般若経が上人に下賜された。それは上人に、横川の如法経堂[12]ならぬ、富士山頂に埋めさせるためであったという。

この末代上人と鳥羽法皇とを仲介する人物に、富士川左岸にある岩本実相寺初代院主智印があったと説かれている[13]。それによると、岩本実相寺は、鳥羽法皇の帰依僧智印上人が、法皇の命によって建立したものであった。その智印は、比叡山横川の出身の天台僧で、阿弥上人とも呼ばれていたが、この上人は「末代上人之行学師匠」であったという。智印法印を通して、末代上人は鳥羽法皇に近づいたことは大いに考えられよう、一方、富士山中には、経岳（山頂の東）と呼ばれる所があるが、この所の如法経（大般若経）を末代が収めたことから名づけられたとも伝えるのであった。(14)

さて右の『本朝世紀』は、末代上人の京における活動を叙したものであるが、上人の富士登山の事績を語っているものには、『地蔵菩薩霊験記』がある。ちなみに本書の十四巻本は、室町時代のものであるが、巻一～巻三は「三井寺上座実叡編集」によっており、鎌倉初期の成立と考えられる。その巻一の十五「日金ノ地蔵」の事の前半は、次のように叙されている。

現村山浅間神社・大日堂の本尊

中古不測《フシキ》ノ仙《ヒジリ》アリキ。末代《マツダイ》上人トゾ云イケル。彼ノ仙、駿河《スルガ》富士《フシ》ノ御岳《ミダケ》ヲ拝シ玉フニ、三国無双《ブサウ》ノ御山、峰《ミネ》ハ半《ハン》天ヲサ、エテ入レリ雲ニ、夏ノ夜ナレドモ霜《シモ》ヲ副《ソヒ》、麓《フモト》ハ群峰重畳《グンハウチウ〲》セリ、（中略）実ニ三国無双《フサウ》ノ名山ナリ。垂迹《スイジヤク》浅間《センゲン》大菩薩、法体ハ金剛毘盧舎那《コンガウビルシヤナ》ノ応作《ヲウサ》、男体《ナンタイ》ニ顕《アラハレ》玉フベキニ、女身ニ現ジ玉ヘリ。然レバ即チ本《ホン》迹《ジヤク》格別ナレバ、末代《マツダイ》ニ不信《フシン》ノ衆生多シテ、二仏ノ中間ニ迷《マヨイ》、済度モ又タ無《ナク》二覚束《オボツカ》一思イ奉ン。所詮《シヨセン》我捨身ノ行ヲ修《シユ》シテ後代ノ不審ヲ晴《ハラ》サント思ヒ立テ、御岳《ミタケ》ノ半《ナカバ》ニ坐シテ、樹下石上ニシテ、百日断食シテ正ク神体ヲ拝ミ奉ントゾ祈リヌ。

すなわち中昔の代に、不思議な聖《ひじり》がおり、末代上人と呼ばれていた。その聖が富士の御岳を仰ぎみて、三国一の無双の名山と心打たれる。しかしそこに垂迹された浅間大菩薩は、金剛毘盧舎那（大日如来）を本地とするものであるから、法体は男体と顕れなさるべきものであるのに、女身に現じなさっているのは、まことに不審で、このままでは大菩薩をもって衆生を導くことはできないとする。そこで末代は、その不審を明らかにするために御岳に登山し、その中腹の樹下石上に坐し、百日断食の行をもって、ご神体の示現を祈ったという。

日数《ヒカズ》ノ間、命根《メイコン》ニ恙《ツヽガ》ナク気力モ昌《サカン》ニシテアリシガ、満《マン》ズル暁《アカツ》キ虚空《コカウ》ニ声《コヱ》アリテ、汝ガ所願ヲ成《ジヤウ》ズベケレドモ、尚《ナヲ》汝ガ坐下《ザゲ》ヨリ東南ノ方一百八歩ヲ去テ、其ノ谷ノ下ヲ堀《ホリ》見ベシトテ失ヌ。如レ教ノシテ見ケレバ、御長一尺八寸マシマス水晶《すいシヤウ》ヲ得タリ。形《カタチ》ハ御岳《ミタケ》ニ少モタガワズ。光明赫耀《カクヨウ》タル玉ナリ。上人速《スミヤカ》ニ胸中《ケウ》ノ不審《フシン》ヲ晴《ハラ》シ、合掌《ガツシヤウ》シテ中々《ナマ》住二シテ妄想境一ニハ不《ズ》レ可《ベカラ》レ了《レウ》ズト、其ノ玉ヲ水晶ノ岳《ダケ》ト白《マフ》シテ、室《ムロ》ヲ造《ツク》リ宮殿《クウデン》ヲ儲《マフ》ケテ奉レリ納メ、末世ノ今《イマ》ニ至ルマデ、奇特《キドク》ヲ残《ノコ》シ玉ヘリ。

しかして、数日を経た暁に、浅間大菩薩が示現され、その神託にしたがって谷の下を掘ると、御岳の形そのままの一尺八寸の水晶を見出す。上人はこれによって胸中の不審を晴らし、これを今に水晶岳と称する山に室を造り宮殿を設けて、これを納めたという。続けてこれは、次の文で結ぶ。

其ノ身《ミ》ハ猶《ナヲ》モ彼ノ岳ニ執心《シフシン》シテ、麓《フモト》ノ里《サト》ニ村《ムラ》山ト白ス所ニ地ヲト《シメ》、伽藍《ガラン》ヲ営ミ、肉身ヲ斯《コヽ》ニ納メテ、大棟梁《トウリヤウ》ト号シテ当山ノ守護神ト現《アラハ》シ玉フ。

つまり末代上人は右の水晶山の麓の里に、寺院（興法寺）を造営、自らは大棟梁権現と祀られて、富士の守護神と現じられたという。

ところで、右にあげた末代上人の水晶岳（水晶嶽）にかかわる奇跡は、いわゆる御室大日とも称された往生寺の由来を語るものでもあった。しかしこの伝承は、先にあげた称名寺所蔵「富士山縁起（断簡）」が叙するものであった。

富士山表口・村山略地図

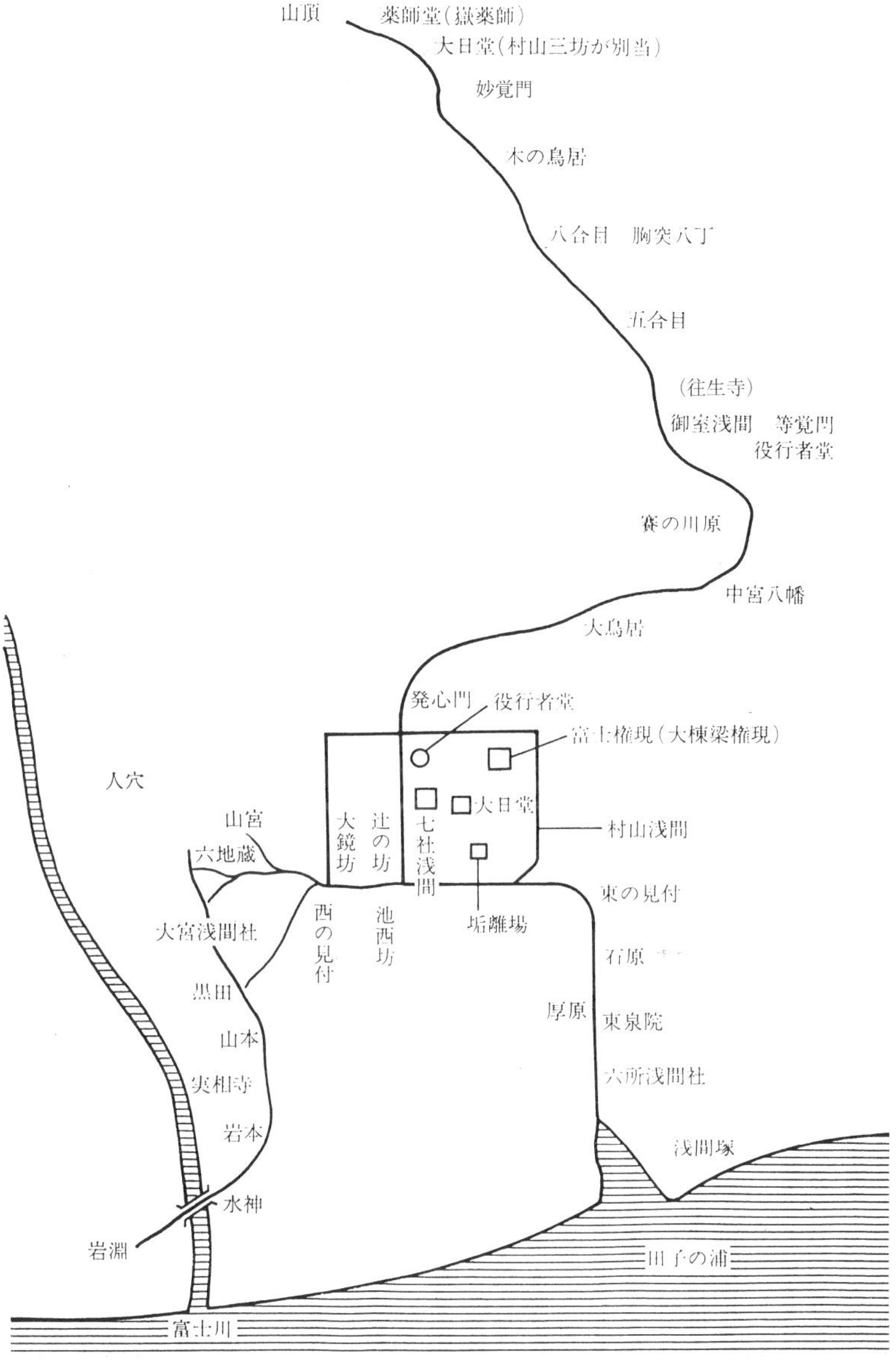

宮家準氏「富士村山修験の成立と展開」による。『山岳修験』六号、平成２年〔1990〕

この富士開山の縁起は、鎌倉・南北朝の頃、往生寺とかかわる者によって書写されたものであることはすでにあげている。しかもそれは、上人が水を浴びた滝本不動にもふれていた。この縁起に先行して建長三年（一二五一）、往生寺で書写された称名寺旧蔵「浅間大菩薩縁起（残巻）」にも、末代上人の滝本不動・往生寺の奇跡をあげるが、先にあげたごとく、やや違った趣向をもって叙している。ところが、村山浅間神社旧蔵「富士山縁起」は、次のように叙するのである。

富士太郎房・滝本不動尊・悪王子ガ岳桝爵《シヤウシヤク》東南角ニ有リテ、巌尾ノ上ヨリ水流落チ盈縮ノ有ル無シ。末代上人ト云行者、此所ニ行キシ時、両目開索《サク》ノ印不動尊ガ出現シ給フ。巌《イハヤ》不動ト号ス。
又、往生寺ヲ建立シ、金剛界ノ大日如来ヲ安置ス。御室《オムロ》、是也。上人御室ニ於テ行セラレシ時、夜々光明ヲ放《ハナ》ツ。或夜ノ夢ニ、青衣天女、宝珠ヲ持チ白雲ニ乗リ来リ、告ゲテ曰ク、「我レハ浅間大菩薩、衆生和誉ノ方便ニ化導ス。迷《マヨ》イ暫ク止ムコトヲ得ズ。汝、衆生ヲ化導スルヲ我レ歓喜セリ。此地ニ水精有リ。光明ヲ放ツ。形ハ此山ニ異ナラズ」トノ玉フ。上人水精ノ地ヲ問フニ、直チニ示シ給ヌ。夢覚メテ随喜ノ涙ヲ流シ教ヘ給フ地ヲ掘ルニ、水精ノ形此山ノ如ク、光明赫々タルヲ掘出ス。則チ御室大日如来ノ御腹蔵ニ納籠シ奉ル。其地ヲ水精ケ岳ト号ス。

前半が滝本不動尊、後半が往生寺の由来を叙しており、称名寺所蔵「富士山縁起」に準じている。同じく六所家旧蔵「富士山大縁起」をみるに、「又近代末代上人云行者」と始め、前半に滝本不動（不動岩屋）をあげ、後半に往生寺・水精嶽の由来を叙している。なお村山浅間神社旧蔵本は、この後に興法寺の全容にふれて、「富士山惣本地は大日如来、惣鎮守ハ大棟梁権現、本地十一面観世音菩薩、其外諸末社諸堂、数多富士山入峰ノ行所アリ。中禅定ト号ス」と叙している。

さて、その末法上人の流れを汲んで富士登山したのが、村山修験の祖・頼尊である。『駿河新風土記』[15]〈富士下〉には、

又正別当頼尊ト云ルアリ。此頼尊ハ、村山ノ三坊山伏、中里村八幡別当多門坊モ、此人ノ子孫ナリ。今泉村東泉院五大尊ノ箱ニハ、大僧正頼尊ト見ユ、原田村妙善寺観音堂梁牌ニ、文保元丁巳十一月十一日大発願主頼尊トミエタレハ、文保年中ノ人ナリ。（中略）末代頂上ニ大日寺ヲ建シハ、仏像ヲ此山ニ置クノ初ニシテ、ソノ後漸々ニ、コノ山ニ登ルコト、ナリテ、頼尊ヨリマサシク富士行ト云者モ始マリニシヤ、今ニ至リ富士行ハ、此ノ人ヲ以テ祖トス。

とある。つまり頼尊は、南北朝時代の文保年中（一三一七〜一三一八）の人で末代上人の後を継ぎ、富士登山の富士行をはじめ、いわゆる村山三坊の祖となったという。およそその頼尊は、村山に富士根本宮の浅間社を建立し、末代上人を祀る大棟梁権現を総鎮守とし、興法寺の寺号のもと、富士行という山伏の行を始めたと伝える[16]。これが村山浅間である。その出自は、やはり浅間の大宮司富士氏につながるものである。『案主富士氏記録』[17]の収載する「別本大宮司富士氏系図」を次頁にあげてみる。

すなわち初代「豊麿」にはじまり廿代「則時」に及び、その則時の弟「勝時」、そしてその子が「頼尊」で「富士正別当」「村山三坊等ノ祖」と注されている。先の『駿河国新風土記』は、その「村山ノ三坊ノ山伏、辻之坊ハ浅間社、池西坊ハ大日堂、大鏡坊ハ大棟梁権現ト分テ別当ナリ」と称している。

さて先にわたくしは、「富士山縁起」（垂迹縁起）の第一次原本は、鎌倉時代に至って、末代上人によって開かれた富士山興法寺によって成立したものと推してきた。それに近いものが、甲・称名寺本および『詞林菜葉抄』の「富士縁起」であると判じたのである。次いでこの南北朝時代に第二次原本が成立したとしたのである。それが頼尊によっ

富士大宮司系圖

姓
和邇部臣

人王五代
○孝昭天皇――天之彦（足）國押人命

忍鹿比賣命亦名姉押媛（媛）命
　孝安天皇后孝靈天皇御母

若押彦命　亦名和邇彦押人命
　居倭國丸邇里

彦意初（祁）豆命　亦名日子國姥津命

彦初（意祁）都比賣命
　開化天皇妃
　日子坐王母

彦初（意祈）都比賣命
　日子坐王妃（若）
　山城大箇城眞君
　王母

彦國葺命
　垂仁天皇御宇廿
　五年爲大夫
――大口納命
　奉仕垂仁景行
　成務朝

（中略）

梼縄臣
　磯城金剌供奉
――磐城臣

鳥　和邇部臣

忍勝　務大津
　眞野臣祖
　居近江國志賀郡眞野村

伯万呂――大石――豊（初）磨　外正六位上
　富士郡司大領　在任十三年
　延暦十四年二月補富士郡大領
　同十九年六月富士山焚
　同廿年掌富士浅間大神祭祀
　天長二年八月十七日死七十一
　才

弟足

て始められた「富士行」にしたがう村山浅間によるものと推される。それに近いものが、丙・村山浅間神社旧蔵本、および丁・六所家旧蔵本（公文富士氏蔵本）と言える。ちなみに、その〔かぐや姫の登山・入崛〕について「此時ヨリ御山踏始ル也」（村山浅間神社旧蔵本）、「従其時以来人登二山此山一」（六所家旧蔵本・公文富士氏蔵本）と叙していたが、頼尊に始まる村山修験の「富士行」が、かぐや姫によって導かれたことを説いていることになる。そしてこれは元来、第二次本原本が村山浅間において成立したことをも推させるものである。それならば、かぐや姫信仰も当地に根づいていたにちがいない。現在は、その遺址を見出すことはできないが、かつては浅間神社のなかに、それが祀られてきたことを確かめることはできる。先にあげた『村山浅間神社調査報告書』収載の「旧大鏡坊富士氏文書」には、二種類の「村山浅間七社相殿」の文書が収められている。

　その一は書写不明であるが、次のようである。

村山浅間七社相殿

二 池守　擬大領　従六位下　富士郡少領　外従七位上
大同二年七月任少領父譲
同三年自山宮遷大宮地
弘仁八年三月任擬大領在任廿一年
嘉祥元年二月五日死六十五才

女子　駿河郡大領舎利舎（マヽ）　入道万呂妻

三 國雄　外従六位下　郡司擬大領
承和四年正月補大領司氏父（マヽ）譲貞観三年六月十七日死

並雄　大舎人
總成　従七位下　主計大属

尊愉　帝釋院講師
友成

嶋足　正八位上　東市令吏
宗繼　近江少目
緒繼

（中略）

十七 信親　推樂允　本―時

十八 信直　駿河守
十九 直則　中務少輔　大宮司

文直　帝釋院荘下司　次郎
忠直　公文所

廿 則時　雅樂助　大宮司
廿一 直時　大宮司　中務権大夫　従五位下
建武二年依宣旨寄附
富士郡上方之地
康永四年三月十日卒
廿二 資時　雅樂助

勝時　上政所　右近丞
賴尊　富士正別當　村山三坊等ノ祖
昌尊

信政　三郎左衛門　子孫在于三河國　米津祖

一浅間　赫夜姫　本地大日
一伊勢　両宮
一熊野　三所
一白山大権現
一伊豆大権現
箱根大権現
一三嶋大明神
一村山大棟梁権現富士山惣鎮守本地十一面観音富士山表口行所堂社縁記ニ有之候ニ付、委ニ記シ不申候、則縁記御覧ニ入候

村山堂社御建立之覚
一浅間御本社　三間ニ七間
一同拝殿　四間ニ五間
一本地大日堂　五間ニ七間
一大棟梁権現本社　小社

これによると、堂社は、浅間御本社、同拝殿、本地大日堂、大棟梁権現本社である。その浅間御本社には七社が祀られている。その第一は「浅間　赫夜姫　本地大

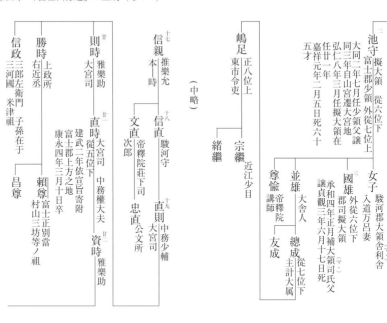

日」である。赫夜姫がご祭神として祀られている。
その二も書写不明であるが、元禄十年御造営の次第を奉行に差し出した文書の写しと思われる。

村山浅間七社相殿
一浅間　赫夜姫　本地大日
一伊勢　両宮　熊野三所
一白山大権現　伊豆大権現
一箱根大権現　三嶋大明神
一村山大棟梁権現富士山惣鎮守
本地十一面観音
村山堂社御建立所
一浅間御本社　三間七間
一同拝殿　四間五間
一本地大日堂　五間七間
一大棟梁権現本社　小社
一同拝殿　四間三間
一末社三宝荒神小社
虚空蔵　八幡宮　天満宮
水神　東照権現　水神　太郎坊

一御供所　　弐間三間
一鐘楼堂　是ハ御造営以後建立申候ニ付、此以後御造営奉願候
一富士山中宮八幡本社　小社
一同拝殿　　三間五間
一富士山御室大日堂　三間四間
一村山社領神威村薬師堂　三間四間
　何レモ白木造
一村山浅間御造営之儀上代ハ相知不申候段々及大破候ニ付天正十一癸未年
東照大権現様御造営被為仰付候処、亦々及大破、常憲院殿様御代元禄九丙子年九月御検分被仰付、翌年元禄十丁丑
年四月御造営被仰付候
　　　御手伝御奉行
　　　　太田摂津守資直様
御造営相済、三坊御礼ニ江戸表江不罷出御棟札拝領仕候
　御棟札御文書
征夷代将軍正二位内大臣源綱吉公御修造
駿州富士山村山浅間本地堂大棟梁諸末社
　元禄十丁丑年九月二十九日
奉司従五位摂津守太田氏源朝臣資直

これによると、先の文書よりも堂社として、末社・御供所・鐘楼堂、富士山中八幡神社・同拝殿・富士山御室大日堂・村山社領神成村薬師堂などが加わっている。そしてその中心の浅間御本社には、浅間七社が配祀され、その第一には、やはり「浅間　赫夜姫　本地大日」が祭神として祀られいる。江戸時代半ばに至っても、かぐや姫が祭神として祀られており、当地におけるその信仰の篤さをしのばせているのである。

（三）東泉院（五社浅間）の風景

さて先にあげた村山の興法寺の流れを受けて下方地区に登場したのが、富士山東泉院であった。この東泉院については『駿河志料』（巻之五十二、富士郡二）が、「真言宗・京都醍醐山報恩院末、字和田にあり」「御朱印高百九十六石二斗三升」と注した後に、次のように叙している。

当院は、五社浅間別当にて、五社は、伝法六所浅間社、原田村浅間社、今宮村浅間社、入山瀬村新福地浅間社、和田当院境内日吉浅間社なり、

寺記云、興法寺東泉院者、最初号二浄土院一也。開闢之祖者金讃上人也。

とある。その開祖を末代上人ならぬ「金讃上人」とすることについては後にふれる。さらに本書は、当山を説明するなかで、「村山別当の古書に、興法寺開祖頼尊とあり、当院も然り、元一寺にて、共に修験なり」と注している。またこれは、先にあげた『駿河国新風土記』にも「東泉院モ、永禄年中マデハ修験アリシ事、古書ニミエタリ」と叙している。富士山東泉院は、村山修験の開祖頼尊の流れを汲む「富士行」を営む寺院であったと推される。

しかし当寺が興法寺（村山浅間）の主張するところとの違いは、右にあげるごとく、その開祖を震旦国から渡来した金讃上人をもってすることである。それは同じく六所家旧蔵の「富士山大縁起」(18)別本の叙するもので、永禄三年に、

東泉院・日吉浅間神社

当時の別当と目される権大納言頼恵によって成る。しかも本書の最後には、「本云、貞和五年（一三四九）五月十九日、正別当頼尊本以写」とあり、最奥には、次のように書かれている。

富士愛鷹両山惣別当、代々相続之畢、大僧正頼尊、御本地皆以本仏行基菩薩造之。（中略）去天文六年丁酉豆駿乱逆之間、人民者野外ニ遁レ身、仏閣神社祭礼行事絶タリ、経ニ九年春秋一、同十四年乙巳七月廿五日、川東本意ニ属スルコト、九月十六日、氏康捨ニ吉原ノ城ヲ一敗北ス、人民僧俗本ニ復ス、翌年丙午四月、六所宮御仮殿・居垣、同祭礼行時、別当代頼秀僧都・正別当大僧都頼恵、此本、五大尊ノ宮殿ノ内ヨリ見出シ、被レ犯ニ雨露一、文字ハ粉紜タリ、時モ遷リ々々テ、永禄三年庚申十一月、書ニ写之一、重テ而籠ニ神殿一、難レ有ニ上縁起多本一、皆以塵沙虚妄也、深秘之本、他人易不レ為ニ拝見一ヲ、吾家之相伝也、……………

富士愛鷹両山別当権大僧都頼恵

つまり、天文六年（一五三七）から九年間に及ぶ争乱の中で、寺社の祭礼が途絶えていたが、天文十四年に至って北条が吉原から退却することで平穏が回復した。しかして天文十五年四月、浅間惣社の六所宮の仮殿において祭礼をおこなうとき、別当代頼秀・正別当頼恵とが、五大尊の神殿の内に、かの頼尊書写の原本を発見、それはすでに雨露に侵され、文字も不鮮明になっていたが、数年をかけて書き写し、永禄三年（一五六〇）にようやくそれが完成したというのである。当東泉院は、あくまでも興法寺の頼尊を開祖に仰ぐもので、本書もまた頼尊書写の原本によ

旧東泉院・六所家墓地

るとするのである。

その本書が叙するところは、富士山の開山を金讃上人とし、興法寺（村山浅間）の末代上人開山の説を越え、それも般若山（富士山）のみならず、「愛鷹山」「今山」に及ぶものである。その第一部は「穀聚山大縁起次号般若山又名富士山金讃上人記」と題する。それは冒頭、「穀聚山謂二湧出一、是則都率之内院九山ノ其一ナリ、然ルニ人王第六代孝安三年甲子丁巳三月三日中剋、天地晴シテ雨風雲霞霜雪聚調畳セリ、（中略）其ノ形如二穀聚一」と始め、先の六所家旧蔵「富士山大縁起」（垂迹縁起）の序に準じて「穀聚山」（般若山・富士山）噴出の歴史をあげた後に、次のごとく叙している。

人王八代孝元々年丁亥五月廿八日、自二リ震旦国一金讃上人来二テ此山一、初テ窺ヒ観ルニ、攀二チ登峰一ニ、如二シ削成一スカ、直ク聳テ属二ス天際一ニ、実ニ高キコト極二雲表一ヲ、不レ知二幾千丈一ヲ、（中略）亦形以二合蓮花一ニ、即是レ金剛界ノ意ヤ、頂上ノ八葉ハ胎蔵界也、………山ノ頂上ノ中央ニ大ナル窪アリ、三十余丈、下体如二炊ク甑一ノ、其ノ東西ノ底、亦三十丈、下ニ憑二タリ満池ノ水一ヲ、是レ則大明神ノ御遊《ミタラシ》水也、東ノ池水ノ色、中カ白ク廻リ黄、池ノ中ニ有二大石一、々体驚奇ニシテ、宛モ如レ蹲レ虎一、其ノ虎口常ニ気蒸出ス、色成二白雲一ト、金光映徹ス、（中略）亦西ノ池水ノ廻リ三色ニシテ赤青黒也、味イ汁酸シ、而治二諸ノ病患一ヲ、匝レ池生レ竹、高コト一丈四尺計、其色青紺柔濡ナリ、池ノ傍ニ有二大ナル穴一、形如二初月一、而ルニ名二鰐口一ト、其中熾燃也、或時出二シ黒煙一ヲ、土砂如二雨降一ルカ、（中略）亦山腰月南北、出二ス二泉一、南腰月生二小松一……言語道断ノ地形也、金讚上人窺二見斯瑞一ヲ、流レ涙云、是レ善知識ノ所レ示也、敢非二迷倒凡夫ノ境界一、利生薩埵之化現、和光衆生ノ之垂迹歟、（中略）古今上人誰レカ不レ行レ之、誠ニ知ヌ、可二帰敬一者乎、大体而已人王八代孝元天皇御宇記了

その金讚上人の来遊は、有史以前の孝元天皇元年とする。しかも上人が望んだ富士山頂の叙述は、都良香の「富士山記」をなぞって潤色に及んだもの（傍線部分）であり、先の六所家旧蔵「富士山大縁起」の序に準ずる記述である。続いてあげる「愛鷹山縁起」は、次のように叙している。

夫新山謂二出現一者、是西天月氏国ニ有二七嶋一、皆ナ奉レ締《マツリ》二鎮守諸神等一ヲ、第三ノ嶋逝失シ己畢、然ルニ人王六代孝安五年丙寅三月十三日、自二夜半一雨風雪雹聚集シテ、寂寞経二数日一、同五月十三日未剋穀聚山ノ辰巳脚下飛来ル、被レ号二垂迹ヲ新山一、垂迹大明神、国土豊穣一切衆生、

つまり富士山の辰巳（東南）にある新山は富士山噴出の三年後、孝安天皇の五年に西天竺のあった第三の島が飛び来たったものという。その新山とは愛鷹山の謂いであり、「富士山縁起」においては、かぐや姫を守り育てた愛鷹夫妻が垂迹示現された由が説かれていた。続けて縁起は、次のようにある。

送二ル年月一之処、人王八代孝元々年丁亥六月十八日金讚上人、此ノ山攀登テ窺二観霊基一ヲ、山頂ノ上ノ形チ、似二仏部一腰月八葉ノ相離トシテ麓下連リ亘ル、然ル間、列二三部ノ諸尊ノ次位一ヲ、雲上ニ聳ヘ立チ、安二両部ノ中台一、亦般若山大明神、常ニ此ノ山ニ飛来ル所二遊萃一也、其于時以テ有二虚空ニ光明一知ヌ、人民之定二ム利生一、薩埵ノ化現、為二ナリ衆生利生一

仍テ世々末代ノ道場也、般若両山ノ霊地、不思議ノ了細、金讚上人是注、山ノ頂上ニ納置所也丙巳

これによる金讚上人は、富士山登頂の二十日後、すなわち孝元天皇元年六月十八日に当山（愛鷹山）に登頂、新山・般若両山の不思議を書きとめた文書を当山に収めたとする。当山には常に般若大明神が飛来されたと叙するのは、かつての東泉院修験の行場を示すものであり、富士愛鷹両山惣別当を主張する東泉院の立場を明らめたものと推される。続く「今山縁起」は次のように叙している。

抑今山謂二出現一、是震旦国ニ有二三ノ嶽一、第一ノ嶽ニハ建二立ス大伽藍一ヲ、奉乙安二置甲両部ノ諸尊一ヲ、第二嶽立二金ノ社一ヲ奉二大小ノ諸神等ヲ勧請一、第三嶽ニハ立二宝蔵一ヲ、奉レ納二一切ノ諸経一ヲ、爰人王七代孝霊元年丙戌五月廿八日、雨風雲雪雹調畳ス、于時寂寞経二数日月一、同ク至二七月十三日一ニ、国土暗其間ニ宝蔵ノ嶽一失畢ヌ、今尋二々ルニ東西南北一、渡二現ス大日本一云々、然間、天皇、勅使金讚上人人王八代孝元々年四月十五日渡二日本国一、東海道駿河国富士郡般若山ノ辰巳麓下新山出現ス、其ノ東宝蔵嶽渡現ス、

すなわち今山出現の謂われは、人王七代・孝霊天皇元年五月廿二日から、震旦の三つの霊山が荒れに荒れ、同年七月十三日に、その第三の宝蔵が嶽が姿を消して大日本国に移り飛んだという。そこで震旦の天皇は、人王八代孝元々年四月十五日、勅使として金讚上人を派遣されると、般若山の東南の麓に新山が出現するときに、その東に宝蔵が嶽が飛び来たっていたのを発見したとする。先の「愛鷹山縁起」において上人が新山に登頂したのは、同年の六月十八日としているので、それにより二か月前のこととなる。続いて縁起は、同六月廿五日、この今山の登山を叙す。新山登山の七日後ということになる。

是尋同六月廿五日金讚上人、此今山ニ攀登テ、窺二観霊基一、有二山ノ頂上ニ八葉ノ金銀瑠璃ノ地一、崩テ宝蔵破ル、一切ノ諸経随二雨風一飜レ天、而ヲ上人親リ拝見シテ流レ涙曰ク、我レ此経欲レ奉レ渡二本国一、山南麓下結二庵室一、奉二一切諸

経取下一之処ニ、自二般若山并新今宮両山ノ之間一、百千ノ翼サ飛来テ、此経巻ヲ各掠《ウハイ》取テ、山峰ヲ指行ク、其レニ附、上人窺乙観ルニ攀二登甲新今両山之間一ニ、翅、奉レ納二此経一ヲ是嶽居也、

上人が今山に登ると、その宝蔵は破れて一切の諸経が雨風に打たれたままである。上人が震旦国に持ち帰ろうと南麓に庵を結んで、これを収めたところ、般若山と新山・今山両山の間から百千の鳥が飛び来て、この経巻を掠《かす》め取って、新・今両山の間に納め奉ったという。

而ルニ上人、翼中鷹一羽飛来テ、囀中様ハ者、大日本国為二御座一、都率内院九山其ノ一ツ涌出、被ルコトレ号セ二穀聚山ト一、歳久シ、是レ内ニハ秘二トス深妙ノ極位一ヲ、大日覚王ノ之身也、外ニハ現二和光之塵形一ヲ、我号シテ浅間大明神ト一、間テ浅智ノ衆生ニ、導二難化之輩一義也、西天月氏国ニ有二七嶋一、皆ナ奉レ締二鎮守ノ諸神等一ヲ、第三嶋ノ一出現ス、被レ名二新山一、送ル年月一、是ニ垂レ迹、々ルレ々ヲ国土豊饒、今、本地毘沙門、垂迹号ス二愛鷹大明神ト一。為レ令二一切衆生ヲ利益一也、亦震旦国ニ有二三ノ嶽一、其中ニ奉レ納二一切諸経一ヲ、宝蔵嶽、一タヒ渡現ス、是被レ名二今山一、令レ守二衆生一安穏也、今、本地大聖不動明王、諸尊ノ垂迹、号二愛鷹大明神一、輪二廻六道一輩ヲ可二救助一者也、而ルニ、金讚上人、本国可レ帰、囀リ畢テ、鷹ハ新今両山ニ入畢ヌ、貽二翅ヲ般若山ニ飛渡畢、

すなわちそこに一羽の鷹が現れ、上人に囀りながら、穀聚山の祭神は浅間大明神、本地は大日覚王なること、新山は愛鷹明神で本地は毘沙門天、今山は愛鷹大明神で本地は不動明王たることを告げ、やがて本国へ帰るべしと伝え、般若山に飛び去ったという。

仍テ山々之地形、不思議ノ子細、随二見聞一注レス之、般若山ノ南ノ脚下ニ建二立シテ浄土院一ヲ、奉レ安二置シ五智ノ諸尊一ヲ堂僧新今両山五社正別当妙行此文ヲ相伝ス、亦上人国中経歴スルコト三箇年、七月廿八日、震旦国ニ帰畢、文殿是ノ注文ヲ置、誠ニ以テ可レ秘耳已、于時人王第八代孝元御宇、記シ畢、

以上が「正別当頼本」の叙述内容である。金讃上人が注し置かれた「不思議ノ子細」を「五社別当妙文」が相伝し、それを頼尊が書き伝えたというのであろう。金讃上人の異常な奇跡を語るもので、その真偽はともあれ、末代上人を開山とする興法寺（村山浅間）から自立する姿勢を鮮明にした富士開山の縁起と言える。しかもこの五社浅間の東泉院が、かぐや姫信仰を説く六所家旧蔵「富士山縁起」（垂迹縁起）に応じるものであることは、当縁起がこれに続けて掲げる「五社記」によって知ることができるのである。

五社記　七十五度乃祭礼他利、四月初申・十一月初申二季御幸之大祭礼南利、新三柴、前乃申乃日、申乃尅、入天来留、申乃日申乃尅祭畢、寅乃日、大守並正別当、大宮司・社役以己輩、浜下別火禁足有習、自卯乃日五社乃神事畢天、大宮乃御幸有レ之、浅間鎮座乃依天為仁、最初祭礼毛以天五社浅間宮於最初有習、

一　日吉宮　卯日　八幡　金色
　幡　朝日
二　新宮　辰日　愛鷹　赫夜妃
　誕生之処
三　今宮　巳日　犬飼神
四　六所宮　午日　浅間惣社
五　新福地宮　申日
同　大宮　申日
山宮　　未日
日吉本地　浅間宮　弥陀　観音

勢至
新宮本地（初名新山今名愛鷹山新宮）
今宮本地　不動・薬師
六所本地（惣官）　金剛大日
新福地本地（福地宮浅間宮）　薬師

愛鷹明神を祀る原田浅間神社〔新宮〕（現滝川神社）

犬飼明神を祀る今宮浅間神社

同五大尊像　弘法大師
御作（嵯峨天皇御寄進）
（以下略）

右のごとく「新宮」（原田村浅間社）は「愛鷹、赫夜妃誕生之処」とあり、「新宮本地」には、「初名新山、今号愛鷹山新宮」と注しており、「今宮」（今宮村浅間社）は「犬飼神」とあり、「今宮本地」には「不動・薬師」とある。愛鷹の翁・犬飼の嫗の住した「乗馬の里」はおよそ「新

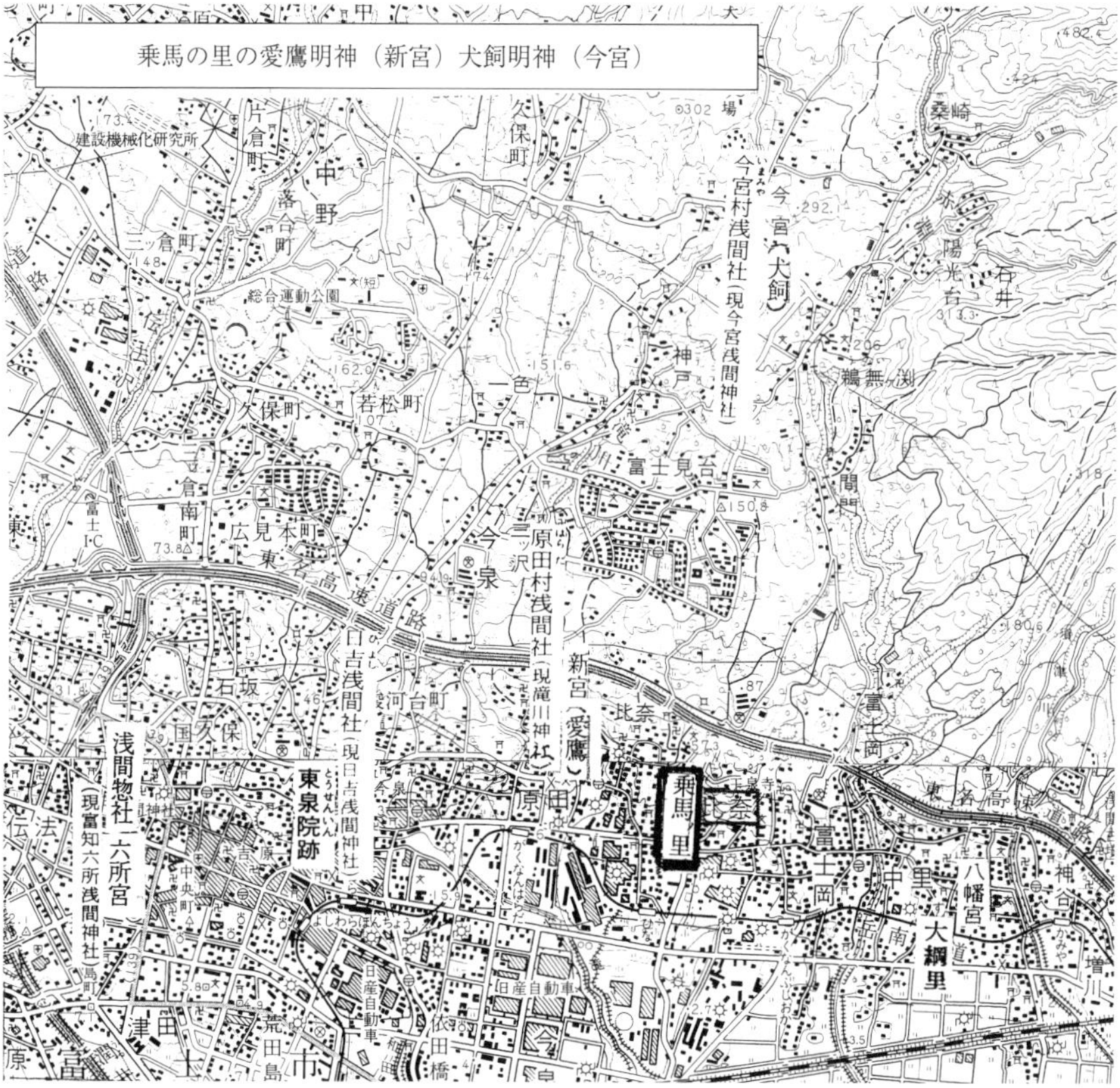

乗馬の里の愛鷹明神（新宮）犬飼明神（今宮）

宮」の鎮座する原田村周縁と判ぜられることは後に述べる。

ところで当東泉院・五所浅間におけるかぐや姫信仰は、江戸末期にまで及んでいたことが、明和四年（一七六七）九月に、東泉院より奉行所に差し出された当山由緒書によってうかがうことができる。同じく六所家旧蔵の「東泉院御由緒書」をあげる。(19)

御由緒書

一、富士山之儀者三国無双之名
山国家擁護之霊神故御祈祷
御為浅間宮数箇所被為成　御
造立候内拙寺別当職仕候五社
浅間之内父宮母宮六所家浅間者別而
富士浅間赫夜妃誕生之地ニ而
則此社ニ鎮座請候（中略）例

年五月御神事朔日ヨリ三日迄父宮・母宮・六所浅間宮右三者江流鏑馬拾騎宛於于今相務来御　其外御神事数度
有之候　勿論北条家今川家代々御造立有之候
（中略）
右者此度御尋ニ付如書面之書付差上申候　以上
駿州
富士六所浅間別当
明和四年丁亥九月　東泉院（印）
寺社
御奉行所

右のように、五社浅間のうち特に「父宮」（新宮、原田村浅間社）「母宮」（今宮浅間社）および「六所浅間」（惣宮、伝法村六所浅間社）を「富士浅間赫夜妃誕生之地」とあげ、右三社において例年五月に流鏑馬の神事の営まれてきたことを叙している。それは「富士山縁起」（垂迹縁起）にもとづくかぐや姫信仰が、東泉院・五社浅間に根強く維持されていたことを確認させるものと言えよう。

（四）多門坊・中里八幡宮

先にあげた『駿河国新風土記』には、愛鷹山東南麓の中里八幡宮の別当を勤めてきた多門坊について、

此頼尊ハ、村山ノ三坊山伏、中里村八幡宮別当多門坊主、此人ノ子孫ナリト云フ

と叙している。およそ村山三坊が中心となり、それに同行の修験者をあわせて「山伏十三人衆」が存在していた。[20] そ

れとは別に、中世後期の天正年間には富士郡の根方・加島地区から壱番衆の六人、弐番衆の五人、計十人が富士八峰に参加しているが(21)、その別当歴代は、多門家所蔵の「先祖代々法令覚」(22)によると、村山浅間の頼尊を開祖とし、初代「頼恵」、二代「頼秀」から江戸末期の「頼憲」に及んでいる。その初代・二代の頼恵・頼秀は、先の六所家旧蔵「富士山大縁起」の奥書に、東泉院の正別当、別当代と記された人物である。それならば、「富士愛鷹両山別当」を称した東泉院とも深いかかわりを維持していたことになる。この多門坊については、大鷹康正氏が調査報告「修験道本山派多門坊と多門家資料目録(23)」で、詳しく紹介されている。それは次のようにまとめておられる。

多門坊は中里八幡宮の東側に隣接して別当屋敷を構えていたが、多門坊や八幡宮のすぐ南側には旧根方街道が通っており、また八幡宮西側を北上すると、大棚の滝附近を通って愛鷹山へと登山する須津川登山道に繋がっていく。(中略)多門坊は、中世後期以降、中里八幡宮別当の他に愛鷹神社の管理もしている。この愛鷹神社は、中里八幡宮から須津川登山道を一キロ程北上した位置に存在していたが、現在は中里八幡宮に合祀されている。つまり多門坊は、根方街道から分岐する愛鷹山登山口に位置し、愛鷹山信仰と深い関わりをもった修験寺院であったと考えられる。

中里八幡宮より愛鷹山を望む

さて、この多門坊・中里八幡宮がかぐや姫信仰とどうかかわったかは全く不明である。またその愛鷹神社・八幡宮にその遺址を伝えることはない。ただし当地域は「大綱の里」と称されている(24)。つまり「富士山縁起」（垂迹縁起）がかぐや姫誕生の地とする「乗馬の里」に東隣する所であった。しかもすでにあげたように、「富士山縁起」諸本のなかには、鷹飼・犬飼夫妻の住居、つまりかぐや姫誕生の地を「大綱の里」とするものがある。あるいはそこからさらに「乗馬の里」に移ったとする伝本もある。繰り返すことになるが、あげてみる。

中里八幡宮・左は摂社の愛鷹神社

抑モ人王五十代桓武天王ノ御亭ニ、延暦二十二年比ロ、東海道駿河ノ国ニ大綱里トニ夫婦有二リ半白ノ老人一、後チ乗馬ノ里トニ移二ス居住一、翁ハ為二箕作ノ業一サヲ、人皆云二フ作竹翁一ト、々ハ愛スレ鷹ヲ、嬢《ウバ》常ニ飼レフ犬ヲ……（田辺四郎氏蔵本）

爰に、するがの国、富士のすそ野。大つなのさと、のり馬といふところに、とし久しき、夫婦の老人あり、おきなはつねに、鷹をあいし。姥はつねに、いぬをかい、かりしてあそびしが……（延享八年版本）

人王四十九代光仁《くわうにん》てんわうの御時、駿州《すんしう》おほつなの里に、翁と婆《うば》夫婦あり。翁はつねに鷹を愛し、婆《うば》は犬をやしなひける。（正暦三年版本）

また林羅山の『本朝神社考』〈富士山〉には、次のようにある。

古老伝云。昔大綱里有老翁嬢、共居。翁愛鷹、嬢飼犬。後住乗馬里、作箕為業

あえて「大綱の里」にこだわる伝本は、なにを意味するのであろうか。あるいはそれは「大綱の里」に拠った多門坊・八幡宮とかかわる原本に拠っているかと推される。

二　山岳信仰と放鷹文化

富士山麓の在地縁起「富士山縁起」は、かぐや姫を守り育てた養父母を鷹飼の翁と犬飼の嫗として伝えている。それならば、かぐや姫の誕生したという「乗馬の里」（あるいは「大綱の里」）は、富士山麓の鷹飼の里ということになる。が、今日ではその真偽を確かめることは不可能に近い。そこでやや迂遠な方法になるが、山岳信仰と鷹飼・鷹狩のかかわりをあげて、その可能性を考えてみることとする。

（一）　熊野縁起と犬飼

およそ霊山開基開山の縁起には、猟師の関与を説くものは少なくない。その代表的なものとしては、熊野権現の垂迹を説く「熊野縁起」があげられる。それは、はやく長寛元年（一一六三）四月十六日の「勘文」にうかがえる。

熊野権現御垂迹縁起云。往昔甲寅年唐乃天台山乃王子信旧跡也。日本国鎮西日子乃山雨降給。（中略）次六十一年庚午。新宮乃東農阿須加乃社乃北石渕乃谷仁勧請静奉津留。始結玉家津美御子登申。二寺社也。

その前半は、権現の本国示現より新宮までの遊幸を叙するものである。続けて次のように叙している。

次十三年乎過弖。壬午手本宮大湯原一位木三本乃末三枚月形仁天天降給。八筒年於経。庚寅農年石多河乃南河内乃住人熊野部千代定止云犬飼。猪長一丈五尺奈留射。犬飼乃跡於聞弖行仁。大湯原行弖。件猪乃一位農木乃本仁死伏世利。宍於取弖食。件木下仁一宿於経弖木農末月乎見付弖問申具。何月虚空於離弖木乃末仁波御坐止申仁。月犬飼仁答仰云。我乎波熊野三所権現止所申。一社乎證誠大菩薩土申。今二枚月乎者両所権現土奈牟申仰給布云々。

すなわち権現が本宮の大湯原（熊野川と岩田川とが合流する本宮の川祭祀地大斎原とも書く）の櫟の木の三本に、月形と化して垂迹なさるとき、その木の下で熊野部千代定と称する岩田川の南河内の犬飼（猟師）が大猪を仕止め、その肉を食した後に一宿するに、その木の先に月形を見付ける。虚空を離れて木の先におはしますはいかにと問うと、月形は熊野三所権現と名乗られる。そこで犬飼の千代定は一枚の月を證誠大菩薩、二枚の月を両所権現と申して、それぞれに社殿を作って祀ったという。ちなみに木の下で仕止めた猪の肉を食したとするのは、猟師がそこで獲物を解体し、その肉を山の神に捧げて、共に食する狩の習俗で、近代では、「ケボカイ」（毛祭）とか「ホド祭り」などと称するものである。(25)

ところで、この「熊野権現縁起」をもう少し詳しく叙述するものに、『神道集』巻二の「熊野権現事」がある。その前半は熊野権現の前生「五衰殿物語」と叙した後に、それぞれの主人公が熊野に来遊示現することを語る。それに続けて、熊野権現祭祀の由来・開山の縁起を次のように語っている。書き下しにしてあげる。

抑熊野権現ト申ハ、八尺ノ熊ト現シテ、飛鳥野ト云フ処ニ顕ハレ給ヘリ、佐コソ熊野ト申ケン、武漏ノ郡麻那期ト云処ニ、千代包ト云フ狩師アリ、得体シケル程、人跡絶テ行ヘキ様モナシ、燃レハ八尺の烏出来レリ、大ナル猪ニ手ヲハ負共、力及ハス、其ノ行キ方ヲハ知ネ共、惜カリケル師子ナレハ、尋行ケ共叶ハス、件ノ八尺ノ烏ハ先ニ立テ閑ッ々ット歩ミ行ケリ、狩師ハ怪ヲ成シテ行程ニ、大平野ト云フ処ニ、此烏ハ色ヲ替ツヽ、金色ニシテ見ヘケル、（中略）件ノ狩師ハ烏ト列レテ行程ニ、曽那恵ト云フ処ヘ入ニケリ、猪ハ倒レ伏有ケリ、又烏ハ何クトモ無ク失ニケリ、狩師ハ怪ヲ成シテ、此猪ノ事ヲハ思捨ツヽ、不審ヲ成シ行程ニ、烏モ失シカハ、天ニ仰キテ立ケル櫟ノ大ナル上ニ、光物ヲ見ケル、此物は我ヲ侵《ヲカ》サントスル物ソト思ヘハ、大ナル鏑矢ヲ打チツカンテ、彼ノ光物ニ問フ、我ハ十五歳ヨリ狩ヲシテ、六十二成マテ斯ル不思議ニ値ヘル事度々ナリ、而共未タ不覚ヲ現セス何《ナニ》物ナリトモ変シテ見ヘヨトソ云ケル、此ノ光物ハ三枚ノ鏡ナリテソ答テ言ハク、我ハ是昔シ天照太神五代孫子、摩詞陀国ノ旦クノ主、我国相伝ノ者ナリ、王ヲ始トシテ万人ヲ守ル者、熊野三所ト現スルモ我等カ事、誤マチ仕《スル》事勿レ、宿縁ニ依テ汝ニ顕ル、ナリト仰セラレケレハ、狩師弓矢ヲ投捨テ、、袖ヲ合セツ、、（中略）彼ノ木ノ本ニ三ッ庵リヲ造リツ、、仰ノ如ナラハ、此ニ移ラセ給ヘト申ケレハ、三枚ノ鏡ハ三庵リニ移セ給ケリ、狩師奉ルヘキ物無レハ、時ニ薯蕷ヲ掘リ、鹿ヲ切、供御ニ備ヘ、折節五月五日ナリ、糧料ニ持タリケル麦ヲ飯ニシ、薯蕷・菖蒲ナントヲ取副ヘテ備ヘ奉ル、改テ急キ山出ツ、、宣旨ヲ申サントテ都上リ、権現モ亦藤代ヨリ先ニ飛行夜叉ヲ差遣シ、夢想ノ告ヲ以申ケルニ、千代包ハ参テ、此ノ由ヲ申ケレハ、早ク御宝殿ヲ奉行シテ造リ奉ヘキ由仰付ラレケリ、夜ヲ日ニ継テ、三所ノ御宝殿ヲ件ノ所ニ造、人多挙テ、在家ノ数三百家計出来レリ、彼人共ハ皆ナ権現ヲ賞シ奉ル、権現ノ神力ニ依テ、人楽ミ世栄ヘテ過ニケリ、千代包ハ其宮ノ別当ナリ、

冒頭に、先づ熊野権現は八尺の熊と化して「飛鳥野」（新宮の東の阿須加社）に示現されたとする。その狩師千代包の出自を岩田川の河内とは違えて武漏郡の「麻那期」とする。その千代包を導くものを「八尺ノ烏」とするのは、神武紀にしたがってのことであろう。その烏が金色に替わりつつ、大猪を追う千代包を「曽那恵」（「備島」「備前」の謂いで大湯原目前の熊野川対岸の聖地）まで案内して姿を消す。そこで千代包が天を仰ぐと、櫟の大きな木の上に、光物が見える。何者ぞと問うと、三枚の鏡と変じて、摩詞陀国より来遊した三所権現と名乗られる。千代包は弓矢を捨て三つの庵を造ると、三枚の鏡はそれぞれの庵りに移りなさる。折節五月五日とて薯を掘り鹿を切り、麦の飯を供御としてお祀り申し上げる。五月五日は、節句であれど、ここでは猟師たちの営む狩祭に準じたものと推される。(26) やがて帝より宣旨を賜り、仮の庵にかえて、三所の御宝殿を建立、千代包が初代の別当に任じられたという。

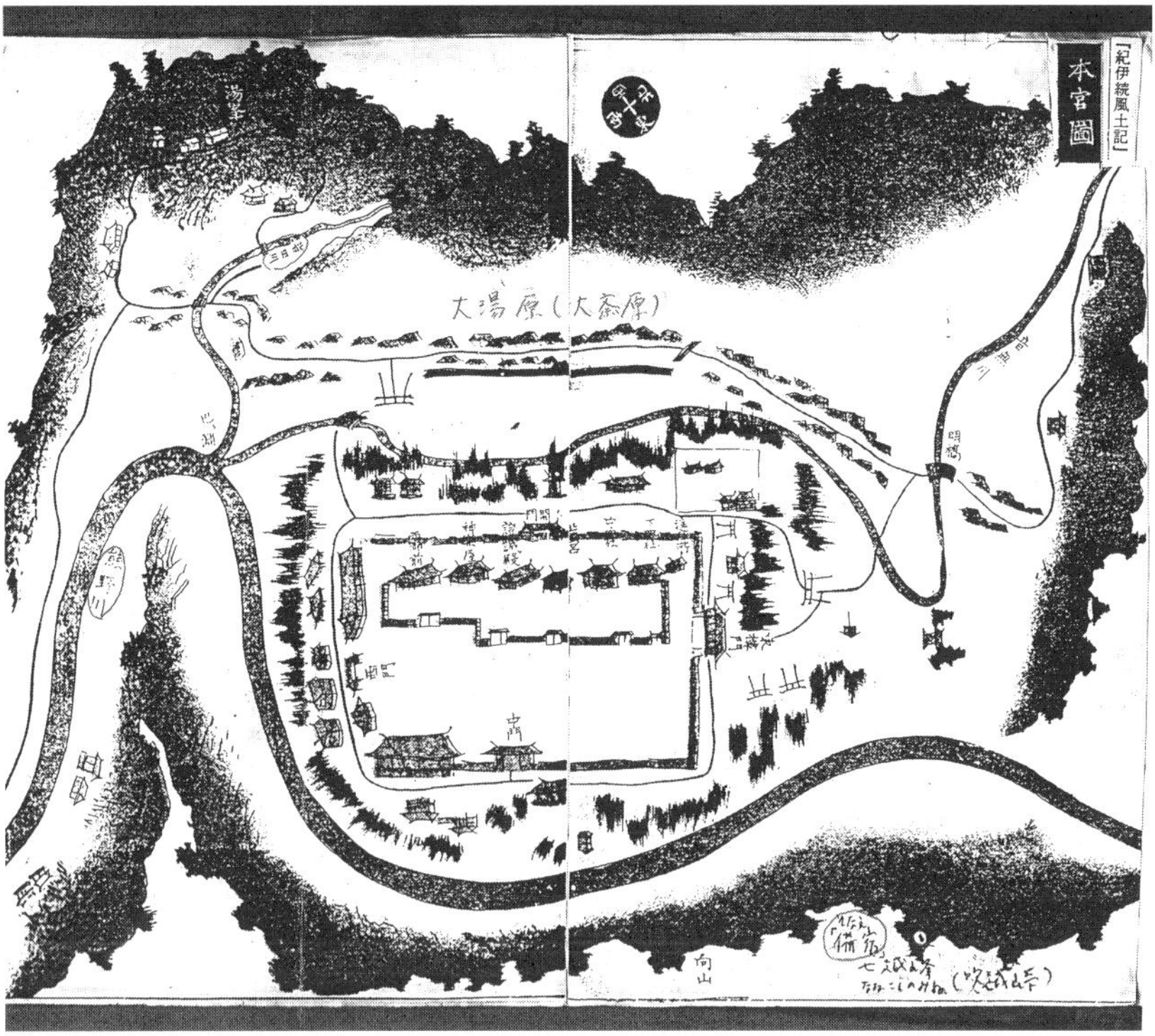

『紀伊続風土記』巻之八十五「本宮図」

つまり熊野権現の祭祀は、まずは当地方の狩猟集団によってはじめられたとする。その代表者が熊野の千代包であって、それのみならず当地方における多くの猟師たちが、その祭祀にかかわり、熊野修験を支えることとなったというのであろう[27]。その狩猟集団に接して、放鷹のわざをよくする連中がいたかどうかは、これでは明かではない。しかし中世の鷹書によれば、日本に渡来した名鷹の根本の第一は熊野にあったとする[28]。勿論、霊山に名鷹の根本をみるのは、熊野に限ることではない[29]。その例に富士山のあることは後にふれる。

(二)　立山縁起と鷹飼

右にあげた熊野開基の縁起は、鷹飼ではなく、あくまでも犬飼（猟師）をもって説くものである。そこでその開基を放鷹のわざをよくする者によるとする越中の「立山縁起」をあげてみる。その最も古い伝承の記録は、鎌倉初期成立の十巻本『伊呂波字類抄』の記述である。それは「立山大菩薩顕給本縁起」とある。

越中守佐伯有若之宿祢、仲春上旬之比、為鷹猟之。登雪高山之間、鷹飛空失畢、為尋求之深山之次熊見射殺、然間笑（ママ）立乍於高山、笑（ママ）立熊金色阿弥陀如来、休岩石之山勝名、一轝腰合、二轝肩号、三轝頸名、四轝甲頭、烏瑟五轝、時有若発菩薩心、切弓切髪成沙弥、法号慈興、其師薬勢聖人、自大河南者薬契之、建立三所上本宮、中光明山、下報恩寺、慈興聖人建立者、自大河北三所、上芦崎寺根本中宮、横安楽寺、又高禅寺、又上岩山之頂禅光寺千柿也（後略）

立山の山麓に住む越中守佐伯有若と称する人物が、二月の上旬に鷹を伴って狩に出かけ、雪深い高山に登るとき、その鷹を見失う。それを探し求めて深山に入ると熊に出会い、これを弓矢で射殺した。するとその熊は立ちあがったまま高山を登り、やがて立ちあがったまま金色の阿弥陀如来と化した。これは「立山」になぞらえた叙述表現であろう。その山は「勝」という。しばし岩石の山に休むと、そこは仏尊の形を現し、腰は一轝《こし》（地名）、肩は二轝《こし》、頸は三轝、頭は四轝、烏瑟の頂上は五轝を示した。そこで有若は菩薩心を発し、弓矢を捨て髪を切って沙弥となり、薬勢聖人に師事して慈興と名乗る。その大河の南には師が三所を建立、自らは大河の北に三所を建立したというのである。

およそ立山開山の慈興上人の前身を「越中守佐伯有若之宿祢」とする叙述は、その真実性を求めて「縁起」が作り出したものと判じられる。(30) ちなみに『類聚既験抄』神祇十の「越中国立山権現」の項には、次のようにある。最近見出された真福寺蔵本（鎌倉後期写本）によってあげる。(31)

一　越中国立山権現者。文武天皇御宇、大宝元年始所建立也。相伝云。於立山一、狩人在之。熊ヲ射テ、矢ヲ射立テ、追テ入山之処、其熊乍立箭死了。見之一皆金色阿弥陀如来也、仍、此山ヲ一云立山権現也。顕現地獄一云々。

時は文武天皇の大宝元年、熊を射て金色の阿弥陀如来の顕現に会った人物は、立山において猟をする「狩人」とする。「鷹」も記されておらず「有若」の名も見えない。勿論、簡略化された叙述であれば、編纂当時、その伝承がなかったとは言えない。しかして、立山権現をめぐる社寺の発展のなかで、その開山縁起は、多くの趣向を添えて叙されることとなった。それを代表するものの一つが寺島良安の『和漢三才図会』収載の立山縁起で、「彼ノ山ノ伝記ニ曰ク」として次のように叙している。

文武天皇太宝元年二月十六日ノ夜、帝ノ夢ニ阿弥陀如来二テ枕頭《マクラノカミ》二曰ク、自レ今令下シテ四条ノ大納言有若一ヲ領中セ越中ノ国上ヲ、国家当二戸安穏一ナル也、覚メテ乃勅二シテ有若一ニ、為二越中ノ国司一ト、而有若卿同ク嫡男有頼移二リ住ス当国保伏山一ニ、一《アル》日自二辰巳ノ方一白鷹《シラタカ》飛来テ止二ル干卿ノ挙《コブシ》一ニ。喜愛二育スル之一ヲ、既シテ而有頼請二シテ於父一ニ為一ス鷹野ノ遊一時、俄ニ翦去《ソレサル》。東西《アナタコナタ》求レレトモ之而不二還来一ラ、於レ是ニ森尻ノ権限示現シテ曰ハク、汝当レト尋二テ己ノ方一ヲ、因テ入二奥山一日既暮レテ宿二ス干岩間一、翌朝至二リ岩倉ノ林一ニ見二ル一老人一ヲ、右ニ提《ヒサ》レゲ劔ヲ左ニ持二テ念珠一ヲ曰ク、汝カ所レノ尋ル鷹今在二リト横江ノ林一ニ也、有頼問フ、君ハ誰ソ乎、答テ曰ク、我ハ是当山刀尾天神ナリト也、而去ル、恭礼シテ尚ヲ入二ル深山一ニ時、猛熊《タケクマ》駈来《カケ》テ将レニ撰《ツカマン》ト、有頼急射レル之、矢中《アタリ》二熊ノ胸一ニ流レ血ヲ、迯《ニケ》テ入二ル玉戸ノ窟《イハヤ》一ニ、遂テ見二レハ窟ノ中一ヲ、不意《オモヒノホカ》ニ三尊仏像巍巍トシテ異香芬芬タリ、熟《ツクヾヽ》拝レムニ之ヲ、阿弥陀ノ胸ニ矢立テ血ヲ、血流ル、有頼知二テ己カ矢一ヲ大ニ驚キ且ツ恠レシム之ヲ、如来 梢《コトクニ》レヲ夢ノ告テ曰ハク、我為レメニ済二ハン濁世ノ衆生一ヲ、現二シ十界ヲ於此山一ニ待レ汝ヲ、故使《ルモ》下有《シテ》若一ヲ為中ヲ当国ノ主上ト亦方便也、鷹ハ乃剣山刀尾天神也、熊ハ乃我也、汝連ク出家シテ宜レシト開二ク当山一ヲ焉、有頼流二シ随喜ノ泪一ヲ、謁二シ説法カ原五智寺ノ慈朝師一ニ、受戒改レテ名ヲ号二ス慈興一ト、尋建《ツメテ》二テラル立山大権現ノ大宮及王子春属等ノ社一ヲ焉、又登レリ嶽《タケ》ニ依二テ小山大明神ノ告一ニ、到二リ浄土山一ニ、拝二ス一光三尊ノ如来二十五ノ菩薩一ヲ、蓋シ此ノ大嶽ノ形似二タリ仏尊貌一ニ、膝ヲ為二一ノ越一、腹ヲ為二二ノ越一ト、肩ヲ為二三ノ越《コシ》一、頭ヲ為二四越一ト、頂上仏面ヲ為二五ノ越一ト、

坂本茂本「立山曼荼羅」（長島勝正氏『立山曼荼羅集成』による）

この縁起では開山の主人公は、有若からその子有頼に転じてある。しかも父は越中の守ならぬ公卿の四条大納言に格上げされる。その越中への下洛は、阿弥陀如来が常に夢を通して命じられたとする。駆使する鷹も「白鷹」としていちだんと霊異を強調する。(32) それが有若卿の「拳《コブシ》」に止まったとするは、鷹飼の術にしたがったもので、子の有頼が父に請うて「鷹野」にその遊びを試みたとするのも鷹狩の法にしたがった叙述である。その遊びのなかで、その鷹が飛び去って、しばし戻らぬことも「鷹の遊び」(33)では時折起こることである。森尻権現の示現は、新たな趣向である。鷹の化身たる剣山刀尾天神(34)の出現も、先の伝承には見えていない。聖なる熊の出現は、当縁起の元来の主張で、たしかに「熊野縁起」の影響とみることができよう。その熊の叙述は、「立山」になぞらう趣向は消え、流血をあげて「代受苦」を強調する。その阿弥陀如来の顕現も、「巍々トシテ異香芬芬タリ」と、聖なる威容をいちだんと誇張した叙述となっている。しかも自らの誓願を伝え、それぞれの本地をあかし、有頼に出家を求められたとするのも、加えられた趣向である。また小山大明神の告げによる浄土山の開山も、その信仰の根拠を確認したものと推される。(35)

さて右の立山開山の縁起にあげられる慈興上人については、「薬勢聖人」「説法ヵ原五智寺ノ慈朝師」に師事して受戒したとする以上のことは明らめ得ない。先にあげた『神道集』巻四「越中立山権現事」は、立山権現の王子神、十二所権現の本地仏を釈する「本地縁起(36)」を収めて、その開山の縁起をあげることはない。ただし冒頭の「抑越中ノ国ノ一宮ヲハ、立山権現ト申ス、御本地ハ阿弥陀如来是也、……」に応じて最末には、

抑此権現ト申ハ、大宝三年癸ノ卯ノ年三月十五日ニ、教興聖人ト云シ、御示現ヲ蒙テ、此山ニ行向テ顕給ヘリ、

と叙している。『伊呂波字類抄』『和漢三才図会』は、その開基を「大宝元年」と記しており、それに準ずるものであれば、その「教興上人」は「慈興上人」の訛伝であり(37)、この叙述は当山開基の由来を添えたものと判じられる。勿論、その前身が立山に狩する犬飼（猟師）、あるいは鷹飼であったとする叙述をあげることはない。しかし熊野権現に準じてみれば、先にあげた立山の開山縁起の叙述も、あながち虚構と判ずることはできない。教興ならぬ慈興上人の流れを汲むとする人々が、長く山麓の芦峅《あしくら》聚落に住されている(38)。この聚落が、鷹飼を擁する立山の「狩人」の里であったと推することはできる。立山信仰の扉を開いた教興、あるいは慈興上人の出自は、この猟師の里にあったとするのである。

なお立山の開山縁起は、江戸時代にはさらなる趣向を添えて伝えられる(39)。また曼荼羅による絵解きがおこなわれて

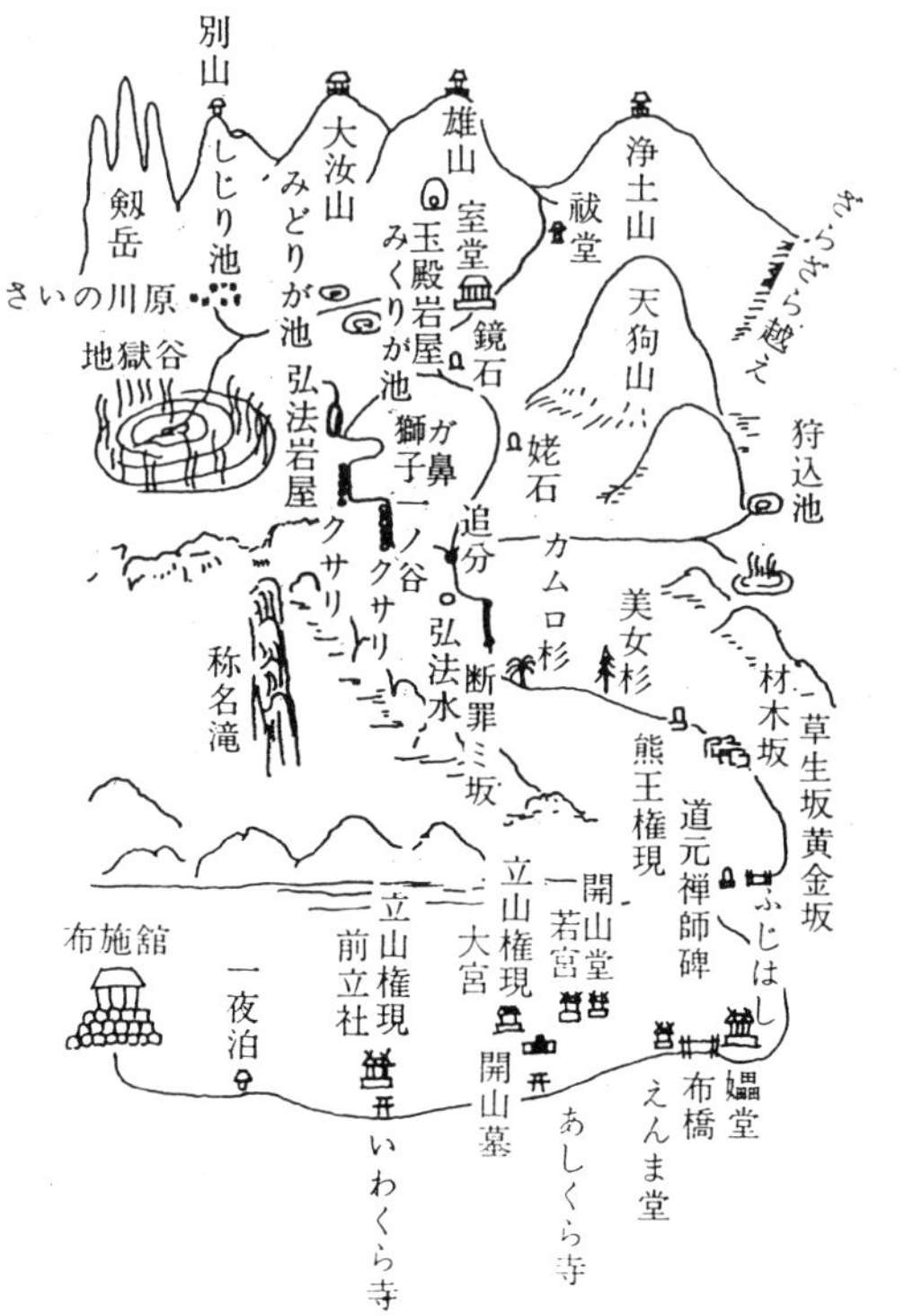

立山の伝承地図（佐伯幸長氏「立山をめぐる伝承説話」による）

おり[40]、その台本の一つの「立山手引草」も紹介されている。[41] 佐伯幸長氏の「立山を巡る伝承説話」[42]も、近代の絵解きをもおもわせる。[43] ちなみに同氏は雄山神社宮司（中新川郡立山町芹峅寺）をつとめておられる。

（三）二荒山縁起と鷹飼

しばしば引用してきた安居院『神道集』の巻一「宇佐八幡事」の末尾には、神明由来の問に対して、答として、「神慮ハ難レ量リ、……亦其由来浅劣ヲ不レ嫌、只時ノ縁至リ、我レト成就シヌレハ、既ニ和光垂迹シ玉フナリ」とて、

所謂熊野證誠権現、宇津宮ノ大明神ハ、熊野千代包、唵佐良摩、此ヲ因縁トシ顕玉フ、其ノ二人共ニ鹿ヲ射ルヲ由来トシ玉ヘリ、

……

とある。熊野権現が熊野千代包との因縁によって示現されたことは、同巻二の「熊野権現事」にあげており、右において詳しく紹介したことである。もう一方の宇都宮大明神と唵佐良摩の因縁については、同第五の「日光権現事」の冒頭に、

抑日光権現事者、下野国ノ鎮守ナリ、往昔ニ赤城ノ大明神ト沼ヲ諍ヒッ、唵佐良麿ヲ語給シ事ハ、遥ニ遠キ昔ナリ、

とあげるのみで、その日光権現（大蛇）と赤城大明神（大蜈蛇）の神争いにあたって、日光に加勢した唵佐良麿の物語は「遥ニ遠キ昔」として語ることはない。あるいはそれは、次の「宇都宮大明神事」において紹介されるべきであるが、これは巻十の「諏訪縁起」のつながりを求めて、「此明神ハ諏訪ノ大明神ニハ御舎兄ナリ、」としてその「明神ニハ男体女体御ス」とて、その本地を釈する「本地縁起」を叙するのみである。

右のごとくに、『神道集』の編者は、日光権現を助けた唵佐良麿（猿丸大夫）の物語の存在を知得していながら、それを収載していない。それは『神道集』の編者の問題というよりは、東国における狩猟神の信仰圏とかかわることと言うべきである。が、それについてはここではふれず、柳田国男氏がいう『神を助けた話』の唵佐良麿（猿丸大夫）の物語が、『神道集』以前に存在していたことを確認することに留める。その物語を収載するのが「二荒山縁起」（日光山縁起）であり、その原本の成立は鎌倉後期にまで遡るものである。詳しくは別稿、「『二荒山縁起』成立考[45]——」に委せるが、従来の研究が、第二部ともいうべき猿丸大夫の「神を助けた話」、つまり日光権現の祭祀由来（開山縁起）に関心を寄せるものであったに対して、拙稿は第一部とすべき鷹飼の上手、有宇中将の日光権現示現を説く垂迹縁起を注目して考究したのである。つまり山岳信仰と放鷹文化とのかかわりは、この垂迹縁起にこそ見出されるのであった。そこで、まずはその第一部の垂迹縁起の梗概をあげてみる。

〈発端〉鷹飼の出立

(1) 花洛の有宇の中将は、明け暮れ鷹狩を好んでいるが、秋の初鳥狩の遊びに出仕を忘れ、御門のご勘気を蒙る。

(2) 中将は、青鹿毛と称する馬に乗り、雲の上という鷹、悪駄丸という犬を伴い、内裏をしのび出る。

〈展開・Ⅰ〉遍歴・婚姻

(1) 中将は東山道によって下野国日光山に着き、山菅橋を渡って一夜を過ごす。夜明けとともに出立し、白河の関を経て朝日の里にたどり着く。

(2) その里の朝日長者に、美しい娘がおり、中将は姫に懸想する。長者は中将を婿に招き入れる。

〈展開・Ⅱ〉帰郷・遍歴

(1) 六年後、中将は母君の夢を見て帰郷を志す。姫は縹の帯の端を結んで、中将と互いに持ち合い、別れることがあれば解けると契り、旅行く先にある大川の妻去川（阿武隈川）の水を飲んではならぬと教える。

(2) 中将は大川に出て、一旦はためらいながら、その川の水を飲んでしまうと、たちまちに気を失う。それでも気を取り直し日光山の麓にたどり着く。

(3) 中将は馬の青鹿毛に母君への文、鷹の雲の上には朝日姫への文を託す。姫は中将の結んだ縹の帯が解けたのを見て、妻去河なる阿武隈川の辺りに着くと、雲の上が中将の文を落とす。姫は返しの文を雲の上に託す。

(4) 青鹿毛が都へ上り、母君の文を届けるが、母君はすでになく、舎弟の中納言が青鹿毛に乗って日光山に赴く。しかしすでに中将がみまかっており、その場に鷹の雲の上が姫の返しの文をもたらす。中納言は白河の関に赴き、血に染まった姫を助けて日光山に戻るが、姫は中将の死骸を見て、悲しみの余り亡くなってしまう。

〈結末〉神明示現

(1) 中将・朝日姫・母君は、一旦死にながら閻魔王の命で、この世に蘇生する。中将は大将に任ぜられ、関八州と奥州を給わる。やがて御子の馬王が誕生、その子は成長して中納言に昇進する。

(2) 有宇の大将は日光山に戻り、やがてその神明（新宮大権現）に示現する。朝日姫も滝尾（女躰権現）と示現する。

嫡子の中納言は、一子、猿丸を儲けた後に、太郎大明神（本宮権現）と示現される。

右のごとく「二荒山縁起」の第一部は、鷹狩をよくする主人公・有宇中将の苦難遍歴の果てに日光権現に示現されたという垂迹縁起である。そしてその舞台は、下野国の日光山から阿武隈川を経由して、奥州の朝日の里に及ぶのであったが、その朝日の里は、白鳥の里として知られる陸中の苅田の郷が擬されるものと推される。ちなみに当苅田の郷は、平安時代以来、鷹狩の聖地と観じられてきたのである。したがって日光を出た鷹飼の上手・有宇の中将が、苅田の里ならぬ朝日の里において、すばらしい姫君を見出したとする縁起の趣向は、日光の鷹飼集団と当地の深いかかわりを隠すものと判じられる。それはまたこの垂迹縁起が、日光権現を奉ずる鷹飼集団のなかで成立したことを察知させるのである。しかし、その日光の鷹飼の人々はかならずしも明かではないが、やがて猿丸大夫を奉ずるマタギ（狩猟民）ともども、山麓の宇都宮・二荒山《ふたあらさん》神社に属するに至ったことは、今日ではほぼ明らかになったと言える。

さて、「二荒山縁起」は、これに続けて、第二部として、日光権現の祭祀縁起をあげる。『神道集』が、遠い昔のこととして退けた唵佐良摩、つまり猿丸大夫の「神を助けた話」であるが、これは元来、第一部の有宇中将の物語とは別種で、猿丸大夫を始祖と仰ぐ日光派のマタギ集団に支持されていた物語であった。その二つの物語の縫合の跡が、現「二荒山縁起」の第一部にもうかがえる。たとえば結末において主人公を蘇生させ、一子、中納言（馬主）の誕生を語り、その子、猿丸を登場させるのもそれである。それは、第二部の主人公として猿丸大夫を登場させるための用意であった。しかも現縁起の第二部にも、大分の矛盾をかかえている。それは、猿丸大夫こそ日光権現を助けて、その祭司の祖と叙されるべきであるのに、その権現の神託によって、その一子、太郎大明神の「申口」として山麓の宇都宮・二荒山神社に下らしめていることもそれである。日光山、宇都宮に、諏訪信仰ともかかわって、その信仰圏に大きな異同の生じていたことが推されるが、委しくは先にあげた拙稿に委ねることとする。

（四）　富士山と鷹飼

さて先にあげた縁起群によれば、富士信仰を鷹飼・犬飼とのかかわりも求められることになるであろう。ちなみに、中世の鷹書によると、本朝における鷹の広まりの根拠は、富士山にあるとも伝えるのである。すなわちはじめて我が朝に大国より伝来された鷹は「駿王鳥」と言い、それを勅命（天智天皇）によって、越前の敦賀に迎えたのが源斉頼であるとする。(45) 近年、二本松泰子氏によって紹介された西園寺文庫『宇都宮社頭鷹文抜書秘伝』(46)がその代表的鷹書であるが、本書は続けて次のように叙している。

其後、みなもとの蔵人正頼は、はつかうしまの住人也、しゅんわう、都にてとりかひて日本国にひろめ申へきの御いとまをたまはつて、六拾六ヶ国をまはり見るに、駿川の国大国のしゆほう山に似たりとて、ふしのふもとにおちつきにけり。（中略）正頼、すはのこほりにとゝまる。

しゅんわうをは富士山にはなつ。十四の子をうむ成。おん鳥七つ、女鳥七つ如此にうみて、三月廿日より卯月毎日五月五日まて、以上五拾四日、巣ふして我身のせいになして、五月五日むまの時巣よりいたして子ともにのうをならはす。太郎の鳥をは、わしと名つけてきりふなるくうをしてわうの鷹とす。二郎の鷹おは、熊鷹と名付て羽をとりて、おほ鷹とす。……七郎の鳥をこのしたとかふして、国の鳥のわうたるへし。とるつけておの〳〵七拾五日か四日のうをならはしはしめて、七かいとなつて、ふみ月十五日むまの時に青雲の中へくそくして飛のほりこくうにて子供を放ちすてける。……

其時、御使正頼たかのまほりとなりて、今にいたるまで鷹ふみの相伝もろ〳〵たえす、国といへる本地ひしやもんの天王の作現にてすはのなんくうと申是也。諸人をしゆこしたてまつり侍る也。鷹の守護神は東におはす。

やや理解しにくい箇所もあるが、それは、正頼（斉頼）によって俊王は、富士の麓にもたらされ、その子の十四羽より、日本の根本となる七つの鷹が誕生して各地に飛び立ったとする。しかも俊王をもたらした正頼は、鷹の守りとなり鷹書の根本を伝え、本地毘沙門天王なる諏訪大明神と示現したとする。つまりそれは正頼から祢津神平と継承された諏訪流鷹術の系譜を示しながら、本朝の鷹の根本が富士の山麓にあったことを明らかにしてみせているのである。近世の富士の猟師の伝えには、発心門（村山浅間）から等覚門（往生院）にかけての深山においては、しばしば鳥獣の大群と出会い、そのなかに白鷹を見出すこともあったとある。(47) 勿論、近代に至っても、山中に鷹の生息は確認されている。(48) したがって、先にあげた旧六所家旧蔵の「富士山大縁起」（別本）の「今山縁起」において般若山（富士山）と新山（愛鷹）今山の両山の間から百千の鳥が飛び立ち、そのなかの一羽の鷹が、金讚上人に、山々の本地を語ったとする叙述もいたずらなる幻想ではなく、そのような体験にもとづくものと察せられるである。右の鷹書のあげる駿王の鷹の子が誕生した富士の山麓を特定することはできないが、当地方に鷹飼の里を見出すことの可能性は存するであろう。(49) それならば「富士山縁起」が、かぐや姫を守り育てた鷹飼、犬飼の里を富士山麓に探し出すことも不可能ではないことになろう。

三　愛鷹の牧と乗馬の里

さて、先にあげた六家所旧蔵「富士山大縁起」（別本）によると、愛鷹山は富士山に次いで誕生したので新山と称されたと言い、その東に新たに今山が生じたので愛鷹山と名づけられたと伝える。ここには、愛鷹山の信仰が富士浅間と連繫して発生したことの主張が認められる。しかもその今山の宝蔵が崩れ落ちるのを見て、金讚上人は南麓に庵室を設けて経巻を収めるとき、それは百千の鳥によって新山、今山の間に運ばれたと伝える。そしてその経蔵をもって上人は、「般若山ノ南ノ脚下」に一寺を建立、浄土院と称したという。これが東泉院の前身で、これを引き継いだのが、「新今両山五社正別当妙行」とする。この妙行とはいかなる人物かは不明であるが、この金讃上人から妙行に及ぶ叙述には、富士行開祖の頼尊の略歴が隠されているかと察せられる。ちなみに、その旧今泉村の東泉院五大尊の箱に、「大僧正頼尊」の名が添えられていることがはやくに注目されてきた。(50) また愛鷹明神を祀る新宮を擁する旧原田村の妙善寺観音堂梁牌に、発願主として頼尊の名のあることも留意されてきた。(51) さらにその東隣の旧中里村八幡宮の別当には、頼尊の子孫と称する多門坊がおり、愛鷹明神をもあわせ祀っていたことは既に述べてきた。つまり愛鷹山の南西麓、富士下方郷には、南北朝以来、頼尊につながる修験の人々の活躍があり、富士・愛鷹の両山信仰を支持していたことになる。その頼尊の流れを汲む東泉院が両山大別当を自任していたこともそれによる。しかもそれは「富士山縁起」の第一次本によると、頼尊以前の興法寺の活動にまで遡ることになるであろう。(52)

その愛鷹山は、最高峰の越前岳（鷲巣山）から南に呼子岳・愛鷹山と続き、北東に黒岳がそびえる連山である。ただ狭義には東海道筋から目につく標高一一八七・五メートルの山をこれに当てる。この愛鷹の山頂は絶壁をなすが、数多くの谷が深く刻まれており、これらを一括して百沢と称する。その中心に『延喜式』の掲げる駿河郡二座の一の「桃沢神社」（愛鷹明神社）が配される。本宮は、山頂、中の宮は天野、下の宮は青野にある。(53) しかもその山麓には古くから馬の牧が営まれてきた。『延喜式』の「駿河国岡野ノ馬牧 蘇弥奈馬牧」の岡野の御牧がそれで、百沢の豊かな水がそれを可能にしたにちがいない。

その古代末期から中世へかけて、その牧も次第に後退したが、この愛鷹山麓の牧は、野生の馬が生き続け、愛鷹明神の祭祀を司った桃沢神社の神主・興津氏が代々それを保護し、今川氏、武田氏からも神領・神馬の安堵を得て江戸時代に至ったのである。(54) しかし江戸幕府がこの愛鷹山の野馬に目をつけ、享保期（一七一六〜一七三六）に、ここに牧を設置しようとするが、神主・興津氏らは、強く反対する。元来、この牧の管理は、建久五年源頼朝公が青毛馬九十九疋を明神に奉納、それを放牧されて神主に委嘱されたものという主張であった。それで一旦、沙汰やみとなるが、寛政八年（一七九六）岩本石見守正倫が野馬掛に就くと、自ら現地に乗り込み、反対する興津氏らを退けて牧の開設を強行した。(55)これが愛鷹の牧で、およそ三つの牧から成る。東から中沢田村上の元野の牧（現足高）、柳沢村上の元野牧（現宮本）、江尾村上の霞野巻（現西野）である。弘化三年（一八四六）に元長窪村上に尾上新牧（現東野）が設置され四牧となった。(56)

その愛鷹の牧は、およそはかつての古代の牧に沿うものであるが、岡野の御牧は、さらに愛鷹山の東南麓に及んでいたと推されるし、(57)その広がりは、さらに西南麓に及んだとも考えられ、あるいはそれは蘇弥奈の馬牧とも推されている。(58)ちなみに『駿河志料』は、『延喜式』の「蘇弥《そみ》奈の牧」を「曽比奈の牧」と判じ、これは愛鷹山に属する地で「富士郡比奈村」がその中心であるとする。およそ『倭名抄』には、富士郡の九つの郷名のなかに「姫名《ヒナ》（比奈）」が見出される。これが『延喜式』の馬牧の存した土地と推しているのである。その姫名郷は、およそ後の今泉・原田・比奈・宗高（富士岡）を含んだ地域を推定される。

ところで、富士市教育委員会は、この比奈地区にある「竹採塚」を調査をされ、それを『富士市の竹取物語調査研究報告書』(59)を公刊されている。その Ⅲ章の（3）「竹採塚周辺の地名や伝承」において、『名寄帳』なるものを引用しながら、姫名郷の「乗馬の里」は、今の比奈・富士岡地区を指し、同じく「馬乗の里」は、今の今泉・原田地区をいうと推している。しかもその『名寄帳』は、「馬乗ノ郷と乗馬ノ里はもと一郷にして吉永郷といへり」と記しているという。さらにその『名寄帳』によると、大綱の里は今の中里・川尻地区を指すともある。『名寄帳』がいかなるものかは不明であるが、土地の人々の伝えによるものと推されて、注目される。すなわちこれによると、愛鷹山の西南

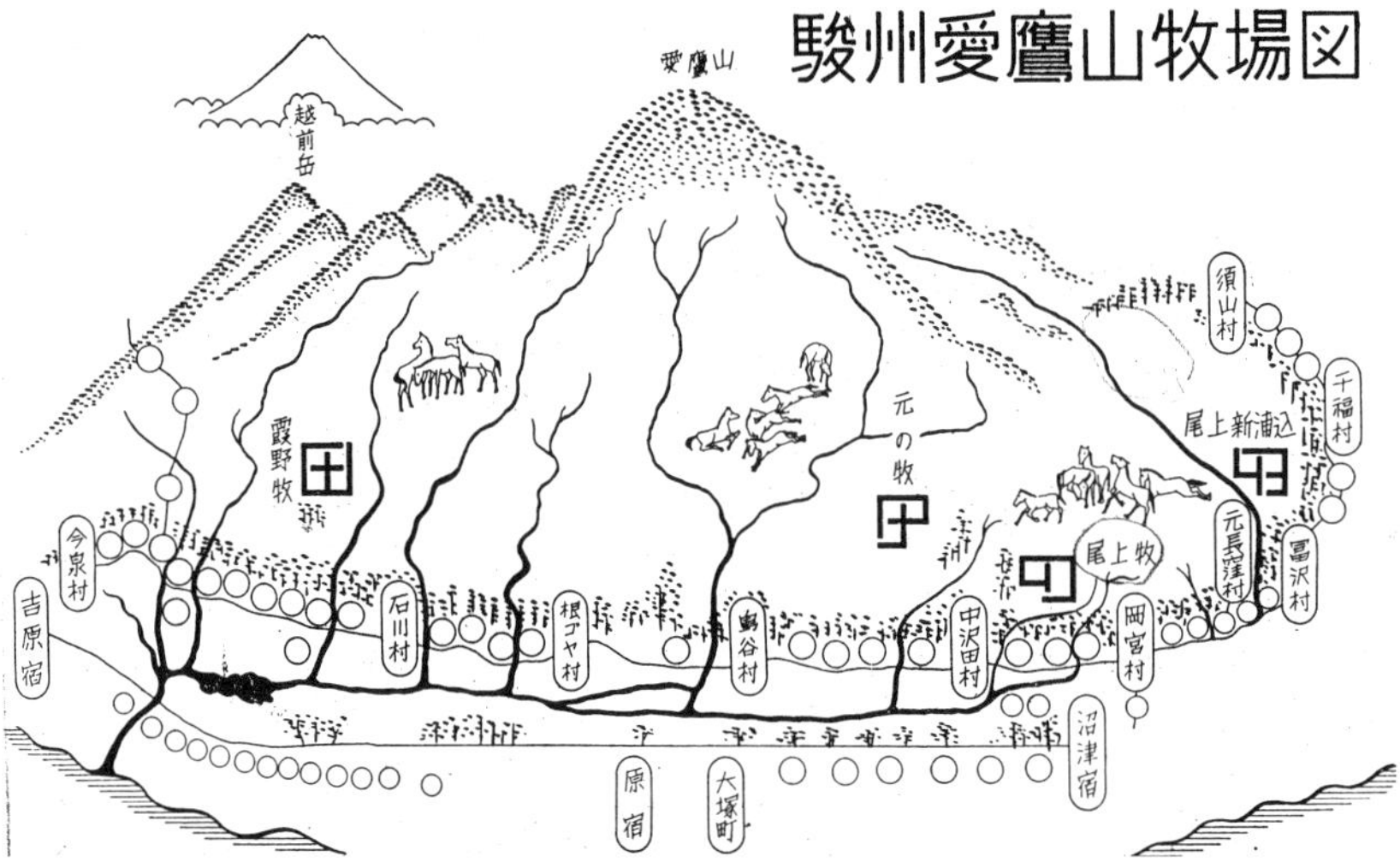

松尾四郎編『史話と伝説』〈富士山麓之巻〉

麓に、「富士山縁起」において、かぐや姫が誕生したという「乗馬の里」（あるいは大綱の里）が、見出されたことになる。[60] それならば、その村里は、およそ古代の岡野の馬牧につらなる蘇弥奈の馬牧（比奈の馬牧）、つまり愛鷹の牧の西側に存した馬の牧から誕生したものと推されるであろう。

ところが、『研究報告書』が引用する「名寄帳」は、「昔、浅間神社の流鏑馬は、この郷中より勤めたり。故に此名あり」とする。「乗馬の里」の地名は、浅間神社の祭礼における流鏑馬の役が当郷より出たことに由来するという。ちなみに寛文十一年書写の六所家旧蔵「富士六所浅間年中祭礼之大概」の〈五月会祭礼〉には、

一、朔日新宮之祭礼流鏑馬有御幣役鑰取宮仕勤之大名役劔太夫御子新三郎供僧惣社家中勤之其外役数多有之
一、二日今宮社之祭礼儀式右ニ同シ
一、三日六所宮祭礼流鏑馬下方五騎加嶋五騎来テ都合十騎ニ而勤之御幣六所宮之鑰取持来供僧ニ渡ス別当奉幣有後供僧請取同ク鑰取ニ（後略）

とある。その祭祀は、別当・東泉院によって営まれるものであ

った。これについて『駿河志料』も、「原田」の項に、「富士浅間社社地別当持御朱印地別当今泉村東泉院」とあり、「祭礼は五月辰の日、五月朔日下方五騎流鏑馬執行（後略）」と叙している。同じく「今宮」の項に「浅間社社地別当持御朱印地別当今泉村東泉院」とあり「祭礼は、（中略）五月二日下方五騎流鏑馬勤仕す鍵取川口喜内」とある。この当地方における流鏑馬の神事がいつよりおこなわれたかは不明であるが、これをもって乗馬の里の由来とする論理には矛盾がある。それは乗馬の里が馬の牧の跡なれば、当地方の浅間社においては、その名残りとして流鏑馬の神事が営まれるに至ったと想定すべきではあるまいか。

妙善寺（右は小栗判官の「馬頭観音」左は本尊「千手観音」）

思うに乗馬の里は、「上馬（良馬）の里」の訛伝とをすべきものであろう。そこでもう少し当地における馬にかかわる言い伝えをあげておこう。

たとえば、先にあげた『駿河志料』は、「比奈」の項の「無量寺」について、「臨済原松蔭寺末宗中興白隠和尚」と注し、「竹取屋敷　籠畠」をあげ、里人が竹取翁の跡と伝える由を言い、そのかぐや姫が富士に登るとき、養父母も甲斐の白根に去り、その養った馬も逃げて信州駒ヶ峯に赴いたという逸話を掲げている。また同じく「比奈」の東隣の「原田」の項に、先にあげたごとく「富士浅間社」の五月一日の流鏑馬の神事をあげ、その北隣りの「妙善寺」については、「臨済宗、清見寺末、境内東西百間、南北十間、藤沢山と号す。除地一石五斗三合」と注し、

観音堂四間四方　庫裡十五間五間　経蔵　鐘楼　山門　本尊千手観音長一尺五寸
脇仏多門　広目二天、此寺の起立詳ならず

照手姫の「かがみ石」

とある。「起立詳ならず」とあるが、山号を「藤沢山」と称しているので、かつては時衆（時宗）の本山である藤沢の清浄光寺に属していた時代のあったことを伝える。ちなみに本尊の千手観音は、いわゆる「馬頭観音」で、馬を飼育する人々の信仰を集め、近年まで春祭り（旧暦一月十七日）には草競馬がおこなわれていた。およそ観音菩薩が、しばしば馬と化現して衆生を救済されるものであったことは、桜井陽子氏が縷々と論じられている。(61)たとえば田村丸の事蹟を伝える奥州各地の馬の牧には必ず長谷観音、または清水観音が祀られている。(62)「馬は観音」とする思想によるものである。が、ここの妙善寺の千手観音は、今日の寺伝によると、荒馬しづめの名手、小栗判官が信仰を篤くしたという。(63)すなわち小栗判官は藤沢を追われ、照手姫ともども、荒馬の鬼鹿毛に乗って当地に至り、妙善寺の住職、大空禅師（藤沢上人遊行第十四代）にかくまわれていた。しかも小栗判官が熊野に赴いている留守の間、照手姫は、西隣りの湧水池に朝夕姿を映して化粧したという跡が、今に「かがみ石」と伝えている。また当寺に到って息絶えたという鬼鹿毛の遺体は観音堂の土中に埋められ、小栗判官が奉納したという馬頭観音像を伝えて、今日、本尊の脇仏として祀られている。おそらくこの小栗判官の伝説は、藤沢山の時宗とともにもたらされたものと推されるが、その伝播の要因は、当地が牧の跡なる乗馬の里（上馬の里）であったことによるものであろう。

しかも、当妙善寺は、先にあげたごとく、末代上人の開いた富士山興法寺にあって、新たに富士行（修験）を始め

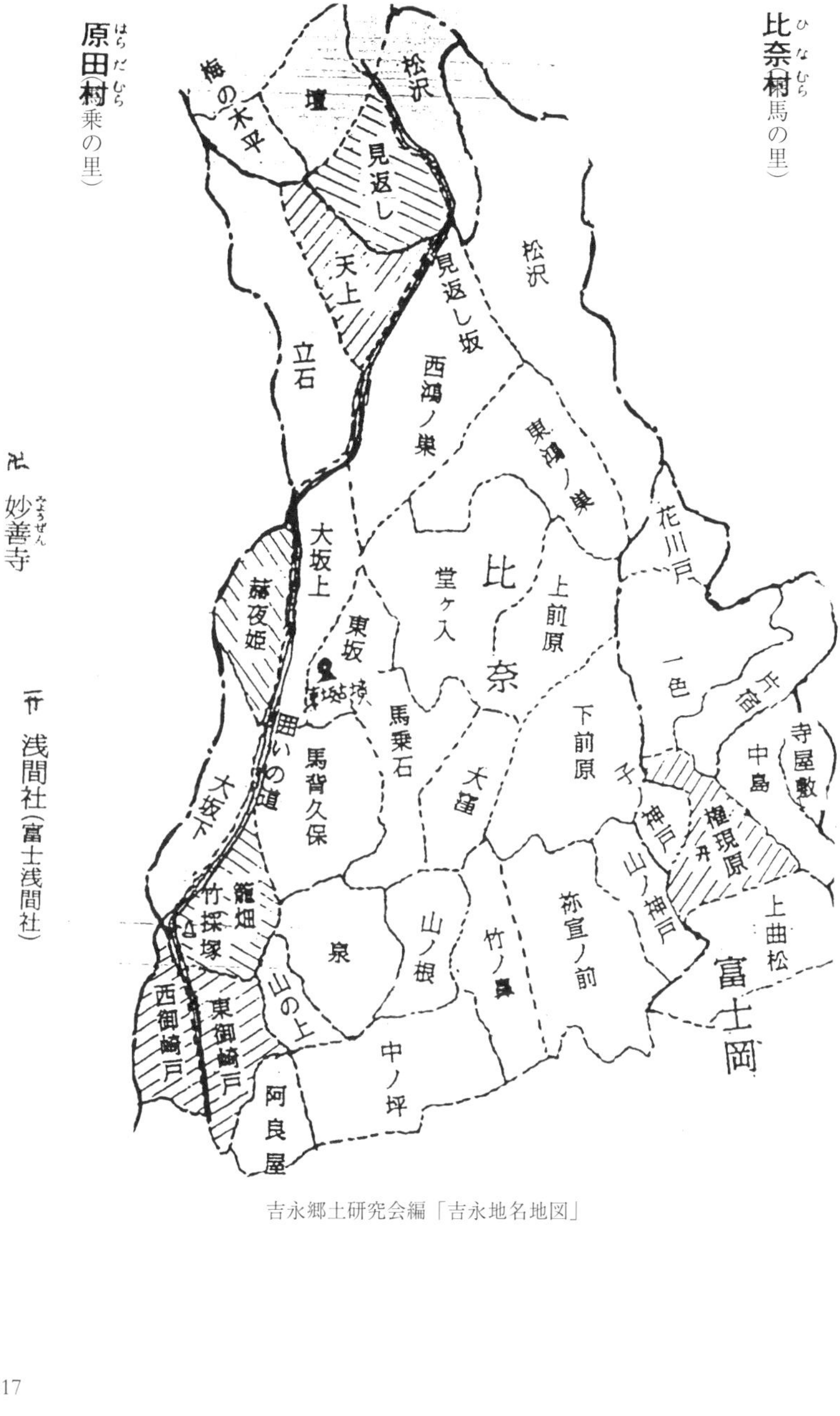

吉永郷土研究会編「吉永地名地図」

た村山浅間の始祖、頼尊の活動する拠点でもあった。その棟札が残されており、『駿河志料』が掲げている。

棟札識

奉造比間四五宇あり　壹基　大発願主頼尊

為師僧父母成仏得道、大檀越阿闍梨釼円□□□□滅曆為現世安穏後生

前処棘（ママ）上檀越大内記沙弥西円

文保元年丁巳十月十一日　大工　清原康家

これによると当妙善寺は、古く根方道（旧東海道）から村山、富士山に赴く入口にあり、興法寺・村山浅間の下方郷における活動拠点としての意義を有していたものにちがいない。そこで近年、吉永郷土研究会の手によって公刊された「吉永地名地図」(64)（右頁）をあげ、その地名の仏由来を要約してあげてみる。なおそのなか「馬乗石」「馬背久保」が見えており注目される。

竹採塚（竹採公園）

竹採塚─竹取の翁の住所跡、「竹取屋敷」と呼ばれてきた。白隠禅師ゆかりの無量寿寺があった。

籠畑《かご》─竹取の翁が竹籠を作っていたからの地名。かぐや姫が育った地。

赫夜姫─かぐや姫が住んでいた地で地名となった。西隣の原田の赫夜姫の字名ともとは一つ、行政の線引きで、別々に地名が残された。

囲《かこ》い道─通い道とも言い、かぐや姫が籠畑から赫夜姫の地に通っていた道、富士山まで続く道で、最後に姫はこの道を通って富士山に登った。

見返し坂─見返り坂とも言い、かぐや姫が翁夫婦と別れを告げ、富士山へ登って行くとき、何度もふりかえって

みたことによる地名。

天上―比奈の地でいちばん高い所。かぐや姫が富士山に登ってしまったので、その富士山に見立ててつけた地名。

それはおよそ「富士山縁起」第二次本に準じた伝承で、その注釈とも言えるものである。その第二次本は、すでに論じたことであるが、頼尊以来の村山浅間において編集されたもので、かぐや姫の登山にあたって、「此事近里ニ聞エ、諸人離悲ヲ惜シミ、麓ノ川辺迄送リ奉リ、声ヲ挙ゲテ落涙ス」（村山浅間神社旧蔵本）とあり、「此時ヨリ御山踏始メ也」と叙している。頼尊によって始められた富士行（御山踏）は、富士浅間大菩薩と示現すべく登山したかぐや姫に求めているのである。勿論、それは史実ではない。かぐや姫信仰にもとづく伝承である。そして乗馬の里の住居、すなわち竹取屋敷周縁が、かつては富士行の村山修験の活動の拠点であったことを証する伝承である。後に原田の富士浅間社（新宮）、今宮の浅間社を統括した今泉の東泉院が、これを引き継ぐことになったのである。

さてそこで、その「乗馬の里」とかぐや姫を守り育てた老夫婦の「鷹飼の里」（「犬飼の里」）とのかかわりを考えてみる。それは馬飼と鷹飼との複合文化の問題である。わたくしは本書・第一編「牧鷹文化の精神風土」[65]で、やや詳しく論じてきたので、ここではその結論のみを紹介する。その一は〈河内・交野の伝承風景〉である。この交野の地は、京都の南端・八幡山と東の交野丘陵、その西の淀川に囲まれた狩場であった。しかも交野丘陵・台地から船橋川、穂谷川、天野川が淀の大河に流れ込む低湿地帯で、その空間は放鷹をよくする鳥類が多く生息していたのである。したがって当地は、垣武天皇以来、しばしば鷹狩のための交野行幸があった聖地であり、平安貴族のみが「鷹の遊び」を許された禁野であった。しかも注目するのは、その鷹野には楠葉の牧、星田の牧などの御牧が点在していることである。〈その二〉は〈摂津・猪名野の伝承風景〉である。この猪名野は、猪名川が能勢の山から流れ出し、神崎川に入る中流地帯で、南は西流する武庫川に限られる狩野であった。古くは平安貴族の遊猟の地であったが、いわゆる「軍

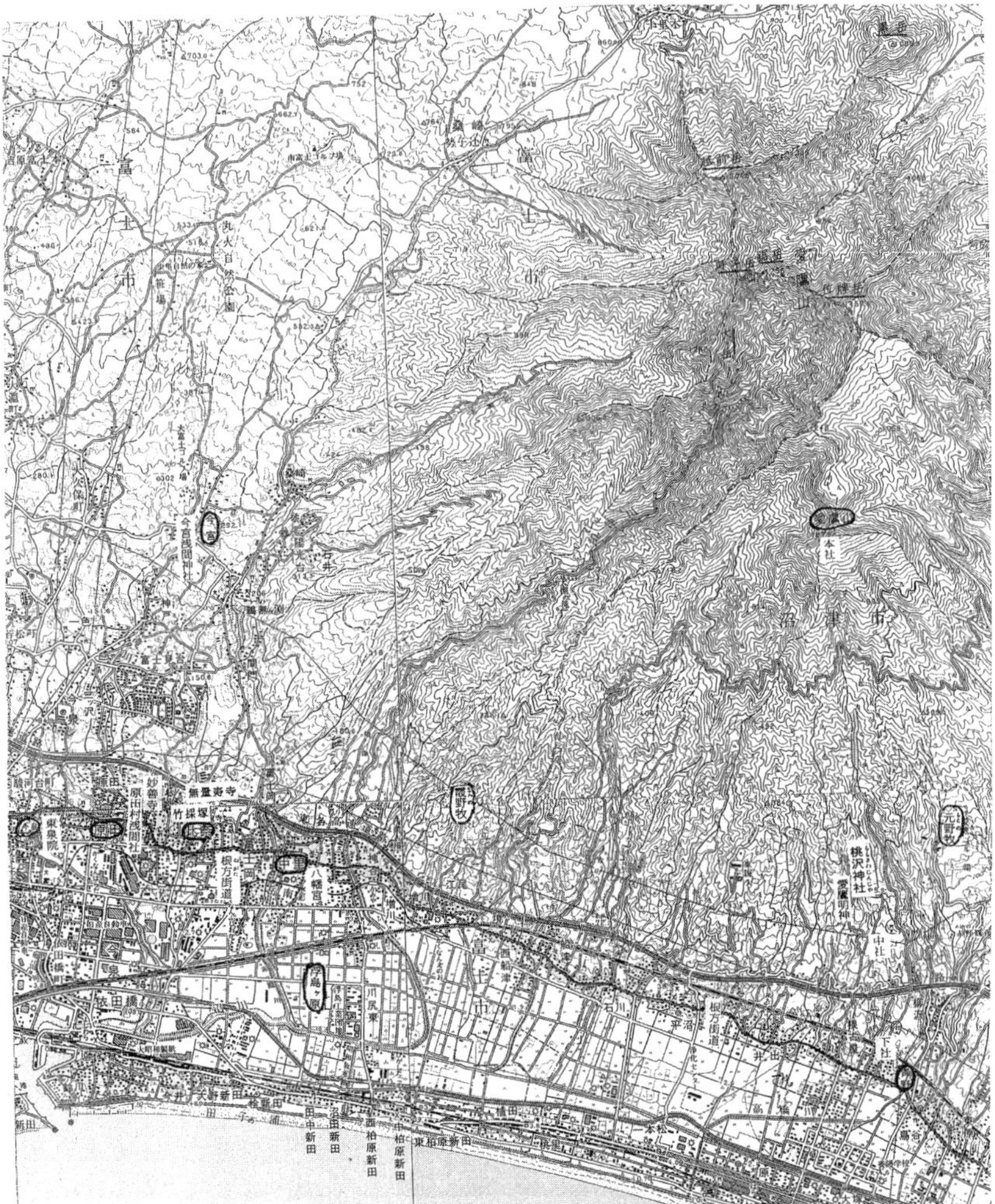

愛鷹山南西麓の比奈郷「乗馬の里」周縁図

事貴族」として躍り出た清和源氏の始祖と仰がれた多田満仲が、その一角に所領を得て、放逸なる「鷹の遊び」を営んだとして世に知られた鷹野である。そしてこの猪名野の鷹場は、東に近都牧としられる豊島牧、中央の多田近くに畝野牧、南の伊丹台地には右馬寮に属した為奈野牧、また武庫川左岸に摂関家の私牧・河野牧を擁していたのである。〈その三〉は〈信濃・滋野の伝承風景〉である。この滋野は東信濃の浅間山系の一角、烏帽子岳から南へ幾筋もの谿流が千曲川に流れ込み、また南の蓼科山麓から鹿曲川が同じく千曲川に注ぎ込む狩野であつた。その千曲川には、古くより白鳥が渡来し、恰好の「鷹のあそび」の聖地であった。それなればこそ、当野を背景に、諏訪流の祖・祢津神平貞直が誕生したのである。その神平が源斉頼の鷹法を継ぐ者であったことは本稿でもふれた。しかもこの滋野の地は、古くからの御牧なる新治の牧、望月の牧、その他、多くの私牧を擁していたことが注目される。祢津氏もまた「鷹の遊び」のみならず、牧の経営にしたがっていたのである。

右のごとく、世に知られた鷹野の多くは、牧野の意義も有していたということになる。おそらくそれは自然の条件が許したからのことであろう。そこで愛鷹山西南麓の「乗馬の里」に戻る。すなわち当地が名馬を産した馬の牧であったとすれば、鷹飼・犬飼の夫妻が住む「乗馬の里」は、「鷹の里」であったとも推察される。(66) ―ちなみに妙善寺の伝説とかかわる小栗判官が荒馬・鬼鹿毛をみごとに乗り鎮めたとする相模の大庭の牧は、また大庭の鷹場であったことも参考になる。――当地方に鷹飼が存在した可能性については、中世の鷹書その他を引用して前章でも説いてきた。今後は、その具体的実証をまたねばならぬ。

最後に、当地域は末代上人以来の興法寺、頼尊に始まる村山浅間の活動の拠点であったことによれば、その乗馬の里に住した鷹飼（犬飼を含む）の人々の伝承が、そのかぐや姫信仰に糾合されていったことを想定してみるのである。つまり、「富士山縁起」原本の成立にはこの人々の伝承が拠りどころとなっていたのではないかということである。

四　鷹場としての富士の裾野

およそ富士の裾野が、秀れた狩場であったことは、建久四年（一一九三）五月の頼朝による壮大な巻狩によって世に知られている。そしてそれは『吾妻鏡』の記事にあり、あるいはそれともかかわって成立した『曽我物語』によって、およそは理解できることである。またそれについては、別に稿を残してもいるので[67]今はふれない。

ここではその富士の狩場が鷹野とも観じられていたことをあげておきたい。

『曽我物語』には、真名本と仮名本があり、前者はおよそ南北朝時代の成立と推される。[68]仮名本は後出本であるにしても、その原本は真名本と相前後して成立したものと思われるが、[69]その仮名本諸本のなかでは、大山寺本がもっとも古態を維持していると推されている。[70]その大山寺本の巻八の（富士野《ふじの》の狩りの事）をあげる。

さて御寮《ごりよう》は、浮島《うきしまが》原に御座《ござ》の由《よし》、承《うけたまは》りて、かの兄弟も、急《いそ》ぎ追《お》つ付《つ》き奉《たてまつ》りぬ。その夜、そこにて便宜《べんぎ》を狙《ねら》へども、用心隙《ようじんひま》なかりければ、その夜も叶はで明《あ》けにけり。次の日は、いのこま林の御狩《みかり》なり。その日もそれにて狙《ねら》へども、北条《ほうでう》殿と屋形《やかた》を並《なら》べたりければ、其の日もうたて暮《く》れにけり。

御寮《りやう》は、相沢《あひざわ》の御所に在《ま》しましける。梶原源太左衛門尉《かぢはらげんださへもんのぜう》を召《め》して、仰《おほ》せ下《くだ》されけるは、「昨日《きのふ》の狩《か》り場《ば》より、富士野《ふじの》は広《ひろ》ければ、勢子《せこ》少《すく》なくては叶ふまじ。その由《よし》、相触《あひふ》れよ」とありければ、承つて人々に触《ふ》れ、射手《いて》を揃《そろ》えけり。先《ま》づ武蔵国《むさしのくに》には、畠山庄司重忠《はたけやまのしやうじしげたゞ》、三浦《みうら》の和田左衛門尉義盛《わだのさへもんのぜうよしもり》、大かゞ《（三浦）》の介義澄《すけよしずみ》、下野国《しもつけのくに》には、千《ち》葉介常胤《ばのすけつねたね》、古郡左衛門兼忠《ふるこほりのさへもんかねたゞ》、武田《たけだの》太郎信義《のぶよし》、下総国《しもふさのくに》には、宇都宮《うつのみやの》弥三郎朝綱《ともつな》、横山藤馬允《よこやまのとうまのぜう》、相模国《さがみのくに》には、松田、河村の人々を先《さき》として、以上《いじやう》、三百余人なり。侍《さぶらい》には、畠山《はたけやまの》六郎重保《しげやす》、梶原源太左衛門尉景季《かじはらげんださへもんのぜうかげすゑ》、朝《あさ》比奈《いなの》三郎義秀《よしひで》、同じく彦太郎《ひこたろう》、由比《ゆいの》、横山《よこやまの》太郎、毛利《もうりの》五郎、林《はやしの》四郎、小山《をやまの》三郎、葛西《かさいの》六郎、板垣《いたがきの》弥次郎、本間彦《ほんまのひこ》七、渋谷《しぶや》小五郎、愛甲《あいきやうの》三郎を始《はじ》めとして、四百十余人なり。総《そう》じて馬に乗《の》り、弓持《ゆみも》ちて出《い》でける侍《さぶらい》の数《かず》、一二万騎《ぎ》もあるやとぞ覚《おぼ》えける。その後《のち》、勢子《せこ》を山へ入《い》れられしに、東《ひがし》は愛鷹《あしだか》の峯を境《さかい》、北は富士野《ふじの》を限《かぎ》り、西は富士川《ふじのかわ》を際《きわ》として、引《ひ》き廻《まわ》されけり。勢《せ》子共《こども》の数《かず》、雲霞《うんか》の如《ごと》し。嶺《みね》に登り、谷に下《くだ》り、野干《やかん》を平野《ひらの》に追《お》い下《くだ》し、思《おも》ひ〳〵に止《とゞ》めける。御寮《ごれう》のその日の御装束《おんしやくぞく》には、羅騎《らき》の重衣《てうい》の富士松《ふじまつ》の、風折《かざお》りしたる立烏帽子《たてゑぼし》、御狩衣《おんかりぎぬ》は、柳色《やなぎいろ》の大紋《おうもん》の指貫《さしぬき》に、熊《くま》の皮《かわ》の大行縢《むかばき》、芝打長《しばうちなが》に履《は》き下《くだ》し、連銭葦毛《れんぜんあしげ》なる馬の五尺に余《あま》りたるに、白鞍《しろくら》置《を》かせ、厚総《あつぶさ》の鞦《しりがい》かけて召《め》されける。御佩刀《おんはかせ》の役《やく》は江戸《えどの》太郎、御笠《おんかさ》の役《やく》は豊島《としまの》新五、御沓《おんくつ》の役《やく》は横山《よこやまの》五郎、御敷皮《おんしきがわ》は船越《ふなこしの》十郎なり。その外《ほか》、一人当千《たうぜん》の兵《つわもの》六七百人、御馬の廻《めぐ》りと見えたりし。其の内に、勝《すぐ》れて見えたるは、五郎丸なり。萌黄威《もへぎおどし》の胴丸《どうまる》に、一尺八寸の打《う》ち刀差《がたなさ》し、四尺八寸の太刀《たち》を佩《は》き、鉄《くろがね》の棒《ぼう》の、七尺余《しやくあま》りなるに、隅々《すみ〴〵》に疣《いぼ》を据《す》へたるを、軽《かろ》げに突《つ》きて、御馬の承鞚《みづつき》に立《た》ちたり。後陣《ごぢん》の左右《さう》には、和田《わだ》、畠山《はたけやま》、いづれも鷹《たか》を据《す》へ、興成《きやうな》し、馬打《むほう》ち静《しづ》かに歩《あゆ》ませ給ふ。並《なら》ぶ人なくぞ見えし。その外《ほか》、数千騎《すせんぎ》の出で立《た》ち、花を飾《かざ》り、月を招《まね》く粧《よそお》い、広《ひろ》き富士野《ふじの》も、所《ところ》なくぞ見えし。

曽我兄弟は、三島明神の御前で笠懸のわざを披露し、東海道に沿って富士野へ向かい、御寮・頼朝公がすでに浮島原にお着きになっていることを聞き、これを追う。それは古代の東海道・根方道によったと推される。(71)その浮島原において祐経の命を狙うが果せず、次の日は「いのこま林の御狩」で、ここでは祐経を打とうとするが、その屋形が北条殿と並んでいてやはり果せず日が暮れる。この「いのこま林」が不明で、それは浮島原につながる愛鷹山西南麓に求めねばなるまい。しかもこの後の叙述に矛盾がある。その日、御寮は、この方面にはおられず、富士東麓の相沢（藍沢）におられたという。後にあげる諸本がいずれもこれに従っており、史実に引かれた物語の不手際と言わねば(72)

ならぬ。

さて、その相沢におられた御寮は、梶原（景季）を呼び、明日の富士野の狩りは、いちだん多くの勢子を集め、射手の侍もえりすぐって用意せよと命じられる。当日、その富士野の御狩は大がかりで催される。その射手は、侍大将の畠山・和田とはじめ三百余人、若大将には重保（畠山）景季（梶原）はじめ四百余人が参じ、総勢十二万騎にて及んだとする。そして狩野は、「東は愛鷹の峯を境、北は富士を限り、西は富士川を際として」、そこに勢子が雲霞のごとくに入ったとする。しかもそのなかに立つ御寮の御装束は際立ってみごとであるが、「後陣の左右には、和田、畠山、いづれも鷹を据え、興成し、馬打ち静かに歩ませ給ふ」とある。武将の代表格の二人は、鷹を据えて登場したというのである。

仮名諸本間には、いささかな異同がある。たとえば、彰考館本は、前半の「浮島か原の事」を次のように叙している。

さても、御料《れう》はいての御やかたゐ御いてなるへしときこへしかは、此人々もこまをはやめけるか、うきしまか原《はら》をとをりける。此所はむかしうみにてありけるを、いこくより、あしたかといふ山、ふしにたけくらへせんとてきたりけるを、ごんげんけくつし給けるなり、その山、なみにうかひ、いまのうきしまかはらと成けり、（中略）君その夜は此はらに御と、まりあひ、ひまをねらふといへとも、北条との尾形をならへたりけれは、その夜もうたてすきけり、

すなわち御寮が、井手の館をめざすと聞いて兄弟は浮島原を通ったという。しかもここで浮島原が生じた由来としての愛鷹・富士の嶽《たけ》比べなどを紹介する。大山寺本にない趣向を添え、「いのこま林の御狩」にはふれぬ。しかし、御寮はこの原に留まったと叙しており、大山寺本と同じく、次の段においては、当日、御寮は相沢におられたという

矛盾を引き継いでいる。大山寺本とほぼ同文とあるが、重複をいとわず後半の〔富士野の御獄《みかり》の事〕をあげておこう。

御料《れう》はあひさわか原《はら》におわしましけるか、梶原《かちはら》源太《けんだ》左衛門《さゑもん》をめし、きのふのかりはよりせこすくなくてはかなふまし、此よしあひふれよと仰《おほせ》下されけれは、人々にあひふれけり、おなしくいてをすくりける、まつ武蔵国《むさしくに》には畠山《はたけやま》庄司《しやうじ》次郎《じらう》重忠《しげたゞ》・和田《わだ》左衛門義盛《よしもり》・おゝすみのすけよしきよ、下総国《しもおさのくに》には千葉佐《ちばのすけ》つねたね、かいの国《くに》にはふるこほり左衛門かねたゝ・武田《たけたの》太郎信吉《のぶよし》、しもつけのくにには宇都宮《うつのみや》弥《や》三良朝綱《ともたゞ》、さかみの国には松田・河村《かはむら》の人々をさきとして、以上三百五十余《よ》人なり、わかさふらいには、畠山《はたけやま》六郎しけやす・かちはら源太左衛門景《かげ》すへ・朝稲《あさいな》三良義秀《よしひで》・おなしく彦《ひこ》太良・ゆいの六郎・よこ山の太良・もりの五良・はやしの七良・かさいの六良《らう》・いたかきの孫《まご》太良・ほんまの彦《ひこ》七・しのふやの五良・あひきやうの三良を先《さき》として四百卅余《よ》人也、総《そう》して、馬《むま》にのり、弓矢《ゆみや》もつて出るさふらいの数《かず》、三万きもあるらんとおほへたり。そのゝち、せこを山《やま》に入られけるに、東《ひがし》はあしたかのみねをさかい、北《きた》はふしのすそのをかきり、にしは川をきわとして引《ひき》わたされにけり、せこは雲かすみのことし、みねにのほり、谷《たに》にくたり、やかん平野におひくたす、おもひ〳〵にとゝめけり、御料《れう》のその日の御しやうそく、らきのてういのうら松、かせおりしたるたてゑほし、御かりきぬはとくさいろ、大もんのさしぬき、ふたけのむかはき、しはうち長《なが》にはきくたし給ひ、れんせんあし毛《げ》なる馬《むま》にくろくらおかせ、あつふさのしりかいかけてそめされたる、御はかせのやくは、としまの太良、かさのやくは江戸の小五良《らう》、御くつは横《よこ》山の三良、御しき皮《かは》はふなこしの十良なり、そのほか、一人当千《たうせん》のつは物《もの》六七百人、御馬《むま》のめくりにはせまはる、中にすくれてみへし五郎丸、ひをとしのとう丸をき、一尺八寸のかたなさし、四尺八寸の太刀《たち》はき、三人してもちけるくろかねのばうつき、御馬《むま》の前《まへ》にたちたりけり。後陣《ごちん》の左右《さう》は和田《わだ》・畠山《はたけやま》、いつれも鷹《たか》をすゑさせたり、馬うちしつかにして、ならふものなくそ見へし、其外《そのほか》数《す》千の射手《いて》とも、花をおり、月をかさすよそおひ、きらて

んにみつ、ひろきふじ野もところ（ママ）そみへける、

このように、富士南麓の全体に広がる「富士野の御狩」の壮景は大山寺本に準じており、和田・畠山が鷹を据えて登場するそれもほぼ同文である。

さらに諸本を検すると、万法寺本は、「浮島が原の事」、「富士野の御狩の事」ともに、彰考館本と同文的であり、武田甲本も少しの異同があるが、彰考館本に準じている(73)。流布本は、浮島原の由来もふれず、前半は簡略で御寮の所在にはふれない。それは御寮が相沢におられたとする次の叙述との矛盾をやわらげたことにはなるが、大がかりに展開する「富士野の御狩」の叙述は、先の諸本と一致する。つまり本稿で注目すべきは、富士の狩野が、鷹を放つ鷹野とも観じられていたということである。それは室町末の「曽我物語図屏風」(74)なども、引き継ぐところで、赤い傘をさし掛けられた白馬に乗った頼朝公の後方には、鷹を手に据えて馬に乗る畠山重忠・和田義盛の姿がはっきりと描かれている。それは狩野派と並んで活躍した土佐派のもので、渡辺美術館蔵本はおよそ一六一〇年代から二〇年にかけて制作されたものという(75)。

最後に、当富士山麓における諏訪信仰にふれておく。本稿の「富士山縁起」の伝承背景を確認すべく、その山麓の村里を歩いて驚くのは、諏訪信仰の根強さである。あるいはそれは、武田氏の駿河侵攻以前に遡り、その勢いは、浅間信仰さえ凌駕するかとさえ感じられる。先に諏訪流の鷹法を導いた斉頼が、秘鷹ともいうべき「駿王」を富士山麓にもたらした後、諏訪に赴いて諏訪大明神を示現したという鷹書を紹介した。諏訪明神の神格は、元来、狩猟神である。鷹の贄もそれにもとづく。諏訪信仰は、狩猟をよくする人々に強く支持されて、その信仰を広げた。放鷹のわざをよくする人々も勿論である。最近、二本松泰子氏が紹介した天理大学付属図書館蔵「鷹聞書少々」がある(76)。明応五年（一四九六）に諏訪円忠の五代の孫で、京都諏訪流の鷹法を伝える諏訪貞通の手になるものである。その鷹に関す

曽我物語図屏風（渡辺美術館所蔵）

るさまざまの知識を書き記すなかに、

一あし鷹山の明神とは諏方の明神の事也

とある。前後にこれと関連する記事はうかがえないので、なにを意図してあげられているかはさだかではない。愛鷹山の祭神がいつから諏訪の明神とされたかは解し得ないが、この鷹書によれば、室町半ばの明応五年以前ということにはなる。その愛鷹明神を祀る桃沢神社は、その上限はさだかではないが、現代に至るまで、建御名方を祭神として祀る。たとえば、明治八年の静岡県の「神社明細帳」には、次のようにある。

一祭神　建御名方命

相殿　天津彦火瓊々杵尊

木花咲耶姫命

一由緒延喜式神名帳ニ所載駿河國駿東郡桃澤神社是ナルヘシ總国風土記云当社ハ靈亀二年丙辰九月所祭建御名方神ナリト中古ヨリ土人称シテ愛鷹明神ト云山頂山腹山麓ノ三所ニ祭ル旧除地高九石九斗貳升七合ヲ有セリ建久五年源頼朝青毛馬九十九蹄ヲ神納セシヨリ漸ク蕃殖シ牧場トナレリ明治八年二月郷社ニ列ス

靈亀二年（七一六）に建御名方神と祀るとするはやや疑わしい。が、頼朝が富士の裾野において御狩を催した頃はどうであろうか。この建久五年に当社に神馬を奉納したという伝えもそのまま信用はできない。ただそれから遠からぬ時代には、諏訪信仰が当山に及んでいたのではないか。そしてそれを支持する人々が当地方の狩猟集団であり、そのなかに諏訪流の鷹師が存したことを想定してもみるのである。

注

（1）『浅間文書纂』（浅間神社社務所編、昭和六年〔一九三一〕、名著出版より復刻版、昭和四十八年〔一九七三〕）第一・本宮記録、所収。

（2）宮地直一・広瀬三郎両氏『富士の歴史』（浅間神社杜務所編、昭和三年〔一九二八〕）第十二章「神職及び社僧」。

（3）右掲注（1）同書、第六・案主富士氏記録、所収「大宮司富士氏系図」など。また本書は「大宮司富士氏文書」「公文富士氏記録・文書」「案主富士氏記録・文書」「別当富士氏記録・文書」を収める。

（4）（6）右掲注（1）同書・第八、別当富士氏記録の「別当宝幢院世代表」には、次のようにある。

大別当職跡

永享七年室町管領細川右京大夫持之、駿河守護人今川民部大輔範忠ニ預ケ置

（中略）

別当龍恵　天馬郷別当沽却

康正二年ヨリ天文十九年迄九十年間記録ヲ失フ

法印増円　宝幢院中興

天文二十年治部大輔今川義元護摩料之地寄附

（後略）

（5）右掲注（1）引用の「別当宝幢院世代表」には、「大別当職跡」と「別当龍恵」の項にはさんで、次のような記事がある。

律師成咋

永享十年別当職知行分等、今川民部大職領掌

富士若丸

享徳四年三月大別当職并下方瀧泉寺円瀧坊等、前上総介今川義忠補任

また右掲注（3）同書、第九別当富士氏文書の「今川義忠判物」にも、

駿河国富士大神宮大別当職、并下方瀧泉寺円瀧坊跡等事、

右任故宝幢院成吽僧都譲与旨、所令補任富士若丸也。於神役等者、任先例、不可有懈怠之状如件。

享徳四年三月十五日

前上総介（今川義忠）（花押）

とある。ちなみに「駿河記」の「富士山玉湧寺宝幢院」には、「中興開山成吽法印」とある。

（7）右掲注（1）同書・第八「別当富士氏記録」、第九「別当富士氏文書」など、また『駿河記』の「富士本宮浅間大権現社」〈別当職〉の項、「駿河忠持」の浅間神社〈別当〉の項など参照。

（8）『駿河国新風土記』（新庄道雄編、文政十三年〔一八三〇〕）〈富士山下〉に「コノ池ノ北岸高キ所ニ大日堂アリ、本地堂ト云」とあり、「別当宝幢院ハ、コノ池ノ後ニアリ」とある。

（9）『浅間神社史料』（浅間神社社務所編、昭和九年〔一九三四〕名著出版より復刻版、昭和四十九年〔一九八四〕所収。

（10）右掲注（1）に引用。

（11）村山浅間神社旧蔵「富士山縁起」末尾の「富士禅定ノ功徳」には、

夫《ソ》レ大宮権現トハ、元来無比独大独尊ノ正体也。麓ニ垂迹現ハレ給フ故ニ大宮浅間ト号シ奉ル。神前ヨリ湧出セル御池ノ水、是レ真言登壇頂首の洒《シャ》水也。此清水ヲ以テ垢璃ヲ掻く。（中略）大宮ヨリ興法寺村山ニ至ル。発心門ニ至リ、等覚門ニ至リ、妙覚門ニ至リテ禅定ヲ遂グ。

とある。

（12）如法経会が、横川の慈覚大師が始められたことは、『叡岳要記』下巻〈慈覚大師如法経事〉に詳しい。それは『今昔物語集』巻十一・巻二十七「始メテ楞厳院ヲ建テタル語《コト》」にも叙されている。その横川には如法堂がある。『門葉記』巻第八十三「弘長元年五月八日。於三条御坊被始行如法経日記」などによると、如法経が終わると、その一部は横川如法堂に奉納されるのであった（拙著『神道集説語の成立』昭和五十九年〔一九八四〕、三弥井書店、「第一章・神道集の編成〈三十番信仰の成立〉」）。

（13）宮家準氏「富士村山修験の成立と展開」（『山岳修験』六号、平成二年〔一九九〇〕）、前章「富士山縁起と放鷹文化」〈その一〉注（42）『村山浅間神社報告書』第二章第二節「霊験所の成立―「本朝世紀」と「地蔵菩薩霊験記―」」参照。

(14)(15)『駿河国新風土記』(新庄道雄編、文政十三年〔一八三〇〕)〈富士山下〉には「頂上東ノ方ニ経岳トイフ所アリ(末代)一切経ヲ納メシ所ナリ」とある。

(16)右掲注(13)宮家準氏「富士村山修験の成立」参照。

(17)右掲注(1)『浅間文書纂』所収。

(18)(19)前章「富士山縁起と放鷹文化」〈その一〉注(44)『富士山縁起の世界―赫夜姫・愛鷹・犬飼―』所収。

(20)(21)前章「富士山縁起と放鷹文化」〈その一〉注(42)『村山浅間神社調査報告書』所収「旧大鏡坊富士氏文書」〈当山内検地水帳写〉。

(22)(23)大高康正氏「調査報告「修験道本山派修験多門坊と多門家資料目録」」(平成二十一年度『富士市立博物館・館報』平成二十二年)による。

(24)『富士市の竹取物語調査研究報告書』(昭和六十二年〔一九八七〕、富士市教育委員会)所収、鈴木富男氏「富士市の竹取物語」のなかで、「「名寄帳」によると、「大綱ノ里」というのは今の富士市中里及び尻地区であるとしている」とある。

(25)(26)(27)拙稿「曽我御霊発生の基層―狩の聖地の精神風土―」(『曽我物語の成立』、平成十四年〔二〇〇二〕、三弥井書店、第二編・第一章)。

(28)(29)「小倉問答」に鷹の根本として、「始南渡りし鷹の名は俊鷹と申也(中略)紀州那智山にはなさる、。是西南の鷹の根本也」とあり、また「三番に渡りし鷹は(中略)からまくと云たか也。羽州羽黒山にはなさる、也。両州の鷹の根本なり」などとある。

(30)はやく柳田国男氏は「有王と俊寛僧都」(昭和十五年一月「文学」八巻一号、『定本柳田国男集』第七巻、昭和三十七年〔一九六二〕、筑摩書房において、「有若」の名称は、俊寛僧都に仕えた「有王」に通じることを説いておられる。一方、高瀬重雄氏は、『古代山岳信仰の史的考察』(角川書店、昭和四十四年〔一九六九〕)第二編第一章「立山信仰史の概観」において、「越中守佐伯有若之宿祢」の実在をもって、その縁起の史実性を論じられた。それは『随心院文書』収載の延喜五年七月十一日付の佐伯院付の佐伯院付属状にある「越中守従五位下佐伯宿祢〔有若〕」に求めるものである。しかしこれは、あくまでも平城京にあった佐伯院(香積寺)とその田地を権僧正法印大和尚聖宝に付属させることを誓約した文書である。これをもって縁起の史実性を主張されるのは飛躍である。縁起の編者は、なんらかの方法で文書の叙述を知り、それを利用してその真実性を作り出そうとしたと考えられる。ちなみに福江充氏は『立山曼荼羅―絵解きと信仰の世界―』（二〇〇五年、法藏館）第二章四「無名の狩人から佐伯有頼の立山開山へ」の項において、「この有若その人が実際に立山を開山したかどうかは、この史料からは断定できない。（中略）それが次第に脚色されていく過程で、実在の有若が縁起に取り込まれたと考えた方が素直であろう」と説かれている。

(31) 真福寺善本叢刊『中世唱導資料集』（二）所収、鎌倉後期写本、憲照伝領本。同書解題（阿部泰郎氏）によると、憲照は、弘安四年（一二八一）生で、建武三年（一三三六）の活動が認められる諸宗兼学の顕密僧であった。

(32) 白鷹が特に珍重されたことは、「白鷹記」（二条道平、嘉暦二年（一三二七））によって知られる。それは、祢津神平が奉った白鷹をあげる。

(33) 富山県新川郡森尻（現、上市町）鎮座。

(34) 岩峅雄山神社境内に祀られる古い地主神である。

(35) 雄山神社に祀る立山の神霊、立山権現の謂いでもある。

(36) 従来、これを「公式的縁起」としてとりあげられてきた。その先鞭は、筑土鈴寛氏の「神道集と近古小説」（『日本演劇史論叢』昭和十二年（一九三七）、巧芸社所収、筑土鈴寛著作集・第四巻「中世芸文の研究(二)」、昭和五十一年（一九七六）、せりか書房にあった。近年わたくしどもは、『神道集』の縁起を神明の前生を説く垂迹縁起（第一部）、その祭祀の由来を説く開山縁起（第二部）、その神明の本地を釈する本地縁起（第三部）に大別することを提唱している。

(37)(38) 広瀬誠氏「立山開山の縁起と伝承」（山岳宗教史研究叢書・10『白山・立山と北陸連』（昭和五十二年（一九七七）、名著出版）参照。また福江充氏は、右掲注（30）の同書・同項において、「立山開山縁起は（中略）、むしろ狩猟や焼畑を生業とした芦峅寺の宗教者たちの所産と言える」と説かれている。

(39) もっとも一般に流布したものとしては、江戸末期に芦峅寺から出された「立山略縁起」（木版刷り）である。

(40) この「立山曼陀羅」研究の蓄積は少なくない。その代表的なものだけをあげる。林雅彦氏「絵解きと説話文学―立山地獄と女人―」（『伝承文学研究』二十一号、昭和五十三年（一九七八））同「『立山曼陀羅』諸本攷の試み」（『国語国文論集』

昭和五十三年）（いづれも『日本の絵解き—資料と研究—』昭和五十七年〔一九八二〕、三弥井書店収載）川口久雄氏「白山・立山の曼陀羅について」（山岳宗教史研究叢書4『修験道の美術・芸能文学⑴』昭和五十五年〔一九八〇〕、名著出版。『山岳まんだらの世界』昭和六十二年〔一九八七〕、名著出版収載）、高瀬重雄氏『立山信仰の歴史と文化』（昭和五十六年、〔一九八一〕名著出版）第二編第二章「立山曼陀羅の文化史的考察」、長島勝正氏『立山曼荼羅集成（複製）』昭和五十八年〔一九八三〕、文献出版。

(41)　林雅彦氏「絵解き台本「立山手引草」小攷」（『論纂・説話と説話文学』昭和五十四年〔一九七九〕、笠間書院）（同じく『日本の絵解き—資料と研究—』収載）。

(42)　右掲注（37）（38）「白山・立山と北陸道」所収。

(43)　林雅彦氏の「佐伯幸長氏の「立山曼荼羅」絵解き」（『絵解き—資料と研究—』平成元年〔一九八九〕、三弥井書店）によると、同氏は絵解きをなさる残り少ない方であることが知られる。したがって、その論攷は、絵解きにしたがったものと推される。

(44)　本書第二編第一章所収。

(45)　宮内省式部職『放鷹』（昭和六年〔一九三一〕、昭和五十八年〔一九八三〕、吉川弘文館再版）本邦放鷹史・第一編、二十一「鷹の流派（その三）」〈宇都宮流〉。二本松泰子氏『中世鷹書の文化伝承』（平成二十三年〔二〇一一〕、三弥井書店）第二編、第四章「宇都宮流の鷹書—「宇部宮社頭納文抜書秘伝」をめぐって—」参照。

(46)　右掲注（45）の二本松泰子氏の『中世鷹書の文化伝承』第一章「諏訪流のテキスト」、および第四章参照。これによると、書陵部蔵『鷹之書』もこれに準ずる「駿王鳥」伝来の説を掲げている。また右掲注（28）の「小倉問答」は、同じく最初に本朝渡来の鷹を「俊鷹」としてあげ、それは「紀州那智山」に放されたとしており、「二番渡りし鷹は、人王三十代欽明天皇の御時なり。鷹の名からくつわと申也。富士山にはなさるゝなり。今の富士の巣是なり」とある。

(47)　右掲注（14）『駿河国新風土記』〈富士山下〉には、「遠夷物語云、入木立一里許、六月中旬桜花盛ナリ。遙西林之中大獣、是狩師伝、全雖未見形、有大軟而五六斗許屎。（中略）扨又コノ深林中、不時有音楽。或歌舞声。撫山賎数度聞之。（中略）総幽洞、沢有忝異《（マヽ）》。鳥獣尤も大猿、熊、豺、狼、貂鼯、其外諸獣沢伏。猪、万野鹿為群。処々岩上視羚羊等獣。或

白鹿。白鷹或視金鶏様雉、又視碁石様白、又野鶏之嶋、全亦見。如雪白山鳥」などとある。

（48）岸田久吉氏「富士の動物」（『富士の動植物』、昭和三年〔一九二八〕、古今書院第二章「鳥類」）参照。

（49）『駿河志料』（文久元年〔一八六一〕）巻五十九〈富士郡九〉「内野」の項には〈長者屋敷跡並原〉をあげ、「天子ヶ嶽の麓の郊原茅野を朝霧ケ原、又長者ケ原と云、又池二ケ所あり、蓼沼西沼と云、往昔長者手飼の鶴なりとて古くは白鶴三四羽かつ常に此沼に集りしが、其後文化年中までは、尚一羽来りしとなり」とある。また「猪頭」の項には、〈鷲鷹明神社〉をあげ、「祭神詳ならす」と記している。ちなみに、当「猪頭」に鷹の巣のあったことが著名で、天正十一年〔一五八三〕に家康は上野の井手久左衛門に鷹見・点役・地役として巣鷹の献納を命ずる朱印状を発している。それは、猪之頭の「佐野文書」にあるが、武田氏領有時代も同様に朱印状が出されている。（沢田正彦氏「家康と鷹の巣献物」日刊『岳南朝』、平成十三年十二月二日付）。これは富士西麓のことであるが、富士山麓の鷹を考える一助とはなる。

（50）（51）右掲注（14）『駿河国新風土記』〈富士山下〉。

（52）すなわち、甲・称名寺所蔵本、乙・『詞林采葉抄』の段階で当地の「乗馬の里」を愛鷹・犬飼老夫婦の住居の地としているから言えることである。その乗馬の里が当地に限定されることは以下に論じられている。

（53）『駿東郡誌』（静岡県駿東郡役所、大正五年〔一九一六〕、昭和四十七年〔一九七二〕、長倉書店再刊）〈式内郷社桃沢神社〉

（54）（55）沼津市明治資料館・企画展「愛鷹牧」（平成三年〔一九九一〕）など。

（56）『駿河志料』巻之六十五「駿東郡㈤」〈鳥谷〉、右掲注（53）『駿東郡誌』〈式内郷社桃社神社〉、松尾四郎氏『史話と伝説』〈富士山麓之巻〉（昭和三十三年〔一九五八〕、松尾書店）〈愛鷹山の放牧〉、日本歴史地名大系22『静岡県の地名』（平成二十二年〔二〇一〇〕、平凡社）〈愛鷹山〉〈桃沢神社〉〈愛鷹牧〉など。

（57）「岡野ノ馬牧」は、「大野牧」「大岡牧」をも称されている。杉橋隆夫氏は、『静岡市史』（通史編）原始古代中世第四編第一章第一節「武士の発生と牧」において、「大野（岡野）大岡牧が愛鷹山麓一帯、現沼津市域の大岡・金岡・愛鷹各田村にあたる地域にあったことは確実である」と記されている。一方、『静岡県の地名』の「沼津市」〈大岡庄〉の項には、「現在の沼津市街地から長泉町・裾野市南部にかけてあった庄園。古代の岡野馬牧の後身と考えられ大岡牧とも見える。庄域は愛鷹山の南東麓、黄瀬川の西岸にあたり、現沼津市桃園・長泉町長窪地区などが含まれる」とする。

(58) これについて杉橋隆夫氏は、右掲注(57)の論攷において、「蘇弥奈牧の措置に関しては必ずしも明らかではなく、もとの吉原市(曽)比奈に比定する考えもあるが、総合して判断するに、現静岡市街地の西北、安倍川と藁科川とに囲まれた旧安倍郡南藁科の牧カ谷から同郡美和の内牧に云える一帯山地とする(中略)説に加担したい」と記される。

(59) 昭和六十二年〔一九八七〕発行。

(60) 『駿河記』には、「此里(比奈)和名鈔姫名郷と称せり」とある。また『駿河志料』巻之五十三「富士郡(三)、〈原田〉の項の注に、「原田郷里人は乗馬郷と云、此郷名古書に見えず。浅間流鏑馬料ある故に、私に云出しか」とある。

(61) 「観音の御変化は、白馬に現ぜさせ給とかや」(『延慶本平家物語考証(一)』平成四年〔一九九二〕、新典社)。

(62) 大橋和華氏「長谷寺験記における坂上田村麿説話について」(『中部大学国際関係学部紀要』第七号、平成三年〔一九九一〕)など。

(63) 当寺の現住職・長島宗俊氏およびご夫人よるもので、以下小栗判官伝説は、お二人の伝承されるものである。

(64) 『富士市姫名郷のかぐや姫』(平成十一年〔一九九九〕)。

(65) 本書第一編第一章「交野為奈野の伝承風景」本書第一編第二章「滋野の伝承風景」。

(66) 富士山北麓の忍草《しぼくさ》浅間神社本殿に同指定重要文化財の三体の神像が祀られており、木造女神座像一体が伝・木花咲邪姫命、木造男神座像二体が伝・鷹飼(瓊々杵尊)と伝・犬飼とされている。三体とも正和四年(一三一五)像立の銘文をもち、仏師静存の制作が確認される。(文化財研究の栞、第一集『忍野の古文書』忍野教育委員会、昭和五十一年〔一九七六〕)、富士吉田市歴史民俗博物館企画展『富士の神仏—吉田口登山道の彫像—』、平成二十年〔二〇〇八〕)。その伝については、『甲斐国志』巻之七十一「神社部第十七上」の〈浅間明神忍草村〉にしたがったもので、そのままは認められない。女神座像は木花咲邪姫命ではなく、赫夜姫とすべきとも考えられるが、いずれにしてもこの伝は、富士山表口の「富士山縁起」にもとずくものと推される。

(67)(68) 拙稿「真名本曽我物語「解説」(東洋文庫『真名本曽我物語(上)』、昭和六十三年〔一九八八〕、平凡社) 拙著『曽我物語の成立』、平成十四年〔二〇〇六〕、三弥井書店、「真名本曽我物語」と改題して収載)。

(69) 村上学氏『曽我物語の基礎的研究』(風間書房、昭和五十九年〔一九八四〕)序篇、第三章「真名本と仮名本の関係」、村

上美登志氏『中世文学の諸相とその時代』〈平成八年（一九九六）、和泉書院〉所収、「太山寺本「曽我物語」〈今の慈恩寺是なり〉攷—仮名本の成立時期をめぐって—」など。

(70) 荒木良雄氏「曽我物語三遷論」（『古典研究』昭和十六年（一九四一）十月）、『中世の文学と形成と発展』昭和三十二年（一九五七）、ミネルヴァ書房）、右掲注(69)、村上学氏『曽我物語の基礎的研究』第二編「仮名本の本文系統」、同じ村上美登志氏『中世文学の諸相とその時代』所収「仮名本「曽我物語」攷—大山寺本の故事成語引用をめぐって—」など。

(71) 二本松康宏氏『曽我物語の基層と風土』（平成二十一年（二〇〇九）、三弥井書店）、第三編第四章「小林郷における曽我御霊の昇華」参照。

(72) 『吾妻鏡』建久四年五月八日に、「将軍家、富士野藍沢の夏狩を覧んがために、駿河国に赴かしめたまふ」とあり、同十五日に、「藍沢の御狩事終りて、富士野の御旅館に入御す」とある。

(73) 同本の〔浮島の原の事〕は、彰考館本も同じく、その由来をあげるが、それに続けて、「その日はきみこのはらに御と、まりありけり、きやうたいの人々ひんきをうかかひけれとも、ようしんひまなかりけれは、かなはすしてあけにけり。つきの日はいのくまはやしの御かりなり、その日それをねらへとも、ほうてうとのとやかたをならへたりけれは、その日もうたてくれにけり」とある。「いのくまの御狩」にふれて、大山寺本に近づいている。

(74) ここでは渡辺美術館蔵『曽我物語図屛風』をあげている。

(75) 泉万里氏「曽我物語、源平合戦屛風絵等について」(『渡辺美術館所蔵品調査報告書』同美術館発行、平成十八年(二〇〇六))

(76) 「京都諏訪氏の鷹書—天理大学付属天理図書館蔵「鷹聞書少々」全文翻刻—」(『長野県短期大学紀要』第六十七号、平成二十四年(二〇一二))。

第五章　「雲州・金屋子神祭文」の生成

――中世の鍛冶神話を歩く――

一　雲州非田（比田）の「金屋子神祭文」

およそ、わが国において、鉄山・砂鉄が発見され、それを原材として営むタタラ・鋳造は、七世紀から八世紀にかけて始められたと推されてきたが、(1)近年はそれを六世紀にまで遡ることが説かれるようになった。(2)特に出雲地方においては、良質の砂鉄が産出され、鉄穴《かんな》掘りによるタタラのわざから、後年には壮大な鉄穴流《かんなながし》しによるタタラ吹き製鉄が営まれるに至ったのである。(3)そのタタラ吹き製鉄の始原ともいうべき高殿式タタラ製鉄の誕生を説く神話が「金屋子神祭文」と言える。

それは、天明四年（一七八四）、伯耆日野郡の鉄山経営者であった下原重仲の筆になる『鉄山必要記事』(4)（『鉄山秘書』）に、「金屋子神祭文　雲州非田ノ伝」として掲げられている。出雲・能義郡黒田の奥地、非田（比田）に祀られる「金屋子神」の由来を説くものである。それは冒頭に天神七代・地神五代から人皇の代に至ったことを説き、次のように叙する。

然ルヨリ以来《このかた》、士農工商ト道分ケ賜シ時ニ鉄《かね》無ク、而シテハ何《いつ》レノ道モ納ル事叶ハズ、是ニ依テ天地《あめつち》五行之神ノ中ニ、金山彦天《あめ》ノ目一《ひとつ》箇ノ神ハ、作金者《かねつくり》ナルヲ知《しろ》シ食《め》ス、故《かれ》此神ヲ深ク祈（祀）リ玉フ。

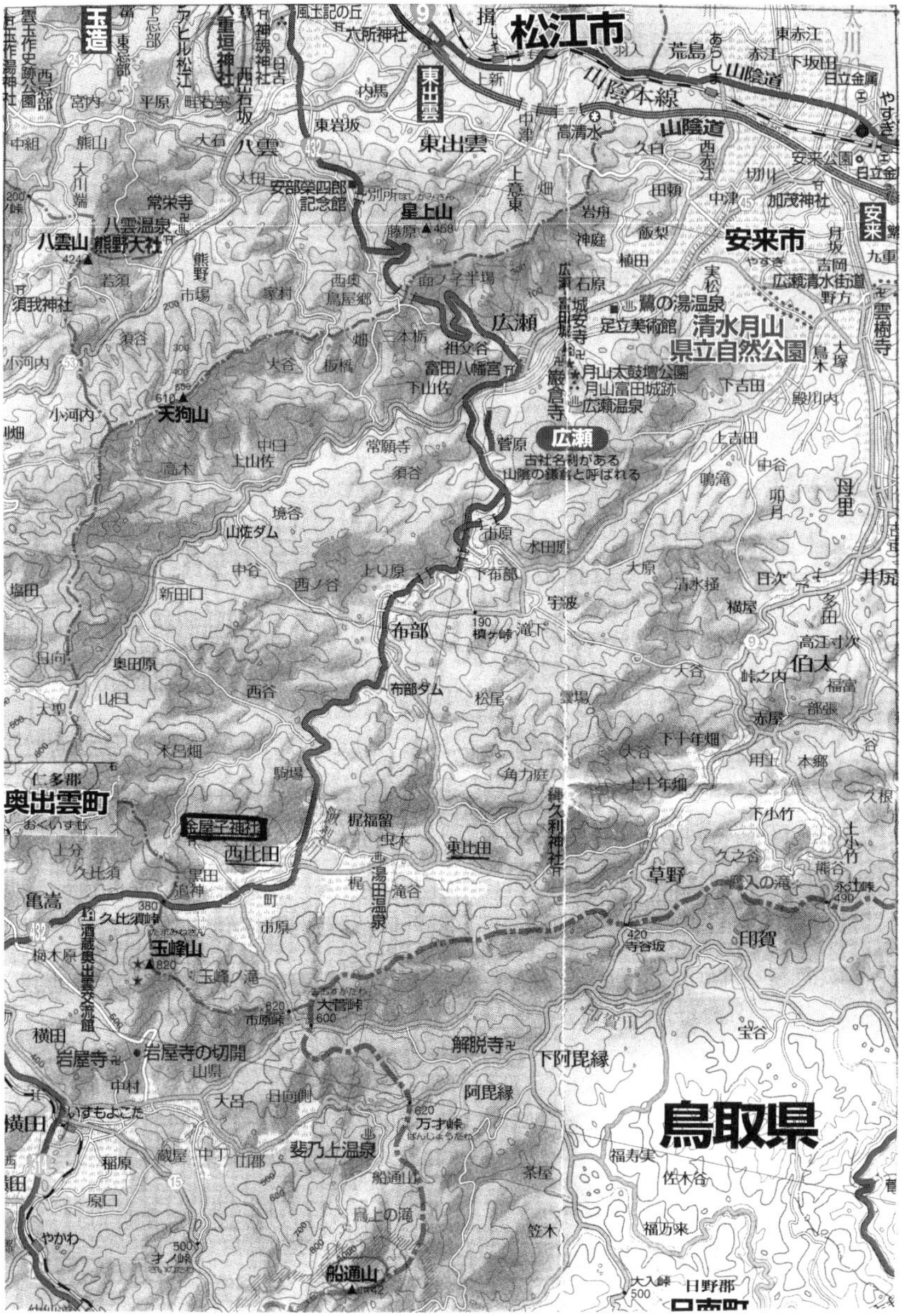

松江市
安来市
鳥取県
奥出雲町
おくいずも
東出雲
広瀬
古社名刹がある
山陰の鎌倉と呼ばれる
清水月山
県立自然公園
山陰本線
山陰道
星上山
天狗山
八雲山
熊野大社
八雲温泉
八重垣神社
六所神社
風土記の丘
玉造
安部栄四郎記念館
足立美術館
鷺の湯温泉
月山太鼓壇公園
月山富田城跡
広瀬温泉
富田八幡宮
巌倉寺
城安寺
富田城
山佐ダム
布部ダム
布部
伯太
金屋子神社
西比田
東比田
湯田温泉
玉峰山
久比須峠
鉄の歴史博物館
岩屋寺
岩屋寺の切開
横田
いずもよこた
斐乃上温泉
船通山
万才峠
大菅峠
解脱寺
下阿毘縁
阿毘縁
寺谷坂
亀嵩
印賀
草野
日野郡
大入峠
鍛冶屋
清水街道
広瀬清水街道
雲樹寺
母里
日立金属

島根県地図

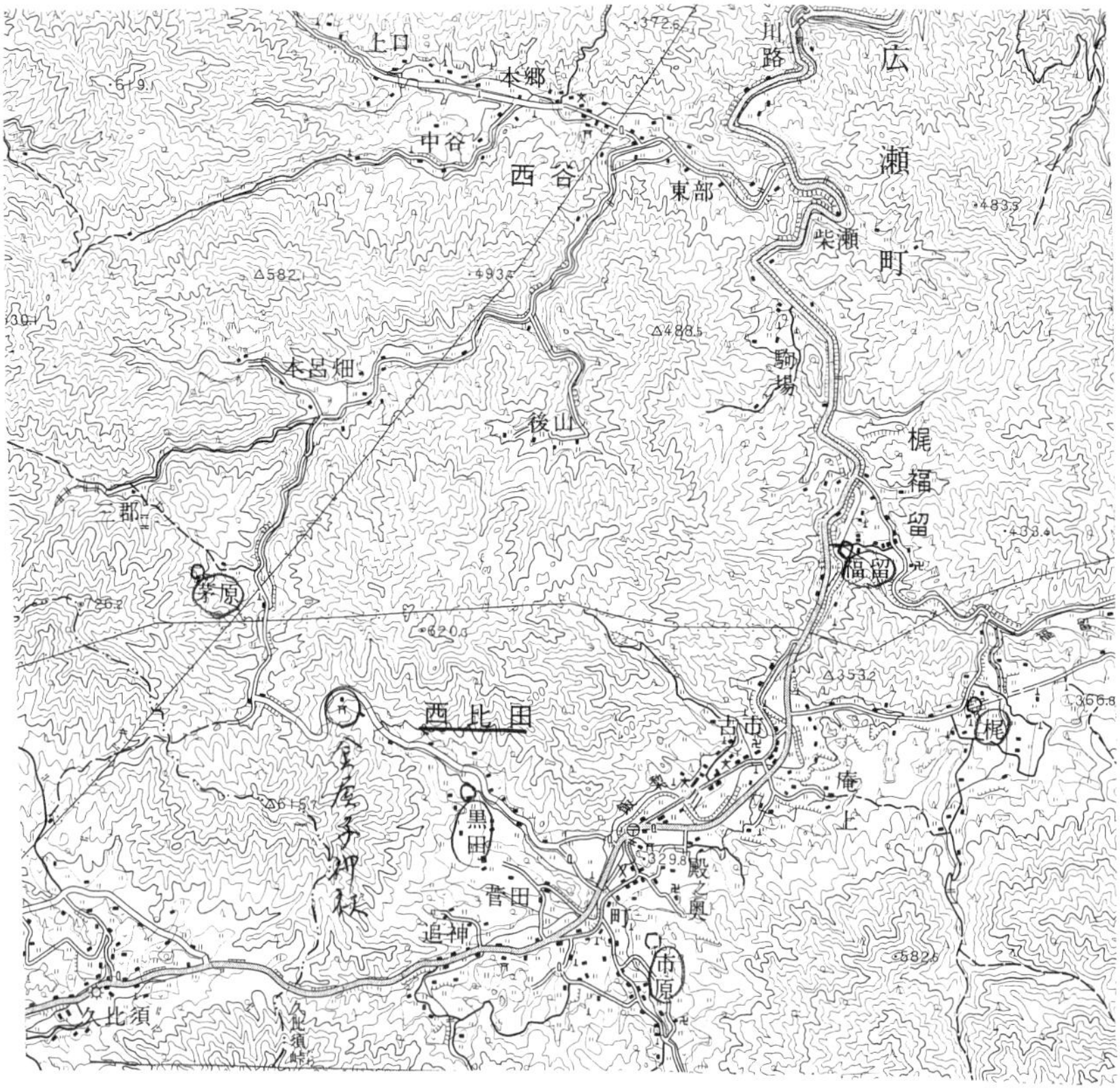

西比田（金屋子神社周辺）

次いで作金者《かねつくり》の金屋彦（金屋子神）の比田降臨を語るのである。今はそれを要約してあげる。

始めに金屋子神は、播磨国の岩鍋という所に降臨した。そこで盤石《ばんじゃく》を砕いて鍋を作った。そしてこの地を岩鍋と呼び、鍋作りは播磨から始まったのである。　〈岩鍋降臨〉

しかしこの地の周辺には、住めるような山がなかったので、神は白鷺に乗って西方に赴き、出雲の黒田の奥、比田の森に着いて、そこの桂の木の梢に羽根を休めておられる。〈比田降臨〉

そこへ狩りのために犬を連れた安部氏正重なる人物が通りかかった。犬たちが木に光る物を見付けて吠えかかるので、正重が「いかなる神か」と尋ねると、「わしは金屋子神だ。ここにタタラを建立して鉄を吹くわざを始めたい」と仰せられた。

〈安部氏の神発見〉

そこで正重は、在地の長田《ながた》兵部と言い、朝日長者と呼ばれている人物に、このことを話すと、兵部は宮社《みやしろ》を建て正重を神主に任じ、神楽を奉納して御供《おんぐ》を捧げた。すると神は、「ここに火の高殿を建てよ」と託された。

〈安部・長田の祭祀〉

長田兵部が、教えに従い高殿を造ると、天から七十五柱の童神《わらわがみ》が降臨された。神は自ら村下《むらげ》となって七十五の道具を作り、木を手《た》折って吹子《ふき》を作られた。長田兵部も長床を整え、炭と粉鉄を集めた。神が天を仰いで鉄《かね》を

奥宮（金屋子神飛来の地）

桂の木に囲まれた奥宮

吹くと、その神通力によって次々と現鉄（銑鉄）が湧き出したという。

〈高殿タタラの誕生〉

つまりこれは、金屋子神の黒田・比田への来臨を説くと同時に、高殿式のタタラの起源を語る神話ともいうべきものである。続けて祭文は、高殿ほかに祀られる神々の多くをあげ、それぞれの神徳を叙する。

天目《あめのめ》一箇《ひとつ》ノ神者ハ鍛冶ト成ラセ玉ヒテ、先ツ神宝《かんたから》ノ劔《つるぎ》ヲ初《はじ》メトシテ、一切程《あらゆるほど》ノ金物ヲ次第《ついで》々々造ラシメ賜フ。神徳代々ニ礙（疑）ヒ無ク、金屋子ノ神ヲ崇敬奉ルト。此外金銀銅ヲモ守護ナサシメ、量（はかり）リ無ク神像ヲ現《あらは》シ玉ヒテ、諸《もろもろ》ノ不吉事《よからざる》ヲハ残ラス鎮メ守リ賜フ。神力堅固常盤堅磐守幸玉《かみのみちからときはかたはまもりさいはひ》ヱト、謹請再拝《つゝしみてこうふたたひおかみ》再拝再拝《おかみ》ト敬ミテ曰ス。

金屋子神社（社殿全景 昭和12年）

現 金屋子神社（社前には神木の桂の木）

しかも編者は、この祭文をあげた後に、次のように注しているのである。

右は雲州非田の社、金屋子神の社人、所持伝来して、鉄山の高殿・鍛冶に至る毎に是をとなへ奉る所の秘密の祭文なり。往昔の村下、鍛冶屋の大工は、此祭文をも唱へ奉るとなん。

およそこの祭文の原書は、西比田の金屋子神社の社人なる安部氏が伝来したもので、山内（鉄山）の高殿・鍛冶屋に祀られる金屋子神の神前において、仕事を始めるに際し、村下（鉄炉の統括者）、あるいは大工（鍛冶場の棟梁）が唱誦するものであったとしている。またそれは、後にあげるごとく、西比田の金屋子神社の社人、安部の神主（太夫）が、各地の金山《かなやま》に、その勧化に赴く折に持参したものと推される。

さてその黒田の奥、比田に飛来された金屋子神は、今も桂の木の許の奥宮に祀られており、その本殿はかつては、その桂の森に隣接する茅原にあったが、今日はその南方八十メートルの現地に移って、その祭祀が営まれてきた。ちなみに、昭和二十九年に刊行された『比田村史』(5)には、「黒田には日本最古の「野たたら」の跡があり、又桂の山続きになっている茅原には、これ又日本最古の大炭窯の跡がある」と記している。それならば、この祭文の叙述は、その古い「野たたら」の地に、新しいタタラのわざが導入された史実を語るものと言えよう。

二　安部氏の出自・職掌

右のごとく、その「金屋子神祭文」は、金屋子神が白鷺に導かれて、鍛冶の里なる比田の地に示現されたというものである。そしてその金屋子神を桂の樹上に発見し、その神託を得て安部氏正重が神主となって、これを祀ったという伝承である。しかもかかる神明示現の伝承は、しばしば霊山信仰の縁起に見出されるものである。特にこの祭文は、

『熊野縁起』に近似する。たとえば『神道集』(6)の「熊野権現事」によると、金色の烏に導かれた犬飼・千代包は、櫟《いちい》の樹上に権現を見出し、神託にしたがってその宝殿を建立、その初代の別当となって熊野権現の祭祀を掌ったとしている。すなわち、この「金屋子神祭文」において、その神託を受けて初代の神主となった人物は、安部氏の正重と伝えている。その安部氏を名乗ることからすれば、その出自は陰陽道に通じた者と察せられるし、元来、修験に属した者とも推される(7)。が、それは明らかではない。

ちなみに、前掲の『比田村史』は、正徳二年（一七一二）書写の古文書にある「安部家系図」をあげている(8)。

安部家系図

余辺連者金山比古命之後系命之曰鑪鞴鍛錬農工之業汝宜シク可伝可秘々世伝

金山比古命
金山比女命
（安部家大祖）宰部連余部―余部庄司―守部速足―守部速足
守部速足―常部速比―多々良部翁
安牟部武良父―安部金丸

鉱山大元祖宰部連以下七代詳世系而以下幾十代不詳也。代是実可謂遺憾。口碑曰再度之火災失家書之重物。金丸以下応永元年迄世系暗胆不可記矣。

すなわち、それは金山比古命・金山比女命の後胤、宰部連余部を大祖とし、以下七代の安部金丸までをあげ、その金丸以下応永元年（一三九四）までは明らかではないとする。これによれば、応永以後の安部家の系譜は明らかであることになるが、その文書は見出されていない。ちなみに『比田村史』は、右に続けて当金屋子神社の神主・安部家蔵の「中興以下の系図」をあげている。(9)

中興元祖安部正嘉―正英―正救―正幸―正速―正信―貞久
―貞正―貞光―貞良―嘉富（従五位下）―嘉伯（従五位下）―嘉旧（従五位下）―嘉因（従五位下）―嘉章（従五位下）
―嘉徳（従五位下）―嘉通（従五位下）―嘉義―嘉明―正光―正法

およそそれは、「中興の元祖」の安部正嘉から正法に至るものである。また同家蔵の「安部家由緒」(10)によると、江戸時代中葉の正嘉から幕末の嘉通までは従五位下の宣下を賜わり、信濃守を称していたという。金屋子神の神主初代の正重がどの時代の人物かは明らかではないが、少なくとも江戸時代から現代に及ぶまで、その末裔というべき人々によって、当地の金屋子神の祭祀、およびその信仰の勧化が営まれてきたことは認められるであろう。

その安部氏の職掌は、当社の十月初子の日の大祭をはじめ、それぞれの祭儀をつとめることにあったが、その氏子ともいうべき諸国の鉄師に対して、その法力をもって鍛冶のわざをも助けることであった。それは同じく『鉄山必用記事』の「金屋子神御神体ノ事」の項に、「諸国ヨリ鉄湧カヌ事ヲ安部氏エタツヌルニ、安部氏吉凶、善悪ヲ指ス事、掌ヲ指スガ如シ、（中略）金屋子神エ参詣シテ安部氏ニ頼ミ、鉄ノ事ヲ尋ルニ、此ヨリ未ダ出テザルト云フニ、或ハ炭、粉鉄、釜土、諸役人ノ善悪、相応、不相応皆云ヒ教エラル也」とある。また「同金屋子祭ヤウノ事」の項に、「鉄涌カサル時ハ金屋子神ニ参詣シテ、安部氏ニ立寄吉凶ヲ占ヒ問ヒ、牛王御符頂戴シテ山ニ帰り、牛王ハ金屋子ノ宝殿ニ納メ、御符ハコモリ塩ニ雑ヘテ、高殿ノ内中残リ方ナク村下ガ清メル也」とある。それは吉凶の占いを通しての助力であるが、安部氏の法力はタタラの作業に直接及ぶものであった。

またその安部氏が、各地の鉄山に金屋子神の勧化に及んだことは、同「金屋子祭ヤウノ事」に記されている。

安部氏ハ毎年鉄山ヲ巡リ、勧化致サル、事毎歳怠リ無シ、大キナル鉄山師ハ、銀子五百目或ハ三百目、五拾目、鉄ノ諸職人ハ云フニ及バズ、山内日雇、丁稚ニ至ルマデ皆二分、三分、一紙、半紙ノ多少ニ寄ラズ喜捨スル也。安部直ニ廻ラル、候モアリ、名代ニ人参ルコトモアリ、安部氏終ニ其礼ヲ伸ベラルル事ヲ聞シ人ナシ、然りト雖トモ、鉄山方ニ信仰弥増シシハ、御神徳ノ尊キ故ヤラン。

ここでは、その喜捨の多きことをあげるが、鉄山を巡る神職・安部氏やこれに代わる社人はそれのみをおこなったのではあるまい。それぞれの鉄山の高殿には、金屋子神が祀られている。したがって勧化に赴いた神主・大夫は、まずはそこで簡単な祭祀を営み、かつ村下や大工の求めがあれば、吉凶を占い、製鉄のわざの助言に及んでいたにちがいない。なおこの勧化の巡行は、江戸時代中期には出雲を中心に石見・備後・安芸・伯耆にも及んでいたことは、金屋子神社蔵の寛政三年本・文化四年本・文政二年本「勧進帳（仮題）」で確認される(11)。

三　朝日長者と鍛冶

右の安部氏と並んで、日田における金屋子神祭祀に重要な役割をつとめたとするのが、朝日長者と称された長田《ながた》兵部なる人物である。正重より金屋子神の来臨を聞いた長田兵部はあえて宮社《みややしろ》を建立し、村下と化した金屋子神を助けて、炭と粉鉄を集めたとする。そしてこの長田兵部なる人物が朝日長者と称されていたことが、当地の金屋子神降臨を理解する一つの鍵となるのである。

その「朝日長者」については、はやく柳田国男氏が「伝説の系統及び分類[12]」の〈朝日夕日伝説〉の項に、

長者は死ぬ前に其財宝を土中に埋め其在所を人に隠し謎のやうな歌をよんで置いた。朝日さし夕日かゞやく木の本にと云ふ歌は殆ど何れの国にも無い地方は無い位である。此歌に絆《ほだ》されて無益の土掘をした人も沢山ある。隠した宝の捜索は日本でも外国でも共に近代思想の東雲であった。

と説かれている。そしてその『日本伝説名彙[13]』の「朝日長者」の項に、

昔、ここに住む長者が権勢を誇り、扇をもって夕日を呼び戻し強く輝けと呼ぶと日輪は朝日のように輝いたために、目も眩み間もなく死亡したという。ここには、

あさひさす夕日かがやくこの塚に
とりめ千貫ありとこそ知れ

の歌を伝えている。（兵庫県加西郡賀茂村）

をあげ、以下全国にわたる類話を二十五例あげている。ちなみに柳田国男氏監修の『民俗学辞典[14]』の「朝日夕日」の項には、

伝説の最後まで残留し得るものは、どこの国でも長者の栄華と没落、ことに金銀財宝を埋蔵しているという類の口碑である。朝日夕日の歌は不思議とこの伝説と関連して常に記憶せられている。文句には少しずつの異同があるが、「朝日さす夕日かがやく樹のもとに黄金千両漆万杯」などが最も普通の形である。あるいは三葉《みつば》うつぎの根、白南天の花咲く処などと言い、子孫に遺すとか後の世のためとかいう文句のあるのは、次々と伝承者が附加したものと考えられる。（中略）宝を埋めたという伝説は、当然、長者譚の一片であり、長者栄華の華やかな

空想は、ほとんどその全部が遊女の文芸によって培われたものである。

と説明されている。

また『日本伝説大系』全十五巻[15]においては、各地の伝承事例をあげているが、およそ十三の本文事例に対して、約一四〇の類話を添えている。しかも同シリーズ〔別巻〕[16]の「話型要約」の「朝日長者」には、それを、

1　朝日長者が栄えていたが、おごりたかぶった振る舞いによって、破産する。
2　没落する前に、金鶏（財産）を埋めた。
3　今もその屋敷跡とされる所がある。それとちなんだ「朝日さし夕日輝く……」の歌が伝わっている。

と示している。ただし伝説を話型として要約することはやや無理がある。没落の要因のモチーフもさまざまで、〈日招き〉〈射日〉〈餅の的〉（白鳥飛翔）等々がある。〈金鶏〉のモチーフは鍛冶伝承とかかわって重要であるが、一部の事例にとどまっている。鍛冶伝承とつながる「炭焼長者」とかかわる事例もあり注目される。「朝日さし、云々」の歌謡は、類型的ではあるが必ずしも一定はしない。たしかに遊芸の徒の介在もしのばせる。が、この伝説のすべてがそれによるとするのは言い過ぎである。

一方、谷川健一氏は、「鉱山と関わる朝日長者伝説の明白なる実例[17]」において、右の柳田国男氏の解釈には納得せず、朝日長者伝説が鉱山と深く関わることを主張された。それは朝日という地名が鉱山にかかわる事例の多くをあげ、本稿の「金屋子神祭文」や「日光山縁起」（猿丸大夫伝説）などによって説かれるものである。「朝日長者」のすべてとは言わないが、その伝承の古層に鍛冶伝承が隠されていることは否めない。

また真弓常忠氏は、『日本古代祭祀と鉄[18]』や『古代の鉄と神々[19]』において、日本各地の精錬・鍛冶の跡を尋ねて、鉄文化の古層を究明しようとされているが、そのなかで三重県美杉村下多気・御壺山の「朝日長者」の指摘は、説得

力に富んでいる。その伝説は〈金鶏〉のモチーフにより、

朝日さす夕日輝く御壺山
黄金の鶏の埋めありけり
（つつじの下に黄金千両）

という歌謡を残すもので、昭和九年にそれをたよりに山頂を掘ると、経筒などの埋蔵品が発見され、かつての山王権現の日吉神社旧跡が見出された。その山頂は天文学者によれば、太陽観測・方位測定の地と判じられている。しかもこの麓の集落は、ほとんどが日置姓であるという。言うまでもなく日置氏は日置部の伴造で、日神祭祀と深くかかわり、鍛冶・炭焼の業をいとなんだ氏族である。右の真弓氏によれば、日置《へき》流の弓道も、〈日招き〉の弓術にもとづくと説かれる。しかもその北の同村下之川神山には、金山彦命（元は金生明神）を祭神とする仲山神社があり、今にその祭礼には弓祭（蟇目祭）が営まれている。また当神社の対岸（雲出川上流）の不動ノロという聚落の渓流沿いには、至る所に鉄砂の露出が見え、崖《がけ》は水酸化鉄が層をなしており、明らかに「鉄穴《かんな》流し」の跡がうかがえるという。またそのなかに、修験・山伏に導かれて祀られた「天降り照大御神」と書した鏡や「天上黄（青・赤・白・黒）帝竜王」等と書した頭大の石が見えており、近年まで鉱床を求めて歩く修験者の活動がうかがえるとする。当地における朝日長者の伝説が、鉄材精錬の鍛冶に支えられていることは疑えまい。

右のごとく「朝日長者」は、太陽信仰を奉ずる者の謂いで、それゆえに長者としての繁栄を約束され、特に鍛冶のわざをよくするものの通り名ともいうべきものであった。が、その多くは、太陽信仰に対する過信がもとで没落、さまざまな言い伝えや遺跡をとどめて、その繁栄の時代をしのばせるのであった。

四　東比田の朝日長者

右の「金屋子神祭文」によると、出雲の黒田の奥、比田の里にも、鍛冶のわざをよくする朝日長者と称された者がおり、それが当地方における新しい高殿式の鍛冶のわざの誕生にかかわったとする。それを長田《ながた》兵部というのであるが、その人物については、これまで明らかにされていなかった。(20)

ところが、金屋子神社が祀られる西比田には、それは見出されていないが、同じ比田村に属した旧東比田村の永田がある。これが長田の謂いで、当地区に、かつて朝日長者と称された人物（家筋）が見出される。それは当地在住の藤内家に所蔵されている『藤内氏伝記』(21)にうかがえるのである。すなわちその『伝記』は、藤内氏の五十三代に及ぶ「系図」を収めるものであるが、その「系図」の前文に、藤内氏の元祖とする藤内信貞なる人物の事蹟を掲げている。それは漢文のみの白文で示されているので、書き下し文によって掲げる。

抑藤内氏ハ北面ノ武士ナリ。天喜元癸巳《みずのとみ》六月二十一日、白河院御誕生ニテ、柳原大納言吉実公、出雲国ノ大社ェ御勅使タリ。藤内民部藤原信貞、御供奉ル時、仁田郡日田ト云フ所ニ、悪魔ガ栖ミ人民難儀ス。吉実公ノ、汝参シテ鎮メヨト仰セ有ルニヨリ、同九月二十六日、布部エ来ル。其ノ夜、老翁、枕元ニ立チ寄リ、化生《けしょう》ヲ鎮ムルニ、我案内スト云ヒ其ノ侭ニ去ル。夜明ケテ日田エ行ク。土民ニ尋ヌルニ語ルハ、形ハ牛ニ似テ、昼ハ見エス、夜出テ害ヲ作ス。人逢エハ即座ニ死ス。日暮レテ出ル者無シト云フ。信貞、化生ノ者ハ何方ニ出ルト問フ。人民答ヘテ曰ク、栖ム所何レト定メ無シ。足跡此ノ奥山ニ在リト云フ。

信貞目ヲ閉ジ合掌シテ、日本国中ノ大小ノ神祇、氏ノ神明、加茂ノ両社、下上ノ大明神、別シテ昨夜御霊夢ノ御神、一入《ヒトシオ》神力ヲ以テ化生ヲ鎮メラレ給ヘト、心中祈念シテ目ヲ開クレバ、山ヨリ古猿来リテ我ヲ招ク。是レ神ノ知ラセト近ク寄リ、猿ノ山行クニ我モ附キ、五丁許山ニ入レバ、奥ヨリ化生ノ出テ我ヲ見ル。猿ハ化生ヲ指テ見エズ。弓ヲ取リ白羽ノ矢ヲ放ツ。初メノ矢立タズ。祈念シテ又二ノ矢ヲ放ツ。胸ニ当リ我目ヲ掛ケテ飛ビ来ル。唯中ノ三刀ヲ指シ通シ、化生ヲ亡ボス。是ヲ見レバ、頭ハ人、白髪三尺余リ、四足ハ古狼ノ如シ。尾ハ牛ノ尾ニ似タリ。

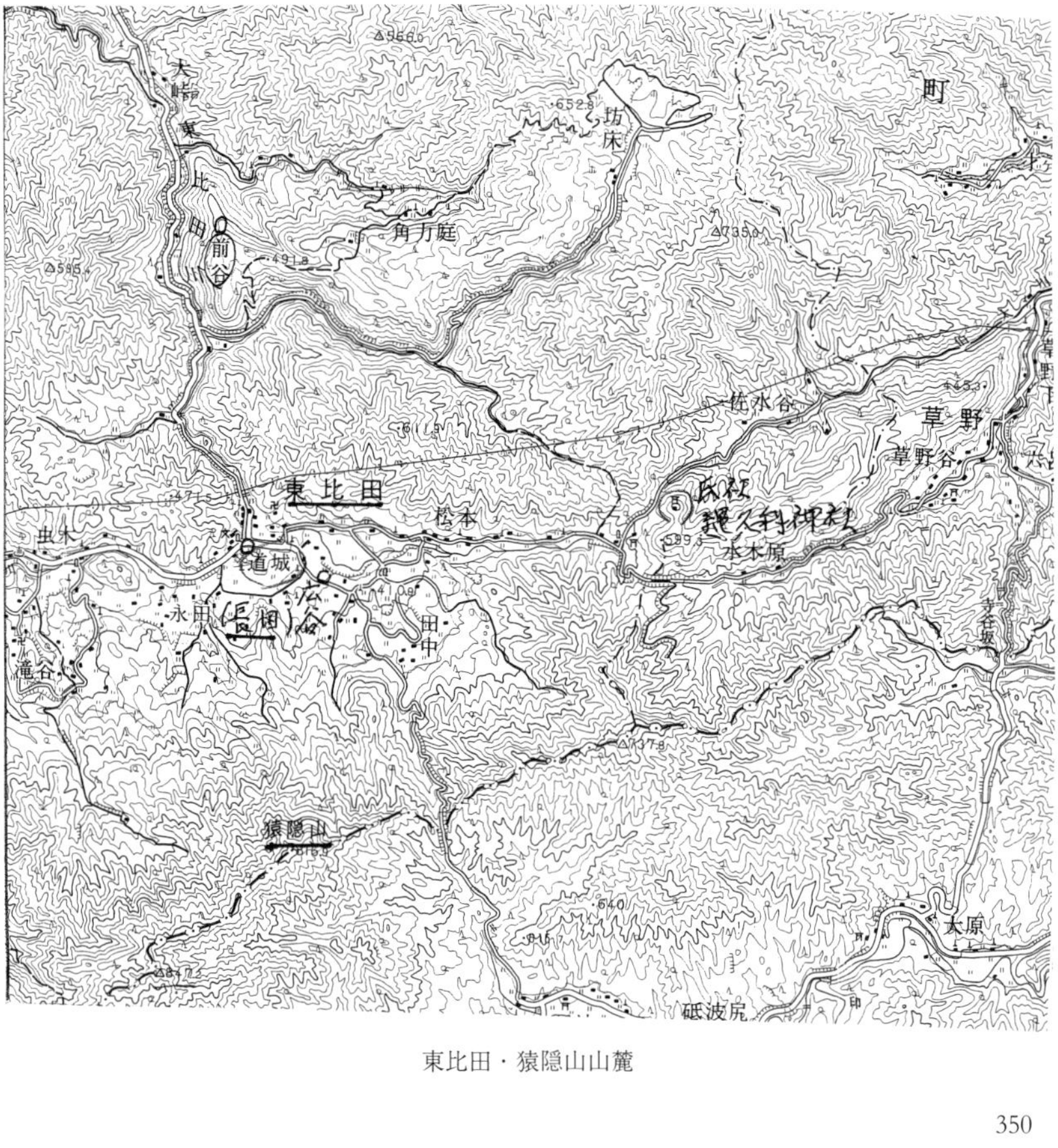

東比田・猿隠山山麓

毛色ハ黄ナリ。高サハ六尺余リ、長ハ一丈余ル。此ノ化生ノ名、人知ラズ。是ノ山ノ名ヲ尋ヌルニ、両日山、亦猿隠山ト云フ。峯ノ神座ハ山王権現ナリ。信貞、是ノ山王権現ノ御神力ニテ化生ノ退治ハ有難シト申シ、清水ニテ身ヲ清メ服ヲ改メテ着ス。是レ、此ノ所ヲ清水谷・布子谷ト云フ。峯ノ上山ノ八分目ニ社ヲ礼ス。信貞礼拝シテ長田ノ居ニ下リ宮ヲ建立シ、同三年乙未《きのとひつじ》三月十三日ニ遷宮ス。清水治印丹海神主五位源秀富之ヲ勤ム。此山ハ女人上ラズ、同六月十七日信貞薨ズ。

旧日吉神社跡（山王権現社）

猿隠山（両日山・日暮山）

すなわち、白河院の北面の武士であった藤内民部藤原信貞と称する者が、主君の柳原大納言の命により、長田の南にある猿隠山の化生の妖魔を当山の山王権現の化身なる古猿の導きにより、みごとに退治したという。つまりそれは、猿隠山における信貞の妖魔退治を叙するものである。そしてそれより信貞は、長田の地に山王権現のために社を建立し、山上より遷し申し上げたとして、当地の山王権現祭祀の由来を説くのである。
ところでこれは、いかなる伝承的真実を語るものであろうか。それを先取りして言えば、この伝承は、当家のタタラ鍛冶とかかわる、その始原を隠すものである。およそ猿は、太陽信仰と深くかかわり、その化身として現われる。この化生の住む猿隠山は、両日山とも称されて、それを示している。またそれは、日吉山王の信仰ともつながって伝承される。言うまでもなく、太陽神は鍛冶の火の神と通じて、タタラ・鍛冶の徒の深く信仰するものであった。ちなみに猿隠山の山王権現の旧地、清水谷・布子谷は、古い野タタラの地であった(22)。その山王権現を信貞が麓の里に、これを遷して祀ったとする伝承は、藤内氏の先祖が、野タタラを再生して、新たに鍛冶のわざを興したことを伝えるものと言える。しかしそれがかならずしも順調でなかったことは、「此山(猿隠山)ハ女人上ラズ」とある叙述が示す。これは女人の不浄によるタタラのわざの頓挫を示すことは後にあげる。しかも権現を長田に遷宮して僅か三か月後に「信貞薨ズ」も不自然である。
さてこの『藤内氏伝記』は、改めて信貞を元祖とする「藤内氏系図」をあげる。「系図」の叙述は原文のまま掲げる。

元祖　藤内民部藤原信貞
長男藤内左衛門尉信房、奥州安部頼時謀叛、大将軍頼義奥州下向。三男藤内三郎信経、父之跡尋、康平四年丑《うし》四月十一日当国長田来。信経妻、田辺氏娘也。

あくまでも、藤内氏は武門の家筋で、長男の信房は源頼義に従い奥州征討に参戦、三男の信経が父の跡を尋ねて、康平四年(一〇六一)に長田に来住したという。「妻、田辺氏娘也」とあるのは、信経が先住の田辺家の入婿として、当地に居を構えたというのである。つまり信経が藤内家の長田在住の初代に当るという。

二代　藤内三郎信経
康平六年癸卯《みずのとう》東比田西日田別、治暦二年丙午《ひのえうま》高田ヨリ奥高百丁御朱印被下、コレヨリ長田居住。是茂那木市郎左衛門尉成房云者、是迄両日田ノ領主タルヲ以テ信経ニ従フ事嫉ク思フ。延久元年辛亥《かのとい》三月三日、信経山王権現江社籠。留守ヲ窺ヒ成房長田旧館江押寄セシトコロ、俄ニ心痛起リ難儀ノ時、猿隠山ヨリ光物飛行、茂那木城江落チ見ル内ニ火ト成ル。成房馬駒ヲ立テ帰リ禦ムトスル内、成房即座ニ死ス。次第ニ大風ニ成リ、一時モ残ラズ焼失ス。是ヨリ茂那木ガアト虫木ト云ヒ、成房カ末家、皆信経ニ従ス。

これは、二代・信経の当地方における勢力拡大を主張するもので、長田の隣りの茂那木城（虫木）に拠した在地の豪族・市郎左衛門成房を討ち滅した事蹟を述べている。それが史実に沿うものかどうかは不明である。が、あくまでも長田家・藤内氏が、元祖・信貞以来、武門の家筋に連なることを主張するものと言える。それは後にあげることであるが、およそ当家が、鋳物師集団を統括する惣官[23]に属する家筋たることを擬《ぎ》する叙述と察せられる。ともあれその武力が、元祖以来の山王権現の加護によるとすることを注目したい。

以下、この系図は、三代「信定」、四代「信昭」、五代「信武」、六代「信時」に注釈はなく、七代「信虎」は永暦元年（一一六〇）に義朝に従って討死、八代「信義」は男子の信義・信貞を伴って源平合戦において討死したと注して、あくまでも源家とつながる家筋を強調、九代「信之」には注記なく、十代「信宗」に至って、次のように叙している。

十代　同藤左衛門信宗
建暦二癸申《みずのとさる》ノ年九月十三日、俄ニ山鳴リ渡リ、五雲猿隠山ヨリ榎田江飛来リ、三日間霧晴レズ。暗夜ノ如ク、人恐レ出ル者ナシ。信宗不思議ニ思イ榎田江行見レハ、山王之神躰アリ。是唯事ニ有ラズト御祈祷アレバ、霧晴レ万民大ニ喜ヒ、御籤ニ随ヒ長田ニ勧就シ、此山ヲ日蔵山ト名付ク。是ヨリ藤内家ニハ別火之女不浄ノ人ヲ入レズ。若シ入事アレハ悪キ事在リ、子孫永ク是ヲ守ルベシ。此時神主千日行ス。信宗毎月日参ス。（中略）山王権現江永代米八斗青指一貫文毎歳上ル。西末社ハ民部藤原信貞公ヲ祭ルナリ。

建暦二年（一二一二）の九月十三日に不思議なことが起こったという。かつて山王権現が祀られていた猿隠山より山鳴りが響きわたり、それが長田の北の榎田の地に及んだ。当主の信宗が尋ねてみると、そこに山王権現のご神体が見出されたという。これは権現が怒りを示された事件であるにちがいない。そこで改めてご神体を長田に勧就し、手厚く祀り申し上げるとともに、権現をはじめて長田に祭った元祖・民部信貞を西の末社に祀り申し上げたという。ところでその権現の怒りの根拠は何であったか。その文脈からすれば、「別火の女」「不浄ノ人」を家（タタラ場）に入れたということである。およそこれは、鉄山・タタラを営む家が守らねばならぬ禁忌であった(24)。その禁忌を犯せば、火の神・金屋子神の怒りに触れる。先にあげた『鉄山秘書』も縷々と記すところであった(25)。この事件は、鉄山・タタラの経営にあった長田家・藤内氏の第一番目の危機を叙したものと推される。

続けて系図は、十一代から十四代までは名をあげるのみであるが、十五代「信為」の項に、鎌倉より須藤伊織政行なる人物がやって来て、その娘の「春」の婿となって「広谷」に住したと注する。ちなみにその広谷にある須藤家は、江戸時代には鉄山経営に成功し、大きな財をなした家筋である。そして十七代は名のみあげ、十八代に至って再び「別火の女」「不浄ノ人」による事件が起こる。

十八代　同藤左衛門信視

元応二庚申《かのえさる》三月二十日、長田残リ無ク消失ス。別火ノ女家ニアリ。神之咎カ。正中元年四月四日焼失、是モ不浄ノ咎ナリ。同十月感邪ニテ家内死ス。同極月迄ニ三人死ス。同二歳乙丑正月二十一日ヨリ二月二十一日迄、山王権現ニテ御祈祷アリ。是ヨリ長田他家迄、不浄ノ火ヲ入レス。広谷モ同シ。此時屋敷替ル前ノ屋敷ハ、古殿ト云。

すなわち元応二年（一三二〇）、次いで正中二年（一三二五）に、続けて大火が起こり、その長田の屋敷は全焼に及ぶ。また次々と家族に不幸が招来したという。そしてその原因は、信宗の時代にもあった「別火の女」「不浄ノ人」の咎《とが》とする。それは火の神（太陽神）の日吉権現の怒りであり、とりもなおさず鍛冶の神の祟りであったにちがいない。以来、この一族は、そのタタラ場に「不浄ノ人」を入れることを禁じたという。そしてこれは、鉄山・鍛冶の経営において繁栄した長田家・藤内氏の一旦の衰亡を語ったものにちがいない。

さてその焼失した長田家の元の屋敷は「古殿」と称されたとあるが、先の『日田村史』の「遺跡」の項には、その〈古殿〉をあげて、次のような伝説を掲げている。

東比田永田（長田）にあり、天喜元年から正中二年までの藤内氏の屋敷跡で銀小玉が多量にうづまった所には白南天が目印に植えてあると云われている。

ここには元祖藤内民部藤原信貞の墓があり、又古殿山長田寺と云う御堂があって、本尊聖観世音は二尺三寸（台共）のまれなる名作で、台裏に正徳四甲午年卯月八日願主運月の文字があり、鯰の絵馬額を寄進すれば皮膚病（タムシ）に霊験あると言われる。

すなわち、その古殿跡は、現在の藤内家の屋敷の南へ一〇〇メートルほどにあり、信貞の墓と伝えるものがあり、観音堂も今でも見ることができる。が、その屋敷跡に多量の銀小玉が埋もれていたとする伝承が注目される。それの「白南天」は朝日長者伝承の常套句であった。ちなみに同じ「遺跡」の項の「金ヶ峠」には、「金壺が埋められて、その印に白南天が植えてあると言い、此処で黄金の鶏の鳴声を聞いた者は、長者になると云われる」とある。これは金

「古殿」の森

「古殿」の屋敷跡

鶏型の「朝日長者」の伝えである。それならば、世の人は、信貞以来の長田家を朝日長者と称していたということになる。

ここで先の「金屋子神祭文」に戻る。すなわち金屋子神が白鷺に乗って比田の里に降臨するとき、安部氏ともども宮社を建立し、村下と化した金屋子神に従って、高殿式の製鉄のわざを起こした朝日長者なる長田兵部は、猿隠山の山麓に鍛冶のわざを伝えていた、藤内民部信貞に象徴される長田家の一人を擬したものと推される。が、それはやがて没落して朝日長者と称されていたということになる。

五　東比田・長田家と鋳物師伝承

さて、ここで右にあげた「藤内氏伝記」の冒頭にあげた、長田家の元祖・藤原信貞の妖魔退治譚を検討することにする。すなわちそれは、主君の柳原大納言の命に従って、日吉山王の援助により猿隠山の化生《けしょう》・妖魔をみごとに退治したとするものである。そしてその妖魔は、「頭ハ人」「白髪三尺」「四足ハ古狼」「尾ハ牛」「毛色ハ黄」「高サハ六尺」というものであった。それならば、この信貞の妖魔退治譚は、あの著名な源頼政の鵺《ぬえ》退治をなぞったものと判じられる。つまりそれは、まずは『平家物語』が収載する頼政の功名譚に準ずるものと推される。

近衛院の「仁平のころほひ」、主上の御悩が重なり、それは変化の者の仕態と決し、兵庫頭の頼政に射殺の命がくだる。頼政は「頼み切ったる郎等」の井の早太を伴い、南殿の大床に祇候して、変化の者の出現を待つ。

日ごろ人の申《まうす》にたがはず、御悩《ゴナウ》の剋限《コクゲン》に及ンで、東三条の森《モリ》の方《カタ》より、黒雲一村《クロクモひとむら》立《(た)》ち来ッて、御殿《ゴテン》の上にたなびいたり。頼政《ヨリマサ》きッと見あげたれば、雲の中にあやしき物の姿《スガタ》あり。これを射損ずる物ならば、世にあるべしとは思はざりけり。さりながらも矢とッてつがひ、「南無八幡大菩薩」と心のうちに祈念して、よッぴいてひやうど射る。手ごたへしてはたとあたる。「ゑたりをう」と矢さけびをこそしたりけれ。井の早太《ハヤタ》つッとより、落つるところをとッておさへて、つゞけさまに九《ここの》がたなぞさいたりける。其《その》時上下手ゞ《てんで》に火をともいて、これを御らんじ見給ふに、かしらは猿《サル》、むくろは狸《タヌキ》、尾《ヲ》はくちなは、手足は虎《トラ》の姿《スガタ》なり。なく声鵺《ヌエ》にぞ似たりける。おそろしなンどもをろかなり。主上御感《ぎょカン》のあまりに、師子王《シヽワウ》といふ御剣《ぎょケン》をくだされけり。

右は、語り本の覚一本の本文であるが、鵺の正体については、諸本ほぼ一致する。が、『源平盛衰記』のみがやや異同する。供の家臣も唱と早太とする。

頼政水破ト云《いふ》矢ヲ取テ番《つがへ》テ、雲ノ真中ヲ志テ能引《よつぴい》テ兵《ひやう》ト放ツ。ヒト鳴テカヽル処ニ、黒雲頻《しきり》ニ騒テ御殿ノ上ヲ立《たち》、鵼ノ声シテヒヽナキテ立所ヲ見負《おはせ》テ、二ノ矢ニ兵破ト云《いふ》鏑ヲ取テ番《つがへ》、兵《ひやう》ト射《いる》。ヒイフツト手答シテ覚ユルニ、御殿ノ上ヲコロ〳〵トコロビテ庭上ニ動《どう》ト落《おつ》。其時ニ、「兵庫頭源頼政、変化ノ者仕タリヤ〳〵」ト叫ケレバ、唱ツト寄テ、「得タリヤ〳〵」トテ懐《いだき》タリ。貴賤上下・女房男房、上ヲ下ニ返シ、堂上モ堂下モ指燭ヲ出シ炬火ヲトボシテ見レ之。早太寄テ縄ヲ付《つけ》、庭上ニ引スヘタリ。有二叡覧一ニ癖物《くせもの》也。頭ハ猿、背ハ虎、尾ハ狐、足ハ狸、音《こゑ》ハ鵼也。

ところで、この頼政の鵺退治譚について、柳田国男氏ははやく、これが諸国の鋳物師たちの家々に伝えられてきたことを指摘されている。すなわち『木思石語』[26]のなかで、

諸国の鋳物師の家に、丹南文書など、謂つて伝はつて居る旧記に、源三位頼政鵺退治の節、猪早太をして携帯せしめた鉄灯籠を鋳出した功により、諸役御免で諸国を巡業する云々といふ由緒なども、(中略)やはり作りごとであることは確かだが、此方は幾分木地屋のより古いかと思ふ。

とあげておられる。また、『史料としての伝説』[27]のなかでも、「鋳物師が家々に伝へて居た鵺退治の由緒書が、各地に同文もしくは少しずつの異同を以て、幾つとなく出て来る。(中略)写しであってもその文書を信じたのである」とも、記されている。

ところでわたくしどもの『京都の伝説』〈丹波を歩く〉[28]でも、これをとりあげている。小林幸夫氏の担当で、「勅使の鋳物師」(伝承地、福知山市上天津勅使)がそれである。その在地の『福知山の昔話』[29]によるが、『平家物語』による脚色がうかがえるので、その後半のみをあげる。

頼政は静かに目をつぶって、源氏の氏神である八幡さまにしばし祈りをささげた。そして弓に矢をつがえ、満月のように引きしぼって黒雲の真ん中をめがけて「ひょう」と一矢を放つと、たちまち百雷が一時に落ちたような音がして、真っ暗闇となってしまった。今まで火のついていた灯籠は皆消えてしまったそうだ。しかし幸運にも一個だけ輝いていたという。頼政はそれを目当てにその光の下に進み出た。

天皇は頼政の武勇はもちろん、消えぬ灯籠についても大変感心なさって、どこの誰の作かを調べさせなさった。それは天津の鋳物師の献灯であったそうだ。天皇は直ちに勅使をこの鋳物師宅に遣わされ、大変な褒美を賜った。こんなわけで遠くの人も近くの人も、勅使のこられた村、勅使の下った村と呼んでいたのがついに勅使となり、地名を平束（平使の意）といわれるようになったという。勅使の金屋段の古い仕事場跡には今もかねくそがたくさんころがっているし、鋳物師の後は町に出て祖先の業を継いでこの仕事に励んでおられるそうだ。

右のごとく、これは頼政の鵺退治を叙するに留まらず、その折、鋳物師の献灯した燈籠によって、それが果されたとして、天下御免の鋳物師の由来を説くのである。これは河内国丹南郡日置《へき》庄を本拠とする、いわゆる「蔵人所燈炉御作手《みつくて》鋳物師（「燈炉供御人」「燈炉御作手」と略す）」の主張で、ここでは、その功名を「天津の鋳物師」にことよせて伝えているのである。

およそこの丹波の天津・勅使にあった鋳物師の人々は、江戸時代に入ると、福知山藩の城下町（鋳物師町）に移住された。その中心にあったのが、先年まで鋳物師のわざを伝えられてきた足立小右衛門家である。当家にはその鋳物師の由来を伝える、多くの古文書が蔵されている。そしてその中心は、蔵人所小舎人より下された「御綸旨写」である。近年それは赤井信吾氏によって明らかにされた(30)。「仁安二年正月日・御綸旨写」「仁安二年二月日御綸旨写」「建暦三年十一月御綸旨写」「貞応元年御綸旨写」などである。しかもこれらは、戦国期以来、諸国の鋳物師を支配下においた、いわゆる真継家の文書の写しであった。そして右に上げた「勅使の鋳物師」の伝承も、天文二十二年（一五五三）、真継久直が書写（寛永元年〔一六二四〕、孫の康綱が書き加え）、各地の鋳物師に配布した「鋳物師由緒書(31)」によったものにちがいない。

鋳物師由緒書写

抑鋳物師ノ濫觴ハ、（中略）神武天皇ヨリ四十三代元命天皇ノ御宇和銅年中ヨリ、善ク鋳物ノ鍋釜ヲ用、専国家ノ重器ニシテ鋳造セルノ者ハ、最初職ノ長也、爰ニ七十六代近衛院御宇　仁平年中、毎夜深更ニ及ヒ悪風吹来テ、禁内ノ燈火一時ニ滅ルノ刻、主上御悩ニ成セ玉フニヨリ、高貴ノ僧ヲ召シ御祈有ト云トモ、更ニ其験シ無ノ処ニ、御蔵民部大丞紀元弘、其頃ハ河内国丹南郡ノ内ヲ領セシ、則領内ノ鋳物師天命某ヲ召ツレ禁庭ニ伺公シ、鉄燈炉一基献上ス、此燈炉ノ火、悪風モ滅スアタハス、去ニヨツテ則鉄燈炉百八鋳物ニ仰付ラレケレハ、不日ニ成就シ調進ス、此燈炉ノ光ヲ以テ、御悩モ早速平癒成セ玉フ、如斯ノ闇夜タリト云トモ、禁内如日中燈炉ノ光リ上天マテ耀ケレハ、御感ノ余リニ、鋳物師某カ天命ヲ改ラレ、天明号称セラレヌ、（中略）

其後七十九代六条院御宇仁安年中、八十四代順徳院御宇建暦年中、八十五代後堀河院御宇貞応年中、八十六代四条院御宇天福年中、九十七代光明院御宇暦応年中、右御代々ニモ主上御悩ノ砌、先規仁安ノ吉例ニ准セラレ、鋳物調進仰付サセラレ、御悩平癒ノ後、恩賞トシテ諸国へ鋳物売買ノ為送下シヌル、路道ノ海河津関泊土山市料率分例物以下ノ煩ヲ免除成シ玉ヒ、則蔵人所ノ牒ヲ玉フ、如斯鋳造シ諸国ヱ運送セシカ共、路次ノ通路ヲ安センカ為、且ハ鋳物師職流布繁栄ノタメニ諸国ニ居住シ、散在ノ輩順番ニ河内国ヱ立帰リ、末代ニ至ルマテ鋳物師職有ン限リハ勅役無滞相勤ムヘキ旨、鋳物師百九人トシテ、為後代証文相認メ、御蔵民部少輔紀忠弘ヲ以テ御願申上ケレハ、百三代後花園院御宇宝徳年中、始テ諸国居住ヲ免シ玉ヒ、新規ヲ停止シ、相論ノ輩ニハ成敗ヲ成シ玉フ上ハ、朝恩ヲ貴ミ売買ノ業ヲ全シ、勅役ヲ専ニ可相勤者也。

天文二十二年三月　日　　　御蔵真継兵庫助久直

右旧書改新書之

（後略）

それは『平家物語』に準じて「仁平年中」のこととする。が、頼政の名は直接ふれず言外に隠す叙述であり、主上の御悩は「燈火一時ニ滅ズル刻」として、その燈火が強調される。そのとき登場するのが、蔵人所供御人・燈炉御作手《みつくて》が元祖と仰ぐ「御蔵民部大丞紀元弘」で、「鉄燈炉一基」を献上、この燈炉の光によって御悩は平癒なさったと説く。その功を頼政に帰せずして、御蔵民部の燈炉とする。その燈炉説話が依ったものは、おそらく『平家物語』の「上下手々《てんで》に火をともいて御らんじ見給ふ」であり、『源平盛衰記』の「堂上モ堂下モ指燭ヲ出シ炬火《たいまつ》ヲトボシテ見レ之」である。それを民部大丞の鉄燈炉にすりかえて、その功績を河内国丹南郡を本拠とする「蔵人所御作手《みつくて》鋳物師」のものと作り上げたのである。そしてそれ以下の叙述は、その平癒の恩賞として、鋳物師としての特権を与えられてきたことをあげる。宝徳年中（一四四九〜五二）鋳物師の一〇九人が、「御蔵民部少輔紀忠弘」を代表として、証文を相認めて御願い申し上げ、諸国居住や鉄材の売買の許可を改めていただいたとする。それは真継久直が、蔵人所小舎人《こどねり》職を乗っとった天文五年（一五三六）からは、一〇〇年近くの以前のこととする。この真継久直が、いわゆる偽文書を作成したことは、網野善彦氏が詳しく説かれていることである。[32]しかし同氏も、それはまるまるの偽作とは言えない、それなりの伝承を踏まえての創作であるとされる。[33]ちなみに右の紀元弘の献炉説話も、久直の創作とは言えない。それは、宝徳年間を遡るものであり、あるいは、それ以前に誕生した説話とも言える。

ところで、その河内国丹南郡日置《へき》庄に居住する蔵人所燈炉御作手については、早く承安四年（一一七四）九月八日の条の『吉記』に、

興福寺領河内国日置庄、依造内裏所課未済、国司押取仏聖料、依関白殿仰、於官欲問注彼是之処、院奏已了、可為院庁沙汰之由、国司令申事、彼庄住人蔵人所燈楼作手也、造営之時依仰訴申被沙汰免云々、仰云、於官被召問可宜、

とある。すなわち興福寺領河内国日置庄に「蔵人所燈楼作手《つくて》」が住んでいたとある。ちなみに、日置《へき》庄の「日置」は、

鋳造・鍛冶の徒とつながる地名であることは、先にあげた。そしてこれは、真継文書の仁安二年（一一六七）の「蔵人所牒」とも通じることである。それをあげておく。[34]

蔵人所牒写

「（端裏書）仁安二年正月御牒写、本紙無之写計所持」

（朱印影）

「勅印」

蔵人所牒　河内国丹南郡狭山郷内日置庄鋳物師等

応早進上鉄燈炉以下御年貢事

使

牒、得件鋳物師（等）。月日解状云、号蔵人所供御人、鉄燈炉以下於御年貢可進上、抑罷入供御人意趣者、居住之所
興福寺領日置庄也、任傍例有限所当官物之外、無他役被雑役免除、兼又為鉄売買京中往反之間、為衛士并使庁
下部等、依被取失、触事有煩、仍為遁件煩、各賜短冊、諸国七道并京中市町、和泉・河内両国市津往反之間、
為遁件役、注子細言上如件者、件燈炉尤以可為公用、依請、且為雑役免除、且仰左右衛門府并使庁・諸国七道、
可令免除件役之状、所牒如件、敢勿違失、古牒

仁安二年正月（ママ）　日　　出納明法生中原

蔵人左衛門権少尉菅原

別当左大臣兼左近衛大将藤原（経原）朝臣（マヽ）　　左兵衛権少尉藤原

頭左近衛権中将兼皇后宮権亮藤原朝臣（実家カ）
権右中弁平朝臣（信範カ）
左衛門権少尉藤原
防鴨河使左衛門権佐
勘解由次官藤原朝臣（経房カ）

およそこの文書は、平安末期、丹南郡日置庄に蔵人所供御人・鉄燈炉御作手と称された鋳物師が居住しており、種々の課役を免れていたことを叙するものである。しかもこれは、早く豊田武氏が、多くの偽文書を含む真継文書のなかで、ほぼ史実を伝えるものと判じられたものである。(35) 後に網野善彦氏も、「仁安二年正月」の年紀については信じ難いが、当時の鋳物師の状況を伝えるものとみて、平安末期の文書と認定されている。(36) しかも同時、この鉄燈炉御作手なる鋳物師集団を支配していたのが御蔵小舎人の惟宗兼宗《これむねかねむね》であることを知らせるのが、次の仁安二年十一月の「蔵人所牒写」であった。これも多くの偽文書のなかで、その信憑性が確認されるものである。同じく真継文書によってそれをあげる。(37)

「（端書）播州瓜生原清左衛門所持」
蔵人所牒　諸国散在土鋳物師等所
応令早任先牒幷河内国丹南郡狭山郷〔内〕（異名日置）住民本供御人番頭請文、諸国散在土鋳物師等、従年預惟宗兼宗命、
備進有限課役以下〔雑役事〕
使
牒、得年預惟宗兼宗今月　日解状称、謹検旧規、禁裏奉公之貴賤、或以私領田畠便補諸供御之用劇、或以私進退

便宜之家人令建立諸供御人、停止都鄙市津煩以下甲乙人之妨者、古今之習、聖代之佳例、奉崇　朝威之故也、爰兼宗以事縁召取鋳物師等之請文、付奉公之便、令建立蔵人所燈炉以〔下〕鉄器物供御人畢、仍〔仰〕本番頭等、兼宗令書賦短冊於散在諸国鋳物師〔之処、土鋳物師〕不知年預奉行人之名字、不叙用番頭之催促、不備進有限課役云〻、事実者、太以不当也、諸国鋳物師等者、或付所職、或解縁（触）令散在者也、所詮兼宗成〔賜〕御牒、直下遣清廉使者、令譴責有限課役以下臨時雑役、若彼等寄事於左右、募権威、称身於諸社神人者、解（触）仰子細於本所令追出其所、兼又任本番頭請文、〔為停止所職之業能（マヽ）、望請恩裁、任先牒并番頭請文〕旨、尋彼子孫散在、可進退土鋳物師之由、重成賜　御牒矣〔者〕、早任年預兼宗之所存、直可進退土鋳物師等、若不叙用下知旨者、任法可令停止所職之業能（マヽ）状、所仰如件、散在鋳物師等宜承知不可違失、牒到准状、故牒

仁安二年十一月　日　　出納明法生中原在判

別当左大臣兼左近衛大将藤原（経宗）在判　　蔵人文章得業生藤原在判

頭左近衛権中将兼皇后権亮藤原朝臣（実家）在判　　〔左衛門権少尉菅原〕

権右中弁平朝臣（信範）在判　　左兵衛権〔少尉〕藤原在判

右衛門権佐藤原朝臣（経房カ）在判

これによると、蔵人所小舎人の惟宗兼宗は、燈炉供御人の年預として、河内国狭山郷内日置庄の土鋳物師等に短冊を賦り、彼等を「番頭」として「私進退の便宜の家人」なる供御人の組織を建立したという。それは永万元年（一一六五）に遡るものであるが、この仁安二年の文書によって、下級官人なる惟宗兼宗が奈良興福寺領日置庄の鋳物師ら

を「蔵人所燈炉以下鉄器供御人」として支配していたことが確認されるのである。

しかもこれと前後して河内国に散在していた有力鋳物師たちは、広階姓鋳物師の一人、広階忠光を中核として、惟宗兼宗が建立した供御人とは別に新たな蔵人所「燈呂貢御人《くごにん》」を建立、代々蔵人所供御人の「惣官職」に補任される。これが俊乗坊重源によって組織された草部姓の東大寺鋳物師とも融合し、嘉禎二年（一二三六）までには、先の日置庄鋳物師らの蔵人所右方御作手に対する左方御作手として位置づけられていった。しかもそれは、武装する「惣官」の力をもって、むしろ右方を圧倒し、前者の鉄鍋の鋳造・販売を主とする上鋳物師に対して、鍋・釜・鋤のみならず「打鉄」に及ぶ「廻船鋳物師」として全国的に活動するに至ったのである。(38)ただしこの蔵人所小舎人《こどねり》の「番頭」にしたがう右方御作手、蔵人所小舎人の「惣官」にしたがう左方御作手という組織が画一的に全国に及んでいたかどうかは、かならずしも明らかではないと言えよう。

六　長田家・藤内氏の素姓

そこで再び「藤内氏伝記」の冒頭に掲げる藤内信貞の猿隠山鵺退治譚に戻る。そしてこれと『平家物語』のそれと「鋳物師由緒書」と比べてみると、この伝承が直接「鋳物師由緒書」によって成ったものとは判じられない。むしろ『平家物語』諸本に近いとも言える。早く松本信広氏は、『日本神話』(39)において、神武天皇即位前紀の金鵄説話とかかわって、頼政の鵺退治譚が民族を越えた鍛冶屋集団の伝承であることを説かれている。それならば、「藤内氏伝記」の鵺退治譚は、「鋳物師由緒書」以前の伝承によったことも考えられる。そこで、この藤内民部藤原信貞なる人物の素姓を尋ねてみなければなるまい。

その「藤内氏伝記」によると、元祖信貞は「北面ノ武士」とある。しかし「白河院御誕生」の後三条天皇の時代に、それが存したかどうかは確認できない。むしろ虚構とすべきである。が、その「北面ノ武士」は鋳物師集団を統括した「惣官」をよそおうものとも察せられる。網野善彦氏によると、蔵人所小舎人（年預）に従って鋳物師集団を率いた惣官は、「一個の武士団」であった。それは「左兵衛尉・右衛門少尉」などの官途をもっていた」のである。[40]

ところで、その信貞が従ったという「柳原大納言吉実公」なる人物はいかがであろうか。しかし平安末期の天喜三年（一〇五五）に柳原大納言なる公卿は見出されない。[41] およそその柳原家は、南北朝時代に始まる公卿の家筋である。それは藤原氏北家内麻呂の子真夏より出た日野家の庶流で、家格は名家、弁官・蔵人を経て大納言に昇るのを例としている。その始祖は、権大納言日野俊光の四男、権大納言正二位資明であり、居所の柳原第にもとづいて柳原を称した。その資明は、鎌倉末期の永仁五年（一二九七）の誕生、正安三年（一三〇一）従五位下に叙され、文保元年（一三一七）蔵人に補されて以来、左衛門権佐・左少弁・権右中弁などを歴任、記録所寄人にも列し、元徳元年（一三二九）従三位に昇り、右大弁・左大弁を経て参議に進む。正慶元年（一三三二）光厳天皇の権中納言に昇り、その後、右衛門督・検非違使の別当を兼ね、中納言を経て康永四年（一三四五）権大納言に任ぜられる。文和二年（一三五三）、赤痢に罹って没する。歳五十七。主に持明院統の朝廷・院中に仕え、その実務能力は高く評価された人物である。[42] それ以後の系譜を『尊卑分脈』であげておく（左頁）。

実は、室町時代には、この柳原家が、燈炉御作手《みつくて》を率いる蔵人所小舎人（年預）を支配下においていたのである。それが始祖・資明以来のことかどうかは明らかではないが、その資料は室町末期の「真継文書」に少なからず見出される。右の「系図」によると資明から六代の孫・資定、七代淳光の時代のことである。続けてその一端を名古屋大学文学部国史研究室編「中世鋳物師史料」[43] の「真継文書」〈中世文書〉からあげてみる。

柳原

三事
五蔵弁
頭
資明
検別当
右衛門督
按察使
権大納言
正二
右大弁
母
文和二七廿七薨
五十七
法名道本

五蔵弁
頭
忠光
院執権
文章博士
参議
大弁
権大納言
「三事」
イ一正二位
「正二位」
左衛門督
母
永和五
康暦元正十九薨
四十六
法名道寂

五蔵策
頭
資衡
大納言
中納言
弁
廷佐
参木
左大弁
母日吉祢宜〔祝部〕成国卿女
応永十二、一出
同十六薨

（資衡）
三事
五蔵策
頭弁
行光
「永享三二廿四出法寂
依後小松院御出家也」
備中守
左権佐
宮内大甫
参木
左大弁
元衡―改忠秀
権大納言正二位
母同資広卿
五十一才
嘉吉三三十二薨
贈従一
実資〔藤〕藤卿二男

五蔵策
弁
資綱
文亀元千六廿七
薨八十三才
法名俊寂
院執権
参木右大弁
右権佐
検別当
右衛門督
権大納言
従一
元―重
五蔵
母贈左大臣〔藤〕資国公女

量光
永正七八十八
薨六十三才法
「名〻」明寂
献大嘗会和歌
文正元主
近江守
右兵佐
参木左大弁
文章博士
検別当
右衛門督
権中納言
従三位
母

五蔵
頭弁
資緒
従五下
早世
東
資定
参木左大弁
右兵佐
按察使
民了卿
権大納言
従一位
母

尊俊
僧正
実忠〔藤〕顕卿男
菩提山報恩院
僧上有俊弟子
淳光
弁
母大蔵卿〔藤〕光継女

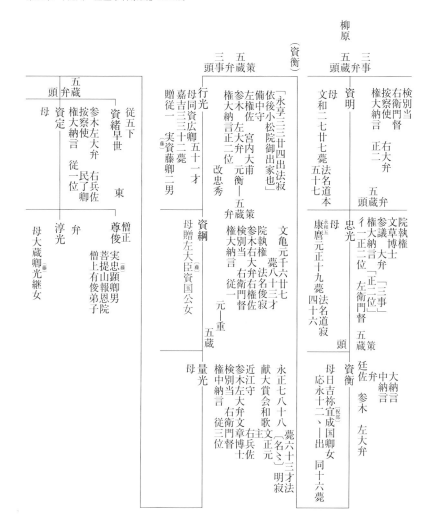

三一　蔵人頭柳原資定奉口宣案（宿紙）

（包紙1表書）

大永八年ゟ享保元年迄
凡百九十七年ニナル

口宣案　任民部権少輔　御書出柳原殿　紀忠弘」

（包紙1紙背）
「康好ノ反考」

（包紙2表書）
「口宣案　任民部権少輔　御書出柳原様　紀忠弘」

（端裏書）
「口宣案」

上卿　三条大納言（公頼）

大永八年四月十三日　宣旨

紀忠弘

宜任民部権少輔

蔵人頭左大弁藤原資定（柳原）奉

三六　柳原家雑掌道隆催促状写（覚書帳、中井鋳物師伝書）

御即位大礼被遂行上者、鋳物師公事之儀、如先規諸国江可被相触之由候也、恐〻謹言

（天文四年）
三月廿三日

日ノ柳原家雑掌
通隆判

御蔵民部丞殿

五一　後奈良天皇綸旨写〔覚書帳、真葪記、京都御所東山御文庫記録甲七十〕

御蔵有弘跡職之事、任彼譲状　朝恩以下、弥全知行、可専奉公之旨、可被下知久直之由天気所候也、仍状如件

天文十二年三月十六日　　　左大弁判

蔵人中務丞殿

柳原資定朝臣（マヽ）（町資将）

三一の「紀忠弘」は、後の五一の古文書に出てくる「御倉有弘」の子息で、父の蔵人所小舎人（年預）の職を継いで、大永八年（一五二八）に「民部権少輔」に任ぜられている。その「口宣案」で、久直以前の柳原家と蔵人所御作手とのかかわりを示す古文書と言える。次の三六は、久直が蔵人所小舎人役を紀氏より乗っ取る直前の天文四年（一五三五）の古文書で、柳原家雑掌より「御蔵民部丞」への催促状で、それは紀忠弘あてと察せられる。最後の五一は、紀有弘の御蔵の職が真継久直に譲渡されたことを記す天文十二年（一五四三）の文書である。有弘は一旦子息の忠弘に譲った御蔵小舎人（年預）の職を借財に立て替えとして、久直を養子とし、これを引渡したのである。

およそその真継家の出自はかならずしも明らかではない。おそらくその人々は、蔵人所の灯炉作手に連なる者と察せられる。網野善彦氏によると、(44) 大永六年（一五二六）の文書に真継弥兵衛尉という人が見え、その一族と思われるのが、久直の父・松本新九郎であり、これが幼少の頃より柳原家に仕えていたという。その新九郎は京の町衆とも関わり、多くの資産を蓄《たく》わえていたが、当時、燈炉供御人を統括していた紀有弘は生活に困窮、新九郎に借金を重ねて

いた。これにつけ込んだ新九郎父子は、天文五年にその御蔵の職を乗取ったのである。爾来、久直は柳原家をパトロンとして、諸国の鋳物師を支配下におき、活発に活動を開始していったのである。[45] しかし、久直やその子孫が残した真継文書から、その柳原家と蔵人所御作手のかかわりを室町時代以前に求めることは無理である。が、それが真継直久以前に存したことは確かであると言えるであろう。

さて、「藤内氏伝記」の掲げる柳原大納言の「吉実」の名は、柳原系譜には見出されない。が、その訛伝とすることはできる。それに従った家臣が、頼政の鵺退治に準ずる猿隠山の妖魔退治を果したという。その原話は、元来、鍛冶集団のなかで伝承されたものであり、かの蔵人所供御人・鉄燈炉御作手の伝える献炉説話に通じるものである。したがって、その「北面ノ武士」なる家臣は、蔵人所小舎人に任じられて鋳物師集団を統括する「惣官」を擬するものと言える。その惣官が武士団に属するものであったことはすでにあげた。そしてその人物は「藤内民部藤原信貞」と称したと伝える。おそらくその名乗りは、蔵人所小舎人に準じたものと推される。その「藤内（藤原）」は、「国家ノ重器ヲ鋳造セル職」（鋳物師由緒書）の者に与えられた姓である。また「民部」は蔵人所小舎人（御蔵）に通じる職名と言える。ちなみにその年預は「御蔵民部大丞」「民部権少輔」などと称されている。ただし南北朝時代以降の出雲における燈炉供御人の活動を示す資料はきわめて稀である。[46] しかし戦国時代の真継家の活動を待つまでもなく、柳原家をパトロンとする蔵人所小舎人に従う鋳物師たちが、諸国を歩き権益の拡大につとめていたことは察せられる。その一流が当比田村に侵出して、やがて鉄山・タタラの経営にかかわったのが、いわゆる長田家の元祖・藤内信貞であったということになろう。かつて金屋とも称された鋳物師もまた、製鉄・タタラのわざに通じていたことは説明する[47]までもあるまい。当日田村の猿隠山には、古い野タタラが存して、山王権現が祀られていた。信貞を称した鋳物師が、その権現を祀って、その麓に新しいタタラ・製鉄のわざを興したのではないか。それが「金屋子神祭文」の説く高殿式のタタラであったと推される。しかしその長田家の繁栄は長くは続かなかったようである。再三の火災に見舞われ、その屋敷跡は「古殿」と称され、朝日長者の名を「祭文」に留めることになったのであろう。

七　「金屋子神祭文」の時代

およそ「金屋子神祭文」は、白鷺に乗って来臨した金屋子神の導きで、新しい鍛冶のわざ、高殿式のタタラが誕生したことを説く鍛冶神話とも称するものであった。その高殿式のタタラについては、窪田蔵郎氏の『鉄の生活史』(48)によると、元寇の乱以降、鉄の大増産が要求され、「文永年間（一二六四〜七五）になると、炉の上に大きな建屋を造ることが工夫され、室内で天候に左右されずに操業されるようになった」と述べておられる。それにしたがえば、雲州の比田村のそれも、南北朝期にはそれが及んだかとも推される。しかも、右で考察したように、朝日長者・長田兵部は、「藤内氏伝記」にある民部信貞を擬する者であり、それが柳原家に従う御用鋳物師であったとすれば、南北朝期またはそれ以降ということになろう。しかし、「金屋子神祭文」において長田兵部が朝日長者の称によっていることは長田家の繁栄が過去のものとなったことを意味する。つまり「祭文」の叙述は、東比田の長田家・藤内氏の衰亡後によるものとなる。その長田家・藤内氏の「不浄の火」による致命約衰亡は「藤内氏伝記」においては、南北朝期の元応二年（一三二〇）、正中二年（一三二五）の大火によると叙している。これをほぼ史実に準ずるとすれば、金屋子神の旧比田村来臨は、それ以前ということになる。一方、その金屋子神を発見し、その祭祀をつとめた安部氏の活動は、応永年間（一三九四〜一四二八）以前は、不明ということであった。が、その活動の開始を南北朝期と想定することは許されるであろう。

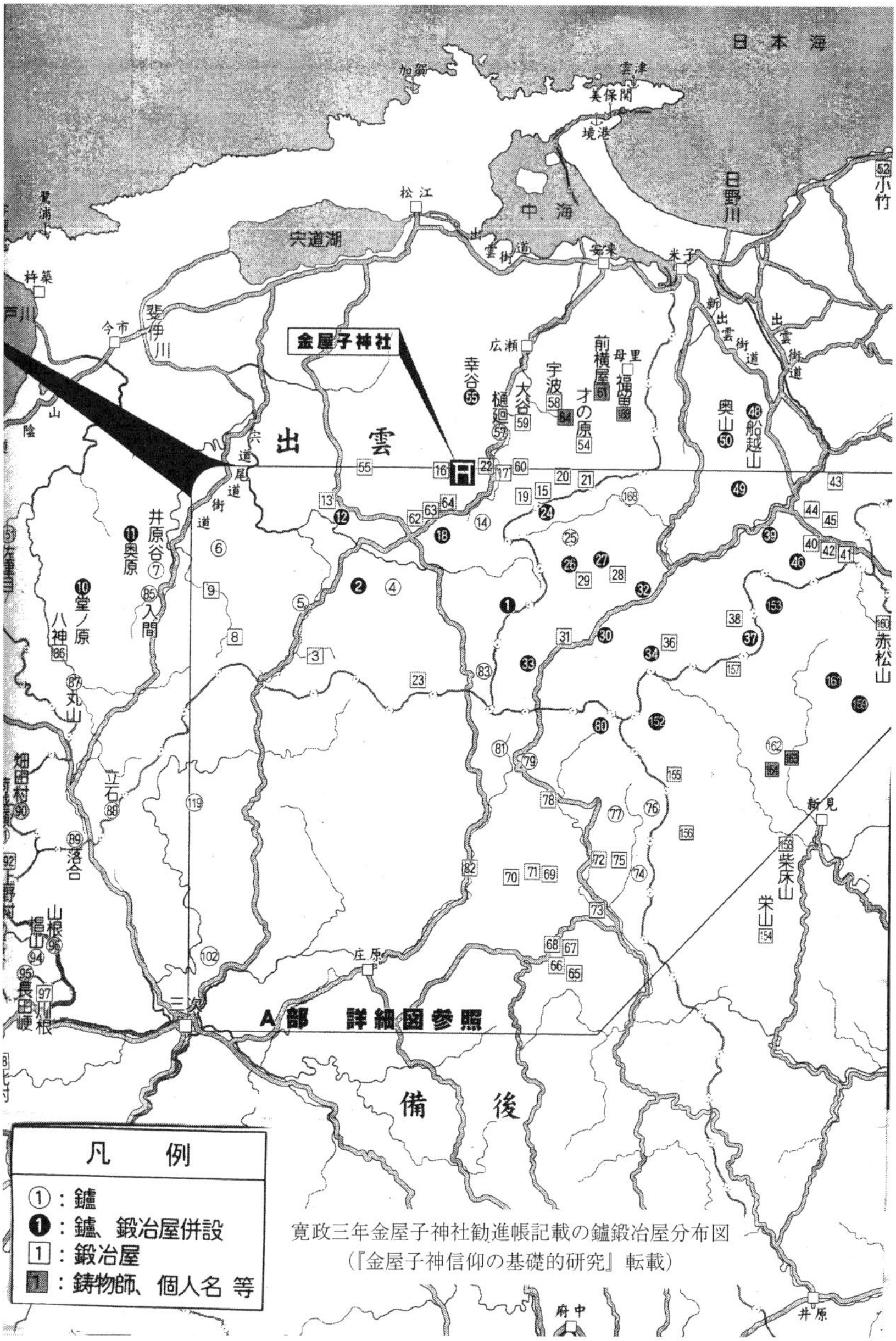

寛政三年金屋子神社勧進帳記載の鑪鍛冶屋分布図
（『金屋子神信仰の基礎的研究』転載）

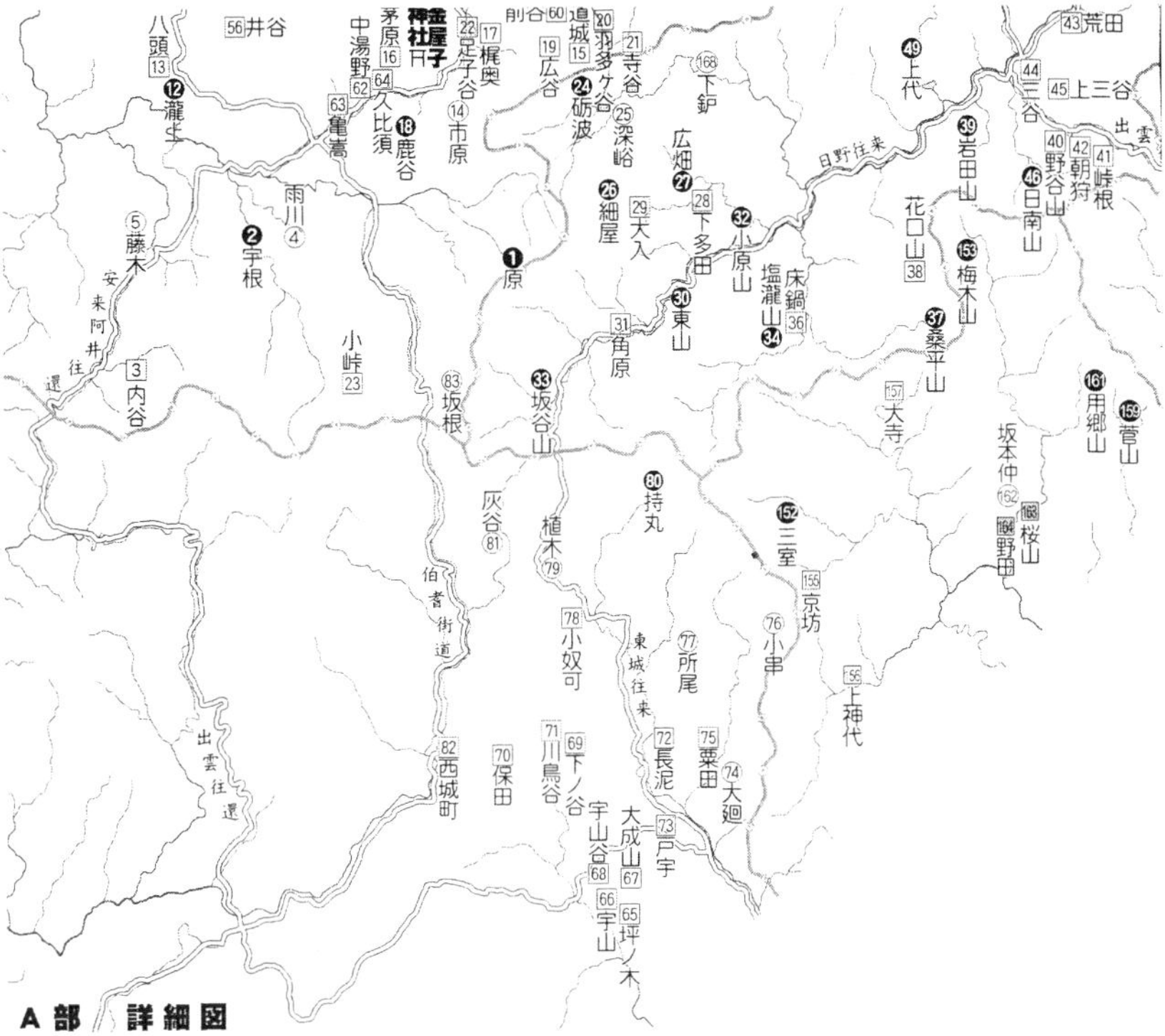

寛政三年金屋子神社勧進帳記載の鑪鍛冶屋分布図
(『金屋子神信仰の基礎的研究』転載)

さてこの「金屋子神祭文」に叙された高殿式のタタラのわざは、その「祭文」のあげる金屋子神の信仰ともども、雲州・旧比田を発信源として、やがて出雲地方一円から石見・備後・安芸・伯耆の周辺に及んでいった。しかしその経過について説くことは本稿の目的ではない。ただその足跡は、江戸末期の金屋子神社所蔵『勧進帳』によって知ることができる。それを『金屋子神信仰の基礎的研究』[49]によってみると、寛政三年は鍛冶屋の数が一八八、文化四年は二〇〇、文政二年は五十八に及んでいる。それを比田地区でみれば、西比田には市原谷・茅原・梶谷・足子谷(吉ヶ谷・小万場)に、東比田には福留・道場・広谷・羽田ヶ谷・前谷に見出されている。[50]その鍛冶屋のそれぞれには、金屋子神が配祀され、

現藤内家の屋敷

藤内家墓地（古殿の森）

その神前においては、当「金屋子神祭文」が唱誦されるものであった。あるいはその屋敷の門口には、桂の木を植えて金屋子神の来臨を期する家も見出されるのであった。

　一方、かつて安部氏の先祖ともども、金屋子神を奉じて、新しい高殿式のタタラを唱導した兵部民部・朝日長者の跡と擬された東比田の長田・藤内家は、同じく「藤内氏伝記」の「系図」によると、一旦、衰亡はしたが、再び鉄山の経営に従ったと推される。しかし、二十九代の「信政」の天文七年（一五三八）に、またもや「別火ノ咎」により、再びその家屋は全焼したという。[51] そして「系図」は以下、五十二代に及んで綴られるが、再び「別火ノ咎」にふれることはない。おそらく長田家・藤内氏は、天文の災害を最後に鉄山・タタラの経営から完全に手を引いたものと思われる。やがて当家に代わって、隣りの広谷に住した分家筋の須藤家が、鉄山経営に乗り出し、江戸時代に大きな財をなすに至っている。[52] 現在、永田（長田）には、藤内氏（当主、第五五代、聖祥氏）が住しておられるが、その屋敷の門口には、白鷺を招く桂の木を見ることはない。

注

（1）『続日本紀』には、大宝三年〔七〇三〕、志紀親王に近江の鉄穴《かんな》（砂鉄を採集する場所）を賜わり、天平宝字六年〔七六二〕、恵美押勝（藤原仲麻呂）にやはり近江の浅井・高島二郡の鉄穴を賜わっている。また『常陸国風土記』には、慶雲二年〔七〇五〕、国司の婇女《うねめ》朝臣が、鍛冶の佐備太麻呂《さびのふとまろ》などを率いて若松の浜の鉄《くろがね》（砂鉄）を採って、剱を造ったことが記される。

（2）たたら研究会編『日本古代の鉄生産』（平成三年〔一九九一〕、六興出版）参照。ちなみに『和鋼博物館〔総合案内〕』（平成十三年〔二〇〇一〕）の「古代日本列島の内の鉄文化」によると、平成元年〔一九八九〕、島根県邑智郡邑南村今佐山遺跡にみつかった製鉄遺構は、六世紀後半のもので、当地からは原料の真砂砂鉄も採集されているという。古代製鉄史のなかで、六世紀が大きな画期の時代であると説かれている。

（3）これは、引用の『鉄山必用記事』があげるものである。が、管見したものとしては、右の『和鋼博物館〔総合案内〕』、および島根県立古代出雲歴史博物館の『たたら製鉄と近代の幕開け』（平成二十二年企画展）がある。

（4）『日本庶民生活史料集成』第十巻（昭和四十五年〔一九七〇〕、三一書房）所収。

（5）比田村文化協会村史編纂委員会編、昭和二十九年〔一九五四〕、第一編「古代」の項。

（6）安居院作、文和三年〔一三五四〕、延文三年〔一三五八〕以後、まもなくの成立。

（7）石塚尊俊氏「金屋子神降臨譚」（『鑪と鍛冶』昭和四十七年〔一九七二〕、岩崎美術社）。

（8）（9）第二篇〈系図〉所収。

（10）右掲注（7）石塚尊俊氏「金屋子神降臨譚」引用。安部正哉氏（当金屋子神神社・現宮司）編『玉鋼《けら》の杜《もり》』（金屋子神神社、昭和六十年〔一九八五〕）の「社家の記録」には、「安部朝臣嘉富・嘉伯・嘉因・嘉章・嘉徳・嘉通に至るまで、代々従五位下を賜う。信濃守と称す」とあり、嘉伯・嘉通の辞令書を収めている。

(11) 鉄の道文化圏推進協議会編『金屋子神信仰の基礎的研究』(平成十六年〔二〇〇四〕、岩田書院)第三部「金屋子神社所蔵・勧進帳」。
(12)『定本柳田国男集』第五巻、昭和三十七年〔一九六二〕、筑摩書房。
(13) 昭和二十五年〔一九五〇〕、日本放送出版協会。
(14) 昭和二十六年〔一九五一〕、東京堂出版。
(15) 荒木博之・野村純一・福田晃・宮田登・渡辺昭五共編、昭和六十年〔一九八五〕~平成元年〔一九八九〕、みずうみ書房。
(16) 平成二年〔一九九〇〕、みずうみ書房。
(17)『青銅の神の足跡』昭和五十四年〔一九七九〕、集英社。
(18) 学生社、昭和五十六年〔一九八一〕。
(19) 平成十二年〔二〇〇〇〕、学生社。
(20) 石塚尊俊氏は、右掲注(7)の『金屋子神降臨譚』において、これにふれながら、具体的にその存在をあげてはいない。また、注(4)にあげた『日本庶民生活史料集成』所収の『鉄山必用記事』の注記(飯田賢一・円渕実夫両氏担当)「長田兵部朝日長者」の項においては、「語源的には長田(おさだ)は狭田(さだ)に対する広大な田野を意味しており、兵部はもと兵器の製造管理を司った部族をさす呼称であった。したがって、長田兵部は武器製造を業とした大地主を意味しており、朝日長者とほとんど同義語である」と記している。
(21) 右掲注(5)の『比田村史』第二編・二三「系図」所収、『広瀬町史』(広瀬町役場、昭和四十四年〔一九六九〕、第六章「資料」所収。編者不詳)。藤内氏の周縁の者の手により、江戸初期に原本は成立、現存本は、およそ三十五代から五十二代まで書き加えて、大正年間に書写されたものと推される。
(22) 右掲注(21)の『広瀬町史』第三章・平安時代、第一節「野たたらの発展」。
(23) 網野善彦氏『日本中世の非農業民と天皇』(昭和五十九年〔一九八四〕、岩波書店)第一部付論I「惣官について」、第二章第一節「惣官中原光氏と左方作手の発展」。同『日本の中世史料学の課題』(平成八年〔一九九六〕、弘文堂)第二部第一章「偽文書を読む」。

（24）石塚尊俊氏の右掲注『鑪と鍛冶』所収「採鉱冶金の民俗」〈禁忌呪術〉の項、同じく「鑪における禁忌と呪術」〈女人・月穢・産褥〉参照。

（25）〈金屋子神御神体ノ事〉には、「又或説曰、金屋子ノ神体ハ女神ニテ座ス故ニ、女ヲ強ニ忌嫌給フトモ申ス」とあり、〈鉄山ニ血ノ穢ヲ忌嫌事〉には、「月水ノ有ル穢女ハ、七日ガ間不㆓入ラ鑪ノ内㆒ニ、子ヲ産タル時、女ハ三十三日不㆓入㆒鑪ェ」とある。また、〈蹈鞴の人之申渡す条目〉には、「子産たる者の家之、一七日ヶ間這入間敷事。付たり、三十日ヶ間は、産婦と同火喰間敷事」「月次の障有女、一七日鑪へ入間敷事」「子を産たる女の夫は、是又一七日ヶ間入間敷」などとある。

（26）『定本柳田国男集』第五巻（昭和三十七年〔一九六二〕、筑摩書房）。

（27）『定本柳田国男集』第四巻（昭和三十八年〔一九六三〕、筑摩書房）。

（28）福田晃・小林幸夫編著、平成六年〔一九九四〕、淡交社。

（29）福知山市老人クラブ連合会、昭和五十五年〔一九八〇〕、北星社。ただし、これは語られたままの記録ではなく、在地の伝承に『平家物語』などを参照して書き改められている二次的資料と推される。

（30）『消えぬ灯籠の謎』（平成十六年〔二〇〇四〕、オカムラ出版）。

（31）名古屋大学文学部国史研究室「中世鋳物師史料」（昭和五十七年〔一九八二〕、法政大学出版局）。

（32）（33）右掲注（23）『日本中世の非農業民と天皇』第三部第三章「偽文書の成立と効用」、同『日本中世史料学の課題』第二部第一章「偽文書を読む」、第三章「鋳物師とその由緒書」。

（34）右掲注（31）『中世鋳物師史料』による。

（35）『中世日本商業史の研究』（昭和二十七年〔一九五二〕、岩波書店）第一章第二節「金属工業」、『中世日本の商業』〈豊田武著作集・第二巻〉（昭和五十七年〔一九八二〕、吉川弘文館）、第二編第二節「鋳物師の有する偽文書について」。

（36）右掲注（23）『日本中世の非農業民と天皇』第一部第一章「天皇の支配権と供御人・作手」、注（31）『中世鋳物師史料』第一部「真継文書」第一節「中世文書」収載、同「解説」。

（37）右掲注（31）同書収載。及び「解説」。

（38）右掲注（23）『日本中世の非農業民と天皇』第三部第一章第一節「燈炉供御人の成立」、第二節「東大寺鋳物師の成立」、

(39) 第三節「燈炉供御人の実態」。
(40) 昭和三十一年〔一九五六〕、至文堂、第五章三節「征服の時代」。
(41) 右掲注(23)に同じ。
(42) 『公卿補任』天喜三年の大納言には、藤能信、同長家、源師房、藤信家の四名が任じられている。
(43) 『大日本史料』第六編之十八「南朝正平八年　北朝文和二年七月二十七日、柳原資明」。
(44) 右掲注(31)に同じ。
(45) 右掲注(23)『日本中世の非農業民と天皇』第三部第三章第二節「鋳物師の偽文書と真継久直」、『日本中世史料学の課題』第二部第三章「鋳物師とその由緒書」。
(46) 田中久夫氏『金銀銅鉄と歴史の道』(平成八年〔一九九六〕、岩田書院)第三章第二節の〈丹南狭山の鋳物師〉の項に引用された光田源太郎氏所蔵の年月不詳の一本には、真継家支配の全国の鋳物師の名があがっているが、それには「出雲」も含まれる。
(47) 『東北職人歌合』(鎌倉時代から南北朝時代頃の歌合絵)には、鋳物師の歌として、「たたらふむやとの煙に月影のかすみもはてぬ有明の空」「頼めしをまつとせしまに真金ふくきひの中山跡たえにけり」の二首があげられている。「真金」とは鉄のことで、「吉備の中山」は古くから製鉄のメッカとして知られている。したがって、この「恋」の歌は、中世に鋳物師が製鉄をおこなっていた証拠になる(東京工業大学製鉄史研究会『古代日本の鉄と文化』昭和五十七年〔一九八二〕、平凡社、第三章「文献史料より見た古代の製鉄」)。金屋(山内)は製鉄・鋳造の場であり、古くは鋳物師もそこに属していたと言えよう。
(48) 昭和四十一年〔一九六六〕、角川書店、一五「タタラ製鉄の設備」。
(49) 右掲注(11)同書。
(50) 右掲注(5)『比田村史』第二篇「製鉄史」によって補っている。
(51) 右掲注(5)『比田村史』第一篇「年表」の〈中世〉の項に、「天文五年丙申の年野タタラ(竪穴式)を現今のタタラ式と改めた」としている。正確には、これは誤りであるが、この時期、製鉄の方法の大きな変革期を迎えていたのである。その時期に藤内家は再度、火災の難にあったのである。

（52）旧比田村在地の郷土史家・仙石豊穂氏の教示。

結び　放鷹文化の展開――「百合若大臣」の伝承風景――

一　放鷹の原義

折口信夫氏は、「鷹狩りと操り芝居」[1]のなかで、鷹狩について次のように述べている。

> 一体、わが邦で古代の風と考へてもよい記録の叙述によると、とりのあそび（鳥遨遊）なることばが見え、さうした方法が咒術の上にあった事を残して居る。事代主が天孫の使ひに留守をあけて、美保の崎に出かけて居たのは、此事の為だと謂はれて居る。だが、同様の事ならば、味耜高日子根神の場合にも、ほむちわけの命の場合にも、条件は不備ながら、これのあった面影は想像出来る。言ふ迄もなく、この場合に目ざされるものは白鳥である。即、たましひをもたらす鳥を見ることが、その人の生命をあらたにし、威力を附加する方法となったわけである（中略）
>
> だが、もっとよく思へば、逸れ行くたましひをつきとめ、もたらし帰るもの、と考へた方面も忘れるわけには行くまい。たましひの鳥であって、同時にたま覔《ま》ぎの鳥なのだ。かうしたものを求める動作は、おほよそたましひの場合に限って、こひと称して居る。これが、一方恋愛のこふと言ふ形を分化して行くわけだ。一例をあげるとほむちわけの場合には、たましひの鳥、鵠《タヅ》を追うて行った人の名として、山《ヤマ》部《ベ》大鶙《オホタカ》と言ふことになって居る。

たましひの鳥を追うたがために鷹の名をとったのか、或は説話学の考へ方に従って、鷹の人格化せられた名を見るべきか、いづれにしてもたましひと鷹との関係を思はせる。
我々の国で、小鳥狩りの行はれた冬の時期は、ほぼ鎮魂祭と同じ頃ほひである。後には、次第にさうした関係を忘れて、二つの儀礼を分離して来たことと思はれる。（中略）扨、さうした鷹は謂はゞたましひの一時の保有者とも考へられる。だから此鷹によって、鎮魂を試み、或はうらなひを行ふことになった過程が思はれる。

つまり鷹狩は、「たましひの鳥」「たま覓ぎの鳥」を追い求める「たまごひ」のわざであり、それは冬の鎮魂《タマフリ》の祭に準ずるものとする。それはわが国の放鷹の原義を説くものであり、その意義が平安時代以来の放鷹に受け継がれてきたことは、第一編第一章「交野・為奈野の伝承風景」、第二章「滋野の伝承風風景」においてやや詳しく説いてきた。またその「たましひの一時の保有者」なる鷹を育てる鷹飼に、神の子、かぐや姫を託した中世神話のあることは、第二編第三章・第四章の「「富士山縁起」と放鷹文化」において考察したのである。

一方、「たましひの鳥」なる白鳥を追う放鷹の物語は、新たに文明社会の扉を開く鍛冶文化と深くかかわって伝承されてきた。あるいはそれは、聖なる魂が鍛冶のわざと深くかかわることを示唆するものであるとも言える。そしてそれは序論の「もの言わぬホムツワケ再生譚」以下、第一編第一章「「二荒山縁起成立考」および第二章「「二荒山縁起」の〈朝日の里〉」において詳しく説くことであり、第五章「「金屋子神祭文」の生成」は、これに準ずるものとして考察したのであった。

二 「百合若大臣」の伝承叙述

そこで本書の結びとして、八幡縁起とも言うべき「百合若大臣」をあげ、その伝承風景を示すこととする。その「百合若大臣」の伝承は、およそ鎌倉末期の成立と推されているのであるが、それが世に知られるのは、室町時代の芸能なる幸若舞曲（舞の本）によるものである。その梗概を示すと、およそ次のようである。

序　大臣の誕生・婚姻

嵯峨帝の時代、左大臣公光公は、長谷寺の観音の申し子として、百合若が誕生、十七歳にて大臣となり、大納言章時卿の姫君を御台所として迎える。

Ⅰ　大臣の蒙古《むくり》退治

たまたま欲界の大魔王の企みで、蒙古の大軍がわが国を襲おうとする。これを察知した帝は、大臣に蒙古退治を命じられる。大臣は、豊後の国を賜って、北の方を伴ってその国府に赴く。ついで大臣は鉄《くろがね》の弓矢を持ち、八万艘を率いて筑紫を出航、唐と日本の潮境、千倉の沖において、四万艘の蒙古の勢と決戦を交え、苦戦の末に鉄の弓矢をもって敵将軍を討ち果し、蒙古軍を退却させる。

Ⅱ　大臣の孤島滞留

大臣は、玄海の小島に舟を寄せ、疲れのため三日三晩まどろむ。その隙に、家臣の別府兄弟が大臣を裏切り、大臣を島に置き去りにして、舟を出してしまう。目をさました大臣は、その舟を追うが果せず、独り島に留められる。

Ⅲ　愛鷹の文使い

豊後の国府にある御台所が、大臣寵愛の大鷹・緑丸を放すと、遥かに玄海島に飛んで、大臣の許に着く。大臣は指を食い切りその血で柏の葉に文を書き、御台所の許に緑丸を飛ばす。その文で無事を知った御台所は、緑丸に文のほかに硯・墨・筆などを添えて放つが、その重さで緑丸は海に沈んで果てる。

Ⅳ　御台所の受難

別府は、大臣に代って筑紫の国司となり天下一の美女なる御台所に横恋慕する。御台所はそれを拒んで、宇佐八幡に逃れる。

Ⅴ　大臣の帰還

たまたま壱岐の釣り人が、玄海島に変り果てた姿の大臣を見付け、博多に連れ戻し、別府の許に届ける。別府は大臣とは知らず苔丸と称して召し使い、大臣の元家臣の門脇の翁の許に預ける。大臣はそこで、門脇の翁の娘が、御台所の身代わりとなって、まんのうが池に伏し漬けにされたことを、その寝物語で聞く。

Ⅵ　大臣の報復

その年の始めに、九国の在庁が別府を祝うために、弓の頭を催す。大臣の苔丸はあえて頭役をかって出て、宇佐八幡に蔵された自らの鉄《くろがね》の弓矢を所望、それを取ると素姓を明かし、その弓矢でもって別府兄弟を誅罰する。

結末　大臣の栄幸（神明示現）

大臣は、壱岐の釣り人や門脇の翁などに恩賞を与え、まんのうが池のほとりに、門脇の娘のために寺を建て、また愛鷹・緑丸を鷹尾山に祀る。大臣はやがて日の本の将軍として栄華をきわめる。（後に夫妻ともども八幡の

神明と示現する）

右のごとく、この「百合若大臣」は、八幡信仰と深くかかわるものとして伝承されている。しかも結末部分においては、幸若舞曲には欠いているが、その異伝ともいうべき、壱岐・対馬の方面で伝承されてきた。「百合若説経」(2)においては、括弧内に示すように、その夫妻は、八幡の神明と示現したと説かれている。つまり八幡の本地物語の一つとして伝承されてきたものと言えるのである。

三　「百合若大臣」の原風景——「八幡縁起」伝承——

ところで、その「百合若大臣」の原風景はその宇佐八幡の縁起のなかに求められるのである。詳しくは、別稿で説くところであるが(3)、およそ宇佐八幡の原初の信仰は、宇佐国造流の宇佐氏が祀る馬城峯（御許山）に起こり、それに豊前国香原岳の銅山神信仰を有する辛嶋氏（新羅系渡来人）が加わり、さらに鉄文化を擁して応神天皇の御霊を奉ずる大神《おおが》氏（金官加耶系渡来人か）が侵入して成ったものと推されるが、一時、その祭祀は大神氏を中心に営まれるものであった。ちなみに、承和十一年、その別当寺弥勒之禅院の法蓮の筆に成る「宇佐八幡宮弥勒寺建立縁起」(4)の序文は、大神朝臣を大宮司、宇佐公を小宮司、辛嶋勝氏を祝《ハウリ》称宜と成すとの条をもって記すのである。

さてその縁起は、先ず大神《オホガ》比義なる人物が欽明天皇の御世に、宇佐郡御許山に顕れなさっていた品太夫皇《ホンダノスメラギノ》御霊《ミタマ》を改めて鷹居《タカイノ》社を建て祝い奉った後に小掠山にお移し申しあげたと叙している。次いで縁起は、その別伝をあげる。すなわち同じく欽明天皇の御世に、大御神は宇佐郡辛国の宇豆《ウツノ》高嶋（田川郡鹿春郷）に天降りましまし、これより大和・紀伊・吉備の聖地を巡幸された後に、御許山に示現され、やがて、宇佐郡西北岸の「比志方ノ荒キ湖の辺り（旧八幡村乙咩社）に移りなさる。ときに辛嶋勝乙目《カツノヲトメ》が大御神をお祀り申し上げ、そのご神託を請《う》ける。次いで大御神は酒井《サカイ》泉《イツミ》社、渡《ワタリノ》社を終て、鷹居社に移り、そこで大御神は鷹と化し給いて、大いに荒れなさる。――これは鍛冶神としての神格を示すものと推される。――そこで勝乙女は、三年の間、大御神にお仕え申し、その御心を和げ、その後に小山田にお移りし申し上げたという。前者の大神氏の伝える祭祀由来を後者の辛嶋氏の伝えるそれを併列して掲げるのである。が、いずれも八幡大御神が、まずは鷹居社に祭祀申し上げたとしており、その示現は大鷹の姿によっていたとする点では、ほぼ一致するのであるが、鍛冶神としての神格は後者の辛嶋氏の伝承が、あらわに示すものとなっている。

この「承和縁起」から二世紀年後の堀河天皇（一〇八六～一一〇七）の時代、僧皇円の編になる『扶桑略記』(4)には、「彼縁起文ニ出ツ」と注して、八幡縁起を引いている。それを書き下し文で、段落に分けてあげる。

(1) 欽明天皇卅二年（中略）又同ジ比、八幡大明神ガ筑紫ニ顕ハル。 〈筑紫来臨〉

(2) 豊前国厩峯菱潟ノ間ニ、鍛冶ノ翁アリ。甚ダ奇異ナリ。 〈鍛冶翁の化現〉

(3) コレニ因テ大神比義、穀ヲ断チテ三年籠居シ、即チ御幣ヲ捧ゲテ祈リて言ハク、「若シ汝、神ナレバ、我ガ前ニ顕ハルルベシ」ト。 〈大神比義の祭祀〉

(4) 即チ三歳ノ小児ト現ハレ、竹ノ葉ヲ以テ託宣シテ云ハク、「我ハ是ハ日本人皇第十六代誉田天皇広幡八幡麿ナリ。我ガ名ハ護国霊験威身神大自在王菩薩、国々折々ニ神明トシテ跡ヲ垂レ、初メテ顕ハレテ坐スナリ」ト。 〈小児神示現・八幡の神託〉

右のように、これは先の「承和縁起」とは大分に異同する。(1)〈筑紫来臨〉を欽明天皇とするのは、先に準じている。しかしその顕現の地は「鷹居社」ではなく小倉山の麓の「菱形池」であり、鷹神ではなく(2)〈鍛冶翁の化現〉とする。しかし(3)〈大神比義の祭祀〉は「承和縁起」の辛嶋氏の「鷹神祭祀」に準ずるものとも言えるが、(4)「小児神示現」は八幡神の水神・雷神としての神格を示すもので、これは辛嶋氏の鷹神の猛々しさによって示されるそれの裏返しの表現とも言えるであろう。

さてこの『扶桑略記』引用の八幡縁起は　元永元年（一一一八）頃成立の『東大寺要録』(5)にも、ほぼ同内容で示されるもので、その後の『八幡宮寺巡拝記』『八幡愚童訓』（甲本）『神道集』なども、いささかの異同を含みながら、この縁起を引き継ぐものである。これに対して、花園天皇の正和二年（一三一三）に、祝大神氏の庶流に属した僧神《いん》吽《うん》によって成った『八幡宇佐宮御託宣集』(7)には　鷹神・鍛冶神祭祀の複合叙述がうかがえる。巻五の「菱形池辺部大尾山」の項をあげてみる。

(1)　金刺ノ宮　御《アメノシタシロシメス》宇　二十九代戊子《つちのえね》ニ、筑紫豊前国宇佐郡ノ菱形池ノ辺リ、小倉山ノ麓ニ鍛冶ノ翁有リ。奇異・瑞ヲ帯ビ、一身タリテ八頭ヲ現ズ。〈鍛冶翁の化現〉

(2)　人コレヲ聞キ、実見ノ為ニ行ク時、五人行ケバ即チ五人ヲ死《コロ》ス。故ニ恐怖ヲ成シテ行ク人ナシ。是ニ大神比義《おおがのひぎ》行キテコレヲ見ルニ、更ニ人ハ無シ。但シ金色ノ鷹林上ニ在リ。丹祈ノ誠ヲ致シ、根本ヲ問フテ云ハク、「誰ノ変ジテ成ルヤ、君ノ為ス所カ」ト。忽チニ金色ノ鳩（鴿ィ）と化シ、飛来シテ袂ノ上ニ居ス。爰ニ神変シテ人中ヲ利スヘシト知リヌ。〈鷹神変化〉

(3)　然ル間比義ハ五穀ヲ断チ、三年ヲ経ルノ後、同天皇三十二年辛卯《かのとう》二月十日癸卯《みずのとう》幣を捧ゲ、首《こうべ》ヲ傾ケテ申サク、「若シ神タルニ於テハ、我ガ前ニ顕ハルルベシ」ト。〈大神比義の祭祀〉

(4)　即チ三歳ノ小児ニ現ジテ竹葉ノ上ニ宣ハク、「辛国ノ城ニ始メテ八流ノ幡ガ天降リテ、吾ハ日本ノ神ト成レリ。一切衆生、トニモカクニモ心の任《ママ》タリ。釈迦菩薩ノ化身、一切衆生ヲ度サムト念ジテ、神道ト現ハルルナリ」ト。

「我ハ是レ、人皇第十六代誉田《ほんだ》天皇広幡八幡麻呂ナリ。我ガ名ヲハ護国霊験威力神通大自在王菩薩ト曰ク、国々所々ニ跡ヲ神道ニ垂ル」ト。〈小児神示現・八幡の神託〉

右のように、(1)〈鍛冶翁の化現〉は、『扶桑略記』の叙述にしたがいながら、奇異なる「八頭」を添えている。(2)〈鷹神変化〉の荒々しい神格は、「承和縁起」の辛嶋氏の伝承の〈鷹神祭祀〉に準ずるものであるが、その祭祀の主を辛嶋氏から大神氏にかえている。しかもその鷹神は、まずは「金色の鷹」と現われ「金色ノ鳩」に変化したという叙述は、石清水の威勢が宇佐八幡宮にも及んでいることを示している。また(3)〈大神比義の祭祀〉は、ほぼ『扶桑略記』の叙述にしたがうものであるが、(4)〈小児神示現〉は『扶桑略記』に準じながら、〈八幡の神託〉は「承和縁起」の辛嶋氏の伝承を引き継ぐ『扶桑略記』を受けるのみならず「辛国」から「八流ノ幡」による降臨をあげ、「釈迦菩薩ノ化身」としての衆生済度の誓言を加えている。これは、和光同塵・本地垂跡思想にしたがう新しい趣向と言える。しかもこの『八幡宮御託宣集』の叙述は、建武元年（一三三四）同二年（一三三五）ごろの成立と推される『宇佐八幡宮縁起』(7)が引き継ぐものであった。

さて、右にあげた八幡縁起の叙述は、原初の八幡信仰が、鍛冶文化と深くかかわって成立したこと示すものである。それをやや具体的にあげれば、大神氏による祭祀は、小倉山の麓、「菱形池ノ辺リ」における鍛冶（製鉄）文化とかかわって成立したものである。これに対して辛嶋氏のそれは、遥か彼方の香春岳（豊前田川郡）鍛冶（製銅）文化とかかわるもので、聖なる鷹に導かれた祭祀であった。その辛嶋氏の旧地なる鷹羽郡鹿春郷の八幡祭祀については、別稿(8)に詳述するので、今はそれに委せるが、八幡大御神の神鏡は、香春岳三の岳東鹿の採銅所（清祀殿）で造成されるものであり、かつては当地近くに、銅山の守護神なる鷹神を擁する古宮八幡宮が祀られていた。それが慶長四年に現在の鷹巣森に遷座したのであるが、その遷座地はかつて白鳥の生息する所で、今は古宮八幡宮の摂社として祀られている。つまり「たましひの鳥」「たま覓《ま》ぎの鳥」なる白鳥を追う聖なる鷹が、鍛冶の力で〔製銅〕を導いた跡を今に留めているのである。言うなれば、その鉄《くろがね》の鍛冶文化を銅《あかがね》のそれとを統合して、宇佐の祭祀権を獲得したのが大神氏であって、大神氏流の神吽編『八幡宮託宣集』は、それをみごとに叙述してみせているのである。

右にあげた「百合若大臣」は、このような宇佐信仰の文化状況のなかで成立したものである。したがって八幡縁起から辿ることができるそれは、八幡の本地物語でもある「百合若大臣」の原風景を成していたことが想像される。それをいささか具体的に言えば、大臣の苦難克服の契機となった「愛鷹の文使い」のモチーフ、「蒙古退治」「大臣の報復」に用いられた「鉄《くろがね》の弓矢」などは、それをしのばせるものといえるであろう。詳しくは、別稿「百合若大臣の原風景―宇佐八幡の鷹と鍛冶―」の説くところである。(9)

注

（1）『折口信夫全集』第十七巻〔芸能史篇Ⅰ〕（昭和三十一年〔一九五六〕、中央公論社）所収。
（2）山口麻太郎氏『百合若説経』（昭和九年〔一九三四〕、一誠社）渡辺伸夫氏「対馬の神楽祭文「百合若説経」（仮称）」（福田晃ほか編『鷹・鍛冶文化を拓く百合若大臣』〔平成二十七年〔二〇一五〕、三弥井書店〕所収。
（3）拙稿「「百合若大臣」の原風景―宇佐八幡の鷹と鍛冶―」（右掲注（2）『鷹・鍛冶文化を拓く百合若大臣』）所収。
（4）神道大系、神社編・四七『宇佐』、神道大系編纂会、平成元年〔一九八九〕。
（5）新訂増補・国史大系、第12巻、平成十五年〔二〇〇三〕、吉川弘文館。
（6）図書刊行会、昭和四十六年〔一九七一〕。
（7）右稿注（4）、神道大系『宇佐』。
（8）（9）　右稿注（3）「「百合若大臣」の原風景―宇佐八幡の鷹と鍛冶―」。

初出一覧

序論　放鷹文化序説―もの言わぬホムツワケ再生譚―

『伝承文学研究』63号、平成二十六年（二〇一四）

第一編　放鷹文化の精神風土

第一章　交野・為奈野の伝承風景

『説話・伝承学』20号、平成二十四年（二〇一二）

第二章　滋野の伝承風景

『伝承文学研究』62号、平成二十五（二〇一三）

第二編　社寺縁起と放鷹文化

第一章　「二荒山縁起」成立考

『唱導文学研究』第八集、平成二十三年（二〇一一）

第二章　「二荒山縁起」の〈朝日の里〉

『立命館文学』638号、平成二十六年（二〇一四）

第三章　「富士山縁起」の生成〈その一〉

『唱導文学研究』第九集、平成二十五年（二〇一三）

第四章　「富士山縁起」の生成〈その二〉

『唱導文学研究』第十集、平成二十七年（二〇一五）

第五章　「金屋子神祭文」の生成
『説話・伝承学』23号、平成二十七年（二〇一五）
結び　放鷹文化の展開――「百合若大臣」の伝承風景――（書きおろし）

あとがき

平成十五年三月、わたくしは三十余年にわたり、専任として勤めた立命館大学文学部を退任した。その立命館を去るに当って、一つの心残りがあった。それは、立命館の学祖と仰がれる西園寺公望《きんもち》公の蔵書、西園寺文庫のなかに、中世鷹書文書の多くが含まれていることであった。その西園寺家は、いわゆる清華の家（大臣・大将を輩出する家柄）で、琵琶および鷹法を家学とする公家であった。立命館にあって、中世の古典文化を研究する者として、これに手をつけないのは、宝の山を見過ごすことになる。たまたま二十年来の教え子で、本学の非常勤講師をつとめる二本松泰子君（現在、長野県短期大学准教授）が、これに関心をもっていた。元来同君は、保元物語・平治物語の研究によって博士の学位を取得した軍記物語専攻の研究者であった。同君は、小生の退任まもない頃には、本学の日本文学専攻の講読ゼミで、西園寺文庫の鷹書の解読をはじめていた。さらに同君は、研究の枠を広げるべく、仲間を募って、鷹書研究会を結成した。学外の研究者を交えての小さな会の発足であるが、それは鷹書のみの研究ではなく、その研究が疎かになっている放鷹そのものにも及ぶこととなった。

平成二十年十一月二十二日、今に放鷹のわざを伝える鷹匠《たかじょう》の皆さんの参加のもと、古くより放鷹文化を伝えてきた信州・諏訪の地（諏訪市文化センター）において、第一回の放鷹文化講演会〈諏訪と鷹狩〉が開催された。諏訪流放鷹術保存会の皆さん（諏訪流十七代宗家・田籠《たごもり》善次郎氏指導）によって、その実演が公開されるとともに、鷹書研究会のそれぞれによる研究が報告された。二本松泰子君の鷹書研究に相談を受けていたわたくしも、若い会員の皆さんに交って登壇、「諏訪流鷹飼の始原」と題し、諏訪信仰と放鷹とのかかわりを披露したのであった。爾来、この鷹書研究会は、西園寺文庫蔵本のみならず、全国各地の鷹書の収集につとめ、その研究を深めるとともに、毎年、一回、放鷹と深くかかわった地を選んで、放鷹の実演とあわせた公開の講演会を開催して、今日に至っている。

実は本書の成立は、この鷹書研究会主催の放鷹文化講演会を契機とするものである。毎回ではないが、会員外のわたくしは、しばしば、この会に登壇することとなった。が、わたくしは、そのたびごとに、講演に先立ち、実地の踏査を試みてきた。そしてその先達は、同じ教え子の二本松康宏君（現在、公立静岡文化芸術大学教授）であった。まさにわたくしの放鷹文化の研究は、〈教え子〉に牽《ひ》かれて、「善光寺」ならぬ〈鷹参り〉によるものと言える。ありがたく嬉しい機縁である。

その鷹書研究会の皆さんそれぞれの研究成果も、やがて公刊されることになる。とりあえず解読を進められた『西園寺文庫蔵・鷹書』が上梓される。が、すでに二本松泰子君は、『中世鷹書の文化伝承』（平成二十三年、三弥井書店）を公刊、次の研究書の作成にかかっている。わたくしも、この研究会に刺激を受け、放鷹文化の視界を東アジアまで広げて、『鷹と鍛冶の文化を拓く〈百合若大臣〉』（平成二十七年、三弥井書店）を公刊している。韓国学の金賛會氏、中国・アジア学の百田弥栄子氏との共編。次は『ユーラシアに拓く英雄叙事詩』に飛翔する予定である。グローバル化の時代なればこそ、自らのアイデンティティーを深く究めることが、きわめて重要な意義を有する。しかしてそれは、宇宙的視界のなかで果されなければなるまい。

最後に、今回もわたくしの書物の公刊を引き受けてくださった三弥井書店に感謝を申し上げる。文化学軽視の風潮のなか、文化を推進するはずの出版事業も、困難な時代を迎えている。文化は人類が築いた〈知恵〉であるにちがいない。それはわれわれの希望であり夢である。およそ五十余年、われわれの同志としておつき合いいただいた、社長・吉田栄治氏には、満腔の敬意を表する。ともに八十歳を越える。その希望と夢を青年たちに届けたい。編集を担当する吉田〈大貫〉智恵さんに、それを託する次第である。

平成二十八年四月（寝屋川市三井が丘の桜花に囲まれて）

著者・福田　晃

著者略歴

福田　晃（ふくだ・あきら）
昭和７年、福島県会津若松市に生れる。國學院大学文学部卒業、同大学院博士課程・日本文学専攻修了。
立命館大学名誉教授。文学博士。

主な著書　『軍記物語と民間伝承』（岩崎美術社、昭47）、『昔話の伝播』（弘文堂、昭53）、『中世話り物文芸――その系譜と展開――』（三弥井書店、昭56）、『神道集説話の成立』（三弥井書応、昭59）、『南島説話の研究――日本昔話の原風景――』（法政大学出版局、平４）、『京の伝承を歩く』（京都新聞社、平４）、『神話の中世』（三弥井書底、平９）、『神話り・昔話りの伝承世界』（第一書房、平９）、『曽我物語の成立』（三弥井書店、平14）、『神話りの誕生』、（三弥井書店、平21）、『沖縄の伝承遺産を拓く』（三弥井書店、平25）『昔話から御伽草子へ――室町物語と民間伝承――』（三弥井書店、平27）

主な編著　『蒜山盆地の昔話』（三弥井書店、共編、昭43）、『伯耆の昔話』（日本放送出版協会、共編、昭51）、『日本昔話事典』（弘文堂、共編、昭52）、『沖縄地方の民間文芸』（三弥井書店、昭54）、『沖縄の昔話』（日本放送出版協会、共編、昭55）、『日本伝説大系』第12巻〔四国編〕（みずうみ書房、共編、昭57）、『奄美諸島・徳之島の昔話』（同朋舎出版、共編、昭59）、『民間説話――日本の伝承世界――』（世界思想社、昭63）、『日本伝説大系』第15巻〔南島編〕（みずうみ書房、共編、昭64）、『講座・日本の伝承文学』第１巻〈伝承文学とは何か〉（三弥井書店、共編、平６）、『京都の伝説』〈全４巻〉（淡交社、共編、平６）、『民話の原風景――南島の伝承世界――』（世界思想社、共編、平８）、『唱導文学研究』第一集（三弥井書店、共編、平８）、『幸若舞曲研究』第10巻（三弥井書店、共編、平10）、『巫覡・盲僧の伝承世界』第一集（三弥井書店、共編、平11）、『日本の民話を学ぶ人のために』（世界思想社、共編、平12）、『伝承文化の展望――日本の民俗・古典・芸能――』（三弥井書店、平15）、『鉄文化を拓く〈炭焼長者〉』（三弥井書店、共編、平23）、『鷹と鍛冶の文化を拓く〈百合若大臣〉』（三弥井書店、共編、平27）

放鷹文化と社寺縁起—白鳥・鷹・鍛冶—

平成28年５月24日　初版発行

定価はカバーに表示してあります。

著　者　福田　晃
発行者　吉田栄治
発行所　株式会社　三弥井書店
〒108－0073東京都港区三田3－2－39
電話03－3452－8069
振替00190－8－21125

ISBN978-4-8382-3300-7 C0093　印刷　藤原印刷